KARL MAY

Am Jenseits

KARL MAY

Am Jenseits

VERLAG
NEUES LEBEN

Diese Ausgabe erscheint unter Zugrundelegung der 1899
im Verlag Friedrich Ernst Fehsenfeld herausgegebenen
Originalfassung Karl Mays

ISBN 3-355-01369-2

Einband: Peter Nagengast (Reihengestaltung)
Jörn Hennig (Bildmotiv)
Lichtsatz: Nationales Druckhaus GmbH, Berlin
Lithographie: SWS Repro GmbH, Wiesbaden
Druck und buchbinderische Weiterverarbeitung: Chemnitzer Verlag
und Druck GmbH, Werk Zwickau

ERSTES KAPITEL

Eine Kijahma

„Sihdi – Anrede: Herr –, es war doch immer wunderschön, wenn wir beide, auf unsern unvergleichlichen Pferden sitzend, so ganz allein, von keinem fremden Menschen begleitet, immer hinein in Allahs schöne Welt ritten, wohin es uns gefiel! Diese Welt gehörte uns, denn da wir keine Seele bei uns hatten, konnte niemand sie uns streitig machen. Wir taten, was wir wollten, und unterließen, was uns nicht gefiel; wir waren unsere eigenen Herren, denn wenn es jemanden gab, dem wir zu gehorchen hatten, so bestand dieser Jemand aus zwei Personen, nämlich aus mir und aus dir. Ich bin mir da oft als Gebieter des ganzen Erdkreises vorgekommen und habe die unersteigbaren Höhen meines Ruhmes aus den Tiefen meines Selbstbewußtseins hervorgeholt, um in andachtsvoller Bewunderung an ihnen emporzuklimmen und dann fröhlich wieder herabzusteigen. Das konnte ich, weil wir allein waren und es also keinen unwillkommenen Störenfried gab, dem es einfallen konnte, ohne meine Erlaubnis hinter meinem Rücken mit hinauf- und hinunterzuklettern. Ja, das war eine sehr, sehr schöne Zeit, in welcher wir erlebten, was kein anderer Mensch erlebt, und zwar nur deshalb, weil wir eben so allein waren und uns nur nach uns selbst zu richten brauchten. Ich sage dir, Sihdi, alle diese Taten und Begebenheiten sind rundum an den Wänden meiner innern Seele aufgeschrieben und mit unvergänglichen Pflöcken in den Boden meines Gedächtnisses eingeschlagen, wie man Pferde, Kamele und lebhafte Ziegen an Pflöcke bindet, wenn man befürchtet, daß sie über Nacht den ihnen angewiesenen Ort mit einem andern vertauschen wollen."

Er machte eine Pause, um nach diesem langen Satz einmal ausgiebig Atem zu holen.

Wer dieser „Er" war? Wer ihn noch nicht an seiner eigenartigen Ausdrucksweise erkannt hat, der mag weiter hören. Er fuhr nämlich sogleich fort:

„Also ich denke noch mit Wonne an die Zeiten zurück, in denen wir uns nur nach uns selbst zu richten brauchten, denn da habe ich empfunden, daß der Mann der eigentliche und wirkliche Beherrscher seines Lebens und seines Daseins ist. Aber ebenso schön und in mancher Beziehung noch schöner ist es doch, wenn man einen Tachtirwan – Kamelsänfte für Frauen – bei sicht hat, in welchem die holdselige Gebieterin des Frauenzeltes sitzt. Meinst du, daß ich da recht habe?"

„Ob du da recht hast, kann doch ich nicht wissen, mein lieber Halef", antwortete ich.

„Wie? Das könntest du nicht wissen? Warum denn nicht?"

„Weil in diesem Tachtirwan sich die Gebieterin nicht meines sondern deines Frauenzeltes befindet und es also nur dir, aber nicht mir möglich ist, einen solchen Vergleich zwischen früher und heute anzustellen."

„Ja, richtig! Um meine Frage beantworten zu können, müßtest du deine Emmeh auch mitgenommen haben. Du kannst also gar nicht wissen, was für ein großer Unterschied darinnen liegt, ob man die liebliche Behüterin seines Glückes daheim gelassen oder ob man sie mitgenommen hat. Du hast mir einmal gesagt, wie das heilige Buch der Christen das richtige Verhältnis zwischen Mann und Weib erklärt. Kannst du dich darauf besinnen, Effendi?"

„Ja."

„Du sagtest ungefähr: Gott schuf den Menschen ihm zum Bilde, und zwar ein Männlein und ein Weiblein. Allah hat zweierlei Eigenschaften, nämlich die Eigenschaften der Allmacht, wozu die Ewigkeit, Weisheit, Gerechtigkeit gehören, und die Eigenschaften der Liebe, welche sich auch in seiner Gnade, Langmut, Güte und Barmherzigkeit äußern. Wenn der Mensch, welcher aus zwei Wesen besteht, ein Bild Gottes zu sein hat, so soll also der Mann ein Bild der göttlichen Allmacht und die Frau ein Bild der göttlichen Liebe sein. Habe ich mir das nicht sehr gut gemerkt?"

„Ziemlich richtig."

„Wenn auch nur ziemlich, für mich genügt es doch. Seit du mir diese Erklärung gegeben hast, bin ich stets bemüht gewesen, ein Bild von Allahs Allmacht zu sein. Du weißt, wie tapfer und umsichtig ich im Kampf und wie weise, klug und gerecht ich in der Regierung meines Stammes bin. Diese eine Seite meines menschlichen Wesens läßt also wohl kaum etwas zu wünschen übrig. Und die andere Seite, welche dort in der Sänfte sitzt und ihre freundlichen Augen unaufhörlich auf mich richtet, ist auch genau so, wie Allah sie wünscht, nämlich ein Bild der Liebe, die mir jeden Tag zur Wonne und jede Stunde zum Vergnügen macht. Und diese Spenderin des Glückes auch während der Reise bei sich haben zu können, das ist eine Seligkeit, die mir auf unsern früheren Ritten leider versagt bleiben mußte. Ich habe gesagt, daß es früher schön war, und möchte aber behaupten, daß es jetzt fast noch schöner ist! Verstehst du mich nun?"

„Ja."

„Hast du denn mit deiner Emmeh noch niemals eine Reise gemacht?"

„Oh doch!"

„Da hast du natürlich auf dem Pferd gesessen und sie im Tachtirwan?"

„Nein. Tachtirwanat gibt's bei uns nicht."

„Nicht? So hat sie frei auf dem Kamel gesessen?"

„Auch nicht. Im Abendland reist man nicht per Kamel, sondern in der Karrusa – Kutsche – oder in dem Katr – Bahnzug –."

„Allah! Wer darf im Katr fahren?"

„Jeder, der seinen Tiskri – sein Billet – bezahlt hat."

„Auch Frauen?"

„Ja."

„Aber neben dem Weib eines andern zu sitzen, das ist doch wohl sehr streng verboten?"

„Nein."

„Unmöglich! Sihdi, sag aufrichtig, ob du, nämlich du auch schon einmal im Katr neben einer Frau gesessen hast, welche in den Harem eines andern Mannes gehörte!"

„Schon oft! Ich bin nicht nur mit fremden Frauen, sondern sogar mit fremden Töchtern gefahren!"

„Und wie steht es mit deiner Emmeh, der jugendlich schönen Bewohnerin deines Frauenzeltes, hat die auch schon neben andern Männern sitzen müssen?"

„Ja."

„So verderbe Allah eure Eisenbahnen bis in den allertiefsten Abgrund der Hölle hinab! Wenn nicht nur mein Weib, welches ich allein besitze, sondern auch alle meine Töchter, die ich glücklicherweise noch nicht habe, es sich gefallen lassen müssen, daß jeder fremde Stadtbewohner und jeder unbekannte Beduine sich im Katr an ihre Seite setzen darf, so mag ich von eurem Abendland kein Wort weiter hören! Sihdi, du weißt, wie sehr ich dich liebe und wie hoch ich dich achte; aber nun ich weiß, daß du neben fremden Frauen und Töchtern gesessen hast, die nicht in deinem Zelt geboren worden sind, und daß du sogar auch deiner Emmeh erlaubst, mit Männern zu reisen, an welche sie kein Akd en Nikah – Zeremonie des Ehekontrakts – bindet, nun wird es mir wohl nicht mehr leicht sein, dich als meinen besten Freund, den ich im Herzen trage, mit Anerkennung zu beehren! Die Schienen eurer Eisenbahn haben sich zwischen mich und dich gelegt, und unsere Herzen sind einander so entfremdet worden, daß sie durch keinen Wabur – keine Lokomotive – wieder verbunden werden können. Ich lasse dich allein und gehe zu meiner Hanneh, um in meiner großen Betrübnis Trost bei ihr zu finden!"

Wer meinen lieben, kleinen Halef kennt, dem kommt dieses Verhalten nicht fremd vor; für diejenigen, welche noch nichts über ihn gelesen haben, seien folgende kurze Bemerkungen bestimmt:

Hadschi Halef Omar, jetzt der oberste Scheich der Haddedihn-Beduinen, vom großen Stamm der Schammar, war früher ein blutarmes Kerlchen gewesen. Er stammte aus der westlichen Sahara, hatte mich als mein Diener nach Osten begleitet und war da so glücklich gewesen, die Tochter eines Scheichs der Ateibeh-Araber zur Frau zu bekommen. Dieser letztere wurde später von den Haddedihn zum Scheich gewählt und bekam, da er keinen Sohn hatte, meinen Halef als seinen Schwiegersohn zum Nachfolger.

Dieser war von Person sehr klein und hager, dabei aber von ungewöhnlicher Tapferkeit und von einem Mut, der sehr gern verwegen wurde und darum von mir oft in die Zügel genommen werden mußte. Ein guter Schütze, auch sonst sehr waffengewandt, ausdauernd, körperkräftig, außerordentlich mäßig, ein vortrefflicher Reiter, pfiffig und mutterwitzig, besaß er ein treues, goldenes Herz, in welchem keine Spur von Falschheit entdeckt werden konnte. Früher war ich seine einzige Liebe gewesen; später mußte ich diese Liebe mit seinem Weib und seinem Sohn teilen, wodurch mir aber kein Verlust geschah. Die Zärtlichkeit, mit welcher er an Hanneh, seiner Frau, hing, war nicht nur rührend, sondern fast beispiellos zu nennen. Sein erster Gedanke früh und sein letzter abends gehörten ihr. Es war ihm beinahe unmöglich, ihren Namen auszusprechen, ohne ihm einige der vorzüglichen Eigenschaften anzuhängen, welche sie in seinen Augen besaß. Kara Ben Halef, sein und ihr Sohn, ihr einziges Kind, zählte jetzt schon fast zwanzig Jahre, und die Frauen des Orients altern bekanntlich sehr schnell ; aber dennoch war „meine Hanneh, die herrlichste Rose unter allen Blüten des Blumenreiches“, für ihn genau so jung und schön geblieben, wie er sie vor dieser langen Zeit bei ihrem ersten Zusammentreffen gesehen hatte; ja, seine Liebe zu ihr schien gewachsen zu sein.

Sie war aber auch – ich möchte mich so ausdrücken: eine Prachtfrau! Ich glaube nicht, daß eine andere den kleinen, voll bunter Raupen steckenden Hadschi so richtig behandelt hätte, wie sie es tat. Sie beherrschte ihn vollständig, doch mit einer so liebevollen, stets freundlichen, scheinbar nachgebenden Klugheit, daß er ihr Pantöffelchen gar nicht fühlte und auch nicht die geringste Ahnung davon hatte, daß nicht er, sondern eigentlich sie der Scheich des Stammes war, wobei sich die Haddedihn allerdings sehr wohl befanden.

Eine seiner Eigentümlichkeiten war, daß er sich nicht nachhaltig in die Verhältnisse des Abendlandes denken konnte. Ich hatte es ihm in unzähligen, verschiedenen Bildern beschrieben, hatte ihm die zwischen dem europäischen und dem orientalischen Leben vorhandenen Unterschiede bei tausend Gelegenheiten geschildert, sah aber nicht den geringsten Erfolg davon. Er sprach trotzdem immer von meinen Zelten, von meinen Kamelen und von meinen Dattelpalmen. Eine weitere Eigenheit von ihm war, daß er gern sprach, besonders sehr gern erzählte, und zwar in jenen orientalischen Redeblumen, welche gern zu Übertreibungen werden. Wenn ich ihn in dieser Weise sprechen lasse, ohne seine Vergrößerungen auf das richtige Maß zurückzuführen, so geschieht dies, um ihn nach der Wahrheit zu zeichnen, keineswegs aber um mich mit seiner Ausdrucksweise einverstanden zu erklären. Besonders wenn er von unsern Erlebnissen erzählte, nahm er den Mund in einer Weise voll, daß ich ihn häufig unterbrechen mußte. Der Orientale freilich ist das so gewöhnt, daß er gar nichts Auffälliges daran findet.

Seit er wußte, daß ich verheiratet war, sprach er gelegentlich auch von meinem „Harem“, von meinem Frauenzelt. Emma, den Namen meiner Frau, hatte er in Emmeh umgemodelt, und es verstand sich bei ihm ganz von selbst, daß die Verhältnisse dieser meiner Emmeh ganz genau dieselben wie diejenigen seiner Hanneh seien. Mein Harem durfte nicht den geringsten Vorzug vor dem seinigen besitzen, und durch die leiseste Andeutung eines Vorteiles des meinigen vor dem seinigen konnte ich in, wie man sich auszudrücken pflegt, fuchsteufeswild machen.

Zu erwähnen darf ich nicht vergessen, daß er sich früher alle mögliche Mühe gegeben hatte, mich zum Islam zu bekehren;

aber die von ihm damals nicht geahnte Folge davon war, daß er jetzt Isa Ben Marryam – Jesus, Sohn Marias – hoch über Mohammed stellte; er war in seinem Innern Christ geworden und nicht nur seine Hanneh, sondern auch die meisten Haddedihn mit ihm.

Unsere früheren Reisen hatten wir meist allein oder doch mit nur geringer, gelegentlicher Begleitung unternommen; dieses Mal aber befanden wir uns in größerer Zahl beisammen, und das war folgendermaßen gekommen:

Der Araber ist der Ansicht, daß die Ehre um so größer sei, je länger der Name ist; darum pflegt er seinem Namen diejenigen seiner nächsten Vorfahren anzuhängen. So nannte sich Halef, als ich ihn kennenlernte, Hadschi Halef Omar Ben Hadschi Abul Abbas Ibn Hadschi Dawuhd al Gossarah. Sein Vater hatte also Abul Abbas und sein Großvater Dawuhd al Gossarah geheißen. Ihnen beiden und auch sich selbst gab er den Titel Hadschi, welcher einen Mohammedaner bezeichnet, der in Mekka gewesen ist. Dabei aber war weder er selbst noch sein Vater oder sein Großvater jemals dort gewesen. Später kamen wir allerdings einmal nach dieser heiligen Stadt des Islam, aber nur für kurze Zeit; ich wurde als Christ erkannt, mußte fliehen – siehe: Karl May, „Durch Wüste und Harem", Seite 210 – und kam glücklicherweise mit dem Leben davon.

Seit jener Zeit war es einer meiner größten Wünsche, noch einmal nach Mekka zu gehen. Ich war erfahrner als damals, geübter in der Sprache und bewanderter in den Umgangsformen. Ich kannte jetzt die religiösen Gebräuche und alle darauf bezüglichen Maßregeln und Äußerlichkeiten so genau, daß ich gewiß sein konnte, für einen Mohammedaner gehalten zu werden. Erst jetzt sah ich es ein, welche Verwegenheit es damals von mir gewesen war, eine Stadt zu betreten, in welcher jeden Christen der fast sichere Tod erwartet, und um so reger wurde das Verlangen, es mit dieser Gefahr noch einmal, und zwar besser vorbereitet, aufzunehmen. Ich hatte den Islam und den größten Teil der von seinen Bekennern bewohnten Länder kennengelernt; ich war zweimal in Kairuan gewesen, der den Christen damals auch streng verbotenen heiligen tunesischen Stadt, und hatte das Wagnis glücklich überstanden; warum sollte ich nicht wenigstens den Versuch machen, diesen meinen Wanderstudien durch einen längeren Aufenthalt in Mekka einen befriedigenden Abschluß zu geben? Freilich wußte ich gar wohl, daß dieses Unternehmen grad für mich gefährlicher als für jeden andern war. Die mohammedanischen Gegenden und Orte, wo man mich als Christen kennengelernt hatte, waren gar nicht herzuzählen. Ich hatte mir da viele, viele Freunde erworben, aber auch manchen Schurken zum unversöhnlichen Feind gemacht. Dazu kam, daß meine Gesichtszüge leider so charakteristisch sind, daß sie sich selbst einem gewöhnlichen Gedächtnis für lange Zeit, wenn nicht für immer, einprägen. Durfte ich erwarten, daß während meiner Anwesenheit in Mekka keiner von den vielen Menschen, die mich kennengelernt hatten, dort sein werde? Also, ich wußte sehr wohl, was ich wagte; aber die Gefahr lockte fast noch mehr als der Wunsch selbst, und so nahm der Vorsatz, diesen letzteren auszuführen, schließlich eine solche Festigkeit an, daß es weiter nichts als nur der Gelegenheit dazu bedurfte.

Sie ließ nicht auf sich warten; sie stellte sich durch meinen diesmaligen Besuch bei den Haddedihn ein. Halef war gewöhnt, daß ich stets, wenn ich zu ihm kam, einen längeren Ausflug mit ihm unternahm. Als er mich fragte, welche Gegend ich jetzt besuchen wolle, und ich ihm nur das eine aber bedeutungsvolle Wort Mekka sagte, erschrak er zunächst, fühlte sich dann aber, grad so wie ich, von der Gefahr doppelt angezogen. Für ihn war natürlich die Hauptfrage, was seine Hanneh, die „wohltätige Pflegerin seines Erdenglückes", dazu sagen werde. Wir besprachen darum erst alles unter vier Augen und begannen dann, hier und da eine vorsichtige Bemerkung fallen zu lassen, welche auf unsere eigentliche Attacke vorbereiten sollte. Aber die kluge „Sonne unter allen Sternen des Frauenfirmamentes" durchschaute uns schon nach den ersten, leisen Andeutungen und forderte uns auf, nicht mit ihr Verstecken zu spielen, sondern mit der Wahrheit offen hervorzutreten. Dem Hadschi erschien das doch zu gewagt; er verschwand schleunigst aus dem Zelt, in welchem wir mit ihr saßen. Ich blieb und teilte ihr nun aufrichtig meine Absicht mit und den darauf bezüglichen Wunsch, daß Halef mich begleiten möge. Jetzt war ich voll gespannter Neugierde, was sie antworten werde. Sie sah eine Weile schweigend und überlegend vor sich nieder und sagte dann: „Er soll dich nicht allein begleiten, Effendi; ich reite mit!"

Man mag sich mein frohes Erstaunen denken! Sie sah es mir an und fuhr lächelnd fort:

„Das hast du nicht erwartet? Und doch ist der Grund so leicht erklärlich! Ich weiß,daß du ein verständiger Mann bist und will dir darum eine Frage anvertrauen: Hast du in deinem Herzen einmal gefühlt, was Ischtijak el Watan – Heimweh – ist?"

„Ja", antwortete ich.
„In deinem eigenen Herzen?"
„Ja."
„So darf ich dir gestehen, daß ich diese Sehnsucht schon oft empfunden habe und auch noch jetzt in mir trage. Du weißt, daß ich eine Tochter der Ateibeh bin, und hast mich und meinen Stamm in der Nähe Mekkas kennengelernt. Dort sind die lichten Tage meiner Kindheit verflossen; ich weiß nicht, ob du es glaubst, ich aber halte es für wahr, nämlich daß das Herz des Menschen, je älter er wird, um so mehr nach den Orten verlangt, welche seine Jugend gesehen haben. Ich liebe meinen Halef und auch Kara Ben Halef, meinen Sohn; ich bin glücklich in dieser meiner und in ihrer Liebe; aber neben diesem Glück wohnt das Verlangen, die Matarih el Watan – Stätten der Heimat – einmal wiedersehen zu dürfen. Ich bitte dich, Halef nichts davon zu sagen, denn es würde ihn betrüben, zu erfahren, daß ich Sehnsucht leide! Für diese Verschwiegenheit sollst du Erfüllung deines Wunsches haben. Er darf dich begleiten, und ich reite mit!"
„Und Kara Ben Halef, euer Sohn?" fragte ich.
„Ihn hier zu lassen, würde mir unmöglich sein; er geht auch mit. Ja, ich glaube, daß du noch größere Begleitung bekommst. Du weißt zwar, daß unsere Haddedihn den Propheten längst nicht mehr so verehren wie zu der Zeit, als sie dich noch nicht kannten, aber Mekka selbst ist vielen von ihnen doch noch eine wichtige Stadt, und wenn sie erfahren, daß wir hinwollen, wird mancher von ihnen sich bereit erklären, mitzureiten. Wirst du etwas dagegen haben?"
„Nein. Ich kann als Christ im Gegenteil nur wünschen, möglichst viele Freunde bei mir zu haben, die im Augenblick der Gefahr an meiner Seite stehen."
„So sind wir also einig, und ich werde jetzt gleich Halef suchen, um ihm zu sagen, daß er seine Vorbereitungen beginnen könne."
Das war ihre mir wohlbekannte Energie. Wenn sie einmal einen Entschluß gefaßt hatte, so pflegte sie mit der Ausführung desselben nicht auf sich warten zu lassen. Wie glücklich sie den Hadschi mit ihrer so unerwartet schnellen Einwilligung machte, das wußte ich nicht nur, sondern ich bekam es auch schon nach kurzer Zeit zu hören, als er freudestrahlend mich aufsuchte und mir sagte:
„Effendi, sie hat ja gesagt, sie, die liebenswürdigste unter allen

irdischen Liebenswürdigkeiten! Wir gehen nach Mekka, ja wir gehen wirklich hin. Ich habe es soeben öffentlich verkündigen müssen. Da werden wir wieder einmal große Taten der Tapferkeit verrichten und Werke der Kühnheit vollbringen, die unsern Ruhm in alle Länder tragen. Unsere Kindeskinder werden uns ehren und unsern Enkels- und Urenkelsnachkommen unser Lob verkünden vom Aufgang bis zum Niedergang der Sonne! Habe ich nicht ein herrliches Weib, Sihdi?"

„Ja", nickte ich; „deine Hanneh ist ganz gewiß die herrlichste aller Frauen!"

„Ganz gewiß! Richtig! Aber deine Emmeh auch! Und damit es zu keinem Streit und Zusammenstoß zwischen ihnen komme, wollen wir vorsichtig sein und folgendermaßen beschließen: Meine Hanneh ist die herrlichste Frau des Morgen-, und deine Emmeh ist die herrlichste Frau des Abendlandes. Bist du damit zufrieden?"

„Ja."

„Du kannst da aber auch wirklich ganz zufrieden sein, denn wenn du dadurch von mir ohne alle Widerrede die herrlichste Frau des Abendlandes bekommen hast, darf keine andre dort von nun an wagen, sich mit ihr zu vergleichen. Sage ihr das, wenn du in dein Duar – Zeltdorf – heimkehrst, damit sie erkenne, was für ein Freund ich von dir bin und also auch von ihr! Allah erhalte sie jung; er gebe ihr schwarzgefärbte Augenwimpern, seidene Bänder in die Zöpfe und die schönsten, roten Fingernägel!"

Es meldeten sich auch wirklich so viele Haddedihn, daß sie gar nicht alle mitgenommen werden konnten, sondern eine Auswahl getroffen werden mußte. Der Ritt durch die großen arabischen Wüsten wäre des Wassers wegen um so schwieriger gewesen, je mehr Personen sich an demselben beteiligten. Und bei einer so großen Schar, wie sich gemeldet hatte, hätten wir an einen längeren Aufenthalt in Mekka gar nicht denken können. Darum wurde bestimmt, daß für jetzt nur fünfzig Krieger teilnehmen durften; den andern wurde es freigestellt, dann wieder eine Auswahl unter sich zu treffen und die durch sie bestimmten dann nachfolgen zu lassen. Es war nämlich jetzt noch nicht die Zeit der eigentlichen Hadsch, des großen Pilgerzuges. Da bei diesem die Scharen der Mohammedaner zu vielen, vielen Tausenden aus allen Himmelsrichtungen in Mekka zusammenströmen, so war zu dieser Zeit die Gefahr des Erkanntwerdens am größten. Darum wollten wir jetzt schon hin, wo der Andrang nicht so groß war und ich meine Studien mit mehr Muße machen konnte. Waren wir dann bei der Ankunft der großen Hadsch noch dort und ich fand Grund, mich schnell in Sicherheit zu bringen, so konnte ich das in dem befriedigenden Bewußtsein tun, meinen Zweck trotzdem und schon vorher erreicht zu haben. Es zwang uns ja nichts, zur eigentlichen Pilgerzeit in der Stadt der Kaaba einzutreffen, weil der Moslem auch außerhalb derselben, während des ganzen Jahres, seinen religiösen Obliegenheiten dort nachkommen und die ihm nach seiner Ansicht dafür gebotenen geistlichen Vorteile sich aneignen kann. Über die von der mohammedanischen Priesterschaft verbreitete Annahme, daß eine Minute Aufenthalt in Mekka während der Hadsch wertvoller sei und mehr Segen bringe als ein ganzer Tag zu gewöhnlicher Zeit, waren, von mir gar nicht zu sprechen, Halef und seine Haddedihn schon längst hinaus. Sie schenkten dieser Versicherung keinen Glauben.

Einige der Männer, welche uns begleiteten, wollten ihre Frauen mitnehmen, wozu wir aber unsere Einwilligung nicht gaben, weil uns schon die Rücksicht auf Hanneh allein genug hinderte, so zu reisen, wie wir es ohne sie hätten tun können. Bemerken will ich, daß auch Omar Ben Sadek, den die meisten meiner Leser schon kennengelernt haben, mit bei den Auserwählten war.

Als Maßregel zu meiner Sicherheit wurde beschlossen, daß ich während dieser Reise nicht Kara Ben Nemsi genannt werden sollte. Dieser Name war so bekannt, daß er mir jetzt nur Verlegenheiten, wenn nicht noch mehr, bereiten konnte. Halef machte da in seiner eigenartigen Weise die Bemerkung:

„Da siehst du, Sihdi, wie sehr wir beide den großen, berühmten Beherrscher der Erde gleichen: Wir müssen den Abglanz unserer Herrlichkeit hiner einen fremden Namen verstecken. Zwar ist das dieses Mal nicht auch bei mir, sondern nur bei dir der Fall, aber wie du dich in meinen Strahlen sonnen darfst, so muß auch mich der wohltätige Schatten deines Madschhul – Inkognitos – treffen. Wie aber sollen wir dich nennen? Hast du vielleicht schon über einen andern Namen nachgedacht?"

„Nein. Es handelt sich auch nicht nur um den Namen."

„Ja, richtig. Wir müssen auch wissen, wie wir zu antworten haben, wenn wir gefragt werden, was du bist."

„Am einfachsten wäre es, mich für einen Haddedihn auszugeben."

„Nein, das geht nicht, Sihdi, denn da würde deine Herrlichkeit so vollständig verschwinden, daß sie später vielleicht gar nicht wiederzufinden wäre. Auch will ich stolz darauf sein können, daß du bei uns bist; darum müsse wir dir einen Namen und eine Würde erteilen, welche unbedingt zur Achtung fordern. Am besten ist es, wir geben dich für einen großen Gelehrten aus. Ist dir das recht?"

„Ja."

„Woher bist du?"

„Aus irgendeinem mohammedanischen Land, aber ja nicht aus einer großen Stadt, weil jeder, der von dort nach Mekka kommt, diesen Gelehrten kennen müßte!"

„Erlaubst du, im fernen Maghreb – Westteil der arabisch-moslemischen Länder: Tunesien, Nordalgerien, Marokko –, welcher meine Heimat ist, geboren worden zu sein?"

„Ja."

„Du hast dort im Wadi Draha das erste Licht der Welt erblickt?"

„Sehr gern!"

„Und von welcher Art ist deine Gelehrsamkeit?"

„Das überlasse ich dir, lieber Halef."

„Gut! Weil du so bescheiden bist, werde ich dich sehr hoch erheben. Du beschäftigst dich nämlich gar nicht mit einer einzigen Art der Wissenschaft, sonderen deine unendliche Weisheit ist in die Höhen und in die Tiefen aller Ulum – Wissenschaften – eingedrungen. Oder ist dir das noch zu wenig?"

„Es genügt einstweilen."

„Schön. Ein solcher Mann muß sehr berühmte Ahnen und also einen langen Namen haben. Ich werde dir ihn jetzt diktieren. Schreib ihn sogleich auf, damit wir ihn festhaben und ihn auswendig lernen können!"

Ich folgte mit stillem Vergnügen dieser seiner Aufforderung. Er ging sinnend hin und her und brachte nach und nach, Glied für Glied, folgende Schlange zum Vorschein:

„Hadschi Akil Schatir el Megarrib Ben Hadschi Alim Schadschi er Rani Ibn Hadschi Dajim Maschhur el Azami. Ich hoffe, daß dieser schöne Name deinen Beifall hat!"

In deutscher Sprache würde die Riesenschlange heißen: Hadschi Vernünftig Klug, der Erfahrene, Sohn des Hadschi Weise, Tapfer, der Reiche, Sohn des Hadschi Unsterblich, Berühmt, der Herrliche. Das war doch wohl mehr als genug? Dennoch hatte er noch ein Übriges getan und mir und meinen mir bisher völlig unbekannten Vorfahren den Ehrentitel Hadschi verliehen.

Mehr konnte ich doch unmöglich verlangen! Trotzdem antwortete ich, natürlich nur in der Absicht, ihn zu necken:

„Du scheinst zu glauben, mich mit ihm sehr zufriedengestellt zu haben, irrst dich aber; er könnte länger und besser sein!"

„Länger – besser . . . ?!"

Sein Mund blieb vor Verwunderung offen. Er sah mich eine Weile mit großen Augen an und brach dann zornig los:

„Wie – wie könnte er sein? Länger könnte er sein, und besser könnte er sein? Soll ich ihn etwa von hier bis hinauf zum Mond und dann wieder herunter dehnen? Soll ich alle sieben Himmel Mohammeds plündern, um noch mehr Worte der Pracht und der Erhabenheit für dich zusammenzustehlen? Wie kommst du zu dieser mich beleidigenden Unzufriedenheit. Hast du den Namen bei mir bestellt, oder habe ich ihn dir freiwillig, also aus eigenem Antrieb, gegeben?"

„Freiwillig."

„Hast du ihn mir bezahlt, oder wirst du ihn bezahlen?"

„Nein."

„Du mußt also zugeben, daß er ein Geschenk von mir ist?"

„Ja."

„Gut, so hast du deine Undankbarkeit in ihrer ganzen kolossalen Größe eingestanden! Ich mache dir aus eigenem Antrieb, aus der Tiefe meines freigebigen, mildtätigen Herzens heraus einen neuen Namen, den du brauchst, zum Geschenk! Ich suche in allen Winkeln und Ecken der menschlichen Sprachfertigkeit herum, um das Beste, was dort hingelegt und an den Wänden aufgehängt worden ist, herauszufinden! Ich wähle die glänzendsten Worte, die prächtigsten Ausdrücke und füge sie für dich mit einem so tiefen Verständnis, mit einer so bewundernswerten Sachkenntnis zusammen, wie der Dschauhardschi – Juwelier – die seltensten Edelsteine und die köstlichsten Perlen zu einer Halskette zusammensetzt! Ich überreiche dir dieses unübertreffliche Geschenk, indem ich es dir mit meinem eigenen Mund mühsam diktiere! Und nun du es empfangen hast, was tust du? Du drehst es in deinen Gedanken und in deinen Händen unzufrieden hin und her; du wirfst die Nichtwohlgewogenheit deiner unfreundlichen Blicke darauf und beleidigst den Hintergrund meiner Seele und den Vordergrund meines Herzens durch die schreiende Ungerechtigkeit des unsachgemäßen Vorwurfes, daß diese Juwelenkette, dieses ganz unbezahlbare Geschmeide, diese geradezu diamantene Freundschafts- und Ehrengabe länger und auch besser sein könne! Wenn das nicht eine Undankbarkeit ist, die dich um meine ganze Achtung und Gegenliebe bringen muß, so habe ich noch nie gewußt, was überhaupt Undank ist! Du hast mit der Hacke deiner Unerkenntlichkeit und mit der Schaufel deiner habsüchtigen Unzufriedenheit zwischen mir und dir einen tiefen Abgrund gegraben, dessen Breite ich nicht überspringen könnte, wenn ich hinüberwollte. Das Schicksal hat unsere Trennung beschlossen; das Fatum reißt uns für ewig auseinander, und wir werden, ich hüben und du drüben, von jetzt an einsam durch das Leben gehen und beide für alle Zeit auf dich verzichten! Lebe wohl, Sihdi, lebe wohl!"

Er verließ das Zelt, und ich prägte mir in größter Seelenruhe den Namen ein; ich wußte ja, wie es kommen würde! Und es kam wirklich so! Nach vielleicht einer Viertelstunde zog er den Vorhang, welcher den Eingang bildete, auseinander und steckte den Kopf herein.

„Sihdi!" sagte er.

„Was?" fragte ich.

„Ich war bei Hanneh, der trauten Krone aller Weiber!"

„So!"

„Ich habe es ihr erzählt!"

„So!"

„Weißt du, was sie machte?"

„Ja."

„Was?"

„Sie lachte dich aus!"

„Nein, nicht ausgelacht, sondern sie lächelte nur. Dann gab sie mir einen Rat."

„Welchen?"

„Den allerbesten, den es geben kann, denn du mußt wissen, daß Hanneh, mein Stern im Wachen und im Träumen, stets nur den besten Rat zu finden weiß. Sie fand den Namen für dich nämlich auch zu kurz."

„Das war klug von ihr!"

„Und sagte, ich solle noch den Großvater deiner Urgroßmutter hinten anhängen."

„Schön! Hast du den gekannt?"

„Nein; aber nimm das Papier, und schreib ihn noch hin! Sein Name war Ben Hadschi Taki Abu Fadl el Mukarram."

Ich schrieb die Worte, welche in deutscher Übersetzung „Sohn des Hadschi Fromm, Vater der Güte, der Ehrwürdige" heißen.

„Hast du nun den ganzen Namen?" fragte Halef jetzt.

„Ja."
„Lies ihn einmal vor!"
„Hadschi Akil Schatir el Magarrib Ben Hadschi Alim Schadschi er Rani Ibn Hadschi Dajim Maschhur el Azami Ben Hadschi Taki Abu Fadl el Mukarram."
„Schön! Was sagst du nun dazu?"
„Er gefällt mir außerordentlich."
„Du bist also nun zufrieden?"
„Sehr."
„Du bist also einverstanden, daß wir dich so heißen?"
„Ja."
Da hellte sich sein Gesicht schnell und vollständig wieder auf, und er sagte im frohen Ton:
„Hamdulillah! Allah sei Lob und Dank gesagt, daß es mir gelungen ist, diesen deinen Abgrund wieder zuzuschaufeln! Nun sind wir die alten Freunde und können wieder, wie vorher, in Wonne miteinander verkehren. Ich sage dir, daß ich es hüben auf meiner Seite nicht ausgehalten hätte, wenn du immer hättest drüben bleiben müssen! Ich werde es mir aber zur Warnung dienen lassen und nie in meinem Leben wieder so unvorsichtig sein, die Namen von verstorbenen Personen zu entdecken, die gar nicht gelebt haben! Jetzt bitte ich dich, mit herauszukommen! Die Dschemma – Versammlung der Ältesten – tritt zusammen, um darüber zu beraten, wer und in welcher Weise er während meiner Abwesenheit den Stamm regieren soll. Da mußt du auch dabei sein, denn so oft und so lange du bei uns bist, giltst du genauso wie wir alle als mitten zwischen unsern Herden geborenes Mitglied der Haddedihn vom großen, berühmten Stamm der Schammar."
Das war richtig. Ich mußte, wenn ich mich bei diesen guten Leuten befand, an allen ihren Beratungen teilnehmen und wußte die Ehre, welche mir dadurch erwiesen wurde, gar wohl zu schätzen. Die Schammar haben ihren Namen von dem in Arabien südlich von der Wüste Nefud liegenden Dschebel – Berg, Gebirge – Schammar, den sie als Mittelpunkt ihres ausgedehnten Gebietes betrachten. Als Angehörige dieses Stammes hätten wir eigentlich jetzt dorthin reiten sollen, zumal der nächste und auch beste Weg nach Mekka über den Dschebel Schammar führte; aber ich war mit Halef und seinem Sohn dort gewesen; man kannte mich als Christ, und es wäre gar nicht zu verheimlichen gewesen, daß ich auch mit nach Mekka wollte. Das hätte sehr wahrscheinlich nicht nur zu Verdrießlichkeiten, sondern

sogar zu ernsten Auftritten Veranlassung gegeben, welche zu vermeiden wir lieber einen Umweg machen und den Dschebel Schammar gar nicht berühren wollten. Leicht war das freilich nicht, besonders der uns unbekannten Wasserverhältnisse wegen. Fünfzig Mann mit Pferden und Kamelen wollen trinken, und in der arabischen Wüste, die nicht weniger schrecklich als die Sahara ist, kann der Wassermangel leicht verderblich werden. Glücklicherweise hatte ein Krieger vom Beduinenstamm der Beni Harb sich eines Haddedihnmädchens wegen, welches er liebte, aber nicht dazu bewegen konnte, ihm zu seinem Stamm zu folgen, in den ihrigen aufnehmen lassen. Er war ein ernster, gewandter, sehr erfahrener und zuverlässiger junger Mann, der die Gegend, durch welche wir reiten mußten, sehr genau kannte. Dieser behauptete, genug Bijar – Plural von Bir: Brunnen – und Ujun – Plural von Ain: Quelle – zu kennen, wo wir Wasser finden würden; er werde unser Führer sein, und wir könnten ihm getrost unser Vertrauen schenken. Wir beschlossen, uns an diese seine Versicherung zu halten, worauf er nicht wenig stolz war, und haben es auch dann nicht zu bereuen gehabt.

Für Hanneh wurde ein großer Tachtirwan bestimmt, den zwei Kamele zu tragen hatten. Er war sehr geräumig und bequem; sie konnte sitzen oder liegen, wie sie wollte, und sogar auf den Kissen sich ganz ausstrecken. Ein Dach aus bunten, reichgestickten Stoffen bot ihr genügenden Schutz vor den Sonnenstrahlen. Da unser Weg durch die Wüste führte und wir fünfzig Krieger zählten, mußten wir darauf verzichten, diese Leute mit Pferden beritten zu machen, welche täglich trinken müssen. Die Haddedihn sind berühmt wegen ihrer Zucht vortrefflicher Reitkamele; sie besitzen große Herden dieser Tiere, und so konnten wir also eine gute Auswahl treffen. Das Reitkamel wird Hedjihn genannt, während das Lastkamel Dschemel heißt. Die besten Reitkamele sah man früher beim Stamm der Bischari, weshalb sie Bischarinhedjihns genannt wurden. Der Plural lautet Hudjuhn. Die Schammar und also auch die Haddedihn sind so klug gewesen, sich dieses vorzügliche Material zu erwerben, und züchten nun Reitkamele, welche denen der Bischari wenigstens gleichkommen, aber meiner Ansicht nach sie sogar übertreffen.

Also solche Hudjuhn wollten wir reiten. Die mausgrau gefärbten hält man für die besten und ausdauerndsten Renner. Halef suchte deren mehrere für sich und mich und auch als Reserve aus. Außerdem war es uns beiden, aber auch nur uns, keinem andern Haddedihn, gestattet, unsere Pferde mitzunehmen. Der Hadschi behauptete, daß dies zu Repräsentationszwecken notwendig sei. Da er der berühmte Scheich der Haddedihn sei und ich der ebenso berühmte Gelehrte Hadschi Akil Schatir el Megarrib aus dem fernen Wadi Draha, so gehe es gar nicht anders, als daß wir in der heiligen Stadt und deren Umgebung und auch sonst bei wichtigen oder festlichen Gelegenheiten vorzügliche Pferde von reinstem Blut reiten müßten. Sein Rappe hieß Barkh – Blitz – und war ein ganz vorzüglicher Nedjedihengst. Mein Pferd, auch ein Rapphengst, war Assil – Der Edle – Ben Rih, ein gleichwertiger Sohn meines herrlichen Rih, welcher unter mir erschossen wurde. Die Kugel, welche ihn traf, hatte eigentlich meinem Herzen gegolten – siehe: Karl May, „Der Schut", Seite 463 –. Zahllose Briefe meiner Leserinnen und Leser sprechen von den Tränen, welche beim Lesen seines Todes vergossen worden sind. Man braucht sich ihrer nicht zu schämen. Mir selbst werden noch heut die Augen naß, wenn ich an diese traurige, ergreifende Szene denke. Jetzt ritt ich, wie bereits gesagt, Assil, seinen ebenbürtigen Sohn, der mich schon mit hohen Ehren durch ganz Persien getragen hatte und ein hochedles Pferd war, auf welches ich mich in jeder Beziehung verlassen konnte. Er war mir lieber als Halefs Barkh.

Noch kurz vor unserm Aufbruch konnte Halef den dringenden Bitten seines Sohnes, doch auch für ihn ein Pferd mitzunehmen, nicht mehr widerstehen. Es wurde für ihn die herrliche Schimmelstute Kawamah – Die Schnelle – bestimmt, eine Tochter von jener weißen, berühmten Stute, welche das Pferd Muhammed Emins, des früheren Scheichs der Haddedihn, gewesen war.

Als wir dann unterwegs waren, bildeten wir mit den Kamelen, welche die Wasserschläuche und andere notwendige Sachen zu tragen hatten, eine ganz hübsche und, wie Halef sich stolz ausdrückte, „wie das Eigentum eines Königs aussehende" Kavalkade. Selbst bei Kamelen sehen Rassetiere eben ganz anders aus als gewöhnliche, vielleicht gar abgenutzte Exemplare! Hierbei will ich die vielleicht nicht ganz unnötige Bemerkung machen, daß man die Unwahrheit sagt, wenn man behauptet, das Kamel könne über eine Woche lang dürsten, und es komme vor, daß die Wüstenreisenden dadurch vor dem Tod des Verschmachtens gerettet werden, daß sie ein Kamel erstechen und das in dem Magen desselben befindliche Wasser trinken. Die Wahrheit ist, daß das Kamel in Beziehung auf das Futter genügsam ist und mit dornigen und stacheligen Gewächsen fürliebnimmt, welche kein Pferd fressen würde; es zeigt sich auch in dieser Hinsicht als brauchbares Wüstentier. Sodann kann es infolge seines weiten Magens eine ungewöhnliche Menge Wasser zu sich nehmen, welche länger reicht als bei dem Pferd; aber schon am zweiten Tag hat es wieder Durst; am dritten wird es schwach und am vierten hinfällig, wenn es Lasten zu tragen hat. Es kommt ja auch auf die Leistungen an, welche man von ihm verlangt. Ich bin mit einem vorher tüchtig getränkten Bischarinhedjihn, welches nach deutschem Geld wohl 8000 Mark wert war, in drei Tagen und drei Nächten 450 Kilometer geritten; dann aber konnte es vor Durst nicht weiter. Und daß das Magenwasser genießbar sei, ist auch eine alte, ganz unbegründete Fabel. Ich habe viele Kamele gesehen, die kurz und auch später nach dem Tränken geschlachtet wurden, denn das Fleisch wird ja ganz gern gegessen; aber schon zwei Stunden nach der Annahme des Wassers hatte es das Aussehen von Urin und einen geradezu widerstrebenden Magengeruch. Dann wird es schnell dicker und dunkler, bis es nach kurzer Zeit das Aussehen und auch den Gestank von Jauche hat. Ich würde selbst im höchsten Grad des Durstes keinen Schluck von diesem Mistwasser trinken können, wenn ich auch wollte, und ich würde auch gar nicht wollen, weil ich überzeugt wäre, daß ich an dieser Jauche noch eher als infolge des Durstes sterben müßte. Leider wird die alte, wie es scheint, unausrottbare Fabel noch heut in Schul- und anderen Büchern weiter verbreitet!

Unser eigentlicher Weg wäre bei Hit über den Euphrat und dann in gerader Linie durch die Wüste nach Djof und von da nach Haïl, dem Hauptort des Dschebel Schammar, gegangen. Eine südlichere Linie geht von Hilleh aus um den Nedschef-See herum und später über den Dschebel Daharah direkt nach Haïl. Wir hielten die Mitte zwischen beiden ein, gingen an dem Daharah weit vorüber und suchten das berühmte Wadi Rumem zu gewinnen. Wadi heißt Flußbett und kann nach den dortigen Verhältnissen ein fließendes Wasser, aber auch eine ganz ausgetrocknete Mulde bedeuten.

Hier, also südlich vom Dschebel Daharah, war es, wo ich mit Halef voranritt und das am Anfang dieses Kapitels erwähnte Gespräch über die abendländischen Eisenbahnen mit ihm hatte. Ich hatte ihm, wie von so vielen unserer Einrichtungen, auch schon wiederholt von unseren Eisenbahnen erzählt; ich hatte sie ihm beschrieben und ihm ausführlich erklärt, welchen Segen sie bringen und daß sie gar nicht zu entbehren seien. Ich hatte, um ihm das an einem Beispiel zu verdeutlichen, ihn auf die Pferdebahn hingewiesen, welche der so viel und so unschuldig verkannte Midhat-Pascha in Bagdad gebaut hatte, doch das alles vergeblich! Er, der sonst so kluge und einsichtsvolle kleine Mann, konnte sich aus seinem orientalischen Gesichtskreis nicht herausfinden und hielt alles für unpraktisch oder gar für verwerflich, was nicht mit seinen Gewohnheiten und Erfahrungen übereinstimmte. So war es heut seinem orientalischen Gewissen gradezu als Sünde erschienen, daß es bei uns im Bahnwagen den beiden Geschlechtern erlaubt ist, beieinanderzusitzen. Das war doch ein Verbrechen gegen die allererste und oberste Haremsregel! Die Sache an sich verurteilte er bloß; sie brachte ihn nicht in Aufregung; aber daß ich sie guthieß und mich selbst an dieser Sünde beteiligt hatte, das erregte seinen Zorn und trieb ihn fort von mir!

Ich ließ ihn ohne Sorge zu seiner Hanneh gehen, der er, wie ich wußte, nun sein Herz ausschüttete. Sie pflegte ihm den Turban wieder auf die richtige Stelle zu rücken. Als ich mich einmal umdrehte, sah ich, daß er, neben dem Tachtirwan reitend, sehr angelegentlich mit ihr sprach. Seine Gesten waren dabei äußerst lebhaft; er schien seinen Standpunkt verteidigen zu müssen, also war anzunehmen, daß sie zu meinen Gunsten sprach. Nach einiger Zeit lenkte er sein Hedjihn wieder an die Seite des meinigen, doch sagte er noch nicht gleich etwas, denn die Strafpredigt, welche er mir vorhin gehalten hatte, war so energisch gewesen, daß es ihm jetzt nicht leicht wurde, in Freundlichkeit wieder einzulenken. Er hustete; er räusperte sich wiederholt; endlich begann er:

„Sihdi, denkst du noch an eure Eisenbahnen?“

„Nein“, antwortete ich.

„Aber du scheinst doch so tief in Gedanken zu stecken. Darf ich erfahren, was für welche es sind?“

„Ich denke an die Unzuverlässigkeit der Freundschaft.“

„Das geht natürlich auf mich?“

„Ja.“

„Meine Freundschaft ist gar nicht unzuverlässig; aber sie kann sich nicht gut an die Wagen bei euch gewöhnen, in denen Frauen, Mädchen und fremde Männer beisammensitzen. Das Allerschlimmste ist, daß du selbst auch mit dabeigesessen hast!“

„Glaubst du, daß mir das geschadet hat?“

„Dir? O nein, gewiß nicht!"
„Oder den Frauen und Mädchen?"
„Denen? Gewiß auch nicht, denn du bist ein feiner, ein vornehmer Effendi, der sehr gut weiß, wie er sich zu benehmen hat."
„Nun, wenn es weder ihnen noch mir etwas geschadet hat, warum bist du da so erzürnt darüber?"
„Weil – hm! – weil – weil es sich nicht schickt!"
„Wer behauptet das?"
„Ich!"
„Du? Das genügt mir nicht. Wer noch?"
„Jeder vernünftige Mann!"
„So? Ich behaupte aber das Gegenteil, bin also ein unvernünftiger Mensch. Ich danke dir, Halef!"
„Sihdi, so – so habe ich es nicht gemeint; so darfst du es nicht nehmen! Ich kenne dich ja, und ich weiß also, daß grad du so viel Vernunft besitzest, daß sie für zehn andere Personen mehr als ausreichen würde. Dich habe ich am wenigsten beleidigen wollen!"
„Nun, wenn ich eine so bedeutende Portion von Vernunft besitze, so bin ich wohl auch befähigt, über unsere Eisenbahnen zu urteilen. Ich nehme an, daß du mit Hanneh darüber gesprochen hast?"
„Ja."
„Was sagte sie?"
„Ich erzählte ihr, was ich über eure Eisenbahnen von dir gehört hatte, und fragte sie nach ihrer Meinung."
„Nun? Wie lautete diese?"
„Sihdi, ich kann dir fast nicht wiedersagen, was ich aus dem Mund meiner Hanneh hörte, welche doch der Inbegriff der Zusammenfassung aller weiblichen Klugheit ist. Sie gab dir nämlich recht!"
„Das dachte ich!"
„Wirklich? Du dachtest es? Warum? Ich dachte es nicht!"
„So scheine ich deine Hanneh besser zu kennen als du. Sie will nicht, wie andere Frauen des Orients, nur die willenlose Spielpuppe ihres Mannes sein, die er vor andern Leuten nicht sehen läßt!"
„Spielpuppe! Sonderbar! Ganz genau dasselbe sagte sie auch! Sie fragte mich, ob sie nur mein Dschidschi – Spielzeug – oder meine Kukla – Puppe – sei, die kein Mensch sehen dürfe als ich allein. Ja, denke dir, sie drohte mir, nach unserer Rückkehr ein Männerzelt, einen männlichen Harem zu bauen und mich da

einzusperren, damit mich keine andere Frau betrachten dürfe. Dann sprach sie sogar von einer ‚ganz armseligen Haremswirtschaft', welche eine große und ganz unverzeihliche Beleidigung aller Frauen sei!"

„Da hat sie recht."

„Recht? Sihdi, willst du haben, daß Hanneh eine Revolution gegen mich unternimmt?"

„Nein; ich gebe ihr nur recht; was sie macht, das ist ihre Sache."

„Ich wollte das, was sie eine Beleidigung aller Frauen nannte, nicht einsehen; da erklärte sie es mir."

„Und dann begriffst du es?"

„Du scheinst wieder einmal alles vorherzuwissen, ehe ich es dir sage! Und es ist ja auch wahr: Hanneh, die schönste Blume im Garten meiner Glückseligkeit, hat eine ganz eigene, eine ganz besondere Weise des Erklärens; sie bringt nämlich keine anderen Gründe, als solche, denen man nicht widerstehen kann. So brachte sie mir auch jetzt zwei Beispiele, mit denen sie mich so überwältigte, daß ich wirklich nicht wußte, was ich weiter sagen sollte."

„Darf ich erfahren, was für Beispiele das waren?"

„Es war die Rose und die Retschina fena – Teufelsdreck, Asa foetida, d. h. ekelstinkend –; denke dir!"

Ich mußte über diesen kräftigen Vergleich der guten Hanneh unwillkürlich lachen; da fiel er schnell ein:

„Warum lachst du da? Etwa über mich? Ich kann doch nicht dafür, daß Hanneh, die Wonne meiner Augen, grad auf diese stinkende Retschina fena gekommen ist! Sie fragte mich, ob man jemandem eine Rose zeigen dürfe, und ich mußte dies natürlich bejahen. Hierauf wollte sie wissen, ob es die Höflichkeit gestatte, jemandem ein Stück Retschina fena vor die Nase zu halten, und ich verneinte es. Kaum hatte ich das getan, so warf sie mir vor, daß sie von mir nicht wie eine duftende Rose sondern wie stinkende Retschina fena behandelt werde. Sie behauptete, die Frauen des Orientes würden von ihren Männern genau so eingewickelt, wie man die Retschina fena einwickelt, damit keine Nase von ihr beleidigt werde; das sei die größte Kränkung, die es geben könne; das müsse anders werden, denn so eine Entwürdigung des weiblichen Geschlechtes könne unmöglich länger geduldet werden! Ich sage dir, sie verlangte in ihrem Zorn auch Eisenbahnen und auch Lokomotiven hierher zu uns; sie wolle sich nicht länger als Retschina fena behandeln lassen, sondern auch im Wagen sitzen wie die Frauen des Abendlandes, die keine Puppen sondern Herrinnen seien und ganz dieselben Rechte wie ihre Männer hätten! Denke dir, Rechte! Meine Hanneh, die schönste, die ruhigste, die sanfteste, die geduldigste, die liebenswürdigste aller Liebenswürdigkeiten, sprach von Rechten, von denselben Rechten, wie die Männer haben! Ist das nicht unerhört?"

„Nein."

„Nicht? Wie denn?"

„Ich halte es für selbstverständlich, nicht für unerhört."

„Aber was soll daraus werden, wenn die Frauen nicht mehr so zurückgehalten werden, wie es jetzt geschieht?"

„Zurückhalten? Meinst du vielleicht, daß sie dann wie wilde Tiere über uns herfallen, um uns zu verschlingen?"

„Nein; du mußt nicht gleich das Allerschlimmste sagen. Ich war aber der Ansicht, daß man ihnen sehr enge Grenzen ziehen muß."

„Welche Grenzen zum Beispiel?"

„Es muß ihnen verboten sein, auszugehen, sobald es dunkel ist!"

„Gut; weiter!"

„Sie müssen es vermeiden, mit einem Mann, der nicht ihr Mann ist, allein zu sein."

„Das verlangst du im vollen Ernst?"

„Jawohl! In dieser Beziehung verstehe ich keinen Spaß. Gegen eine Frau, welche diese Gesetze übertritt, muß man sich genau so wie der Padischah gegen seinen Harem verhalten!"

„Wie?"

„Er läßt solche Frauen in einen Sack binden und in das tiefste Wasser werfen."

„Wirklich?"

„Ja, das tut er, und ich sage, daß dies ganz richtig von ihm ist!"

„Lieber Halef, hast du vielleicht einen Sack mit?"

„Ja, mehrere, für die Pferdedatteln."

„Sind sie groß genug, eine Frau hineinzustecken?"

„Nein."

„Schade, jammerschade!"

„Warum?"

„Wir hätten deine Hanneh in einen solchen Sack gesteckt und in das erste Wasser geworfen, welches wir antreffen."

„Meine Hanneh? Die allernotwendigste Notwendigkeit zum Glück meines Erdenlebens?" fragte er erstaunt.

„Leider!" nickte ich sehr ernst.

„Sie in einen Sack stecken?"
„Ja."
„Und in das Wasser werfen?"
„In die tiefste Stelle sogar!"
„Warum? Sag schnell, warum?"
„Weil sie gegen die beiden Gesetze gehandelt hat, welche du vorhin aufstelltest."
„Du scherzest, Effendi, du scherzest."
„Nein. Ich bin Zeuge, daß sie es getan hat."
„Sihdi, mach mich nicht unglücklich! Meine Hanneh wäre mit einem Mann, der ich nicht war, allein gewesen?"
„Ja; sogar in tiefer Dunkelheit, beim Neumond, ganz hinter den Zelten eures Lagers."
„Ich sterbe! Ja, ich sterbe vor Trauer, obgleich ich es für vollständig unmöglich halte, daß sie dieses größte aller Verbrechen begangen haben kann! Aber du sagst es, Effendi, du, der mein erster und bester Freund ist und mir so etwas nicht mitteilen wird, ohne es beweisen zu können!"
„Ich habe dir schon gesagt, daß ich Zeuge bin, und ich teile dir jetzt mit, daß es noch einen zweiten Zeugen gibt."
„Noch einen? Der es gesehen hat?"
„Ja."
„Wer ist das? Sage es! Heraus damit! Diesen Halunken bringe ich augenblicklich um, weil er es mir verschwiegen hat!"
„Lieber Halef, das würde Selbstmord sein!"
„Selbst . . .?"
„Ja, denn du selbst bist dieser zweite Zeuge."
„Ich – ich – ich selber?!"
„Ja."
„Effendi, du wirst mir immer unbegreiflicher!"
„Du scheinst es vergessen zu haben; darum will ich deinem Gedächtnis zu Hilfe kommen. Erinnerst du dich jener Neumondsnacht vor unserem Aufbruch nach dem Tigris, als wir unsere Reise nach Persien antraten?"
„Ja."
„Da hat, nach Mitternacht sogar, deine Hanneh mit einem Mann, der nicht Hadschi Halef war, eine ziemlich lange Zeit hinter euern Zelten gesteckt." – Karl May, „Im Reiche des silbernen Löwen", Band 1 –.

Da warf er beide Arme freudig empor und rief, indem er tief und wie von einer großen Last befreit Atem holte, in frohem Ton aus:

„Hamdulillah! Da wird mir ja das Herz gleich wieder leicht! O Sihdi, was für eine außerordentliche Bangigkeit hast du in meine Seele gelegt! Es war, als ob mir das ganze Glück meines Lebens zerrissen und zertrümmert werden solle. Hätte ein anderer so zu mir gesprochen wie du, gleich wäre ihm mein Messer in den Leib gefahren, zur Strafe dafür, daß er es wagte, Hanneh, das köstliche Ebenbild der reinen Sonne, mit seinen Verdächtigungen zu beschmutzen. Da du es aber warst, der also sprach, so konnten die Worte, welche mir so tiefen Schmerz bereiteten, doch keine Lüge sein; sie mußten Wahrheit enthalten. Darum fühlte ich mich niedergeschmettert wie ein kleiner Käfer, auf welchen ein großer Berg herabgefallen ist. Nun ich aber höre, daß du jene Nacht vor unserem Aufbruch meinst, ist dieser Berg wieder verschwunden, und der Käfer zappelt lustig weiter, denn ich weiß, daß du selbst der fremde Mann gewesen bist, der damals mit ihr gesprochen hat!"

„Und das macht dich nicht unglücklich?"

„Unglücklich? Fällt mir gar nicht ein! Und wenn ich tausend Hannehs hätte, die alle so schön und so unvergleichlich wären, wie diese eine, einzige, dir könnte ich sie alle, alle anvertrauen!"

„Ich glaube es dir. Aber weißt du, was du mit dieser für mich so ehrenvollen Versicherung getan hast?"

„Ja."

„Nun, was?"

„Ich habe dir ein ungeheures Lob gespendet, ein geradezu beispielloses Vertrauen erwiesen!"

„Allerdings; aber zugleich hast du noch etwas anderes getan."

„Von diesem etwas anderem habe ich keine Ahnung. Was ist es?"

„Du hast deine Anklage gegen das Abendland zurückgezogen und dich mit unseren Eisenbahnen einverstanden erklärt."

„Ist mir gar nicht in den Sinn gekommen, Sihdi! Eure Eisenbahnen haben es mit mir verdorben, vollständig verdorben. Es fällt mir gar nicht ein, nicht einmal im Traum, mich mit ihnen auszusöhnen!"

„Du hast es aber doch getan, und zwar nicht im Traum, sondern soeben jetzt, im vollständig wachen Zustand!"

„Wieso?"

„Paß auf! Ich frage dich: Du hältst es für verboten, daß Frauen mit anderen Männern im Wagen der Eisenbahn beisammensitzen?"

„Ja, streng verboten! Davon gehe ich nicht ab!"

„Du hältst es ferner für verboten, daß Frauen mit anderen Männern, zumal in der Nacht und hinter den Zelten, beisammenstehen?"
„Eigentlich ja; aber wenn du es bist, so ist es erlaubt."
„Warum da?"
„Weil ich weiß, daß ich sie dir anvertrauen kann."
„Gut! Im Wagen der Eisenbahn sitzen unsere Frauen auch nur in der Nähe von Männern, denen wir sie anvertrauen können! Andere Männer würden von den Beamten sofort hinausgeworfen oder gar arretiert und bestraft werden!"
„Wirklich? Das finde ich allerdings sehr lobenswert!"
„Wenn aber zum Beispiel du dich in einem solchen Wagen befändest, dann würde jeder Mann seiner Frau oder seiner Tochter erlauben, sich in deine Nähe zu setzen."
„Meinst du?" fragte er geschmeichelt.
„Ja."
„Wirklich?"
„Ja, denn man sieht dir die Ehrlichkeit und Zuverlässigkeit ja gleich beim ersten Blick an!"
„Hm! Würde ich auch mit ihr sprechen dürfen?"
„Sie würde es dir ganz gern erlauben."
„Ihr guten Rat geben, wenn sie welchen braucht?"
„Natürlich!"
„Ihr sogar helfen, wenn sie meiner Hilfe bedarf?"
„Gewiß! Das ist grad der große Vorteil, den unsere Frauen und Töchter während der Reise genießen, daß sie von jedem Mitreisenden unterstützt und beschützt werden!"
„Du, Sihdi, das finde ich reizend, sehr reizend! Du weißt, wie gern ich meine Nebenmenschen beschütze. Es ist das schon bei Männern schön; wie schön muß es da erst bei Frauen sein! Denke dir, wenn ich als Dank ein freundliches Lächeln dafür bekäme!"
„Das wäre dir gewiß!"
„Wirklich? Sie würde lächeln?"
„Aber ja! Wenn du ihr einen freundlichen Dienst erweisest, lächelt sie dich auch freundlich an."
„Sihdi, ich bitte dich, von diesem freundlichen Lächeln des Dankes mußt du gegen Hanneh schweigen, sonst bekommt sie einen ganz falschen Begriff von eurer Eisenbahn, und das sollte mir leid tun!"
„Leid? Dir? Ich denke, du magst nichts von der Eisenbahn wissen?"

„Ganz richtig! Eigentlich mag ich sie nicht leiden, ja; aber wenn die Frauen nur bei braven, dienstbereiten Männern sitzen, welche mit einem Lächeln der freundlichen Anerkennung belohnt werden, so sehe ich keinen vernünftigen Grund, warum es grad mir verboten sein soll, auf der Eisenbahn zu fahren. Ich sage dir, wenn so eine Eisenbahn von hier nach Mekka ginge, ich würde wahrscheinlich nicht auf dem Kamel sitzen bleiben."

„Sondern fahren?"

„Ja. Was kann mir das Lächeln eines Kameles nützen, selbst wenn es nämlich lächeln könnte! Dürfte ich denn einer solchen Frau auch von unseren Reisen, von unseren weiten und gefährlichen Ritten und von den Taten des Mutes und der Tapferkeit erzählen, welche wir vollbracht haben?"

„Ja. Sie würde dir sogar dankbar dafür sein, denn durch diese Erzählungen würdest du die Langeweile von ihr fernhalten."

„Nicht nur das, sondern ich würde sogar ganz bedeutend zu ihrer Bereicherung in den Kenntnissen der Dschigrafia und Tarih – Geographie und Weltgeschichte – beitragen, wofür ich wahrscheinlich auch ein freundliches Lächeln zu sehen bekäme! Du, Effendi, das mit euern Eisenbahnen ist ganz anders, ganz anders, als ich dachte! Warum hast du mir das von dem Lächeln nicht sogleich gesagt? Du pflegst aber immer grad die Hauptsache zu vergessen; das ist es, was ich an dir auszusetzen habe. Und wenn ich dadurch zu einer irrigen Ansicht verleitet werde, so wirfst du die Schuld nicht auf dich, sondern auf mich, der ich doch gar nichts dafür kann! Jetzt sehe ich ein, daß eure Einrichtungen doch nicht so verwerflich sind, wie ich bisher gedacht habe, und – da, schau empor, Sihdi! Siehst du die beiden Nusura – Plural von Nisr: Geier –?"

„Ja", antwortete ich. „Ich habe sie schon eine ganze Weile beobachtet."

„Sie schweben jetzt grad über uns; sie scheinen uns also zu beobachten."

„Ja, das tun sie. Sie wollen sehen, ob sie von uns irgendeine Beute erwarten dürfen. Wenn sie über uns bleiben und uns begleiten, können wir überzeugt sein, daß wir uns ganz allein in dieser Gegend befinden. Übrigens hast du dich in diesen Vögeln geirrt; es sind keine Nusura. Unter Nisr versteht man den weißköpfigen Geier; aber der mit seinem Weibchen da über uns schwebt, ist ein Bartgeier, el Büdj genannt. Man sieht ihn häufiger in Ägypten und den Maghrebländern; hier aber ist er sehr selten. Ich sah diese beiden vorhin aus Südwesten kommen.

Sieh, da entfernen sie sich wieder, und zwar in dieser Richtung. Das ist mir interessant, höchst interessant!"

„Warum, Effendi?"

„Weil sie glauben, dort leichter Fraß zu finden als hier bei uns."

„Woher weißt du das?"

„Ich schließe es aus ihrem Verhalten. Diese Vögel sehen außerordentlich weit. Sie haben uns aus großer Entfernung gesehen und sind gekommen, uns zu betrachten. Da sie sich jetzt wieder entfernen, dürfen wir annehmen, daß es dort, woher sie kamen und wohin sie nun wieder fliegen, mehr Beute zu erwarten gibt als bei uns. Unsere Tiere sind gesund und kräftig; darum bewegen wir uns rasch und energisch; das wissen diese Vögel wohl zu beurteilen. Ich würde jede Wette darauf eingehen, daß es dort im Südwesten von uns leidende Wesen gibt, Menschen oder Tiere, wohl auch beides zugleich, deren Haltung und Bewegungen den Geiern Ursache zur Hoffnung auf baldigen, reichlichen Fraß geben."

Wir verfolgten die Vögel mit unseren Augen. Als Halef sie nicht mehr erkennen konnte, sah ich sie noch als kleine Punkte, welche sich nicht mehr weiter entfernten, sondern über einer bestimmten Stelle schwebten, die sicher sehr weit von uns entfernt war, obgleich die Geier nicht mehr als zwei Minuten gebraucht hatten, dorthin zu kommen.

„Siehst du sie noch?" frage Halef.

„Ja", antwortete ich. „Sie stehen über einer bestimmten Stelle und gehen nicht von ihr fort. Es muß dort irgendein gebrechliches Geschöpf oder auch mehrere geben."

„Vielleicht gar Leichen!"

„Möglich; dann befinden sich aber lebende Personen dabei, vor denen die Geier sich fürchten, denn sonst würden sie schon längst niedergestoßen sein."

„Du sprichst von einem gebrechlichen Geschöpf. Wäre es da nicht unsere Pflicht, Hilfe zu bringen?"

„Allerdings."

„Vielleicht aber handelt es sich bloß um Tiere!"

„Das ist möglich; dann aber müßten es große Raubtiere, Löwen oder Panther sein, die ja in den Felsen Innerarabiens auch vorkommen; aber die laufen doch nicht jetzt am hellen Tag auf der Ebene herum! Wären es nicht Raubtiere, so hätten sich die Geier niedergelassen und säßen, ruhig wartend, in der Nähe ihrer Beute. Ich bin daher der Ansicht, daß es Menschen sind, müde, hinfällige Menschen, die aus irgend einem Grund nicht mehr fortkönnen. Wir sind verpflichtet, ihnen Hilfe zu bringen, werden das aber nicht in unvorsichtiger Weise tun. Erkundigen wir uns also bei dem Ben Harb, ob es hier in dieser Gegend vielleicht einen Weideplatz irgendeines Beduinenstammes gibt!"

Als wir den schon erwähnten Führer fragten, teilte er uns mit, daß wir uns mitten in der Sandwüste befänden, in welcher es keinen einzigen Brunnen, also auch keine Weide gebe; das nächste Wasser liege so weit von hier, daß sich sein Einfluß bis hierher gar nicht geltend machen könne.

Da es nicht geraten war, unsere ganze Karawane ihre Richtung verändern zu lassen, ritten wir langsam weiter und beauftragten Omar Ben Sadek und einen Haddedihn, nach der Stelle zu reiten, über welcher die Geier standen. Um, wenn nötig, gleich Hilfe bringen zu können, nahmen sie einen vollen Wasserschlauch mit. Die Wüstenebene war nur scheinbar glatt, in Wirklichkeit aber so gewellt, daß wir die beiden Reiter schon nach kurzer Zeit nicht mehr sehen konnten. Es dauerte weit über eine Stunde, bis sie zurückkehrten. Es mußte sich um etwas doch nicht Gewöhnliches handeln, denn Omar Ben Sadek wartete mit seinem Bericht nicht, bis er uns erreicht hatte, sondern rief uns schon von weitem zu:

„Effendi, ihr müßt abschwenken und mit uns kommen! Es gilt, fünf Menschen zu retten."

„Wer sind sie?" fragte ich.

„Wahrscheinlich Leute aus Mekka."

„Wahrscheinlich? Haben sie nichts Bestimmtes gesagt?"

„Nein. Du weißt ja auch, daß hier in der Wüste jedermann vorsichtig ist. Wir könnten ja zu einem ihnen feindlichen Stamm gehören."

„Hast du ihnen nicht gesagt, daß wir Haddedihn sind, die so weit von hier wohnen, daß sie hier unmöglich eine Thar – Blutrache – haben können?"

„Das habe ich wohl gesagt; aber sie glaubten es nicht. Du würdest ja auch nicht sofort alles glauben, sondern vorher die Personen und das, was sie sagen, einer Prüfung unterwerfen."

„Es sind also fünf Personen?"

„Fünf Lebende und ein Toter."

„Erzähle doch lieber zusammenhängend!"

„Ich tue es. Wir ritten nach Südost und sahen bald die Geier wieder, die ganz unbeweglich in der Luft zu stehen schienen; aber je näher wir kamen, desto deutlicher bemerkten wir, daß sie nicht standen, sondern langsame Kreise zogen. Später sahen wir dann den Gegenstand oder vielmehr die Gegenstände ihrer Aufmerksamkeit. Es waren sechs Hudjuhn, welche am Boden lagen, neben ihnen ihre Reiter, Tiere und Menschen still und unbeweglich wie Leichen. Als wir ganz nahe herankamen, hoben die Kamele die Köpfe, ließen sie aber gleich wieder sinken. Sie sahen abgetrieben aus, wie nach einem langen, angestrengten Eilritt, und waren halb verdürstet. Drei von den Männern standen in den mittleren Jahren; einer war jung und einer war alt. Der Alte schien am wenigsten erschöpft zu sein; er bat sogleich um Wasser, das wir ihnen auch sofort gaben. Sie tranken die Dschirbe – den Schlauch – fast ganz leer."

„Und die Leiche?"

„Wir konnten nicht sehen, was für eine Person es war, denn sie war mit dem Haik zugedeckt."

„Was gab es für Fragen und Antworten?"

„Der Alte erkundigte sich, wer wir seien, und wir sagten es ihm; er aber ließ die zweifelnden Worte ‚Allah weiß es!' dazu hören. Als ich ihn nach seinem Namen fragte, sagte er, sie alle seien aus Mekka, wozu ich ihm nun auch ein ‚Allah weiß es!' zu hören gab. Er bat um Wasser für Menschen und Tiere, auch um etwas Futter für die Kamele; Mehl und Datteln für sich hätten sie noch."

„Woher kommen sie?"

„Das sagte er nicht. Er meinte, er habe uns auch keine Frage vorgelegt; der Gläubige müsse seinem Bruder helfen, ohne nach seinem Namen und nach seinem Ausgang und Eingang zu fragen."

„Entweder hat dieser Mann kein gutes Gewissen, oder er ist ein stolzer, eingebildeter Moslem in hoher Stellung in Mekka. Vielleicht ist auch beides zu gleicher Zeit der Fall; aber recht hat er doch gehabt: Er bedarf unserer Hilfe, und wir müssen sie ihm bringen, ohne ihn vorher nach allem ausgefragt zu haben. Glücklicherweise sind wir mit Wasser so reichlich versehen, daß diese Wohltätigkeit uns nicht selbst in Gefahr bringen wird. Reiten wir also hin!"

Wir bogen daher von unserem Weg ab und ließen uns von Omar Ben Sadek nach der betreffenden Stelle führen, die wir nach vielleicht drei Viertelstunden erreichten. Da lagen die Kamele noch so, wie sie sich vor Erschöpfung niedergeworfen hatten; die Höcker waren abgezehrt; man sah nicht die geringste Lippenbewegung des Wiederkauens. Die fünf Männer hockten in einem engen Kreis, in dessen Mitte man den noch immer verhüllten Toten in sitzende Stellung aufgerichtet hatte, in welcher er durch die tief in den Sand gesteckten, langläufigen Gewehre unterstützt und gehalten wurde. Sie beteten laut. Als wir bis ganz nahe herangekommen waren, unterbrachen sie sich, und der Vorbeter, dem die andern Satz um Satz nachsprachen, sagte in mehr befehlendem als bittendem Ton:

„Ich sehe, daß ihr Wasser und trockenes Maisstroh habt. Gebt den Kamelen zu saufen und zu fressen, und laßt uns einige volle Schläuche hier. Dann aber stört uns nicht weiter im Gebet für den, den Allah abgerufen hat!"

Das war ja außerordentlich bescheiden von diesem Mann! Hier, wo das Futter und noch viel mehr das Wasser so kostbar war, sollten wir zunächst seine Tiere tränken und sättigen und dann gleich mehrere volle Schläuche hergeben, und zwar ohne ein Wort des Dankes abzuwarten, da er uns ja die Weisung gab, sie dann nicht zu stören, also wieder fortzureiten! Halefs Hand zuckte nach der Peitsche aus Nilpferdhaut, die er stets im Gürtel hängen hatte und gern öfter in Bewegung setzte, als ich ihm erlauben durfte. Ich winkte ihm aber ab.

„Ich soll ihm nicht die Peitsche geben?" fragte er leise aber zornig. „Ist es nicht die größte aller Unverschämtheiten von diesem Menschen, das von uns zu verlangen, was er soeben gefordert hat?"

„Allerdings; aber das ist noch kein Grund, um gleich zuzuschlagen. Du befindest dich hier unter stolzen, rachsüchtigen Arabern und nicht bei geknechteten Fellachen, bei denen man die Peitsche schwingen kann, ohne dies später blutig bezahlen zu müssen!"

„So sag, was wirst du tun?"

„Wir geben den Pferden Wasser und Stroh; diese armen Tiere sollen nicht unter der Unverschämtheit ihrer Besitzer leiden."

„Und diese?"

„Bekommen weiter kein Wasser, außer sie bitten uns sehr höflich darum. Wir bleiben hier lagern."

„Hier? Bei diesen Kerlen? Hamdulillah! Preis sei Allah, der dir diesen kostbaren Gedanken eingegeben hat! Denn wenn wir hier bei ihnen bleiben, werden wir wahrscheinlich etwas erleben, sie aber auch!"

„Wir hätten überhaupt nicht viel weiter reiten können, denn dann wird es Nacht, und da wir hier doch einmal einige Zeit versäumen, halte ich es für das beste, wir bleiben gleich da. Gib also deinen Leuten die nötigen Befehle!"

Da wir dieses Mal die Haddedihn bei uns hatten, brauchte ich mich um nichts zu bekümmern; es wurde mir jede Handreichung sehr gern und mit Liebe geleistet. Ich stieg also vom Hedjihn, gab die Stelle an, wohin ich meinen Teppich gelegt wünschte, und ging dann zu meinem Hengst, um ihn zu liebkosen und dabei einige Datteln knuspern zu lassen. Er war diese Aufmerksamkeit von mir gewohnt und dankbar dafür. Hierauf machte ich es mir auf meinem Teppich bequem.

Ich saß, wie ich gewollt hatte, ganz in der Nähe der Fremden, dem Vorbeter gegenüber, den Omar Ben Sadek „den Alten" genannt hatte. Er hatte ein echtes, listiges, rücksichtsloses, gewalttätiges Mekkanergesicht und trotz seines Alters noch keine grauen Haare; vielmehr besaßen diese diejenige Färbung, welche man „Salz und Kümmel" zu nennen pflegt, also Grau und Dunkel gemischt. Der „Junge" saß an seiner Seite und war ihm so ähnlich, daß ich ihn gleich für seinen Sohn halten mußte. Er hatte etwas Unstätes, Ruheloses, Unzuverlässiges in seinen sich stets in Bewegung befindenden Augen. Die andern drei hatten nichts an sich, wodurch sie eine besondere Erwähnung verdienten. Gemein war ihnen allen die große Hinfälligkeit; wahrscheinlich waren wir grad zur rechten Zeit gekommen, sie vor dem Tod des Verschmachtens zu erretten. Ich glaubte ihnen anzuhören, daß ihnen das laute, lange Beten schwer wurde. Warum schwiegen sie da nicht, zumal sie diese Litanei doch ganz und gar nicht nötig hatten? Die Stimme des Alten klang dumpf und mit müdem Zittern:

„O du, den unter sämtlichen Geschöpfen der Schöpfer am meisten ehrt – gemeint ist Mohammed –. Bei dem Eintritt des Ereignisses, welches alle trifft – der Tod –, habe ich keinen, zu dem ich meine Zuflucht nehmen kann, als zu dir allein!"

Die andern beteten es ihm nach; dann fuhr er fort:

„Und wenn der Gnädige sich als strafender Vergelter offenbaren wird, wird es deiner Macht, du Gesandter Gottes, nicht unmöglich sein, mir zu helfen.

Denn zu der Fülle, welche du gespendet hast, gehört diese Welt und jene Welt, und du weißt alles, was auf der Tafel des Jenseits geschrieben steht und was die Feder geschrieben hat.

O meine Seele, keines schweren Fehltrittes wegen verzweifle an Allahs Gnade; denn wo es sich um die Vergebung handelt, da sind die schweren den leichten Sünden gleich!

Das Erbarmen meines Herrn, so hoffe ich, wird zu der Zeit,

wo er es verteilen wird, in den einzelnen Spenden sich nach dem Maß der Sünde gestalten.

Oh, mein Herr, gib, daß meine Hoffnung bei dir bestehe und meine Rechnung sich als richtig erweise!

Und verfahre in dieser und in jener Welt gelinde und gnädig mit deinem Knecht, denn ihm ist eine Festigkeit verliehen, welche fliehend davoneilt, wenn die grausigen Schrecknisse ihn herausfordern!

Und laß die Wolken deiner Erbarmung für und für Güsse jeder Art auf den Propheten herabsenden . . .!"

Als er so weit gekommen war, hatten unsere Haddedihn seinen Kamelen Wasser und Maisstroh gegeben und begannen nun, sich mit der Vorbereitung des Lagers zu beschäftigen. Da unterbrach er sich, indem er die hastigen Worte an mich, den er für den Anführer halten zu müssen glaubte, richtete:

„Was sehe ich? Ihr sattelt eure Kamele ab! Das sieht ja so aus, als ob ihr hierbleiben wolltet!"

„Es sieht nicht bloß so aus, sondern es ist wirklich so: Wir bleiben da", antwortete ich ruhig.

„Dazu habt ihr kein Recht."

„Warum? Die Wüste ist nur Allahs Eigentum; hier diese Stelle auch. Wir haben niemanden zu fragen!"

„Auch uns nicht?"

„Nein."

„Wir waren eher da als ihr!"

„So bleiben wir um grad so viel länger hier; dann sind die beiden Zeiten gleich!"

„Wir wünschen aber, allein zu sein!"

„Wir werden so tun, als ob ihr gar nicht vorhanden wäret, und kein Wort mit euch sprechen!"

„Aber, ihr seht, daß wir einen Toten hier haben. Leichen aber verunreinigen!"

„Uns nicht, denn wir werden ihn nicht berühren!"

„Allah gebe mir die Beherrschung meines Zornes! Du siehst und hörst doch, daß wir euch nicht bei uns haben wollen, sondern eure Entfernung wünschen!"

„Und du siehst, daß unsere Wünsche das Gegenteil erstreben; darum kann Allah nur die Erfüllung der Wünsche für die eine Partei im Buch des Lebens verzeichnet haben, und diese Partei sind wir. In das aber, was in dem Buch des Lebens verzeichnet worden ist, habt ihr euch zu fügen!"

Ich hatte immerfort in meinem freundlichsten, er aber zugleich in einem sehr zornigen Ton gesprochen. Ich war neugierig, was sich aus diesem sehr unerquicklichen Verhältnis entwikkeln werde. Halef ging es ebenso wie mir; er hatte die Herunternahme des Tachtirwan und die bequeme Unterbringung seiner Hanneh unter ihr kleines, schnell aufgeschlagenes Frauenzelt beaufsichtigt und kam nun, anstatt sich zu ihr zu setzen, was er bisher unterwegs stets getan hatte, zu mir, ließ einen Teppich neben dem meinigen ausbreiten und setzte sich auf demselben nieder. Dann sagte er leise:

„Warst du auf einen solchen Empfang vorbereitet, Sihdi?"

„Nein", antwortete ich.

„Ich auch nicht. Eine solche Undankbarkeit ist geradezu beispiellos. Was wirst du tun?"

„Zunächst ruhig abwarten. Ihr Verhalten zu uns interessiert mich außerordentlich, und ihre Leichenzeremonien auch. Sei jetzt still! Ich möchte hören, was sie beten."

Der Vorbeter begann nämlich jetzt wieder:

„Das ist Mohammed, der Herr dieser und jener Welt, der Herr der Menschen und der Dschinnen – Geister –, der Herr der beiden großen, voneinander gesonderten Scharen der Menschenkinder: der Araber und der Barbaren.

Unser Prophet, den, wenn er gebietet oder wenn er verbietet, im Neinsagen wie im Jasagen niemand an Wahrhaftigkeit übertrifft.

Er ist der Geliebte, auf dessen Fürsprache wir hoffen bei jedwedem grauen Schrecknis, dessen Gestalt wir anheimgefallen sind.

Wer sich an ihn anklammert, klammert sich an ein Seil, welches nimmer reißt.

Er übertraf die Propheten sowohl an Körpergestalt wie auch an Seelenadel, und sie kamen ihm weder an Wissen noch auch an Tugend oder Edelsinn nahe.

Sie, die alle von dem Gesandten Allahs bittend die Erlaubnis begehrten, aus dem Meer mit der Hand zu schöpfen oder das Wasser der anhaltenden Regengüsse schlürfen zu dürfen.

Und neben ihm den unterscheidenden Punkt seines Wissens oder die tonangebende Bezeichnung seiner Weisheit zur äußersten Grenze hatten, an welcher sie dastanden, ohne sie überschreiten zu können.

Ihn erkor der Schöpfer der Menschen sich zum Geliebten, nachdem Inneres und Äußeres bei ihm zur vollendeten Vollkommenheit gediehen war.

Er hat keinen neben sich, der an seinen Vorzügen teilhat, und das Wesen seiner Schönheit ist ein ungeteiltes.

Was die Christen von ihrem Propheten behaupten, das behaupte du ja nicht, sondern erkenne getrost an Lob zu ihm, was ihm anzuerkennen dir nur immer beliebt.

Und leg seiner Person jeden Adel bei, den ihr beizulegen dir in den Sinn kommt, und lege seiner Würde jede Größe bei, die ihr beizulegen du das Verlangen hast.

Denn die Vortrefflichkeit des Gesandten Gottes hat keine Grenze, so daß irgendein mit dem Mund Redender sie nicht in ihrer ganzen Grenze aussprechen könnte.

Wenn seine Wunderzeichen der Größe seiner Würde entsprechen, so wird sein Name, wenn man ihn nennt, die hingeschwundenen Totengebeine beleben.

Mit Dingen, welche der Verstand nicht begreifen kann, hat er, getrieben vom Eifer für unsere Wohlfahrt, uns verschont, und so sind wir weder dem Zweifel noch dem Wahn anheimgefallen.

Sein inneres Wesen aufzufassen, ist eine Aufgabe, welche das Vergnügen der Sterblichen übersteigt, und weder in der Nähe noch in der Ferne siehst du einen, der nicht ratlos dasteht, wenn es gilt, diese Aufgabe zu lösen.

Sein inneres Wesen gleicht der Sonne, die in der Ferne sich dem Auge in verschiedener Kleinheit zeigt und in der Nähe aber das Auge blendet.

Jede Reihe von Wunderzeichen, welche die hohen Gesandten Allahs zutage treten ließen, ist nur von seinem Licht her zu ihnen gelangt.

Denn er ist eine große Vortrefflichkeitssonne; sie aber sind die Sterne dieser Sonne und strahlen nur als seine Sterne ihr Licht den Menschen in die Finsternisse ..."

Obgleich ich befürchten mußte, den Leser zu langweilen, habe ich dieses Gebet doch hierhergesetzt, weil es aus Stellen der Burda, eines der berühmtesten mohammedanischen Gedichte, besteht, welches zum Lob Mohammeds verfaßt ist und bei Begräbnissen rezitiert wird. Es ist vielleicht für manchen interessant, ein berühmtes islamitisches Gedicht, wenn auch nur einen Teil desselben, kennenzulernen, mit dessen Schönheiten sich, wie die Mohammedaner behaupten, kein Erzeugnis irgendeines andersgläubigen Dichters jemals vergleichen lassen dürfe!

Der „Alte" schien die Burda auswendig zu können, denn er rezitierte diese Stellen ohne Hilfe eines Buches; er war also kein gewöhnlicher Araber; er machte während des Betens überhaupt den Eindruck eines fanatischen Moslems, welcher mit den Obliegenheiten eines Geistlichen wohlvertraut ist. Dabei schweiften seine Blicke sehr oft zu uns herüber, und zwar mit einem Ausdruck, welcher nichts weniger als freundlich genannt werden konnte. In den Augen seines Sohnes aber wohnte gar der offenbare, vor uns nicht im geringsten verheimlichte Haß.

Auch jetzt wieder hatte das Gebet auf mich den Eindruck gemacht, als ob es nicht aus innerem Bedürfnis, aus der Seele heraus, sondern aus einem andern Grund gesprochen werde. Es klang so müd, so abgespannt; die Leute sprachen langsam, als ob es ihnen schwer werde; sie ließen Stellen aus, welche der Vorbeter nicht ausgelassen hatte, und nun, da er eine Pause machte, legten sie sich nieder, was er als Veranlassung nahm, nicht wieder anzufangen.

Ich dachte mir, daß sie nur beteten, um uns keine Zeit zu lassen, mit ihnen zu sprechen. Sie waren wahrscheinlich gesonnen, uns keine Auskunft über sich zu geben, und da dies doch einen Grund haben mußte, glaubte ich annehmen zu dürfen, daß es kein für ihre Beurteilung vorteilhafter sei.

Während sie nun, bewegungslos wie Tote, dalagen, brach die Dunkelheit herein, und von unsern Haddedihn wurde das Moghreb gebetet, welches für kurze Zeit nach dem Untergang der Sonne vorgeschrieben ist. Als es dann vollständig Nacht geworden war, wurde das Aschiah oder Nachtgebet gesprochen. Bei beiden Fällen richteten sich die Fremden in die Knie auf und beteten mit, was sie als Mohammedaner trotz ihres sonstigen Verhaltens zu uns unbedingt tun mußten, doch taten sie es leise, ohne uns ihre Stimmen hören zu lassen, ein Zeichen von Mißachtung, welches wir aber so ruhig hinnahmen, als ob wir es gar nicht bemerkten. Dann ging ich mit Halef zum Zelt seiner Hanneh, um ein Feuer zu machen, zu welchem wir heut unterwegs gelegentlich dürres Gezweig geschnitten hatten. Die „lieblichste und wohlschmeckendste unter allen Köchinnen des Erdkreises", wie Halef sein Weibchen nannte, wenn von ihrer Kochkunst die Rede war, wollte uns Kaffee kochen und dann in der heißen Asche Kurß tari backen, das ist frisches Brot in kleiner Kuchenform. Wir hatten zum edlen Werk des Kaffeekochens einen Kessel mitgenommen, und die Haddedihn hielten alle ihre auch für heiße Flüssigkeiten haltbaren Lederbecher bereit, um sich ihre Portion des duftigen Getränkes geben zu lassen.

Als der Wohlgeruch desselben sich vom Feuer aus nach allen

Richtungen verbreitete, wurden die Fremden wieder lebendig. Sie hielten eine kurze, leise Beratung, nach welcher der „Junge" aufstand und zu uns kam.

„Wir wollen auch Kaffee!" sagte er, indem er uns ein ja nicht zu kleines Kürbisgefäß hinhielt.

Er hatte das nicht etwa bittend gesagt, sondern in einem Ton, als ob er nur zu fordern brauche. Halef machte sofort Miene, aufzuspringen und ihn zornig zurechtzuweisen; ich hielt ihn aber am Arm nieder und übernahm die Beantwortung selbst, die sehr kurz und bestimmt klang:

„Der ist nur für uns."

„Für uns auch!" behauptete der Mensch.

Ich zuckte die Achsel und sagte nichts weiter; auch Halef schwieg.

„Bekomme ich welchen?" fuhr der Unverschämte mich an.

„Nein, nein, nein und zum vierten, fünften, zehnten und hundersten, tausendsten Male nein!" krachte jetzt der kleine Hadschi los, der seinen Zorn nun nicht länger beherrschen konnte.

Da drehte sich der Mann scharf auf der Ferse um und ging fort. Seine Leute hatten jedes Wort gehört; sie steckten die Köpfe zusammen. Was sie da sagten, konnte uns sehr gleichgültig sein.

„Sihdi, meinst du, daß wir uns vor diesen Leuten in acht nehmen müssen?" fragte Halef.

„Nein", antwortete ich; „gar nicht!"

„Ich auch nicht. Wir sind zweiundfünfzig wohlbewaffnete Männer und sie nur fünf verschmachtete Personen. Trotzdem aber denke ich, daß wir während der Nacht nicht alle schlafen dürfen."

„Das ist natürlich auch meine Meinung. Bestimme also von deinen Leuten einige, welche einander bis früh ablösen, um munter zu bleiben!"

Später, als der Duft des Brotes sich bemerkbar machte, wurde der „Junge" wieder zu uns geschickt.

„Gebt uns auch Brot!" forderte er in demselben Ton, in welchem er vorhin Kaffee verlangt hatte.

„Das ist auch nur für uns", antwortete ich wieder.

„Wir wollen auch essen!"

„So eßt das, was ihr habt!"

Er mußte ohne Respektierung seines Befehles wieder fortgehen, kehrte aber bald mit einem neuen Verlangen zurück:

„So gebt uns Wasser, einen vollen Schlauch!"

„Es ist alle geworden."

„Ich sehe doch da die Dschirab – Plural von Dschirbe: Schlauch für Wasser – liegen!"

„Die sind nur noch für uns. Was wir übrig hatten, habt ihr schon bekommen."

„Kennt ihr die Gesetze und Gebote der Wüste und der Gastfreundschaft so wenig, daß ihr uns sogar das Wasser vorenthaltet, welches wir zu verlangen haben?"

„Wir kennen alle Gesetze und Gebote, sogar die Vorschriften der Höflichkeit, welche aber euch vollständig unbekannt zu sein scheinen. Und nun mach dich fort von uns, sonst ..."

„... sonst fahre ich dir in die Beine, daß du nicht nur gehen, sondern in alle Winde fliegen lernst!" schrie ihn Halef, mir in die Rede fallend, zornig an. „Wasser, Brot, Kaffee! Vielleicht verlangt dieser Kerl auch noch Kawuara – Kaviar – und eine Istridiar – Auster –, die so groß wie eine Tosbadschy afrita – Riesenschildkröte – ist!"

Der kleine Hadschi hatte nämlich Schildkröten, Austern und Kaviar als Delikatessen kennengelernt, als er mit mir in Konstantinopel – heute Istanbul – war. Der Mekkaner, wenn er wirklich einer war, drehte sich mit einer stolzen, wegwerfenden Handbewegung um und kehrte zu seinen Angehörigen zurück, welche längere Zeit miteinander berieten. Als sie zu einem Entschluß gekommen waren, stand der Alte auf und kam langsam und trotz seiner sichtlichen Schwäche in einer Haltung herbei, als ob sein hocherhobenes Haupt gewohnt sei, eine Krone zu tragen.

„Ihr habt meinen Sohn nun dreimal von euch gewiesen", sagte er, indem er auf jedes Wort einen schweren Nachdruck legte wie einer, der das Treffen mit Kanonenschüssen einleitet, um den Hauptvorstoß dann später folgen zu lassen. „Ich frage euch, warum?"

Eigentlich war er gar keiner Antwort wert; da man aber wohltut, wenn man mit solchen Leuten so deutlich wie möglich ist, so zog ich es vor, ihn nicht warten zu lassen, und erwiderte also:

„Glaubst du denn wirklich, eine Antwort zu erhalten?"

„Natürlich!"

„Du bist nicht imstande, sie dir selbst zu geben?"

„Nein."

„Mit diesem Worte gestehst du ein, daß du an Einsicht ein kleines Kind, an Unverstand und Unwissenheit aber ein Riese bist!"

„Beleidige mich nicht! Ich bin gewöhnt, daß man sich nur der größten Höflichkeit gegen mich befleißigt!“

„Bist aber doch selbst ein Ausbund der Unhöflichkeit! Wir sind berechtigt, wenigstens, hörst du, ich sage wenigstens, dieselbe Achtung und Ehrerbietung zu verlangen, welche du, vielleicht mit weniger Recht, für dich in Anspruch nimmst!“

„Ihr . . .?!“ dehnte er so hochmütig, daß ich ihm am allerliebsten gleich eine Ohrfeige gegeben hätte. „Doch ja, ihr wißt nicht, wer ich bin! So hört es denn, und beugt dann in Demut eure Häupter! Mein Ahne ist Qatadah; ich bin ein Nachkomme des berühmten Muhammed Abu Numehjj, der hellsten Leuchte unter allen Großscherifen der heiligen Stadt Mekka. Wenn wir, seine Abkömmlinge, sterben, werden unsere Leichen in einem hochfeierlichen Umgang siebenmal um die Kaaba getragen. Welcher andere Mensch auf Allahs weiter Welt kann sich einer solchen Auszeichnung rühmen!“

„Bist du schon gestorben?“

„Nein“, antwortete er verwundert.

„Also auch noch nicht um die Kaaba getragen worden?“

„Nein.“

„So warte mit der dir sehr anzuempfehlenden Geduld, bis das geschehen ist; dann sind wir vielleicht bereit, deiner Leiche mit Achtung zu gedenken.“

„Mensch, wage nicht . . .! Doch, du kennst ja auch meinen Namen nicht; ich will also meinen Zorn bemeistern. Es ist auch gar nicht nötig, diesen Namen mit dem verstopften Eingang deines Ohres zu belästigen; es genügt vielmehr vollständig, dir zu sagen, daß man mich El Ghani – Der Reiche – nennt und daß ich der Liebling 'Aun er Rafiqs, des jetzigen Großscherifs von Mekka, bin. Nun weißt du, wie du dich gegen mich und uns alle zu verhalten hast!“

Anspruchsvoller und eingebildeter zu sein als dieser Mann, war gar nicht möglich! Um zu erfahren, wer der Tote war, hielt ich mich noch zurück und fragte:

„Auch gegen die andern? Wer sind sie?“

„Der eine ist Ben Abadilah, mein Sohn; die übrigen drei sind Männer aus der heiligen Stadt, wo ihre Namen zu den angesehensten gerechnet werden.“

„Und der Verstorbene?“

„Der war ein Lieblingskind Allahs und des Propheten. Er wurde El Münedschi – der Wahrsager – genannt, woraus du die unvergleichliche Höhe seiner Vorzüge erkennen kannst. Seiner Seele war die Gabe verliehen, den Körper zu verlassen und nach entfernten Orten und in entfernte, längst verschwundene und auch zukünftige Zeiten zu gehen, um zu sehen und zu hören, was kein anderer Sterblicher erfährt. War sie dann in den Körper zurückgekehrt, so konnte El Münedschi alle Geheimnisse dieser Zeiten und Orte mitteilen. Er sprach mit den Djinns und Mlajiki – Geistern und Engeln – wie mit seinesgleichen und hatte darum Macht über den Willen und die Taten aller, mit denen er verkehrte. Nun ist er hingegangen in den Himmel Allahs, zu denen, mit denen er schon während seines irdischen Lebens verkehrte. Ich war sein bester Freund. Er wohnte in meinem Haus, wo ich ihm eine Freistatt gab, weil er blind geworden war. Ich übe die Barmherzigkeit, welche Allah seinen Bevorzugten geboten hat, und er vergilt sie wieder. Nun weißt du, wer wir alle sind, und wirst mich und meinen Sohn um Verzeihung bitten!"

„Um Verzeihung bitten? Wenn du glaubst, daß . . ."

Ich konnte nicht weitersprechen, denn Halef drückte mir die Hand auf den Mund und sagte, nein, sondern rief:

„Schweig, Sihdi, ich bitte dich, schweig! Ich koche nämlich so, wie vorhin der Kaffee gekocht hat, und wenn du mir nicht erlaubst, an deiner Stelle zu sprechen, so zerplatzt der Kessel augenblicklich! Darf ich? Ja?"

„Gut, ja! Zerplatzen lassen darf ich dich doch nicht!"

„Ich danke dir, Effendi, ich danke dir! Durch diese deine Erlaubnis errettest du mich vielleicht vom Tode, denn in dem jetzigen Augenblick des gräßlichsten Zornes würde das längere Schweigen wahrscheinlich für mich ein Gift sein, an welchem ich binnen einigen Minuten sterben müßte!"

Er war aufgesprungen; jetzt wendete er sich von mir zu El Ghani und fragte ihn in jenem scheinbar ruhigen aber explosiven Ton, in welchem er nur im Zustand der zornigsten Aufregung zu sprechen pflegte:

„Du denkst also, daß wir euch um Verzeihung bitten werden?"

„Ja", lautete die Antwort.

„Und vorhin hast du verlangt, wir sollen in Demut unsere Häupter beugen?"

„Ja."

„Hund! Was bildest du dir ein! Wir beugen unsere Häupter nur vor Allah, aber vor keinem Menschen, und wenn es der Padischah selbst oder auch der Großscherif von Mekka wäre. Vor dir aber . . .? Ich sage dir, daß ich lieber vor der häßlichsten

Kröte anbetend niederfallen würde, als daß ich meinem ehrlichen Haupt die aller-, allergeringste Neigung vor dir erlaubte! Wenn du wirklich der Liebling des gegenwärtigen Großscherifs bist, so werde ich ihn schleunigst aufsuchen, um ihm zu sagen, daß er sich schnell einen anderen Liebling anschaffen möge, wenn er nicht den Gläubigen allen das unwürdige Schauspiel bereiten wolle, sich in Zeit von fünf Minuten vollständig totschämen zu müssen! Ihr Hunde und Söhne von Hunden und Urenkelskinder von Hundeahnen und Hundenachkommen wart fast verschmachtet, als wir kamen. Eure schmutzigen Seelen hingen nur noch am allerletzten und alleräußersten Barthaar mit euren verdürsteten Gliedern zusammen. Da gaben wir euch Wasser, das Kostbarste, was man in der Wüste besitzt; ihr trankt es aus, einen ganzen, großen Schlauch voll, ohne ein Wort des Dankes zu sagen. Dann verlangtet ihr Kaffee, ohne zu bitten; später warft ihr uns den Befehl, euch Brot zu geben, ins Gesicht, und endlich schicktest du uns die strenge Verordnung, euch abermals mit Wasser unter die Arme zu greifen, wieder mit einem ganzen, vollen Schlauch, obgleich wir auch eure Kamele getränkt hatten! Wo soll dieses Wasser und immer wieder Wasser herkommen? Glaubst du denn, wir können regnen lassen oder Quellen aus dem Boden der Wüste stampfen? Und das alles verlangst du in einer Weise, als ob wir nicht deine Sklaven, sondern deine Hunde seien! Du bist selber Hund und Hundeenkel, ja sogar Enkelshund! In der Albernheit deines Hochmutes meintest du, wir würden vor Erstaunen über deinen Namen augenblicklich sämtliche Mäuler aufsperren und vor Bewunderung sämtliche Finger so ausspreizen, daß sie vor freudigem Schreck wie Pfeile von den Händen fliegen und gar nicht wieder zurückzukommen wagten! Wie nennt man dich denn? El Ghani, den Reichen! Kannst du uns beweisen, daß du deinen Reichtum auf ehrliche Weise erworben hast, daß er nicht mit Diebes- und Betrügerhänden zusammengeraubt und zusammengestohlen worden ist? Und wenn es ein rechtmäßiger Besitz wäre, so solltest du doch wissen, daß man sich auf den Reichtum gar nichts einzubilden hat, weil man ihn von Allah nur für einstweilen geliehen bekommt, um denen wohlzutun, die nichts besitzen. Wir sind auch reich, sehr reich, jedenfalls zehnmal, hundertmal reicher als du, aber wir brüsten uns nicht damit und lassen uns noch viel weniger einen Namen daraus machen, der doch weiter nichts sein würde, als, wie bei dir, ein untrügliches, sicheres Zeichen unserer dreifach aufgeblasenen Dünkelhaftigkeit! Eigentlich sollte ich dir nicht mit dem Mund, sondern hier mit dieser Nilhautpeitsche antworten; aber deine Jammergestalt ist so mitleiderweckend und erbärmlich, daß mir die Barmherzigkeit aus allen Fingerspitzen niedertropft; darum sollst du jetzt noch ohne Hiebe davonkommen. Aber solltest du nur noch ein einzigesmal und nur von weitem wagen, dir noch einmal den Anschein zu geben, als ob wir nicht neunmal himmelhoch über dir stünden, so zerhaue ich dir das Hundefell, daß im ganzen Erdkreis nicht genug Platz für die davonfliegenden Fetzen und Haare zu schaffen ist! Nun packe dich fort, und komme uns nicht wieder! Und damit du weißt, wer jetzt in so liebreicher, geduldiger Freundlichkeit mit dir gesprochen hat, so mögen dich unsere Namen nach deinem Sitz begleiten. Ich bin nämlich Hadschi Halef Omar Ben Hadschi Abul Abbas Ibn Hadschi Dawuhd al Gossarah, der oberste Scheich der Haddedihn von dem großen Stamm der Schammar!"

Er machte das Wort von der Begleitung wahr, denn, die Peitsche drohend in der Hand, trat er bei jedem Einzelnamen den Mekkaner so auf die Zehen, daß dieser zurückwich. In dieser für uns köstlich anzusehenden Weise folgte er ihm Schritt um Schritt, oder vielmehr Fußtritt um Fußtritt, indem er, immer die Peitsche schwingend, fortfuhr:

„Und da sitzt der erleuchtete und in aller Welt hochberühmte Hadschi Akil Schatir el Megarrib Ben Hadschi Alim Schadschi er Rani Ibn Hadschi Dajim Maschhur el Azami Ben Hadschi Taki Abu Fadl el Mukarram!"

Man sieht, daß er meinen neuen Namen sehr gut auswendig gelernt hatte. Jedes Glied desselben ergab einen Tritt auf die Zehen El Ghanis, welcher, weil diese Schritte zu schnell aufeinanderfolgten, sich ihnen nicht entziehen konnte und, an seinem Platz angekommen, ganz erschöpft dort niedersank, ohne während des ganzen Leidensweges Gelegenheit gefunden zu haben, auch nur ein Wort hervorzubringen.

„So, da sitzt du nun in deiner ganzen, unbegreiflichen Herrlichkeit!" meinte Halef jetzt im Ton der Befriedigung. „Wenn dir der Hochmut wieder in den Füßen juckt, so brauchst du es mit bloß zu sagen; ich trete ihn dir gern aus allen Zehen!"

Er kehrte zurück und setzte sich wieder neben mich nieder.

„Sihdi", fragte er leise, „habe ich das gut gemacht oder nicht?"

„Ich bin mit dir zufrieden", antwortete ich.

„Und du, Hanneh?"

Sie, die an seiner anderen Seite saß, erwiderte:

„Mein Halef ist gleich tapfer in Worten wie in Taten; ihm kann nicht einmal der Liebling des Großscherifs widerstehen!"

„Nein, der am allerwenigsten! Und du", wendete er sich an seinen Sohn, der seinen Platz neben der Mutter hatte, „folge für dein ganzes Leben dem Beispiel deines Vaters, der keine Beleidigung seiner Ehre duldet, sondern der vielmehr selbst Mohammed, dem Propheten aller Moslems, auf sämtliche Zehen treten würde, wenn diesem der Gedanke beikommen sollte, dem obersten Scheich der Haddedihn die schuldige Achtung zu verweigern."

Das energische und für uns andere so still belustigende Verhalten des Hadschi hatte die Mekkaner so eingeschüchtert, daß sie, wenigstens für jetzt, nicht laut miteinander zu sprechen wagten. Sie saßen oder lagen still beisammen, und wenn einer etwas sagte, so geschah es so leise, daß wir es nicht hören konnten.

Das Viertel des Mondes war aufgegangen und übergoß die beiden Gruppen, die kleinere der Mekkaner und die größere der Haddedihn, mit genugsam Licht, um uns alles, was die ersteren taten, deutlich sehen zu lassen. Die verhüllte, nach Mekka gerichtete Leiche machte einen ganz eigenen Eindruck auf uns, wenigstens auf mich. Seit wann war der blinde Münedschi schon tot? Wir wußten es nicht. In der Wüste pflegt man, wie in mohammedanischen Ländern überhaupt, Verstorbene sehr schnell zu begraben. Wir mußten darauf verzichten, etwas darüber zu erfahren, denn nach dem Vorgefallenen konnte es uns nicht einfallen, ferner ein Wort mit diesen Leuten zu sprechen. Ebenso würden, so glaubten wir, sie sich vollständig schweigend gegen uns verhalten. Darum waren wir nicht wenig erstaunt, als nach einiger Zeit El Ghani aufstand, bis zur Hälfte zu uns herüberkam und mir die Worte zuwarf:

„Dein Name ist Hadschi Akil Schatir, wie ich gehört habe. Darf ich mit dir sprechen?"

„Ja", antwortete ich, verwundert darüber, daß der Anfang meines Namens trotz der Fußtritte in seinem Gedächtnis sitzengeblieben war.

Da fiel, ohne das Weitere erst abzuwarten, Halef ein:

„Aber befleißige dich ja der Ausdrücke ganz ergebenster Hochachtung, denn dieser Effendi stammt aus dem Wadi Draha im fernen Maghreb und ist der größte und berühmteste Gelehrte des Morgen-, des Mittag- und des Abendlandes!"

„Ich möchte gern wissen, ob ihr uns richtig gesagt habt, wer und was ihr seid."

„Wir haben die Wahrheit gesprochen", antwortete ich.
„Darf ich prüfen, ob du wirklich ein so großer Gelehrter bist, Effendi?"
„Ich habe nichts dagegen, obgleich du jedenfalls nicht der Mann bist, der es sonst unternehmen dürfte, mich zu prüfen."
„Was haben wir vorhin gebetet?"
„Einen Teil der Burda."
„Von wem ist dieses Gedicht?"
„Von El Buschiri."
„Sage mir seinen vollständigen Namen!"
„Scharaf ed Din Abu Abdallah Muhammad Ben Saïd Ben Hammad Ben Muchsin Ben Abdallah Ben Schamhagh Ben Hilal Aschamhagi. Das ist der Name, den du wahrscheinlich selbst nicht auswendig gewußt hast."
„Ich wußte ihn, denn jeder Gelehrte kennt ihn genau; darum weiß ich jetzt, daß du wirklich ein Gelehrter bist. Aber wie beweist du mir, daß diese Leute auch wirklich zum Stamm der Haddedihn gehören?"
„Ich habe dir gar nichts zu beweisen; es ist uns höchst gleichgültig, ob du es glaubst oder nicht."
„Dieses dein Verhalten beweist, daß es wahr ist. Nun will ich fragen, ob es euch stört, wenn wir die vorgeschriebenen Gebete über den Toten weitersprechen?"
„Die Vorschriften der Religion soll man erfüllen."
„Werdet ihr uns noch Wasser geben?"
„Nein. Höchstens dann, wenn ihr uns darum bittet."
„Geht euer Ritt nach Mekka, der heiligen Stadt?"
„Ja."
„Der unserige auch. Wir werden jetzt den Toten begraben und dazu beten. Dann brechen wir auf. Da ihr unsere Kamele getränkt habt, halten sie es nun bis zum Bir Hilu aus; wir aber würden verdursten, wenn wir nicht noch hier und unterwegs trinken könnten. Darum bitten wir euch noch um einen Schlauch."
„Gut, weil du bittest, werdet ihr ihn bekommen. Ihr habt Schläuche bei euch, von denen einer gefüllt werden mag."
„Ich – danke – dir!"
Er dehnte die Silben weit auseinander und legte einen ungewöhnlichen Nachdruck darauf, was mich aber nicht veranlassen konnte, mein Wort nicht zu halten. Als er an seinen Platz zurückgekehrt war und sich dort niedergesetzt hatte, begannen sie, die Haschrijeh, ein Begräbnislied, zu singen, in welchem der jüngste Tag beschrieben wird. Es beginnt:

„Ich preise die Vollkommenheiten dessen, der alles geschaffen hat, was Gestalt besitzt. Er unterwarf seine Diener dem Tode, welcher alle Geschöpfe samt den Menschen zur Vernichtung bringt."

Als dieser in widerlich klingenden Fisteltönen vorgetragene Gesang beendet war, wühlten sie, etwas entfernt von ihrem jetzigen Platz, mit ihren Händen in dem lockeren Sand eine Grube auf, holten den Toten und legten ihn hinein. Dann knieten sie, den Vorbeter ausgenommen, dort nieder. Dieser blieb stehen und rief:

„Kommt herbei, ihr Gläubigen, denn ich habe das Leichengebet über den verstorbenen Muslim, welcher hier anwesend ist, zu sprechen!"

Diese Aufforderung ist Vorschrift. Wir gingen zwar nicht hin, standen aber auf, weil es nach den Regeln des Islam eine unverzeihliche Sünde gewesen wäre, sitzen zu bleiben. Jetzt erhob er die Hände bis zum Kopf, berührte mit den Daumen die Ohren und rief:

„Gott ist groß; Gott ist sehr groß."

Die Mekkaner wiederholten diese Worte laut. Er rezitierte hierauf die Fathha, das erste Kapitel des Korans, rief nochmals „Gott ist sehr groß", was wiederholt wurde, und fügte hinzu:

„O Gott, sei günstig unserm Herrn Mohammed, dem der Schrift unkundigen Propheten, auch seiner Familie und seinen Gefährten, und behüte sie! Gott ist sehr groß!"

Nachdem auch dieser Ruf wiederholt worden war, betete der Ghani:

„O Gott, wahrlich, das ist dein Diener und der Sohn deines Dieners. Er ist weggegangen aus dem Schlaf der Welt und ihrer Geschäftigkeit und von allem, was er liebte, und von denen, die ihn hier liebten, in die Finsternis des Grabes und zu dem, was er erfährt. Er bekannte, daß es keinen Gott gibt, als dich allein, daß du keinen Genossen hast, und daß Mohammed dein Diener, dein Gesandter sei, und daß du hinsichtlich seiner allwissend seiest. O Gott, er ist hingegangen, zu wohnen bei dir, denn du bist der beste, bei dem man wohnen kann. Er bedarf deines Erbarmens, und du bedarfst seiner Strafe. Wir sind zu dir gekommen, flehend, daß wir für ihn eintreten möchten. O Gott, wenn es einer war, der Gutes tat, so rechne ihm seine guten Taten an; wenn er aber einer war, der übel tat, so rechne ihm seine bösen Taten nicht an! Gewähre in deinem Erbarmen, daß er deinen Beifall finde, und spare ihm die Prüfung des Grabes und dessen Qual; mache ihm sein Grab weit, und halte ab die Erde von seinen Seiten, und gewähre in deinem Erbarmen, daß er Sicherheit finde vor deiner Qual, bis du ihn wohlbehalten sendest zu deinem Paradies! O du Erbarmendster unter denen, die sich erbarmen! Gott ist sehr groß! O Gott, verweigere uns nicht unsern Lohn für den Dienst, den wir ihm erwiesen, und führe uns nicht zur Prüfung nach ihm! Vergib uns und ihm und allen Moslems, o Herr aller Geschöpfe!"

Nach diesem Schluß des eigentlichen Gebetes verneigte er sich nach rechts und nach links und sagte dabei zweimal:

„Friede sei über euch und das Erbarmen Gottes!"

Dieser Gruß gilt den Engeln, welche nach mohammedanischem Glauben unsichtbar zu beiden Seiten stehen. Dann forderte er seine Leute nach der Vorschrift auf:

„Gebt euer Zeugnis über diesen Toten!"

„Er war einer von den Tugendhaften", antworteten sie.

Als nun der Tote mit Sand bedeckt worden war, folgte die Fathha wieder und hierauf das Schlußgebet, welches aus den drei letzten Versen der Sure Bagarah besteht:

„Alles, was im Himmel und auf Erden ist, gehört Gott. Er wird euch über das, was sich in eurem Herzen befindet, mögt ihr es veröffentlichen oder verheimlichen, zur Rechenschaft ziehen. Er verzeiht, wenn er will, und er bestraft, wenn er will, er, Gott, der über alle Dinge mächtig ist. Der Prophet glaubt an das, was ihm von Gott offenbart worden ist, und alle Gläubigen glauben an Gott, an seine Engel, an seine Schrift und an seine Propheten. Wir machen keinen Unterschied zwischen seinen Propheten. Sie sagen: ‚Wir hören und gehorchen.' Dich aber, o Herr, bitten wir um Gnade, denn zu dir kommen wir einst. Gott zwingt niemanden, über seine Kräfte zu tun, aber den Lohn dessen, was man Gutes oder Böses getan hat, wird man erhalten. O Herr, bestrafe uns nicht, wenn wir ohne oder mit Absicht gesündigt haben! Lege uns nicht auf das Joch, welches du denen auferlegtest, die vor uns lebten. Lege uns nicht mehr auf, als wir tragen können. Verzeihe uns; vergib uns; erbarme dich unser; du bist unser Beschützer! Hilf uns gegen die Ungläubigen!"

Hiermit war die Zeremonie beendet, die bei Begräbnissen in bewohnten Orten natürlich eine ganz andere ist.

Nun schickte El Ghani einen seiner Leute mit einem leeren Wasserschlauch zu uns, den wir füllen ließen; dann rüsteten sie sich zum Aufbruch. Als sie die Kamele bestiegen hatten, ritten die andern fort, ohne uns zu beachten; El Ghani aber lenkte das seinige nahe zu uns heran und rief uns zu:

„Ihr habt nicht laut mitgebetet, obwohl das eure Pflicht gewesen wäre. Darum haben wir das Angesicht des Toten unbedeckt gelassen, damit er euch im Jenseits verfluche, wenn ihr nicht dadurch an seiner Bestattung teilnehmt, daß ihr ihm die noch fehlende Erde gebt. Eure Beleidigungen habe ich behalten, ich nehme sie mit mir, aber sobald ihr nach Mekka kommt, rechne ich dort mit euch ab. Es bleibt euch keines eurer Worte geschenkt. Allah verfluche euch!"

Da sprang Halef auf, riß die Peitsche empor, sprang dem Mekkaner nach und langte ihm zwei oder drei so kräftige Hiebe zu, daß der Getroffene vor Schmerz brüllte. Er hatte bei der außerordentlichen Behendigkeit des Hadschis keine Zeit gefunden, sich schnell genug davonzumachen. Dieser rief ihm noch nach:

„Hund, Hundsgroßvater und Urhundsenkel! Da hast du einen Teil der Abrechnung schon heute mit! Den Rest werde ich dir in Mekka ehrlich zahlen! Mach dich gefaßt! Was ich verspreche, halte ich gewiß!"

Es klangen noch einige Flüche zu uns her; dann war der „Liebling des Großscherif" mit seinen Leuten verschwunden.

Die Haddedihn tauschten sehr lebhaft ihre Meinung über unsere Begegnung mit den Mekkanern aus. Halef beteiligte sich natürlich sehr daran; ich war still. Als ihm das nach längerer Zeit auffiel, fragte er mich nach dem Grund meines Schweigens. Ich mußte die Antwort für später aufheben; mein Schweigen sollte eine Strafe für ihn sein; ich wußte, wie empfindlich er dafür war. In Gegenwart seiner Frau und seines Sohnes konnte ich ihm doch nicht sagen, daß er zwei unverzeihliche Fehler begangen hatte. Er hätte den Mekkanern unsere Namen nicht sagen und dann zuletzt El Ghani nicht schlagen dürfen, denn wenn dieser wirklich ein angesehener Bürger der heiligen Stadt war und gar in persönlicher Beziehung zu dem Großscherif stand, so konnte er uns nicht nur bedeutende Ungelegenheiten, sondern noch viel mehr bereiten, zumal ich ja nicht Mohammedaner und darum auf die größte Vorsicht angewiesen war.

In Beziehung auf den wiederholt genannten Scherif von Mekka bemerke ich, daß das Wort Scherif so viel wie edel, adelig, erhaben bedeutet. Unter einem Scherif versteht man einen direkten Abkömmling Mohammeds durch dessen Tochter Fatima, welche die Frau Alis war. Den Scherifs steht es allein zu, einen grünen Turban und ein grünes Oberkleid zu tragen. Die kleinste Beleidigung eines solchen Edlen wird sehr streng geahndet. Die Scherifwürde überträgt sich sowohl durch männliche wie auch weibliche Personen. Man hat, besonders in Persien, mehrere Zweige der Eschraf – Plural von Scherif –, so die Aliiden, Fatimiden, Dschafariden, doch gibt es auch Familien, welche sich als Scherif bezeichnen, es aber nicht sind. Dies ist der Fall, obwohl in fast jeder mohammedanischen Stadt von besonderen Beamten, welche Nakyb el Eschraf heißen, Listen über die zu diesem Titel berechtigten Familien und Personen geführt werden, welche alljährlich mit der großen Pilgerkarawane nach Mekka gebracht und dem dortigen Großscherif zur Ansicht und Bestätigung vorgelegt werden. Er ist der Stammfürst sämtlicher Nachkommen des Propheten, der Statthalter von Mekka und oberster Hüter der Kaaba und sämtlicher Heiligtümer und bekommt jährlich vom Sultan reiche Geschenke geschickt. Das Scherifat ist eigentlich nur eine geistliche Auszeichnung oder Würde, und ein Scherif soll durch seine direkte Abstammung von Mohammed nicht weltliche Vorteile genießen, aber in der mohammedanischen Welt dominieren in jeder Beziehung die geistlichen Verhältnisse, und so glauben auch die Eschraf das Recht zu haben, in Beziehung auf die materiellen Güter ebenso wie in geistlicher Hinsicht den Nichtabkömmlingen des Propheten weit voranzustehen. Diesen Standpunkt nimmt besonders der Großscherif, der Scherif el Eschraf – Scherif der Scherife – ein. Er dünkt sich, nicht niedriger zu stehen als der Sultan, der doch der Kalif, also der Oberhirt und Beherrscher aller Gläubigen ist, und die Geschichte hat schon wiederholt Beispiele davon gebracht, daß der Herr der Kaaba gar wohl imstande ist, dem Padischah die Faust zu zeigen, zumal der Weg von Stambul nach Mekka ein weiter ist und es also seine Schwierigkeiten hat, die Zügel zwischen dort und hier so straff zu halten, wie es eigentlich geschehen sollte. Den Millionen mohammedanischer Pilger, welche nach Mekka und Medina kommen, erscheint der Großscherif näher als der von den Heiligtümern so ferne Sultan, und so ist es nicht zu verwundern, daß sie glauben, mehr unter der Macht und dem Einfluß des ersteren als des letzteren zu stehen.

Dies also ist über den Großscherif zu sagen, dessen Liebling sich El Ghani genannt hatte. Obwohl ich nun annahm, daß diese Bezeichnung auch in der bekannten orientalischen Übertreibung gebraucht worden war, so mußte etwas Wahres doch daran sein. Er stand in irgendeiner Beziehung zu dem Beherrscher derjenigen Orte, welche ich besuchen wollte, obgleich mir dies als Christen bei Todesstrafe verboten war, und konnte mir bei jeder ihm beliebigen Gelegenheit Fallstricke legen, denen trotz aller

Vorsicht, aller Klugheit und auch allen Mutes nicht zu entgehen war. Und das hatte ich dann der Unüberlegtheit Halefs zu verdanken, dessen heißgeliebte Peitsche in Bewegung gesetzt worden war, obgleich der grüne Turban, den El Ghani trug, bewiesen hatte, daß er auch zu den Abkömmlingen Mohammeds gehörte, deren Beleidigung zehnfach gefährlicher als jede andere ist. Mit der sehr kräftigen, aber doch bloß wörtlichen Zurückweisung der Arroganz des Mekkaners durch den Hadschi war ich vollständig einverstanden gewesen, weil dies kein unberechtigter, zur Rache herausfordernder Angriff, sondern eine sehr berechtigte Abwehr gewesen war; aber Prügel, mit der Peitsche, einem Araber, welcher die Würde eines Scherifs bekleidete, das war eine Übereilung, mit welcher ich unmöglich einverstanden sein konnte. Ich nahm daher die Gelegenheit wahr, dem Hadschi zu folgen, als er vor dem Schlafengehen noch einmal nach seinem Pferd sah. Da waren wir allein. Mein ununterbrochenes Schweigen hatte die beabsichtigte Wirkung nicht verfehlt. Er empfing mich mit den Worten:

„Du bist zornig auf mich, Sihdi, weil ich diesem hochmütigen Menschen meine Kurbadsch – Peitsche – zu schmecken gegeben habe?"

„Natürlich! Wunderst du dich vielleicht darüber?" antwortete ich.

„Nein; aber er hatte es verdient."

„Die Klugheit verbietet sehr häufig, den Menschen nach dieser Art von Verdienst zu behandeln! Du hättest schon unsere Namen nicht sagen dürfen; es war auf alle Fälle besser, wenn er über uns im unklaren blieb. Aber du mußt jedem unbekannten Menschen gleich sagen, was für ein berühmter Kerl du bist!"

„Bin ich das etwa nicht?"

„Nein!"

„Aber du?"

„Auch nicht. Wir sind in gewissen Gegenden bekannt; das ist alles. Wir beide brauchen uns gar nichts einzubilden; es gibt überall Hunderte und Tausende von Menschen, die noch ganz andere Kerle sind, als du und ich! Du aber denkst, ein Scheich der Haddedihn und ein hier im Orient herumkrabbelnder abendländischer Dudi el Kutub – Bücherwurm – seien die hervorragendsten und gewaltigsten aller Erdenbewohner, weil sie einmal einen Löwen geschossen haben oder vor einigen Kurden nicht gleich ausgerissen sind. Für so hochwichtige Leute darfst du uns denn doch nicht halten. Ich sage dir, wenn eine ganze

Million Menschen unserer Sorte jetzt plötzlich stürbe, die Weltgeschichte würde ihren Gang sehr ruhig weitergehen!“

„Das glaube ich nicht, Sihdi!“

„Es ist aber so!“

„Nein, denn meine Haddedihn gehören doch auch zur Weltgeschichte, und wenn ich jetzt plötzlich stürbe, so würde die Haddedihnsche Abteilung der Geographie und Geschichte in die bittersten Tränen ausbrechen und eine sehr traurige werden. Und was soll aus dem Stamm der deutschen Beduinen werden, wenn du hier stirbst und nicht zu ihnen wiederkehrst? Zunächst würde in deinem Harem sich ein großes Weinen und Klagen erheben, und von diesem deinem Frauenzelt aus würde sich dann eine niemals versiegende Flut der Tränen ergießen über alle Berge, Täler und Ebenen deines Vaterlandes. Die Palmen eurer Oasen würden eingehen vor Schmerz und die Herden der Kamele hinsinken durch die Seuche unheilbarer Traurigkeit. Es würde ein großer, unendlicher Jammer ausbrechen . . .“

„Sei still!“ unterbrach ich ihn. „Meine Emmeh würde trauern und mir sehr bald nachfolgen; davon bin ich überzeugt; sonst aber dürfte deine niemals versiegende Tränenflut nur deine Phantasie überschwemmen. Wir sind nichts Besseres als andere Menschen und haben keine Ursache zu solchen Posaunentönen, wie du immer erschallen läßt, wenn von dir und mir die Rede ist. Hörst du wohl, ich sage ‚dir und mir‘. Weißt du, was ich meine?“

„Nein.“

„So oft ich von uns beiden spreche, bin ich so höflich, dich zuerst zu nennen; das habe ich stets getan. Du aber sagst stets ‚mir und dir‘ oder ‚mich und dich‘, stellst also immer dich voran! Das habe ich jahrelang beobachtet und niemals eine Ausnahme bemerkt. Kannst du dir wohl denken, als welchen Beweis ich mir diesen an und für sich geringfügigen Umstand wohl habe gelten lassen?“

„Sihdi, von diesem Umstand weiß ich ja gar nichts!“

„Das ist es ja eben! Wenn ich mit dir von uns beiden spreche, so denke ich nicht nur an die dir schuldige Höflichkeit, sondern auch an meine Freundschaft und Liebe zu dir, welche mich bestimmen, dich stets voranzusetzen. Du aber weißt nichts davon; du denkst gar nicht daran, und weil du dich für einen ungeheuer bedeutenden Menschen hältst, bringst du dein liebes Ich ohne alle Ausnahme stets zuerst.“

„Ist das wahr, Effendi?“

„Ja."
„Das möchte ich aber doch kaum glauben!"
„Ich könnte es dir beweisen, wenn auch nur indirekt."
„Wodurch?"
„Du weißt, daß ich in meinen Büchern auch unsere Reisen und Erlebnisse beschreibe. Du hast mich gebeten, dich ganz genau so zu schildern, wie du bist, um Allahs willen ja nicht anders. Das habe ich getan, und nun kann jeder, der ein solches Buch in die Hand bekommt, nachschlagen und sich überzeugen, daß du mich immer hinter dich stellst, mich stets erst nach dir nennst."
Da faßte er mich schnell und kräftig am Arm, zog mich einige Schritte fort, als ob jemand dastehe, der seine Worte nicht hören solle, und fragte mich in erschrockenem, hastigem Ton:
„Du, Sihdi, steht das wirklich in den Büchern?"
„Ja."
„Und jeder kann es lesen?"
„Meine Bücher befinden sich in mehr Händen, als du denkst. Hunderttausende haben es schon gelesen."
„Sei barmherzig und sag, daß es nicht so ist!"
„Das kann ich nicht, denn es ist wirklich so."
„Allah kerihm! So sei Allah mir gnädig! Was müssen diese Leute alle von mir denken! Für was müssen sie mich halten, den Scheich der Haddedihn vom großen Stamm der Schammar! Wenn mein Mich stets vor deinem Dich zu finden ist, ohne daß ich deinem Dir vor meinem Mir den Vortritt lasse, so ist zu befürchten, daß unser Uns auch stets an der unrechten Stelle steht! Mein ganzer Ruhm ist hin! Man wird mein Ich für ungeheuer rücksichtslos halten und mich mit Recht der unhöflichen und also unverzeihlichen Zurückstellung deines dir mit vollstem Recht gehörenden Du beschuldigen! Die Ehre meiner bescheidenen Unterwürfigkeit ist hingeschwunden und der Glanz meiner schönen Umgangsform in Finsternis verwandelt! O Sihdi, warum, warum hast du das mir, deinem treuen Halef, angetan!"
„Du hast es so gewollt. Ich sollte dich ja nicht anders beschreiben, als du bist!"
„Das ist wohl wahr; aber als ich diesen Wunsch aussprach, war mir das Mich und Dich ganz unbekannt. Nun ist dein Hadschi Halef im ganzen Abendland ein anrüchiger Mensch geworden, und all mein einstiger guter Ruf hat sich in Schimpf und Schmach verkehrt. Ich bin eine verdorbene Wassermelone, ein fauler Apfel, eine wurmstichige Buchecker geworden, denen kein

Sindschab – Eichhörnchen – verzeihen mag! Sei gütig gegen mich, Effendi, und sag, ob das nicht noch zu ändern ist!"

„Was einmal im Buch steht, kann leider nicht daraus entfernt werden!"

„Aber wie da, wenn du ein neues schreibst?"

„Da will ich dir ganz gern deinen Wunsch erfüllen und zeigen, daß du dich geändert hast. Nur muß diese Änderung auch Wahrheit sein!"

„Sie wird es sein; das verspreche ich dir! Da du mein Freund bist, muß es doch wohl mich und dich betrüben, wenn ..."

„Halt!" unterbrach ich ihn. „Da eben hast du wieder ‚mich und dich' gesagt und dich vorangestellt!"

„Sihdi, glaube mir, ich wollte hinterherkommen, bin mir aber in der Eile so verkehrt aus dem Mund gefahren, daß du keinen Platz gefunden hast, vor mir zu erscheinen. Ich bitte dich, mich stets und sofort zu erinnern, wenn du den Vorrang nicht bekommst, der dir gebührt! Also diese Zurücksetzung des Dich hat mich bei dir um meinen Ruhm gebracht?"

„Nicht um den Ruhm gebracht; ich habe nur sagen wollen, wie bezeichnend sie für dich und deine Art und Weise ist. Das war die Bestrafung deiner Unüberlegtheit im Verhalten zu El Ghani. Deine Peitsche heut kann uns sehr viel, sogar das Leben kosten. Er ist Araber, also rachsüchtig, und sodann gar Scherif! Hast du denn die grüne Farbe seines Turbans nicht beachtet?"

„Sihdi, es wurde mir vor Zorn so grün vor den Augen, daß die Farbe des Turbans sich gar nicht extra unterscheiden ließ. Ich hoffe doch, daß du, wenn du unser Zusammentreffen mit den Mekkanern beschreibst, mich und die Kurbadsch nicht mit erwähnst?"

„Hm! Diesen Gefallen möchte ich dir wohl gern tun, glaube aber, daß es mir nicht möglich sein wird."

„Warum nicht?"

„Weil sich wahrscheinlich die Folgen deiner schnellen Handlungsweise einstellen werden, und wenn ich von diesen erzähle, muß ich auch die Ursache, deine Peitsche, erwähnen."

„Das tut mir leid, sehr leid! Du kannst dir doch denken, daß ich nicht gern als ein Mensch beschrieben sein will, der nichts als Dummheiten macht!"

„So hüte dich, welche zu begehen!"

„Das mir zu sagen, ist wohl leicht; aber wenn es mir in der Zunge oder in den Gliedern zuckt, so springt die Katze heraus, ehe ich sie festhalten kann. Es ist mir aber ein gutes, ein sehr gutes Mittel der Bedachtsamkeit eingefallen, vorhin, als du die Bücher erwähntest. Ich habe mir vorgenommen, in diesen Büchern von jetzt an als leuchtendes Vorbild reiflicher Überlegung und ernster Behutsamkeit zu glänzen; ich werde keinen Finger mehr eher bewegen, als bis ich mir ganz genau berechnet habe, welcher von den zehn, die ich besitze, es sein muß. Dabei aber mußt du mich als Freund unterstützen, indem du mich sofort an die Bücher, welche du noch schreiben willst, erinnerst, falls ich mich in Gefahr befinde, etwas zu sagen oder zu tun, was ich verschweigen oder unterlassen soll."

„Da bin ich einverstanden; ich werde es gern tun."

„Aber das braucht keiner, der dabei steht, zu bemerken. Darum mußt du vermeiden, mir eine lange Rede zu halten, Sihdi!"

„Hast du mich als einen Freund von langen Reden kennengelernt, Halef?"

„Nein. Aber auch mir wird ein einziges Wort genügen."

„Welches?"

„Kutub —Bücher—. Sag einfach Kutub, so weiß ich, was du meinst, ohne daß ein anderer es erfährt! Sobald du dieses Wort aussprichst, werde ich sofort daran denken, daß ich den vielen, vielen Lesern deiner Bücher als erhabenes Vorbild und unerreichtes Muster aller irdischen und männlichen Tugenden zu gelten habe. Dieses Wort wird mich im größten Zorn beruhigen, indem es meinen Grimm mit Sanftmut übergießt; es wird mich in jeder Aufregung, überhaupt in jeder Lage, zur Besinnung und Überlegung dessen bringen, daß derjenige Teil der Weltgeschichte, welcher von mir, von meinen Worten und Werken handeln wird, nichts enthalten darf, wodurch der Glanz meines Ruhmes verdunkelt werden könnte. Also nur dieses eine Wort ‚Kutub' brauchst du zu sagen, wenn du den wütenden Löwen, der ich zuweilen bin, schnell in ein stilles, geduldiges Lamm verwandeln willst. Dafür bin ich aber auch überzeugt, zur Besänftigung deines Zornes nun alles getan zu haben, was du von mir verlangen kannst, und bitte dich, den überflüssigen Schwung, den ich meiner Peitsche gegeben habe, nicht wieder zu erwähnen!"

Mit diesen Worten war für ihn die Sache abgemacht, für mich aber freilich noch nicht, denn ich war überzeugt, daß die Folgen gewiß nicht auf sich warten lassen würden.

Jetzt war es Zeit, uns schlafen zu legen; ich sah also noch einmal nach dem Hedjihn, welches ich während dieser Reise ritt, und rief dann meinen Hengst Assil zu mir, denn er war jetzt ganz genau so mein Schlafkamerad, wie sein Vater Rih es früher gewesen war. Sein Hals diente mir als Kopfkissen, und vor dem Einschlafen sagte ich ihm die für ihn bestimmte Sure in das Ohr. Dann wurde es rundum still, denn außer dem einen Haddedihn, auf welchen die Wache gefallen war, hatten sie sich alle zur Ruhe gelegt. Später wurden wir durch einen Schuß aus dem Schlaf geschreckt; die Geier hatten sich zu nahe an den Toten gewagt und waren von dem Wächter vertrieben worden. Als ich später wieder aufwachte, war es um die Zeit des Fagr, des Gebetes um die Zeit der Morgenröte. Die meisten der Haddedihn waren schon munter. Hanneh hatte das Feuer wieder angezündet, um den Morgenkaffee zu kochen, zu welchem die gestern übriggebliebenen Brotkuchen verzehrt werden sollten.

Hierbei will ich bemerken, daß der Beduine außerordentlich mäßig lebt und nur bei festlichen Schmausereien von dieser Regel eine Ausnahme macht. Der Fremde, welcher sich denselben Anstregungen wie der Einheimische unterwerfen will, muß sich auch ganz derselben Mäßigkeit befleißigen, wenn er nicht von Krankheiten schnell dahingerafft sein will. Ich denke da noch heut mit großem Vergnügen eines Zusammentreffens zwischen mir und einem Wüstenreisenden, dessen Werke nicht unbekannt sind. Er erzählte mir mit großer, sichtlicher Befriedigung, daß er „in der Wüste“ stündlich mehrere Glas Wasser getrunken habe. Er reiste mit vierzehn Zelten. Sobald diese aufgeschlagen waren, nahm er ein Frühstück zu sich, welches aus einer Flasche Wein, Sardinen, kalter Zunge und Biskuit bestand, hierauf aß er zu Mittag eine „Suppe ersten Ranges“; so nannte er sie nämlich. Sie bestand, notabene für ihn ganz allein, aus drei Hühnern und einer ganzen Ochsenschwanz- oder Schildkröten-Konserve. Hierauf folgten Schafs- oder Lammbraten, eine Eier- oder Reisspeise, Biskuit nebst Wein und Kaffee. Dieser Herr versicherte mir im Ton stolzer Genugtuung, daß er „in der Wüste“ niemals einen Beduinen besucht habe, ohne Handschuhe anzuziehen! Und das, was er mir erzählte, hat er auch geschrieben und durch den Druck veröffentlicht! Wenn es Europäer gibt, welche in südlichen Ländern in dieser ausgiebigen Weise für das Wohlbefinden ihres Körpers sorgen, so ist es gar kein Wunder, wenn die durch diese Völlerei erzeugten überschüssigen Säfte sich auf dem auch schon nicht mehr ungewöhnlichen Weg des Tropenkollers Luft zu machen suchen! Ich habe stets genau in derselben Weise wie die Eingeborenen gelebt und bin nie der Ansicht gewesen, daß ich mich durch den Genuß von Extraspeisen und Delikatessen vor ihnen auszeichnen müsse. Was sie hatten und aßen, das hatte und aß auch ich, und da ich diesen Grundsatz auch in jeder andern Beziehung verfolgte, so bin ich mit ihnen stets, auch ohne Tropenkoller, sehr gut ausgekommen.

Als wir den Morgenkaffee zu uns genommen hatten, durften wir an unsern Aufbruch denken; vorher aber hatten wir das zu tun, was zu tun wir uns durch die Malice el Ghanis gezwungen sahen: Wir mußten die Leiche des Münedschi vollends mit Sand bedecken, wenn wir uns nicht einer ganz unverzeihlichen religiösen Unterlassungssünde schuldig machen wollten. Es wurden einige Haddedihn damit beauftragt, denen Halef befahl, es nicht bloß bei dem einfachen Zudecken zu lassen, sondern einen hohen und möglichst festen Grabhügel aufzubauen, damit die Geier dann nicht zu der Leiche könnten. Meiner alten Gewohnheit folgend, mich womöglich um alles selbst mit zu bekümmern, ging ich mit diesen Leuten nach der Stelle, wo die Mekkaner ihren Toten liegen gelassen hatten; Halef war auch dabei.

Der Körper der Leiche war im Sand eingegraben, der Kopf noch nicht; das Gesicht hatte man mit einem Zipfel des Gewandes bedeckt. Ich schlug diesen Zipfel zurück.

„Allah w' Allah!" sagte Halef. „Welcher Ausdruck der Ehrwürdigkeit! So wie diesen Mann habe ich mir die Propheten vergangener Jahrhunderte vorgestellt!"

Er hatte recht; es ging mir grad so wie ihm. Ich hatte wohl noch selten ein so schönes, Ehrfurcht gebietendes Greisenangesicht gesehen, noch jetzt, im Tode, schön!

„Er hat nicht das Aussehen eines Toten, sondern eines Schlafenden", fuhr Halef fort, „eines Schlafenden, der von Allahs Himmel träumt. Sieh, wie er selig lächelt!"

Es ist nach meinen Erfahrungen mit diesem sogenannten „seligen Lächeln" der Verstorbenen eine ganz eigene Sache, denn ich habe es am ausgeprägtesten, am ergreifendsten bei Personen gefunden, deren Ende ein gewaltsames gewesen war. Ich habe in den Zügen im Kampf Gefallener kurz nach ihrem Tode den sprechendsten Ausdruck des Hasses, des Grimmes, der Angst, des physischen Schmerzes gesehen, und dann wahrgenommen, daß dieser Ausdruck sich sehr bald in denjenigen der Milde, der Ruhe, des Friedens verwandelte. Und wiederum sah ich Leute so sanft und kampflos hinüberschlafen, daß ich mir wünschte „so möchte einst auch dein Tod sein!", und dann nahmen ihre Gesichter nach und nach das Gepräge seelischer Angst oder körperlicher Pein, des Leidens an. Sollten die Affekte oder Stimmungen, welche im Augenblick des für uns sichtbaren Sterbens vorherrschend sind, nur deshalb keine nachhaltige Wirkung hinterlassen, weil die eigentliche Trennung der Seele von dem Körper erst später, von uns unbemerkbar, erfolgt und der Geist erst dann das, was ihn bei diesem endgültigen Scheiden bewegt, zum Trost oder zur Warnung für die Hinterbliebenen auf das Angesicht schreibt? Diese Frage gehört auch zu denen, welche wir Lebenden wohl aussprechen, aber nicht beantworten können.

Indem ich die Züge des Münedschi betrachtete, fiel mir die Färbung des Gesichtes auf; sie war blaß und totenähnlich, dabei aber von einem so eigentümlichen Ton, daß ich aufmerksam wurde. Ich legte die Hand an seine Wange und fühlte, daß sie kalt war. Ich entfernte den Sand von den Armen und den Händen; diese letzteren hatten auch die Kälte des Todes. Nach der Trübung der Augen sah ich nicht, da ich gehört hatte, daß der Münedschi blind gewesen war. Leichengeruch gab es nicht, doch war die Todesstarre eingetreten, die aber ebenso wie die Kälte und die Veränderung der Hornhaut des Auges kein unzweifelhafter Beweis des wirklich eingetretenen Todes ist. Ich forderte einige Haddedihn, welche bei uns standen, auf, den Mekkaner ganz vom Sand freizumachen.

„Warum das?“ fragte Halef im Ton der Überraschung. „Denkst du etwa, daß er noch lebt, Sihdi?“

„Das wohl nicht“, antwortete ich; „aber ich habe das Gefühl, als läge auf dem Gesicht noch ein leiser, leiser Lebenshauch, der nicht auf wirklichen Tod, sondern nur auf Ohnmacht schließen läßt.“

„Nur ohnmächtig? Also scheintot? Effendi, wir haben schon viel, sehr viel erfahren und gar manches erlebt, was kein anderer Mensch erleben wird, aber einen Scheintoten wieder lebendig zu machen, dazu haben wir doch noch keine Gelegenheit gehabt! Was für ein großer Ruhm würde es für uns sein, wenn wir sagen könnten, daß sogar die Macht des Todes nicht vor uns standhalten könne! Hier ist die beste, die allerbeste Gelegenheit dazu, dies zu beweisen!“

„Nur langsam, nicht wieder so vorschnell, lieber Halef! Ich habe ja noch gar nicht behauptet, daß es sich hier nur um Scheintod handle! Ich täusche mich jedenfalls, halte es aber doch für meine Pflicht, diesen Mann nicht eher vollends zu begraben, als bis ich mich überzeugt habe, daß der Tod wirklich eingetreten ist.“

„Wie kannst du zu dieser Überzeugung gelangen?"
„Indem ich seine Atmung und den Puls untersuche."
„Die Atmung? Er holt keinen Atem mehr; das muß ja jeder sehen!"
„Das Atmen eines Scheintoten geht so leise vor sich, daß es nur bei der größten Aufmerksamkeit zu bemerken ist. Wollen sehen!"
Die Haddedihn hatten den Sand entfernt und den Körper neben die Grube gelegt. Ich kniete bei ihm nieder, schlug die Kleidung weit von der Brust zurück und hielt die Augen auf den Brustkorb gerichtet. Halef ließ sich zu gleichem Zweck neben mich nieder. Es versteht sich ganz von selbst, daß alle andern Haddedihn nun auch herbeigekommen waren und in höchster Spannung im Kreis um uns standen. Noch war kaum eine Minute vergangen, so rief Halef:
„Jetzt, jetzt hat er Atem geholt! Hast du es gesehen, Effendi?"
Auch mir war es so gewesen, als ob eine ganz leise und sehr flache Bewegung des Thorax stattgefunden hätte; aber selbst als sich das nach einiger Zeit wiederholte, glaubte ich, an der Wahrheit dieser Beobachtung zweifeln zu müssen. Ich ließ mir ein Stück Leder geben, rollte es zum Rohr zusammen und setzte es, die Haddedihn zum tiefsten Schweigen auffordernd, dem Mekkaner auf das Herz. Es verging wohl über eine Minute; da glaubte ich, ein Geräusch gehört zu haben, sagte aber nichts; dann hörte ich es wieder, auch zum dritten, vierten und fünften Male; es waren die Diastolgeräusche, die zweiten kürzeren und helleren Herztöne, welche ich bemerkt hatte; die ersten Herztöne sind zwar stärker und länger, aber dumpfer und an Scheintoten nie zu hören. Jetzt war ich meiner Sache sicher und sagte, indem ich schnell aufsprang:
„Halef, dein Wunsch ist erfüllt, denn dieser Mann lebt; er ist nur scheintot, und mit Gottes Hilfe wird es uns gelingen, seine Seele zurückzurufen!"
„Hamdulillah! Wir werden den Tod überwinden und dem Leben Befehlen, wieder dahin zurückzukehren, wohin es rechtmäßigerweise gehört! Wir werden es an seine Pflicht erinnern und nicht eher ruhen, als bis es uns Gehorsam geleistet hat! Aber da ich nicht weiß, wie das zu machen ist, so fordere ich dich auf, Effendi, uns zu sagen, wie es geschehen soll!"
„Das wird durch den Itnaffas maßnu – das künstliche Atmen – geschehen."
„Itnaffas maßnu? Davon habe ich noch nie etwas gehört. Es ist

doch keine Kunst, zu atmen! Wenn man den Mund öffnet, geht die Luft ganz von selbst hinein."

„Dir das zu erklären, habe ich jetzt keine Zeit. Wir dürfen keinen Augenblick verlieren, wenn wir mit unserer Hilfe nicht zu spät kommen wollen."

„Aber ich darf mithelfen?"

„Ja. Ich werde dir zeigen, was du zu tun hast."

Der Oberkörper des Mekkaners wurde ganz entkleidet und, etwas erhöht, auf den Rücken gelegt. Ich zog seine Arme in regelmäßigen Intervallen vom Brustkorb ab, langsam nach oben über den Kopf und drückte sie ihm dann wieder an den Körper. Halef mußte in den gleichen Intervallen ihm den Unterleib nach oben drücken, wodurch eine regelmäßige Erweiterung und Verengerung des Brustkorbes entstand, durch welche die Lunge gezwungen wurde, abwechselnd Luft aufzunehmen und wieder abzugeben. Natürlich hatte ich ihm vorher die Zunge so weit vorgezogen, daß ein Haddedihn sie fassen und festhalten konnte, weil durch sie sonst der Atmungsweg verschlossen worden wäre. Während wir in dieser Weise beschäftigt waren, wurde der Körper des Münedschi, auch an den Beinen, von noch zwei Haddedihn unausgesetzt sehr stark frottiert.

Es braucht wohl kaum gesagt zu werden, daß der kleine, gesprächige Hadschi sich während dieser Arbeit fortwährend in Bemerkungen erging, die nicht zur Sache gehörten, von mir aber nicht zurückgewiesen wurden, weil dies auf seinen Eifer abkühlend gewirkt hätte. Dieser mußte im Gegenteil erhalten werden, denn unsere Bemühungen schienen lange Zeit ohne allen Erfolg zu sein.

Es war wohl schon eine Stunde vergangen, und ich wurde von der einförmigen Bewegung müde. Eben wollte ich mich für einige Zeit ablösen lassen, als ich bemerkte, daß der Scheintote Farbe bekam; da war nun freilich von Ermüdung keine Rede mehr. Schon nach kurzem holte er selbständig Atem und öffnete die Augen. Was für prachtvolle Augensterne das waren!

Ich habe viele, viele Reimereien gelesen und gehört, in denen von herrlichen blauen oder gar himmelblauen Augen die Rede ist, aber noch nie ein himmelblaues Augenpaar gesehen. Ich behaupte darum, daß es gar kein rein blaues Auge gibt. Hat es aber jemals wirkliche, herrliche, himmelblaue Augen gegeben, so sind es die des Münedschi gewesen, welche sich jetzt so weit öffneten und mit einem unbeschreiblichen Ausdruck groß und voll auf den Hadschi richteten. Das war ein mir völlig unbekannter

Glanz, ein Blick, der nicht dieser Welt zuzugehören, sondern aus dem Jenseits zu kommen schien.

„Sihdi, er ist wach! Er atmet und schaut mich an!" rief Halef überglücklich.

„Durst!" hauchte der Kranke.

Es wurde Wasser gebracht; wir setzten ihn aufrecht und flößten es ihm langsam und vorsichtig ein, fast nur tropfenweise. Durch diese langsamen und regelmäßigen Schlingbewegungen wurde sein noch schwaches Atmen unterstützt. Es besserte sich.

„Danke!" sagte er, als der ärgste Durst gelöscht zu sein schien. Dann sank er um, schloß die Augen wieder und schlief ein, wodurch aber das Atemholen nicht gestört wurde. Die Züge wurden im Gegenteil immer kräftiger und tiefer.

„Hast du seine Augen gesehen, Sihdi?" fragte mich Halef.

„Ja", nickte ich.

„Und dich über sie gewundert?"

„Nein. Diese Augenfarbe hat nicht bloß der Norden. Ich habe sie sogar im Süden der Sahara an ganz dunkel gefärbten Leuten bemerkt."

„Das ist es nicht, was ich meine. El Ghani hat doch behauptet, daß El Münedschi blind sei; das halte ich aber, seit ich diese Augen gesehen habe, für eine große Lüge!"

„Auch ich neige mich dieser Ansicht zu, doch ist es nicht unmöglich, daß wir uns täuschen. Warten wir es ab!"

„Aber was tun wir nun? Wir müssen doch aufbrechen, und er schläft!"

„Wir dürfen ihn jetzt nicht stören, werden also bleiben, bis er erwacht."

„Und dann?"

„Dann werden wir ja mit ihm sprechen und also erfahren, was er zu tun beschließen wird."

„Gut, warten wir also! Es zwingt uns ja nichts zur Eile, und so können wir, während er im Schlaf neue Kräfte sammelt, uns über die Kijahma –Auferstehung– freuen, durch welche wir seine schon abgeschiedene Seele aus dem Land des Todes zurückgerufen haben. Hast du schon einmal von einer solchen Kijahma gehört, Sihdi?"

„Ja. Ich habe sogar eine Auferstandene sehr gut gekannt und außerordentlich liebgehabt; ich liebe sie noch heut, obwohl sie nun nicht mehr zu den Irdischen gehört."

„Wer ist das gewesen?"

„Meine Großmutter, die Mutter meines Vaters, welche der irdische Engel meiner Kindheit gewesen ist und jetzt nun sicher bei den Engeln weilt. Sie war, grad wie auch meine Mutter, so reich an Liebe, daß ich noch heute von und in diesem Reichtum lebe; es ist das der größte Reichtum, den es gibt, mein lieber Halef. Die Verletzung eines Nervs war schuld, daß sie in Starrkrampf fiel und für tot gehalten wurde. Man bettete sie in den Sarg, und erst ganz kurz vor dem Begräbnis, als die Leidtragenden den letzten Abschied von ihr genommen hatten, wurde entdeckt, daß sie noch lebte."

„Durch einen Zufall?"

„Halef, du weißt, daß es für mich keinen Zufall gibt. Wenn die allmächtige Weisheit Gottes Ursachen und Wirkungen miteinander verknüpft, deren Verbindung das schwache Auge des Menschen nicht zu erkennen vermag, so wird zur Erklärung das mir so unsympathische Wort Zufall hervorgesucht. Es ist das eine Kantara el humar – Eselsbrücke –, über welche sogar sonst ganz kluge Leute reiten."

„Lebtest du damals schon, als deine Großmutter scheintot war?"

„Nein. Sie ist zu jener Zeit noch jung gewesen, hat aber bis in ihr sehr hohes Alter oft von der entsetzlichen Angst gesprochen, welche ihr durch den Gedanken, lebendig begraben zu werden, verursacht worden war."

„Hat sie denn diese Angst empfunden? Ich habe nämlich gehört, daß der Scheintote gar nichts von sich weiß, weil seine Seele den Körper verlassen hat und außerhalb desselben wandelt."

„Die Gelehrten behaupten allerdings, daß beim wirklichen Scheintode das Bewußtsein und die Empfänglichkeit der Sinne vollständig erloschen seien. Das ist bei meiner Großmutter zwei Tage lang der Fall gewesen; als dann am dritten Tag ihr die Besinnung zurückkehrte, hat sie sich im Sarg liegend gefunden. Doch hat sie das nur aus den Reden der um sie Stehenden schließen, nicht aber sehen oder fühlen können, weil es ihr unmöglich gewesen ist, die Augen zu öffnen oder überhaupt mit irgendeinem Glied die geringste Bewegung zu machen. Sie fand später keine Worte, die entsetzliche Angst, die Verzweiflung zu beschreiben, mit welcher sie sich angestrengt hatte, ein Lebenszeichen zu geben; aber ihr Wille, die ganze Summe ihrer geistigen Energie war ohne Einfluß auf den Körper gewesen. Da hatte sie eingesehen, daß ihre einzige Rettung nur noch im Gebet liege. Sie war eine gottesgläubige, sehr fromme Frau, und du kannst dir denken, daß sie nie so inbrünstig gebetet hat wie damals vor der dunklen Pforte des Grabes, in welches sie bei vollem Bewußtsein gebettet werden sollte. Unsere heilige Schrift sagt: ‚Das Gebet des Gerechten vermag viel, wenn es ernstlich ist.' An diesem Ernst hat es bei Großmutter wohl nicht gefehlt, und so sind diese Bibelworte auch an ihr zur Wahrheit geworden. Als ein Kind zum Abschied ihre Hand faßte, hat sie endlich, endlich die Finger bewegen und den Druck erwidern können. Das Kind hat vor Schreck laut aufgeschrieen und zitternd und stammelnd die Mitteilung gemacht, daß die Tote ‚noch nicht ganz gestorben, sondern in der Hand noch lebendig sei', worauf man sich von der Wahrheit dieser Behauptung überzeugte und nach dem Arzt schickte, unter dessen Behandlung die Kranke dann langsam wiederhergestellt wurde."

Hanneh hatte vorhin ihr Zelt verlassen und sich uns auch zugesellt. Sie verfolgte das, was ich erzählte, mit großer Aufmerksamkeit und fiel jetzt mit der Frage ein:

„Du bist der Ansicht, Sihdi, daß die Seele der Mutter deines Vaters damals ihren Körper verlassen habe?"

„Ja", antwortete ich.

„Das ist mir von großer Wichtigkeit! Aus dem, was du erzähltest, folgt, daß deine Großmutter eine Seele gehabt hat?"

„Allerdings."

„Glaubst du, daß sie die einzige Frau auf Erden war, welcher Allah eine Seele gab?"

„Nein, denn jedes Weib erhielt dies Gottesgeschenk."

„Und der Islam lehrt, das Weib besitze keine Seele und könne also auch nicht teilnehmen an den ewigen Freuden des Paradieses. Der Islam sagt, das Weib sei nur zu dem Zweck geschaffen, mit ihrem Körper Dienerin des Mannes zu sein, und darum habe mit dem Tode dieses Körpers für sie alles Leben aufgehört. Ich habe mit dir, Effendi, in jener Nacht hinter den Zelten über diesen uns beleidigenden Mißglauben gesprochen, und du erfülltest mein Herz mit Trost und Beruhigung, indem du mir die Überzeugung gabst, daß wir Frauen auch eine Seele besitzen und also ebenso wie ihr zur Seligkeit berufen sind. Du hast meine damalige heiße Bitte erhört und auch Halef, den Begründer meines irdischen Glückes, zum Glauben an diese meine unsterbliche Seele gebracht, und nun du heut von der Seele deiner von dir so sehr geliebten Großmutter erzählst, muß auch bei all den Männern, welche hier stehen und deine Worte gehört haben, der letzte Zweifel an unsere Unsterblichkeit schwinden. Ich danke dir! Ich möchte nun noch eins gern wissen. Wenn die Seele deiner Großmutter damals ihren Körper verlassen hat, so muß sie während der Zeit bis zu ihrer Wiederkehr an einem andern Ort gewesen sein. Weißt du, wo?"

„Nein."

„Hast du sie nicht gefragt?"

„Als Kind nie, weil mir die dazu nötige Einsicht fehlte; aber später, als ich nach den Geheimnissen des Glaubens zu forschen begann, die es für den, welcher wirklich glaubt, doch gar nicht gibt, weil die Erleuchtung die erstgeborene Tochter des wahren Glaubens ist, da erkundigte ich mich allerdings sehr oft und angelegentlich bei ihr, ob die zwischen dem Schwinden und der Wiederkehr ihres Bewußtseins liegende Lücke nicht vielleicht durch irgendeine wenigstens später erwachte Erinnerung auszufüllen sei. Sie wußte aber nichts."

„Das kann ich nicht begreifen. Nach dem, was ich von dir über die Menschenseele gehört habe, kann in ihrem Leben und in ihrem Bewußtsein niemals eine Pause eintreten."

„Pause? Das ist das richtige Wort! Du gibst mir da das Gleichnis in die Hand, welches dir, obgleich es nicht ganz treffend ist, doch wenigstens einigermaßen die Erklärung bringt. Du wirst mich verstehen, weil du die Uhteh —ein gitarrenähnliches Saiteninstrument— zu spielen verstehst. Es waren während der Abwesenheit der Seele in dem Gehirn der Scheintoten Pausen entstanden, leere, unempfindlich gewordene Stellen, welche sich auch später unempfänglich für die Töne der Erinnerung zeigten. Aber wenn sie sich auch nicht klar entsinnen konnte, ein nach rückwärts gerichtetes heiliges Ahnen, das fromme Gefühl eines gehabten, seligen Schauens war geblieben, und infolgedessen sah ich die größte Hoffnung ihres Erdenlebens, welches ein Leben in Armut und in Sorge war, auf das einstige Wiedererwachen der Herrlichkeit gerichtet, welche ihr schwaches, irdisches Gedächtnis nicht hatte festhalten können. Sie lebte bis zu ihrem Tode ein doppeltes Leben, indem sie in aufopfernder Treue und Selbstentsagung für die Ihren arbeitete und jeden von dieser Arbeit freien Augenblick dem Trachten nach der himmlischen Klarheit widmete. Diese ist ihr, wie ich überzeugt bin, nun schon längst geworden."

„Wie fest, wie fest du glaubst, Sihdi!" meinte Hanneh, indem sie in tiefer Rührung die Hände faltend ineinanderlegte. „Es gibt wohl nichts, gar nichts, was dich in diesem unerschütterlichen Glauben irremachen könnte?"

„Nichts. Ich habe mit allen möglichen Unholden des äußeren und des Seelenlebens um ihn gerungen und bin auch jetzt noch in jedem Augenblick bereit, für ihn zu kämpfen und mein Leben einzusetzen. Glaube mir, die in Menschengestalt sichtbaren Feinde sind nicht die stärksten und die schlimmsten Gegner dieser meiner seligmachenden Glaubenszuversicht; die heißesten Kämpfe werden vielmehr im verborgenen Innern ausgerungen, wo der Einfluß dunkler Mächte größer ist als im sichtbaren Leben, welches nur die Wirkungen dieses Einflusses zeigen kann. Wohl dir, meine liebe Hanneh, wenn deine Engel die Hände über dich breiten, um solche Mächte und solche Kämpfe von dir fernzuhalten! Nicht jeder besitzt die Überzeugungskraft, welche erforderlich ist, siegreich aus ihnen hervorzugehen."

Da lächelte sie mich herzig an und sagte:

„Sihdi, warum sollte ich kämpfen, also etwas so Schweres tun, was ich ja gar nicht nötig habe? Du hast mir deinen herrlichen Glauben gebracht und mir ihn in mein Herz gelegt. Was du mir gibst, ist gut. Da liegt er nun wie eine Sonne, die mich und mein ganzes Leben hell erleuchtet und erwärmt, und wo es eine solche Sonne gibt, da können finstere Mächte doch nicht sein. Wir haben jetzt hier eine irdische Kijahma erlebt, die Auferstehung eines Leibes von den Toten; du aber hast mir durch deinen Glauben schon längst eine schönere, eine herrlichere Kijahma gebracht, eine Auferstehung der Seele von dem Tode, ein Hervorsteigen aus dem Grab des Irrtums, in welchem es für mich kein Wiedererwachen, sondern nur Verwesung gab. Diese Kijahma ist für dich im Buch des Lebens aufgezeichnet und wird für dich zeugen, wenn einst deine Taten, Worte und Gedanken abgemessen werden."

„Sie hat in Gottes Willen gelegen und ist das Geschenk seiner Liebe, die alle Menschen selig machen will; ich besitze kein Recht, mir einen Dank dafür anzumaßen. Es ist ja so leicht, den Glauben in ein Herz zu legen, welches ihm so sehnend, so willig und voll Vertrauen offensteht. Zwar ist dieses Sehnen in jede Menschenbrust gelegt, aber zugleich wohnen da auch die Geister des Hochmutes, der Selbstgefälligkeit, der Genußsucht, des Ungehorsams, der sich nicht strafen lassen will, und noch viele andere, die es nicht zu Worte kommen lassen."

Da nahm Omar Ben Sadek das Wort, indem er sagte:

„Effendi, du sagst die Wahrheit, wenn du von diesen Geistern redest. Was war ich für ein Mann, als du mich kennenlerntest! Ein nach Rache, nach blutiger Vergeltung schnaubender

Mensch, ein Anhänger des Islam, der nur sich selbst liebte, seine Feinde haßte und gegen alle andern Personen nichts als stolze Gleichgültigkeit empfand. Du warst der erste unter allen Leuten, der mich zur Achtung zwang. Darum wünschte ich, ebenso wie Hadschi Halef, unser jetziger Scheich, daß du Mohammedaner werden möchtest, denn wir hatten dir so viel zu verdanken und wollten dir den Himmel gönnen, den wir nur für die Anhänger des Propheten offen glaubten. Wir arbeiteten an dir ohne Unterlaß, zu jeder Zeit; du sagtest nichts dazu; ein Lächeln war alles, was dir unsere Bemühungen entlocken konnten. Ein anderer an deiner Stelle hätte uns mit den Lehren des Christentums bekämpft, und es wäre ein unerquicklicher Wortstreit entstanden, der uns verfeindet und unsere schließliche Trennung herbeigeführt hätte. Du aber warst zu klug, in das Verhalten der Prediger zu verfallen, welche, ohne unsere Lehren zu kennen, uns zumuten, die ihrigen als richtiger und besser anzunehmen. Du brachtest keine Lehren; du sagtest keine Worte, aber du sprachst in Taten. Du lebtest ein Leben, welches eine hinreißende, eine überzeugende Predigt deines Glaubens war. Wir waren deine Begleiter und lebten also dieses dein Leben mit. Der Inhalt des deinigen war Liebe, nichts als Liebe. Wir lernten diese Liebe kennen und liebten zunächst auch dich. Wir konnten nicht von dir lassen und also auch nicht von ihr. Sie wurde größer und immer mächtiger in uns; sie umfaßte nicht bloß dich, sondern nach und nach auch alle, mit denen wir in Berührung kamen. Jetzt umfängt diese unsere Liebe die ganze Erde und alle Menschen, die auf ihr wohnen. Wir haben den Koran vergessen; wir sind gleichgültig geworden für die Gesetze des Propheten, durch welche die Geister, von denen du sprachst, ihre Macht über uns gewannen. Unser Stamm ist groß und berühmt geworden durch das Beispiel, welches wir befolgten, weil es uns von dir, den wir liebten, gegeben wurde. Wir sind unabhängig geworden durch dich; wir kennen keinen Scheich und keinen Stamm der Dschesireh – Insel, Land zwischen Euphrat und Tigris –, von deren Willen wir uns bestimmen lassen. So haben wir uns auch von der Oberhand des Islam freigemacht. Wir wollten dich zu ihm bekehren, sind aber, ohne daß wir es nur merkten, durch die Predigt deiner Taten, welche nichts als Liebe lehrten, von Mohammed fort- und auf das hohe Minarett – Gebetsturm – dieser Liebe hinaufgeleitet worden, von welchem aus es nur ein Gebot und eine Stimme gibt, nämlich die heiligen Worte, welche wir von dir lernten: ‚Gott ist die Liebe, und wer in der Liebe bleibt, der bleibt in Gott und Gott in ihm!' So hast du in uns den Geist der Selbstsucht, des Hasses, der Rache besiegt; so hast du aus uns Menschen gemacht, welche die Friedenspfade Allahs wandeln, und so bin auch ich durch dich aus einem nach Vergeltung schreienden, unerbittlichen Bluträcher ein gläubiger und folgsamer Anhänger des Gottessohnes geworden, der seine Lehre von der ewigen Macht der Liebe durch sein ganzes Leben, durch sein Leiden und dann durch seinen Tod besiegelt und bestätigt hat. Hanneh, die Beglückerin unseres Scheichs, ist es nicht allein, welche von einer Kijahma sprechen kann, sondern wir alle haben eine Kijahma gehabt, eine Auferstehung, eine Befreiung, eine Rettung aus dem Reich des Hasses in das Reich der Liebe und des Friedens. Das, Effendi, wollte und mußte ich dir sagen, weil mein Herz mich dazu treibt, jetzt, wo wir auch eine Kijahma vor uns haben, welche der Schärfe deines Auges zu verdanken ist."

„Und noch eine Frage", fiel Hanneh wieder ein. „Besitzt Emmeh, die freundliche Spenderin deiner Behaglichkeit, auch einen so festen Glauben, grad wie du?"

„Ja", antwortete ich.

„Hat sie ihn stets gehabt?"

„Sie hatte diesen Glauben schon, als ich sie kennenlernte; er lag in der Tiefe ihres Gemütes aufbewahrt."

„Und da brachtest du den Sonnenschein, der ihn an das Tageslicht hervorrief? Du hast ihn gepflegt mit liebevoller Hand und nun deine Freude daran, wie an einem Baum, an dessen Früchten man sich doppelt erquickt, weil man ihn mit eigener Hand emporgezogen hat. Sihdi, wie gern, wie so gern möchte ich deine Emmeh kennenlernen! Ich würde ihr zuliebe alles tun; ich wäre sogar bereit, mich mit ihr, wenn sie es wollte, in einen Wagen eurer Eisenbahn zu setzen, um mit ihr so weit zu fahren, wie es ihr beliebt!"

„Ich aber mit!" bemerkte Halef schnell. „Frauen bedürfen stets der Unterstützung und des Schutzes, und das freundliche Lächeln, welches sie dann dafür geben, ist dem eigenen mehr als einem fremden Mann zu gönnen!"

„Lächeln?" fragte sie. „Ein freundliches Lächeln? Was meinst du damit, lieber Halef? Wer lächelt da?"

„Ihr!"

„Wir? Also auch ich?"

„Ja."

„Warum?"

„Weil der – der Schutz – der Schutz, den sie bedürfen", stotterte er verlegen. Dann wendete er sich rasch und in resolutem Ton an mich: „Sag du es ihr, Effendi! Ich habe mich verritten, und du verstehst dich auf eure Eisenbahnen doch besser als ich, der ich ja noch gar keine gesehen habe!"

Das Gesicht der „lieblichsten unter allen Lieblichkeiten" hatte einen ernsten, ja strengen Ausdruck angenommen. Nun sah sie mich erwartungsvoll an. Darum erklärte ich ihr, die von dem Lächeln ja gar nichts hatte erfahren sollen, an seiner Stelle:

„Ich habe mit Halef von unsern Eisenbahnen gesprochen, auf denen auch unsere Frauen und Töchter fahren dürfen. Ihnen gefällt es in diesen Wagen so sehr, daß sie vor Vergnügen freundlich zu lächeln pflegen."

„Und das gefällt ihm wohl nicht?" fragte sie. „Warum soll eine Frau nicht lächeln dürfen, wenn ihr etwas Vergnügen macht? Ich würde auch lächeln, unbedingt lächeln! Hast du vielleicht etwas dagegen, Halef?"

„Nein, gar nichts!" antwortete er, sehr erfreut darüber, daß es mir gelungen war, dieser „lächelnden" Angelegenheit eine unverfängliche Wendung zu geben. „Ich würde im Gegenteil sehr glücklich sein, die Strahlen deines Lächelns auf meinem Angesicht zu fühlen; das weißt du doch! Doch seht, ob ich mich irre! Der vom Tode Errettete scheint sich zu bewegen!"

Er hatte recht, und das Erwachen des Mekkaners kam seinem Wunsch, den jetzigen Gesprächsgegenstand fallenzulassen, sehr gelegen.

„Wasser!" klang es wieder wie vorhin leise von den Lippen El Münedschis, welcher sich mit dem Oberkörper aufzurichten versuchte, wobei ihn zwei Haddedihn schnell unterstützten.

Es wurde ihm gegeben, und er trank diesesmal mit vollen Zügen. Dann saß er da, ließ seine herrlichen Augen im Kreis gehen, holte tief, tief Atem und sagte dann langsam und wie geistesabwesend, indem er die Hände faltete: „Die Menschen schlafen; wenn sie aber sterben, dann wachen sie auf!"

Dann schloß er die Augen und legte sich wieder nieder, wozu er keiner Unterstützung bedurfte. Seine Stimme hatte tief, aber doch sonor geklungen, wie von einer innern Resonanz verstärkt. Die von ihm gesprochenen Worte mögen einem Nichtkenner des Arabischen banal erscheinen; auf mich aber machten sie einen ungewöhnlichen Eindruck, und daß dieselbe Wirkung auch auf die Haddedihn stattfand, belehrte mich ein leises, andächtiges „Amin – Amen –!", welches die meisten von ihnen, darunter auch Halef, dazu sagten. Diese Worte waren einer der berühmten „Hundert Sprüche" Alis, des Kalifen. Warum der soeben vom Tode Erstandene sie ausgesprochen hatte, ob aus Überlegung oder infolge eines momentanen, innern Antriebes, das wußte ich nicht; aber sie paßten so genau zu der gegenwärtigen Situation und den durch sie hervorgerufenen Gefühlen, daß ich von ihnen nicht nur oberflächlich ergriffen wurde, zumal die Art und Weise, in der sie erklangen, eine so ungewöhnliche war.

Wir standen stumm im Kreis um den Münedschi und warteten, was er nun tun werde. Er lag einige Zeit bewegungslos, langsam und regelmäßig Atem holend. Dann richtete er sich wieder, ohne der Hilfe zu bedürfen, in sitzende Stellung auf, behielt aber die Augen noch geschlossen und sagte, mit der Hand neben sich deutend:

„Setz dich zu mir!"

Wir wußten nicht, wen er meinte, aber es schien nicht nur mir, sondern auch allen andern ganz selbstverständlich zu sein, daß ich es war, der dieser Aufforderung folgte.

„Hast du genau gehört, was ich vorhin sagte?" fragte er jetzt.

„Ja", antwortete ich.

„Kennst du die Worte?"

„Es war der zweite von den hundert Sprüchen des Kalifen Ali Ben Abi Taleb."

Er neigte den Kopf leicht nach meiner Seite, als ob er, nachdem ich schon gesprochen hatte, noch auf den Ton meiner Stimme lauschte. Dann sagte er, die Augen immer noch geschlossen:

„Der zweite? Das sagst du? Es stimmt! Ich weiß, daß du mehrere dieser Sprüche kennst, aber nicht ihre Reihenfolge. Wie kommt es, daß du jetzt so genau die Nummer Zwei angibst? Das wundert mich. Auch klingt deine Stimme anders als bisher. Die Erklärungen dieses Spruches aber kennst du nicht?"

„Ich kenne sie."

Er neigte den Kopf noch weiter her zu mir, und sein Gesicht nahm während der folgenden Fragen und Antworten den Ausdruck immer größer werdenden Erstaunens an.

„Alle beide?"

„Die arabische und die persische."

„Wer hat sie gegeben?"

„Der persische Dichter Reschid ed Din Abd el Dschelil, welcher den Beinamen Watwat bekommen hat."

„Wie? Du kennst ihn so ausführlich!"

„Er lebte an den Höfen dreier Herrscher und starb im Jahre 578 – 1182 u. Z. – der Hedschra." – Hedschra: Auswanderung, speziell Mohammeds von Mekka nach Medina 622 u .Z. Mit dem 16. Juli 622 u. Z. beginnt mohammedanische Zeitrechnung nach Mondjahren –.

„Maschallah! Wie lautet die arabische Erklärung dieses zweiten Spruches des vierten der Kalifen?"

„Solange die Menschen in dieser Welt leben, sind sie ohne Sorge. Sie scheinen in einem so tiefen Schlummer zu liegen, daß sie darüber die Wonnen des Paradieses und die Flammenpein der Hölle vergessen. Aber wenn sie sterben, dann wachen sie auf von diesem Schlummer der Sorglosigkeit und bereuen ihre Saumseligkeit im Dienste dessen, der sie geschaffen hat, und machen sich selbst Vorwürfe über ihre Nachlässigkeit im Dank gegen den, der ihnen alles gespendet hat, aber erst dann, wenn die Reue zu spät kommt und die Selbstvorwürfe nutzlos sind!"

„Und die persische Erklärung?"

„Die Menschen sind während ihres Aufenthaltes auf dieser Erde unbekümmert um die Angelegenheiten der andern Welt. Erst wenn sie sterben, erwachen sie aus dem Schlaf der Gleichgültigkeit; dann erkennen sie, daß sie den Wert des Lebens nicht beachtet haben und nicht den rechten Weg gegangen sind, und bereuen ihre schlimmen Reden und verwerflichen Taten; aber dann hilft und nützt ihnen dies nichts mehr!"

Jetzt war seine ganze Körperhaltung und jeder Zug seines Gesichtes zum sprechendsten Ausdruck aufmerksamen Lauschens geworden. Er wartete eine Weile und fragte dann:

„Bist du El Ghani, mein Wohltäter, von dem ich dachte, daß er jetzt bei mir säße?"

„Nein."

„So sag, o sag, ob du mit diesen beiden Erklärungen einverstanden bist!"

„Sie haben meinen Beifall nicht, denn sie sind zu oberflächlich. Den tiefen Sinn des Spruches lassen sie unberührt liegen."

„Und welches ist dieser Sinn?"

„Die Menschen schlafen; wenn sie aber sterben, dann wachen sie auf. Das heißt: Die Menschen leben wie Schlafende, mit geschlossenen Augen; sie sehen nicht die Beweise eines ewigen Lebens, und wenn sie die Stimmen Allahs und seiner Boten hören, so glauben sie zu träumen, und folgen ihnen nicht. Aber dann, wenn der Tod sie aus diesem Schlaf rüttelt und sie die Augen öffnen müssen, dann sehen sie sich unvorbereitet jenseits der großen Grenze, über welche sie nicht zurückkönnen, um das Versäumte nachzuholen. Dann wird ihr Erwachen ein Beben und ihr Sehen ein Erschrecken sein."

„Allah, Allah!" rief er da aus. „Ich glaubte, auf die Erde zurückgekehrt zu sein, und befinde mich doch noch bei dir, der du mich geleitet hast! Nein, du bist nicht El Ghani, der niemals solche Worte hat. Nimm mich wieder bei der Hand, und sage mir, ob ich auch zu denen gehöre, die mit geschlossenen Augen leben und deren Erwachen so schrecklich sein wird!"

„Hast du die Liebe?"

Warum tat ich grad diese Frage? Wohl weil ich kurz vorher mit den Haddedihn von der Liebe gesprochen hatte. Das Verhalten und die Worte des Arabers waren mir nicht klar. Ich wußte nicht eigentlich, wen er mit ihnen meinte. Die Szene war überhaupt eine ganz eigenartige. Rings um uns die verbrannte, unbegrenzte Wüste, über der auch noch jetzt die Geier hungrig schwebten, die während der Nacht wohl in unserer Nähe gesessen hatten, die grotesken Formen der hochbeinigen, höckerigen Kamele, der andächtige Kreis der phantastisch gekleideten Beduinen, der rätselhafte, fremde Mann hier neben dem offenen Grab mit seinen mir unerklärlichen Reden, unser vorhergehendes, religiöses Gespräch und die Stimmung, in welcher ich mich infolgedessen befand, dazu die Bedeutung des wie mit aus dem Grab auferstandenen Ali-Spruches, das alles zusammen mochte als Ursache wirken, daß ich nichts anderes als nur diese Frage brachte.

„Die Liebe?" antwortete er. „Wird grad sie so wichtig für den Augenblick des Erwachens aus dem Schlaf sein?"

„Nur sie allein ist wichtig. Sie ist das Öl der Lampe, ohne welche du den rechten Weg nicht finden kannst."

„Das Öl? Der Lampe?" fuhr er aus seiner noch immer wie lauschenden Haltung empor. „Das klingt ja wie der Gang der Jungfrauen zur Nikiah – Hochzeit –!"

„Ja", fiel ich unter dem Eindruck dieses Wortes schnell ein, ohne zu bedenken, daß ich einen Moslem vor mir hatte, der nicht wissen durfte, daß ich Christ war. „Das Himmelreich wird gleich sein zehn Jungfrauen, welche ihre Lampen nahmen, um auszugehen, dem Hochzeitszug entgegen. Fünf von ihnen waren töricht und fünf aber klug; die fünf Törichten nahmen zwar ihre Lampen, aber sie nahmen kein Öl mit sich; die Klugen hingegen aber nahmen samt den Lampen auch Öl in ihren Gefäßen mit. Als nun der Bräutigam verzog, wurden alle müde und entschliefen. Um Mitternacht aber erhob sich ein Geschrei: Siehe, der Bräutigam kommt; gehet heraus, ihm entgegen! Da standen alle diese Jungfrauen auf und richteten ihre Lampen zu. Die Törichten aber sprachen zu den Klugen: Gebt uns von eurem Öl, denn unsere Lampen verlöschen! Da antworteten die Klugen und ..."

Bis hierher war ich gekommen, doch weiter kam ich nicht. Während ich erzählte, ging mit dem Münedschi eine ungewöhnliche Veränderung vor, ungewöhnlich wenigstens in Beziehung auf seinen Schwächezustand. Es war, als ob seine Adern sich mit neuem Blut füllten und seine Nerven neuen Lebensreiz bekämen. Er richtete seinen Oberkörper auf, höher und immer höher. Seine Augen öffneten sich und richteten ihren strahlenden, unbeschreiblichen Blick auf mich; die Falten seines Gesichtes schienen sich zu füllen, und das Spiel der Mienen wurde von Satz zu Satz, den ich sprach, immer lebhafter, bis er, beide Hände gegen mich ausstreckend, mich mit dem ängstlich abwehrenden Ruf unterbrach:

„Halt ein; halt ein! Ich mag nichts weiter hören! Ich habe mich in dir geirrt. Du bist nicht der, der vorhin noch bei mir war und für den ich dich bis jetzt gehalten habe!"

„So sag, wer du dachtest, daß ich sei!"

„Ben Nur – Sohn des Lichtes –, der Bote des Propheten."

„Der bin ich nicht und kenne ihn auch nicht. Sein Name steht in keinem Buch verzeichnet, welches von dem Propheten handelt."

„In keinem irdischen Buch, aber im Kitab et Tubanijin – Buch der Seligen – ist er zu finden. Nun weiß ich nicht, wo ich jetzt bin, denn du bist nicht Ben Nur und bist auch nicht El Ghani. Bin ich noch im Land der Verstorbenen, oder kehrte ich schon wieder auf die Erde zurück?"

Sonderbar, höchst sonderbar! Hatten wir es etwa mit einem Irren, einem Wahnsinnigen zu tun? Er schaute mit weit geöffneten, glänzenden Augen um sich, die unmöglich blind sein konnten, mußte uns also doch sehen. Und im Land der Verstorbenen wollte er gewesen sein? Er wurde el Münedschi genannt, der Wahrsager. Dieses türkische Wort bedeutet auch Sterndeuter. Wahrsager, Stern- und Zeichendeuter, diese Worte haben selbst für jemanden, der sonst nicht nach biblischen Verboten fragt, einen warnenden Beigeschmack. Ich mußte an den Hokuspokus der südafrikanischen Regenmacher, die indianischen Medizinmänner und ähnliche zweideutige Existenzen denken. Einen so tiefen, Ehrfurcht erweckenden Eindruck dieser Mann erst auf mich gemacht hatte, jetzt fühlte ich nur noch die Notwendigkeit, vorsichtig gegen ihn zu sein. Hanneh war weit zurückgetreten; Halef sah ihn mißtrauisch von der Seite an, und die Haddedihn schienen nicht im klaren darüber zu sein, ob sie sich wundern oder über ihn lachen sollten.

„Du bist natürlich auf der Erde", beantwortete ich seine letzte Frage.

„Wo da?"

„Wo du vorher warst."

„Ich war bei El Ghani. Wo ist er? Ich höre ihn nicht."

„Aber du siehst doch uns!"

„Euch? Sehen? Allah w'Allah! Deine Worte sagen mir, daß ich mich bei Leuten befinde, die mich gar nicht kennen. Seht ihr denn nicht, daß ich blind bin?"

„Nein, das sehen wir nicht. Du scheinst vielmehr ganz vortreffliche Augen zu besitzen."

„Du irrst. Ich weiß, daß meine Augen glänzen, aber dieser Glanz ist Täuschung. Ich höre deiner Stimme an, wie weit du dich von mir befindest, aber ich kann dich nicht erkennen. Nur wenn du ganz nahe zu mir herankommst, kann ich dich wie die dunkle, verschwimmende Schattengestalt eines bösen Geistes erkennen."

„Du scheinst solche bösen Geister gesehen zu haben?"

„Oh, sehr oft! Aber wo ist El Ghani? Ich bin besorgt um ihn und also auch um mich. Er ist der einzige, der mich verstehen und behandeln kann, er mein Wohltäter, ohne den ich längst gestorben und verdorben wäre. Sagt es mir! Ich bitte euch!"

Das schien der Ton wirklicher, ungeheuchelter Angst zu sein. Ich wollte und mußte ihn prüfen. Darum legte ich die Hand um den Griff meines Messers, welches ich im Gürtel stecken hatte, zog es plötzlich heraus und stieß damit nach seinem Gesicht, als ob ich ihn ins Auge stechen wolle. Er zuckte, obgleich dieses letztere fast von der Spitze der Klinge berührt wurde, doch mit keiner Wimper und veränderte auch den Ausdruck des Gesichtes nicht im geringsten. Ein Sehender hätte sich bei dieser meiner plötzlichen Bewegung doch wohl anders verhalten; er schien also doch wirklich blind zu sein. Darum antwortete ich in freundlicherem Ton als zuletzt:

„Du wirst die gewünschte Auskunft erhalten, wenn du vorher uns welche über dich gegeben hast. Vor allen Dingen will ich dir sagen, daß du dich um dich nicht zu ängstigen brauchst. Du befindest dich bei guten Menschen, welche dich als Freund und Hilfsbedürftigen behandeln werden. El Ghani ist ein Mekkaner!"

„Ja; wir alle sind aus Mekka. Aber ich bin blind und sehe euch nicht; ich weiß also nicht, ob und wie ich euch antworten soll und darf. Ich bitte euch also, nachsichtig gegen meine Unbehilflichkeit zu sein und mir zuerst zu sagen, wer ihr seid!"

„Komm erst zu unserem Lagerplatz! Du hast nur höchstens fünfzig Schritt weit zu gehen."

„So führe mich!"

Ehe ich ihn bei der Hand nahm, wiederholte Halef mein voriges Experiment mit seinem Messer. Der Blinde bemerkte es wirklich nicht. Dann, als wir gingen, nahm ich ihn so, daß das Grab grad vor ihm lag. Drei Schritt, und dann wäre er unbedingt hineingelaufen, wenn ich ihn nicht auf die Seite gezogen hätte. Der Ortswechsel wäre gar nicht notwendig gewesen, wenn ich ihn nicht vorgeschlagen hätte, um den Gang dieses Mannes zu prüfen. Er bewegte sich mit einer Unsicherheit, welche gewiß nicht bloß eine Folge der ausgestandenen Anstrengungen und Entbehrungen war. Obgleich er von mir geführt wurde, waren seine Schritte so vorsichtig suchend, wie man es nur bei Blinden beobachtet und ein Sehender es nicht nachmachen kann. Wir hatten es also nicht mit einem Simulanten zu tun.

Die guten Folgen dieser bestandenen Prüfung gaben sich sofort im Verhalten der Haddedihn zu erkennen, die nun nicht mehr Mißtrauen gegen, sondern herzliches Mitleid für ihn fühlten. Sie bereiteten ihm einen weichen Sitz und fragten ihn nach Wünschen, die sie vielleicht erfüllen könnten. Er bat wieder um Wasser. Als er nun zum drittenmale seinen immer wiederkehrenden Durst gelöscht hatte und wir ihn fragten, ob er nicht auch Hunger habe, antwortete er:

„Ich weiß nicht, wie lange ich nicht gegessen habe, denn ich war nicht in meinem Körper und habe keine Augen für den Unterschied zwischen Tag und Nacht. Der Morgen ist für mich grad wie der Abend, und nur wenn von einem mir ganz nahen Gegenstand der Sonnenstrahl in das Auge zurückgebrochen wird, kann ich ihn als Schatten mit verschwommenen Umrissen erkennen. Als ich zum letztenmale aß, wird es am Jom el Guma – Freitag – früh gewesen sein."

„Und heute ist Jom el Itnehn – Montag –", rief Halef. „Du hast also drei volle Tage nichts genossen!"

„Ich habe doch noch keinen Hunger. Aber Tabak, Tabak, den gebt mir, wenn ich euch darum bitten darf!"

Da hatte er auch schon eine alte Pfeife mit kurzem Rohr und ungewöhnlich großem Kopf aus der Tasche seiner weiten Hosen gezogen und steckte sie in den Mund. Seine Bitte wurde in, ich möchte sagen, inbrünstigem Ton ausgesprochen, und in seinem Gesicht drückte sich dabei eine Sehnsucht, ja fast eine Gier aus, welche die Erfüllung des Wunsches kaum erwarten konnte. Und als dies geschehen war, rauchte, nein, qualmte er mit einem Eifer, als ob sein Leben daran hänge, die Pfeife so bald wie möglich wieder stopfen zu können. Eine solche Leidenschaftlichkeit hätte ich einem Blinden niemals zugemutet. Sie würde mich wahrscheinlich auf den Gedanken gebracht haben, daß die Blindheit doch und doch erdichtet sei, aber ich hatte nun trotz der Kürze der Zeit die Beobachtung gemacht, daß der Blick dieser schönen Augen leer und seelenlos war und die Wimpern fast unbeweglich blieben.

„Der arme, blinde Mann!" raunte Hanneh mir mitleidig zu. „Soeben erst vom Tode erstanden, von seinen Freunden verlassen, mitten in der Wüste! Sihdi, was hast du über ihn beschlossen?"

Ich winkte ihr beruhigend zu und öffnete schon den Mund zum Sprechen, als Halef, welcher meine Absicht erriet, mir schnell die leise Frage vorlegte:

„Effendi, du willst ihm sagen, wer wir sind?"

„Ja", antwortete ich ebenso leise.

„Erlaube, daß ich dies tue! Ich kenne uns ja ebenso gut, wie du uns kennst!"

Er setzte sich an die andere Seite des Blinden, zu dessen Linken ich saß, nieder und erklärte ihm:

„Du wirst jetzt zwei sehr berühmte Männer kennenlernen; höre also mit Aufmerksamkeit, was ich dir sagen werde! Ich bin nämlich Hadschi Halef Omar Ben Hadschi Abul Abbas Ibn Hadschi Dawuhd al Gossarah, der oberste Scheich der Haddedihn vom großen Stamm der Schammar. Und der Mann an deiner andern Seite ist der größte Gelehrte des Morgen- und des Abendlandes. Er ist eigentlich der ‚Alim el Ulema' – Gelehrte aller Gelehrten –, denn in seinem Kopf befinden sich tausend Fächer, und in jedem Fach stecken über hundert vollständige Wissenschaften, die er auf zweihundertsechzig Medahris – Universitäten – studiert und überwunden hat. Er stammt aus dem Land des äußersten Maghreb, denn er ist im Wadi Draha geboren, woher bekanntlich die klügsten Leute kommen, und sein Name . . ."

„Kutub!" unterbrach ich ihn.

„Was? Was meinst du?" fragte er mich, in seinem Eifer nicht an die zwischen uns vereinbarte Bedeutung dieses Wortes denkend.

„Kutub, Kutub!" wiederholte ich.

„Wahajahti!" rief er aus, sich jetzt besinnend. „Bei meinem Leben, jetzt habe ich mich versprochen gehabt! Ich hätte mich hinterher und dann dich voransetzen sollen!"

„Das hast du ja schon getan!"

„Was? Nein!"

„Doch! Du hast dann mich vorangesetzt, nämlich dann!"

„Wallahi fasl – das ist eine sonderbare Geschichte, bei Allah! Verzeihe mir, Effendi! Ich werde es sofort besser machen und wieder von vorn anfangen, indem ich zunächst deinen Namen und dann erst den meinigen nenne!"

„Das ist nun nicht nötig. Nenne zuerst meinen, und dann läßt du deinen weg, weil du ihn schon genannt hast!"

„Aber er muß unbedingt hinterherkommen, sonst beleidigt es dich!"

„Aber wenn du ihn noch einmal sagst, so hast du den meinigen nur einmal und den deinigen aber zweimal genannt, was doch noch viel beleidigender ist!"

„Gut, du sollst deinen Willen haben, weil du aus dem äußersten Maghreb stammst und im Wadi Draha das erste Licht der Welt erblickt hast! Also dein hochberühmter Name lautet Hadschi Akil Schatir el Megarrib Ben Hadschi Alim Schadschi er Rani Ibn Hadschi Dajim Maschhur el Azami Ben Hadschi Taki Abu Fadl el Mukarram."

Es war wirklich lustig anzuhören, wie schnell und fehlerlos er diese lange Schlange herunterleierte. Und ebensoviel Spaß machte mir dabei der Anblick der fünfzig Haddedihn, welche die zwei Dutzend Worte leise mitsagten und dabei die Lippen wie kauende Kaninchen bewegten. Da der Münedschi ein Beduine war, hatte ich nicht zu befürchten, daß der Name und die vorhergehende Zurechtweisung ihm lächerlich vorkommen würden. Er hatte mit ungewöhnlicher Aufmerksamkeit zugehört und fragte nun:

„Bist du vielleicht derselbe Scheich Halef Omar der Haddedihn, welcher vor einigen Jahren den Schatz der Schmuggler in den Ruinen des Birs Nimrud im alten Babylon entdeckt hat?"

„Ja, der bin ich allerdings!“ antwortete der kleine Hadschi mit großem Selbstbewußtsein. „Du weißt also von dieser meiner Ruhmestat? Wo hast du denn davon gehört?“

„In Meschhed Ali, der heiligen Stätte der Schiiten.“

„Wann?“

„Jetzt, als wir dort waren.“

„Du und El Ghani?“

„Ja!“

„Aber ihr seid doch nicht Schiiten!“

„Nein. El Ghani ging als Gesandter des Großscherifs hin und nahm mich mit.“

„Darf ich fragen, was er dort sollte?“

„Das weiß ich nicht; er hat es mir nicht gesagt. Es scheint eine religiöse Angelegenheit gewesen zu sein, von welcher nur der Großscherif und sein Bote wissen durften.“

„Und dort habt ihr von mir gehört?“

„Ja. Es waren Perser da, welche euer damaliges Erlebnis ganz genau kannten – Karl May, „Im Reiche des silbernen Löwen“, Band 2 –. Die Schmuggler, welche von euch ergriffen wurden, sind, anstatt Strafe zu bekommen, mit der Anstellung als Zollbeamte begnadigt worden. Darum verkünden sie euern Ruhm, so oft und so weit sie nur können. So haben auch wir davon erfahren.“

„Du sagst ‚euer‘, sprichst also nicht von mir allein?“

„Weil noch jemand bei dir gewesen ist, ein Effendi aus dem Abendland. Er war ein Christ und hat Emir Kara Ben Nemsi geheißen. Ist das richtig?“

„Ja.“

„In welchem Reich des Abendlandes ist er geboren?“

„In Dschermanistan.“

„Das dachte ich mir allerdings, denn Ben Nemsi ist ja dasselbe wie Sohn von Dschermanistan. War er auch wirklich ein Christ?“

„Der beste, den es geben kann!“

„Es wird von ihm erzählt, daß er, obgleich er ein Christ ist, den ganzen Koran auswendig könne. Ist das wahr?“

„Ja.“

„Auch sollen ihm alle Auslegungen desselben besser und vollständiger bekannt sein als mohammedanischen Gelehrten.“

„Auch das ist richtig.“

„Ich bin ein armer Mann und habe keinen Besitz; aber wenn ich reich wäre, ich würde gern die Hälfte meines Vermögens dafür geben, wenn ich ihn einmal einige Tage bei mir haben und mit ihm sprechen könnte!"

„Warum?"

„Weil ich die heilige Schrift der Christen so kenne, wie er den Koran kennt. Es würde mir eine Wonne sein, mit so einem Mann, wie er zu sein scheint, die wirkliche Wahrheit zu ergründen und ihn zu den Lehren des Islam zu bekehren."

Als er dies sagte, holte er tief, sehr tief Atem wie einer, dem die Sache, von welcher er spricht, außerordentlich am Herzen liegt und schon viele Sorgen bereitet hat. Schon das war für seinen Koranglauben kein günstiges Zeichen. Dazu kam, daß er erst mit mir „die wirkliche" Wahrheit zu erforschen wünschte, sich also noch nicht im Besitz derselben wußte. Wenn er trotzdem davon sprach, mich zum Islam bekehren zu wollen, so war das wohl nur eine Redensart und dazu bestimmt, seine eigene Unsicherheit zu verhüllen. Dieser Mann schien zu den vielen Dürstenden zu gehören, welche die Quelle niemals finden, weil sie blind an ihr vorübergehen. Er kannte ja nach seiner eigenen Behauptung die heilige Schrift und also auch das Wort „Ich bin die Wahrheit und das Leben", und doch war er bei diesem Brunnen der wahren Weisheit nicht geblieben! Diese meine Folgerungen und Schlüsse zog Halef jedenfalls nicht; er handelte und sprach ja meist nach seinem Gefühl; dies tat er auch jetzt, und zwar in einer Weise, die außerordentlich charakteristisch für ihn war.

„Wünsche das nicht, ja nicht!" warnte er.

„Warum nicht?" erkundigte sich der Münedschi.

„Du würdest von dem, was du hoffest, grad das Gegenteil erreichen."

„Wieso?"

„Ich bitte dich, es dir durch ein Beispiel erklären zu dürfen. Wir waren in Erbil, einer in der Dschesireh liegenden Stadt, die du vielleicht nicht kennst, und gingen in die Moschee, um zu beten. Kara Ben Nemsi Effendi hält es nämlich für keine Sünde, auch in einem mohammedanischen Gotteshaus ein christliches Gebet zu sprechen; er meint sogar, daß die Moschee dadurch nicht geschändet, sondern geheiligt werde. Niemand kannte ihn, auch der Mufti – Beamter für religiös-juristische Angelegenheiten – nicht, welcher neben uns kniete. Später erfuhr dieser aber, daß der Effendi ein Christ sei und zeigte ihn wegen Entweihung des Heiligtums an. Wir wurden vor das Gericht beordert, wo der Kadi sich bemühte, das Verbrechen so streng wie möglich zu nehmen. Aber Kara Ben Nemsi gab solche Antworten, daß der Richter immer mehr in Zorn geriet und ihn endlich grimmig andonnerte: ‚Du hast dich wohl vor keinem Kadi zu fürchten?' Der Effendi antwortete ruhig: ‚Nein, sondern der Kadi hat sich vor mir zu fürchten!' Hierauf berief er sich auf eine vor kurzem erlassene Fetwa – Entscheidung – des Scheik ul Islam – der obersten geistlichen Behörde –, nach welcher studierte Christen die Moscheen betreten dürfen, wenn es in frommer, andachtsvoller Weise geschieht, um die nachzueifernden Gebräuche unserer Anbetung kennenzulernen. Als man uns infolgedessen sagte, daß wir gehen könnten, erklärte er, daß er noch bleiben müsse, um den Kadi wegen Schändung des Heiligtums anzuzeigen, weil er ihn jetzt als die Person erkannt habe, die mit uns zu gleicher Zeit in der Moschee gewesen sei, ohne die Pantoffeln auszuziehen, wie es vorgeschrieben ist. Der Kadi war erschrokken und entrüstet, mußte aber die Wahrheit der Anzeige zugeben und enschuldigte sich damit, daß er die Dah ilmafasil – den Rheumatismus – in den Füßen habe und darum den kalten Steinboden nicht ohne Pantoffeln betreten dürfe. Der Effendi riet ihm lachend, das nächste Mal sogar die Stiefel anzuziehen, und dann entfernten wir uns. Du ersiehst aus diesem Beispiel, daß es nicht geraten ist, mit ihm etwas vorzunehmen, was ihm nicht behagt; er pflegt es in das Gegenteil zu wenden. Ich kenne Moslems, welche ihn zum Islam bekehren wollten, aber damit nur erreicht haben, daß sie selbst ihren Glauben geändert haben und Christen geworden sind."

„Ist das wirklich möglich?!"

„Nicht nur möglich, sondern wahr! Wünsche ja nicht, in dieselbe Gefahr zu kommen!"

„Diese Gefahr würde es für mich nicht geben, selbst wenn seine Gelehrsamkeit noch größer wäre, als sie ist."

„Du würdest sie gar nicht bemerken; er sagt, Gott wohlgefällig zu leben, das sei seine Wissenschaft, und er höre ein frohes Lachen viel lieber als die trockenen Chitabat – Vorträge – aller Ulama – Gelehrten – des ganzen Morgenlandes."

„Dann ist es ja sehr gut, daß er sich nicht hier befindet!"

„Warum?"

„Weil du mir gesagt hast, daß dein hier neben mir sitzender Gefährte Hadschi Akil Schatir der größte Gelehrte des Morgen- und sogar auch des Abendlandes ist."

„Oh, sie würden sich sehr gut zusammen vertragen, denn trotz der unzähligen Wissenschaften, welche im Kopf dieses meines

Freundes Unterkunft gefunden haben, ist ihm niemals etwas davon anzumerken."

„Ich habe es aber vorhin bemerkt, als er die Erklärungen zu dem Spruch Alis, des Kalifen, gab."

„Ja, so eine Erklärung entschlüpft ihm wohl zuweilen, gewöhnlich aber behält er sie für sich, und das ist sehr lobenswert von ihm, weil es so viele Erklärungen gibt, die man, um sie zu begreifen, sich wieder erklären lassen muß. Jetzt weißt du nun wohl, wer und was wir beide sind. Allah ist dir wohlgeneigt gewesen, indem er dich mit uns zusammenführte. Wir haben fünfzig tapfere Krieger der Haddedihn bei uns, und außerdem wirst du zuweilen auch eine weibliche Stimme vernehmen. Die, welche du da sprechen hörst, ist Hanneh, die wohlerzogene Gebieterin meines Frauenzeltes, deren Schönheit und Leutseligkeit zu den größten Vorzügen der Türkei und aller persischen Provinzen gehört. Allah gebe ihr ewige Jugend und hierauf dann ein mir und ihr gefälliges Alter! Was du sonst noch wissen willst, können wir dir später sagen. Jetzt nun sprich auch du! Oder soll ich lieber fragen?"

Der Münedschi zögerte eine ganze Weile mit der Antwort. Dann, als er an einem wiederholten Husten des Hadschi hörte, daß dieser ungeduldig zu werden begann, sagte er:

„Meine Rede über mich kann sehr kurz sein. Man zählt mich auch zu den gelehrten Leuten. Ich war ein gesunder und wohlhabender Mann, als ich vor mehreren Jahren nach Mekka kam. Mein Vermögen wurde mir von fremden Pilgern gestohlen. Ich wohnte bei El Ghani. Er nahm sich meiner an und behielt mich selbst dann bei sich, als ich erblindete. Jetzt lebe ich nur allein von seiner Güte. Als er vor zwei Monaten nach Meschhed Ali mußte, nahm er mich mit, weil dort meist Perser sind, deren Sprache er weder spricht noch versteht. Jetzt befanden wir uns auf dem Rückweg. Das Wasser ging uns aus, und fast verschmachtet mußten wir mitten in der Wüste halten bleiben. Wir waren überzeugt, daß Allah unsern Tod beschlossen habe. Mehr weiß ich nicht zu sagen; das andere wißt nur ihr."

Das war die ganze Auskunft, welche er uns erteilte. Ich sah Halef an, daß er wieder fragen wollte, winkte ihm aber ab. Es gab einige Punkte, über welche ich trotz der Schweigsamkeit und Zurückhaltung des Mekkaners gern Auskunft haben wollte. Er war unser Gast und dabei ein unglücklicher, blinder Mann, wahrscheinlich auch noch sonst beklagenswert, und gegen solche Leute ist man nicht gern zudringlich; aber wenn man bei Wohltaten auch nicht grad zu wissen braucht, wem man sie erweist, so gab es hier doch andere, sehr triftige Gründe, es nicht bei dem bisherigen, ganz unzureichenden Aufschluß bewenden zu lassen. Ich erkundigte mich also, jedoch in rücksichtsvollem Ton:

„Möchtest du uns wohl sagen, welchem Beruf El Ghani angehört?

„Er ist Schech el Harah – Oberster eines Stadtviertels –", antwortete er.

„Und wie ist sein eigentlicher Name?"

„Habt ihr ihn gesehen?"

„Ja."

„Auch mit ihm gesprochen?"

„Ja."

„Hat er euch seinen Namen nicht gesagt?"

„Nein."

„So erlaube, daß ich ihn auch zurückbehalte! Er ist mein Wohltäter, dem ich zur Dankbarkeit verpflichtet bin; ich habe also kein Recht, das zu sagen, worüber zu schweigen er seine Gründe gehabt haben wird."

„Ich achte diese deine Dankbarkeit, obwohl ich der Ansicht bin, daß ein ehrlicher Mann seinen Namen nicht zu verschweigen braucht. Du hast den deinen auch noch nicht genannt!"

„Effendi, willst du mich der Unehrlichkeit zeihen?"

„Nein. Es genügt mir, von El Ghani erfahren zu haben, daß man dich El Münedschi nennt. Aber wann ihr hier mitten in der Wüste haltgemacht habt, das darf ich wohl erfahren?"

„Es war am Jom es Sabt – Samstag – früh."

„Also vorgestern. Wann bist du da eingeschlafen?"

„Sofort, als ich vom Kamel gefallen war; zum Absteigen fehlte mir die Kraft."

„Während dieses Schlafes hat dir von einem andern Leben, von einer andern Welt geträumt?"

„Effendi, darüber laß mich schweigen! Ich träume nicht. Was du für Traum hältst, ist etwas ganz anderes. Du bist ein berühmter Gelehrter; aber alle deine Gelehrsamkeit reicht nicht aus, das zu begreifen, was ich dir darum lieber verschweige."

„Ich meine im Gegenteil, daß ich als Gelehrter es leichter begreifen würde als ein Ungelehrter."

„Nein. Du würdest es für eine Krankheit halten, während es doch grad ein Beweis der höchsten geistigen Gesundheit ist. Ich bitte dich, nicht in mich zu dringen, und mich jetzt wieder mit El Ghani zu vereinigen!"

„Die Erfüllung dieses Wunsches ist leider jetzt nicht möglich. El Ghani ist fort!"
„Fort? Wohin?"
„Nach Mekka."
„Ohne mich?!"
„Ja. Er hielt dich für tot und hatte dich schon eingescharrt. Als er mit seinen Leuten fortgeritten war, nahm ich dich aus dem Grab und fand, daß du noch lebtest."
„Tot? Begraben schon?" fragte er entsetzt. „Allah sei mir gnädig! El Ghani weiß doch, daß ich stets sehr bald wieder zu mir zurückkehre!"
Mit diesen Worten hatte er mir sein Geheimnis schon halb verraten, ohne es in seiner Aufregung zu bemerken; die andere Hälfte dachte ich mir hinzu. Darum fragte, wie man sich auszudrücken pflegt, ich ihn grad auf den Kopf:
„Wie lange pflegtest du in solchen Fällen gewöhnlich nicht bei dir zu sein?"
„Nur einige Stunden", antwortete er prompt.
„Du wußtest dann, wo du gewesen warst?"
„Ja, ganz genau."
„Und dieses Mal hat es länger als zwei volle Tage gedauert. Es handelte sich auch nicht bloß um den bei dir üblichen Zustand, sondern du warst scheintot. Die Anstrengungen des langen Rittes und die Entbehrung des Wassers, der Einfluß deiner Nervenkrankheit, die ich allerdings nicht wie du als den ‚Beweis der höchsten geistigen Gesundheit' bezeichne, und dazu der Umstand, daß du ein außerordentlich starker, mit Tabak durch und durch vergifteter Raucher zu sein und darum sehr wenig zu essen scheinst, kurz, diese und vielleicht auch noch andere Gründe, welche ich nicht kenne, haben zusammengewirkt, den Zustand herbeizuführen, den wir als scheintot bezeichnen."
„Scheintot!" sagte er. „Zwei volle Tage habe ich gelegen! Solltest du recht haben. Es wäre entsetzlich gewesen, wenn ich begraben worden wäre, ohne wirklich tot zu sein! Scheintot! Es gibt ja überhaupt keinen wirklichen Tod, denn das, was ihr so nennt, das ist eben nichts anderes als scheinbarer Tod. Es ist das Ablegen des irdischen Kleides, welches wir unter dem Namen ‚Körper' hier getragen haben, aber niemals wieder tragen werden. Dieser Körper bleibt zurück, um sich in seine Grundbestandteile wieder aufzulösen, die Seele aber, die in ihn gekleidet war, wird auf ewig frei von ihm, der sie beengte."
Diese Weise, sich auszudrücken, machte mich stutzig. Er

sprach da nicht wie ein frommer, gläubiger Mohammedaner; darum konnte ich es nicht unterlassen, einzufallen:

„Damit befindest du dich mit den Lehren Mohammeds und allen Auslegungen des Korans in direktem Widerspruch."

„Nein", antwortete er. „Bedenke, daß der Prophet und seine Nachfolger nicht nüchterne Abendländer, sondern Orientalen waren und als solche die Gewohnheit hatten, sich nicht streng treffend, sondern bildlich auszudrücken! Wenn Hadschi Halef dich den größten Gelehrten des Morgen- und des Abendlandes nennt, so habe ich das nicht wörtlich, sondern nur in dem Sinne zu nehmen, daß du mehr gelernt hast und mehr weißt als viele andere gewöhnliche Gelehrte. Sogar die christliche Bibel hat man von diesem Gesichtspunkt aus zu lesen und zu beurteilen, weil die Verfasser der in ihr enthaltenen Bücher auch Orientalen waren."

„Damit leugnest du also, daß diese Bücher von dem Geist Gottes eingegeben worden sind?"

„Nein; aber er hat durch orientalische Zungen gesprochen, falls die Annahme dieser Eingebung nämlich nicht eine irrtümliche ist. Gottes Geist kann natürlich nicht ein spezifisch morgenländischer sein."

„So nennst du es also bildlich gemeint, daß die Elemente die aufgelösten und zerstreuten Körperteile bei der Auferstehung nicht zurückgeben werden? Daß der Auferstehende seine Gebeine von der Erde, sein Blut von dem Wasser, sein Fleisch und sein Haar von der Pflanze und sein Leben von dem Feuer zurückerhalte?"

„Das ist eine altpersische Lehre; du kennst also den Parsismus?" fragte er erstaunt. „Warum nimmst du dein Beispiel nicht aus der Bibel, von welcher wir doch sprechen? Doch" – fuhr er schnell fort – „ich vergesse, daß du ja gar nichts aus ihr beweisen kannst, weil sie dir unbekannt ist!"

Da fuhr ich fort:

„Ich weiß, daß sie von der Auferstehung des Fleisches spricht."

Stellen anzugeben, glaubte ich, unterlassen zu müssen, weil es verheimlicht werden sollte, daß ich Christ war. Zu meiner Verwunderung antwortete er mir:

„Der Apostel Paulus sagt: ‚Es wird gesäet ein irdischer Leib, und auferstehen wird ein geistiger Leib; gibt es einen irdischen Leib, so gibt es auch einen geistigen Leib.'"

Jetzt war die Reihe, zu erstaunen, an mir. Dieser Mohammedaner kannte die Briefe an die Korinther! Er fuhr gleich fort:

„Durch das Zusammenwirken der Seele und des Leibes in diesem Leben bildet sich ein zweiter, für uns unsichtbarer Leib, welcher, für uns unbemerkbar, die Poren des irdischen durchdringt und die Verbindung zwischen ihm und der Seele herstellt; er entsteht aus den unwägbaren Stoffen des sterblichen Leibes und geht nicht mit diesem verloren, sondern begleitet die Seele in die Ewigkeit. Dieser für unser Auge nicht erkennbare Leib ist es, welchen der Apostel, also auch die Bibel meint, wenn von der Kijahma des Leibes die Rede ist."

„Das war so ungefähr die Ansicht des Abu en Nasranija – Kirchenvaters – Origenes."

Jetzt wunderte wieder er sich über mich.

„Du kennst Origenes?" rief er aus. „So bist du ja noch unterrichteter, als ich dachte! So wirst du mich also vielleicht verstehen, wenn ich sage, daß ich den Tod nicht fürchte, weil er nichts weiter ist als die Ablegung des groben Kleides, welches hier die Seele und den geistigen Leib zu schützen hatte. Beide bedürfen nach dem Tode dieses Schutzes nicht mehr. Freilich ist das Ablegen dieses groben Leibes, also der Tod, nicht so leicht und so schmerzlos wie das Entfernen eines gewöhnlichen Gewandes, und darum erschrak ich vorhin, als du sagtest, daß ich scheintot gewesen sei. Ich kann nicht glauben, daß dies richtig ist, sondern nehme vielmehr an, daß du dich geirrt hast. Mein Körper ist es gewöhnt, von der Seele zeitweilig verlassen zu werden, und wenn sie in diesem Fall zwei Tage abwesend gewesen ist, also viel länger als es sonst der Fall zu sein pflegte, so darf man dies doch noch nicht als Scheintod bezeichnen, von welchem es nur ein kleiner Schritt ins Grab hinunter ist."

Bei dieser Äußerung, die geeignet war, unser um die Errettung des Münedschi wohlerworbenes Verdienst zu schmälern, nahm Halef das Wort. Der letzte Teil des Gespräches hatte ihm schon nicht gefallen, und nun er glaubte, um den Dank, welchen er beanspruchte, gebracht werden zu sollen, fuhr er in beinahe zornigem Ton auf:

„Noch ein Schritt? Also denkst du, dich noch außerhalb desselben befunden zu haben? Du lagst ja schon drin, vollständig drin im Grab, und es war auch schon fast ganz zugeworfen; nur dein Gesicht war noch frei! Wenn deine Seele die üble Angewohnheit hat, den Körper öfters zu verlassen, um neugierig in der Welt herum spazierenzugehen, so kann ich nichts dagegen haben, denn sie ist nicht meine Seele, welcher ich solche Unbedachtsamkeiten freilich nicht gestatten würde, denn wenn sie einmal den Rückweg verlieren oder gar vielleicht vergessen sollte, wem sie angehört, so irrt sie dann als unernährte, gattenlose Witwe im Weltall herum, und ich liege da, ohne zu wissen, wo ich sie zu suchen habe und wen ich nach ihr schicken soll! Daß mir das und warum es mir im höchsten Grade unangenehm sein würde, das brauche ich dir wohl nicht erst lange zu erklären! Es will doch jeder vernünftige Mensch im faktischen Besitz seiner rechtmäßigen Seele sein, ohne ihr gestatten zu müssen, mit freundlichem Lächeln wie die Frauen und Töchter des Abendlandes auf den Eisenbahnen herumzufahren. Beliebt es dir, von dieser vorsichtigen Behandlung der Bewohnerin deines Körpers eine Ausnahme zu machen, so habe ich, wie bereits gesagt, nichts dagegen einzuwenden, zumal du uns mitgeteilt hast, daß sie bisher stets schon nach kurzer Zeit und pünktlich wieder zurückgekehrt ist, obwohl für eine leichtsinnige Seele auch das schon vollständig genügt, verschiedene Allotria und sonstige Dinge zu treiben, die ihr eigentlich verboten sind. Aber bedenklich, höchst bedenklich wird die Sache, wenn sie auf einmal anfängt, gleich zwei volle Tage wegzubleiben! Das ist doch unbedingt gegen den inzwischen leblosen Körper eine Rücksichtslosigkeit, die er sich unmöglich gefallen lassen kann, zumal es ihm in seiner Pflichttreue und Ordnungsliebe niemals eingefallen ist, auch einmal ohne sie spazierenzugehen und sie einsam und ohne Subsistenzmittel zu Hause sitzen zu lassen! Daß du dir auch das gefallen lassen willst, nun, ich kann es ja nicht ändern, sondern nur sagen, daß ich an deiner Stelle sehr energische Maßregeln ergreifen und ihr den Standpunkt so klarmachen würde, wie es einer solchen, gern aussichtslos herumstreifenden Seele gegenüber nur immer möglich ist. Das Schlimmste aber, ja das Allerschlimmste, was dabei zum Vorschein kommt, ist die Täuschung, in welcher du dich in Beziehung auf deinen von ihr so leichtfertig verlassenen Leib befindest! Du scheinst nämlich zu glauben, daß ihm diese ihre Flatterhaftigkeit nichts schaden könne; ja, du stellst sogar die Behauptung auf, daß du gar nicht scheintot gewesen seiest. Oh, Münedschi, auf deine Seele ist selbst dann kein Verlaß, wenn sie sich daheim in deinem Körper befindet, denn sonst würdest du ganz gewiß anders sprechen! Ich sehe ein, daß ich dir zu Hilfe kommen muß, indem ich dir der Wahrheit nach berichte, wann, wo und wie wir dich gefunden und dann ausgegraben haben. Höre mich also an!"

Es folgte nun ein sehr lebendiger und stellenweise sehr drastischer Bericht über die Begebenheit, von dem Augenblick, an welchem wir die Geier bemerkt hatten, bis zum gegenwärtigen. Nun erst erfuhr der Blinde in ausführlicher Weise, daß und warum seine Gefährten ihn wirklich verlassen hatten; er sah ein, daß er wirklich begraben gewesen war, und nun stellte sich die Angst nachträglich bei ihm ein. Er holte den bis jetzt versäumten Ausdruck des Dankes in einer Weise nach, welche selbst den in dieser Beziehung sehr anspruchsvollen Halef befriedigte. Zu der Angst und dem Gefühl der Dankespflicht gesellte sich dann die schwere Sorge wegen seiner Hilflosigkeit. Was sollte nun aus ihm werden? Seine Bekannten hatten ihn begraben, und er befand sich blind und ohne alle Mittel zum Weiterkommen unter fremden Leuten! Da verstand es sich dann ganz von selbst, daß wir ihn unsers gern verliehenen Beistandes versicherten. Wir wollten ja auch nach Mekka, hatten also gleichen Weg mit ihm und brachten gar kein Opfer, wenn wir eines unserer Kamele für ihn bestimmten. Er war, als er dieses hörte, natürlich hoch erfreut und erklärte sich für kräftig genug, gleich mit uns aufzubrechen.

Ich glaubte, Grund zu haben, dieser seiner vermeintlichen Kraft kein allzu großes Vertrauen schenken zu dürfen. Er hatte, seit wir von dem Grab weggegangen waren und hier auf dem Teppich saßen, gequalmt wie – um mich eines landläufigen Ausdruckes zu bedienen – wie ein Stadtsoldat und den Tschibuk achtmal ausgeraucht; ich mußte ihn zu den stärksten Rauchern zählen, die ich kennengelernt hatte. Wahrscheinlich war sein ganzer Körper vom Gift des Tabakes durchzogen und sein Magen vollständig verdorben worden. Daher die Behauptung, daß er selbst jetzt, nach so langem Fasten, keinen Hunger habe. Ich erklärte, daß wir den Weiterritt nicht eher antreten würden, als bis er tüchtig gegessen habe, und hielt auch Wort, obwohl es fast des Zwanges bedurfte, die reichliche Portion zu verzehren, welche Hanneh ihm aus unsern Vorratstaschen brachte. Ohne ein Augenarzt zu sein, konnte ich mich der Meinung nicht erwehren, daß auch seine Blindheit in enger Beziehung zu diesem starken Rauchen stehe, und daß ich da recht hatte, bewies mir dann die spätere Zeit.

Übrigens war es mir gar nicht unlieb, diesen Mann hier unterwegs getroffen zu haben. Obgleich blind, kannte er Mekka doch jedenfalls besser als wir und konnte uns also, wenn nicht durch die Tat, so doch durch seinen Rat wohl nützlich werden. Ferner war er an sich eine interessante Persönlichkeit. Und drittens besaß er für mich den Reiz des Geheimnisvollen. Ich hegte die

Vermutung, daß er das nicht sei, als was er gelten wollte, und hatte meine Gründe dazu.

Daß er ein Gelehrter, und zwar kein gewöhnlicher, war, hatte er bewiesen. Er kannte sogar die Bibel, ein höchst seltener Fall. Auch in der Theologie der alten Perser war er bewandert! Das mußte mehr als bloß meine Aufmerksamkeit erregen. Sodann hatte er erzählt, daß er als reicher Mann nach Mekka gekommen sei. Das wollte nicht mit den geringen Einnahmen eines morgenländischen Gelehrten stimmen. Auch seine Ausdrucksweise war mir aufgefallen. Sie war nicht die umschreibende, bilderreiche eines geborenen Orientalen, sondern eher diejenige eines Europäers, der sich allerdings schon seit langer Zeit im Morgenland befunden hat. Er drückte sich bestimmt und ohne Anwendung von Tropen aus. Auch auf seine Aussprache einiger arabischer Laute war ich aufmerksam geworden. Die beiden Ha, das Ain, den Unterschied zwischen dem Sin und Sad, des Rain, Ren oder Ghen, das erste Kaf, das alles brachte er nicht so heraus, wie ein Eingeborener es bringt. Auch hatte er sich einiger Worte bedient, welche dem Araber zwar auch, aber nicht in dem gebrauchten Zusammenhang geläufig sind. Es ist da wohl kein Wunder, wenn ich sage, daß er mir ein Rätsel war.

Wenn ich weitergehen will, so war mir auch sein Verhältnis zu El Ghani unklar geblieben, nicht etwa, weil er so wenig darüber gesagt hatte, denn diese Zurückhaltung war Fremden gegenüber wohl begreiflich; aber er schien außer der Dankbarkeit für empfangene Wohltaten noch etwas für oder gegen diesen Mann zu empfinden, was er sich bemühte zu verheimlichen. Warum hatte der vornehme Mekkaner den Blinden mit nach Meschhed Ali genommen, dem alten, gebrechlichen Mann also einen so weiten, beschwerlichen Weg zugemutet? Um sich seiner als Dolmetscher zu bedienen? Gewiß nicht! Es gibt in Mekka junge, kräftige Leute mehr als genug, welche des Persischen mächtig sind und unter denen er nur zu wählen brauchte. Hatte er das etwa aus Geiz nicht getan, weil er einen Dolmetscher hätte bezahlen müssen? Vielleicht war dies ein Nebengrund, aber der Hauptgrund sicher nicht, denn jeder halbwegs gebildete Perser spricht auch arabisch, und so wäre El Ghani in Meschhed Ali mit seinem Arabisch ganz gut ausgekommen. Es lag da jedenfalls etwas vor, was niemand, am allerwenigsten ein Fremder, erfahren sollte!

Am meisten interessierte mich natürlich sein krankhafter Zustand, welchen er mit den Worten bezeichnet hatte: „Mein Körper ist es gewöhnt, von der Seele zeitweilig verlassen zu werden." Tiefe und längere Ohnmachten kommen bei verschiedenen, auch habituellen, Krankheiten vor. War er epileptisch, hysterisch, gar somnambul, oder was sonst? Jedenfalls nervenkrank! Er behauptete, während dieser Ohnmachten in einer andern Welt zu sein und sich dessen ganz genau erinnern zu können. Um meine größte Teilnahme zu gewinnen, hätte er gar nicht mehr zu sagen gebraucht! Ich bin ein sehr nüchterner Mann und jeder Phantasterei abgeneigt; ich nehme nur das als wahr und richtig hin, was ich mit kalten Sinnen geprüft und als echt erkannt habe; aber trotzdem oder vielleicht grad darum

„schau ich gern in solche Ecken,
wo geheime Sachen stecken",

selbst wenn es geistige Ecken oder Winkel sind, und hinter diesen Ohnmachten des Münedschi war etwas verborgen, was meine Neu- oder vielmehr Wißbegierde reizte. Ich gestehe es aufrichtig.

Aus all diesen verschiedenen Gründen war mir das Zusammentreffen mit ihm ganz recht, und wenn ich auch gar nichts anderes zu erwarten gehabt hätte, er war eine Person, mit welcher ich mich unterhalten konnte. Trotz der scheinbaren Überzeugung, mit welcher er von den Lehren und Satzungen des Islam gesprochen hatte, glaubte ich bemerkt zu haben, daß der Boden, auf welchem er in Beziehung auf den Glauben stand, unter ihm ins Wanken geraten, vielleicht niemals fest und sicher gewesen war. Mit solchen nach der Wahrheit Strebenden verkehre ich gern, denn wer sein höchstes Glück bei Gott gesucht und auch gefunden hat, der möchte auch gern andere glücklich machen!

Was El Ghani betrifft, welcher uns mit Drohungen verlassen hatte, so dachte ich jetzt mit weniger Sorge an ihn als vorher, falls der Ausdruck Sorge da der richtige gewesen wäre. Es war kein klares, bestimmtes, definierbares Gefühl, welches in mir lag, aber es machte sich doch bemerkbar und wurde auch verstanden, nämlich daß unsere Bekanntschaft mit El Münedschi uns in dieser Beziehung von Nutzen sein werde. Derartige Vorgefühle, und wenn sie sich noch so leise bemerkbar machten, haben mich fast nie getäuscht.

Es wurde dem Alten der bequemste Sattel, den wir hatten, mit Decken und weichen Tüchern so vorgerichtet, daß er da behaglich wie in einem Lehnstuhl sitzen konnte. Ehe er aufstieg, bat er uns, ihn an das Grab zu führen; wenn er es auch nicht sehen könne, so wolle er doch wenigstens mit den Händen einmal nach dem Ort schauen, welcher beinahe sein Grab geworden wäre. Nicht einer von uns, sondern Hanneh nahm ihn bei der Hand, um ihn hinzuleiten, indem sie sagte:

„Diese deine jetzige Kijahma ist eine irdische, bei welcher dir deine Augen nicht den Ort der Auferstehung zeigen; wenn aber einst deine wirkliche, deine himmlische Kijahma kommt, so werden sie geöffnet sein, und du wirst mit ihnen das Land der Herrlichkeit sehen, welches Allah allen denen bereitet hat, die reinen Herzens sind und ihn und seine Menschenkinder lieben. Allah jekuhn ma 'ak – Gott sei mit dir!“

ZWEITES KAPITEL

El Kanz el A'da

Unser heutiger Ritt hatte den Bir Hilu – den Süßen Brunnen – zum Ziel, welcher nicht auf dem nordsüdlichen Karawanenweg, sondern weit seitwärts von demselben liegt. Daß er auch von El Ghani genannt worden und ihm also bekannt war, lieferte mir den Beweis, daß dieser Mekkaner sich nicht immer nur in der Stadt des Propheten aufgehalten, sondern auch die Wüste ziemlich genau kennengelernt haben mußte.

Die Wüste!

Ich habe sie und ihre verschiedenen Arten schon so oft beschrieben, daß ich mich nicht wiederholen darf. Ihre Physiographie ist bekannter als die bisher noch kaum gewürdigte Bedeutung, welche sie als Erzieherin des sie betretenden oder ihre Wahat – Mehrzahl von Wah: Oase – bewohnenden Menschen besitzt. Wie die Prärie ein nur ihr eigenartiges Leben und die nur auf ihr möglichen Gestalten entwickelt, so hat auch die Wüste ihre besonderen Pflanzen-, Tier-, Menschen- und überhaupt Lebensformen, welche man in andern Gegenden vergeblich suchen würde. Damit würde Freiligrath, wenn er es mit seinem

„Wüstenkönig ist der Löwe"

ernst gemeint hätte, allerdings nicht einverstanden sein, denn „der Löwe kommt auch in anderen Gegenden als nur in der Wüste vor", würde er sagen; aber ich habe trotzdem recht, denn wenn der Löwe wirklich einmal in der Wüste vorkommt, so ist es doch nur am Rand derselben, und er hat sich verlaufen. Er braucht als Fleischfresser viel Wasser und ist also nichts weniger als ein Wüstentier, wie ja auch die Giraffe, auf welcher er seinen berühmten „Löwenritt" ausführt, es in der Wüste nicht viel länger als einen Tag aushalten würde.

Der Mensch hat die Gabe, sich den Naturverhältnissen des von ihm zum Aufenthalt gewählten Landes anzubequemen; er wird je länger desto mehr ein Sohn desselben, indem er die Eigenart des Bodens annimmt, der seine Wohnung trägt, mag diese nun eine festgegründete oder ambulante sein. So auch der Wüstenbewohner. Ich gestatte mir nämlich dieses eigentlich grundfalsche Wort, weil es sich nun einmal eingebürgert hat. Die Wüste ist ja unbewohnt, und, wenn sie von Karawanenpfaden durchzogen wird, kann doch nur von Wanderern, nicht aber von Bewohnern gesprochen werden.

Die Wüste liegt weit und flehend ausgebreitet wie ein endloses Gebet zu Gott um Gnade und Barmherzigkeit. Sie ist ein tief ergreifendes Bild irdischer Armut und Hilflosigkeit. Sonnendurchglüht, kahl und nackt ragen ihre Felsen empor, oft grotesk, phantastisch geformt, oft kühn vereinzelt, oft zu gemeinschaftlichen, wilden Zügen vereint, bald in seltsamen Gliederungen aufgebaut, so daß man zerfallene Städte, verödete Schlösser und Burgen oder prächtige Säulenhallen in der Ferne zu erblicken meint, bald wieder wie von der Faust eines unerbittlichen Schicksales niedergeschmettert, breitgedrückt, zerrissen und zerklüftet, von gähnenden Abgründen durchzogen, in deren Tiefe selbst die Glut der äquatorialen Sonne nicht zu dringen vermag. Gleicht dieses Bild nicht ganz genau der Geschichte dieses scheinbar, aber eben auch nur scheinbar von Gott verlassenen Landes?

Diesen oft gen Himmel ragenden Reliefs folgt das Warr, jene von zerstampften, wild durcheinandergeworfenen Felsenmassen bedeckte Wüste, welche das Aussehen hat, als ob der Teufel im Zorn über seine Verstoßung hier eine ganze Welt zerschmettert und dann die Trümmerbrocken umhergewirbelt habe. In allen Größen liegen sie da, diese Steinblöcke, hier nur einer, nur zwei oder drei, dort hoch aufeinandergetürmt, als ob der Böse dann „Markenumgang" in seinem Innern gehalten und jede einzelne Sünde, jedes einzelne Laster desselben mit einem aus zermalmten Bergen bestehenden Schandmal bezeichnet habe. Rundum bis an den Horizont, so weit das Auge reicht, sind diese Zeichen zu sehen, und je weiter er sich dehnt, desto größer wird ihre Menge. Zwischen ihnen liegen die Felsenbrocken gesät wie unzählbare Körner von tausend Höllenfrüchten, die in der Wüstensonne nachreifen und sich schwärzen sollen. Den einsamen Wanderer durchschauert es trotz der glühenden Hitze; er treibt sein Kamel an, um schnell weiterzukommen, und ruft: „Allah, beschütze und behüte mich!"

Dann kommt die Wüste, in welcher der Sand sich mit dem Warr vermählt. Dort im Westen, Tagereisen weit von hier, liegt die glatte Ebene des Sandes. Der stets vorherrschende Westwind streicht über sie und nimmt die feinsten, leichtesten Körnchen mit, um sie an jedem festeren Punkt, an jeder noch so kleinen Erhöhung abzusetzen. Die Erhöhung wird größer; sie wächst von Tag zu Tag. Der West baut höher auf, und die mit der Sonne gehenden Nebenwinde helfen ihm. Der von ihm getriebene Sand wird bis zur Spitze gehoben, und was nicht da liegenbleibt, fällt jenseits herab. Das gibt ein leises, süßes, metallisches Klingen und Tönen. „Die Engel flüstern", sagt der Beduine, wenn er, halb schlafend und halb wachend, es während der Nacht hört. Das ist die Wüste der Sandhügel. Die feinen, klingenden Körner wandern weiter und immer weiter; sie erreichen das Warr; sie füllen seine Löcher und Vertiefungen, seine Zwischenräume aus; sie steigen an seinen Trümmern empor und hüllen sie, die harten, mit weichem Mantel ein, geben seinen scharfen Linien Milderung und verwandeln die rohen Trümmerhaufen nach und nach in sanfte Hügelwellen: Die flüsternden Engel decken das Teufelswerk in liebevoller, nie ruhender Arbeit zu.

Und weit, weit draußen endlich dehnt sich die von keiner Erhöhung unterbrochene, ewig gleiche Sahar, die Wüste des toten Sandes. Die Tageshitze liegt in sichtbarer Verdichtung manneshoch auf ihr; der Himmel zieht sich wie flüssiges Blei darüber hin und scheint sich am Horizont mit einem Meer von glühendem Erz zu vereinigen; eine Grenzlinie zwischen beiden gibt es tagelang nicht. Das Auge brennt, der Sehnerv versagt ermüdet seine Tätigkeit, denn der sehnsüchtige Blick findet keinen Punkt, an dem er ruhen könnte. Der Sinn für die Entfernung geht verloren; man glaubt, inmitten einer halt- und gestaltlosen Ewigkeit zu reiten, und verliert in ihr den eigenen Halt. Die Tatkraft schwindet; der Wille wird verzehrt; die Schärfe der Sinne nimmt ab, und an die Stelle fehlender Wahrnehmungen treten Halluzinationen, welche das, was man wünscht, vortäuschen und vorgaukeln. Darum ist diese Wüste das eigentliche Gebiet der Fata Morgana, wie sie auch den Hauptbereich der verderblichen Sandstürme bildet, denen schon mancher einzelne Wanderer und manche vollzählige Karawane zum Opfer gefallen ist. Welches Entzücken dann der Anblick einer wirklichen, nicht vorgespiegelten Oase hervorbringt, das zu beschreiben fehlen die Worte!

Und genau so, wie die Wüste ist, ist auch ihr Bewohner. In seinem Innern wohnt dieselbe Glut, unter welcher die Gebilde seiner Seele zu seltsamen, oft ungeheuerlichen, oft zauberischen, zuweilen auch wohl anmutigen Formen erstarren. Hilflos, hungrig und dürstend wie das steile Warr und der brennende Sand breitet sich sein Leben vom ersten bis zum letzten Tag dem Himmel entgegen, stets der Barmherzigkeit Allahs gewärtig. Daher seine tiefe Religiosität, deren äußerer Eindruck aber an tote, ermüdende Formeln gebunden ist. Die unerbittliche Strenge der Wüste macht ihn äußerlich ernst und innerlich hart; wie sie grausam ist gegen ihn, so ist auch er rücksichtslos gegen andere, ihm nicht nahestehende Wesen. Genau so unbeugsam, wie ihre Gesetze sind, besteht auch er auf der Unfehlbarkeit seiner Meinungen und auf der Überlegenheit seines Willens. Ihre Temperaturunterschiede sprechen sich in seinen Regungen aus; was ihn am Tag begeisterte, kann er am Abend schon kalt und verächtlich von sich werfen. Das Weib, welches er jetzt glühend liebt, kann er schon nach einigen Stunden durch die gesetzlich gültige Formel „Du bist geschieden" von sich jagen. Liebe, besonders Nächstenliebe, die zweite große Forderung der Christuslehre, kennt er überhaupt nicht, wie ja auch die Wüste nichts weniger als liebreich gegen ihn ist. Wie sie nichts gibt, sondern nur Opfer fordert, so ist auch er nur Egoist und will sogar den Himmel für sich allein haben. Hat sie den ganzen Tag gedürstet, so saugt sie den Tau der Nacht bis auf den letzten Tropfen auf; in derselben Weise unterwirft auch er sich geduldig allen Entbehrungen, um sich dann dem Genuß ohne Maß und Selbstbeherrschung zu ergeben. Da sein ganzes inneres Leben ein, nur von einigen Brunnen unterbrochenes, Wandern durch die Öde ist, schmückt er sich das Jenseits in den glühendsten Farben als paradiesische Oase aus, wo er ununterbrochen in Freuden schwelgt, von denen ihm das irdische Leben nur zuweilen einen leisen, kurzen Vorgeschmack bietet. Wie seine Leiden und Entbehrungen materielle sind, so sind auch die Ziele seiner Wünsche und Bestrebungen meist materieller Art; der Wüstensohn hat kein Gemüt; darum kann er sich weder ein irdisches Glück noch seine einstige Seligkeit rein herzlich denken. Der Boden seiner Seele gleicht der Felsen-, der Trümmer- und der Tiefsandwüste. Seltsam, verworren, abenteuerlich steigt es, oft mit elementarer Gewalt, von da unten auf; der heiße Smum – Samum: Wüstenwind – fegt darüber hin und wirbelt tödliche, wie von höllischem Feuer gefärbte Sandwolken vor sich her. Aber wie die Wüste ist auch diese Seele nicht ohne Tau, und wie sich unter der Wüstendecke genug befruchtendes Wasser befindet, nach welchem man nur zu bohren braucht, um es klar und hell hervorsprudeln zu sehen, so sind auch ihr die geistigen Vorbedingungen der wirtschaftlichen, ethischen und religiösen Gesittung nicht versagt. Wo aber sind die rechten Pioniere, welche den wirklichen, echten, selbstlosen Beruf in sich tragen, nach diesem Wasser zu bohren? Wer hier durch artesische Brunnen helfen will, der darf dies nicht von der Berechnung abhängig machen, zu welchem Prozentsatz sich das dabei angelegte Kapital verzinsen wird, auch muß er zunächst auf diejenige religiöse Aggressivität verzichten, welche dort den sofortigen, fanatischsten Widerstand hervorrufen und alles verderben, wenigstens das Gelingen auf unabsehbare Zeit hinausschieben würde. Es gibt Kapitalanlagen, welche der Herrgott in sein Buch einträgt, um erst am großen Tag der Abrechnung Soll und Haben zu vergleichen, und derjenige Mann oder dasjenige Volk ist der beste Missionar, welcher den Andersgläubigen mehr durch sein Leben als durch seine Lehren zu überzeugen sucht. Ein Gott wohlgefälliges und den Mitmenschen nützliches Leben ist die einzig richtige Vorbereitung des Bodens zu der Saat, die dann allerdings durch die Predigt in Worten zu geschehen hat.

Komm mit mir im Geist in die Wüste, lieber Leser! Du hast gelernt, die Bedürfnisse deines Körpers auf das allergeringste Maß herabzumindern. Der Hunger ficht dich nicht mehr an, und auch den Durst hast du bis zum gebotenen Grad zu beherrschen gelernt. Du bist auf Fasten gestellt und wirst nun die Erfahrung machen, daß jetzt die Tätigkeit des Geistes diejenige des Körpers überragt. Das ist der Grund, weshalb selbst bei halb oder gar nicht zivilisierten Völkern vor wichtigen Wendepunkten im Leben des einzelnen oder auch der Gesamtheit ein Fasten vorgeschrieben ist. Sogar der Indianer fastet längere Zeit vor der Zeremonie des Namengebens oder vor der Wahl der Medizin. Es ist, als ob die Seele freier geworden und in ihren Funktionen weniger gehemmt sei als vorher. Deine geistigen Sinne scheinen doppelte Schärfe und deine Gedanken Flügel bekommen zu haben. Du lebst mehr innerlich als äußerlich. Du hast dich an den schaukelnden Gang des Kameles gewöhnt; er stört dich nicht mehr. Im hohen Sattel des Hedjihn sitzend, achtest du nicht auf die Bewegungen des Tieres, dessen weiche, elastische Schritte nicht bis zu dir heraufwirken. Reitest du durch die Hochfelsenwüste oder durch das Warr, so fühlst du dich als körperliches Individuum so klein, so nichtig, so verlassen in diesem überwältigenden Stein- und Trümmermeer; reitest du über den glatten Sandozean, so siehst du ihn nicht hinter dir verschwinden, während er sich aber vor dir immer weiter und weiter ausbreitet. Es gibt keinen Anfang und kein Ende, keine Grenze hier, denn der Horizont ist zur Vermählung des Himmels mit der Erde geworden, die zwischen beiden keine Linie mehr kennt. Du weißt nicht, wo das Unten aufhört und das Oben beginnt, und hast das Gefühl, als ob die über dir glühende Sonne die Erde und dich mit ihr immer auf- und auf- und stetig aufwärts ziehe. Und wie du Himmel und Erde nicht mehr zu trennen vermagst, so schaust du zu gleicher Zeit nach außen und nach innen. Die Endlosigkeit vor deinem körperlichen Auge ist gleich der unmeßbaren Weite, welche vor deinem geistigen liegt. Dein Leib wird fortgetragen, ohne daß du es fühlst, und deine Seele fliegt. Dein Leib? Du hast keinen Leib mehr; du bist nur Seele, nichts als Seele. Der Leib ist in dieser Grenzenlosigkeit immer leichter und leichter, immer nichtiger und nichtiger geworden, bis er als ein Nichts in der Unendlichkeit dir aus den Gedanken schwand. Aber daß deine Seele besteht, bestehen muß und auch fortbestehen wird, das ist dir zu einer Klarheit geworden, gegen die kein Hauch des Zweifels möglich ist. Du selbst bist ja diese Seele und kannst kein Ende nehmen, wie es hier überhaupt kein Ende gibt! Der Zweifel kann nur auf der Erde wohnen, und du befindest dich ja nicht mehr auf ihr. Du bist jetzt überirdisch und atmest im seligen Reich der Zuversicht zu dem, der da ist das ewige Leben und dessen Eigentum du bist. Du fühlst es, und du weißt es, daß es von jetzt an keine Macht mehr gibt, der es gelingen kann, dich in der Überzeugung deiner Unsterblichkeit irrezumachen.

Da hörst du Worte; sie klingen wie aus weiter, weiter Ferne zu dir, aber sie rufen dich doch zur Erde zurück. Du bist nicht mehr jenseits, sondern diesseits unserer Grenzen und siehst, daß der Schech el Djemali – Karawanenführer – es ist, der gesprochen hat. Er deutet vorwärts, und indem du diesem Fingerzeig mit dem Auge folgst, bemerkst du eine Karawane, welche weit draußen in der Wüste vorüberzieht. Ihr Führer trennt sich von ihr und der eurige von euch. Beide reiten einander entgegen, um Frage und Antwort auszutauschen, während beide Karawanen ihres Weges weiterziehen. Du staunst über den Anblick dieser fremden Wanderer; du fragst dich, ob das die Wirklichkeit oder eine Phantasmagorie sei. Die Gestalten sind von zwei horizontalen Linien durchschnitten, zwischen denen sich nichts befindet; unter ihnen siehst du die langen, weiterschreitenden Beine und die halben Leiber der Kamele, während über ihnen die oberen Leibeshälften mit den Reitern in der Luft zu schweben scheinen; der eine Teil des Bildes ist senkrecht; der andere schräg. Die Ursache davon hast du in den von der Erde zurückgeworfenen Sonnenstrahlen zu suchen; das sagt dir das eigentümliche Zittern der zerschnittenen Gestalten. Wer sind sie? Wo kommen sie her, wo gehen sie hin? Der Schech el Djemali wird es erfahren und euch sagen. Aber wer sie auch sein mögen, sie befinden sich in derselben Wüste und haben ganz dasselbe empfunden und gedacht wie du. Es gibt unter ihnen keinen, der an dem Dasein Gottes und an dem ewigen Leben Zweifel hegt, denn die Seele jedes von ihnen ist da oben gewesen, wo jetzt auch die deine war.

Der Tag vergeht, und um die Zeit des Moghreb wird haltgemacht. Das Lager wird gebildet und dann das Wasser ausgeteilt. Wie erhebend klingt dann der Ruf:

„Hai alas Salah, hai alal felah; Allah akbar; la Ilaha il Allah – auf zum Gebet, auf zum Heil; Gott ist sehr groß; es gibt keinen Gott außer Gott!"

Nach dem raschen Einbruch der Dunkelheit wird noch das Abendgebet gesprochen; dann hüllt ihr euch in eure Decken; die Beduinen schlafen; du aber hast die Augen offen, denn die Sterne Gottes sind aufgegangen, hier in größerer Pracht und Herrlichkeit als anderswo. Sie ziehen mit magischer Gewalt deinen Blick zu sich hinauf und mit ihm deine Seele mit allen ihren Gedanken.

Du denkst zunächst des heimatlichen Himmels, der andere Bilder hat als dieser südlichere. Das liebe Vaterhaus mit allen, die in ihm wohnen, kommt dir in den Sinn. Dein Herz eilt hin zu ihnen, denen deine Liebe gehört. Du hältst Heimkehr aus der Wüste, aus der fernen Fremde in die Heimat, die dich geboren hat. Aber der Glanz der Sterne zieht dich wieder her, ohne daß du das Gefühl, daheim zu sein, verlierst. Bist du nicht auch hier daheim, an der Seite des himmlischen Vaters, von welchem Jesaja – Kap. 49, 15 – sagt: „Kann denn ein Weib ihres Kindes vergessen, daß sie sich nicht erbarmte des Sohnes ihres Leibes? Und wenn sie es vergäße, so wollte doch ich dich nicht vergessen!" So wird dir selbst die Wüste zum Heim, und auch die Sterne grüßen dich nicht fremd. Es ist, als ob sie liebe, verheißungsvolle Worte herniederflimmerten von den Wohnungen im Haus des Vaters, welche Christus uns bereitet hat. Ist es nicht wunderbar, daß diese Sonnen und Welten, millionenmal größer als unsere winzige Erde, dich nicht erschrecken, sondern vielmehr deinen Glauben und dein Vertrauen stärken? Es drückt dich nicht nieder, daß sie schon Milliarden von Jahren bestanden haben und noch Billionen von Jahren bestehen werden, während dein Leben höchstens siebzig Jahre währt, und wenn es hoch kommt, so sind es achtzig Jahre. Und du tust wohl daran, so zuversichtlich zu sein, denn Christus sagt: „Himmel und Erde werden vergehen, aber meine Worte werden nicht vergehen!“ Und diese Worte, welche ewig bleiben, sind die Worte von der Liebe, von der Liebe des Vaters, dessen Kinder wir sind für Zeit und Ewigkeit. Bist du ein guter Mensch, so schau hinauf zum Himmel und sag: Hast du nicht jeden einzelnen dieser lichten Sterne lieb? Sag „Nein“, wenn du es vermagst! Höre die Worte, welche einst nach meinem Tode mit meinen andern Gedichten veröffentlicht werden:

Ich fragte zu den Sternen
Wohl auf in stiller Nacht,
Ob dort in jenen Fernen
Die Liebe mein gedacht.
Da kam ein Strahl hernieder,
Helleuchtend, in mein Herz
Und nahm alle meine Lieder
Zu dir, Gott, himmelwärts.

Ich fragte zu den Sternen
Wohl auf in stiller Nacht,
Warum in jene Fernen
Er sie emporgebracht.
Da kam die Antwort nieder:
„Denk nicht an irdschen Ruhm;
Ich lieh dir diese Lieder;
Sie sind mein Eigentum!“

Ich fragte zu den Sternen
Wohl auf in stiller Nacht:
„Gilt denn in jenen Fernen
Auch mir die Himmelspracht?“
Da klang es heilig wieder:
„Du gingst von mir einst aus
und kehrst wie deine Lieder
Zurück ins Vaterhaus!“

Schau, so fest und sicher ist mein Glaube, so unerschütterlich und freudig mein Vertrauen, daß diese Sterne wohl leichter ihr

Licht verlieren, obgleich ihr Dasein nach Jahrmillionen zählt, als daß ich, das noch nicht sechzig kurze Jahre alte Menschenkind, von meiner Zuversicht zum Vater lassen würde, in dessen Haus auch mir ein Platz bereitet ist, wenn ich mich seiner nicht unwürdig mache!

Sieh die Wüste im Glanz dieser Sterne liegen! Geht er nicht vom Vater aus? Oder denkst du, daß er einen andern Urquell habe, den du mit Hilfe deiner sogenannten Wissenschaft erreichen und chemisch begutächteln kannst, um ihn dann in Flaschen mit patentiertem Gummiverschluß per Reklame zum Verkauf en gros und en détail auszubieten? Ich sage dir, die einzige, untrügliche, also wahre Wissenschaft ist Gottes Allweisheit, und der Glanz, welcher von dieser Weisheit aus über alle Welten strahlt, kann von keines Menschen Sohn auf dem Weg der Wissenschaft bis an seinen Quell zurückverfolgt werden. Wenn Camille Flammarion, der bekannte französische Astronom, mit Hilfe des elektrischen Lichtes mit den Bewohnern des Mars sprechen will, so sind erst Vorfragen zu erledigen, die vielleicht in Jahrtausenden noch nicht beantwortet sind, und selbst wenn ihm dies gelänge, so hätte die Wissenschaft eine Linie nur bis zum nächsten äußern Planeten gezogen, was den unzählbaren Fixsternen und ihren unermeßbaren Entfernungen gegenüber nicht einmal als Anfang bezeichnet werden könnte. Es würde das ungefähr dasselbe sein, wie wenn der kleine, bewegliche Goldfisch in meinem Aquarium auf den Gedanken käme, den fernen Titicacasee einer ichthyographischen Untersuchung zu unterwerfen. Mein Halef nennt die Sterne am liebsten Ujun es Sema, Himmelsaugen, und als ich ihn einmal nach dem Grund fragte, antwortete er: „Wenn ich in stiller Nacht unter dem glänzenden Firmament liege, ist es mir, als schaue Allah mit tausend hellen, lieben, gütigen Sternenaugen aus dem Himmel auf mich hernieder, um mir zu sagen, daß ich in seinem Schutz ruhig und sicher schlafen könne. O Sihdi, ich habe diese freundlichen Ujun es Sema so herzlich lieb!“

Wenn dann der Mond erscheint und seinen lichten Schein mit ihren Strahlen vermählt, so liegt es wie ein durchsichtiges Meer von flüssigem Silber, dessen Kräuselungen im herrlichsten Perlmutterglanz flimmern, über die Wüste ausgebreitet. Ein so magisches, zauberisches Licht besitzt der Mond nirgend anderswo. In der bewegten Luft schwebten seine Strahlen hin und her. Es geht die Fee der Wüste durch die helle Nacht. Der Saum ihres Gewandes streift leise über den Sand; ein Heer von Elfen fliegt umher, die Mondesstrahlen einzufangen, um die Gebieterin mit ihnen zu schmücken. Da werden spinnenfeine Lamettafäden zu glitzernden Shawls verwoben und mit sternleuchtenden Flimmern besetzt; smaragdene Kette und diamantener Einschlag bilden den Schleier, lang nachwehend wie ein schimmernder Duft. Aus brillantenen Szintillationen entsteht das Diadem, funkelnd in märchenhafter Pracht. So schwebt sie dahin über lunarisch mild funkelndem Filigran, schöner noch als Scheherezades herrlichster Traum. Die am Tag so öde, todesstarre Wüste ist jetzt ein herrliches, geheimnisvolles Gedicht, von dessen Versen du nur den immer wiederkehrenden Refrain verstehst: „Lobe den Herrn, meine Seele, und alles, was in mir ist, seinen heiligen Namen! Lobet den Herrn, ihr seine Engel, all seine Heerscharen, die ihr gewaltig seid an Kraft; vollziehet seinen Willen, die ihr seine Stimme hört!“ Vernimmst du die Lobgesänge dieser Engel? Schließe die Augen, und lausche in dein Herz hinab! Auch dort sind leuchtende Sterne aufgegangen, und das Licht der Gottesnähe breitet sich über die erkenntnishungrige Einsamkeit. Es werden Stimmen laut in dir; beachte sie nur! Sie rufen dich von deinem bisherigen Pfad ab zum Karawanenweg der Gläubigen, der nach dem Land der Verheißung führt. Deine Seele bricht auf, ihnen zu gehorchen; deinen müden Körper aber nimmt der Schlaf in seine Arme. Allah jebarik fik; Allah jatik nuro; leletak sa'ide – Allah segne dich; er spende dir sein Licht; gute Nacht!

Die Wüste, durch welche wir heut kamen, war ein südöstlicher Ausläufer der arabischen Nefud, welche selbst von den Eingeborenen sehr gefürchtet ist. Wir hatten Mühe, die Richtung beizubehalten. Sie besteht nämlich aus langgestreckten Sandhügeln, welche oft parallel, oft divergierend voneinander liegen und durch unregelmäßige Querreihen miteinander verbunden sind. Dadurch entstehen zwischen ihnen tiefer liegende Vierecke, und das Ganze würde, aus der Vogelschau gesehen, jener Art von Back- und Webwaren gleichen, welche man Waffeln nennt. Es läßt sich denken, daß es da für uns ein sehr schwieriges Fortkommen gab, weil keine zusammenhängende, ebene Strecke vorhanden war und wir, um von einem Viereck nach dem andern zu kommen, die zwischen ihnen liegende Höhe überwinden, also aus der einen Waffel heraus und hinauf und dann jenseits wieder in die andere hinunterreiten mußten. Das ermüdete die Kamele, zumal sie keine guten Kletterer sind, außerordentlich, denn die Abhänge waren oft sehr steil, so daß die

Waffeltiefen wahre Abgründe bildeten, welche um so schwerer gangbar waren, als die Wände aus lockerem Sand bestanden, welcher keinen festen Halt bot und bei jedem Schritt unter den Füßen der Hudjuhn wich.

Es war da sehr leicht, auf unnütze oder gar verderbliche Umwege zu verfallen, aber erstens besaßen wir ja Erfahrung genug, zweitens war der Ben Harb ein wirklich guter Führer, und drittens folgten wir den Spuren der Mekkaner, welche durch die Wahl ihres Weges bewiesen, daß sie diese Gegend ausgezeichnet kannten und ganz gewiß schon öfters durch sie geritten waren. Wenigstens galt dies von demjenigen von ihnen, welcher die Richtung zu bestimmen hatte. Wie wir später erfuhren, war das El Ghani selbst.

Diese Wüste war nicht ganz unbelebt. Es gab zuweilen einen einsamen, manneshohen Strauch, eine Eidechse und Spuren von kleinen Füchsen. Auch die Fährte eines Panthers entdeckten wir, doch gehörte er zur kleinen, weniger seltenen Art.

El Münedschi verhielt sich vollständig still; er bewegte sich kaum einmal und schien in einem immerwährenden Halbschlummer zu liegen. Wir hatten keine Ursache, ihn zu stören.

Es war noch nicht Mittag, als wir, indem wir uns auf einem der beschriebenen Hügelrücken befanden, im Zurückblicken bemerkten, daß es außer uns auch noch andere Menschen in dieser Gegend gab. Wir sahen auf einem der links seitwärts hinter uns liegenden Hügel eine Schar von Kamelreitern erscheinen, welche sehr gut beritten sein mußten und große Eile verrieten. Ich zählte zweiundzwanzig Mann. Wir ritten unsern Schritt weiter. Sie kamen uns näher, und da sahen wir, daß zwanzig Mann von ihnen Uniformen trugen; sie waren also Soldaten. Türkische Soldaten hier in der arabischen Wüste! Das mußte einen ganz außerordentlichen Grund haben. Der arabische Beduine weist die Botmäßigkeit des großherrlichen Militärs mit aller Energie von sich ab. Auch uns ging die Sache jedenfalls nichts an, und so setzten wir also unsern Ritt ruhig fort.

Nach einiger Zeit holten sie uns ein. Die zwei Nichtmilitärs ritten voran; der eine von ihnen sprach uns an. Er war ein Perser; das sah ich ihm mit dem ersten Blick an. Seine Kleidung bestand ganz aus Seide, und seine Waffen waren ausgesucht schön und von hohem Wert. Gradezu einzig aber war das Hedjihn, welches ihn trug. Ein so fehlerlos gebautes, wunderbar gezeichnetes Reitkamel hatte ich noch nicht gesehen. Es war hellgrau gefärbt und fein fliegenschimmelartig dunkelbläulich getüpfelt, eine nicht älter als fünfjährige Stute mit leukotisch hellroten Augen. Und sonderbar, diese Augen schienen von dem hellen Tageslicht nicht im geringsten angegriffen zu werden, und ihr Blick war so treu, so intelligent, wie ich es noch bei keinem einzigen Kamel gesehen hatte. Die Füße waren außerordentlich klein und die Formen, ich möchte fast sagen, weiblich voll und rund. Bei einem Kamel kann natürlich von Schönheit nicht die Rede sein; hier aber möchte ich doch eine Ausnahme machen und behaupten, daß dieses schön gewesen sei. Ich gestehe, daß ich ganz entzückt über dieses Tier war.

Einen ebenso guten Eindruck machte der Reiter auf mich, doch nicht etwa seiner reichen Kleidung und Bewaffnung wegen, denn solche Äußerlichkeiten können mir niemals imponieren. Aber er saß im hohen Sattel aufrecht und stolz wie ein König, welcher gewohnt ist, zu gebieten und sofortigen Gehorsam zu finden. Und dieser Stolz war kein gemachter, sondern ein natürlicher; er kam von innen heraus. Auch war es kein dummer, hohler, kein mit Verachtung gepaarter Stolz, denn sein von einem dunkeln, wohlgepflegten Bart umrahmtes Gesicht trug die Kennzeichen geistiger Tätigkeit, und seine Augen hatten einen mildfreundlichen Blick, der aber erraten ließ, daß ihm das Feuer der Energie oder des Zornes auch nicht fremd sei. Alles in allem machte dieser Mann den Eindruck wirklicher Vornehmheit. Die Soldaten hatten respektvoll einen Zwischenraum zwischen ihm gelassen, und der andere Zivilist, wenn ich dieses Wort hier gebrauchen darf, welcher wohl der Khabir, der Führer der Truppe war, hielt sich jetzt auch seitwärts hinter ihm, ein unwillkürlich gegebenes Zugeständnis, daß dieser Mann der Herr sei und jetzt allein zu sprechen habe.

„Äsalam 'aleikum!“ grüßte er mit persischem Anklang in höflichem Ton, indem er seinen Blick forschend über uns gleiten und dann in bewunderndem Ausdruck auf unsern Pferden haften ließ.

„Vä 'aleikum äsalam!“ antwortete ich ebenso höflich und in demselben persischen Dialekt.

Halef hatte schon den Mund geöffnet, um zu sprechen; ich war ihm aber zuvorgekommen, denn seine vorschnelle Art und Weise war einem solchen Mann gegenüber nicht gut angebracht. Über die Züge des letzteren ging bei meiner Antwort ein freundliches Lächeln, und er fragte:

„Du verstehst und sprichst persisch?“

„Ja“, nickte ich.

„Bist du Perser?"
„Nein; aber ich war wiederholt und längere Zeit in diesem Land, habe es liebgewonnen und besitze treue Freunde dort."
„Muhäbbät-i-tu käm nä schäwäd – deine Freundschaft möge nicht abnehmen! Ich bin Khutab Agha, der Basch Nazyr – Oberwächter, Oberaufseher – des Heiligtums von Meschhed Ali. Allah segne und beschütze diese Stätte!"
Auch wenn er mich nun nicht so fragend angesehen hätte, wie er es jetzt tat, hätte die Höflichkeit es mir geboten, ihm meinen Namen auch zu nennen. Ich tat dies also:
„Ich heiße Hadschi Akil Schatir Effendi und bin aus dem fernen Land des Maghreb gekommen, um die Reiche des Ostens zu sehen und ihre Bewohner kennenzulernen."
Das war aber meinem kleinen Halef viel, viel zu bescheiden ausgedrückt. Ich hatte das letzte Wort noch nicht ganz ausgesprochen, so fiel er schnell und außerordentlich eifrig ein:
„Das ist aber nur der Anfang seines Namens; den glorreichen Fortgang und das herrliche Ende desselben pflegt er leider aus falscher Demut zu verschweigen. Er heißt mit seinem vollständigen Namen, der aber trotzdem noch viel, viel länger gemacht werden könnte, Hadschi Akil Schatir el Megarrib Ben Hadschi Alim Schadschi er Rani Ibn Hadschi Dajim Maschhur el Azami Ben Hadschi Taki Abu Fadl el Mukarram Effendi. Seine Geburtsstätte ist das große Wadi Draha, aus welchem nur berühmte Männer kommen, und in seinem Kopf sind die Seiten, Zeilen und Paragraphen sämtlicher Wissenschaften aufgestapelt. Allah erhalte ihm diese Vorzüge seines Geistes!"
Khutab Agha wartete geduldig und lächelnd, bis dieser lange Riemen abgewickelt worden war, und erkundigte sich dann:
„Und du? Wer bist du, und wer sind die andern?"
„Ich bin Hadschi Halef Omar Ben Hadschi Abul Abbas Ibn Hadschi Dawuhd al Gossarah, der oberste Scheich der Haddedihn vom großen Stamm der Schammar. Diese Männer sind einige meiner Krieger, welche mit uns nach Mekka pilgern, wo wir die heiligen Stätten sehen und verehren wollen."
Das bei der Nennung meines Namens etwas ironisch gewordene Lächeln des Persers verlor jetzt diesen Ausdruck.
„Ich habe von den Haddedihn gehört", sagte er. „Sie sind sehr brave und ruhige Leute, welche die Ehrlichkeit und den Frieden lieben. Sie besitzen einen Freund aus dem Abendland, welcher Kara Ben Nemsi Effendi heißt und ihr Lehrer in allen nützlichen Künsten des Krieges und des Friedens gewesen ist."

„Das ist richtig; das ist wahr! Woher weißt du das? Von wem hast du es erfahren?“

„Von einem Mann, der mir mitgeteilt hat, daß auch du ihn kennst, wenn du wirklich Hadschi Halef bist.“

„Ich bin es. Wie heißt dieser Mann?“

„Mirza Dschafar, mein bester Freund.“

Mirza Dschafar! Der bei meiner letzten Reise mit Halef durch Persien – in Karl May, „Im Reiche des silbernen Löwen“ – eine für uns so bedeutende Rolle gespielt hatte! Der Perser nannte ihn Mirza Dschafar, nicht Dschafar Mirza, gab ihm also nicht den prinzlichen, sondern den gewöhnlichen Titel. Diese vorsichtige Art, diesen Namen zu nennen, gab mir den Beweis, daß er von Dschafar mehr wußte, als er hier sagen konnte. Ich war überrascht. Khutab Agha bezeichnete Dschafar als seinen besten Freund, aber die eigentümlichen Verhältnisse des letzteren geboten uns doch, vorsichtig zu sein. Das beste war, gar nicht weiter auf diese Bekanntschaft einzugehen; leider aber war es dem sanguinischen Hadschi Halef gradezu unmöglich, in solchen Fällen, wie der gegenwärtige einer war, die von mir gewünschte Zurückhaltung zu üben. Ich wollte die Fortsetzung des Gespräches selbst übernehmen und ihm winken zu schweigen; er sah mich aber in seinem Eifer gar nicht an und rief unmittelbar nach der Nennung des Namens, so daß ich gar keine Zeit fand, das Wort zu ergreifen, in froherstauntem Ton aus:

„Mirza Dschafar! Unser persischer Freund! Den kennst du auch? Ja, du nennst ihn ebenso Freund, wie wir ihn nennen? Schau hin, und sieh den Handschar – Dolch –, welcher dort im Gürtel meines Effendi steckt! Diese Waffe ist ein Geschenk von Mirza Dschafar, welches für ihn und uns einen großen Wert besitzt!“

O wehe! Welch eine Unvorsichtigkeit! Mit diesen Worten verriet Halef, ohne es zu wissen, daß ich gar nicht der Mann war, für den wir mich soeben ausgegeben hatten. Hanneh hustete warnend von ihrem Tachtirwan herab; er sah zu ihr hinauf, ohne sie zu verstehen. Khutab Agha ließ sein Auge langsam über mich gleiten. Kein Zug seines Gesichtes sagte mir, ob er hinter unser Geheimnis gekommen sei oder nicht; aber er sprach von jetzt an nicht mehr zu Halef, sondern ausschließlich nur zu mir:

„Erlaube, daß ich dich nach dem Weg frage, den ihr bis hierher geritten seid! Den Grund, welcher mich diese Bitte aussprechen läßt, werde ich dir nachher gleich mitteilen.“

„Wir kommen aus der oberen Dschesireh“, antwortete ich, „und sind südwärts von Hit über den Euphrat gegangen.“

„Habt ihr den Nedschef-See berührt?"
„Nein."
„Also auch nicht den Karawanenweg, welcher von Hilleh und Meschhed Ali nach Mekka führt?"
„Nein. Der hat stets weit links von unserm Pfad gelegen."
„Wie schade!"
„Warum schade?"
„Wäret ihr diesen Weg geritten, so könntet ihr mir wahrscheinlich Auskunft über eine kleine Karawane geben, nach welcher wir suchen."
„Suchen? Ihr sucht? Sonderbar!"
„Sonderbar? Warum nennst du unser Suchen so?"
„Weil du nach ihr suchst und mir doch sagst, wo sie zu finden ist, nämlich auf dem Weg von Meschhed Ali nach Mekka."
„So will ich dir mitteilen, daß diese Karawane allen Grund hat, sich vor uns zu verstecken."
„Wenn sie sich vor euch verbergen muß, hat sie auch alle Ursache, sich von andern, die sie an euch verraten könnten, nicht sehen zu lassen."
Er nickte leise vor sich hin, ließ ein befriedigtes Lächeln um seine Lippen spielen, als ob bei ihm ein heimlicher Gedanke Bestätigung gefunden habe, und fuhr dann weiter fort:
„Ich sehe jetzt, daß du wirklich ein außerordentlich kluger Effendi aus dem Maghreb bist, denn du hast in einigen Augenblikken und in ganz wenigen Worten mehr durchdacht und mehr gesagt, als ein anderer Mann nach tagelangem Nachdenken erforschen würde und in einer stundenlangen Rede ausdrücken könnte. Ich errate darum deine Gedanken und weiß also, daß du dich wunderst, uns hier an dieser Stelle zu sehen."
„Du irrst. Ein anderer würde sich wundern, daß ihr hier seid, während du doch selbst sagst, daß die von euch Gesuchten den weit von hier liegenden Karawanenweg eingeschlagen haben. Ich aber schließe aus eurem Hiersein darauf, daß diese Leute von dem Karawanenweg abgewichen sind. Ihr werdet, denke ich, die Spuren dieses Abweichens gefunden haben."
„Effendi, du bist noch scharfsinniger, als ich dachte! Ja, du hast recht. Wir haben entdeckt, daß sie von dem Meschhed Aliweg nach Westen abgewichen sind."
„Wußten sie sich verfolgt?"
„Nein. Aber sie mußten sich allerdings sagen, daß man ihnen sofort nachjagen werde, falls ihre Tat zur Entdeckung käme."
„Darf ich fragen, was für eine Tat es ist?"

„Dir sage ich es. Man hat das Heiligtum von Meschhed Ali bestohlen. Kannst du das glauben?"

„Warum nicht? Ich kenne Menschen, welche noch viel Schlimmeres getan haben."

„Etwas Schlimmeres gibt es nicht! Wer das Heiligtum bestiehlt, der bestiehlt Allah!"

„Ein Faulenzer, ein Tagedieb bestiehlt Allah auch, denn die Tage des Lebens gehören nicht ihm, sondern Gott, und ein Lebenstag ist wenigstens ebenso wichtig wie irgendein Gegenstand in den heiligen Mauern von Meschhed Ali oder Kerbela."

„Ich kann darüber nicht mit dir streiten, denn als ein Mann aus Fran ..." er hielt einen Augenblick inne und verbesserte sich dann, indem er fortfuhr, „... als ein Mann aus dem fernen Maghreb mußt du anderer Meinung sein als ich. Wir entdeckten vier Tage, nachdem die Diebe fort waren, den Raub, und ich als Hüter und Bewahrer der Schätze des Heiligtumes bin ihnen ohne Verweilen nach, um sie zu ergreifen und zu bestrafen."

„Fran ..." hatte er gesagt; sollte das Frankistan, das Land der Franken, der Christen heißen? Wenn dies der Fall war, so hatte Halefs Unvorsichtigkeit es allerdings verraten, daß ich Kara Ben Nemsi, nicht aber ein Mann aus dem Wadi Draha war. Nun kam es darauf an, klug zu sein und die Folgen dieser Entdekkung zu verhüten.

„Wußtest du gleich, welchen Weg die Diebe eingeschlagen hatten?" fragte ich.

„Ja. Sie waren Mekkaner, also konnte ich über ihren Weg nicht im Zweifel sein."

„Es war aber auch möglich, daß sie zunächst eine andere Richtung einschlugen, um euch irrezuführen", warf ich ein.

„Ich war so vorsichtig, mir dies auch zu sagen, und traf demnach meine Vorkehrungen. Ich sandte Abteilungen auf die Wege, welche nach Kerbelah und Hit, nach Hilleh und Bagdad, nach Semawat und nach Djof führen. Daß alle diese Leute die Diebe nicht finden würden, entdeckte ich in Akabet esch Scheitan, wo ich erfuhr, daß die Mekkaner vor vier Tagen durchgekommen seien. Die Route nach Mekka, welche ich eingeschlagen hatte, war also die richtige."

„Nun seid ihr dieser Route so lange gefolgt, ohne euern Zweck erreicht zu haben."

„Du sagst leider die Wahrheit. Der Scheitan – Teufel – scheint die Schurken zu beschützen, indem er sie für uns unsichtbar macht."

„So scheint der Scheitan über eure Augen mehr Macht zu besitzen als über die meinigen."

Er sah mich erst groß an und fragte dann aber desto schneller: „Die deinigen? Hättest du sie gesehen?"

„Ja."

„Wirklich?"

„Ja."

„Wo?"

„Den dritten Teil einer Tagesreise von hier."

„Also hinter euch?"

„Ja."

„Allah sei Dank! Ich glaube deinen Worten; du kannst dich nicht täuschen, denn ich weiß, daß du der . . ." wieder hielt er inne und gab dann seinen Worten eine andere Wendung: „. . . daß du ein sehr kluger Effendi aus dem Wadi Draha bist. Wir müssen sofort umkehren, sofort, denn ich darf keinen Augenblick . . ."

„Halt! Übereile dich nicht!" unterbrach ich ihn. „Sie sind nicht mehr hinter uns, sondern vor uns."

„Wie? Wirklich?"

„Ja. Sieh da die Spuren, denen wir folgen! Das ist die Fährte der Diebe, die du suchst."

Kaum hatte ich das gesagt, so rief Halef aus:

„Effendi, sag das nicht! Du wirst diesen bestohlenen Beschützer der Heiligtümer irreführen. Das sind ja die Spuren der . . ."

„Bitte, schweig du!" unterbrach ich ihn trotz der Anwesenheit Hannehs, seines Sohnes und der Haddedihn in sehr bestimmtem Ton. „Du hast erfahren, daß ich stets ganz genau weiß, was ich sage!"

„Ja", antwortete er, noch immer oppositionslustig, „ich habe ja immer zugegeben, daß dein Verstand länger ist als der meinige; dafür ist aber meiner breiter als der deinige, und so fragt es sich also, ob hier der Irrtum in der Länge oder in der Breite liegt."

„Lieber Halef, sei ja nicht stolz auf diese Breite deines Verstandes! Du hast trotz derselben vorhin einen Fehler begangen, der fast nicht zu verzeihen ist!"

„Ich . . .?" fragte er erstaunt.

„Ja, du."

„Wann?"

„Vor zwei Minuten."

„Also hier?"

„Ja."

„Wodurch? Womit?"
„Das werde ich dir später sagen."
„Nein, Sihdi! Ich will es jetzt wissen, jetzt gleich!"
Da wendete sich der Perser an mich:
„Erlaubst du, daß ich es ihm sage?"
„Ja, sage es", antwortete ich ihm, da es dadurch auch mir klar werden mußte, wie weit die Wirkung der Unvorsichtigkeit Halefs reichte.
Khutab Agha ließ sein ironisches Lächeln wieder erscheinen und forderte den kleinen Hadschi auf:
„Sag mir noch einmal der Wahrheit gemäß, wer dieser dein Effendi ist!"
Halef richtete sich im Sattel in Positur und antwortete mit größter Bereitwilligkeit:
„Dieser mein Effendi heißt Hadschi Akil Schatir el Megarrib Ben Hadschi Alim Schadschi er Rani Ibn Hadschi Dajim . . ."
„Sei still, still, still!" fiel da der Basch Nazyr lachend ein. „So heißt er nicht. Ich weiß es besser, viel besser als du!"
„Besser . . .? Als ich . . .?" fragte Halef verwundert.
„Ja, besser!"
„So! Wennn du klüger bist, so sag doch seinen Namen!"
„Er ist Hadschi Kara Ben Nemsi aus Dschermanistan!"
Jetzt mußte man das Gesicht Halefs sehen! Es wurde vor Erstaunen fast noch einmal so lang, als es vorher gewesen war.
„Du weißt . . . weißt . . . weißt . . .", stotterte er.
„Ja, ich weiß!" nickte der Perser.
„Hast du ihn schon gekannt?"
„Nein."
„Gesehen?"
„Nein, auch nicht gesehen. Aber gehört habe ich von ihm und auch von dir."
„Wie kannst du da aber wissen, daß dieser Effendi hier es ist?!"
„Es ist mir ja vorhin gesagt worden!"
„Von wem?"
„Von dir!"
„Von . . .?!"
Das „Mir" blieb dem Hadschi im Mund stecken. Er sah Khutab Agha aus vor Erstaunen weit aufgerissenen Augen an und fuhr dann aber zornig fort:
„Höre, ich verbiete dir, deinen Scherz mit mir zu treiben! Du bist zwar als der Bewohner der Heiligtümer von Meschhed Ali ein Mann, den man mit Höflichkeit und Achtung zu behandeln

hat, aber wenn du meinst, mit mir, dem obersten Scheich der Haddedihn vom großen Stamm der Schammar, ein loses Possenspiel treiben zu können, so wirst du sofort erfahren, was die Zunge der Unhöflichkeit zu leisten vermag. Ich werfe dir alle Grobheiten der Erde und des Weltalls an den Kopf, und auch noch einige hundert mehr! Sobald du dich mit mir streiten willst, können mir alle deine Heiligtümer ganz und gar nicht imponieren, weil die Wahrheit heiliger als dein ganzes Meschhed Ali ist, und du hast mir soeben die Unwahrheit gesagt. Gestehe es ein!"

„Ich kann nur eingestehen, daß ich die Wahrheit gesprochen habe."

„Beweise es!"

„Hast du vorhin von dem Handschar gesprochen, den der Effendi im Gürtel hat?"

„Ja, das habe ich."

„Hast du gesagt, daß er ein Geschenk von Mirza Dschafar sei?"

„Ja."

„Nun, damit hast du verraten, daß der Effendi nicht Akil Schatir, sondern Kara Ben Nemsi heißt."

„Wieso?"

„Weil ich von Dschafar weiß, daß er diesen Handschar seinem Freund Kara Ben Nemsi geschenkt habe."

„Wann?"

„Vor einer Reihe von Jahren."

„Wo?"

„In einem Land, welches jenseits des großen, westlichen Meeres liegt und Yeni dünja – Amerika – genannt wird."

Jetzt machte Halef wieder sein langes Gesicht.

„Das stimmt; das stimmt ganz und gar! Allah, was gibt es doch für unvorsichtige, leichtfertige Menschen! Wir wollen mit dem Effendi nach Mekka, und weil er als Christ die heilige Stadt nicht betreten darf, habe ich aus ihm einen berühmten mohammedanischen Gelehrten gemacht und ihm einen Namen gegeben, dessen Länge von Bagdad bis nach Stambul reicht. Und nun ich mir alle diese Mühe gegeben habe, muß ich erfahren, daß diese Anstrengung der ganzen Breite meines Verstandes umsonst gewesen ist, weil Mirza Dschafar, unser Freund, so unvorsichtig war, dir die Geschichte von dem Handschar mitzuteilen!"

Da konnte sich selbst Hanneh nicht länger halten. Sie bog sich über den Rand des Tachtirwan herab und rief ihm zornig zu:

„Hadschi Halef, du bist der Unvorsichtige gewesen, du selbst, du, du!"

„Ich . . .?" fragte er, zweifelnd zu ihr aufschauend.

„Ja, du!"

„Inwiefern?"

„Mirza Dschafar hat es gut gemeint, auch konnte er nicht wissen, daß uns dieser Basch Nazyr einmal zu einer Zeit begegnen werde, in welcher der Effendi Veranlassung hat, einen andern Namen zu tragen. Gibst du das wohl zu?"

„Ja, ja! Du weißt ja, wenn du sprichst, welche die klügste unter den weisesten aller Frauen ist, so hast du stets nur das gesagt, was auch ich in diesem Fall sagen würde!"

„Gut! Du aber wußtest, daß der eigentliche Name des Effendi verschwiegen bleiben soll; du hörtest auch, daß der Basch Nazyr den Mirza kennt, und sprachst dennoch von dem Handschar! Du konntest dir doch denken, daß beide von dieser Waffe, von diesem Geschenk miteinander gesprochen hatten!"

„So? Konnte ich mir das denken?" fragte er kleinlaut.

„Du konntest nicht nur, sondern du mußtest es! Warum sprichst du immer, wenn der Effendi reden will? Der berühmte Scheich eines so großen Stammes muß nicht immer reden, sondern schweigsam sein!"

Da legte er den Körper zurück, die Hände zusammen und sagte:

„Du hast recht, o Hanneh, du verständigste unter allen Selbstverständigkeiten der Frauenzelte; ich bin berühmt und werde schweigen! Du hast mir auch dieses Mal aus der Seele gesprochen!"

Und nun nahm er mit der größten Seelenruhe den Trost entgegen, den ihm der Perser gab:

„Sorge dich nicht um die Sicherheit deines Effendis, o Scheich der Haddedihn! Keiner von uns wird seinen wahren Namen verraten; das verspreche ich dir bei Allah, dem Propheten und bei den Söhnen Alis, des Kalifen! Es macht mich so glücklich, Kara Ben Nemsi so unerwartet kennenzulernen, und nur weil er es ist, habe ich seinen Worten ein solches Vertrauen geschenkt. Wenn er sagt, er habe die Diebe gesehen, welche ich suche, so bin ich überzeugt, daß es wirklich so und nicht anders ist!"

„Es ist so!" bekräftigte ich.

„Du hast Leute gesehen", fuhr er fort. „Woher aber weißt du, daß es die sind, von denen ich spreche?"

„Du machtest wiederholt die Angabe von vier Tagen, und dies

war mir im Zusammenhang mit einigen andern Umständen genug, die Personen, welche ich meine, für die Gesuchten zu halten."

Hierbei muß ich bemerken, daß El Münedschi sich auch jetzt noch in seinem schlafähnlichen Zustand befand und von dem Stillhalten der Kamele und unsrem Gespräch gar nichts merkte. Wir hatten ihm das Schleiertuch über das Gesicht gezogen, damit die Sonne ihn nicht stören möge. Er war also nicht zu erkennen.

„Du hältst also einen Irrtum für nicht möglich?" fragte der Perser.

„Warum nicht möglich? Keine menschliche Meinung ist untrüglich; aber ich denke, daß ich mich in diesem Fall nicht irre. Laß mich fragen: Es handelt sich um sechs Personen?"

„Ja."

„Darunter war ein Greis von sonderbarem Benehmen?"

„Ja. Er war von Djinns – Geistern – besessen. Von ihm glaube ich, daß er von dem Diebstahl gar nichts weiß."

„Sodann ein älterer Mann mit graugemischtem Haar, dessen Sohn bei ihm war?"

„Ja."

„Und drei Männer im mittleren Lebensalter?"

„Auch das stimmt."

Ich beschrieb die Anzüge, was auch alles zutraf.

„Sagten diese Leute, daß sie aus Mekka seien?" fragte ich weiter.

„Ja. Der Vater des Sohnes kam sogar als Abgesandter des Großscherifs zu uns."

„Ist es nicht eine sehr kühne Idee, den Gesandten des Beherrschers der heiligsten Orte des Islam des Diebstahls zu beschuldigen?"

„Ja, man kann es kaum fassen! Nur darum hat es volle vier Tage gedauert, ehe wir den Beweisen glaubten; dann aber hatten sie sich auch so gehäuft und waren so unwiderstehlich geworden, daß wir nicht mehr zweifeln konnten, was wir bis dahin trotz der Sicherheit aller Zeichen doch noch getan hatten."

„Ist es nicht möglich, daß ihr euch doch noch im Irrtum befindet? Ich spreche diese Frage nämlich auch meinetwegen aus, denn ich gestehe dir, daß die Beschuldigten auch für mich sehr wichtige Personen sind und vielleicht noch wichtiger werden als jetzt. Ich habe also meine Gründe zu dieser Erkundigung."

„Effendi, ich weiß, daß Kara Ben Nemsi niemals etwas tut oder etwas spricht, ohne von guten Ursachen dazu veranlaßt zu werden. Ich ahne, daß euer Zusammentreffen mit diesen Leuten kein gewöhnliches gewesen ist, und versichere dir, daß ihr da wirklich mit Schurken in Berührung gekommen seid, welche unsere Heiligtümer beraubt haben. Um dir die Überzeugung zu geben, welch ich besitze, müßte ich dir unsere Beweise bringen, und dazu würde die Mitteilung von Dingen und die Beschreibung von Orten nötig sein, von denen wir mit keinem Schiiten und noch viel weniger mit einem Andersgläubigen sprechen dürfen. Ich gebe dir aber mein Wort, daß ich mich nicht irre. Wahrscheinlich ist es dir möglich, mir zur Ausführung meines Vorhabens behilflich zu sein, und so versichere ich dir, daß du das getrost tun kannst, ohne befürchten zu müssen, diesen Leuten weh zu tun, ohne daß sie es verdient haben. Ich weiß von Mirza Dschafar, daß die Erfahrungen, welche du mit den Schiiten gemacht hast, nicht geeignet sind, in dir Liebe zu uns zu erwecken; aber ich bitte dich, mich nicht in gleicher Weise zu beurteilen wie diejenigen, welche dir Abscheu und Verachtung einflößten. Du wendest deine Unterstützung hier einem Mann zu, welcher ihrer nicht unwürdig ist und auch nicht zu den Undankbaren gehört, deren du so viele kennengelernt hast!"

Das glaubte ich ihm sehr gern. Der Eindruck, den er nicht nur auf mich, sondern auf uns alle machte, läßt sich am besten mit dem Ausdruck bezeichnen: ein Schiit, ja, ein sehr hoher Beamter der Stelle, an welcher die Schia sich ihres nichtsnutzigsten Bodensatzes zu entledigen pflegt, aber doch ein Gentleman. Ich war also sehr gern bereit, ihm die gewünschte Auskunft zu erteilen, und hatte dazu noch zwei weitere Gründe. Erstens sah ich nun ein, daß er sich nicht nur den Freund Dschafars nannte, sondern es wirklich war, und infolge dieser Freundschaft mir als Christen nichts in den Weg legen, sondern darüber schweigen werde. Und zweitens kam mir die so überraschende Entdekkung, daß der so anmaßende Ghani, der „Liebling des Großscherifs", ein verfolgter Verbrecher sei, außerordentlich gelegen. Ich bin nie rachsüchtig gewesen und war es auch hier nicht im geringsten, denn ich habe mich stets bemüht, grad in der verzeihenden Liebe derjenigen Christenpflicht gerecht zu werden, welche eine der ersten, ja wohl die allererste ist; ich habe mich sogar so weit überwunden, daß ich, und zwar sehr gern, meine Feinde, die ja jeder Mensch hat, täglich in mein Gebet einschließe, denn für sich selbst, für Verwandte und Freunde zu beten, ist keine Kunst und bringt kein Verdienst; hier aber durfte ich es ohne alle Rachsucht oder Schadenfreude als eine für uns willkommene Entdeckung hinnehmen, daß der stolze, gegen uns von Verachtung strotzende Moslem, der uns noch beim Abschied so schwer bedroht hatte, jetzt hier als ein ganz gemeiner Verbrecher bezeichnet wurde. Das machte uns ihm in der Weise überlegen, daß jede Besorgnis, die wir seinetwegen vielleicht noch gehabt hätten, schwinden mußte.

„Wir können und werden dir behilflich sein", versicherte ich ihm aus den angegebenen Gründen. „Darum wollen wir keine Zeit verlieren und hier nicht länger im Gespräch halten bleiben. Ich habe dir schon gesagt, daß die Gesuchten sich nicht hinter, sondern vor uns befinden. Wir können im Weiterreiten das besprechen, was zu besprechen ist."

Ich setzte mich, mit dem Basch Nazyr neben mir, an die Spitze des Zuges und winkte Halef, sich uns beizugesellen. Das liebe Kerlchen war infolge der Zurechtweisung, die er von dem Perser, von mir und auch von Hanneh bekommen hatte, kleinlaut geworden und machte Miene, bei dem Tachtirwan zu bleiben. Ich wußte, daß ihm diese Zurückhaltung außerordentlich schwer wurde, und rehabilitierte ihn also dadurch, daß ich ihm durch den Wink die Stelle anwies, an welche er als Scheich und als mein Freund gehörte. Seine Unvorsichtigkeit war nicht gutzuheißen; aber sie blieb ja ohne die befürchteten Folgen, und er hatte seine unbedachten Äußerungen nur aus Liebe zu mir getan. Hinter uns ritten die Haddedihn, denen die Soldaten mit ihrem Khabir folgten. Selbstverständlich trieben wir die Kamele dabei zur Eile an. Wahrscheinlich wartete Khutab Agha, um sofort bestimmte Mitteilungen von uns zu hören; aber da ein Zusammenhandeln zwischen ihm und uns zu erwarten war, so kam es mir vor allen Dingen darauf an, zu erfahren, welche darauf bezüglichen Eigenschaften und Ansichten er besaß; darum sprach ich zunächst die Erkundigung aus:

„Hast du bei deinem Aufbruch von Mesched Ali an die Gefahren gedacht, welche von einem solchen Ritt nicht zu trennen sind?"

„Ja, aber ich fürchte sie nicht", antwortete er. „Ich bin, bevor ich Basch Nazyr wurde, Offizier des Schah-in-schah gewesen und befinde mich nicht zum erstenmal in der Wüste. Auch ist unser Khabir ein ausgezeichneter Führer, auf den ich mich verlassen kann."

„Daß du dich nicht vor der Wüste fürchtest, habe ich als selbstverständlich angenommen, denn scheutest du dich vor ihr, so hättest du diesen Weg nicht selbst gemacht, sondern einen anderen damit beauftragt. Und daß euer Khabir ein tüchtiger Mann ist, unterliegt auch keinem Zweifel, denn wenn er das nicht wäre, hätte er es nicht gewagt, von der Karawanenstraße abzuweichen."

„Er kennt die Brunnen, welche außerhalb dieses Weges liegen und von den Beduinen heimlich gehalten werden. So weiß er zum Beispiel ganz genau, daß wir heut an den Bir Hilu kommen werden, wo es gutes, nicht salziges oder bitteres Wasser gibt."

„Dahin wollen wir auch, und dort werden wir höchstwahrscheinlich die Diebe treffen."

„Wirklich?" fragte er rasch und in frohem Ton.

„Ja."

„Welche Freude für mich! Ich will dir gestehen, daß ich es schon fast aufgegeben hatte, ihre Spur wiederzufinden und sie noch in der Wüste einzuholen, was doch unbedingt nötig ist, wie ich wohl nicht erst zu sagen brauche."

„Ja, unterwegs haben sie die gestohlenen Sachen noch bei sich und können also überführt werden; auch zählen sie da nicht mehr, als gleichviele andere Leute zählen würden. Später aber, in Mekka, werden sie ihren Raub schleunigst verstecken, und außerdem würde eine Anklage gegen sie auch deshalb fast unmöglich sein, weil ihr Anführer ein Schützling des Großscherifs zu sein scheint, was dort von großer Wichtigkeit ist, während es hier unterwegs nicht in die Waagschale fällt. Das bringt mich aber wieder auf meine Frage zurück, mit welcher ich nicht die Gefahren der Wüste an sich gemeint habe."

„Welche sonst?"

„Es gibt für euch noch andere, viel größere, deren Ursache in dem Haß zwischen Schiiten und Sunniten liegt. Sobald du das an der Grenze befindliche Meschhed Ali verlassen hast, befindest du dich nicht mehr auf schiitischem Gebiet, und je weiter du dem Weg nach Mekka folgst, desto mehr näherst du dich dem Mittelpunkt der Feindschaft, welche gegen euch gerichtet ist. Die Bewohner Arabiens sind fanatische Sunniten, und dazu kommt, daß besonders die Nomaden unter ihnen jeden Zwang und jede Beeinträchtigung ihrer Freiheit mit rücksichtsloser Energie von sich weisen. Ihr Widerwille richtet sich darum ganz besonders gegen das Militär. Nun kommst du, der Schiit, mit zwanzig Soldaten in die arabische Wüste, in welcher jeder dir begegnende Beduine dich doppelt haßt. Ich bin überzeugt, daß jede Nomadenschar, welche nicht weniger Männer zählt als ihr

und darum sich an euch wagen darf, sofort über euch herfallen wird. Hast du das bedacht, als du den jetzigen Ritt begannst?"
„Ja, aber doch so, wie du meinst, eigentlich nicht. Ich glaubte, die Diebe sehr bald zu erreichen."
„Bei einem Vorsprung von vier Tagen, den sie hatten?"
„Den glaubte ich schnell verringern zu können, denn wir haben die besten Kamele, welche zu haben waren. Sieh mein Hedjihn an, welches Maschurah – Der Berühmte – heißt! Dieser Name sagt zwar viel, aber doch noch nicht genug. Es stammt aus der berühmten Züchterei von Tscharbagh, deren Leiter der Bruder meines Vaters ist; er hat es mir geschenkt; verkäuflich wäre es nie. Du bist ein Kenner. Was sagst du dazu? Es ist doppelt so schnell als eine Bischaristute und hat die ausdauernde Lunge des Adlers. Sein Ahne stammt aus der afrikanischen Bajudawüste, und sein Großvater war der blaugraue Kamelhengst, welchen Mozaffar ed Din, der Emir von Bokhara, in der Schlacht bei Irdschar am Syrdarja ritt. Die beispiellose Schnelligkeit, mit welcher dieser Hengst seinen Herrn bei der Verfolgung rettete, ist dann von Ben Scha'at, dem Dichter, mit Begeisterung besungen worden."
„Ich habe noch nie so ein Hedjihn gesehen und es schon im stillen bewundert. Allah bewahre es! Aber was nützt dir die Vortrefflichkeit der Stute, wenn die Hudjuhn der Soldaten nicht ebensoschnell sind? Wenn du berechnet hättest, welche Zeit selbst bei der größten Eile und Ausdauer dazu gehört, einen Vorsprung von vier Tagen auszugleichen, so wäre das Ergebnis gewesen, daß die Verfolgten Mekka doch noch eher erreicht hätten als du. Glücklicherweise aber ist ihnen das Wasser ausgegangen; sie blieben, halb verschmachtet, mehrere Tage liegen und wären zugrunde gegangen, wenn wir sie nicht angetroffen hätten."
„Yah 'Ali! Ihr habt sie nicht bloß gesehen, sondern sogar mit ihnen gesprochen?"
„Noch mehr als das: Wir haben eine Nacht bei ihnen gelagert."
„Sogar gelagert? Effendi, das mußt du mir erzählen, gleich, sofort!"
„Erst noch eine Frage! Wer ist dieser Abgesandte des Großscherifs eigentlich?"
„Hat er es dir nicht gesagt?"
„Ich will es aus deinem Mund hören."
„Er soll reich, sehr reich sein und wird darum El Ghani genannt. Auch ist er als Scheich el Harah der Gebieter eines Stadt-

teiles von Mekka. Er gehört der berühmten Familie Oatadah an, ist ein Nachkomme Muhammed Abu Numeshjjs und heißt Abadilah el Waraka, hört aber diesen Beinamen El Waraka – Der Zettel – nicht gern.“

„Warum nicht?“

„Weil ihm der Name leicht einmal gefährlich werden kann.“

„Ah! Also darum schwieg er davon! Er nannte sich nur El Ghani.“

„Und den eigentlichen Namen verschwieg er?“

„Ja. Worin liegt die Gefährlichkeit des Beinamens El Waraka?“

„Um das zu verstehen müßtest du das Leben des jetzigen Großscherifs und seinen langen, erbitterten Streit mit Othman Pascha, dem Abgesandten des Sultans, kennen.“

„Ich kenne beides. Der Pascha sollte und wollte Ordnung in die Verwaltung bringen, den Krankheiten, besonders der Pest und der Cholera steuern und vor allen Dingen Sicherheit der Karawanenwege schaffen. Der Großscherif glaubte sich dadurch in seinen Rechten verletzt und weigerte sich, den Pascha anzuerkennen. Es begann zwischen beiden ein erbitterter Kampf, der von seiten des Großscherifs mit allen möglichen, selbst den verwerflichsten Mitteln geführt wurde. So war zum Beispiel einmal an der Moschee zu lesen, daß der Pascha von Allah verflucht sei, und daß jeder, der ihn durch Mord aus der Welt schaffe, ohne Abrechnung, also ohne daß ihm seine Sünden angerechnet würden, Eintritt in die Seligkeit des Paradieses finden werde.“

„Das, das ist es, was ich meine“, fiel der Perser schnell ein. „Diesen Zettel soll El Ghani im Auftrag des Scherifs geschrieben und angeklebt haben; alle Welt weiß das und sagt das und nennt ihn darum Abadilah el Waraka, den Abadilah mit dem Zettel. Er will das nicht dulden, denn wenn ein Beamter des Sultans auf den Gedanken kommt, den Ursprung dieses Namens zu verfolgen, so kann es dem Träger desselben die Freiheit, das Vermögen und auch noch mehr kosten. Und nun bitte ich dich, mir zu erzählen, wie sich euer Zusammentreffen mit ihm zugetragen hat!“

Bei dieser Aufforderung lenkte Halef durch ein sehr demonstratives Hüsteln meine Augen auf sich und sah mich bittend, ja fast flehend an. Erzählt sollte werden, erzählt! Das wurde von mir verlangt und nicht von ihm! Wer da weiß, daß das Erzählen beinahe eine Leidenschaft von ihm war, der kann sich denken, was mir sein Blick sagen sollte. Er war vollständig überzeugt, daß nur er allein das Geschick besitzt, eine Begebenheit in der richtigen Weise zu schildern. Selbst mich, dem er doch in jeder andern Weise mehr zutraute als allen andern Menschen, hielt er nicht für befähigt genug, irgend etwas so zu erzählen, wie es sich seiner Ansicht nach gehörte, Und nun gar ein Ereignis, wie dasjenige war, um welches es sich jetzt handelte! Eine Auferstehung von den Toten! Eine Beraubung des schiitischen Heiligtums durch einen sunnitischen Abgesandten des Großscherifs, der dessen Liebling war! Und wer sollte die Erzählung hören? Ein Mann, der eines der höchsten schiitischen Ämter bekleidete und sogar der Freund unsers Freundes Mirza Dschafar war! Waren das nicht mehr als genug Gründe, daß diesen Bericht ein dazu vollständig befähigter Mann zu übernehmen hatte? Und wer war so ein Mann? Nur Hadschi Halef Omar allein, der oberste Scheich der Haddedihn vom großen Stamm der Schammar! Von jedem andern, auch von mir, war es gewiß, daß er die kostbare Erzählung vollständig verderben werde! Zudem war er vorhin ausgescholten worden und durfte von mir erwarten, daß ich sein Ansehen wiederherstellen werde, was am leichtesten und besten dadurch geschehen konnte, daß ich ihm Gelegenheit gab, das Licht seiner Beredsamkeit leuchten zu lassen. Dieser letztere Grund bewog mich, ihm einen gewährenden Wink zu geben. Er begann denn auch sofort und in frohem Ton seine Rede:

„In welcher Weise sich unsere Begegnung mit ihnen zugetragen hat, willst du wissen? Ich werde dir es genau so berichten, wie es sich ereignet hat, und bin überzeugt, daß du meiner Rede mit andächtiger Bewunderung folgen wirst. Allah schenkte jedem Menschen einen Mund und eine Zunge, nicht allen aber ist die köstliche Gabe verliehen, aus diesem Mund mit Hilfe dieser Zunge die vergangenen, gegenwärtigen und zukünftigen Ereignisse der Welt- und aller anderen Geschichte in so schöner und so vollständiger, ungestörter Ordnung hervorlaufen zu lassen, wie die Gesetze der Kunst und die Regeln der wohlklingenden Sprachfertigkeit es verlangen. Ich fordere dich also auf, ergebenst zuzuhören und mich nicht zu unterbrechen!"

Ich muß gestehen, daß wir jetzt allerdings ein Meisterstück zu hören bekamen, freilich ein Meisterstück nach Halefs Art. Er verstand es, das Unbewegliche beweglich und das Tote lebendig zu machen; alles bekam durch ihn Gestalt, Farbe und Inhalt; er wußte selbst das Einfachste, und wenn es nur das Sandkorn der Wüste war, in einer Weise zu beschreiben, die ihm Interesse verlieh. Natürlich wurde der Sperling zum Albatroß und der Tropfen zur Überschwemmung umgewandelt. Aus Hanneh machte er eine Göttin, aus mir wenigstens einen Halbgott, aber aus sich eines jener unbegreiflichen, paradiesischen Wesen, wie sie, alle Mächte, Kräfte und Gesetze beherrschend, in der Poesie des Morgenlandes leben und Wunder über Wunder tun. Es wurde mir himmelangst, wie der Perser diese Schilderung aufnehmen werde. Glücklicherweise war er Orientale, verstand es also, das wirklich Wahre herauszufühlen, und hörte dem, was der Phantasie entsprang, mit jener stillen, in den Augen strahlenden Begeisterung zu, welche im Abendland nur dem gläubigen Kind beim Märchenerzählen eigen ist.

Als Halef geendet hatte, sah er ihn mit einem zur Äußerung fordernden Blick an, und als der Agha trotzdem schwieg, weil er sich nicht so schnell wie der Erzähler in die Wirklichkeit zurückfinden konnte, fragte dieser:

„Nun, was sagst du dazu? Hast du schon jemals solche Taten vernommen und schon jemals in der wohlgesetzten Rede eines Hakawati – Erzählers – so herrliche Poesie gehört? Begreifst du diese Kijahma, diese Auferstehung eines Toten, der noch gar nicht gestorben war, und wieder zur Erde zurückgekehrt ist, obgleich er sie noch gar nicht ganz verlassen hatte?"

„Ja, du bist ein sehr guter, ein ausgezeichneter Erzähler, wie ich noch selten einen gehört habe", antwortete der Gefragte allen Ernstes. „Man könnte dir den ganzen Tag zuhören, ohne nur eine Augenblick zu ermüden."

Das war ein Lob, welches ihm noch höher, viel höher stand, als wenn man sich über seine Klugheit, seinen Mut und seine Tapferkeit gewundert hätte. Er wendete sich im Sattel um und rief Hanneh, welche uns, von ihrem Sohn begleitet, in einiger Entfernung vor den Haddedihn, folgte, zu:

„Jetzt hättest du hören sollen, was der Khutab Agha sagte, o Hanneh, du schönste Blume auf allen Beeten der beseligenden Weiblichkeit! Er meint, ich sei ein unvergleichlicher Erzähler, dem man von heut an bis zum jüngsten Tag zuhören könne, ohne sich nur ein einziges Mal nach den Freuden des Paradieses zu sehnen! So wird also der Getadelte gelobt, der Erniedrigte erhöht und das Genie endlich in seiner ganzen Erhabenheit und Größe anerkannt! O Hanneh, mein geliebtes Weib, o Kara Ben Halef, mein gehorsamer Sohn, eifert eurem Gatten und Vater immer nach, dann werdet ihr vielleicht denselben Ruhm erwerben und einst nur scheinbar sterben, sonst aber ganz wohlbehalten auf die Nachwelt kommen. Allah, der Behüter und Bewahrer, gebe es!"

„Du fragtest mich“, fuhr zu ihm der Perser in seinem Gedankengang fort, „ob ich diese Kijahma begreifen könne. Diese Mekkaner sind fast zwei Monate lang bei uns in Meschhed Ali gewesen, und wenn es da auch nicht vorgekommen ist, daß El Münedschi in das Grab gelegt wurde, so haben wir ihn doch oft stundenlang starr, wie eine Leiche gesehen, bis seine Seele wieder zu ihm kam. Auch ist er oft im Schlaf gewandelt, ohne zu wissen, was er tat und wo er sich befand.“

„Durfte man da auf ihn einsprechen?“ erkundigte ich mich.

„Wir haben es getan.“

„Wachte er davon auf?“

„Nein. Er gab Antworten, die wir oft gar nicht, oft nur halb und selten ganz verstanden, und wenn dann seine Seele zurückkehrte, kam er zum Bewußtsein, doch nur für einen Augenblick, denn er legte sich dann um und schlief ein, als ob die Abwesenheit seiner Seele ihn angestrengt habe und er sich davon erholen müsse.“

„Geschah das ohne Aufsicht?“

„Nein, denn El Ghani war stets dabei und bewachte ihn. Er zeigte ihn den Leuten und erlaubte, daß sie Fragen an ihn richteten, die der Münedschi beantwortete. Die Antworten klangen oft so wunderbar, als ob sie aus einer andern Welt, nicht von der Erde kämen, und dann wieder waren sie so leicht verständlich, daß jedes Kind gleich wußte, was er meinte. Er wurde besonders nach Mitteln gegen Krankheiten gefragt und nach allerlei heimlichen Dingen, die man durch ihn entdecken wollte. El Ghani ließ sich dafür mit Silber und sogar mit Gold bezahlen und hat von den vielen Pilgern, welche die heiligen Stätten der Schiiten ja zu Tausenden besuchen und seine Wohnung ohne Aufhören belagerten, so viel Geld eingenommen, daß er es nicht nach Mekka schaffen konnte, sondern es bei einem Sarraf – Wechsler, Bankier – gegen einen Schein umtauschte.“

„Ah, er ließ den Blinden also für Geld sehen?“

„Ja.“

„So nützt er ihn also als immerwährend fließende und reiche Einnahmequelle aus! Nun ist mir seine sogenannte Mildtätigkeit gegen den Münedschi ja ganz klar. Ich traute ihr gleich anfangs nicht! Er wird das in Mekka ebenso und mit noch größerem Erfolg machen, ohne daß der Kranke es ahnt. Er behält ihn bei sich wie einen Gefangenen und nützt ihn aus, so viel er kann. Nun weiß ich auch, warum er den alten, gebrechlichen Mann mit nach Meschhed Ali genommen hat; als Dolmetscher, hat er ihm weisgemacht. Der eigentliche Grund war aber, daß er auch dort Geld mit ihm verdienen wollte, und weil er ihn doch nicht in Mekka lassen konnte. Er hätte ihn einstweilen andern Leuten anvertrauen müssen, durch welche dem Blinden der eigentliche, wahre Grund der Wohltätigkeit seines vermeintlichen Beschützers verraten worden wäre. Um das zu verhüten, mußte er ihn bei sich behalten und ihn also mitnehmen. Also du meinst, daß dieser bedauernswerte alte Mann von dem in Meschhed Ali verübten Diebstahl nichts weiß?"

„Er ist höchstwahrscheinlich unschuldig. Vielleicht erzähle ich dir noch, wie alles zugegangen ist, denn vor Kara Ben Nemsi brauche ich, obgleich er Christ ist, die Geheimnisse des Heiligtumes nicht so streng verschlossen zu halten wie vor andern Laien, und dann wirst du auch dieser meiner Meinung sein. Ich glaube sogar, der Alte würde uns gewarnt haben, wenn er gewußt hätte, daß wir bestohlen werden sollen. Ich weiß nicht, wie du als Christ seinen Zustand erklärst, wahrscheinlich als Krankheit, denn du hast ihn „den Kranken" genannt; ich als Moslem aber bin überzeugt, daß er von Geistern besessen ist, und zwar von guten, nicht von bösen, denn alles, was er sagt und was er tut, ist fromm und gut. Es freut mich, daß er sich nicht mehr bei El Ghani, sondern bei euch befindet; da ist er in sicherer Hut, und wenn ich den „Liebling des Großscherifs" einholen werde, kann ich mit ihm so streng verfahren, wie es mir beliebt, ohne auf den alten, unschuldigen Münedschi Rücksicht nehmen zu müssen!"

„Was wirst du mit ihnen tun, wenn es dir gelingt, sie festzunehmen?"

„Ich werde sie nach Meschhed Ali schaffen."

„Und wenn sie sich wehren?"

„So schieße ich sie nieder. Das ist dir wohl zu streng?"

„Ich bin hier weder Ankläger noch Richter noch sonst irgendwie beteiligt und kann also keine Meinung haben. Gibt es vielleicht noch eine Frage, welche wir dir beantworten könnten?"

„Nein. Wenn ich noch einen Wunsch finde, so werde ich ihn später aussprechen."

„Wann?"

„Heut abend."

„Wo?"

„Am Bir Hilu, wo wir doch wieder zusammentreffen."

„So willst du dich vorher von uns trennen?"

„Natürlich, und zwar sogleich, denn ihr reitet mir zu langsam. Oder willst du deiner Karawane vorausreiten und mich begleiten? Ich brauche dir wohl nicht erst zu versichern, Effendi, daß mir das außerordentlich lieb sein würde."

„Erlaube, daß ich bei den Haddedihn bleibe! Ich gehöre jetzt zu ihnen; auch ist es stets mein Grundsatz gewesen, mich nicht in Dinge zu mischen, die mir fernliegen. Daß das Heiligtum von Meschhed Ali bestohlen worden ist, geht mich nichts an, und mit dem Ghani habe ich einstweilen auch nichts mehr zu tun; es ist also gar kein Grund vorhanden, mich an der Jagd nach den Dieben zu beteiligen."

„Auch nicht aus Rücksicht für mich?"

„Auch nicht. Diese Rücksicht verbietet mir im Gegenteil, dich zu begleiten."

„Wieso?"

„Durch meine Beteiligung würde ich, zwar nicht in Worten, aber durch die Tat, der Ansicht Ausdruck geben, als ob du nur mit meiner Hilfe instande seist, die Aufgabe, welche du dir gestellt hast, zu erfüllen, während ich doch der festen Überzeugung bin, daß du ganz der Mann bist, das auszuführen, was du dir vorgenommen hast. Habe ich recht?"

Ich sah ihm an, daß er zufrieden mit dieser meiner Äußerung war und sich geschmeichelt fühlte. Er antwortete:

„Ja, du hast recht, Effendi, ich bitte dich also, zurückzubleiben. Aber heute abend werden wir euch ganz bestimmt am Brunnen Hilu wiedersehen?"

„Ja. Ich bin, wie gesagt, überzeugt, daß wir die Diebe als deine Gefangenen finden werden."

„Ganz gewiß, falls wir sie überhaupt noch dort treffen."

„Sie werden nirgends anders sein, denn sie müssen wegen des Wassers hin. Und sie werden auch dort bleiben, weil sie zu schwach und angegriffen sind, um von dort aus noch weiterzureiten. Es ist viel eher möglich, daß ihr sie noch vor dem Bir Hilu einholt, als daß ihr gezwungen seid, ihnen von dort aus noch weiter nachzureiten. Das eine nur gestatte ich mir, dir zu sagen: Sei ja dafür besorgt, daß sie nicht fliehen, wenn sie euch von weitem kommen sehen und dich etwa erkennen!"

„Das denke ja nicht! Wir werden wie ein Wetter über ihnen sein. Nun Allah mich durch euch den richtigen Weg hat finden lassen, werde ich nicht so sorglos sein, ihnen Gelegenheit zum Entkommen zu geben. Jetzt erlaube, daß ich für einstweilen Abschied von euch nehme. Den Dank, den ich euch schuldig bin, werde ich euch später sagen!"

Er rief seinen Führer und die Soldaten herbei und eilte mit ihnen fort. Wir sahen sie noch einige Zeit vor uns auf den Hügelhöhen und in den Tiefen auf- und niedertauchen, bis sie sich so weit entfernt hatten, daß wir sie nicht mehr erkennen konnten. Da sagte Hadschi Halef zu mir:

„Sihdi, wäre es nicht besser gewesen, du hättest seinen Wunsch, mit ihm zu reiten, erfüllt?"

„Warum?"

„Du wärest gewiß nicht allein mit ihm gegangen, sondern hättest mich mitgenommen. Und dann wäre es für uns doch eine wahre Wonne gewesen, mit dabeisein zu können, wenn diesen ebenso stolzen wie dummen, räuberischen Mekkanern der Hochmut ausgetrieben wird!"

„Hättest du deine Hanneh wirklich verlassen, Halef?"

„Warum nicht? Es hätte sich doch nur um wenige Stunden gehandelt, und sie steht unter dem Schutz meines Sohnes und von fünfzig tapfern Kriegern."

„Wenn du diese wenigen Stunden noch wartest, ist es dann noch immer Zeit genug, dich an dem Anblick der mekkanischen Demut zu laben. Und wenn ich meine Emmeh hier in der arabischen Wüste bei mir hätte, würde die Gegenwart von hundert Kriegern mir nicht den Vorwand geben können, sie nur auf eine Stunde zu verlassen. Unsere gemeinschaftlichen Erlebnisse müssen dich ja genugsam belehrt haben, daß die Gefahr meist plötzlich und ganz unerwartet kommt und oft größer ist, als man es für möglich gehalten hat. Nein, wir bleiben bei deiner Hanneh. Mit El Ghani kommen wir noch zeitig genug zu sprechen!"

Damit war sein Wunsch beiseite gebracht. Selbstverständlich lieferte uns nun das Zusammentreffen mit dem Perser ein hochinteressantes Gesprächsthema, welches Halef mit Hanneh und seinem Sohn auf das eingehendste behandelte, wobei er sehr bestrebt war, zu verhüten, daß der von ihm gemachte Fehler berührt wurde. Dieses Vorhaben gelang ihm auch vollständig.

Die Mittagszeit war vorüber, und die Sonne hatte den Scheitelpunkt ihres Tagesbogens hinter sich. Die Hitze hatte ihren höchsten Grad erreicht, und so machten wir halt, um die Kamele nicht zu sehr anzustrengen, sondern ihnen eine kurze Rast zu gönnen.

Der Münedschi erwachte, als wir ihn aus dem Sattel hoben, nicht aus seinem schlafähnlichen Zustand, fiel aber sonderbarerweise nicht um, als wir ihn auf die dazu ausgebreitete Decke setzten. Es schien also trotz seiner Geistesabwesenheit eine Art seelisches Prinzip vorhanden zu sein, durch welches die Bewegung seines Körpers beeinflußt wurde. Während er im übrigen vollständig regungslos wie eine aus Holz geschnitzte Figur dasaß, ahmten seine Lippen von Zeit zu Zeit, als habe er einen Tschibuk im Mund, das Tabakrauchen nach. Das sah trotz seiner Ehrwürdigkeit fast lächerlich aus, doch war die Teilnahme für ihn eine so ernstliche, daß sich auf keinem Gesicht ein Lächeln zeigte.

Da breitete er plötzlich die Arme nach beiden Seiten aus, als ob er sich rechts und links festhalten wolle. Ich griff schnell zu und stützte ihn, sonst wäre er umgefallen. Er tat einen tiefen, tiefen Atemzug, bewegte den Kopf, als ob er sich im Kreis umsehen wolle, und fragte dann:

„Wo sind wir jetzt?"

„Vier Reitstunden im Norden des Bir Hilu", antwortete ich.

„Wer seid ihr? Meine Gefährten seid ihr nicht."

„Wir sind die Haddedihn, welche dich heut früh aus dem Grab genommen haben."

Da richtete er, dem Klang meiner Stimme folgend, die weitgeöffneten, strahlenden Augen auf mich und sagte:

„Ja, ich besinne mich. Ich bin nicht mehr bei El Ghani, sondern bei euch, und du bist der Gelehrte aus dem Wadi Draha; ich erkenne dich am Klang deiner Rede. Ich war nicht hier bei euch, sondern an einem hohen, lichtherrlichen Ort und habe deinen Schutzengel gesehen. Er heißt Marrya – Maria – und befahl mir, dich zu grüßen. Seine Wohnung schmiegt sich an die Stufen von Allahs Thron; seine Gestalt ist Schönheit, sein Gewand Weisheit, seine Stimme Sanftmut und sein Blick Liebe, Liebe, nichts als Liebe. Ich sah seine Hände ausgebreitet über dir, und Glaube, Zuversicht und Gottestreue floß von ihnen auf dich hernieder. Ich sah dich selbst in zwei verschiedenen Gestalten, welche gegeneinander kämpften; die eine war dunkel, wie der Schatten der Nacht, welcher sich gegen die Morgenröte empört, die andere hell und rein, wie das sanfte Licht, welches um christliche Altäre leuchtet. Die dunkle bestand aus deinen Fehlern, die du noch nicht überwunden hast, die lichte aus den Gedanken und Gefühlen, welche du der Vervollkommnung und dem Himmel weihst. Die finstere war stark, gewandt und listig, die helle aber mächtiger als sie, gewappnet mit dem Schild der göttlichen Gnade und mit dem Schwert der Willensfestigkeit. Und indem ich sie miteinander ringen sah, hörte ich die Stimme deines Engels: ‚Bange nicht für ihn, denn er wird siegen und immer reiner werden, bis das Dunkel sich ganz in Licht verwandelt hat. Er kann nicht unterliegen, denn er weiß, ich schütze ihn!‘ Um dir diese Worte des Herrlichen zu sagen, kehrte ich zu dir zurück; ich besinne mich!“

Er hatte in einem Ton gesprochen, als ob derartige befremdende Mitteilungen für ihn gar nichts Besonderes seien. Er hatte zwar nicht handwerksmäßig wie zum Beispiel bei einer Kartenlegerin geklungen, aber doch gewohnheitsartig und dabei unbefangen und überzeugt. Ich schwieg, denn ich wußte wirklich nicht, was ich darauf sagen sollte. Er schien aber auch gar keine Antwort zu erwarten, denn seine soeben an einem „hohen, lichtherrlichen Ort“ gewesenen Gedanken beschäftigten sich sofort mit etwas sehr Materiellem:

„Gebt mir Tabak!“ bat er, indem er seine Pfeife aus der Tasche nahm.

Wir erfüllten ihm diesen Wunsch, und er begann, mit demselben fast gierigen Eifer zu rauchen, den ich schon an ihm beobachtet hatte. Infolge unsers Gespräches mit dem Perser drängten sich mir einige Fragen auf, welche ich dem Blinden vorzulegen hatte. Ich wartete, bis sein starkes Qualmen und der dabei hochbefriedigte Ausdruck seines Gesichtes mir bewiesen, daß „seine Seele jetzt ganz bei ihm“ sei, und erkundigte mich dann:

„Sagtest du mir nicht, daß El Ghani dich des Persischen wegen als Dolmetscher mit nach Meschhed Ali genommen habe?“

„Ja, das sagte ich, und es ist auch so“, antwortete er.

„So hast du ihn dort auf allen seinen Wegen und Ausgängen begleiten müssen?“

„Nein, denn ich bin ja blind. Wenn er ausging, fand er ja überall Leute, mit denen er sprechen konnte, weil sie arabisch oder türkisch verstanden.“

„So wäre es für ihn eigentlich gar nicht nötig gewesen, dich mitzunehmen!“

„O doch! Denn wenn er daheim war, bekam er oft Besucher, welche persisch sprachen; dann brauchte er mich.“

„Du bekamst aber auch wohl Besuche, wenn er ausgegangen war?“

„Nein, denn er schloß mich ein, und er tat sehr recht daran, denn ein blinder Mann ist an einem fremden Ort, gar wie Meschhed Ali, wo ganze Scharen von Pilgern verkehren, unter denen sich auch böse Menschen befinden, vielen Gefahren ausgesetzt.“

„In Mekka verkehren noch mehr Pilger als in der Stadt der Schiiten; also wirst du wohl dort auch eingeschlossen?“

„Ja, stets."
„Ist dir das nicht langweilig?"
„Nein, denn es besuchen mich viele, viele Leute, und ich gehe auch zuweilen mit El Ghani, meinem Wohltäter, aus."
„Diese vielen Leute besuchen dich jedenfalls wegen deiner Gelehrsamkeit?"
„Sie kommen meist, um wichtige religiöse Fragen auszusprechen, welche ich ihnen beantworten soll. Ich weiß aber dann später nur ganz selten, was ich gesagt habe, denn ich verliere das Bewußtsein und komme gewöhnlich erst wieder zu mir, wenn sie fortgegangen sind."
„Was während deiner Bewußtlosigkeit geschieht, das weißt du nicht?"
„Ich sehe in alle Zeiten, die vergangene, gegenwärtige und zukünftige. Ich sehe Orte, welche der Erde angehören, und Orte, welche nicht auf ihr liegen. Nur alles, was mich selbst betrifft, was sich auf meine Person bezieht, das sehe ich nicht."
„Höchst sonderbar, daß dir grad das verborgen bleibt, was dich am meisten interessieren muß!"
„Ich bin zufrieden, denn Ben Nur, der mir diese Zeiten und diese Orte zeigt, will es nicht anders."
„Erfährt El Ghani alles, was du da zu sehen und zu hören bekommst?"
„Ich sage ihm vieles davon, aber er glaubt es nicht. Er lächelt nur immer, wenn ich ihm sage, daß ich im Land der Abgeschiedenen gewesen sei; du aber würdest es mir glauben!"
„Irre dich nicht! Auch der Mohammedaner hält die Bibel für ein heiliges Buch, denn Mohammed hat aus demselben geschöpft und erklärt die Propheten der Bibel für wirkliche Propheten. Und dieses heilige Buch verbietet, daß man die Toten frage!"
„Wenn ich nicht auf der Erde bin, so sind es nicht die Toten, sondern die Lebenden, bei denen ich mich befinde, und wenn ich rede, so spreche ich nur mit Ben Nur, der kein Verstorbener ist. Niemand braucht sich zu scheuen, das zu hören, was meine Seele hört. Wenn ich dir sage, was ich sehe, so brauchst du auch dein Weib, dein Kind nicht fortzuweisen, denn es sind gute, reine lautere Himmelstimmen, die sich meiner Lippen bedienen. Ich bin nicht Stern-, Traum- oder Zeichendeuter, sondern seit ich hilflos geworden bin durch die Blindheit meiner Augen, gehöre ich zu den Armen und Unmündigen, denen offenbar wird, was den Reichen und Klugen verborgen ist. Ich bin weder ein

Geisterseher noch ein Prophet, kein Lügner und auch kein Phantast; ich bin weiter nichts als ein in der Wüste verlorenes Schaf, welches seinen Hirten sucht. Wenn mich da die Aufmerksamkeit meiner Sehnsucht die Stimmen der Wüste hören läßt, die sonst niemand hört, und wenn mein Durst aus weiter Ferne die Feuchtigkeit des Wassers spürt, welche die Glücklichen nicht empfinden, die bei dem Hirten an der Quelle liegen, so mögen wohl sie von Selbstbetrug und Täuschung sprechen, ich aber lasse mir diese Stimmen und diesen feuchten Hauch als Führer aus der Verlassenheit zum Brunnen dienen. Ich wollte gegen dich schweigen, denn du warst mir fremd; aber nun ich dich im Kampf, den ich dir beschrieb, gesehen habe, ist es mir, als müßtest grad du, der mich aus dem Grab geholt hat, alles wissen, was ich jenseits desselben liegen sehe. Fürchte dich nicht! Es entspringt daraus kein Schaden für deine Seele und für deinen Glauben, sondern es wird dir dadurch die herrliche Erkenntnis gegeben, daß die Liebe der Ursprung alles Bestehenden ist und daß nur sie allein den Weg zum irdischen Glück und zum Paradies zeigt!"

„Hast auch du die Liebe?" fragte ich ihn, als er jetzt schwieg, fast genau so, wie ich ihn heut früh nach der Erklärung des Alispruches gefragt hatte.

„Ich habe sie und finde sie doch nicht", antwortete er. „Kannst du das begreifen?"

„Ja."

„Indem du dieses Ja aussprichst, denkst du an die Gegenliebe; sie ist es aber nicht, die ich meine, und doch meine ich auch sie. Du wirst mich freilich nicht verstehen!"

„Ich verstehe dich. Es gibt nicht Liebe und Gegenliebe, also Liebe hin und Liebe her. Die Liebe ist eins, ist unteilbar."

„Das ist richtig, o wie so richtig! Die Liebe ist eine Gotteskraft, ist *die* Gotteskraft; sie kann nicht wie mit dem Messer zerschnitten werden, so daß jeder einzelne Mensch einen für ihn bestimmten Teil bekommt, der nun keine andere als nur *seine* Liebe ist. Zu sagen, ich liebe meine Mutter, ich liebe mein Kind, ist falsch, denn die Liebe, die wahre Liebe läßt sich nicht begrenzen, nicht auf Personen beschränken; Liebe ist Leben, und Leben ist Liebe. Wie du sagst, ich lebe, so mußt du auch sagen, ich liebe. Und wie es unrichtig sein würde, zu sagen, ich lebe meinen Freund, so ist es auch nicht richtig, zu sagen, ich liebe meinen Freund. Die wahre Liebe kennt nicht ihr Gegenteil, kennt nicht den Haß; sie umfängt alle Wesen; sie kann kein einziges ausschließen, und wer diese wirkliche, diese Gottesliebe besitzt, von dem kann also nicht gesagt werden, daß er seinen Bruder, seine Schwester, daß er einen einzelnen Menschen liebe. Du lebst. Kannst du dieses dein Leben zerteilen? Du liebst. Kannst du diese deine Liebe zerlegen? Wenn du einen Menschen liebst, weil er dir nahesteht, und den andern, fernen nicht, so denke ja nicht, daß dies Liebe sei. Die Liebe kennt kein ‚Weil' und kein ‚Warum', kennt überhaupt keinen Grund als nur sich selbst. Nun wundere dich nicht, wenn ich dir deine Frage zurückgebe: Hast du die Liebe? Hast du diese *wirkliche*, diese *richtige* Liebe?"

Er richtete die toten und doch so hellen Augen auf mich. Es sollte der Ausdruck der Frage in ihnen liegen, aber der Blick war leer und inhaltslos wie die Herzen der Millionen, welche so viel von Liebe sprechen, ohne sie zu besitzen. Seine Frage, obwohl es genau dieselbe war, mußte mich, den Christen, ganz anders treffen, als die meinige ihn, den Mohammedaner, hatte treffen können. Da er mich für einen Anhänger des Islam halten sollte, durfte ich nicht von der Liebe sprechen, welche Christus lehrt; da ich aber doch etwas sagen mußte, weil aller Augen jetzt auf mich gerichtet waren, so antwortete ich:

„Ich befleißige mich, keine Ausnahme darin zu machen, daß ich alle Menschen mit meinem Herzen umfange. Ich tue das Gute und verabscheue das Schlechte, aber ich hasse nicht die Person dessen, welcher schlecht handelt. Es ist mein eifrigstes Bestreben, ein Kind Allahs zu sein, und ich hege den aufrichtigen Wunsch, in diesem Sinn alle Menschen als meine Brüder und Schwestern behandeln zu dürfen. Hoffentlich ist das die Liebe, welche du meinst!"

„Nein, sie ist es nicht. Du sprichst vom Bestreben, vom Befleißigen, vom Wünschen, hast also das noch nicht, was du erstrebst und wünschest. Die wahre Liebe hofft nicht und wünscht nicht, denn sie ist ja an sich schon die Erfüllung, die ausgeführte, volle Tat. Sie ist die einzige Macht, die einzige Kraft im Himmel und auf Erden. Nenne mir die Namen aller scheinbar andern Kräfte, sie sind doch nichts als nur verschiedene Erscheinungs- oder Wirkungsformen von ihr. Die Liebe hört nie auf. Sie hat keinen Anfang und kein Ende, sowohl in räumlicher als auch in zeitlicher Beziehung; also kann es außer ihr nichts anderes geben. Sie erfüllt das Sonnenstäubchen und den Weltenraum, die kurze Sekunde des irdischen Zeitmaßes und auch die ganze Ewigkeit. Sie läßt sich nicht einteilen in Eltern-, Kindes-, Gatten-, Freundes-

und allgemeine Menschenliebe. Wer sie so zerstückeln zu können meint, dem ist sie unbekannt. Unser Erkennen und unser Weissagen ist solches Stückwerk, vor der Liebe aber, die das Vollkommene ist, hört jedes Stückwerk auf."

Das war ja eine fast wörtliche Anführung aus dem herrlichen dreizehnten Kapitel des ersten Korintherbriefes! Daß er, der Moslem, die heilige Schrift zitierte, durfte ich nicht ohne Bemerkung vorübergehen lassen, sondern ich mußte ihn zwingen, sich zu ihr zu bekennen. Darum fragte ich schnell:

„Ist das deine eigene Ansicht oder steht es im Koran geschrieben? Ich habe es da nicht gefunden."

„Es ist eine Stelle aus dem heiligen Buch der Christen", antwortete er.

„So ziehst du also die höchste und schönste aller Lehren nicht aus dem Werk Mohammeds, sondern aus dem Kitab el mukaddas – der Bibel –?"

„Ja. Doch darf das für dich kein Grund sein, an meiner Rechtgläubigkeit zu zweifeln, denn Mohammed hat selbst oft auch aus diesem Kitab geschöpft, und wenn ich das auch tue, so folge ich nur seinem Beipiel, welches er uns für die Erkenntnis der Vollkommenheit gegeben hat. Für uns, die wir nicht so erleuchtet sind, wie er es war, besitzt sein Koran zahlreiche Lücken, welche nur mit den Wahrheiten der Bibel auszufüllen sind."

„So ist also die Vollkommenheit, von welcher du sprichst, nicht aus dem Koran, sondern aus der Bibel zu schöpfen? Der Wert der letzteren ist folglich größer?"

„Das habe ich nicht gemeint und nicht behaupten wollen. Aus meinen Worten geht nur hervor, daß sie oft deutlicher, also leichter zu verstehen ist als die Suren des Propheten. Ihm war ein anderer Weg vorgeschrieben als dem Stifter der christlichen Religion, nämlich der Kampf, während Jesus der Prediger der Liebe und des Friedens sein durfte. Da Jesus nicht gehört wurde, mußte ihm ein Mohammed folgen. Christus faßte den ganzen Inhalt seiner Lehre in das Gebot zusammen ‚du sollst Gott, deinen Herrn, von ganzem Herzen lieben und deinen Nächsten wie dich selbst'. Hätte er Gehorsam gefunden, so wäre das Reich des Friedens angebrochen, dessen Verkündigung in den Worten lag ‚den Frieden hinterlasse ich euch; meinen Frieden gebe ich euch!' Er, der Friedensfürst, wurde an das Kreuz geschlagen, und wie dabei der Vorhang im Tempel mitten auseinanderriß, so war der Friedensbund zwischen Allah und der Menschheit zerrissen, und es mußte der Prophet kommen, dessen Religion bestimmt war, auf den Spitzen der Schwerter getragen und verbreitet zu werden. Wer den Frieden nicht haben will, der will den Kampf. Da die Menschheit die Lehren Christi verwarf und heut noch verwirft, wird sie sich von der Streitbarkeit des Islam bekehren lassen müssen."

„Ist die Lehre Christi wirklich in der Weise abgewiesen worden, wie du sagst? Ich denke, es gibt weit mehr Christen als Mohammedaner, so daß auf fünfzehn Moslems wenigstens vierzig Christen zu rechnen sind."

„Wenn du die Köpfe zählst, so hast du recht; Allah aber siehet das Herz an; zähle also die Herzen, nicht die Köpfe! Dann wirst du erkennen, wie wenig wahre Christen und wie viel, viel mehr gläubige Anhänger des Islam es gibt. Ich kenne dieses Namenchristentum leider nur zu gut. Ich habe es studiert und darunter gelitten seit meiner Jugendzeit und . . ."

Er hielt plötzlich in seiner mit großem Eifer vorgetragenen Rede inne und fuhr dann, sich verbessernd, langsam und mit mehr Überlegung fort:

„Ich wollte sagen: Ich habe es aus vielen, vielen Büchern studiert und bin mit manchem sogenannten Christen zusammengetroffen, der grad und genau das Gegenteil von dem war, was ein Anhänger der Messiaslehre sein soll. Ich habe da so viel Trauriges erfahren und erlebt, daß ich nur höchst ungern davon spreche. Schweigen wir also über diesen Gegenstand! Gebt mir lieber Tabak; die Pfeife ist mir wieder ausgegangen!"

Als ihm dieser Wunsch erfüllt worden war, gab er sich seinem Lieblingsgenuß in einer Weise hin, welche, wenn ich die Absicht dazu gehabt hätte, es vollständig ausschloß, das Gespräch mit ihm fortzusetzen. Er sah ein, daß er mehr gesagt hatte, als eigentlich seine Absicht gewesen war; hierin lag der eigentliche Grund des plötzlichen Abbruches seiner Mitteilungen. Was mich betraf, so war ich vollständig zufrieden mit dem, was ich gehört hatte. Ich wußte nun, warum er die heilige Schrift so gut kannte: Er war früher Christ gewesen und dann Mohammedaner geworden. Weshalb? Diese Frage beschäftigte mich freilich, doch brauchte ich mir nicht den Kopf darüber zu zerbrechen. Er hatte von Namenchristen und von schlimmen Erfahrungen gesprochen, doch war es mir unbegreiflich, daß ein gebildeter Mann aus solchen Gründen zum Renegaten werden kann. Zu der gebildeten Klasse zählte er, denn einige seiner Äußerungen ließen darauf schließen, daß er studiert hatte.

Als die Zeit unserer kurzen Rast vorüber war, halfen wir ihm wieder in den Sattel und ritten dann weiter. Halef gesellte sich mir, wie gewöhnlich, zu und teilte mir seine Ansichten über den Blinden mit. Auch ihm war es aufgefallen, daß dieser von seinen traurigen Erfahrungen gesprochen und dabei doch erklärt hatte, er habe das Namenchristentum aus vielen, vielen Büchern studiert.

„Weißt du, Sihdi", sagte der Hadschi, „das mit den vielen Büchern mag wohl wahr sein, denn er ist wirklich ein Gelehrter; aber die Ansichten, welche er uns mitteilte, schienen weniger aus diesen Schriften, als vielmehr aus seinem Leben zu stammen. Ich möchte behaupten, daß er sehr oft mit Christen zusammengetroffen ist, welche sich nicht mit dem Herzen, sondern nur äußerlich zu diesem Glauben bekannten. Was meinst du dazu?"

„Er ist ein Rätsel, dessen Lösung großes Interesse für mich besitzt", antwortete ich ausweichend. „Eine Meinung kann ich erst dann haben, wenn ich mir über ihn klargeworden bin. Zunächst müssen wir uns mit der Tatsache begnügen, daß er ein verlassener, unglücklicher Mann ist, dem wir unsern Beistand zu widmen haben."

„Der soll ihm werden, Sihdi, und zwar von Herzen gern. Dieser vom Tode Erstandene hat mein Mitleid, meine ganze Teilnahme in der Weise erweckt, daß ich bereit bin, für ihn alles zu tun, was mir möglich ist. Als diejenigen, die ihm das bereits verschwundene Leben wiedergegeben haben, sind wir verpflichtet, in der Weise und so lange für ihn zu sorgen, wie es in unseren Kräften steht, und das werden wir tun!"

Im Verlauf der nächsten Stunde wurde die Beschaffenheit der Wüste eine andere, als sie bisher gewesen war. Der unsere Tiere so ermüdende Wechsel zwischen Höhen und Tiefen wiederholte sich weniger häufig; die Hügelwellen wurden nach und nach flacher, und die Täler hoben sich, bis sich beide in der Weise ausgeglichen hatten, daß das entstanden war, was man im gewöhnlichen Sinn unter Wüste versteht, nämlich eine vollständig ebene Sandfläche, deren Horizont einen ununterbrochenen Kreis bildet.

Der Sand war zunächst tief und fein. Die Füße der Kamele und Pferde „mahlten" förmlich im Mehl. Später wurde er seichter und gröber; der Untergrund war hart. Es traten von Zeit zu Zeit und dann immer mehr steinige Stellen hervor, welche an Größe zunahmen und in ihrer schließlichen Vereinigung den Sand verschwinden ließen. Wir befanden uns im Serir, der Wüste des glatten Steines. Der Boden war von den Winden kahlgefegt worden und zuweilen so glatt, daß die Kamele ausrutschten. Hier mußte man sehr gut aufpassen, wenn die Spuren, denen wir folgten, nicht verloren werden sollten. In dieser Art von Wüste pflegen die Temperaturunterschiede am größten zu sein, weil der am Tag in der Sonne fast glühende Stein seine Wärme des Abends schneller ausstrahlt als der Sand und dann erkaltet. Der Europäer hat sich vor solchen Gegenden sehr zu hüten, weil Fieber und Erkältungskrankheiten die unausbleiblichen Folgen sind.

Nach einiger Zeit änderte sich die Szene abermals. Der Steinboden wurde uneben. Er schlug zunächst flache und dann höhere Wellen, deren Zwischenräume, je weiter wir kamen und je tiefer sie waren, sich um so mehr mit Sand gefüllt zeigten, den der Wind hineingeweht hatte. Die wie glatt polierten Erhöhungen verwandelten sich in scharfgeschnittene Hügel, welche in dem weiten, ebenen Serir als einzelne, inselartige Gruppen aufragten und sich dem Blick in die Ferne hindernd entgegenstellten. Ein solches Terrain ist für Leute, welche eine Begegnung zu scheuen haben, natürlich gefährlicher als die offene Wüste, welche Umschau nach allen Richtungen gewährt. Da muß auch derjenige, der keinen Feind zu haben glaubt, vorsichtig sein, weil grad die arabische Wüste eine Stätte nie aufhörender, blutiger Befehdungen ist.

Übrigens teilte uns der Ben Harb, unser Führer, mit, daß der Bir Hilu an den größten und zerklüftetsten der hier umhergestreuten Felseninseln liege, und zwar in der Entfernung von vielleicht einer halben Reitstunde von uns.

„Da müssen wir sofort unsere Richtung ändern!“ sagte Halef.

„Warum?“ fragte ich, obwohl ich wußte, was er meinte. „Welchen Grund könnte es wohl geben, von der geraden und darum auch kürzesten Linie abzuweichen?“

Da machte er eins seiner allerliebsten, pfiffigen Gesichter und antwortete:

„Du betest täglich das christliche Vaterunser und handelst jetzt doch selbst gegen den Teil desselben, welcher ‚Führe uns nicht in Versuchung!‘ lautet. Du weißt gar wohl, was ich will, denn ich habe es ja erst von dir gelernt. Man glaubt am Brunnen, daß wir von Norden kommen werden, und darum machen wir einen Umweg, um ihn aus einer andern Richtung zu erreichen.“

„Hältst du diese Vorsichtsmaßregel heut für notwendig, Halef?“

„Vorsicht ist stets notwendig; das mußt du dir merken, Effendi. Selbst dann, wenn gar keine Veranlassung dazu vorzuliegen scheint, ist Vorsicht immer besser als Unvorsichtigkeit. Besonders auf einer Reise, wie die unserige ist, kann man nie wissen, was die nächste Minute bringen wird."

Wir hatten einen Augenblick angehalten; unser Trupp war beisammen, und so konnten alle diese seine Worte hören. Es machte ihn nicht wenig stolz, jetzt einmal Prediger der Bedachtsamkeit sein zu können, und so fuhr er in belehrendem und sehr nachdrücklichem Ton fort:

„Die Tapferkeit ist die erste und vorzüglichste Eigenschaft, welche ein Krieger besitzen muß; gleich nach ihr aber ist die Vorsicht nötig. Ein nur tapferer Mann kann sehr leicht tollkühn werden, und ein nur vorsichtiger kommt leicht in die Gefahr, daß man ihn der Feigheit zeiht. Ist aber die Tapferkeit mit der Vorsicht gepaart, so können Unbesonnenheit ebensowenig wie Bezweifelungen des Mutes vorkommen. Die Tapferkeit ist nur im Kampf, die Vorsicht aber zu jeder Zeit und an allen Orten nötig, zum Beispiel jetzt und hier. Wir wissen, daß die wenigen Mekkaner nach dem Bir Hilu geritten sind und daß der ihnen vierfach überlegene Basch Nazyr ihnen nachgeritten ist; wir sind überzeugt, daß sie vollständig ohnmächtig gegen ihn sind und noch weniger uns zu schaden vermögen; darum könnten wir den geraden Weg nach dem Brunnen getrost beibehalten. Ich schlage aber trotzdem vor, dies nicht zu tun, denn ich habe bereits gesagt, daß man auf einem solchen Ritt niemals weiß, was der nächste Augenblick bringen wird. Es können ja schon andere Leute am Brunnen gewesen sein, in welchem Fall sich das Zusammentreffen des Persers mit dem Liebling des Großscherifs gewiß ganz anders abgespielt hätte, als wir bisher angenommen haben. Wir müssen also vorsichtig sein und, ehe wir uns am Brunnen zeigen, zunächst zu erfahren suchen, wie es dort steht. Darum werden wir nicht direkt hinreiten, sondern uns ihm von einer andern Seite vorsichtig nähern. Sehen wir dann ein, daß dies nicht nötig gewesen wäre, so ist das um so besser; wir haben für den Verlust einer Viertelstunde das Bewußtsein eingetauscht, vorsichtig und also klug und weise gewesen zu sein. Nach welcher Seite reiten wir ab, rechts oder links, Sihdi?"

„Der Führer kennt die Gegend; also mag er entscheiden", antwortete ich.

Der Ben Harb hielt es für geraten, den Umweg nach Osten zu machen, weil es dort die größere Anzahl hoher Felsen gab und wir also mehr Deckung hatten, als auf dem westlichen Bogen. Es zeigte sich dann, daß diese Wahl die richtige gewesen war, und daß wir allerdings sehr wohlgetan hatten, vorsichtig zu sein.

Wir ritten südöstlich, teils über offene Flächen, teils an wie senkrecht aus dem Boden emporgetriebenen Felsengruppen vorbei, bis der Führer annahm, daß der Brunnen nun fast westlich von uns liege. Eben wollten wir in diese Richtung einbiegen, nachdem wir eine wirre Steinaufhäufung passiert hatten, als der uns jetzt voranreitende Ben Harb sein Pferd wendete und uns aufforderte:

„Zurück, schnell hinter die Felsen! Es kommen Reiter!"

„Wie viele?" fragte Halef, als wir diesem Ruf Folge geleistet hatten und nun von den Nahenden nicht gesehen werden konnten.

„Es sind nur drei", lautete die Antwort.

„So brauchen wir uns doch nicht zu fürchten. Warum hältst du uns also zurück?"

„Weil du von der Vorsicht gesprochen hast."

„Drei Personen, und wir sind über fünfzig, da brauchen wir doch nicht vorsichtig zu sein!"

„Es handelt sich nicht um die Zahl der Personen", warf ich ein. „Woher kommen sie?"

„Aus Westen", belehrte mich der Führer.

„Also vom Brunnen. Gehören sie zu den Leuten des Persers?"

„Nein, Soldaten sind sie nicht."

„So haben wir allerdings Grund, zurückhaltend zu sein. Wie nahe sind sie uns?"

„Nur zwei Minuten, dann sind sie da."

„Wir drei reiten ihnen entgegen, du, Hadschi Halef und ich. Die andern bleiben hier und folgen uns nur dann, wenn sie schießen hören. Ihre Fragen beantwortest du. Sag, was du willst, nur nicht, was wir sind, woher wir kommen und wohin wir wollen. Vorwärts!"

Wir bogen um die Steine und sahen die Reiter in einer Entfernung von vielleicht zweihundert Metern vor uns. Sie stutzten; wir ahmten das nach; dann ritten wir gegenseitig in sehr langsamem Schritt aufeinander zu. Da sagte der Führer im Ton der Überraschung:

„Maschallah! Den langen Bedawi – Beduinen – in der Mitte kenne ich. Es ist Tawil, der Scheich der Beni Khalid."

„Kennt er dich?" fragte ich.

„Nein. Ich habe ihn nur einmal gesehen, er mich aber nicht."

„Wie ist sein Charakter?"

„Roh, grausam, rachsüchtig, aber ohne Falsch; er ist stolz darauf, nie eine Lüge zu sagen."

„So werden wir bald mit ihm fertig sein!"

„Denke das nicht, sondern nimm dich in acht, Sihdi! Er ist jedenfalls nicht allein in dieser Gegend. Furcht kennt er nicht. Er ist ehrlich wie der Löwe, welcher durch sein Brüllen anzeigt, daß er kommt; aber gleich nach dem Donner seiner Stimme folgt der tödliche Sprung!"

Zu weiteren Worten war keine Zeit, denn wir waren dem Beni Khalid jetzt so nahe gekommen, daß die Begrüßung vor sich gehen mußte, nur fragte es sich, wer damit beginnen sollte, sie oder wir. Ich fand nur noch Zeit, dem Führer zu sagen, daß nicht er das erste Salam sagen möge, da hielten die drei Reiter auch schon ihre Pferde vor uns an.

Der mittlere von ihnen, also Scheich Tawil, war, ganz seinem Namen gemäß, welcher „groß von Gestalt" bedeutet, ein außerordentlich lang gewachsener Mann mit einem sonnverbrannten Gesicht, dessen Züge allerdings nichts weniger als Liebenswürdigkeit verrieten. Er erwartete sichtlich, daß wir zuerst grüßen würden, und als wir das nicht taten, ließ er seinen Blick zornig lodernd über uns gleiten und fuhr uns streng an:

„Nun? Habt ihr keine Mäuler? Oder wißt ihr, trotzdem ihr erwachsene Männer seid, noch nicht, daß man ein Salam zu sagen hat, wenn man sich begegnet?"

Ich sah meinem kleinen Halef an, daß es ihm Anstrengung verursachte, auf diese Anrede still zu sein. Doch machte unser Ben Harb seine Sache auch nicht ganz übel, indem er antwortete:

„Zu jeder Begegnung gehören zwei. Sag deine Worte also nicht bloß zu uns, sondern auch zu dir, zu euch!"

„Allah lasse dich an deiner Rede ersticken! Nur Narren sprechen mit sich selbst. Ich verlange den Gruß von euch. Wollt ihr es wagen, uns durch die Verweigerung zu beleidigen, so bedenkt die Folgen!"

„Auch dazu gehören zwei! Warten wir also ab, wen die Folgen treffen werden, uns oder euch!"

Tawil fuhr mit seiner Hand drohend nach dem Gürtel, aus welchem der Griff eines Messers und der sonderbar gestaltete Knauf einer alten Pistole hervorragten, besann sich aber eines andern und wendete sich in verächtlichem Ton an seine Begleiter:

„Diese Menschen scheinen von Allah ganz verlassen zu sein oder aus einer Gegend zu kommen, wo die Grobheit für Höflichkeit gehalten wird; ihre Unwissenheit kann uns also nicht beleidigen, sondern nur erbarmen. Haben wir also Mitleid mit ihnen!"

Hierauf richtete er seine Worte wieder an den Ben Harb:

„Ich bin Tawil Ben Schahid, der berühmte Scheich der Beni Khalid, deren Zahl ohne Ende ist. Meine Macht reicht über die ganze Wüste und alle ihre Grenzen, und kein Feind kann sagen, daß er den Sieg über mich gewonnen habe. Nun ich in meiner Güte euch dieses mitgeteilt habe, wirst du mir wohl sagen, wer ihr seid. So viel wenigstens hast du doch gelernt, daß sich dies schickt und gehört?"

„Ich habe gelernt, höflich gegen Höfliche zu sein und mich überhaupt gegen andere genau so gut zu verhalten, wie sie sich gegen mich benehmen. Also werde ich, nachdem du uns gesagt hast, wer du bist, deine Wißbegierde auch befriedigen. Wir gehören zum Stamm der Beni Arab Solaib und kommen also aus der Dschesireh."

Es muß bemerkt werden, daß die Solaib-Beduinen infolge abgeschlossener Verträge niemals von andern Stämmen angegriffen werden, dafür aber natürlich verpflichtet sind, sich stets friedlich zu verhalten. Sie stehen deshalb nicht im Ruf der Tapferkeit, und so brauchte ich mich jetzt nicht darüber zu wundern, daß Tawil die Brauen hochzog und mit geringschätzigem Lächeln erwiderte:

„Solaib, ah, Solaib! Damit ist eure Dummheit allerdings vollständig erklärt! Ich kenne euch. Hundert Männer eures Stammes ergeben, obgleich ihr ganz gut bewaffnet zu sein scheint, noch nicht einmal den tausendsten Teil eines Kriegers. Ihr genießt auf Grund eurer Feigheit die Nachsicht aller Stämme und sollt also auch die unserige haben. Wo wollt ihr hin?"

„Wir sind nach Schakra abgeschickt, um einige Zuchtkamele zu kaufen."

„So habt ihr Geld bei euch?"

„Ja, natürlich!"

Es ging ein freudiges Aufleuchten, welches sich auf dieses Geld bezog, über sein Gesicht, und daß er sich nicht scheute, dies und den bezeichnenden Blick, den er dabei seinen Gefährten zuwarf, sehen zu lassen, war ein Beweis, daß er uns wirklich für ganz harmlose, ungefährliche Menschen hielt, gegen die es nicht einmal nötig war, seine Absichten zu verbergen. Sein Plan, zu unserm Geld zu kommen, schien auch sofort fertig zu sein, denn er sprach:

„Wenn ihr von hier nach Schakra wollt, so müßt ihr durch das Gebiet der Beni Lam, mit denen wir in Fehde liegen. Sie dürfen es nicht erfahren, wo ich mich jetzt befinde, und da alle Solaib-Araber alte, schwatzhafte Weiber sind, so werden wir euch bei uns zurückhalten, bis unser Streit mit dem Beni Lam ausgeglichen ist."

Unser Führer war so klug, diese Ankündigung der Gewalttätigkeit vollständig zu übergehen und anstatt einer Weigerung die unbefangene Frage auszusprechen:

„Wir wollen nach dem Bir Hilu. Befinden wir uns auf dem richtigen Weg dorthin?"

„Ja; aber ihr werdet einstweilen auf ihn verzichten und jetzt mit uns reiten."

„Wohin?"

„Auf Kundschaft."

„Warum? Gegen wen? Kundschafterritte pflegen gefährlich zu sein!"

„Da ist ja schon die Angst!" lachte er. „Man erkennt sofort den Solaib an deiner Furcht. Aber grad weil ihr zu diesem Stamm gehört, kann ich euch ohne Befürchtung sagen, was ihr in einiger Zeit doch erfahren würdet. Ich lag mit einer großen Schar von Kriegern am Bir Hilu, um uns mit Wasser für den Zug gegen die Beni Lam zu versehen; da kamen Bekannte von uns, Männer aus Mekka, welche wir gastlich aufnahmen. Ihnen folgten Soldaten des Sultans. Die bezahlten Kriegssklaven des Großherrn werden nie bei uns geduldet, und diese machten sich außerdem des Verbrechens schuldig, unsere mekkanischen Freunde dadurch tödlich zu beleidigen, daß sie sie des Diebstahls beschuldigten. Sie wurden also festgenommen und entwaffnet. Nun kommen aber noch andere Leute, eine Schar von fünfzig Männern. Sie sind Haddedihn vom Stamm der Schammar, mit dem wir auch im Kampf liegen, obgleich wir eigentlich mit ihm verwandt sind. Schon aus diesem Grund müßten wir uns dieser Haddedihn bemächtigen; aber es kommt als weitere Veranlassung noch dazu, daß auch sie sich gegen die Mekkaner in einer Weise benommen haben, welche streng bestraft werden muß. Da sie sich uns nicht ohne Gegenwehr ergeben würden, habe ich einen listigen Plan ersonnen. Sie sollen glauben, ganz allein am Brunnen zu sein und darum von den gebotenen Vorsichtsmaßregeln absehen; dann fallen wir über sie her. Wir haben uns also so weit vom Brunnen zurückgezogen, daß sie uns nicht bemerken können; wenn sie dann sorglos lagern, kehren wir zurück."

„Werden sie nicht eure Spuren sehen?"
„Die haben wir ausgelöscht."
„Aber wenn ihr eine so große Schar seid, werdet ihr das Wasser des Bir so weit verbraucht haben, daß dieser Umstand ihnen auffallen muß!"
„Auffallen? Diesen Haddedihn, denen Allah wohl Köpfe, aber kein Gehirn hinein gab? Diesen Menschen würde selbst im Traum nicht der Gedanke kommen, daß ein ausgeschöpfter Brunnen auf Leute deutet, von denen er geleert worden ist! Sie wohnen zwischen den Flüssen und verstehen von dem Leben der Wüste grad so viel, wie der Wasserfrosch von den Eigenschaften eines Vollblutpferdes versteht! Wir drei sind jetzt auf einem Umweg von dem Bir fortgeritten, ihnen entgegen, um von weitem zu beobachten, was sie tun und wie sie sich verhalten werden. Ihr kommt mit! Es ist keine Gefahr dabei, denn wir haben uns von ihnen fernzuhalten, weil sie uns nicht sehen dürfen. Ihr habt also keine Veranlassung, euch zu ängstigen."
„Aber auch keine, mitzureiten. Wir wollen nach dem Bir Hilu; an andern Orten haben wir nichts zu suchen."
„Aber wir! Und da ich euch ohne uns nicht nach dem Brunnen lassen darf, so reitet ihr mit uns. Ich wiederhole, daß eure Furcht, uns zu begleiten, ganz unbegründet ist; es wird euch nichts, gar nichts geschehen. Die Haddedihn sind ja als Feiglinge bekannt, und von ihrem Anführer, welcher Hadschi Halef Omar heißt und mit bei diesen fünfzig ist, weiß man allüberall, daß er, wenn es einen Kampf gibt, gleich beim ersten Schuß auszureißen pflegt. Er ist eine Memme sondergleichen, von der ihr nicht die geringste Gefahr für euch erwarten dürft."
Da fuhr Halef mit der rechten Hand nach dem Griff seiner Peitsche und öffnete schon den Mund, um zornig loszuplatzen; ich warf ihm schnell das Wort „Kutub!" zweimal zu, und er war zum Glück so klug, infolge der Bedeutung desselben seinen Grimm zu bemeistern und zu schweigen. Für mich aber war die Zeit gekommen, an dem Gespräch teilzunehmen. Die Aufrichtigkeit des Scheichs der Beni Khalid war zwar ein Zeichen seiner Geringschätzung, ein Beweis, daß er uns für vollständig geistig arme Menschen hielt, sie konnte uns aber nicht beleidigen, sondern mußte von uns ausgenutzt werden, und dazu besaß unser Führer nicht die nötige Einsicht und Selbständigkeit, da er nicht wissen konnte, was Halef und ich erfahren wollten und wie dann unsere Entschlüsse ausfallen würden. Darum richtete ich an Tawil die Frage:

„Du bist also wirklich überzeugt, daß es uns nichts schaden wird, wenn wir jetzt mit euch reiten?“

Er ließ seinen Blick langsam und mit dem Ausdruck unendlicher Verachtung an mir niedergleiten und antwortete:

„Ich kann dir versichern, daß eure teuren Körper nicht verletzt und eure schönen, reinlichen Anzüge nicht beschmutzt werden. Ihr werdet genauso heil und sauber bleiben, wie ihr jetzt seid!“

„Später aber wirst du uns zum Brunnen lassen?“

„Ja, sofort, nachdem wir mit den Haddedihn fertig geworden sind; jetzt aber darf niemand hin.“

„Sind denn eure Mekkaner nicht dort geblieben?“

„Nein, die sind auch bei uns.“

„Und die Soldaten?“

„Die haben wir natürlich auch mit fortgenommen. Sie sind, um uns die Bewachung zu erleichtern, in eine Seitenschlucht gesperrt worden, deren Steinwände so hoch sind, daß man sie nicht erklettern kann; vorn können sie auch nicht heraus, weil da ein Posten von uns steht. Ich sage das zu deiner Beruhigung, um euch zu überzeugen, daß auch diese Leute euch nichts tun können!“

„Hatten diese Soldaten denn keinen Offizier bei sich, der sie kommandierte? Ich denke nämlich, daß es euch bei der geübten Umsicht eines solchen Vorgesetzten wohl nicht so leicht geworden wäre, sie an euch zu locken und dann zwischen Felsen einzusperren.“

„Offizier! Geübte Umsicht!“ lachte er, und seine beiden Begleiter stimmten in das Gelächter ein. „Du bist ein Solaib, und darum hat man dir diese Dummheit zu verzeihen! Du scheinst noch nicht dabei gewesen zu sein, wenn Soldaten exerzieren. Sie drehen sich nach rechts; sie drehen sich nach links; sie drehen sich ganz um; sie laufen bald vorwärts, bald schief, bald rückwärts; sie tun das Gewehr ganz herunter; sie nehmen es bis zur Brust empor; sie werfen es auf die Achsel; sie heben das rechte Bein und bleiben auf dem linken stehen; sie heben das linke Bein und bleiben auf dem rechten stehen; sie bücken sich nieder; sie springen wieder auf; sie rennen auseinander und laufen dann wieder zusammen; sie legen die Finger an die Stirn; sie drücken die Waden aneinander; sie pressen die Brust heraus, und das alles tun sie, weil der dabeistehende Offizier diese lächerlichen Verrücktheiten von ihnen verlangt! Und da meinst du, daß so ein Karagöz – Hanswurst – uns hätte hindern können, das zu tun, was wir getan haben? Das kann eben nur ein Solaib denken, der von kriegerischen Angelegenheiten kein Wort, keinen Laut, keinen Hauch versteht! Aber es war kein Offizier bei ihnen, sondern ein verdammter Schiit, den Allah verurteilt hat, im tiefsten Pfuhl der Hölle zu wohnen. Dieser Schurke war so frech gewesen, unsern Mekkaner-Freunden zu folgen, um sie zu beschimpfen und als Diebe, als Räuber zu bezeichnen. Er wagte es sogar, dies in unserer Gegenwart zu tun und uns zuzumuten, sie ihm auszuliefern. Als wir uns weigerten, einen solchen Befehl von ihm anzunehmen, und gar auch auszuführen, besudelte er uns mit Vorwürfen und Beleidigungen, auf welche wir nur mit dem Tode dieses Mißgläubigen antworten konnten."

„Er lebt also nicht mehr?" fragte ich, indem ich mir Mühe gab, den Eindruck zu verbergen, den diese Mitteilung auf mich machte.

„Jetzt ist er noch nicht tot, wird es aber morgen früh, wenn wir den Brunnen verlassen, gewißlich sein. Als wir mit unsern Mekkaner-Freunden über ihn zu Gericht saßen, wurde es zur Faßada – zum Aderlaß – verurteilt. Wäre er ein Christ, ein Jude oder sonst ein Heide gewesen, so hätten wir ihn ohne Gnade erschossen, aber da er zwar ein mißgläubiger Schiit, aber doch ein Moslem ist, haben wir ihm nur einige kleine Adern geöffnet, welche bis morgen zum Tagesanbruch auslaufen werden. So bleibt ihm also Zeit, seine Rechnung mit Allah und dem Engel des Todes in Ordnung zu bringen. Habt ihr schon einmal von der Strafe der Faßada gehört?"

„Ja. Es gibt Stämme, bei denen sie aus demselben Grund angewendet wird, den du soeben bezeichnet hast: Der Tod ist bei ihr unvermeidlich, doch bietet die Langsamkeit des Sterbens dem Verurteilten die notwendige Zeit, sich auf den Schritt in das Jenseits vorzubereiten. Welche Ader habt ihr ihm geöffnet?"

„Zunächst nur zwei Fingerschlagadern; das ist für jetzt genug."

„Die Soldaten, bei denen er liegt, werden aber die Verblutung dadurch zu verhindern suchen, daß sie ihn verbinden."

„Das kann wieder nur ein Solaib sagen! Der Schiit ist ja gar nicht bei ihnen, sondern er liegt bei meinen Kriegern, welche streng darüber wachen, daß der Ausfluß des Blutes ein stetiger bleibt. Er ist so gebunden, daß er sich, und besonders den betreffenden Arm, gar nicht bewegen kann. Wenn ihr euch etwa darüber wundert, daß ich euch das alles so unbedenklich sage, so wiederhole ich, daß ihr es doch in kurzer Zeit erfahren und sogar sehen würdet, weil wir euch jetzt mit uns nehmen und dann nach unserm Lager bringen."

„Werdet ihr das wirklich tun? Mein Gefährte hat euch ja gesagt, daß wir nach dem Brunnen wollen und diesen Vorsatz auch ausführen werden."

„Was ihr beabsichtigt, das ist uns gleichgültig, denn hier geschieht nur das, was wir wollen!"

„Aber wenn wir uns weigern?"

„So zwingen wir euch!"

„Und wenn wir uns wehren?"

„Wehren? Lächerlich! Drei Solaib-Feiglinge gegen uns!"

Er lachte dabei wieder hell auf.

„Ihr seid ja auch nur drei!" warf ich ein.

„Das würde gegen zehn, ja gegen hundert von eurer Sorte genügen! Versucht ja keinen Widerstand, denn ich schwöre euch bei Allah und all sei . . ."

Er hielt mitten in der Rede inne und blickte mit dem Ausdruck des größten Erstaunens an uns vorüber nach der Felsenecke, hinter welcher wir hervorgekommen waren. Als ich mich umdrehte, um zu erfahren, was seine Aufmerksamkeit in dieser Weise und so plötzlich in Anspruch nahm, sah ich die beiden Kamele, welche den großen Tachtirwan trugen, auf dessen Kissen Hanneh thronte. Sie waren, wie das bei diesen widerspenstigen Tieren sehr oft vorkommt, aus irgendeinem Grund unruhig geworden und kamen uns nun nach. In für uns erfreulicher Weise war keiner der Haddedihn so unklug, der Sänfte zu folgen. Sie hegten keine Sorge, weder um uns noch um Hanneh, weil sie wußten, daß wir es nur mit drei Personen zu tun hatten, und blieben also hinter ihrer Ecke stecken. Es war für uns köstlich, die erstaunten Gesichter der Beni Khalid zu sehen.

„Ein Tachtirwan mit einem Weib!" rief Tawil aus. „Zu wem gehört diese Frau?"

„Zu uns", antwortete ich.

„Warum ist sie nicht gleich mitgekommen, sondern zurückgeblieben?"

„Frage sie selbst! Oder, wenn du das für besser hältst, frag ihre Kamele, die es wahrscheinlich grad so und nicht anders gewollt haben!"

„Erlaube dir keinen solchen Scherz!" wies er meine Aufforderung zurück. „Fragen, ein Weib fragen!" Er deutete mit der Hand auf Hanneh, die inzwischen so weit herangekommen war, daß ihre Tiere in ganz geringer Entfernung von uns stehenblieben, und fuhr fort: „Seht diese alte, häßliche Büjüdschih – Hexe –! So ein Gesicht kann nur die Urahne eines Solaib besitzen; bei uns dürfte sie sich gar nicht sehen lassen! Dreht euch auf die Seite, sonst macht sie euch mit ihren triefenden Augen zauberkrank!"

Hanneh hörte diese höhnischen Worte, verhielt sich aber still. Halef war zunächst ebenso still. Wer da weiß, mit welcher fast beispiellosen Liebe er an seiner „herrlichsten Blume der Frauenzelte" hing, und daß er sie für die „Schönste aller Schönen" hielt, der kann sich, aber auch nur annähernd, denken, welchen Eindruck diese Beschimpfung seiner Liebe und seiner Ehre auf ihn machte. So etwas war ihm noch nie vorgekommen. Wenn ich gesagt habe: er war still, so ist das nicht das richtige Wort gewesen, denn er war nicht nur still, sondern starr, geradezu starr. Aber wie ihm eine solche Beleidigung noch nicht vorgekommen war, so hatte der Scheich der Beni Khalid das, was ihm jetzt geschah, jedenfalls auch noch nicht erlebt. Ich glaubte, Halef werde nun mit einer Flut von Schimpfworten gegen ihn losbrechen, sah aber bald, daß dies ein Irrtum von mir war. Der kleine Hadschi sprang, als habe er seine Starrheit mit einem einzigen Ruck überwunden, aus seinem hohen Sattel auf die Erde herab, schnellte zum Kamel Tawils hin, ergriff mit beiden Händen das eine Bein des Reiters und riß ihn mit einer Kraft herunter, über welche sogar ich erstaunte. Im nächsten Augenblick hatte er seine Peitsche aus dem Gürtel gerissen und schlug nun in einer Weise auf den am Boden Liegenden ein, daß dieser weder aufspringen noch etwas anderes tun als nur durch die vorgehaltenen Vorderarme sein Gesicht gegen die hageldicht fallenden Hiebe schützen konnte. Dabei ließ Halef kein einziges Wort hören; seine Wut war so groß, daß er sie nicht durch die Zunge auszudrücken, sondern nur mit der Peitsche zu betätigen vermochte. Desto mehr brüllte der Gezüchtigte. Er rief, nein, er schrie seinen Gefährten zu, ihm zu helfen. Sie wollten das auch tun; da zog ich den Revolver und gab einen Schuß ab, das verabredete Zeichen für unsere Haddedihn, welche sofort herbeigeeilt kamen und durch ihr unerwartetes Erscheinen die Aufmerksamkeit der zwei darüber bestürzten Beni Khalid so in Anspruch nahmen, daß diese gar nicht daran denken konnten, sich um ihren Scheich zu bekümmern. Sie wurden umringt und von den Kamelen gerissen, wobei man dem Hadschi Platz ließ, seine Züchtigung fortzusetzen, was er auch so lange tat, bis er den Arm nicht mehr bewegen konnte. Da warf er die Peitsche von sich, trat zu mir heran und rief, vor Anstrengung atemlos, aber blitzenden Auges und mit noch vor Wut bebender Stimme:

„Sihdi, ich bitte dich um Allahs willen, sprich mir jetzt ja nicht darein, sonst platze ich! Dieses Mal darfst nicht du bestimmen, was geschehen soll, sondern ich bin es, dem man zu gehorchen hat. Dieser Hund hat mein Weib begeifert, meine Hanneh, das schönste, reinste und beste aller Wesen, die auf der Erde wandeln; er hat ihr nicht nur einen verachtenden Namen, sondern auch triefende Augen gegeben, und wenn du mich hinderst, ihm diese Lästerung heimzuzahlen, so schwöre ich dir zu, daß ich die Freundschaft zu dir sofort aus meinem Herzen reiße! Ich verspreche dir, als Mensch mit ihm zu verfahren; mehr aber kannst du nicht von mir verlangen! Bist du einverstanden?"

„Ja", antwortete ich, „denn ich weiß, daß du nichts tun wirst, was mich zwingen würde, dann meinerseits die Freundschaft zu dir aus dem Herzen zu reißen! Also abgestiegen, wer noch im Sattel sitzt! Wir bleiben einstweilen hier!"

Dieser Weisung wurde Folge geleistet. Man half Hanneh und dem Münedschi herab. Dieser letztere war wach und munter; er wollte wissen, was geschehen sei und noch geschehen werde, mußte sich aber mit einer ganz kurzen Auskunft begnügen. Die Beni Khalid waren gebunden worden. Das Gesicht und die Hände ihres Scheichs zeigte Spur an Spur der ihm gewordenen Züchtigung. Er brüllte in einem fort und rief Allah, den Himmel, Mohammed und alle Kalifen zu Zeugen an, daß er sich fürchterlich und blutig rächen werde, „an den Solaib-Hunden", wie er sich ausdrückte. Er war also, obgleich Halef ihn doch eines ganz andern belehrt hatte, selbst jetzt noch der Meinung, daß wir feige Angehörige des genannten Stammes seien. Da nahm Halef seine Kurbadsch wieder in die Hand, trat zu ihm hin und drohte:

„Schweig, du Sohn aller Hundeväter und Ahne aller Hundesöhne, sonst beginne ich von neuem! Du sagtest, Allah habe die Haddedihn ohne Hirn geschaffen, wo aber hast du das deinige? Du weißt, daß Hadschi Halef Omar mit fünfzig Haddedihn kommen werde, und nennst uns noch immer Solaib. Hast du keine Augen? Zähle uns doch! Hast du nicht gehört, daß auch die Gebieterin seines Harems sich bei dem Scheich der Haddedihn befindet? Wo ist dir der Verstand verlorengegangen, der dir doch sagen müßte, daß wir nicht Solaib, sondern diejenigen sind, welche du erkundschaften und dann am Bir Hilu angreifen willst? Nun zwinge uns doch, mit dir zu reiten, du Wurm der Ohnmacht und des Unvermögens! Hast du dich wirklich vor hundert Leuten unserer Sorte nicht zu fürchten? Sind die Haddedihn wirklich die Wasserfrösche, als welche du sie bezeichnet hast? Da liegst du nun, bedeckt von den Hieben meiner Peitsche! Deine Gestalt ist fast doppelt so lang wie die meinige; aber wenn Allah sie noch hunderttausendmal länger gezogen hätte, wäre sie doch ein Zwerg gegen die endlose Riesenhaftigkeit der Dummheit, welche das einzige, dir hinterlassene Erbe aller deiner ohne Verstand geborenen und ohne Vernunft gestorbenen Ahnen ist. Wer nur einen einzigen Blick auf dich wirft, der muß sich sofort abwenden, sonst löst er sich so in Tränen der Trostlosigkeit auf, daß nichts, aber auch gar nichts von ihm übrigbleibt!"

Um diese seine Worte zu verdeutlichen, wendete er sich ab und zufällig seinem Sohn zu, der hinter ihm stand. Er nahm ihn bei der Hand, zog ihn vor, deutete auf Tawil und fuhr fort:

„Da siehst du ihn liegen, der deine Mutter, in welcher alle weiblichen und mütterlichen Vorzüglichkeiten in größter Vollkommenheit vereinigt sind, eine triefäugige Büjüdschih genannt hat! Nun sag du mir, was ihm dafür geschehen soll!"

Kara Ben Halef, welcher seinen Namen Kara bekanntlich von mir bekommen hatte, machte eine abwehrende Handbewegung und sagte nur das eine Wort:

„Nichts!"

„Nichts?" fragte sein Vater ebenso erstaunt wie unbefriedigt. „Nichts soll ihm geschehen?"

„Nichts! Auf eine solche Frechheit kann nur die Peitsche antworten; das ist geschehen. Jede weitere Beachtung würde nur eine Ehre für ihn sein, und die darf ihm nicht werden!"

Der brave Jüngling wendete sich ab und ging zu seiner Mutter. Halef sah ihm nach, blickte einige Zeit sinnend vor sich nieder, hob dann sein Gesicht und rief mir in entzücktem Ton und strahlenden Auges zu:

„Sihdi, hast du gehört, was Kara Ben Halef, der Sohn meines Herzens, soeben sagte? Was sagst du dazu?"

„Er hat recht", antwortete ich.

„Ja, er hat recht. Der Beleidigung der besten aller Frauen ist Genüge geschehen, und so soll in Beziehung auf sie dieses Hundes nicht wieder gedacht werden. Aber ich habe wegen anderer Dinge weiter mit ihm zu sprechen und hoffe, daß ich auch da das Richtige treffen werde. Bindet ihm seine Flinte lang an die Seite und den Arm so fest daran, daß er ihn und die Hand nicht bewegen kann!"

Während Omar Ben Sadek mit zwei Haddedihn diesem Befehl nachkam, trat Halef zu mir, hielt mir seine Hand hin und bat:

„Effendi, zeige mir, wo die Fingerschlagadern liegen; ich muß das wissen!"

Ich ahnte, was er wollte, und stimmte ihm vollständig bei, ohne ihm dies aber zu sagen. Ich hätte das, was er jetzt vorhatte, wahrscheinlich auch getan, weil es das beste, einfachste und für uns ungefährlichste Mittel war, den Perser zu retten. Darum zeigte und erkärte ich ihm in kurzen Worten die Lage und die Tätigkeit der betreffenden Adern. Als dies geschehen war, ging er nach dem Tachtirwan, um sich Hannehs kleines, scharfes Näh- oder vielmehr Trennmesser zu holen. Dann kehrte er zu dem Scheich der Beni Khalid zurück, welchen, obgleich er gebunden war, drei oder vier Haddedihn halten mußten. Ich stand entfernt davon und sah nur, daß Halef sich über ihn niederbeugte. Dann erscholl ein Schrei, und ich hörte Tawil brüllen:

„Was tatest du mit meiner Hand? Du hast mich gestochen. Da spritzt das Blut empor!"

„Ja, ich habe dich gestochen", antwortete Halef. „Es geschieht dir nach dem Gesetz der Wüste: Blut um Blut, Leben um Leben. Du lässest den Perser am Aderlaß sterben und teilst nun mit ihm dasselbe Geschick. Morgen früh wirst du mit ihm aus dem Land der Lebenden gehen und mit ihm zu gleicher Zeit es Ssiret, die Brücke des Todes, erreichen. Allah weiß, wer glücklich hinüberkommt, er oder du!"

„So hast du mir die Faßada gegeben?"

„Ich habe dir nur zwei Fingerschlagadern geöffnet, ganz genau das, was du mit ihm getan hast."

„Allah verdamme dich! Wie kannst du es wagen, mein Blut zu vergießen?!"

„So, wie du es gewagt hast, das seinige zu vergießen."

„Das war der Beschluß des Gerichtes!"

„Hier auch, denn ich bin der oberste Richter des Stammes der Haddedihn."

„Dieser Schiit soll an der Faßada sterben, weil er die Mekkaner, unsere Gastfreunde, beleidigt hat!"

„Und du sollst ebenso an der Faßada sterben, weil du ihn, der unser Gastfreund ist, beleidigt und sein Blut vergossen hast und auch noch weiter vergießen und ihn dadurch töten willst. Du siehst, ich tue ganz genau dieselbe Tat aus ganz genau demselben Grund, wie du."

„Es ist doch nicht dasselbe, denn dieser Schiit hat nicht bloß die Mekkaner, sondern auch mich und meinen ganzen Stamm beleidigt!"

„Und du hast dich nicht nur an ihm vergriffen, sondern auch mich und den ganzen Stamm der Haddedihn mit dem Schmutz deines Mundes besudelt. Du darfst dir also nicht einbilden, etwas vor ihm voraus zu haben!"

„Aber woher nimmst du das Recht, Richter über mich zu sein?"

„Daher, woher du dir die Befugnis genommen hast, ihn abzuurteilen. Du siehst, es gibt für dich keine Tür, durch welche du mir entschlüpfen kannst. Stirbt er, so stirbst auch du; willst du leben bleiben, so muß auch er gerettet werden. Deine Lage ist genau dieselbe, wie die seinige, und ich sorge dafür, daß sie sich in jeder Beziehung auch weiter nach ihr richtet."

„So ist es dein Ernst, daß ich hier verbluten soll?"

„Ja, natürlich! Wenn du geglaubt hast, daß ich scherze, so befindet sich in deinem Kopf noch weniger Denkkraft, als ich dachte. Menschenblut ist eine sehr teure und ernste Sache, mit welcher man keinen Scherz treiben darf, zumal hier in der Wüste, wo strenger als sonstwo Blut mit Blut zu bezahlen ist. Überlege dir das. Du hast Zeit dazu. Jetzt bin ich einstweilen mit dir fertig."

Er wendete sich von ihm ab und kam zu mir.

„Sihdi, habe ich einen Fehler gemacht?" fragte er mich.

„Nein", antwortete ich.

„So bist du also mit mir zufrieden?"

„Ja, sogar sehr."

„Wie mich das freut, lieber Effendi! Du weißt, wie ich dich liebe und daß dein Wohlgefallen das Endziel meines ganzen Strebens ist. Du bist so schwer zu befriedigen; um so größer ist mein Entzücken darüber, daß es mir hier gelungen ist, mich der ganzen Fülle deines Beifalles zu erfreuen. Nun wollte ich dich fragen, ob ich diesem Menschen jetzt die Bedingungen mitteilen soll, unter welchen er sich sein Leben erhalten kann."

„Jetzt noch nicht."

„Warum nicht?"

„Weil er noch nicht überzeugt ist, daß du es mit dem Aderlaß ernst meinst. Er muß erst Angst, wirkliche Angst bekommen. Sorge also dafür, daß die Blutung nicht aufhört!"

„Kann das der Fall sein?"

„Ja, weil es sich nur um schwache Nebenadern handelt. Welche Bedingungen willst du stellen?"

„Ich gebe ihn nur gegen den Perser und die Soldaten frei. Bist du damit einverstanden?"

„Ja."

„Ich dachte auch an die Mekkaner und wollte verlangen, daß er sie dem Perser ausliefere. Aber er hat sie als seine Gastfreunde bezeichnet, und da verlangt die Wüstenregel von ihm, daß er lieber stirbt, anstatt auf diese meine Forderung einzugehen."

„Das ist richtig, und bei seinem Charakter bin ich überzeugt, daß er auch gar nicht anders handeln würde. Laß ihm also diese Leute; wir bekommen sie doch!"

„Wann?"

„Heute am Abend oder in der Nacht."

„Wieso?"

„Denke an das, was nun kommen wird, nachdem er in unsere Hände gefallen ist! Du willst doch seine Beni Khalid benachrichtigen lassen, wo er sich befindet?"

„Natürlich!"

„Und daß er sterben muß, wenn sie den Perser sich verbluten lassen?"

„Ja. Ich schicke einen seiner Begleiter fort, der ihnen zu sagen hat, daß ihr Häuptling so lange bluten wird, bis der Perser sich bei uns einfindet. Was meinst du, werden sie ihn schicken?"

„Jedenfalls."

„Auch die Soldaten?"

„Auch diese. Es wird ihnen zwar schwer ankommen, aber um ihren Häuptling, ihren Scheich zu retten, bleibt ihnen ja nichts anderes übrig. Nun frage dich einmal, was die Mekkaner tun werden, sobald sie sehen, daß ihre Verfolger wieder freigelassen werden!"

„Sie werden sich schleunigst aus dem Staube machen."

„In welcher Richtung?"

„Nach Mekka zu; das ist doch selbstverständlich."

„Ja; aber ebenso selbstverständlich ist es, daß wir sie dort erwarten und abfangen, um sie dem Perser auszuliefern. Freilich müssen wir auch die Möglichkeit in Betracht ziehen, daß sie sich bei den Beni Khalid sicherer fühlen als anderswo und also bei ihnen bleiben wollen, bis wir und der Perser fort sind. Dies müssen wir zu verhüten suchen, denn diese mekkanischen Diebe haben sich so zu uns verhalten, daß es uns gar nicht einfallen kann, ihnen das Entkommen zu erleichtern. Es liegt vielmehr so eine Ahnung in mir, daß wir auch für uns ein kluges Werk vollbringen, wenn wir dafür sorgen, daß sie den Diebstahl eingestehen müssen. Wir haben dann eine Waffe gegen El Ghani in der Hand, falls es ihm einfallen sollte, sich in der heiligen Stadt feindlich gegen uns zu verhalten."

„Das begreife ich gar wohl, Sihdi; aber du befindest dich da mit dir selbst im Widerspruch!"

„Wieso?"

„Erst sagst du, daß wir ihre Auslieferung von Tawil nicht verlangen dürfen, weil sie seine Gäste sind und er also lieber sterben als auf unsere Forderung eingehen wird, und nun bestimmst du, daß wir sie dennoch haben müssen, selbst wenn sie nicht fortgehen, sondern bei ihm bleiben, um unsere Entfernung abzuwarten. Wie sind diese verschiedenen Dinge zu vereinigen?"

„Durch ein allerdings sehr kriegerisches Mittel, bei welchem man das Leben aufs Spiel zu setzen hat."

„Allah w' Allah! Du meinst den Zweikampf?"

„Ja. Der Perser und die Soldaten gibt er gegen seine eigene Freiheit heraus; das schändet ihn nicht; die Auslieferung der Gäste aber können wir nach dem Gesetz der Wüste nur durch die Entscheidung der Waffen, durch einen Zweikampf erzwingen. Es kann ihm dann niemand einen Vorwurf machen. Sage ihm also, daß ich bereit bin, mit jedem Gegner, den er mir stellt, und in jeder Waffe und Weise, die ihm beliebt, die Entscheidung herbeizuführen!"

„Du also, Sihdi, du?"

„Ja."

„Du selbst?" wiederholte er.

„Ich selbst!"

„Maschallah! Nach der strengen Regel müßte da El Ghani mit dir kämpfen, weil es sich ja um ihn handelt. Der wird sich aber wohl hüten, sein teures Leben aufs Spiel zu setzen. Man wird also gezwungen sein, ihm aus der Schar der Beni Khalid einen Stellvertreter zu wählen."

„Das setze ich voraus!"

„Aber, Sihdi, bedenke, daß man da nicht etwa einen Schwächling auslesen wird!"

„Eine solche Schande würde ich zurückweisen! Zur Besprechung dieser Angelegenheit ist noch Zeit. Es gilt mir zunächst, zu wissen, wo die Beni Khalid lagern, und da ihr Scheich uns das nicht sagen wird, so werde ich jetzt fortreiten, um es zu erkunden."

„Ich reite mit!“

„Nein! Die Lage hier ist eine kritische; es kann sich von Augenblick zu Augenblick etwas Wichtiges ereignen, und da darfst du als Scheich und Anführer dich nicht entfernen; aber ich werde Kara Ben Halef mitnehmen.“

„Meinen Sohn? Ich danke dir, Effendi! Ich hätte mich nicht zurückweisen lassen; aber da es Kara Ben Halef und kein anderer ist, den du wählst, so stimme ich freudig bei und bleibe sehr gern hier, denn er findet da Gelegenheit, dir zu beweisen, daß er von mir gelernt hat, sich sogar am Tag unbemerkt anzuschleichen. Was reitet ihr? Kamele oder Pferde?“

„Unsere Pferde natürlich. Wer setzt sich, wenn er die Wahl hat, bei einem unter Umständen gefährlichen Späherritt auf unzuverlässige Kamele!“

„Gut! Ich werde sofort satteln lassen.“

„Ist nicht notwendig; wir reiten nur mit Zügel. Es dauert ja nicht lange. In einer kleinen Stunde ist es Nacht; da müssen wir wieder hier sein.“

Wenige Minuten später bestig ich meinen Assil Ben Rih und Kara Ben Halef den Rappen seines Vaters, den er an Stelle seiner Schimmelstute nahm, weil die weiße Farbe derselben uns verraten hätte. Aus eben demselben Grund hatten wir unsere hellen Haiks abgelegt und trugen also nur die Anzüge, deren Farbe nicht von der Umgebung abstach. Eine kurze, unauffällige Erkundigung bei dem Führer klärte mich über die genaue Lage des Brunnens und über seine Umgebung auf, so daß wir uns nicht irren konnten; dann ritten wir fort, erst langsam, dann aber schnell, um die uns gegebene Zeit recht auszunützen.

Wir hielten uns natürlich nicht auf der geraden Linie nach dem Brunnen, sondern etwas südlicher und kamen an mehreren der erwähnten Felseninseln vorüber. Wir ritten hinter keiner derselben hervor, ohne uns vorher überzeugt zu haben, daß die offene Strecke bis zur nächsten unbeobachtet sei. So ging es weiter und weiter, bis wir von weitem auf einem jener freien Zwischenräume helle Punkte bemerkten, welche sich bewegte. Das waren Beni Khalid-Beduinen, die ihren Pferden Bewegung machten. Sie ritten eine sogenannte Phatasia, ein wohlgeordnetes Figurenstück, woraus wir schließen konnten, daß sie es nicht für nötig hielten, da, wo sie sich befanden, vorsichtig zu sein und sich nicht sehen zu lassen. Sie waren ja weit genug vom Bir Hilu entfernt, um von dort aus nicht bemerkt zu werden, und verließen sich überhaupt ganz auf ihren Scheich, von welchem sie wußten, daß er auf Kundschaft geritten sei und sie von der Annäherung der Haddedihn rechtzeitig benachrichtigen werde. Sie waren ihrer Sache so sicher, daß sie die Möglichkeit, ihm könne etwas zustoßen, für ganz ausgeschlossen hielten.

Wir hatten uns eigentlich vorgenommen, sobald wir sie erblikken würden, von den Pferden zu steigen, um uns möglichst nahe an sie zu schleichen; das war nun aber, da sie nicht lagerten, sondern sich in solcher Bewegung befanden, unmöglich auszuführen. Wir mußten also wohl oder übel darauf verzichten, über die Soldaten und die Mekkaner vielleicht etwas für uns Nützliches zu erfahren. Das Einzige, was wir tun konnten, war, den Brunnen aufzusuchen, wo sie alle bis vor kurzem gewesen waren. Günstigen Falles gab es dort eine Entdeckung, welche geeignet war, uns die späteren Verhandlungen mit diesen Leuten zu erleichtern. Wir bogen also im rechten Winkel nach Norden ab und erreichten, da wir galoppierten, schon nach zehn Minuten die Gegend, in welcher der Beschreibung des Führers nach der Brunnen liegen mußte.

Vier ziemlich hohe und steil aufsteigende Felsenmassen bildeten die Winkelpunkte eines unregelmäßigen Viereckes, dessen längste Seite vielleich achthundert, die kürzeste fünfhundert Meter messen mochte. Da, wo diese beiden Seiten zusammenstießen, befanden wir uns, und in der uns gegenüberliegenden Ecke trat aus dem Felsen ein schutzdachähnliches Gemäuer hervor, welches jedenfalls den Bir bezeichnete. Der Boden des Vierecks bestand aus Sand, und wenn Tawil auch gesagt hatte, daß die Spuren alle ausgelöscht worden seien, so kam mit jetzt die Überzeugung, mit welcher uns diese Mitteilung von ihm gemacht worden war, im höchsten Grad lächerlich vor. Der Boden war nämlich so zerstampft, daß man hätte gradezu blind sein müssen, um nicht zu sehen, daß eine ungewöhnlich große Reiterschar sich hier befunden habe. Freilich, die einzelnen Fährten auseinander zu halten, das war selbst für meine geübten Augen eine absolute Unmöglichkeit.

Der Fährtenleser sucht beim Vorhandensein so massenhafter Fuß- und Hufeindrücke ganz unwillkürlich nach einer Einzelspur, oft ohne eine andere Absicht dabei zu haben, als die, den eigenen Blick zu prüfen. So tat ich auch hier. Es war aber keine einzige herauszubringen . . . und doch, grad da beim Vorderfuß meines Pferdes lag ein höchstens zwei Hände großes Steinstück, welches, sobald ich es erblickte, meine Aufmerksamkeit auf sich zog, weil die eine, glatte Seite desselben ein ganz sauberes, neues Aussehen hatte, während die andern Seiten schmutzig und verwittert waren. Ganz gewiß war dieses Stück erst vor kurzer Zeit von dem neben uns aufsteigenden Felsen abgebrochen worden und heruntergefallen. Höchst wahrscheinlich war das ein für uns ganz gleichgültiger Vorgang gewesen; ich sah aber doch nach oben und gewahrte da auch die Stelle, an welche die Bruchfläche des Steines ganz genau paßte. Damit hätte ich mich wohl zufrieden gegeben, aber ich sah noch mehr. Nicht weit von der erwähnten Stelle gab es nämlich eine mit Sand gefüllte Ritze und in diesem Sand vier senkreche, halb wieder zugekörnelte Striche. Da hatte jemand sich festhalten wollen, war aber ab- und mit den vier Handfingern durch den Sand geglitten. Was hatte der Betreffende da oben gewollt?

Das war eigentlich eine ganz nichtige Frage; aber gewohnt, selbst auf Kleinigkeiten und scheinbar bedeutungslose Dinge stets auch zu achten, forderte ich Kara Ben Halef auf, einmal vom Pferd zu steigen und da hinaufzuklettern. Ich hätte das wohl selbst getan, wollte aber meinem Schützling Gelegenheit geben, seinen Scharfsinn zu zeigen. Der Beduine klettert nicht gern; wenn er es doch einmal tut, so muß immerhin eine nicht ganz gewöhnliche Ursache dazu vorhanden sein. Und grad hier an dieser Stelle war es gar nicht bequem gewesen, hinaufzukommen. Hatte etwa einer der Beni Khalid da oben etwas versteckt? Ah, es waren sogar zwei gewesen, denn jetzt, da ich nun genauer hinschaute, sah ich ganz unten und hart am Felsen die tiefen Eindrücke zweier Fußspitzen, aus denen ich schloß, daß der eine hier gestanden und sich angestrengt hatte, den andern emporzuschieben. Dieser andere mußte entweder unbehilflich oder alt gewesen sein, sonst hätte er dieser Hilfe nicht bedurft. Ich weiß nicht, warum und wie es kam, aber ich mußte dabei an El Ghani denken, hielt dies jedoch für sehr erklärlich, weil ich mich in der letzten Zeit mit diesem Mann so viel in Gedanken und Worten beschäftigt hatte.

Der gewandte und sehr kräftige Kara schwang sich, ohne einer Hilfe zu bedürfen, schnell hinauf, bis dahin, wo ich ihn nicht mehr sehen konnte, und es verging einige Zeit, ehe er wieder erschien und, den Kopf vorbeugend, mir zurief:

„Sihdi, ich habe es gefunden."

„Was ist's?"

„Ein Paket, in einen Gebetsteppich gewickelt und mit einer Burnusschnur umwunden."

„Ist es groß?"

„Nein, aber schwer. Willst du es haben, Sihdi?"

„Nein, wenigstens jetzt noch nicht. Ich komme hinauf, um es selbst zu sehen."

Ich sprang vom Pferd und kletterte an dem hier vielleicht acht Meter hohen Gestein empor. Oben angekommen, stand ich nicht etwa schon auf der Höhe der Felseninsel, sondern erst auf einem beinahe rund herumlaufenden Absatz derselben, welcher den Fußrand mehrerer kahl und nackt aufstarrenden Spitzen bildete. Ich sah, daß es zwar keine einzige Stelle gab, an welcher man bequem hier heraufkommen konnte, aber diejenige, welche wir erklettert hatten, – war grad die schwierigste von allen. Daraus war zu schließen, daß diejenigen, welche das Paket nach oben brachten, sehr große Eile und darum keine Zeit gehabt hatten, sich eine zugänglichere Stelle zu wählen. Die erwähnten Spitzen waren mehrfach von Spalten zerrissen, und in einem dieser Einschnitte steckte das Paket, welches, damit man es nicht sehen solle, mit Steinen zugedeckt gewesen war, welche Kara jetzt weggenommen hatte.

„War der Pack gut versteckt?" fragte ich ihn.

„Nein", antwortete er. „Der, welcher es hier verbarg, hatte sich fast gar keine Mühe gegeben, dies so zu tun, daß es nicht zu finden war. Die Stelle ist ja ganz gut ausgewählt, denn unter tausend Beduinen wird es wohl kaum einem einfallen, ohne besonderen Grund hier heraufzuklettern; aber das Zudecken mit den Steinen hat man mit sehr wenig Sorgfalt ausgeführt."

„Weil die Zeit dazu gefehlt hat, lieber Kara. Nicht der Leichtsinn, sondern die Eile ist schuld daran. Ah, kennst du diesen Sidschdschadi – Gebetsteppich?"

„Nein."

„So hast du nicht auf ihn geachtet. Mir fiel er wegen seines eigentümlichen Musters auf, welches aus einem Fe und einem verkehrt darüberliegenden Khaf besteht. Dieser Deppich ist El Ghanis Eigentum."

„So wäre es dieser Alte, der da heraufgeklettert ist?"

„Wahrscheinlich."

„Was mag in dem Paket stecken?"

„Ich vermute, daß es die in Meschhed Ali gestohlenen Gegenstände sind. Wir werden nachsehen, müssen aber dafür sorgen, daß es ganz genau wieder so zugebunden wird und zu liegen kommt wie vorher."

Die Umschlingung des Teppichs bestand, wie Kara gesagt hatte, in einer Burnusschnur, weil nichts anderes, dazu passendes augenblicklich dagewesen war. Wir entfernten sie und öffneten das Paket. Es enthielt über zwanzig Beutel, aus Leder gefertigt und von verschiedener Größe, welche mit goldenen Quasten verziert und mit farbigen, seidenen Schnüren zugebunden waren. An jedem hing ein künstlerisch geschnittenes Elfenbeinblättchen, welches eine Buchstabennummer und die persische Bezeichnung des Inhaltes trug. Das machte den Eindruck des Wertes, des Reichtums. Ich las einige der Aufschriften; sie lauteten:

„Sih ängust: drei Finger, pänj tschasm: fünf Augen, du bini: zwei Nasen, tschähar dil: vier Herzen, nuh pah: neun Füße, sih zäbahn: drei Zungen, du kahm: zwei Gaumen."

Diese Inhaltserklärungen kamen mir keineswegs verwunderlich vor, denn ich kannte den Brauch, der ihm zugrunde lag. Es kommt nämlich unter den Schiiten besonders bei langwierigen Krankheiten und schwer heilenden Verletzungen sehr häufig vor, daß der Patient an den heiligen Stätten die Hilfe sucht, die er bei den Ärzten nicht gefunden hat. Dies geschieht, wenn es ermöglicht werden kann, durch die persönliche Wanderung nach Meschhed Ali oder Kerbela; im andern Fall sendet man eine Ab- oder Nachbildung des betreffenden Gliedes oder Körperteiles nach einem dieser Orte und dazu ein Geldgeschenk, welches die „Heiligen der Stätte" veranlassen soll, sich des Absenders im Gebet anzunehmen. Dies ist das letzte und, wie man meint, zugleich sicherste Heilmittel, zu welchem man greift. Der Arme kann es nur zu einer Nachbildung aus Holz, aus Ton, aus Blei, Zinn oder sonst einem billigen Stoff bringen und hat also nur wenig Hoffnung, von Allah geheilt zu werden. Der Reiche ist viel besser daran, weil er die Mittel besitzt, ein wertvolleres Material zu bezahlen. Er wählt Silber, Gold und sogar edle Steine. Auf diese Weise gelangen Kostbarkeiten nach den Pilgerstätten, mit denen man selbst den berühmtesten Arzt nicht honorieren würde. Es kommt vor, daß Fürsten oder sonstige Geldleute wahre Schätze schicken, die in den unterirdischen Kammern von Kerbela und Meschhed Ali aufgehäuft werden und einen immer wachsenden Wert von vielen Millionen besitzen. Daß da Allah nicht der einzige Empfänger ist, versteht sich ganz von selbst. Auch ist es dagewesen, daß Eroberer sich dieser Schätze bemächtigt haben, ohne ihn um Erlaubnis zu fragen. Aber sie wachsen immer wieder und immer weiter an, so daß man eben jetzt, in gegenwärtiger Zeit, behauptet, daß man mit den an den beiden genannten Orten aufgehäuften Vermögen ganz Persien aufkaufen und bezahlen könne.

Unser neuer Bekannter Khutab Agha war in Meschhed Ali als Basch Nazyr, als Oberaufseher der dortigen Schatzkammer angestellt, also einer der hervorragendsten Beamten dieser Stadt. Wenn so ein Mann die Verfolgung eines Diebes persönlich unternahm und sich dabei den Gefahren eines weiten Rittes durch die für ihn als Schiit doppelt gefährliche arabische Wüste aussetzte, so konnte es sich nicht um unbedeutende Objekte handeln. Ich öffnete den kleinen Beutel, welcher mit „Sih ängust: drei Finger“ bezeichnet war. Er enthielt drei Finger, wie zu erwarten war, aus purem Gold und mit den erkrankten Stellen nachgebildet; an jedem steckte ein Ring mit Edelsteinen. Wenn der Inhalt der andern Beutel ein gleich oder auch nur ähnlich kostbarer war, so verlohnte es sich für einen Dieb gar wohl des allerdings großen Wagnisses, nach Meschhed Ali zu gehen und dort in den Kanz el A'da einzudringen. Kanz el A'da, Schatz der Glieder, heißt nämlich dort diejenige Abteilung der tief unter der Erde liegenden Räume, in welcher die aus edlen Metallen und Steinen bestehenden Nachbildungen menschlicher Körperteile aufbewahrt werden.

Wir banden den Beutel wieder zu und verzichteten darauf, noch andere zu öffnen, den erstens fehlte uns die Zeit dazu, zweitens war eine Überraschung durch die Beni Khalid möglich, und drittens durften wir annehmen, daß wir den Inhalt der übrigen auch noch sehen würden. Wir wickelten den Teppich wieder zusammen und banden die Schnur genau wieder so um ihn, wie sie vorher um ihn geschlungen gewesen war.

„Nehmen wir das Paket mit, Sihdi?“ fragte Kara, dem das, was er gesehen hatte, gewaltig imponierte, was bei seiner Jugend ja auch sehr begreiflich war.

„Nein“, erwiderte ich.

„Nicht? Warum nicht, Effendi? Dieses Gold und diese Diamanten sollen hier liegenbleiben?!“

„Ja, und zwar weil sie uns überhaupt nicht gehören und wir sie doch nicht stehlen werden, und weil wir El Ghani nur dann des Raubes überführen können, wenn er glaubt, daß niemand das Paket gesehen hat.“

Ich sah ihm an, daß er mich nicht begriff; da er es aber nicht wagte, mich mit einer darauf bezüglichen Frage zu belästigen, so forderte ich ihn auf:

„Komm jetzt wieder mit herab! Ich werde es dir nachher erklären. Leg die Steine möglichst so darauf, wie sie erst gelegen haben! Jetzt möchte ich vor allen Dingen erfahren, warum El

Ghani beim Ersteigen des Felsens so große Eile gehabt hat. Es ist mir bis jetzt nicht möglich, dieses heimliche Heraufklettern und Verstecken der Sachen hier mit der Anwesenheit so vieler Beni Khalid in Einklang zu bringen. Sie müssen doch unbedingt gesehen haben, was er tat!"

Als die Stelle ihre frühere Beschaffenheit wieder erhalten hatte, stiegen wir wieder hinab und auf die Pferde, welche, weil gut erzogen, ruhig stehengeblieben waren. Wir ritten hinüber nach dem Gemäuer, wo wir den Brunnen vermuteten. Er war es allerdings. Ein oben festgebundenes Seil aus Dattelfasern führte hinab; ein Ledereimer, mit einem Stein beschwert, hing daran. So und nicht anders war wohl auch der Brunnen beschaffen, aus welchem einst Rebekka dem Oberhirten Abrahams und seinen Kamelen Wasser schöpfte. An gewissen Einrichtungen und Gebräuchen des Orients können Jahrtausende vorübergehen, ohne das geringste zu ändern.

In der Nähe des Brunnens war, ekelerregend gegen den Felsen geworfen, daß Gescheide – Gedärm – von zwei Gazellen zu sehen, und dort, von Westen her, kam eine sehr breite, noch junge Reiterspur aus der Wüste herbei. Es war ein wahres Wunder, daß sich in der ganzen Umgegend kein einziger Geier zeigte, sonst wären die Überreste dieser beiden Tiere längst verschwunden gewesen. Mir aber kam, sobald ich sie sah, sofort die Klarheit, die mir bis jetzt gefehlt hatte.

„Schau dies Gescheide und sieh diese Spuren!" sagte ich zu Kara. „Sie teilen mir das mit, was ich vorhin so gern wissen wollte. Die Beni Khalid haben, während sie hier lagerten, die Gazellen gesehen und sind, von der Jagdlust gepackt, alle fortgeritten, ohne daß ein einziger von ihnen hierblieb. Inzwischen kamen die Mekkaner an, welche schwach und müde waren und also nicht weiterkonnten, sondern hier bleiben mußten, obgleich sie sahen, daß der Platz schon von Beduinen besetzt sei. Da lag nichts näher, als daß sie versuchten, vor allen Dingen ihren kostbaren Raub in Sicherheit zu bringen, denn mochten diese Beduinen ihnen befreundet oder nicht befreundet sein, Gegenstände von solchem Wert wirken, wenn sie zufällig entdeckt werden, überall verführerisch, diese hier wahrscheinlich sogar verräterisch. Während El Ghani darum hier untenherum nach einem bequemen und zugleich zuverlässigen Versteck vergeblich suchte, sah er die Beni Khalid zurückkehren. Nun galt es die höchste Eile. Da unten kein Ort zu finden war, richtete sich sein hilfesuchender Blick nach der Höhe des Felsens, welcher dem

Brunnen am fernsten lag und darum wahrscheinlich am wenigsten beachtet wurde. Er packte also die Sachen schnell in den Sidschdschadi, eilte hin und stieg mit Hilfe seines Sohnes, dessen Fußspitzeneindrücke wir noch sahen, hinauf, um sie dort zu verbergen. Er konnte die Stelle nur flüchtig mit Steinen zudecken, denn er mußte eher wieder herunter, als die Beduinen so nahe herankamen, daß sie sehen konnten, wo er sich befand und was er da zu tun hatte. Zu seiner Freude erkannte er in ihnen befreundete Leute, hütete sich aber doch, ihnen von dem Paket etwas zu sagen, denn von gestohlenen Sachen spricht man, außer wenn sie Mitschuldige sind, selbst zu den besten Bekannten oder den nächsten Verwandten nicht. Später sah er den Perser mit den Soldaten kommen und war nun doppelt froh darüber, daß er die gestohlenen Gegenstände versteckt hatte, denn er konnte nun sich und seine Begleiter getrost aussuchen lassen und dadurch, daß man nichts fand, beweisen, daß er und sie unschuldig seien. Ja, er konnte noch mehr, nämlich seinen Verfolger dadurch verderben, daß er ihn, den von den Beduinen grimmig gehaßten und verachteten Schiiten, beschuldigte, ihm nur aus Glaubensfeindschaft nachgeritten zu sein, um ihn, den Liebling des Oberhauptes der Sunniten, zu überfallen und zu töten. Wenn es ihm gelang, die Beni Khalid hiervon zu überzeugen, so war der Perser unbedingt verloren. Daß es ihm gelungen ist, haben wir gehört, denn dem Oberaufseher des Kanz el A'da sind die Adern geöffnet worden, damit er sich verbluten möge."

„So ist es, Effendi, ja, so, ganz genau so ist es! Ich freilich wäre nicht auf diese sich wie von selbst ergebenden Gedanken gekommen, deren Zusammenhang gar nicht zu zerreißen ist. Die Mekkaner haben natürlich die Absicht, die Sachen heimlich zu holen, ehe sie den Brunnen verlassen."

„Ja. Eben darum nahm ich sie nicht mit, sondern ließ sie liegen, um beweisen zu können, daß der Liebling des Großscherifs den ‚Schatz der Glieder' wirklich bestohlen hat. Wenn ich bemerke, daß die Zeit dazu gekommen ist, steige ich, natürlich ohne daß er es ahnt, mit Scheich Tawil Ben Schahid heimlich hinauf, um ihn zu erwarten. Sobald er die Gegenstände aus dem Versteck genommen hat, ist der Beweis erbracht. Es ist zwar immerhin möglich, daß diese Begebenheit einen andern Verlauf nimmt, als ich jetzt denke, aber dann werden wir uns in Beziehung auf unser Verhalten dieser Änderung anbequemen und auf keinen Fall den Vorteil, welchen wir hier errungen haben, aus der Hand geben. Jetzt aber wollen wir zurückreiten, denn die

Sonne ist dem Horizont nahe, und wir müssen, ehe es dunkel wird, bei unsern Leuten sein."

Wir ritten zurück, eine ziemliche Strecke nördlich von dem Weg, den wir herzu eingeschlagen hatten. Als wir ankamen, lagen die drei Beni Khalid noch immer gebunden an der Erde; es schien also, wie ich auch bestimmt erwartete, alles beim alten zu sein, doch Halef meldete mir, sobald er uns sah, mit lauter Stimme und in mit sich selbst zufriedenem Ton:

„Gut, daß ihr kommt, Sihdi! Wir haben nur noch auf euch gewartet."

„Womit?"

„Den Vertrag mit dem Scheich der Beni Khalid abzuschließen."

„So hast du mit ihm verhandelt?"

„Ja."

„Ohne mich zu fragen?!"

„Ich habe dich doch gebeten, hier mich allein bestimmen zu lassen!"

„Das bezog sich nur auf die Bestrafung der Beleidigung deiner Hanneh, aber nicht auch auf das weitere."

„Verzeih, Effendi! Das habe ich nicht gewußt. Ich bin aber überzeugt, daß du dem, was wir ausgemacht haben, deine Genehmigung nicht versagen wirst."

„Ich bin nicht überzeugt, hoffe es aber. Welches Übereinkommen habt ihr getroffen?"

„Der Scheich der Beni Khalid ist einverstanden, sich gegen den Perser austauschen zu lassen; die Soldaten gibt er aber noch nicht frei."

„Warum?"

„Er sagt, Person gegen Person; er mit seinen beiden Leuten hier seien drei, der Perser mit seinen Soldaten und dem Khabir aber zweiundzwanzig Personen, also ein sehr ungleiches Verhältnis. Darum sollen einstweilen nur er und der Perser freigegeben werden."

„Wieso einstweilen?"

„Weil um die Mekkaner gekämpft werden soll. Siegen wir, so werden die Soldaten freigegeben, und wir bekommen die Mekkaner, doch nur gegen das Versprechen, ihnen nichts gegen Leib und Leben zuzufügen."

„Und siegen die Beni Khalid, was dann?"

„In diesem Falle bekommen wir weder die Mekkaner, noch die Soldaten und haben auch den Perser wieder auszuliefern."

„Auch diesen? Das ist zuviel verlangt! Warum bist du auf diesen Punkt eingegangen?"

Da ging ein unendlich selbstbewußtes Lächeln über sein liebes, kleines Gesicht, und er antwortete:

„Ich wäre auch auf noch mehr eingegangen, Effendi, denn daß wir besiegt werden, das liegt ja nicht im Bereich der allerentferntesten Möglichkeit. Davon bist du doch grad ebenso wie ich überzeugt!"

„Ich warne dich, allzu sicher zu sein. Hochmut kommt sehr leicht vor dem Fall!"

„Es ist kein Hochmut, Sihdi, sondern nur die demütigste, die allerdemütigste Überzeugung. Gib dem großen, schwarzen Panther auf, mit einer Zeltkatze um Leben und Tod zu kämpfen! Ist es Hochmut, wenn er darüber lacht? Sie ist ja nicht seinesgleichen; sein Schwanz ist dreimal länger als sie; wenn er sie mit seiner Pranke nur berührt, muß ihre arme Seele aus dem Fell heraus. Das weiß er; aber das ist kein Hochmut von ihm, sondern nur bescheidene Selbsterkenntnis. Nun denke, daß wir Haddedihn die Panther, die Beni Khalid aber die Katzen sind. Wir besitzen infolgedessen die Demut und Bescheidenheit des Panthers, und es ist also eine vollständige Verkennung der Umstände und eine vollständig umgedrehte und ganz verkehrte Anwendung des Fernrohres deiner Urteilskraft, wenn du anstatt das kleine, das große Glas vor die Augen hältst und meine Demut als Hochmut bezeichnest."

Wenn mir diese sonderbare Art seiner Beweisführung nicht bekannt gewesen wäre, so hätte ich jetzt lachen müssen; so aber fragte ich:

„Du sprichst von Leben und Tod. Soll der Kampf so scharf genommen werden?"

„Ja."

„Sind die Personen schon bestimmt, zwischen denen er stattzufinden hat?"

„Nur erst zwei."

„Was? Wie? Nur erst zwei? Das ist ja genug!"

„Nein, Sihdi, das genügt noch nicht. Tawil Ben Schahid bestand darauf, daß es sechs sein sollen, von jeder Seite drei."

„Warum?"

„Das weiß ich nicht. Ich habe ihn nicht darnach gefragt. Es ist uns ja ganz gleich, oder vielmehr, meinen Haddedihn wäre es am liebsten, wenn bei dieser vortrefflichen Gelegenheit jedem von ihnen erlaubt würde, sich mit einem Ben Khalid zu messen."

„Dennoch hättest du auf einen dreifachen Zweikampf nicht eingehen sollen, ohne mich vorher zu fragen! Welche zwei sollen wir außer mir noch wählen? Es werden sich alle dazu drängen, und das macht die Sache schwer."

„Außer dir, sagst du?"

„Natürlich!"

„Für so natürlich halte ich das nicht."

„Habe ich dir nicht gesagt, daß du mich dem Scheich als denjenigen bezeichnen sollst, den der betreffenden Ben Khalid als Gegner haben wird?"

„Ja, das hast du freilich gesagt."

„Und du hast es getan?"

„Nein. Hast du denn wirklich geglaubt, daß ich so wenig Ehrgefühl besitze, einen andern an meine Stelle treten zu lassen? Ich habe selbstverständlich nicht dich, sondern mich genannt."

„Hm! Was sagte Hanneh dazu?"

„Sie hatte gar nichts anderes erwartet und freute sich darüber."

„So hat sie keine Sorge?"

„Sorge? Angst? Um mich? Oh, Sihdi, Sihdi, Sihdi! Meine Hanneh soll Angst um ihren tapfern, unüberwindlichen Hadschi Halef Omar haben! Nimm es mir nicht übel, aber ich muß dich wirklich fragen, ob du vielleicht zufälligerweise von Sinnen, ganz von Sinnen bist! Ich bin ja schon überhaupt gar nicht zu besiegen; aber wenn ich während des Kampfes ihre schönen, lieben Augen auf mich gerichtet weiß, so würde ich hundert Riesen erwürgen, wenn sie es wagten, mich nur falsch anzusehen. Das kannst du dir doch denken? Erweckt der Anblick deiner Emmeh nicht auch solche Kampfeslust in dir?"

„Nein."

„So kann ich wirklich nicht umhin, dir mitzuteilen, daß meine Hanneh deiner Emmeh vorzuziehen ist. Bei einem Weib, die ihren Mann so friedlich stimmt, muß er ja seine Tapferkeit verlieren! Wie kann sie denn stolz auf ihn sein und auf sein Heldentum, welches ihm von der Lieblichkeit ihres Angesichtes und von der Anmut ihres freundlichen Benehmens abgestohlen worden ist! Nein, meine Hanneh hat mich als Helden kennengelernt, hat mich trotz aller ihrer fünftausend bezaubernden Eigenschaften einen Helden bleiben sehen und wird es nie erleben, daß in diesem meinem Ruhm jemals auch nur die allergeringste Lücke entsteht. Also, nicht dich habe ich dem Scheich genannt, sondern mich."

„So fehlt also nur noch der dritte."

„Du meinst, der zweite und der dritte?“
„Nein, denn der zweite bin ich.“
„Du? Effendi, ich bitte dich, sieh hier doch einmal ab von deiner Gewohnheit, die größten Gefahren immer auf dich zu nehmen! Erstens bist du doch eigentlich kein Haddedihn, obgleich du ganz zu uns gehörst, sondern ein Europäer, den stets für uns kämpfen zu lassen uns unsere Ehre rauben würde. Und zweitens üben sich meine Krieger täglich, ohne Gelegenheit zu finden, ihre Tapferkeit im Ernst beweisen zu können, weil wir auf deinen Rat nach Allahs Willen mit allen Stämmen, die uns umgeben, in Frieden leben. Und nun sich hier einmal die Möglichkeit zeigt, sich mit andern Kriegern zu messen, willst du sie um diese große Freude bringen, indem du den Ruhm, gesiegt zu haben, für dich in Anspruch nimmst! Was sagst du jetzt?“
„Deine Gründe sind gut, doch weißt du ja, daß ich mich stets lieber auf mich selbst als auf andere verlasse.“
„So will ich dir noch einen bringen, und der wird deinen Widerstand ganz gewiß besiegen.“
Er trat ganz nahe an mich heran, machte ein höchst bedenkliches Gesicht, hob den Zeigefinger warnend empor und sagte leise:
„Wenn du mitkämpfst und wir werden alle drei besiegt, so sind wir tot, und es ist alles, alles verloren. Bist du aber nicht mit dabei, so bist du eben dann noch da, und es ist noch nichts verloren! Das mußt du doch einsehen! Nicht, Sihdi?“
Jetzt mußte ich nun freilich lachen. Ich legte ihm die Hand auf die Schulter und antwortete:
„Du spielst den schlauen Fuchs, und zwar nicht ganz umsonst. Ich werde mir die Sache überlegen; wir haben ja noch Zeit! Komm mit hin zu den Beni Khalid!“
Indem wir zu ihnen gingen, kam ich an Kara Ben Halef vorüber, dem zu sagen ich vergessen hatte, daß er gegen jedermann, auch gegen seinen Vater und seine Mutter, von dem, was wir auf dem Felsen entdeckt hatten, schweigen solle. Ich holte das jetzt heimlich nach, weil unter Umständen eine unbedachte Äußerung genügte, meinen Plan zunichte zu machen.
Ich sagte schon, daß die drei Beni Khalid noch so dalagen, wie wir sie verlassen hatten. Dem Scheich spritzte noch das Blut aus den geöffneten, dünnen Adern, doch hatte ihn der Verlust desselben noch nicht geschwächt. Als ich zu ihm trat, richtete er seine dunkeln, finster blickenden Augen fest auf mich, sah mich forschend an und sagte:

„Ich habe mit dem Scheich Hadschi Halef Omar vom Stamm der Schammar ein Übereinkommen getroffen, von welchem er behauptete, daß es erst dann Gültigkeit habe, wenn es von seinem Effendi bestätigt worden sei. Der bist du?"

„Ja", antwortete ich.

„Also Effendi wirst du genannt! Das genügt mir nicht. Wie heißt du, und wer bist du?"

Da fiel natürlich Halef, ehe ich ein Wort sagen konnte, rasch ein:

„Dieser in allen Erdteilen des In- und Auslandes hochberühmte Mann heißt Hadschi Akil Schatir el Megarrib Ben Hadschi Alim Schadschi er Rani Ibn Hadschi Dajim Maschhur el Azami Ben Hadschi Taki Abu Fadl el Mukarram; er stammt aus dem Wadi Draha im fernsten Maghreb und hat, wie alle Leute, welche dort geboren sind, nicht nur die Bücher aller Wissenschaften in seinem Kopf, sondern ist auch ein Krieger von solcher Tapferkeit, Klugheit und Stärke, daß ihn kein Feind jemals zu besiegen vermochte!"

Tawil Ben Schahid bedachte die lange Schlange meines Namens und Ruhmes mit keinem Wort, sondern fragte mich kurz:

„Bist du einverstanden?"

„Ja", erklärte ich noch kürzer.

„Die Soldaten bleiben meine Gefangenen?"

„Ja."

„Und hier meine beiden Begleiter die eurigen?"

„Darauf werde ich dir nachher antworten. Wann soll der vereinbarte Kampf stattfinden?"

„Wann es euch beliebt, doch möglichst bald."

„Und wo?"

„An einem Ort, an welchem ihr euch sicher fühlt, denn ihr werdet euch natürlich fürchten, euch uns zuzugesellen, weil die Schar meiner Krieger der Zahl der eurigen so vielmal überlegen ist."

Ich bewegte die Hand geringschätzend durch die Luft und erkundigte mich weiter:

„Habt ihr Holz, um Feuer zu machen?"

„Getrockneten Kamelmist und Holz genug! Da du einverstanden bist, so gib mir die Hände frei, denn ich habe versprochen, auf mein Hamail zu schwören, daß wir unser Übereinkommen ehrlich halten werden und jeder Hinterlist entsagen. Das werde ich jetzt tun, und Allah weiß, daß ich gewohnt bin, schon ein einfaches Versprechen als Schwur gelten zu lassen."

„Wer soll deine Krieger benachrichtigen?“

„Es reitet einer von euch mit einem von meinen Begleitern hin zu ihnen; beide kommen zurück und bringen den Perser mit. Dann gebt ihr mich frei.“

Ich sah ihm ebenso fest in die Augen wie er vorhin mir, zog meine kleine Verbandtasche hervor und ließ mich zu ihm nieder, um zunächst die Blutung zu stillen. Als dies geschehen war, löste ich die Knoten seiner Fesseln. Er sprang sofort auf und fragte erstaunt:

„Du bindest mich los?“

„Wie du siehst!“

„Das soll ja erst dann geschehen, wenn der Perser hier ankommt und ihr euch also überzeugt habt, daß er von uns freigegeben worden ist!“

Ich antwortete nicht sofort, sondern band auch seine Leute los und sagte erst dann, als dies geschehen war:

„Sie sind auch frei. Das ist meine Antwort auf deine vorhin ausgesprochene Frage. Du meintest ferner, daß wir uns wahrscheinlich vor euch fürchten werden. Hadschi Halef Omar und seine Haddedihn, die fürchten sich vor keiner Feindesschar, auch wenn sie zehnmal größer wäre, als die eurige ist; das eben will ich dir beweisen.“

„Tajjib, tajjib – – Bravo, bravo!“ rief da Halef begeistert aus, und die Haddedihn stimmten ein.

Ich aber fuhr fort:

„Den Schwur auf dein Hamail erlasse ich dir. Ich sehe zwar diesen aus Mekka stammenden Koran an der Schnur an deinem Hals hängen; aber du hast gesagt, dein Versprechen gelte gleich einem Schwur, und ich glaube und vertraue dir. Wer sein Versprechen nicht hält, der achtet auch nicht die Heiligkeit des Schwures. Ihr kehrt jetzt zu euren Leuten zurück, und wir reiten mit.“

„Sogleich?“ fragte er, indem sein Gesicht ein einziges, großes Staunen war.

„Ja.“

„Ihr alle? Mit diesem Weib? Ohne weitere Sicherheit?“

„Jawohl!“

„So glaubst du meinem Wort, wirklich nur meinem Wort?“

„Du siehst und hörst es ja!“

Da hellte sich sein finstres Gesicht auf, und der Ausdruck des Erstaunens ging in den der Freude über.

„Effendi“, rief er aus, „so etwas ist mir noch nicht vorgekommen! Entweder bist du ein höchst leichtsinniger oder sehr braver Mann!"

„Leichtsinnig bin ich nicht, sondern ich pflege jedem Menschen die Ehre zu geben, die ihm gebührt. Du bist ein rauher, ja ein harter, vielleicht gar ein grausamer und blutgieriger Krieger, aber das Wort, welches du gegeben hast, das wirst du niemals brechen! Habe ich recht?"

Da streckte er mir die Hand entgegen:

„Da, faß an! Ihr seid jetzt unsere Feinde, und wir sind die eurigen; der Kampf wird zwischen uns entscheiden; aber wenn ihr wirklich mit uns reitet, so könnt ihr nirgends sicherer sein, als bei uns! Ich habe, als ich euch für Solaib-Araber hielt, von den Haddedihn verächtlich gesprochen; jetzt weiß ich, daß sie keine Knaben, sondern furchtlose Männer sind, denen ich meine Achtung nicht versagen kann. Kommt also mit uns, wenn ihr wollt! Lieber aber ist es mir, wenn ihr mich voranreiten laßt, damit ich Zeit finde, meine Leute zu unterrichten, wie sie sich zu euch zu verhalten haben."

„Gut, reitet fort, alle drei! Wir werden euch nicht folgen, sondern den Weg nach dem Brunnen einschlagen, welcher doch wohl euer eigentlicher Aufenthalt ist."

„Kennt ihr den Weg? – Es wird gleich dunkel sein!"

„Wir finden ihn; wir brauchen keinen Führer."

Sie bestiegen ihre Kamele und ritten fort. Als wir sie nicht mehr sahen, kam Hanneh, welche schon längst ihre Sänfte verlassen hatte, zu mir her und sagte:

„Effendi, lieber Effendi, weißt du, daß du einen großen Sieg errungen hast?"

„Ja."

„Das war wieder einmal die Liebe, welche du nicht nur in Worten predigst, sondern auch durch dein Verhalten lehrst. Dürftest du diesem Scheich doch sagen, daß du Christ bist! Dann würde er wissen, wem er diese seltene Behandlung und das Vertrauen, welches du ihm zeigtest, zu verdanken hat. Der Zweikampf wird ganz gewiß für uns entscheiden; aber selbst wenn dies nicht der Fall wäre, würde dieser Scheich der Beni Khalid nicht taub gegen unsere Wünsche sein."

„Aber wenn er sich nur verstellt hätte?" warf Halef ein. „Ich glaube es nicht, sondern gebe diesen Fall nur zu bedenken. Dann hätte dein Vertrauen uns wahrscheinlich in eine schlimme Lage gebracht!"

„Auch dann nicht, Vater", antwortete ihm sein Sohn. „Unser Effendi weiß, was er tut. Wir können uns auf ihn verlassen."

In so bestimmter Weise in unser Gespräch einzugreifen, das hatte Kara bisher stets unterlassen; aber daß ich ihn heut mitgenommen hatte und er dadurch Mitwisser eines Geheimnisses geworden war, das gab ihm den Mut, seine Meinung auch einmal in solcher Art zu erkennen zu geben. Sein Vater sah ihn ganz verwundert an, nickte ihm aber dann befriedigt zu und sagte:

„Ja, wenn so große und bedeutende Leute sich des Effendis annehmen, dann muß freilich ich mit meinen Bedenken weichen. Hast du etwa noch etwas auf deinem mutigen Herzen?"

„Ja."

„Was?"

Da flog ein energischer, leuchtender Blick vom Sohn zum Vater herüber, und die Antwort erklang:

„Ich will einer von den dreien sein, welche mit den Beni Khalid kämpfen!"

„Wa–wa–was? Du–u–u–u?!"

Halef fuhr einen ganzen, großen Schritt zurück und sah den Jüngling aus weitgeöffneten Augen an.

„Ja, ich will; ich will!" wiederholte dieser in sehr bestimmtem Ton, indem sein ganzes Gesicht erglühte.

Ich ahnte, daß Halef ihn am liebsten vor Freude über diesen mutigen Entschluß an sein Herz gedrückt hätte; aber Kara war nicht nur sein sondern auch Hannehs Sohn; darum hielt er noch an sich, richtete einen unsichern Blick auf sie und fragte:

„Hanneh, du beste Mutter aller tapfern Söhne, hast du gehört, was Kara, unser Liebling, soeben für einen Wunsch ausgesprochen hat?"

„Ich habe es gehört", nickte sie lächelnd.

„Was sagst du dazu?"

„Ich lasse dich zuerst sprechen."

„Nein! Zwar weiß ich, daß ich der Gebieter meines Stammes und auch der Gebieter meines Zeltes, meines Weibes und meines Sohnes bin, aber hier hat nicht der Vater, der Krieger, zu bestimmen, sondern nur das Herz der Mutter zu entscheiden."

„Und diese Mutter kennt den Vater und weiß, womit sie ihn erfreuen und glücklich machen kann. Es glüht in dir doch das heiße Verlangen, daß ich meinem und deinem Kind nicht hinderlich sein möge, zu zeigen, daß er in der Führung der Waffen der Schüler seines Vaters gewesen ist."

„Ja, das, das wünsche ich allerdings von ganzem Herzen!" gab Halef zu.

„So mag er kämpfen; ich gestatte es!"

Da stieß der Hadschi einen Jubelruf aus und öffnete die Arme, um sie in seinem Entzücken um Hanneh zu schlingen; da fiel ihm aber noch rechtzeitig ein, daß ihm dies so öffentlich nicht gestattet sei, und so suchte er sich denn ein anderes Objekt für diesen zärtlichen Ausdruck seines Entzückens: Er umarmte erst Kara ein, zwei, drei Mal und warf dann auch die Arme um mich, wobei er, vor Freude dem Weinen nahe, rief:

„Hast du es gehört, Sihdi? Hast du es gehört, daß Hanneh, die Blume meines Herzens, ihre Einwilligung zur Tat des Ruhmes gegeben hat? Alle Völker, welche zwischen dem Euphrat und dem Tigris wohnen, werden mich den glücklichsten Vater nennen, denn die Tapferkeit meines Sohnes wird der meinigen vollständig gleichen, und so wird man unser Lob verkünden in allen Zelten und allen Häusern, in denen man von unsern Taten spricht. Das habe ich auch dir mit zu verdanken, weil du die Güte gehabt hast, zurückzutreten und nicht mit am Kampf teilzunehmen!"

„Das habe ich nun freilich nicht versprochen. Ich habe nur gesagt, daß ich es mir überlegen wolle."

„Zum Überlegen ist es nun zu spät, da Kara eingetreten ist."

„Ich kann ja doch der Dritte sein!"

Kaum hatte ich diese Worte ausgesprochen, so schob sich Omar Ben Sadek schnell herbei und sprach:

„Das wirst du nicht, Sihdi; ich bitte dich! Es wäre ja eine Schande für den ganzen Stamm, wenn keiner der gewöhnlichen Krieger sich beteiligen dürfte. Ich bin kein Held und kein berühmter Mann; aber ich war dein und Halefs treuer Gefährte durch die Sahara, durch Ägypten, Arabien und das ganze Kurdistan. Ich habe mit euch gehungert, gedürstet und gekämpft, und niemand kann sagen, ich hätte jemals meine Pflicht versäumt. Soll es jetzt heißen, daß mein Arm schwach geworden und meine Waffe eingerostet sei? Soll mein Platz in dem Winkel sein, in welchen man das alte, unbrauchbare, verrostete Eisen wirft? Das kannst du mir, deinem treuen Omar, doch unmöglich zuleide tun! Ich will dich nicht mit langen Bitten quälen. Hier stehen fünfzig Krieger. Sollen sie alle zusehen, daß ihr drei ihnen alles nehmt und ihnen gar nichts gönnt? Soll nicht wenigstens einer von ihnen zeigen dürfen, daß auch ein einfacher Krieger für die Ehre seines Stammes kämpfen kann? Ich bin fertig mit meinen Worten. Nun entscheide du!"

Da gab ich ihm meine Hand und sagte:

„Du hast vollständig recht, Omar. Es handelt sich um Haddedihn und Beni Khalid, also um die Ehre unsers Stammes; da darf ich mich euch nicht in den Weg stellen. Es sei dir also dein Wunsch erfüllt. Wir wissen, daß du die Haddedihn in einer Weise vertreten wirst, die uns erlaubt, stolz auf dich zu sein. Du wirst zu deinen frühern Siegen heute einen neuen fügen."

Damit war diese Angelegenheit erledigt. Hanneh bestieg ihren Tachtirwan wieder, und dann ritten wir dem Brunnen zu, von welchem uns, als wir uns ihm näherten, die letzten Gebetsklänge des Moghreb entgegentönten. Die Beni Khalid waren also schon da.

Es war dunkel geworden, und nach dem Schluß des Gebetes beschäftigten sich die Beduinen damit, ein Feuer anzuzünden. Darum wurde unser Kommen nicht sofort bemerkt. Wir hatten den Platz an der nordöstlichen, ganz unbeobachteten Ecke erreicht und hielten dort an. Wir wollten zunächst die Mekkaner den Blinden nicht sehen lassen; darum mußte er hier absteigen und Hanneh mit ihm, in deren Obhut wir ihn gaben. Es konnte nicht auffallen, daß sie sich hier absonderte, indem diese entlegene Stelle sozusagen ihren Harem bildete, wodurch zugleich die Mekkaner gezwungen waren, ihn zu meiden. Als wir beide gut und bequem untergebracht hatten, ritten wir weiter, der Brunnenecke zu, an welcher jetzt das Feuer aufloderte.

Der Scheich sah uns und kam uns höflich entgegen. Zwar begrüßte er uns nicht mit einem Marhaba – Willkommen –, denn wir waren ja seine Feinde; er machte überhaupt keine Worte, aber diese stille Art und Weise drückte ebensoviel Achtung aus, als er uns hätte durch die Rede erweisen können. Um so lauter aber war einer, der vom Feuer, wo er saß, aufsprang und gar nicht wartete, bis ich abgestiegen war, sondern mir beide Hände entgegenstreckte und dabei in frohem Ton rief:

„Endlich, endlich sehe ich dich, Effendi! Ich wußte, daß du unbedingt kommen und mir helfen würdest; aber die Zeit wurde mir doch recht lang, zumal mit ihr mein Blut hinfloß!"

Es war der Perser.

„Du hattest also deine Hoffnung auf uns gesetzt?" fragte ich.

„Ja, nur auf dich, denn eine andere gab es nicht. Ich erfuhr vorhin, daß der Scheich dir mitgeteilt hat, was man mit mir beschlossen hatte, und habe also nicht nötig, es dir zu erzählen. Nur eins muß ich dir sagen, damit du weißt, woran du bist: Die Mekkaner sprachen davon, daß ihr kommen würdet; ich hütete mich aber, zu verraten, daß ich euch getroffen und mit euch gesprochen hatte. Du hast mir das Leben gerettet. Von meinem Dank wirst du nicht jetzt, sondern später hören!"

„Du hast mir nichts, gar nichts zu verdanken. Es war Allahs Schickung, daß dein Weg mit dem unseren zusammenstieß, und wenn dir dadurch das Leben erhalten wurde, so wende dich nicht an mich, sondern an ihn! Wo sind deine Asaker – Mehrzahl von Askari: Soldat –?“

„Gefangen, an einem Ort, den ich nicht kenne.“

„Du aber bist frei?“

„Ja. Als der Scheich vor kurzem von seinem Ritt zurückkehrte, wurden mir die Fesseln abgenommen und die geöffneten Adern verbunden. Ich hätte mich unbedingt während der Nacht verblutet.“

„Hat dich der Blutverlust bis jetzt angegriffen?“

„Doch! Ich bin ziemlich schwach, werde aber sehr bald nichts mehr davon merken. Komm mit mir an das Feuer, und sag mir, wie sich alles zugetragen hat, und was geschehen wird! Ich hörte, daß es einen dreifachen Zweikampf geben soll. Ist das wahr?“

Scheich Tawil Ben Schahid hatte sich wieder bei dem Feuer niedergesetzt; wir nahmen, als ob sich das ganz von selbst verstehe, neben ihm Platz, Halef und Kara auch. Unsere Haddedihn lagerten sich in geringer Entfernung von uns. Die Beni Khalid bildeten zerstreut rundum liegende Gruppen. Sie unterhielten sich sehr eifrig, doch nicht so laut, daß wir etwas verstehen konnten. Die Mekkaner endlich saßen abgesondert an der Brunnenmauer beisammen, ganz nahe bei uns. Sie hörten jedes Wort, welches wir sprachen. Hierauf gar keine Rücksicht nehmend, beantwortete ich die Frage des Persers:

„Ja, es ist wahr. Wir haben die drei Betreffenden schon bestimmt.“

„Wer sind sie?“ erkundigte er sich weiter.

„Scheich Hadschi Halef Omar, Kara, sein Sohn hier, und Omar Ben Sadek, einer unserer Krieger.“

„Wie und mit welchen Waffen soll der Kampf stattfinden?“

„Das ist wohl erst noch zu bestimmen.“

„Auf Tod und Leben?“

„Ja.“

„Allah! So bin ich schuld, daß diese drei ihr Leben für mich wagen müssen, und kann doch nichts dafür! Denke dir, diese diebischen Hunde haben ihren Raub unterwegs in der Wüste versteckt! Selbst wenn ihr siegt und meine Asaker wieder frei werden, haben wir den weiten Ritt umsonst gemacht und bekommen die gestohlenen Gegenstände nicht wieder!“

„Darüber hast du zu schweigen!“ gebot ihm der Scheich der Beni Khalid. „Die, welche du beschuldigst, hören deine beleidigenden Worte; das darf ich nicht dulden, denn sie sind meine Freunde und Gäste. Wenn du in dieser Weise weitersprichst, nehme ich mein Wort zurück und lasse dir die Adern wieder öffnen!“

Vielleicht war es zu kühn von mir, aber ich durfte um unsertwillen ihn nicht in dem Glauben lassen, daß er hier der alleinige Gebieter sei, und erwiderte ihm darum in zwar ruhigem aber doch sehr bestimmten Ton:

„Gestatte mir, o Scheich, daß ich da anderer Meinung bin! Habe ich auf eines der Rechte, welche ich besitze, hier zu verzichten?“

„Nein“, antwortete er.

„Gut! Wenn die Mekkaner deine Freunde sind, so ist er der meinige. Er wurde gegen dich ausgetauscht und ist also ein ebenso freier Mann wie du. Ein freier Mann aber darf auch frei sprechen, und wenn er damit jemanden beleidigt, so mag dieser jemand sich dagegen wehren; einem andern aber geben wir die Erlaubnis nicht dazu!“

„Ob ihr es mir erlaubt oder nicht, das ist mir gleich“, entgegnete er stolz. „Hier an diesem Brunnen bin ich der Herr, und wenn meine Gäste beleidigt werden, so bin auch ich beleidigt und werde das bestrafen. Ich wiederhole, daß ich diesen Schiiten wieder fesseln lasse, wenn er nochmals ähnliche Worte sagt!“

„So tue ich mit dir dasselbe!“

„Was?“

„Ich nehme auch dich wieder fest.“

„Maschallah! Wie wolltest du das anfangen?“

„Das laß getrost meine Sache sein! Ich weiß ganz genau, wie man sich in einer solchen Angelegenheit zu verhalten hat. Kennst du vielleicht diese Art von Waffen?“

Ich zog meine beiden Revolver aus dem Gürtel und zeigte sie ihm.

„Allah!“ rief er aus. „Das sind Pistolen mit vielen, schnellen Schüssen, wie die Franken haben! Wie bist du zu solchen Waffen gekommen?“

„Du hast gehört, daß ich aus dem Maghreb bin. Dort besitzen nicht nur die Christen, sondern auch die Moslems dergleichen Pistolen und verstehen, sehr gut mit ihnen umzugehen. Sobald du die Bestimmung träfest, hier meinen persischen Freund wieder festzunehmen, würde ich meinen Haddedihn befehlen, dich wieder zu ergreifen, und wenn du dich dagegen wehrtest, führe dir sofort die erste Kugel aus einem dieser vielschüssigen Läufe durch den Kopf!"

„Du scherzest!" versuchte er zu lächeln.

„Es ist mein Ernst; darauf gebe ich dir mein Wort, und ich halte mein Wort ganz ebenso wie du das deinige!"

Er sah mir lange und starr in das Gesicht. Als ich diesen Blick aushielt und erwiderte, zürnte er:

„Fast bereue ich es, dir mein Wort gegeben zu haben!"

„Sorge lieber dafür, daß ich es nicht bereue, diesem Wort mein Vertrauen geschenkt zu haben!"

„Du drückst dich sehr gebieterisch aus, Effendi!"

„Dazu bin ich auch berechtigt! Du meintest vorhin zwar, daß du Herr hier am Brunnen seist; mag sein, aber du bist es nicht allein; es sind noch andere Herren da."

„Wer?"

„Zum Beispiel ich! Der Bir Hilu gehört weder dir noch mir; wir haben also beide gleiche Rechte."

„Ich war eher hier als du!"

„So warst du eher Herr, und ich bin es später geworden; das ändert aber an der Gleichheit unserer Rechte nichts. Ich gebe dir übrigens den Rat, nicht so oft und nachdrücklich zu erwähnen, daß diese Mekkaner deine Freunde seien! Wenn ich hier den Basch Nazyr als meinen Freund bezeichne, so wage ich nichts, denn er ist ein ehrlicher Mann; aber Leute, welche des Diebstahls wegen durch die halbe Wüste gejagt worden sind, als meine Freunde darzustellen, das würde ich mir wohl erst reiflich überlegen!"

„Sie sind keine Diebe; sie sind unschuldig!"

„Wer sagt das?"

„Ich!"

„Beweise es!"

„Wir haben sie ausgesucht und nichts, gar nichts bei ihnen gefunden!"

„Khutab Agha behauptet dagegen, daß sie ihren Raub versteckt haben. Es steht also Behauptung gegen Behauptung."

„So reitet zurück und durchsucht die Wüste! Wenn ihr die gestohlenen Gegenstände findet und mir bringt, dann werde ich euch glauben, eher aber nicht!"

„Gut! Wir werden suchen und nicht bloß finden, sondern dich auch überzeugen. Ja, ich sage noch mehr: du selbst sollst diese Sachen finden!"

„Willst du, daß ich über dich lache?"

„Tue, was dir beliebt; wir werden ebenso tun, was uns beliebt. Am allerwenigsten aber lassen wir uns vorschreiben, was wir sprechen dürfen und was nicht!"

Er öffnete schon den Mund zu einer scharfen Erwiderung, hielt sie aber zurück, denn grad in diesem Augenblick erscholl da, wo die Mekkaner saßen, ein mehrstimmiger Schrei, und als ich mich nach der Ursache ihres Schreckes umschaute, sah ich die hoch aufgerichtete Gestalt des Blinden, welcher langsamen Schrittes in den Lichtkreis des Feuers trat und da stehenblieb. Er hielt die Linke so, als ob ihn jemand an dieser Hand führe; die Rechte hatte er zu einer sehr eigentümlichen, Aufmerksamkeit heischenden Geste erhoben. Hanneh sagte uns später, daß er erst wie im Schlaf gelegen und dann plötzlich aufgesprungen und fortgegangen sei, ohne daß sie Zeit gefunden habe, ihn zurückzuhalten.

„El Münedschi, el Münedschi . . .! Sein Geist – sein Geist – sein Geist!" schrie El Ghani vor Entsetzen laut auf, und seine Gefährten schmiegten sich vor Angst eng aneinander und blickten starren Auges auf die allerdings geisterhafte Erscheinung.

Auch die Beni Khalid waren im höchsten Grad betroffen. Sie sahen die vom flackernden Feuer ungewiß und gespenstisch beleuchtete starre Figur; sie hörten das Wort „Geist!", und als abergläubische Leute fühlten auch sie sich von der Furcht ergriffen. So waren alle Augen erschrocken auf den Münedschi gerichtet, die unserigen voller Erwartung, was er jetzt tun werde.

Da trat er zwei schnelle Schritte vor und rief mit lauter, vernehmlicher Stimme, hoch erhobenen Hauptes, die Augen aber geschlossen haltend:

„Ich schwöre bei dem Tag der Auferstehung, und ich schwöre bei der Seele, die ihre Sünden bekennt. Will der Mensch wohl glauben, daß wir seine Gebeine nicht einst zusammenbringen können? Wahrlich, wir vermögen es, selbst die kleinsten Gebeine seiner Finger zusammenzufügen, doch der Mensch will selbst das, was vor ihm liegt, gern leugnen! Er fragt: ‚Wann kommt der Tag der Auferstehung?' Wenn das Auge sich verdunkelt und der Mond sich verfinstert und Sonne und Mond sich verbinden, dann wird der Mensch an diesem Tag fragen: ‚Wo findet man wohl einen Zufluchtsort?' Aber vergebens, denn es gibt dann keinen Ort des Versteckes. Dein Standort an diesem Tag wird vor dem Herrn sein, und an demselben wird man dem Menschen verkünden, was er zuerst und was er zuletzt getan hat, und der Mensch wird Zeuge gegen sich selbst sein, und wenn er seine Entschuldigungen vorbringt, so werden sie nicht angenommen werden!“

Das war der Anfang der fünfundsiebzigsten Sure des Korans. Er hielt inne. Er hatte mit tiefem, hohlem Kang gesprochen; sein langer, silberweißer Bart zitterte, und sein Gewand bewegte sich leise; das Feuer warf wechselnde Lichter und Schatten über seine Gestalt. Das gab ihm etwas Jenseitiges, etwas Überirdisches, zumal die gesprochenen Worte sich auf die Auferstehung bezogen. Ich gestehe aufrichtig, daß selbst ich, der ich doch wußte, woran ich war, nicht unergriffen blieb. Eine ganz eigene Art von Grauen ging mir nicht bloß durch die Seele, sondern, ich möchte sagen, auch fühlbar durch die Glieder. Wer kennt alle die vielen, verschiedenen Regungen des Menscheninnern und die geheimnisvollen Antriebe, von denen sie emporgeweckt werden!

Da begann der Blinde in demselben eindringlichen Ton von neuem:

„Ja, du bist da; du sprichst mit mir; du leitest mich, und ich folge dir! Ich bin fern von der Erde. Ich kann die Körper der Menschen nicht erkennen, aber ich sehe die Fluten ihrer Gebrechen und Sünden wogen wie einen Ozean von Pol zu Pol. Hoch über mir leuchtet ohne Anfang und Ende die Liebe des Himmels. Hoch über mir beten die Scharen der Seligen zum Licht der Welt. Tief unten zieht Finsternis über die Länder, der Haß und die Zwietracht über Berg und über Tal. Wo sind die, welche Gottes Stimme hören und aufwärts steigen zum ewigen Glück? Es sind ihrer so wenige, daß ich sie nicht zu sehen vermag. Das Geschlecht der Menschen hat keine Augen, um zu sehen, und keine Ohren, um zu hören; es geht der Nacht entgegen anstatt dem Tag. Einer lockt und winkt dem andern; einer schiebt und drängt den andern; so führen und stoßen sie sich weiter und weiter, vom Licht ab und der Finsternis entgegen. Die Menschen wollen sich von Allah nicht mehr strafen, nicht mehr leiten und führen lassen. Sie halten ihren eigenen Geist für klüger als den Geist der Liebe und der Wahrheit, der alle Himmel regiert und alle Welten lenkt. Sie sitzen darüber zu Gericht, ob es einen Gott gibt oder nicht. Entweder verleugnen sie ihn, oder, wenn sie das nicht tun, so lassen sie sich von ihrer armen, blinden Wissenschaft einen Tempel bauen, in welchen sie ein Abbild ihrer hochmütigen Schwäche setzen, um es Gott zu nennen. Ich sage euch, diese Anbetung ihrer eigenen Ohnmacht ist eine Abgötterei, welche Allah strenger bestrafen wird als den unverschuldeten Irrtum der Heiden, welche nur deshalb Götzen verehrten, weil sie keine Offenbarung hatten! Das sagt Ben Nur, der Sohn des wahren Lichtes, dem ihr verwehrt, in eure Herzen einzudringen und eure Seelen zu erleuchten!"

Nach diesen Worten blieb er noch einige Zeit mit hoch erhobenem Arm stehen, ließ ihn dann sinken und drehte sich um, den Lichtkreis wieder zu verlassen und im dunkeln Hintergrund zu verschwinden. Niemand wagte es, ihm dorthin zu folgen. Keiner der Beni Khalid rührte sich von der Stelle. El Ghani, der erst starr vor Schreck gewesen war, sprang jetzt auf und rief:

„Er war es; er war es ganz gewiß! Es ist eine Kijahma! Er ist von den Toten auferstanden und uns erschienen, um uns von dem Leben nach dem Tode zu überzeugen, wie er es mir einst, als ich nicht daran glaubte, versprochen hat!"

„Eine Kijahma? Vom Tode erstanden?" fragte Scheich Tawil Ben Schahid. „Also ein Geist! Welchem Mann hat diese zurückgekehrte Seele angehört?"

„Dem Münedschi, von dem ich dir heut nach unserm Zusammentreffen mit euch erzählt habe, daß er gestorben und von uns begraben worden ist."

„Allah beschütze und bewahre uns! Es gehe ja keiner von euch da hinüber, wo der Geist verschwunden ist, denn er würde ihm ins Reich der Toten folgen müssen! Wir wollen uns vielmehr beeilen, so schnell wie möglich von diesem Ort der Gespenster fortzukommen."

„Aber der Zweikampf? Was wird aus ihm?" fragte ich.

„Er wird morgen, wenn es Tag ist, ausgefochten werden. Wir reiten jetzt hinaus in die Wüste, bis dahin, wo wir vorhin gewesen sind. Ihr reitet natürlich mit?"

„Nein."

„Warum nicht?"

„Weil wir uns nicht vor Gespenstern fürchten und weil unsere Kamele durstig sind. Wir müssen sie tränken."

„Der Brunnen ist leer; wir haben ihn ausgeschöpft, und das Wasser muß sich erst wieder ansammeln. Ihr könnt also vor dem Morgen eure Tiere doch nicht trinken lassen."

Ohne meine Antwort darauf abzuwarten, wendete er sich an El Ghani:

„Steht auf, und macht euch fertig! Ihr bleibt natürlich auch nicht hier an diesem Ort der spukenden Geister."

Der Mekkaner antwortete, anstatt sogleich ja zu sagen:

„Erst muß ich wissen, ob die Haddedihn mitgehen."
„Warum?"
„Da uns der Geist unseres Freundes erschienen ist, so müssen wir noch kurze Zeit hier bleiben, um für ihn zu beten. Dabei müssen wir aber ungestört von ihnen sein. Wenn sie sich mit euch entfernen, können wir das tun, sonst nicht. Dann kommen wir sogleich nach."

Es konnte gar nichts Dümmeres als diese Bedingung und dieses Versprechen geben. Es handelte sich natürlich um das Versteck. El Ghani wollte die Sachen dort holen und dann mit seinen Leuten die Flucht ergreifen. Gelang ihm dies, so bekam er während der langen Nacht, die vor uns lag, einen Vorsprung, der ihn in Sicherheit brachte, zumal der Perser gar nicht wagen durfte, ihn noch weiter zu verfolgen. Da vorhin das Entsetzen des Mekkaners vor dem vermeintlichen Geist ein so großes gewesen war, so mußte sich der Scheich der Beni Khalid eigentlich sagen, daß ihn wohl ein anderer Grund als derjenige des Gebetes hier zurückhalte; es kam ihm aber kein derartiger Gedanke. Er sah mich fragend an, und ich erklärte ihm:

„Gut, wir wollen diese Männer nicht in der Ausübung ihrer frommen Pflicht stören; wir reiten also mit euch. Du hast aber dafür zu sorgen, daß sie uns auch wirklich folgen, da um sie gekämpft werden soll. Brechen wir also auf!"

An Hanneh, welche sich da drüben befand, wohin der Münedschi verschwunden war, schien keiner von allen diesen Leuten zu denken; darum brachte ich sie gar nicht in Erwähnung. Wir konnten sie ruhig lassen, wo sie war, da es gar nicht in meiner Absicht lag, den Platz zu verlassen. Ich gab vielmehr Halef die heimliche und schnelle Weisung:

„Paß auf, was ich dir sage, und führe es genau aus! Ich habe jetzt keine Zeit, dir die Gründe zu sagen. Wir reiten hinter den Beni Khalid her. Sobald die Mekkaner euch nicht mehr sehen, bleibt ihr zurück, um den Platz des Brunnens heimlich zu umzingeln. Ihr bildet einen Kreis, innerhalb dessen die vier Felsen liegen, und laßt keine Mekkaner durch."

„Aber warum soll . . ."

„Still, wir müssen fort!" unterbrach ich ihn.

„Und was soll mit Hanneh . . ."

„Keine Angst um sie! Die bleibt, wo sie ist. Ich werde mit dem Perser nicht bei euch bleiben. Kara, dein Sohn, wird dir Aufklärung geben. Sage ihm, daß ich das erlaube!"

Von der Stelle, wohin der Schein des Feuers nicht reichte,

klang jetzt die laute, kommandierende Stimme des Scheichs. Es handelte sich um die Soldaten, welche dort vor uns vesteckt gewesen waren und mit fortgeschafft werden sollten. Dann setzte sich der Zug in Bewegung, dessen Schluß die Haddedihn bildeten.

Als wir uns weit genug entfernt hatten, blieb Halef mit ihnen zurück. Den Perser behielt ich bei mir.

„Effendi, ich merke, daß ihr etwas vorhabt", sagte er. „Darf ich erfahren, was es ist?"

„Jetzt noch nicht, jedoch schon in kurzer Zeit. Jetzt muß ich den Scheich Tawil rufen."

Dies zeigte sich als gar nicht nötig, denn der Beni Khalid war halten geblieben, um die Reiter an sich vorüber zu lassen, bis wir kommen würden. Er sah trotz der Dunkelheit, daß wir zwei allein waren, und erkundigte sich darum:

„Wo sind die Haddedihn? Warum bleiben sie so weit zurück?"

„Um mir zu ermöglichen, mein dir gegebenes Wort zu halten."

„Welches Wort?"

„Daß sogar du selbst die gestohlenen Gegenstände finden wirst, ohne sie gesucht zu haben. Vor allen Dingen, sag: Hältst du mich für einen ehrlichen Mann?"

„Ja."

„So hast du Vertrauen zu mir?"

„Ja. Du bist stolz und gewalttätig, aber kein Betrüger."

„So laß deine Leute weiterreiten, und komm mit uns!"

„Wohin?"

„Nach dem Ort, an welchem El Ghani seinen Raub versteckt hat."

„So ist das von dem Diebstahl also wahr?"

„Ja. Als er euch von der Jagd zurückkehren sah, verbarg er die Gegenstände."

„Und du kennst den Ort?"

„Ja."

„Wer hat ihn dir verraten?"

„Ich habe jetzt keine Zeit, es dir zu erzählen. Komm!"

Er zauderte doch, mir zu folgen.

„Führst du mich etwa in eine Falle, um mich wieder gefangenzunehmen?" fragte er.

„Ich denke, du hast Vertrauen zu mir! Wäre es auf dich abgesehen, so könnte ich es mir bequemer machen."

„Das ist wahr. Sind die Gegenstände, um welche es sich handelt, wertvoll?"

„Sehr!"

Er überlegte noch einen Augenblick und sagte dann:

„Wohlan, ich werde tun, was du willst. Dauert es vielleicht lange?"

„Nein. Wir haben nur eine kurze Strecke zurückzukehren."

Wenn es Tag gewesen wäre, so hätte ich in seinem Gesicht wahrscheinlich folgende Gedanken lesen können: Dieser Effendi aus dem fernen Maghreb, welcher trotz seiner großen Gelehrsamkeit ein sehr dummer Mensch ist, weil er mir das Versteck zeigen will, soll erfahren, daß ich gescheiter bin als er. Wenn die Sachen so kostbar sind, wie er sagt, so bekommt sie weder er noch der Perser noch ein anderer Mann, sondern ich behalte sie!

Wir kehrten um und ritten rechts ab nach dem betreffenden Felsen hinüber. Da wurden wir angerufen. Es war einer unserer Haddedihn, dem ich mich zu erkennen gab. Wir ließen unsere Kamele niederknien, stiegen ab und wiesen ihn an, auf sie zu achten. Dann führte ich die beiden zu Fuß weiter, bis wir den Felsen erreichten, und zwar nicht da, wo ich mit Kara hinaufgestiegen war, sondern auf der entgegengesetzten Seite, wo das Erklettern weniger Schwierigkeiten bot. Ich bat, so leise und vorsichtig wie möglich zu verfahren, und da wir uns unterstützten, kamen wir verhältnismäßig schnell und leicht hinauf. Der Platz war mir bekannt, und so konnte ich trotz der Dunkelheit die für unsern Zweck geeignetste Stelle bestimmen; da setzten wir uns nieder, um auf El Ghani zu warten, von dessen Kommen ich so vollständig überzeugt war, als ob er selbst es mir versprochen hätte. Der Scheich verhielt sich still; der Perser aber war zu erregt, als daß er hätte schweigen können. Die Mekkaner waren ausgesucht worden, ohne daß man etwas bei ihnen gefunden hatte; es war für ihn ein großes Glück gewesen, vom Tode errettet und wieder freigeworden zu sein; auf die Erreichung des Zweckes seines weiten und gefährlichen Rittes hatte er verzichtet. Da hörte er so ganz unerwartet von mir, daß die gestohlenen Gegenstände zwar versteckt, aber doch vorhanden seien. Natürlich versetzte ihn das in eine Aufregung, die er nicht beherrschen konnte. Wir hatten kaum nebeneinander Platz genommen, so flüsterte er mir zu:

„Ich kann kaum glauben, was ich von dir höre! El Ghani hat also die Sachen wirklich bei sich gehabt?"

„Ja."

„Und hier oben versteckt?"

„Ja."

„Weißt du das genau?"

„Ich habe sie gesehen, alle die Beutel mit den persischen Aufschriften auf den Elfenbeinplättchen."

„Allah! Beutel – Aufschriften – Elfenbeinplättchen! Nun ich diese Worte höre, muß ich es glauben! Der Kanz El A'da wird in solchen Beuteln aufbewahrt! Du denkst, daß der Dieb hier heraufkommen wird?"

„Er kommt ganz gewiß."

„Wo stecken die Sachen?"

„Hier nebenan in einer Ritze. Sobald El Ghani sie herausgenommen hat, halten wir ihn fest. Er ist dann so überführt, daß er unmöglich leugnen kann."

„Also darum wollte er am Feuer bleiben, darum! Trotz der Angst, welche ihm das Gespenst einflößte!"

„Ja, darum! Seine Habsucht war doch noch größer als seine Furcht."

„Wie aber hast du diese Stelle entdeckt?"

„Ich war mit Kara Ben Halef hier und sah an den Spuren, daß jemand hier oben gewesen war. Das fiel mir auf. Wir stiegen also herauf und fanden den Schatz."

„Warum nahmt ihr ihn nicht sogleich mit?"

„Hätten wir da den Mekkanern beweisen können, daß sie die Diebe sind?"

„Nein; das ist wahr. Du hast sehr klug gehandelt. Nun können wir sie überführen, und ich werde mit ihnen so streng verfahren, daß sie . . ."

„Pst! Still! Ich hörte ein Geräusch."

Wir lauschten. Ja, es kam jemand, und zwar da herauf, wo auch wir heraufgestiegen waren. Der Betreffende hatte also bemerkt, daß es auf dieser Seite bequemer war. Erwähnen will ich, daß das Feuer noch brannte. Wir konnten es aber nicht sehen, weil die Spitze unseres Felsens dazwischen lag.

„Seid ganz still!" flüsterte ich den beiden zu. „Überlaßt ihn nur meinen Händen, und sagt nicht eher etwas zu ihm, als bis ich euch dazu auffordere. Je ruhiger es hier oben abläuft, desto weniger kommen seine Gefährten da unten auf den Gedanken, die Flucht zu ergreifen."

Das Geräusch wurde, je weiter er heraufkam, um so lauter. Nun hatte er oben Fuß gefaßt und ging gerade auf die Spalte zu. Wir saßen so, daß wir, als er vorüber war, nur ein wenig vorzurücken brauchten, um ihm den Weg zu verlegen. Er bückte sich. Wir hörten und sahen auch, daß er die auf dem Paket liegenden

Steine entfernte. Dann zog er dieses vor und schickte sich an, den Rückweg anzutreten.

Ich richtete mich hinter ihm auf. Er drehte sich um und sah mich stehen, denn jetzt befand sich die Felsenspitze nicht mehr zwischen mir und dem Feuer.

„Allah kehrim – Gott sei mir gnädig!" rief er aus, doch mit unterdrückter Stimme, vielleicht unwillkürlich, vielleicht auch vor Schreck.

Ich zog mein Messer, ließ die Klinge vor seinen Augen funkeln und herrschte ihn an, doch auch nicht laut:

„Hier stehen noch zwei Männer. Siehst du sie? Wenn du ein lautes Wort sprichst, stoße ich dir das Messer in das Herz! Setz dich nieder!"

Er gehorchte augenblicklich und war ganz still. Er gehörte zu derjenigen Art von Dieben, welche unternehmend und pfiffig, aber dabei feig sind. Ich nahm ihm die Waffen aus dem Gürtel und sagte zu dem Scheich und dem Perser:

„Haltet ihn hier fest! Ich komme bald wieder."

Ich entfernte mich, um hinabzusteigen, denn er war jedenfalls nicht allein hier am Felsen, und ich wollte seinen Begleiter auch noch ohne großen Lärm bekommen. Ich hatte den Abstieg kaum begonnen, so fragte eine Stimme von unten:

„Kommst du?"

„Ja."

„Es war doch noch alles da?"

„Jawohl."

„So komm! Ich stütze dich. Dann aber machen wir uns augenblicklich fort!"

„Wo sind die andern?"

„Bei den Kamelen am Feuer. Wir brauchen nur aufzusteigen. Spring!"

Er hatte an meiner gedämpften Stimme nicht erkennen können, daß er nicht mit demjenigen sprach, dem seine Worte galten. Ich tat den letzten Sprung, und zwar mit Absicht so, daß ich ihn niederriß.

„Paß doch auf . . .!"

Mehr konnte er nicht sagen, denn ich hatte ihn schon mit den beiden Händen an der Gurgel. Der Schreck darüber machte ihn stumm. Es war der Sohn des Alten, ebenso feig wie sein Vater. Er ließ sich, ohne Widerstand zu versuchen, die fünfzehn oder zwanzig Schritt bis zu dem Haddedihn schleppen, dem wir unsere Kamele gelassen hatten.

„Hole schnell aber still die fünf nächsten Krieger herbei!“ befahl ich diesem.

In kaum zwei Minuten waren sie da. Ich übergab ihm und einem von ihnen den Sohn des Ghani und ging mit den andern vier rasch hinüber zu dem Brunnen, wo das Feuer noch nicht ausgegangen war und ich die Gefährten des „Lieblings des Großscherifs“ erwartungsvoll bei den Kamelen stehen sah, welche schon bepackt und zum Besteigen bereit an der Erde lagen. Diese Männer ahnten nicht, was mit ihrem Anführer und seinem Sohn geschehen war; sie hatten geglaubt, wir seien fort, und waren daher über unser unerwartetes Erscheinen nicht nur erstaunt, sondern sogar betroffen, weil wir ja das Paket nicht sehen durften, mit welchem El Ghani ihrer Überzeugung nach jetzt erscheinen mußte.

„Ihr seid wieder hier?“ fragte mich einer von ihnen. „Warum seid ihr zurückgekehrt?“

„Um euch zu fragen, wo euer Anführer ist“, antwortete ich.

„Er ist einmal fortgegangen.“

„Wohin?“

„Das wissen wir nicht. Wir haben ihn nicht gefragt.“

„Ihr wolltet doch beten. Seid ihr damit schon fertig?“

„Was geht das dich an? Wer hat dir erlaubt, dich in dieser Weise um uns zu bekümmern?“

Es wurde mir erspart, ihm hierauf die richtige Erwiderung zu geben, denn in diesem Augenblick kam Halef eiligst herbei und sagte:

„Sihdi, ich habe deinen Auftrag ausgeführt und bin dann zu Hanneh, der Krone aller Frauentugenden, gegangen, um ihre etwaige Bangigkeit zu zerstreuen. Da sah ich euch hier und bin herübergekommen, um dich zu fragen, ob du mich jetzt vielleicht brauchst.“

„Du kommst zur richtigen Zeit; auch deine Leute können kommen.“

Er legte, um den Schall zu verstärken, die Hände an den Mund und rief nach den Haddedihn, welche sich rasch einstellten und der Mekkaner versicherten. Der Sohn des Ghani wurde von den betreffenden zwei Kriegern gebracht; dann ging ich mit Halef und Kara nach dem Felsen, um auch den Alten zu holen. Der Scheich der Beni Khalid und der Perser standen noch oben bei ihm und zwangen ihn jetzt, herabzusteigen. Dann wurde er mit seinem Paket nach dem Feuer geschafft, in welches wir, um es jetzt anzufachen, eine Anzahl von Dschilal warfen, von welchen die Beni Khalid einen Vorrat danebengelegt und nicht mitgenommen hatten, weil sie früh doch wiederkommen wollten. Es sind das Fladen aus getrocknetem Kamelmist, die in der Wüste als Brennmaterial dienen.

Wir hatten die Mekkaner nicht gefesselt, denn diese Leute waren viel zu feig, als daß sie zum Zweck der Flucht einen gewalttätigen Widerstand hätten wagen mögen. Sie saßen beisammen, und wir bildeten einen Kreis um sie. Tawil Ben Schahid hatte zwischen Halef und mir Platz genommen. Ihn interessierte die Entdeckung der gestohlenen Gegenstände so sehr, daß er gar nicht mehr an den „Geist" dachte, vor welchem er doch vorhin mit allen seinen Leuten geflohen war. Er hatte sich des Pakets bemächtigt, was Halef außerordentlich ärgerte, mir aber heimlichen Spaß machte, denn es verstand sich von selbst, daß er es nicht behalten durfte, obgleich es wahrscheinlich seine Absicht war, nichts, aber auch gar nichts davon herzugeben. Er nestelte an der Burnusschnur herum, um es zu öffnen. Halef war zornig darüber; ich winkte ihm aber, ebenso zu schweigen, wie ich still war.

Der liebe Scheich der Beni Khalid befand sich in sichtbarer Verlegenheit. Er hatte die Mekkaner als seine Freunde und Gäste bezeichnet und mußte sich also demgemäß verhalten. Durfte er da nehmen, was sie mitgebracht hatten? Als Diebe konnte er sie bezeichnen, und zwar ganz ohne Besorgnis, sie dadurch zu beleidigen, denn der Raub ist, zumal wenn er an einem Andersgläubigen begangen wird, in den Augen dieser Beduinen kein entehrendes Verbrechen. Aber wenn er ihnen damit das Recht des jetzigen Besitzes zugestand, so war es ihm nicht erlaubt, ihnen die Sachen vorzuenthalten. Dazu kamen die noch viel berechtigteren Ansprüche des Persers, die wir jedenfalls sehr kräftig unterstützen würden. Der Schiit war feindlich behandelt worden und hatte sogar sterben sollen, weil er die Mekkaner fälschlich angeklagt haben sollte, und nun stellte es sich heraus, daß er recht gehabt hatte. Wie war aus diesen Widersprüchen herauszukommen!

Endlich hatte er einen Entschluß gefaßt. Das Paket war geöffnet. Er wog einen der Beutel nach dem andern wie spielend in der Hand und sagte:

„Ich habe diese Sachen hier gefunden, und es ist nun zu entscheiden, wem sie gehören sollen."

Der Perser wollte schnell und mit Nachdruck antworten; ich winkte aber auch ihm zu, dies nicht zu tun. Der Scheik konnte also fortfahren:

„Wahrscheinlich erheben zwei Parteien Anspruch darauf. Ich

werde ihre Rechte genau abwägen und dann die Entscheidung treffen."

Da wurde er gestört. Es kamen zwei Beni Khalid zurückgeritten. Einer allein hätte sich vor dem „Gespenst" gefürchtet; darum waren es zwei. Man hatte bemerkt, daß der Scheich fehle, und sie beauftragt, nach ihm zu sehen. Es war ihm anzusehen, daß ihm diese Unterbrechung nicht gelegen kam. Er gab in unwilligem Ton den Bescheid:

„Bin ich ein Kind, welches beaufsichtigt werden muß? Ich habe hier zu tun. Reitet sofort wieder hin, und sagt den Kriegern, daß sie sich nicht um mich kümmern sollen! Ich komme, wenn es mir beliebt, und wenn es erst morgen früh sein sollte. Vorwärts, fort!"

Er hatte dabei den Teppich wieder zusammengeschlagen, so daß die Beutel nicht zu sehen waren. Er schien die Angelegenheit also so handhaben zu wollen, daß seine Leute, falls es ihm gelang, sich in den Besitz der Sachen zu bringen, nichts oder wenigstens nichts genaues darüber erfuhren. Mir aber hätte nichts so erwünscht kommen können, wie der Bescheid, den er diesen beiden Boten gab, denn er hatte dadurch für jetzt und für die ganze Nacht auf den Beistand seiner Krieger verzichtet. Als sie fortgeritten waren, öffnete er den Teppich wieder und sagte, zu El Ghani gewendet:

„Hattest du diese Sachen da oben im Felsen versteckt, oder ist's ein anderer gewesen?"

„Ich selbst habe es getan", antwortete der Gefragte, dessen finstere, entschlossene Miene die Absicht verriet, auf den Besitz der Gegenstände nicht Verzicht zu leisten.

„Warum verbargst du sie?"

„Aus Vorsicht."

„Vor mir, vor uns, euren Freunden!"

„Nicht vor euch, denn wir wußten ja gar nicht, wer die Krieger waren, die wir von weitem kommen sahen."

„Das mag dich entschuldigen. Vor Freunden versteckt man nichts. Wo hast du diese Beutel her?"

„Ich besitze sie schon seit langen Jahren, nämlich seit dem Tod meines Vaters, von dem ich sie geerbt habe."

„Warum trägst du sie mit dir in der Wüste herum? Solche Dinge läßt man doch daheim!"

„Nein, denn bei mir sind sie sicherer als daheim, wenn ich mich nicht dort befinde. Ich verlange ihre augenblickliche Auslieferung!"

„Warte noch eine kleine Weile! Ich befürchte nämlich, daß sich noch andere Eigentümer melden werden.“

„Allerdings!“ fiel da der Perser ein. „El Ghani hat die Unwahrheit gesagt. Ich brauche das wohl gar nicht zu beweisen, denn seine Lüge ist eine so alberne und ungeschickte, daß derjenige, bei dem sie Glauben fände, geradezu ohne Kopf sein müßte!“

„Willst du etwa behaupten, daß du der rechtmäßige Herr dieser Beutel seist?“

„Nein, das sage ich nicht; aber ich behaupte, daß der ganze Inhalt dieses Teppichs aus dem Kanz el A'da der heiligen Stätte Meschhed Ali gestohlen wurde.“

„Was du behauptest, mußt du auch beweisen können!“

„Ich kann es!“

„So tue es!“

Der Perser nahm aus seinem Gürtel ein Notiztäschchen, öffnete es und erklärte:

„Ich habe sofort, als ich den Verlust bemerkte, ein genaues Verzeichnis der gestohlenen Gegenstände angefertigt. Hier ist es. Ich werde es vorlesen, und du kannst da hören, daß es genau mit den hier an den Beuteln hängenden Inschriften stimmt!“

Er las, und der Scheich verglich das, was er hörte, mit den auf den Elfenbeintäfelchen stehenden Worten. Das eine klang ganz so wie das andere; es war keine Silbe zu wenig oder zu viel.

„Nun? Habe ich recht?“ fragte der Perser.

„Es ist allerdings beides gleich“, gab der Scheich notgedrungen zu; „aber wenn du meinst, damit den Beweis geliefert zu haben, so irrst du dich. Dein Verzeichnis scheint sich freilich hier auf diese Gegenstände zu beziehen; aber ob diese gestohlen worden sind, und zwar aus dem ‚Schatz der Glieder‘ in Meschhed Ali, davon mußt du uns erst überzeugen!“

Der Perser war von dieser so ganz unerwarteten, ja für unmöglich gehaltenen Einwendung so betroffen, daß er nicht gleich eine Entgegnung fand. Dafür aber machte sich El Ghani diesen Kniff mit größter Geistesgegenwart zunutze, indem er schnell ausrief:

„Halt! Ich kann jetzt nachweisen, daß ich nicht der Dieb, sondern der Bestohlene bin! Dieses Verzeichnis gehört nämlich mir! Ich habe es angefertigt über mein Eigentum, welches ich bei mir hatte, und es ist mir in Meschhed Ali, als ich in der Wohnung dieses schiitischen Basch Nazyr war, aus der Tasche gestohlen worden. Nun ist er so frech, dieses Verzeichnis dazu zu benutzen, mich um meine Habe zu bringen. Dieser Halunke hat also nicht nur die Strafe, von welcher er leider vorhin errettet wurde, sondern eine noch viel schärfere und strengere verdient!"

Halef sah mich an und ich ihn. Jetzt waren wir beide ebenso erstaunt wie soeben der Perser. Diese Halunkenhaftigkeit des alten Mekkaners war zugleich empörend und imponierend! Dem Scheich der Beni Khalid kam sie sehr gelegen. Er lächelte mit dem ganzen Gesicht, als er dem Perser nun die Frage vorlegte:

„Was sagst du dazu? Du bist aus dem Ankläger der Angeklagte geworden. Verteidige dich!"

Diese Aufforderung steigerte den in dem Oberaufseher kochenden Grimm in der Weise, daß er nicht imstande war, zusammenhängend zu antworten, sondern nur mühsam und in Pausen hervorstieß:

„Verteidigen –? Ich – mich –? Ia Ali –! Welch eine – eine Frechheit –! Kein Wort – kein Wort sage ich!"

„Das war zu erwarten! Daß du von Frechheit sprichst, darüber werde ich noch mit dir abrechnen! Der Diebstahl liegt jetzt folgendermaßen: Du behauptest, die Sachen seien in Meschhed Ali gestohlen worden, und mein Gast und Freund behauptet, du habest ihm das Verzeichnis gestohlen, um in den Besitz dieser Sachen zu kommen. Ihr beide befindet euch hier aber im Bereich des Stammes der Beni Khalid, welcher also über diesen Fall zu entscheiden hat. Sobald der ganze Stamm, von dem wir hier nur eine kleine Abteilung sind, versammelt ist, werde ich die Dschemma – Ältestenversammlung – zusammenrufen, welche dann das gerechte Urteil fällt. Bis dahin lege ich Beschlag auf alles, was sich hier in dem Teppich befindet, und nehme es in meine Verwahrung."

Er wickelte das Paket wieder zu und band die Schnur darum. Der Perser wollte die Arme ausstrecken, um ihn daran zu hindern; ich gab ihm aber wieder einen Wink, dies nicht zu tun. Als der Scheich mit dem letzten Knoten fertig war, wollte er aufstehen; ich hielt ihn aber am Arm zurück und fragte:

„Du willst fort?"

„Ja", antwortete er.

„Wohin?"

„Zu meinen Leuten."

„Mit diesem Paket?"

„Natürlich! Es wurde ja so darüber bestimmt!"

„Von dir, ja! Aber willst du nicht vorher abwarten, was ich darüber bestimme?"

„Du –?"

„Ja, ich! Ich erlaube mir nämlich, etwas anderer Meinung zu sein als du."

„In welcher Beziehung?"

„In mehrfacher Hinsicht. Zunächst sagtest du vorhin wörtlich: ‚Ich habe diese Sachen hier gefunden.' Bist wirklich du es gewesen, der sie gefunden hat?"

„Das hat gar keine Bedeutung. Es ist ganz gleich, wer der eigentliche Finder ist."

„Nein, denn dem Finder haben diese Gegenstände zu gehören, bis über sie entschieden worden ist."

„Das ist ja soeben geschehen!"

„Nein, denn derjenige, welcher sich einbildet, entschieden zu haben, besitzt nicht das geringste Recht dazu, eine gültige Entscheidung zu treffen."

„Meinst du damit mich?"

„Ja. Ich sagte dir heut schon einmal, daß nicht ihr hier die Herren seit. Als ich dies sagte, waren deine Beni Khalid zugegen; jetzt aber sind sie fort, und der Bir Hilu befindet sich im Besitz der Haddedihn, welche also jetzt hier zu befehlen haben. Aus diesem Grund liegt der Fall, den wir verhandeln, nicht so, wie du gesagt hast, sondern so, wie ich dir jetzt sagen werde: Nämlich der Basch Nazyr behauptet, die Sachen seien in Meschhed Ali gestohlen worden, und El Ghani behauptet, dieser habe ihm das Verzeichnis entwendet, um dadurch in den Besitz der Gegenstände zu kommen. Beide befinden sich hier im Bereich der Haddedihn, welche also über diesen Fall zu entscheiden haben. Hadschi Halef Omar, der Scheich dieses Stammes, hat folglich die Pflicht, auf alles, was sich in dem Teppich befindet, Beschlag zu legen, bis das Urteil gesprochen worden ist. Das ist die richtige Ansicht über diese Angelegenheit, und sie gilt; die deinige aber ist falsch und gilt also nicht."

Er hatte wohl einen Widerspruch erwartet, aber einen so klaren und bestimmten nicht. Er mußte sich sagen, daß er gegen diese meine Worte unmöglich etwas Kluges und Überzeugendes vorbringen könne, und darum an die wenigstens jetzt einzige Art und Weise denken, uns das Objekt des Streites zu entziehen. Daß er dies tat, sah ich ihm an: Er warf einen langen, lauernden Blick in mein Gesicht und zog den Fuß zum schnellen Sprung an den Leib. Zugleich bemerkte ich, daß ich nicht der einzige war, der dies beobachtete. Kara, der Sohn unsers Halefs, stand von seinem Platz auf und tat so, als ob er bei einem naheliegenden Kamel etwas zu tun habe. Dabei ging ein bezeichnendes, listiges

Lächeln über sein hübsches, jugendliches Gesicht. Grad dieser seiner Jugend wegen wurde er von dem Scheich der Beni Khalid für ungefährlich gehalten. Dieser tat einen raschen Griff nach dem Paket und sprang auf, um fortzueilen und im Dunkel der Nacht zu verschwinden. Da aber holte Kara aus, machte einen weiten Satz durch die Luft und sprang ihn von hinten in der Weise an, daß der Fliehende nach vorn in den Sand stürzte. Er wollte sofort wieder auf, konnte aber nicht, denn Kara lag auf ihm und hielt mit beiden Händen seinen Hals fest umklammert. Ganz selbstverständlich warfen sich nun mehrere Haddedihn auf Tawil und sorgten dafür, daß er an Händen und Füßen so gebunden wurde, daß er sie nicht bewegen konnte.

Halef war auch aufgesprungen, um den blitzschnellen Vorgang zu beobachten. Sein Gesicht strahlte vor Freude, als er mir nun die Worte zuwarf:

„Sihdi, hast du es gesehen, alles ganz genau gesehen?"

„Jawohl", antwortete ich.

„Hat er es gut gemacht?"

„Ausgezeichnet!"

„Ja, ausgezeichnet! Schade, wirklich jammerschade, daß Hanneh, die vortrefflichste und berühmteste aller Mütter und Frauen, so weit von hier entfernt ist, daß sie es nicht auch sehen konnte! Was soll nun mit diesem Scheich der Beni Khalid werden?"

„Tue mit ihm, was du willst!"

„Du übergibst ihn also mir?"

„Ja."

„Gut! Sei überzeugt, daß ich ganz in deinem Sinn handeln werde."

„Wenn du das tust, so übergebe ich dir noch mehr."

„Was?"

„Das Paket und hier die Mekkaner dazu."

„Wirklich?"

„Ja."

„Ich danke dir! Vor allem danke ich dir dafür, daß du mich dadurch in den Stand setzt, als Scheich der Haddedihn handeln zu können, ohne jemanden um Erlaubnis fragen zu müssen. Du wirst sofort hören, was für weise und praktische Bestimmungen ich treffen werde!"

Er trat in würdevoller Haltung zu Tawil Ben Schahid hin und sagte:

„Jetzt haben wir dir bewiesen, wer nun hier zu bestimmen

hat, ich oder du, mein Stamm oder der deinige. Ich habe dich schon einmal mit der Peitsche darüber belehrt, daß die Haddedihn vom großen Stamm der Schammar gar wohl wissen, wer sie sind und was sie leisten; du aber hast es dir nicht gemerkt und darum diese Wiederholung meines Unterrichts erhalten. Wir sind überall, wohin wir kommen die Gebieter, also auch hier. Wir werden tun, was uns gefällt, selbst wenn du zehntausend oder noch mehr Krieger bei dir hättest. Du hast zwar einen Vertrag mit uns abgeschlossen, den wir bisher gehalten haben und auch ferner halten wollten; aber glaubst du denn, daß ich dir getraut habe? Von dem Augenblick an, da meine Peitsche dich überzeugte, daß Hanneh der huldreichste Inbegriff aller Lieblichkeit, Anmut und irdischen Schönheit ist, mußte in deinem Herzen die Rache gegen uns gären, und wenn du das auch zu verbergen suchtest, so konntest du doch mich nicht täuschen."

„Schweig!" herrschte ihn der Gefangene an. „Ich hätte unsern Vertrag gehalten!"

„Du hast ihn doch schon dadurch gebrochen, daß du uns um das Paket betrügen wolltest!"

„Das ist in unserem Übereinkommen nicht mit genannt worden!"

„Gut, so will ich annehmen, daß du unsere Bedingungen erfüllt hättest! Von dem Moment an aber, an welchem wir uns von euch getrennt hätten, wärest du uns gefolgt, um dich zu rächen."

„Ja, das hätte ich getan! Ich bin zu stolz, um dies zu leugnen, und sage dir auch jetzt, daß ich auf diese meine Rache nicht verzichte. Ihr seid gleich von allem Anbeginn betrügerisch gegen uns aufgetreten, indem ihr euch für Beni Solaib ausgabt, während ihr doch Haddedihn seid."

„Ja", lachte Halef vergnügt, „Beni Solaib, welche Einkäufe machen wollten und also Geld bei sich hatten, dem du deine ganz besondere Aufmerksamkeit schenken wolltest! Da tut es deinem menschenfreundlichen Herzen nun unendlich wehe, zu erfahren, daß es dieses Geld entweder gar nicht gibt oder daß es, falls es doch vorhanden sein sollte, uns nicht genommen werden kann. Wer so ein gutes, liebevolles Gemüt besitzt wie du, den muß das bitter kränken!"

„Höhne nicht! Ich verlange, losgelassen zu werden. Nach unseren Abmachungen habt ihr kein Recht, mich wieder zu binden. Ich habe den Perser freigegeben und muß darum verlangen, auch frei zu sein! Sogar sein kostbares Hedjihn hat er wiederbekommen!"

„Das verstand sich ganz von selbst! Nicht so selbstverständlich aber ist es, daß wir deine Fesseln jetzt zum zweitenmal zu entfernen haben. Einmal taten wir es, um dich gegen ihn auszulösen; da waren wir mit dir quitt. Das zweite Mal wurdest du aber nicht seinetwegen festgenommen, sondern weil du uns mit dem gestohlenen Teil des Kanz el A'da ausreißen wolltest, und nun steht es nicht in deinem Willen, sondern in unserem Belieben, ob und wann wir dir für diesen Schatz der Glieder den Gebrauch der Glieder wiedergeben werden."

„So mache ich euch darauf aufmerksam, daß meine Krieger zurückkehren und mich nicht nur befreien, sondern blutig rächen werden!"

„Allah w' Allah! Vor morgen kommen sie nicht; dafür hast du vorhin ja selbst gesorgt. Und wenn sie kämen oder wenn sie früh kommen, so denke ja nicht, daß wir uns vor ihnen fürchten! Ein Haddedihn nimmt es mit zwanzig Beni Khalid auf, und außerdem bist du für uns der beste Schutz gegen sie. Wenn sie erfahren, daß du im Fall eines Angriffes sofort eine Kugel in den Kopf bekommst, werden sie sich wohl sehr hüten, dein teures Leben in Gefahr zu bringen!"

„Allah verbrenne euch!"

„Denke ja nicht, daß er das tut! Wir brennen nicht so gut wie ihr, die ihr in euren Sünden dürr wie altes Holz geworden seid. Du bist also einstweilen abgetan und hast ruhig zu warten, was ich über dich bestimmen werde. Jetzt kommen die hohen Mekkaner Herrschaften daran!"

Der Scheik mochte einsehen, daß Worte jetzt unnütz seien; er schwieg. Halef wendete sich an El Ghani:

„Mit euch brauche ich mir keine Mühe zu geben; ich werde es also so kurz wie möglich machen."

Der Angeredete glich einem mit Wut gefüllten Feuerwerkskörper, den die verächtlichen Worte des Hadschi in Brand setzten. Er prasselte los. Die arabische Sprache ist, wie wohl kaum eine andere, reich an Schimpfwörtern. El Ghani schien sie alle zu kennen und jetzt die Absicht zu haben, sich ihrer so schnell wie möglich zu entledigen. Es brach ein solcher Redeschwall über Halef herein, daß er, den doch nicht so leicht etwas verblüffte, zunächst ganz still war vor Erstaunen; dann aber lachte er, erst in seiner gewöhnlichen, herzlichen Weise, hernach lauter und immer lauter. Ein Haddedihn fiel ein, noch einer, noch einer, immer mehrere und mehrere, bis sie alle, alle im Chor und zwar derart lachten, daß ich mit einstimmen mußte, ich mochte wollen oder nicht. Das brachte den Mekkaner doch zum Schweigen. Als dann die lustige Explosion vorüber war und Halef sein beinahe krampfhaft verzerrtes Gesicht wieder in Ordnung gebracht hatte, rief er El Ghani zu:

„Du siehst, daß du uns beinahe getötet hast! Du bist ein noch viel gefährlicherer Mensch, als ich dachte, denn wer keine gute Lunge hat, der muß vor Lachen über dich ersticken. Darum will ich lieber gleich gar nichts mit dir zu tun haben und es mit dir noch kürzer machen, als ich vorhin beabsichtigte. Ich übergebe dich dem Basch Nazyr. Er hat dich verfolgt, um dich zu fangen; er hat euch hier eingeholt und nun gehört ihr ihm. Keine Sünde bleibt unbestraft, also auch die eurige nicht!"

Da fragte der Perser schnell:

„Hadschi Halef Omar, sag, ist das dein Ernst?"

„Ja, natürlich", antwortete Halef.

„Aber bedenke: Indem du diese Leute mir übergibst, erklärst du, daß sie schuldig sind!"

„Das weiß und will ich ja!"

„Ich kann also mit ihnen machen, was ich will, sie bestrafen, wie es mir beliebt?"

„Nein."

„So widersprichst du doch dir selbst! Du gibst sie in meine Hände und erlaubst mir doch nicht, mit ihnen nach meinem Gefallen zu verfahren."

„Ich bitte dich, mich richtig zu verstehen! Indem ich, der hier zu bestimmen hat, sie dir übergebe, entscheide ich die Schuldfrage zu deinen Gunsten. Du warst gefangen und bist frei; sie waren frei und sind nun gefangen. Daran würden tausend oder selbst zehntausend Beni Khalid nichts ändern können. Sie sind dir zugesprochen worden; aber über ihre Bestrafung hast nicht du allein, sondern haben auch wir mit zu bestimmen, weil du dich mit ihnen im Bereich der Haddedihn befindest und weil wir in Beziehung auf sie mit dem Scheich der Beni Khalid Verpflichtungen eingegangen sind, die wir erfüllen müssen, weil man ein einmal gegebenes Wort selbst seinem ärgsten Feind zu halten hat. Du sagtest heut am Tag, daß du die Absicht habest, die Mekkaner, falls du sie ereiltest, nach Meschhed Ali zu schaffen, wo man sie, wie mit Gewißheit vorauszusehen ist, am Leben strafen würde. Wir aber haben mit Tawil Ben Schahid das Übereinkommen getroffen, daß um sie gekämpft werden solle, und dabei versprochen, daß ihnen, falls wir siegen, an Leib und Leben nichts geschehen soll. Um dieses unser Versprechen mit deinen Absichten in Einklang zu bringen, werden wir eine Beratung abhalten, an welcher drei Personen teilzunehmen haben."

„Wer sind diese drei?"

„Das bin zunächst ich, denn ich habe ja . . ."

„Kutub, kutub!" fiel ich ihm da in die Rede.

Er mußte sich doch einen Augenblick besinnen, was ich mit diesem Zuruf meine; dann verbesserte er sich, indem er mir lachend antwortete:

„Verzeih, Sihdi; du hast recht, weil ich wieder mich zuerst genannt habe! Also die drei sind folgende Personen: Zuerst unser Effendi, dem ich durch diese Ernennung zum Schiedsrichter meinen Dank dafür abstatte, daß er meine Herrschaft vorhin anerkannte. Sodann du, o Khutab Agha, als Oberaufseher des Schatzes, welcher bestohlen worden ist. Und zuletzt – hörst du, Sihdi, zuletzt; ich komme zuletzt! – zu allerletzt ich, als Scheich der Haddedihn, in deren Machtbereich ihr alle euch befindet. Also wir drei werden beraten, was geschehen soll, und was wir beschließen, das wird dann ausgeführt; kein Mensch soll uns daran hindern!"

Da widersprach El Ghani zornig:

„Ihr habt nichts, gar nichts zu beraten und zu bestimmen! Die Sachen gehören mir, wie das mir gestohlene Verzeichnis beweist. Bedenkt, welche Macht ich in Mekka besitze, und . . ."

„Sei still!" unterbrach ihn der Scheich der Beni Khalid. „Wer und was du in Mekka bist, das ist diesen Haddedihn hier doch sehr gleichgültig, und deine Drohungen sind also ganz unnütz. Ich aber kann ganz anders sprechen, weil das, was ich sage, Grund und Nachdruck hat. Ich bin zwar unvorsichtig gewesen, als ich vorhin die zwei Boten fortwies, denn meine Krieger werden nun bis früh warten; dann aber kommen sie gewiß, und dann wird es sich ja zeigen, ob ein Haddedihn es mit zwanzig von ihnen aufnimmt. Außerdem haben wir die Soldaten fest, welche uns als Geiseln dienen. Wird nur einem einzigen von uns ein Haar gekrümmt, so werden sie alle erschossen. Das werden die drei mächtigen und berühmten Männer, welche es wagen wollen, über uns zu Gericht zu sitzen, wohl bedenken müssen. Der Beschluß, den sie treffen werden, kann uns also gar nicht bange machen! Außerdem ist abgemacht worden, daß nicht nur um diese Soldaten, sondern auch um euch gekämpft werden soll. Es kann euch also vor Austrag dieses Zweikampfes nichts geschehen, und da es gar keinem Zweifel unterliegt, daß wir Beni Khalid siegen werden, so ist es für mich schon jetzt gewiß, daß ihr ebenso wie ich dann freigelassen werden müßt!"

Da fiel Halef spöttisch ein:

„Dein Scharfsinn ist unendlich groß. Er reicht von hier bis zum Himmel hinauf; aber weil er seinen Kopf so hoch da oben hat, kann er nicht sehen, daß diese Angelegenheit sich hier unten inzwischen ganz anders gestaltet hat! Zunächst hat kein Mensch gesagt, daß auch um dich gekämpft werden soll; du bleibst also unser Gefangener, wie immer das Ergebnis ausfallen wird. Sodann wurde unsere Vereinbarung getroffen, als die Mekkaner sich noch in deinem Schutz befanden; sie sind jetzt in unserer Gewalt, und so hat also unser Abkommen, soweit es sich auf sie bezieht, keine Geltung mehr. Oder hältst du uns wirklich für so dumm, um den Besitz von Sachen oder Personen zu kämpfen, den wir indessen schon auf andere Weise ergriffen haben?"

„Das wäre feig!" brauste der Scheich auf. „Wir würden es aller Welt verkünden, daß ihr euch vor uns fürchtet!"

„Darüber lache ich. Verkünde es doch, indem du unser Gefangener bist, der wahrscheinlich eine Kugel bekommt! Auch irrst du dich gewaltig, wenn du meinst, der Mann zu sein, dessen Urteil über den Mut der Haddedihn maßgebend sei. Wir sind fünfzig, ihr aber zählt mehrere hundert Krieger; dennoch liegt ihr gefesselt hier bei uns. Eure tapfern Beni Khalid sind vor dem „Geist" ausgerissen; wir aber sind geblieben. Wer hat da Mut und wer nicht? Und was die Soldaten betrifft, so wird der Zweikampf natürlich nur dann über sie entscheiden, wenn sie sich zu der Zeit, in welcher er beginnen soll, noch in den Händen der Beni Khalid befinden. Merke dir genau, was ich dir jetzt gesagt habe, denn um Leute, welche ihr nicht mehr habt, kann es keine Entscheidung geben! Damit bin ich einstweilen mit euch fertig. Ich wünsche, von jetzt an nicht mehr von euch mit Worten belästigt zu werden. Seht hier meine Peitsche! Wer von euch noch ein Wort sagt, ohne daß ich ihn dazu auffordere, dem wird sie den Mund sofort schließen. Dies ist ein Versprechen, welches ich gewißlich halten werde. Wir haben mehr zu tun, als uns so ganz unnützerweise hier mit euch herumzustreiten!"

Der Ton, in welchem er dies sagte, war so überzeugend, daß sie von nun an schwiegen. Sein Verhalten hatte meine volle Billigung. Ich freute mich über ihn. Seit ich die Entscheidung in seine Hand gelegt hatte, war es, als ob er ein ganz anderer Mann geworden sei. Er fühlte sich unabhängig von mir, und das gab ihm eine Sicherheit, eine Ruhe, welche von seiner sonstigen Leichterregbarkeit wohltätig abstach. So stellte er auch jetzt, ohne mich vorher zu fragen, einige Haddedihn als Posten aus, welche den Zweck hatten, uns von einer etwaigen Annäherung der Beni Khalid rechtzeitig zu unterrichten. Der Brunnen wurde untersucht, der hinabgelassene Eimer schöpfte Wasser, und so konnten, wenigstens so weit es jetzt reichte, unsere Pferde und Kamele getränkt werden. Während dies geschah, ging er zu Hanneh hinüber, um ihr Bericht zu erstatten. Wir hätten sie gern herüber zu uns geholt, aber da sich der Münedschi, den wir noch verheimlichen wollten, unter ihrer Aufsicht befand, so konnte dies für jetzt noch nicht geschehen.

Kara Ben Halef überwachte die Arbeiten am Brunnen, damit jedes Tier sein Teil bekomme, und ich machte einen Spaziergang, um nachzusehen, ob die Posten sich so, wie es ihrer Aufgabe entsprach, aufgestellt hatten. Unser Zusammentreffen mit den Beni Khalid hatte sich jetzt verwickelter gestaltet, als es anfangs zu vermuten gewesen war, doch zweifelte ich nicht daran, daß die Lösung eine für uns befriedigende sein werde. Wir hatten ja immer Glück gehabt, und es gab keinen Grund, anzunehmen, daß es uns grad dieses Mal verlassen werde.

DRITTES KAPITEL

El Mizan

Grad als ich von meinem Gang zurückkehrte, kam auch Halef wieder. Als er mich sah, kam er auf mich zu und hinderte mich dadurch, ganz bis zum Feuer zu gehen. Er schien mir also etwas mitteilen zu wollen, was für mich allein bestimmt war.

„Sihdi“, sagte er in geheimnisvollem Ton, „du hast mir zwar erlaubt, ganz allein und selbständig zu bestimmen, aber es liegt jetzt etwas vor, was ich doch nicht tun möchte, ohne dich vorher gefragt zu haben.“

„Was ist’s?“ erkundigte ich mich.

„Du kennst doch meine Hanneh, welche nicht nur die herrlichste unter allen Erdenblumen ist, sondern auch das klügste Köpfchen unter sämtlichen Köpfen aller Menschen hat. Das weißt du doch?“

„Allerdings.“

„Schön! Wenn du das noch nicht wüßtest, so würdest du es jetzt erfahren, erkennen, einsehen, zugeben und bestätigen müssen. In diesem ihrem gescheiten Köpfchen ist nämlich ein Plan entstanden, welcher der vortrefflichste Plan aller Pläne ist und mich geradezu begeistert hat. Du stehst so still da. Bist du nicht begierig, zu erfahren, was ich meine?“

„Ich bin still, weil ich es umso eher erfahre, je weniger ich selbst rede, sondern dich sprechen lasse.“

„Dieser Plan betrifft nämlich die gefangenen Soldaten. Wir haben uns von dem Versprechen, welches wir dem Scheich der Beni Khalid gaben, in jeder Beziehung unabhängig gemacht, nur aber nicht in betreff dieser Soldaten, um deren Befreiung noch erst gekämpft werden muß. Dies wäre nicht nötig, wenn es uns gelänge, sie jetzt während der Nacht den Beni Khalid durch List zu entführen. Bist du nicht auch dieser Meinung?“

„Ich gebe dir recht. Ja, ich gestehe sogar, daß ich auch schon daran gedacht habe. Es gibt zwar eine sehr leichte Art und Weise, sie loszumachen, nämlich indem wir sie gegen den Häuptling umtauschen, worauf die Beni Khalid ja gezwungen wären, einzugehen; aber da er schon einmal umgetauscht worden ist, so kommt mir diese Manipulation keineswegs sehr geistreich vor, und ich ..."

Da fiel er mir rasch in die Rede:

„Geistreich, geistreich! Ja, das ist das richtige Wort, Sihdi. Wir wollen und wir müssen geistreich sein, und ich sage dir, daß wir es gar nicht zu sein brauchen, weil Hanneh, die pfiffigste aller irdischen Pfiffigkeiten, schon geistreich für uns gewesen ist. Wir haben es gar nicht nötig, unsere hehren Seelenkräfte anzustrengen, weil diese doch immerhin belästigende Arbeit uns von dem herrlichsten Gegenstand meiner Liebe und Verehrung, welcher Hanneh heißt, abgenommen worden ist. Ich ging vorhin zu ihr, um ihr den Bericht zu erstatten, den ich als der Mann ihres Herzens ihr schuldig bin. So erfuhr sie, daß wir die Soldaten noch nicht frei gemacht haben und also um sie kämpfen müssen. Sie ist mutig, tapfer, kühn und verwegen, sowohl im Frieden wie auch im Streit; sie weiß, daß wir uns nicht besiegen lassen würden, und hat also nicht eine Spur von Sorge oder gar Angst um uns; aber als kluge Frau ist sie doch der ganz richtigen Ansicht, daß man, wenn man die Wahl besitzt, ganz denselben Erfolg durch List oder durch Gewalt zu erreichen, der List den Vorzug geben soll. Und kaum hatte sie diesen Gedanken ausgesprochen, so war auch schon der Plan zur Ausführung in ihrem lieben Köpfchen fertig. Du wirst staunen, staunen, wenn du ihn erfährst!"

„Hoffentlich teilst du ihn mir noch im Verlauf dieses Jahrhunderts mit?"

„Spotte nicht! Bist du nicht gespannt darauf?"

„Sehr!"

„Ich war es auch, außerordentlich sogar! Und ich sage dir: Als sie ihn mir klargelegt hatte, wußte ich, daß ein solcher Entwurf nur aus einem weiblichen Kopf kommen könne, und zwar aus dem weiblichen Kopf meiner Hanneh, deren Scharfsinn über alle andern Scharfsinnigkeiten hoch erhaben ist!"

„So bitte ich dich, mich an deinem Entzücken doch baldigst teilnehmen zu lassen!"

„Das sollst du auch, Effendi. Gestatte mir nur erst die Frage: Vor wem sind die Beni Khalid vorhin ausgerissen?"

„Vor dem Münedschi, weil sie ihn für ein Gespenst hielten."

„Wie nun, wenn ihnen dieser Geist jetzt wieder erschiene, ganz plötzlich erschiene?"

„Hm!"

„Du hmst dazu? Ich dachte, du würdest ganz entzückt davon sein!"

„Ist dies der Gedanke deiner Hanneh?"
„Ja. Wie findest du ihn?"
„Hm!"
„Hmse nicht, sondern sage es offen!"
„Er ist echt weiblich."
„Nicht wahr? Echt weiblich! Großartig ausgedacht und ungemein praktisch. Der Erfolg kann gar nicht ausbleiben; sie reißen alle, alle aus!"
„Meinst du das wirklich?"
„Bloß meinen? Ich bin überzeugt, vollständig überzeugt davon. Also du stimmst bei. Es wird gemacht!"
„Langsam, langsam, lieber Halef! Wer hat gesagt, daß ich beistimme? Ich nicht!"
„Du hast das Gegenteil nicht getan und also beigestimmt. Wir werden darum den köstlichen Gedanken meiner Hanneh sofort zur Ausführung bringen!"
Schon hob er den Fuß, um fortzugehen; da hielt ich ihn fest und sagte:
„Nicht so schnell, Halef! Erlaube, daß ich deine Begeisterung ein wenig abkühle! Wie nun, wenn die Beni Khalid nicht ausreißen?"
„Sie reißen aus!" behauptete er. „Hanneh hat es gesagt, und folglich tun sie es! Ich weiß zwar, daß du ein vollständig nüchterner Mensch bist, aber so viel Phantasie besitzest du doch wohl, dir ausmalen zu können, welcher Schreck sie erfaßt, wenn der Geist plötzlich abermals bei ihnen erscheint, und zwar mitten unter ihnen und mit brennenden Fackeln in den Händen!"
„Mit Fackeln?"
„Ja, mit Fackeln, aus Lef und Katran – Palmfaser und Teer – gefertigt. Du weißt doch, daß wir welche mitgenommen haben, um unterwegs, wenn es nötig werden sollte, das Lager hell zu erleuchten!"
„Das weiß ich wohl! Also mit Fackeln soll er erscheinen, und ausreißen werden sie? Wenn sie nun da die Soldaten mitnehmen?"
„Mitnehmen? Fällt ihnen gar nicht ein! Ihr Schreck wird so groß sein, daß sie augenblicklich fortrennen, ohne sich um sie zu bekümmern."
„Und dann?"
„Dann machen wir die Soldaten schnell frei und gehen mit ihnen fort, ehe die Beni Khalid zurückkehren."
„Dazu brauchen wir sehr lange Zeit!"

„Nein; das geht sehr rasch!"

„Bedenke, daß wir doch auch die Waffen, die Kamele und alles, was den Soldaten gehört, haben müssen!"

„Das dauert trotzdem nicht lange, denn wir nehmen soviel Haddedihn mit, wie wir brauchen; die bleiben natürlich im Dunkel der Nacht, hinter dem Münedschi, bis der geeignete Augenblick gekommen ist."

„Aber der Münedschi ist blind! Er kann nicht geführt werden, da sie zunächst nur ihn sehen dürfen!"

„Wir stellen ihn so, daß er nur geradeaus zu gehen hat. Das ist doch nicht schwer."

„Wird er sich zu diesem Coup brauchen lassen?"

„Warum nicht? Wir sagen ihm, um was es sich handelt."

„Das dürfen wir nicht."

„Warum nicht?"

„Weil wir noch nicht wissen, wie er sich von jetzt an zu den Mekkanern, seinen bisherigen Freunden, stellen wird. Hat er etwa alles gehört, was du Hanneh erzählt hast?"

„Nein, gar nichts, denn er befand sich wieder in seinem schlafähnlichen Zustand, aus welchem er infolge seiner Schwäche und Ermüdung nur zuweilen und für kurze Minuten kommt. In diesem Halbschlaf ist er, als er bei uns beinahe an das Feuer kam, plötzlich aufgesprungen und so schnell fortgelaufen, daß ihn Hanneh gar nicht hat halten können, aber ebenso rasch wiedergekommen, um sich niederzusetzen und weiterzuschlafen. Er weiß also gar nicht, wo wir sind und was hier geschehen ist."

„Wir wollen es ihm auch nicht sagen, um zu vermeiden, daß er im Gefühl seiner Zugehörigkeit zu den Mekkanern vielleicht etwas sagt und tut, was uns hinderlich ist. In seinem jetzigen Zustand ist er zur Ausführung von Hannehs Plan unmöglich zu verwenden."

„So warten wir, bis er erwacht!"

„Womit willst du ihn dann dazu bringen, den fackeltragenden Geist zu spielen?"

„Sihdi, das laß nur Hannehs Sorge sein! Sie weiß jeder Sache einen Grund zu geben, und wenn dieser nicht ausreicht, sogar mehrere und viele Gründe, und wird also auch hier zur rechten Zeit den richtigen Gedanken finden; darauf kannst du dich verlassen! Und nun sag: Stimmst du endlich bei?"

„Noch nicht."

„Aber warum nicht?"

„Weil mir die Sache vorkommt, als ob Kinder spielten; sie ist kindlich, sogar kindisch und nicht so tapferen Kriegern angemessen, wie unsere Haddedihn doch jedenfalls sind. Wir können unseren Zweck ja doch auf ganz andere, uns würdigere Weise erreichen."

„Das gebe ich zu, Sihdi; aber diese andere Weise würde mir nicht gefallen, weil sie nicht der Klugheitstiefe meiner Hanneh entsprungen ist. Ich bitte dich, doch einmal in den Brunnen ihrer Gedanken hinabzusteigen! Sie hat einen so köstlichen Plan ersonnen, und nun soll er nicht ausgeführt werden! Daß du diesen Plan kindisch genannt hast, das darf sie nie im Leben erfahren, weil dies eine Kränkung für sie wäre, welche ihr Herz wohl gar nicht überstehen könnte. Du mußt also schon um ihretwillen deine Genehmigung erteilen, ohne daß ich dich darauf aufmerksam zu machen brauche, daß nach deinem eigenen Willen jetzt ich allein zu bestimmen habe, was geschehen soll. Ja, das hast du gesagt! Und nun willst du dich meiner Anordnung doch nicht fügen! Ist das recht? Ist das gut und schön von dir?"

Da seine Appellation sich auf diese, seiner Meinung nach gewichtigen Gründen stützte, beeilte ich mich, zu antworten:

„Lieber Halef, ich bleibe zwar bei meiner Ansicht, will dich aber nicht hindern, den Versuch zu machen, ob der großartige Plan deiner guten Hanneh ausgeführt werden kann."

„Ich danke dir, Sihdi! Wie wird sie sich freuen, wenn sie erfährt, daß du eingewilligt hast! Ich werde alles Nötige sogleich mit ihr besprechen und mich dann beeilen, es auszuführen."

„Alles Nötige? Was verstehst du darunter?"

„Was? Das will ich eben mit ihr beraten."

„Lieber Hadschi, der Plan ist ihrem Köpfchen entsprungen, die Ausführung desselben aber laß Männersache sein! Über das dabei Nötige ist unser Urteil wohl nicht weniger genügend als das ihrige. Ich werde natürlich auch mit dabeisein. Wir müssen zunächst vor allen Dingen wissen, wo die Beni Khalid sind und in welcher Weise sie sich gelagert haben. Ich gehe sofort, dies zu erforschen, und du wirst mich begleiten. Komm!"

„Jetzt gleich?" fragte er enttäuscht.

„Ja."

„Du willst mir helfen?"

„Natürlich!"

„Aber, Effendi, es war uns ja eben darum zu tun, diese Sache ohne deinen Beistand auszuführen!"

„Das kann ich nicht zugeben. Du sollst zwar bestimmen, was zu geschehen hat, aber daß ich von der Erfüllung deiner Befehle ausgeschlossen sein soll, davon habe ich nichts gesagt. Der Streich, den du den Beni Khalid spielen willst, hat große Ähnlichkeit mit einem Knabenscherz, kann aber sehr ernste und beklagenswerte Folgen für uns haben. Wenn ich trotzdem darauf eingehe, so tue ich das nur unter der Voraussetzung, daß die Ausführung unter meinen Augen geschieht. Wenn du es nicht willst, so verzichten wir ganz darauf und tauschen die Soldaten gegen den Scheich aus. Jetzt entscheide!"

„Sihdi, du nimmst da meiner Hanneh die Butter von der Milch herunter, aber da ich einsehe, daß ich dich nicht anders zu stimmen vermag, so sollst du deinen Willen haben. Komm also jetzt; ich gehe mit!"

Er war jetzt unzufrieden mit mir, doch durfte mich das nicht beirren. Glücklich zwar ist der Mensch, dem es gelungen ist, seinen kindlichen Sinn mit herüber in die ernsten Jahre zu retten, aber der Ernst soll sich ihm nicht unterzuordnen haben.

Wir gingen miteinander nach der Richtung, in welcher wir die Beni Khalid wußten. Ich nahm an, daß sie die Gegend gewählt hatten, wo ich sie gegen Abend ihre Fantasia hatte reiten sehen, und es stellte sich heraus, daß diese Vermutung richtig war. Sie hatten dort wohl noch Brennmaterial liegen gehabt, denn es brannten zwei Feuer, zwar nur klein und nicht hell leuchtend, aber sie genügten für uns doch, uns leichter zu orientieren, als wir es ohne sie gekonnt hätten.

Der Platz war von einigen Felsen flankiert, welche unsere unbemerkte Annäherung ermöglichten. Indem wir einen von ihnen als Deckung benutzten und von ihm aus unsere Beobachtungen machten, gewannen wir folgendes Resultat: Es war zwar nicht hell genug, die Beduinen einzeln unterscheiden und also zählen zu können, aber die Figuren ihrer Gruppen konnten wir erkennen. Gleich vor unserem Felsen lagerten die Kamele, deren Sättel und Gepäckstücke unweit davon mehrere wohlgeordnete Reihen bildeten. Eine besondere, kleine Abteilung von Kamelen war nicht zu sehen, woraus wir schlossen, daß die Tiere die Soldaten bei den anderen untergebracht worden waren. Das mußte es uns leider fast unmöglich machen, sie so schnell, wie dies nötig war, herauszufinden. Links davon bildeten die an der Erde liegenden Beduinen zwei halbmondförmige Gruppen, deren Sichelspitzen gegeneinandergerichtet waren. Dadurch hatte sich zwischen ihnen ein freier, länglich schmaler Platz ergeben, an dessen Enden die Feuer brannten, während in der Mitte die Soldaten lagen, welche gefesselt zu sein schienen. Sehen konnten wir das nicht genau. Daß die Beduinen ihre Waffen bei sich hatten, verstand sich von selbst; aber wo sich diejenigen der „bezahlten Krieger des Sultans“ befanden, das konnten wir nicht entdecken. Es stand mit ihnen also gerade so wie mit den betreffenden Kamelen: Bei der Schnelligkeit, mit welcher unser Streich auszuführen war, fehlte es uns wahrscheinlich an der nötigen Zeit, nach ihnen zu suchen und sie mitzunehmen. Als ich Halef diesen meinen Gedanken mitteilte, antwortete er:

„Ich finde keinen Grund, unseren Vorsatz nicht dennoch auszuführen. Die Hauptsache ist die Befreiung der Soldaten. Der Scheich der Beni Khalid pocht darauf, daß sie gefangen sind, und ich freue mich schon jetzt auf sein enttäuschtes Gesicht, welches er uns zeigen wird, wenn er sieht, daß sie im besten Wohlbefinden zu ihm kommen, um ihm den höflichen Besuch der hochachtungsvollen Zuneigung zu machen! Ihre Waffen und Kamele und was ihnen sonst noch alles gehört, daß muß man ihnen später doch herausgeben, weil wir sonst den Scheich nicht freilassen würden. Ich bin vollständig überzeugt, daß du das einsiehst!“

„Und ich bin dir außerordentlich dankbar, daß du mir den nötigen Scharfsinn zutraust, der zu dieser Einsicht erforderlich ist!“

„Oh bitte, bitte! Du machst mich stolz mit dieser deiner Dankbarkeit! Bleiben wir vielleicht noch länger hier?“

„Nein; wir sind fertig. Komm!“

Wir kehrten nach unserem Lagerplatz zurück und gingen da sogleich zu Hanneh hinüber, welche mit Spannung auf das Ergebnis ihres Vorschlags gewartet hatte.

„Der Effendi ist einverstanden“, berichtete ihr Halef, „vollständig einverstanden! Er war ganz entzückt, als ich ihm den köstlichen Gedanken mitteilte, welcher der fruchtbaren Tiefe dieses geistigen Vermögens entsprossen ist. Wir sind sofort gegangen, um das Lager der Beni Khalid zu erspähen, und kehren, nachdem uns dies gelungen ist, zu dir zurück, um dich um weitere Erleuchtung zu ersuchen.“

Während er in dieser Weise meine widerstrebende Ansicht in eine begeistert zustimmende verwandelte, richtete ich meine Aufmerksamkeit auf den Münedschi, von dessen Verhalten das Gelingen unseres Planes abhing. Ich konnte hier in dieser Dunkelheit sein Gesicht nicht deutlich erkennen, aber seine im Sitzen gerade Haltung und die Art und Weise, wie er den Worten Halefs zuhörte, sagten mir, daß er wach und geistig munter sei.

Dieses bestätigte sich durch die Worte, welche er, als Halef gesprochen hatte, an diesen richtete:

„Ich höre an deiner Stimme, daß du Hadschi Halef bist, der Scheich der Haddedihn, und ich habe erfahren, daß ich mich hier bei Hanneh, deinem Weib, befinde. Mein Ohr sagt mir, daß jemand mit dir gekommen ist. Wer ist das?“

„Es ist Hadschi Akil Schatir, der Effendi aus dem Wadi Draha“, antwortete Halef.

„So nimm meinen Gruß, Hadschi Akil Schatir Effendi! Du hast Worte der Freundschaft, der Liebe und Barmherzigkeit mit mir gesprochen, bevor und nachdem ich Marrya, deinen Schutzengel, sah. Ihr seid gut und hilfreich zu mir gewesen, dem armen, verlassenen Blinden in der Wüste, und so werde ich tun, was ihr verlangt, und nicht nach dem Grund dieses eures Wunsches fragen.“

„Welchen Wunsch meinst du?“ erkundigte ich mich.

„Hanneh bat mich, in jede Hand eine brennende Fackel zu nehmen und langsamen Schrittes, ohne ein Wort zu sagen, vorwärts zu gehen. Sie versprach mir, daß ich die Ursache dieses Verlangens dann später erfahren werde; jetzt dürfe man es mir nicht mitteilen, weil sonst die dabei gehegte Absicht sehr leicht zu verfehlen sei. Ich tue nie etwas, ohne zu wissen, warum ich es tue; in diesem Fall aber will ich gegen diesen Grundsatz handeln, weil ich weiß, wie sehr ich euch zur Dankbarkeit verpflichtet bin.“

In diesen seinen Worten lag die indirekte Mitteilung, daß Hanneh in ihrem weiblichen Scharfsinn so vorsichtig gewesen war, ihm über die Vorgänge der letzten Stunden nichts mitzuteilen. Das war gut. Ebenso hätte es mich befriedigt, wenn sie das Verlagen, von welchem er sprach, noch nicht an ihn gestellt, sondern gewartet hätte, bis sie unseres Einverständnisses sicher gewesen wäre. Sie war um eine Erklärung ihres Wunsches verlegen gewesen, hatte keine gefunden und sich so allein auf seinen guten Willen verlassen müssen. Das war mir nicht lieb, konnte aber nun nicht geändert werden. Jetzt sagte sie zu mir:

„Du hörst, Effendi, daß ich alles wohl vorbereitet und eingeleitet habe, und da mir Halef sagt, daß auch ihr fertig seid, so brauchen wir mit dem Beginn wohl nicht länger zu warten.“

Indem ich mich nicht fragte, ob diese liebe Ungeduld des Ewig-Weiblichen etwa eine spezielle Eigenschaft nur der Orientalinnen sei, antwortete ich:

„Ja, wir können sofort die Probe machen, ob der Erfolg, den du erwartest, sich einstellen wird.“

„Ich zweifle nicht daran, Sihdi. Wir können also gehen?"
„Wir? Du meinst damit auch dich?"
„Ja. Der Plan ist von mir, und so möchte ich auch gern dabei sein, wenn meine Gedanken zur Wirklichkeit werden. Hast du etwas dagegen?"
„Eigentlich ja. Was wir vorhaben, ist nicht Frauensache. Aber ich will dich nicht um das Vergnügen bringen, auf welches du dich freust, erwarte aber, daß du stets an meiner Seite bleibst!"
„Ich verspreche dir, dies zu tun!"
„So besorg die Fackeln, Halef! Zehn Haddedihn bleiben mit Kara Ben Halef hier, zur Bewachung derer, welche dort am Feuer liegen. Die anderen gehen mit uns; sie nehmen die Gewehre nicht mit, weil diese hinderlich sein würden, doch die Messer. Ich habe meinen Stutzen, welcher wohl genügen wird, etwaigen Andrang von uns fernzuhalten. Ich mit dem Münedschi und du mit Hanneh, wir gehen voraus; die andern folgen hinter uns und tun nichts weiter als das, was wir ihnen sagen!"
Diese Weisungen gab ich deshalb, ohne die Mekkaner zu nennen, weil der Blinde noch nicht wissen durfte, daß sie sich, und gar als Gefangene, bei uns befanden. Kurze Zeit darauf waren wir unterwegs.
Halef führte seine Hanneh, ich den Münedschi am Arm; die Haddedih folgten uns mit leisen Schritten. Es war ein eigentümliches Unternehmen; ich fühlte etwas wie Scham in mir. Die Anregung dazu hatte allerdings nur von einer Person kommen können, welche mit der Natur noch so direkt in Berührung stand, wie eben unsere Hanneh, und dabei doch so schlau berechnend war wie sie. Ihre Hoffnung stand auf dem Aberglauben der Beni Khalid, und da ich wußte, wie groß er bei den Beduinen im allgemeinen ist, so hatte ich keinen Grund, anzunehmen, daß er grad bei diesem Stamm kleiner sei.
Wir kamen, ohne von irgend etwas auf- oder abgehalten zu werden, bei der Stelle an, von welcher aus ich vorhin mit Halef die Beduinen beobachtet hatte, und sahen, daß keine Veränderung inzwischen eingetreten war. Es bekam jeder seine Weisung die betreff dessen, was von ihm gefordert wurde, und ich muß sagen, daß es unter den Haddedihn keinen gab, der die Sache als ernsthaft oder gar als gefährlich aufgenommen hätte; sie machte vielmehr ihnen allen Spaß. Sie stellten sich hinter uns im Dunkeln auf, den Augenblick erwartend, an welchem sie den Befehl zum Zuspringen erhalten würden. Vor ihnen stand der Münedschi, mit dem Gesicht nicht etwa ganz genau dahin, wo-

hin er gehen sollte, sondern ein wenig nach rechts gerichtet. Warum das? Darum: Wer sich in einem weglosen Wald verläuft und immer wieder an die Stelle kommt, von welcher er ausgegangen ist, der weiß wohl kaum, weshalb sein Weg einen Kreis bildete. Ganz dasselbe kann einem in der Wüste, in der Prärie, auf jeder pfadlosen Strecke begegnen, wenn die Sonne nicht scheint oder es keine Sterne gibt und man die Zeichen nicht kennt, aus denen die Himmelsrichtung zu ersehen ist. Die Kreislinie, welche man läuft, wird stets nach links gerichtet sein, und zwar deshalb, weil bei den meisten Menschen der Schritt des rechten Fußes oder Beines ein wenig länger als derjenige des linken ist. Dadurch wird der Körper mehr und mehr nach links gedreht, während man doch überzeugt ist, in schnurgerader Richtung zu gehen. Jeder Westmann, jeder Beduine, jeder mit der Wildnis vertraute Mensch weiß ganz gut, wie sehr schwer es ist, auch nur eine halbe Stunde lang einen genau linearen Weg zurückzulegen, wenn die natürlichen Richtungszeichen fehlen.

Der Münedschi sollte nach dem ersten Feuer der Beni Khalid gehen. Er war blind, und konnte es also nicht sehen. Folglich stellte ich ihn nicht frontal zum Feuer, sondern ein ganz wenig nach rechts gedreht. Die Folge zeigte dann, daß das ganz richtig gewesen war. Er behielt diese Stellung die kurze Zeit bei, während welcher ich mit Halef hinter den Felsen ging, um die beiden Fackeln anzuzünden, was sehr leicht und schnell geschah, weil sie oben ausgefasert waren. Sobald sie brannten, sprangen wir zu dem Münedschi zurück und gaben sie ihm mit der Weisung in die Hände, nun grad vorwärts zu gehen und sie schräg nach oben, damit kein Funke auf ihn fliege, weit von sich abzuhalten. Er tat das und setzte sich langsamen Schrittes in Bewegung.

Diese Übergabe der Fackeln war natürlich so rasch geschehen, daß der Vorgang vom Lager der Beni Khalid aus nicht anders als ein plötzliches Erscheinen zweier Lichter bemerkt werden konnte. Obgleich der Schein dieser beiden flackernden Flammen ein so beweglicher und darum ungewisser war, daß unsere Gestalten nicht von ihm fixiert werden konnten, waren war doch so vorsichtig, uns niederzuducken, um die Möglichkeit, dennoch gesehen zu werden, gänzlich auszuschließen.

Zunächst hatte es den Anschein, als ob der Blinde viel zu weit nach rechts gehen werde, was Halef zu der besorgten Bemerkung veranlaßte:

„Sihdi, er wird zwischen den Leuten und den Kamelen hindurchgehen, und dies bringt uns um die Hälfte des Erfolges! Wenn alles so gelingen soll, wie wir wünschen, müssen die Beni Khalid ihn genau auf sich zukommen sehen, und dies ist leider nicht der Fall!"

„Diese Sorge ist unnötig", antwortete ich. „Er wird sich allmählich nach links wenden. Paß nur auf!"

Und wie ich gesagt hatte, so geschah es: Die Linie, welche er ging, neigte sich, als ob unser Wunsch ihm Führer sei, nach und nach den uns am nächsten liegenden Feuer der Beduinen zu. Ich hatte also ganz richtig gerechnet.

Was die Beni Khalid betrifft, so schienen ihnen die Flammen während der ersten Augenblicke des Brennens entgangen zu sein; aber noch hatte der Münedschi nicht zwanzig Schritt getan, so zeigte sich der Beginn der von uns erwarteten Wirkung. Wir hörten zunächst einige laute, aufmerksam machende Rufe und sahen dann, daß die Beduinen aufsprangen. Zwei so plötzlich in der Finsternis auftauchende Flammen! Was war das? Was hatte das zu bedeuten?! Sie mochten dabei wohl an uns, an die Mekkaner und ihren Scheich denken; aber aus welchem Grund konnte es einem von den genannten Leuten einfallen, in dieser befremdenden Weise vom Brunnen hierherzukommen! Sie standen still, erwartungsvoll und stumm. Je mehr der Blinde sich ihnen näherte, desto deutlicher wurde ihnen seine Gestalt. Seine hoch aufgerichtete Figur, seine langsamen, feierlichen Schritte verfehlten ihren Eindruck nicht. Sie wurden bestürzt. Sein ehrwürdiges Gesicht, sein langer, silberweiß glänzender Bart trat immer mehr hervor. Dazu seine wallende Kleidung, welche weit mehr als ein europäischer Anzug geeignet war, ihm ein geisterhaftes Aussehen zu verleihen, das bewegliche Flackern der Fakkeln, deren düsterrot glühende Lichter mit hin und her huschenden Schatten wechselten, als ob er von tanzenden, springenden und schleichenden Dschinnen – Geistern – umgeben und begleitet werde – ihre Bestürzung wuchs und verwandelte sich in Furcht. Jetzt, jetzt erkannten sie sein Gesicht, und die Entscheidung, ob wir unsere Absicht erreichen würden oder nicht, war gekommen. Wenn sie ihre Angst meisterten und ihn festnahmen, hatten wir uns im höchsten Grad lächerlich gemacht und unsere Angelegenheit verschlimmert anstatt verbessert!

Aufrichtig gestanden, war ich beinahe überzeugt, daß wir einen Mißerfolg haben würden; nicht so aber die Haddedihn, welche vor Spannung kaum zu atmen wagten und bereit zum schnellen Vorwärtsspringen waren.

„Es gelingt, es gelingt vortrefflich!" raunte Halef seiner Hanneh und mir zu. „Sie haben solche Angst, daß es mir ist, als ob ich sie zittern sähe!"

„Ja, es gelingt!" stimmte sie bei. „Wie schön, daß ihr mich mitgenommen habt! Paßt auf! Nur noch einen Augenblick, so werden sie die Flucht ergreifen!"

Ich zweifelte noch immer; aber die „beste aller Frauen" sollte recht bekommen; denn gerade jetzt ertönten von den Feuern her die Rufe:

„El Chajal, el Chajal – das Gespenst, das Gespenst! Allah beschütze uns! Reißt aus, reißt aus!"

Hierauf wurden alle vorhandenen Beine, die nicht gefesselt waren, so energisch in Bewegung gesetzt, daß wir nach nur einigen Sekunden keinen einzigen Ben Kahlid mehr sehen konnten. Nun schnellten die Haddedihn vorwärts, Halef an ihrer Spitze; ich folgte ihnen, allerdings etwas langsam. Hanneh sollte eigentlich stehenbleiben, war aber über das Gelingen ihres Planes so enthusiasmiert, daß sie, die gebotene weibliche Zurückhaltung ganz vergessend, sich auch in eilige Bewegung setzte, mir zurufend:

„Mach schnell, Effendi, mach schnell! Haltet den Münedschi auf, sonst läuft er grad in das Feuer hinein!"

Da diese Warnung nicht ganz unnötig war, folgte ich ihr und erreichte den Blinden so, daß er kaum noch zehn oder zwölf Schritt zu tun brauchte, um sein bis zur Erde herabreichendes Gewand in Flammen zu setzen. Als ich ihn angehalten hatte, war Hanneh auch schon da. Ich nahm ihm die Fackeln aus den Händen, übergab ihn ihr und bat sie:

„Führe ihn fort, dahin zurück, wo wir gestanden haben! Ihr dürft uns hier nicht im Wege sein!"

„Aber, Effendi, ich will doch zusehen!" entgegnete sie.

„Das ist unmöglich; das geht nicht so, wie du denkst! Schau, wie alle sich beeilen! Wir müssen schnell sein, denn wenn die Beni Khalid sehen, was hier geschieht, so kehren sie zurück und ihr beiden könnt euch nicht so rasch entfernen, wie es notwendig ist. Fort also, fort! Oder willst du uns zwingen, deinetwegen Blut zu vergießen?"

„Das nicht; nein; ich gehe schon!"

Sie nahm den Blinden bei der Hand und entfernte sich mit ihm. Ich hatte, während ich mit ihr sprach, die Fackeln, natürlich mit den Griffen nach unten, so daß sie weiterbrannten, in den Sand gesteckt und nahm den übergehängten vielschüssigen

Stutzen vor, um die etwa zurückeilenden Beduinen durch ein ihnen unbegreifliches Schnellfeuer abzuschrecken; aber sie schienen so weit gelaufen zu sein, daß sie das, was jetzt hier vorging, wohl nicht genau sehen konnten.

Das erste, was unsere Haddedihn taten, war natürlich, die Soldaten zu befreien; diese sprangen, sobald sie nicht mehr gebunden waren, auf.

„Nun möchten wir eure Kamele haben", sagte Halef zu ihnen; „die sind aber in der Dunkelheit nicht schnell genug herauszufinden!"

Es war ein Unteroffizier bei ihnen; dieser antwortete:

„Wir wissen, wo sie sind. Es ist die erste Reihe dort am Felsen. Die andern Reihen gehören den Beni Khalid."

„Und eure Waffen?"

„Sie stecken mit allem, was man uns sonst noch abgenommen hat, in dem Felseneinschnitt am Brunnen, wohin wir gleich nach unserer Gefangennahme geschafft worden sind."

Da erkundigte ich mich an Halefs Stelle:

„Seid ihr trotz der Dunkelheit imstande, diesen Ort zu finden?"

„Ja."

„So nehmt jetzt schnell eure Kamele, und dann holt ihr auch diese Sachen! Hier sehe ich zwei Säcke mit Kameldünger zum Feuern liegen. Nehmt sie mit! Wir brauchen sie!"

Sie taten das und suchten dann ihre Kamele auf. Ich blieb mit Halef noch eine kleine Weile stehen, ohne daß sich ein zurückkehrender Ben Khalid sehen ließ; dann traten wir ihre Feuer aus, nahmen jeder eine der noch brennenden Fackeln und gingen zu Hanneh, welche mit dem Münedschi wieder bei dem Felsen stand. Wir hatten nur ganz kurze Zeit zu warten, bis die Soldaten mit ihren Tieren bei uns waren. Der Unteroffizier mußte mir die Lage des Felseneinschnittes beschreiben, und da ich daraus entnahm, daß man vom Brunnen aus nicht dahin sehen konnte und uns also von dort aus niemand bemerken könne, brauchten wir die Fackeln nicht auszulöschen und zogen bei ihrem Schein mit den Kamelen diesem Ziel zu.

Die Stelle lag auf der dem Brunnen entgegengesetzten Seite, nämlich nach Westen, er aber nach Osten. Ich sah, als wir dort ankamen, das Gestein auseinander treten und eine ziemlich tiefe, aber nicht breite Kluft bilden, in welcher die Asaker mit den Fackeln verschwanden. Sie kamen bald mit ihren Sachen wieder, und ich wies sie an, sich an der Nordseite des Felsens zu lagern und zu warten, bis wir sie holen lassen würden, aber nach Süd und West je einen Posten auszustellen, um, falls die Beni Khalid ja noch während der Nacht nachforschen sollten, vor einer Überraschung durch sie sicher zu sein. Ich wollte Tawil Ben Schahids wegen die Soldaten nicht gleich mit nach dem Brunnen nehmen, weil ich es für besser hielt, ihm ihre Befreiung jetzt noch zu verschweigen. Nach dieser Anordnung kehrten wir zu unserm Lager zurück, trennten uns aber vor demselben von Hanneh und dem Münedschi, welche im Dunkeln, und also von unseren Gefangenen ungesehen, nach ihrem Ruheplatz hinübergingen.

Der Perser war nicht mit uns gewesen. Er saß mit Kara Ben Halef beisammen und teilte uns mit, daß El Ghani und Scheich Tawil sich während unserer Abwesenheit außerordentlich widerspenstig benommen hätten und er es für das beste halte, ihre an Frechheit grenzende Zuversicht dadurch herunterzustimmen, daß wir uns jetzt gleich anschickten, in Beratung über die zu treffenden Strafen zu treten.

„Ja, das soll sofort geschehen", sagte der kleine, gernfertige Hadschi. „Je eher die Strafe kommt, desto länger wirkt sie, und je länger sie wirkt, desto inniger wird man mit ihr bekannt und desto mehr liebt man sie."

Da fiel der Scheich der Beni Khalid schnell ein:

„Von einer Strafe kann bei mir nur in dem Sinne die Rede sein, daß ich euch bestrafe, aber nicht ihr mich!"

„Hast du schon vergessen, daß du jetzt nicht sprechen sollst?" wies Halef ihn zurecht. „Wenn du so herzlich wünschest, nicht bestraft zu werden, gut, so werden wir dir zu deinem Glück nicht hinderlich sein, sondern dir diesen Wunsch sehr gern erfüllen. Du wirst also nicht bestraft, sondern belohnt werden, und zwar mit einer solchen Tracht Prügel, daß sie gar nicht auf einmal auf deine Haut zu bringen ist, sondern wir sie in mehrere Portionen teilen müssen! Und wenn du noch einmal redest, ohne um Erlaubnis zu fragen, so sorge ich dafür, daß dir diese Belohnung verdoppelt wird!"

Er schlug dabei in sehr energischer und bezeichnender Weise auf den Griff seiner Peitsche, und da hielt der Scheich es denn doch für geraten, still zu sein. Wir drei aber setzten uns zusammen, um die zwar sehr einfach scheinende, aber doch höchst schwierig zu erledigende Angelegenheit miteinander zu besprechen. Dies geschah selbstverständlich in der Weise, daß weder El Ghani noch der Scheich etwas davon hörten.

Darüber, daß der letztere straffrei ausgehen werde, waren wir gleich anfangs einig. Um so mehr Bedenken verursachte uns der erstere mit seinen Begleitern. Khutab Agha hatte sie nach Meschhed Ali bringen wollen, wo ihnen der Tod, und zwar kein gewöhnlicher, gewiß gewesen wäre. Das durften aber wir nicht zugeben, weil wir an unser dem Scheich gegebenes Versprechen gebunden waren. Er erklärte, daß er darauf verzichte, sie mitzunehmen, aber diesen Ort hier nicht eher verlassen werde, als bis die Beraubung des Heiligtums in der strengsten Weise an ihnen gerächt worden sei.

„Das ist ja eben das, was wir leider nicht zusammenbringen können", klagte Halef. „Du verlangst die strengste Strafe, also eine Bestrafung am Leib oder gar am Leben, und das ist gegen dieses unser Versprechen. Hätte ich es doch nicht gegeben!"

„Beruhige dich, lieber Halef!" warf ich ein. „Dieser Fehler darf sich nicht über Einsamkeit beklagen; er befindet sich in guter Gesellschaft."

„Soll das heißen, daß ich auch noch andere gemacht habe?"

„Ja."

„Welchen zum Beispiel?"

„Als der Scheich der Beni Khalid zum erstenmal unser Gefangener war, hast du als Auslösung gegen ihn nur hier unsern Freund Khutab Agha verlangt; mir aber hätte er auch die Soldaten geben müssen."

„Die haben wir nun auch!"

„Ja, nun! Das ist aber keine Entschuldigung! Doch lassen wir die Vorwürfe weg! Es handelt sich um eine strenge Bestrafung, aber am Leibe nicht und am Leben nicht. Etwa an Hab und Gut? Er hat ja nichts mit! An der Ehre? Er besitzt keine! Andere Strafarten, die ich vorschlagen könnte, erfordern Zeit, lange Zeit, und die steht uns nicht zu Gebote. Ich muß zu meiner Beschämung gestehen, daß ich keinen Rat weiß."

„Ist das wahr, Sihdi?" fragte Halef schnell.

„Ja."

„Du weißt keinen Rat, wirklich keinen?"

„Wirklich!"

„Allah 'l Allah! Mein Sihdi und Effendi weiß einmal keinen Rat! Jetzt können wir uns in die Teppiche des letzten Gebetes einnähen lassen, denn der letzte Tag bricht an!"

„Scherze nicht; mir ist die Sache ernst!" verwies ihn der Perser. „Wenn ich heimkehre, ohne die Diebe mitzubringen, so muß ich wenigstens sagen können, daß sie nach der Größe ihrer Missetat bestraft worden sind. Euer Versprechen macht mir dies aber unmöglich!“

„Zürne nicht!“ bat Halef. „Es gibt bei jeder Verlegenheit einen Weg, ihr zu entgehen, also auch bei dieser. Es gehört zwar Klugheit dazu, aber glücklicherweise kenne ich den Ort, wo ich sie zu suchen habe. Was man im Selamlük – dem Empfangs- oder Herrenzimmer – nicht findet, das muß man im Harem – dem Frauengemach – suchen, und da mein Effendi keinen Rat weiß, werde ich zu Hanneh gehen!“

Er sprang so schnell auf, daß ich ihn nicht halten konnte, und eilte fort. Er war vollständig überzeugt, daß Hanneh helfen könne und auch helfen werde, und diese seine Überzeugung steckte mich an. Richtig! Als er schon nach kurzer Zeit zurückkehrte, nahm er seinen Sitz mit einem wonnevollen Lächeln wieder ein und sagte:

„Ich habe micht nicht geirrt, denn Hanneh, der schlaue Inbegriff sämtlicher Klugheiten, war augenblicklich mit einer Auskunft da.“

Er sah uns erwartungsvoll an, ob wir in Worte der Bewunderung ausbrechen würden, und als wir aber gar nichts sagten, fragte er mich:

„Willst du denn nicht wissen, was sie gesagt hat, Sihdi?“

„Jawohl will ich es wissen!“

„Du fragst mich aber doch nicht!“

„Gut, so fragte ich dich jetzt. Welches Mittel hat sie geraten?“

„Ihr Mittel heißt Bastonade. Ist das nicht großartig?“

„Findest du es so?“

„Natürlich! Und du?“

„Nicht! Du kannst doch sicher sein, daß wir beide, nämlich Khutab Agha und ich, auch schon an die Bastonade gedacht haben!“

„Aber nicht in der richtigen Weise!“

„Wieso?“

„Ihr habt folgendermaßen gedacht: Die Mekkaner dürfen nicht an Leib und Leben gestraft werden; die Bastonade aber trifft den Leib und kann sogar, wenn der Hiebe zu viel fallen, tödlich wirken; folglich dürfen wir sie nicht in Anwendung bringen. Nicht wahr, so waren eure Gedanken?“

„Wenigstens die meinigen, ja.“

„Das ist aber falsch, vollständig falsch! Hanneh, die scharfsinnigste aller Frauen, macht das viel besser. Beantworte mir die

Fragen, die ich an ihrer Stelle an dich richte! Wenn die Bastonade nicht tötet, ist sie da eine Strafe am Leben?"

„Nein."

„Du ziehst die Pantoffeln an die Füße; sind sie da eine Bekleidung für den Leib?"

„Eigentlich nicht."

„Was eigentlich! Du kannst die Pantoffeln nicht an den Leib ziehen und wirst sie auch nicht als Leibbinde anlegen. Sie gehören nur an die Füße. Weiter: Wohin bekommt man die Bastonade?"

„Auf die Fußsohlen."

„Wird da der Leib bestraft?"

„Ja, denn die Füße sind ein Teil des Leibes."

„Nein! Sie sind ein Teil des menschlichen Körpers, aber nicht des Leibes. Lautet aber unser Versprechen etwa so, daß die Mekkaner nicht an Körper und Leben bestraft werden sollen?"

„Nicht an Leib und Leben", antwortete ich sehr ernsthaft, obgleich seine Art und Weise mich innerlich belustigte.

„Nun gut! Hanneh hat also vollständig recht, wenn sie sagt: Wenn ihr ihm die Bastonade in der Weise gebt, daß er nicht daran stirbt, so handelt ihr nicht gegen eurer Versprechen, denn er bekommt sie nicht auf den Leib, sondern auf die Sohlen seiner Füße, welche zwar Teile des Körpers, aber nicht des Leibes sind. Nun, Effendi, was denkst du nun? Bewunderst du nicht die Folgerichtigkeit der unübertrefflichen weiblichen Gedanken, welche ich euch jetzt aus meinem Tachtirwan herübergeholt habe?"

„Ja, ich zolle ihnen meine Bewunderung."

„Schön! Da aber Bewunderung zugleich Anerkennung bedeutet, so liegt in diesen Worten die Zustimmung, welche wohl auch du, Khutab Agha, mir nicht verweigern wirst!

Der Perser erteilte seine Einwilligung nur zur gern:
„Ich danke dir, Hadschi Halef, ich danke dir von ganzem Herzen! Erst schien es, als ob diese verruchten Diebe sich hohnlächelnd hinter eurem Versprechen verbergen könnten, und ich hatte schon den stillen Entschluß gefaßt, sie auf eigene Faust zu bestrafen, was mir niemand verbieten kann, weil ich mich durch kein Versprechen verpflichtet habe, ihnen nichts zu tun. Um so mehr freut es mich, daß die Blume deines Herzens uns diese schöne und hochwillkommene Erleuchtung gespendet hat, und es kann mir gar nicht in den Sinn kommen, mit meiner Einwilligung auch nur einen Augenblick zu zögern. Diese diebischen

Schänder des Heiligtums sind um so strafbarer, als sie ihr Verbrechen als unsere Gäste und Abgesandte des Großscherifs begangen haben, und es versteht sich darum ganz von selbst, daß wir uns nicht etwa für einen milden Grad der Bastonade entscheiden!"

„Das fällt uns nicht ein!" stimmte Halef sehr gern bei. „So viel wie möglich; das ist der Grundsatz, welcher uns zu leiten hat, wenn wir die Zahl der Hiebe bestimmen."

„Ganz recht; so viel wie möglich! Die meisten aber hat der Ghani zu bekommen, weil er der Urheber des Verbrechens und zugleich der boshafteste von ihnen allen ist. Da wir über diesen Punkt unter uns wohl sehr einig sind, bitte ich dich, Hadschi Halef, mir zu sagen, welches Quantum du für jeden einzelnen bestimmst.

„Einzeln? Hm! Am liebsten wäre es mir, wenn jeder einzelne die ganze Summe bekäme, weil da jeder das, was er zu viel erhalten hat, den andern zurückgeben könnte, was eine unaufhörliche Bastonade zur Folge hätte. Die Bestimmung, welche du von mir verlangst, ist schwer zu treffen. Möglichst viel; aber keiner darf daran sterben! Ich schlage also zunächst eine Probebastonade vor, durch welche wir erfahren, wieviel Hiebe jeder von ihnen aushalten kann. Wenn wir das dann wissen, ist die Zahl der Schläge leichter zu bestimmen."

„Das ist wohl wahr", lächelte der Perser. „Leider aber würde dieser Versuch uns um die eigentliche Vollstreckung bringen, weil wir zu lange auf die Heilung der Sohle warten müßten, und dazu haben wir ja keine Zeit!"

„So nehmen wir die Probe gleich als Vollziehung und beschäftigen uns mit jedem Paar der Sohlen so lange mit hingebender Aufmerksamkeit, bis wir sehen, daß seine Zufriedenheit den höchsten Grad erreicht hat."

„Das ist das einzig richtige; ich stimme bei!"

„Ich natürlich auch, da es doch mein eigener Vorschlag ist! Und du, Sihdi? Was sagst du dazu?"

„Ich gebe auch meine Einwilligung", antwortete ich, da dieses Urteil mir ein Einschreiten immer offenließ.

„Ich danke dir!" nickte mir der Hadschi freundlich zu. „Schon dachte ich, du würdest in deiner bekannten, nur allzuoft geübten Milde deine Stimme gegen diesen unsern ebenso gerechten wie weisen Beschluß erheben. Wir sind also einig, und nun fragt es sich nur noch, wann die Bestrafung vorgenommen werden soll. Ich stimme für jetzt gleich."

„Ich auch", erklärte der Basch Nazyr.
„Ich nicht", sagte ich.
„Warum nicht?" fragte Halef.
„Weil jetzt der nötige Effekt fehlen würde. Ein Exempel muß am hellen Tag und vor den Augen sämtlicher Krieger der Beni Khalid statuiert werden."
„Das ist richtig, ganz richtig, außerordentlich richtig!" belobte mich der Hadschi, ohne sich zu sagen, daß mich ein heimlicher Grund zu diesem Vorschlag veranlaßt haben könne. „Jetzt bist du so, genau so, wie ich mir meinen Effendi immer wünsche! Du bist zu meinem größten Leidwesen so oft der Meinung gewesen, daß man das ‚Ebenbild Gottes' nicht durch Prügel schänden und beleidigen dürfe; ich aber sage dir, daß für einen Menschen, der sich dieses Ebenbildes entäußert hat, grad nur die Prügel die allein richtige Bestrafung bilden. Der Verbrecher ist und bleibt im allgemeinen ein Mensch, und so soll die Strafe menschlich sein; aber wenn zu seiner Tat sich noch besondere Unmenschlichkeiten gesellen, so ist der Stock die allein richtige Antwort darauf. Es kommt auch auf die Art und Weise an, in welcher gegen das Gesetz gehandelt wird, und ich bin überzeugt, daß viele, viele Rohheiten, Frechheiten und Schamlosigkeiten unterbleiben würden, wenn die Betreffenden überzeugt wären, daß darauf die Prügel die unbedingte und unvermeidliche Folge seien. Ja, wir warten bis früh, weil da das den Mekkanern gereichte Gericht durch die vielen auf sie gerichteten Augen die verschönernde und verfeinernde Würze bekommt. Aber dagegen wirst du doch nichts haben, daß ich ihnen schon jetzt mitteile, wie freundlich wir für ihre Morgenunterhaltung sorgen werden? Ich setze sie durch diese zarte Rücksicht in den Stand, die lieblichen Wohlgeschmäcke der Bastonade schon jetzt in Gedanken mit Wonne vorauszugenießen!"
„Das magst du tun; ich will dich gar nicht hindern."
Da erhob er sich von seinem Sitz, was mir die Überzeugung gab, daß er beabsichtigte, seine Mitteilung in eine schöne, rhetorisch tadellose Form zu kleiden. Das war ja seine geliebte Spezialität. Sich an die Mekkaner wendend, sprach er mit lauter Stimme, um auch von Hanneh drüben gehört und verstanden zu werden:
„Ihr habt den aus drei erlauchten Richtern bestehenden Ars odassi es Sahar – Oberster Gerichtshof, oberstes Appellationsgericht der Wüste – jetzt hier vor euch versammelt gesehen. Diese edlen und erhabenen Rechtsgelehrten, vor denen es kein

Ansehen der Personen und keinen nachträglichen Justizmord gibt, sind mit den Augen ihres Geistes und den Blicken ihres Scharfsinnes in die moralischen Tiefen des von euch begangenen Diebstahles eingedrungen. Sie haben die Verworfenheit eurer Herzen, die Verwahrlosung eurer Seelen, die Unzulässigkeit eurer Absichten und die große Strafbarkeit der Ausführung so vollständig durchschaut und so vollkommen erkannt, daß eure Schuld in ihrem ganzen, zur Rache fordernden Umfang vor ihnen liegt. Da jede Schuld, also auch die eurige, gesühnt werden muß und dieser Gerichtshof dazu berufen ist, nicht nur die Art und Weise, sondern auch die Höhe der durch euer Verbrechen herausgeforderten Strafe erst zu bestimmen und dann an euch vollziehen zu lassen, so neige ich mich in Freundlichkeit zu euch nieder, um euch den von uns gefällten Urteilsspruch zunächst vor die Füße und dann euch in die Herzen zu legen. Wir haben nämlich beschlossen, euch das Andenken an die Beraubung des Kanz el A'da so tief und unauslöschlich auf die Fußsohlen zu zeichnen, daß ihr euch nie darüber beklagen könnt, für euer späteres Dasein keine liebe Erinnerung daran von uns mitbekommen zu haben. Da diese Eingrabung der Denkzeichen bei Beginn des Morgens und im Beisein sämtlicher Krieger der Beni Khalid von unserer Seite gewiß mit dem größten Nachdruck vorgenommen wird, so sind wir überzeugt, daß ihr sie dann von eurer Seite mit derjenigen Tiefe des Verständnisses und des Gefühles entgegennehmen werdet, welche unbedingt nötig ist, wenn unser dabei gehegter Wunsch in Erfüllung gehen soll, auch später in der Ferne mit euch und euern Gedanken in steter und ununterbrochen schöner geistiger Beziehung zu bleiben!"

Hierauf machte er ihnen eine liebenswürdige Verbeugung und setzte sich dann wieder nieder, vollständig überzeugt, daß er seine Sache gar nicht besser hätte machen können.

Die Mekkaner waren zunächst still; sie hatten den Eindruck des Gehörten erst zu überwinden. Nicht so aber der Scheich der Beni Khalid, welcher, ohne zu berücksichtigen, daß er in unsern Händen war, zornig aufbrauste:

„Was fällt euch ein! Ist etwa der Diebstah, der euch nur als Vorwand zur Bereicherung dient, schon erwiesen? Und wäre dies der Fall, so seid ihr doch am allerwenigsten die Leute, welche das Recht besitzen, darüber abzuurteilen! Auch habt ihr euer Wort gegeben, daß meinen Gastfreunden, welche unter meinem Schutz stehen, nichts an Leib und Leben geschehen soll, und wer sein Versprechen nicht hält, der ist ein Schurke. Die Bastonade ist auf alle Fälle unmöglich!"

Da antwortete Halef:

„Ich habe euch zwar verboten, unaufgefordert zu sprechen, will aber in gnädiger Nachsicht meine Peitsche jetzt noch stekkenlassen. Wenn du von Schurken redest, so findest du sie nicht bei uns. Wir halten unser Wort, und zwar ganz genau so, wie es gelautet hat. Mehr kannst und darfst du nicht verlangen. Die Bastonade kommt auf die Fußsohle und wird nicht tödlich sein, hat also mit Leib und Leben nichts zu tun."

„Das ist Lüge! Der Fuß gehört zum Leib!"

„Wenn dein Leib Sohlen hat, so ist das eine Ausnahme, welche ich ganz gern achte; du wirst also die Bastonade nicht bekommen. Die Mekkaner aber werden wir sehr genau untersuchen. Finden wir, daß sie so wie gewöhnliche Menschen gebaut sind und die Sohlen also nicht am Leib, sondern an den Füßen haben, so sind sie der ihnen bestimmten Strafe unbedingt verfallen!"

„Das sind Spitzfindigkeiten, die ich mir verbitten muß! Ich mache dich darauf aufmerksam, daß ich die Macht besitze, meine Gäste in Schutz zu nehmen!"

„Wieso?"

„Denke an meine Krieger!"

„Sehr gern! Grad jetzt denke ich an sie, nämlich daß sie gegen uns machtlos sind, weil wir dich als Geisel haben!"

„Und an die Soldaten! Ich lasse sie alle erschießen, sobald nur ein einziger meiner Gastfreunde Hiebe bekommt!"

Da bog sich Halef zu einem der in der Nähe sitzenden Haddedihn und gab ihm einen leisen Befehl. Da Halef mein Nachbar war, so hörte ich die Worte; der Mann sollte die Soldaten holen, welche dann hier bei uns zu bleiben hatten. Zu gleicher Zeit sah ich einen der ausgestellten Posten kommen. Er meldete, daß ein Ben Khalid gekommen sei, um seinem Scheich eine wichtige Nachricht zu bringen. Er sprach vorsichtigerweise mit so unterdrückter Stimme, daß kein dazu Unberufener seine Worte hörte. Der Hadschi erteilte ihm die ebenso heimliche Weisung:

„Sag dem Ben Khalid, sein Scheich sei zornig darüber gewesen, daß er gestört werden solle: er wünsche, bis morgen früh in Ruhe gelassen zu werden; es sei hier alles in Ordnung, und der Bote möge also wieder gehen."

Der Haddedihn entfernte sich. Inzwischen war den Mekkanern nun auch die Sprache gekommen. Sie wagten es, Halefs

Peitsche wegen, zwar nicht, ihre Interjektionen direkt gegen uns zu richten, sondern warfen sie Scheich Tawil zu, aber bestimmt waren diese Worte doch, von uns gehört zu werden. Da plötzlich wurden sie still; sie richteten ihre Blicke nach der westlichen Felsenecke, um welche jetzt der fortgeschickte Haddedihn mit den Soldaten kam. Jeder von diesen hatte das Gewehr geschultert und führte sein Kamel an der Leine.

Jetzt war es köstlich, das Gesicht unseres kleinen Hadschi zu sehen, welcher mit kaum verhaltener Wonne den Eindruck beobachtete, den das Erscheinen der Asaker auf den Ben Khalid und die Mekkaner machte. Diese waren still, ganz still und folgten mit vor Überraschung weitgeöffneten Augen den Soldaten, welche nach der Stelle gingen, die ihnen als die ihrige zum Lagern angedeutet wurde.

„Nun?“ fragte Halef endlich den Scheich. „Du wolltest sie doch erschießen. Da sind sie. Tue es!“

Da schrie ihn dieser im höchsten Grimm an:

„Jil’an daknak – verflucht sei dein Bart! Du bist ein Betrüger von innen und von außen. Ich mag mit dir nichts mehr zu schaffen haben!“

Wer die Vorliebe Halefs für seinen an Haaren allerdings sehr armen Bart kennt, der kann sich denken, wie sehr er sich durch diesen Zuruf beleidigt fühlte. Er riß seine Peitsche heraus, strich mit ihr pfeifend durch die Luft und antwortete zornig:

„Das glaube ich, daß du nichts mehr mit mir zu schaffen haben willst, denn du mußt nun trotz deiner bergeshohen Dummheit doch einsehen, daß du das Spiel jetzt ganz verloren hast. Was aber meinen Bart betrifft, so hat ihn mir noch niemand schänden dürfen; den deinigen jedoch werde ich bei deinem nächsten schmutzigen Wort dir mit der Kurbadsch so aus dem Gesicht holen, daß auch kein einziges Haar dort sitzenbleibt! Wie sind mit euch vollständig fertig bis zum Morgen. Ihr laßt kein Wort mehr vernehmen, sonst rede ich in der Sprache zu euch, die man nicht nur klatschen hört, sondern auch mit dem Verstand und mit der Haut zu gleicher Zeit versteht! Versucht jetzt zu schlafen! Nach dem Erwachen wird euch der Morgengruß der Bastonade!“

Diese an die Gefangenen gerichteten Worte konnten wir auch auf uns beziehen, da es nun wirklich Zeit zum Schlafen war. Da galt es freilich, uns gegen die Beni Khalid sicherzustellen, und darum gab Halef in Beziehung auf den Wachtdienst, an welchem sich auch die Soldaten zu beteiligen hatten, so umfassende

Befehle, daß wir eine Überrumpelung nicht zu befürchten hatten. Feuermaterial war, wenn sparsam damit umgegangen wurde, zur Genüge vorhanden, um wenigstens einigermaßen Licht zu haben beim Tränken der Kamele, welches, allerdings in Pausen für das Ansammeln des Wassers, während der ganzen Nacht fortgesetzt werden mußte.

Wir drei, Halef, Kara und ich, wollten nicht am Feuer bleiben, sondern wir holten unsere Pferde und führten sie zum Tachtirwan hinüber, um zum Schutz für Hanneh und den Münedschi uns dort niederzulegen. Der Perser kam uns nach, und wir hatten natürlich nichts dagegen, daß er bei uns blieb.

Selbstverständlich wurde das heutige Erlebnis erst noch gründlich durchgesprochen. Der Befriedigste von uns allen war Khutab Agha. Noch vor kurzer Zeit ein Gefangener und mit geöffneten Adern dem Tode geweiht, war er jetzt frei, befand sich im Besitz der geraubten Gegenstände und hatte dazu die Gewißheit, die Diebe streng bestraft zu sehen. Das Paket lag natürlich bei ihm, denn es wäre ihm nicht eingefallen, sich nur einen Augenblick davon zu trennen.

Zu erwähnen brauche ich wohl nicht, daß Hanneh teils ihres Planes, teils auch ihrer Bastonadenentscheidung wegen von Halef mit den wohlklingendsten Zensuren bedacht wurde. Sie nahm sie als ganz selbstverständlich, weil wohlverdient, entgegen und zog sich dann befriedigt hinter die Vorhänge ihrer Sänfte zurück. Der Münedschi saß mit dem Rücken an den Felsen gelehnt und schlief. Für die Befriedigung seiner leiblichen Bedürfnisse hatte Hanneh während des Abends gern gesorgt. Speise war von ihm nur wenig, Wasser aber öfters genommen worden. Dann hatte er, den Fackelgang zu den Beni Khalid abgerechnet, die ganze Zeit in seinem eigentümlichen traumwachen Zustand und dabei fast immer rauchend, zugebracht. Wie uns Hanneh am nächsten Tag berichtete, war es für sie nicht bequem gewesen, ihm so oft Feuer zu geben. Tabak und Kibritat – Zündhölzer – hatte sie allerdings für ihn genug gehabt; aber da das Aufleuchten der Hölzer nicht zu uns hinüberscheinen durfte, war sie gezwungen gewesen, das Anbrennen hinter der Sänfte vorzunehmen und da die ersten Züge immer selbst zu tun. Auf die Gefahr hin, indiskret zu erscheinen, will ich die hochverräterische Bemerkung machen, daß die Beduininnen im Anzünden eines Tschibuks nicht ganz unbewandert sind und man von Hanneh in keiner Beziehung sagen konnte, sie stehe ihren Stammesgenossinnen nach. Alt, sehr alt und ganz durchsogen freilich war die Pfeife des Blinden, doch weiß ein von Mitleid erfülltes Frauenherz selbst solche, sagen wir einmal, Malpropretäten zu überwinden.

Wie gewöhnlich vor dem Schlafengehen liebkoste ich meinen lieben Rappen, sagte ihm die gewohnte Sure ins Ohr und hüllte mich dann in den Haik, um einzuschlafen. Es sollte dieser Absicht jetzt noch nicht gelingen, von Erfolg zu sein, denn als der wohlbekannte und vielbesungene Effendi Morpheus eben um den Tachtirwan geschlichen kam, um mir die Augen zuzudrükken, begann der Münedschi sich zu regen, wobei er in eigentümlicher Weise vor sich hin sprach, ungefähr so – es gibt keinen besseren Vergleich – wie man die Stimme eines träumenden Vogels hört. Diesen leisen, abgerissenen Lauten folgten die lauteren, besser zusammenhängenden Worte:

„Er ist da . . .? Ja, ich gehorche dir . . . ich sage es ihm . . . ich gehe mit ihm . . . führe mich nur . . .!"

Er rückte von dem Felsen ab, bewegte den Kopf wie suchend nach beiden Seiten und fragte:

„Ist Akil Schatir Effendi da?"

„Ja, hier liege ich", antwortete ich.

„Du liegst? Willst du jetzt schlafen?"

„Ja."

„Laß deine Seele jetzt nicht schlafen, sondern wach sein! Steigt ein Strahl des Himmels nieder, muß er dich gerüstet finden, ihm dein Inneres zu öffnen und ihn dankbar aufzunehmen!"

Wie klang das? Das war gebundene Rede! Es war seine Stimme und schien doch nicht die seinige zu sein!

„Steh auf", fuhr er fort, „und hilf auch mir empor! Ich soll dich führen."

„Wohin?" fragte ich, indem ich den Haik von mir warf und mich erhob.

„Das weiß ich nicht; frage nicht; du wirst es sehen!"

Ich gab ihm die Hand und richtete ihn auf.

„Komm, folge mir!"

Indem er diese Aufforderung aussprach, ließ er meine Hand wieder los und verließ den Platz, und zwar nicht mit seinen gewöhnlichen suchenden, sondern mit zwar leisen aber dabei festen, sicheren Schritten. Die andern waren auch wieder munter; sie standen auf.

„Sihdi, darf ich mit?" fragte Halef leise.

„Ja"

„Kara auch?"

„Nein."

„Aber ich?" fragte der Perser.

„Ich weiß es nicht; es ist so sonderbar; aber kommt ihr beide mit! Kara muß bei der Mutter bleiben."

Der Münedschi ging uns voran, ohne daß ihn jemand führte, stracks von dem Platz fort und in die Wüste hinaus. Seine Haltung war aufrecht, jeder seiner Schritte gewiß und bestimmt, als ob es einen gebahnten, von Schranken eingefaßten Pfad gäbe. Es war ganz so, als ob es nicht dunkle Nacht, sondern heller Tag und als ob er nicht blind, sondern sehend sei. Wir folgten ihm mit Staunen.

So ging es weiter und weiter in ungefähr nördlicher Richtung, grad auf die nächste Felseninsel zu, welche im leisen Schein der Sterne tiefdunkel vor uns lag. Er wich ihr nicht aus und blieb auch nicht halten, sondern stieg die Steilung langsam aber so sicher empor, wie ich, der Sehende, es wohl am hellen Tage auch nicht sicherer hätte tun können. Dabei brauchte er zum Balancieren nur die eine Hand; die andere hielt er unausgesetzt so, als ob jemand, den wir nicht sahen, neben ihm hergehe, und ihn an dieser Hand gefaßt halte, um ihn zu führen. Bei hohen Schritten schien es sogar so, als ob er gezogen werde. Das konnte ich deutlich sehen, weil ich mich gleich hinter ihm befand. Halef und der Perser folgten mir. Das Überraschendste war, daß wir drei in der Dunkelheit öfters strauchelten, der Blinde aber nicht. Es führte nicht etwa ein Weg, auch nichts dem Ähnliches, hinauf, denn wohl noch nie hatte der Fuß eines Menschen diese hohe Felsengruppe berührt. Es gab Stellen, an denen ich die Hände zu Hilfe nehmen und mich festhalten mußte, ebenso meine beiden Begleiter; der Münedschi tat es nicht. Es war mir unbegreiflich!

Oben angekommen, blieben wir zunächst stehen, um den vom Steigen schneller gehenden Atem sich beruhigen zu lassen; er nicht. Er kniete nieder und betete leise; dies geschah nicht in der den Mohammedanern bei jedem Gebet vorgeschriebenen Richtung nach Mekka, sondern mit nach Süden gewendetem Gesicht, von ihm als Moslem eigentlich eine schwere Unterlassungssünde. Als er sich wieder aufgerichtet hatte, deutete er auf eine kleine, vor uns liegende Felsenerhöhung und sagte:

„Setze dich auf diesen Stein! Ich werde stehen bleiben, denn nur der Leib ermüdet, der Geist aber kennt keine Verringerung seiner Kraft, und nicht mein Körper, sondern meine Seele ist's, die du jetzt zu dir sprechen hören wirst."

Ich folgte dieser Aufforderung, und Halef und der Basch Nazyr ließen sich auch, und zwar eng neben mir, nieder. Hierauf stand er eine ganze Weile hoch aufgerichtet und unbeweglich da, den Kopf ein wenig zur Seite, als ob er in die Ferne lausche. Wir befanden uns in einer ganz ungewöhnlichen Spannung, der wir aber keine Worte gaben, denn in der ganzen Situation und wohl auch in uns selbst lag Etwas, was uns das Sprechen verbot. Da begann er:

„Seid mir gegrüßt, ihr Pilger dieser Erde, gegrüßt in der Sprache dieser eurer Welt! Wenn ich zu euch in unserer Weise spräche, ihr würdet nichts vernehmen, denn euer Ohr hat nur Empfängnis für den Schall, durch Schwingungen der Luft zu euch getragen; wir aber sprechen nicht durch dieses Mittel, und unser Wort ist kein Geräusch, ist Tat!"

Wir horchten höchst verwundert auf, denn das war nicht die Stimme des Münedschi, sondern eine ganz andere. Ich habe Verwandlungskünstler und Stimmenimitatoren gesehen und gehört, deren Leistungen gewiß vortrefflich waren, aber wohl keiner von ihnen hätte es fertiggebracht, nicht nur seine Stimme, sondern auch den Ausdruck derselben so vollständig zu verändern, wie es hier von dem Münedschi geschah. Hätte ich ihn nicht da vor mir stehen sehen, ich wäre überzeugt gewesen, daß wir von einer ganz andern Person angesprochen würden. Er fuhr fort:

„Richtet eure Blicke empor zum Himmelszelt! Über und hinter euch stehen die Sterne des Herkules, rechts der Adler und Delphin, links die Schlange und vor euch der Schlangenträger mit dem Ras Alhagua und hunderten von Welten, von denen ihr nur wenige als kleine Punkte erkennt. Darüber hin zieht sich die Saman oghrisi – Milchstraße –, bestehend aus noch nie gezählten Himmeln, deren jeder wieder in andre neue Himmel führt. So schaut ihr von euch aus nach allen Seiten hinaus und hinein in Millionen und Millarden Ewigkeiten und haltet eure kleine, ach wie beschränkte irdische Weisheit doch für klug genug, den Herrn und Schöpfer dieser Welten und Äonen im letzten, höchsten, herrlichsten der Himmel zu entdecken. Ich sage euch: es gibt keinen Himmel, welcher der höchste, der letzte ist. Wie diese Himmel alle doch nur einen einzigen bilden, so ist der Herr auch nur in diesem einen, nicht in einem besonderen zu suchen, und wenn ihr ihn nicht im Mittelpunkt eures irdischen Firmamentes findet, also hier bei euch selbst, so werdet ihr ihn dort in jenen Himmeln auch vergeblich suchen. Ihr findet ihn weder hier noch dort, weil ihr die falschen Augen öffnet, die richtigen aber fest geschlossen haltet. Ihr sucht ihn so, wie ihr nach der Erkenntnis irdischer Dinge trachtet, nämlich mit den Augen eurer Wissenschaft, die doch schon, um nur Irdisches zu sehen, der Brille bedarf. Die Augen des Glaubens aber, welche nie eines Glases bedürfen und bedürfen werden, haltet ihr geschlossen."

Er machte eine kurze Pause. Bisher hatte er laut, mit voller Stimme gesprochen; nun fuhr er, wie wenn man so recht eindringlich und vertraulich reden will, in unterdrücktem Ton fort:

„Ich habe euch etwas Himmlisch-Wichtiges zu sagen; schenkt mir die Aufmerksamkeit nicht nur eures Geistes, sondern auch eures Herzens! Ihr unterscheidet am Menschen Leib, Seele und Geist; ihr sprecht von Kopf und Herz, vom Verstehen, Fühlen, Erkennen und Wollen, von Vernunft, Verstand und Gefühl. Könntet ihr euch sehen, wie ich euch sehe, indem mein Auge jede innerste Faser eures Körpers und die verborgenste Regung eures Geistes, eurer Seele durchschaut, so würde euch klar werden, wie falsch alle diese Unterscheidungen sind. Der geistige Mensch kann nicht zergliedert werden wie der Körper; er ist nicht mit verschiedenen Kräften und Vermögen tätig, wie der Körper es bald mit den Armen, den Beinen, bald mit den Augen oder den Ohren ist. Selbst wenn ihr diese Tätigkeit nach ihren verschiedenen Weisen und Richtungen bezeichnet, bedient ihr euch falscher Namen. Wie es keine Grenze zwischen Gottes Allmacht, Allweisheit und Alliebe gibt, denn Gott ist *Eins,* so sind auch bei seinem Ebenbild, dem Menschen, das Denken, das Fühlen, das Wollen nicht voneinander zu trennen, denn der geistige Mensch ist auch *Eins*. Doch muß ich mich eurer Weise anbequemen, weil ihr mich sonst nicht verstehen würdet. Hört und merkt euch genau, was ich euch jetzt sage! *Der Mensch ward ein Pilger auf Erden, um ein Bürger des Himmels zu werden.* Er hat hier zu säen, um dort ernten zu können. Er hat hier die Augen zu öffnen, um dort sehend zu sein. Er hat hier zu *lernen*, um dort zu *bestehen*. Nach seiner Arbeit hier richtet sich dort sein Lohn, denn seine Werke folgen ihm ins Jenseits nach, die guten sowohl wie auch die bösen, und wer hier seiner Trägheit fröhnt und nicht rastlos und unausgesetzt für den Himmel wirkt, der tritt in jenes Leben mit leeren Händen ein und wird zurückgewiesen werden. Sprecht ja nicht in eurer Bequemlichkeit: ‚Ich hüte mich ja, Böses zu tun und muß also selig werden!' Wer so sich nur hütet, von der Arbeit nicht beschmutzt zu werden, wer so hier nur von Gottes Gnade lebt wie ein fauler Sohn vom

Reichtum seines Vaters, der erwirbt nichts für die Ewigkeit und tritt dereinst als Bettler vor Gottes Thron. Am Jenseits aber wird der Bettler abgewiesen, denn wer das Mitleid Gottes hier verbrauchte, dem bleibt nichts davon für den Himmel übrig! So ist also das Erdenleben eine Vorbereitung auf das große, einstige Examen. Das Zelt, welches du als Pilger hier aufschlägst, es sei dir ein Kalyb – Modell – des Hauses, welches dich in jenem Leben erwartet! Du darfst nicht nur, nein, du sollst sogar dir dieses Zelt so fest und sicher wie möglich bauen; du sollst es schmükken und verschönern mit den Gaben, welche dir verliehen sind. Du sollst die Erde mit allem, was sie trägt und bietet, kennenlernen; du sollst die Kräfte, mit denen, und die Gesetze, nach denen Gott hier waltet, wohl mit Fleiß studieren; du sollst die Erscheinungen der irdischen Natur und die Entwicklung des Menschengeschlechtes mit steter Aufmerksamkeit verfolgen und ja nicht versäumen, auch deinen Teil für den auf das Glück dieses Geschlechtes gerichteten Fortschritt beizutragen, aber du darfst dabei nie vergessen, daß du hier eben nur in einem Zelt wohnst, welches Gott, der Herr, von Augenblick zu Augenblick abbrechen kann, um dich hinauf ins ewig feste Haus, ins Vaterhaus zu rufen!"

Er machte hier wieder eine Pause, während welcher er leise vor sich hinflüsterte, als ob er mit jemand spreche, den wir nicht sehen und nicht hören konnten. Dann sagte er wieder laut:

„So ist also deine Tätigkeit geteilt zwischen hier und dort, *du hast nach irdischer Erkenntnis und nach himmlischer zu trachten; die irdische brauchst du für nur kurze Zeit, die himmlische aber für die Ewigkeit; diese letztere ist also unendlich wichtiger als die erstere.* Ihr aber handelt in trauriger Verblendung grad umgekehrt! Ihr arbeitet, als ob die Erde und euer hiesiges Leben mit ihr von ewiger Dauer, das Jenseits aber nur der vergängliche, trügerische Traum eines kurzen Schlummers sei. Und wer oder was ist schuld daran? Nur diese eure Verblendung, welche euch verhindert, einzusehen, daß es zweierlei Erkenntnis gibt. Zur Erkenntnis des Irdischen führt euch die Wissenschaft; die Erkenntnis des Jenseits bietet euch nur der Glaube. Jeder einzelne Gelehrte ist stolz auf seine kleine, irdische Wissenschaft, und der Stolz aller Gelehrten, die es gab und gibt, zusammengenommen, lieferte das Material zu einer Mauer der Einbildung und Überhebung, mit welcher ihr euch umgeben und eingeschlossen habt. Hinter dieser Mauer sitzt ihr als Gefangene eurer Wissenschaft und könnt nun nicht mehr über sie, die immer höher steigt, hinweg und hinaus ins Weite blicken. Das kleine, runde Stück Himmel, welches ihr über euch noch sehen könnt, imponiert euch nicht, weil es eurer Gelehrsamkeit ja so leicht wird, die Luft da oben in Stick- und Sauerstoff und das darin flutende Licht mit einem Stückchen Glas in Farben zu zerlegen. Seht doch ein, daß dies auch noch zur irdischen Erkenntnis gehört und mit der himmlischen nicht im geringsten in Beziehung steht! Und wenn es euch gelänge, die Sonne und alle Planeten, welche sie umkreisen, bis auf ihre Mittelpunkte zu erforschen, so würde das noch kein einziger Schritt zur Erkenntnis des Jenseits sein. Steigt mit eurer Wissenschaft noch über die Bahn der Sonne hinaus, um noch fernere Sonnen, fernere Welten zu berechnen; es wird euch wohl auch das gelingen; aber ihr habt es doch nur immer mit Stoff und Kraft zu tun; die Seele bleibt euch unerforscht. Vor dem Jenseits sinkt eure Wissenschaft, eure Gelehrsamkeit in sich zusammen, denn hier handelt es sich nicht um die irdische, sondern um die himmlische Erkenntnis, zu welcher nur der Glaube führt. Wißt ihr, was Glaube ist?“

Er sprach diese Frage in verstärktem, aufforderndem Ton aus und richtete das Gesicht zu uns nieder, als ob er eine Antwort erwarte. Ich sagte darum, obgleich ich nicht wußte, ob ich ihn unterbrechen dürfe oder nicht:

„Der Glaube ist das geistliche Sehen dessen, was das körperliche Auge nicht sieht.“

Er gab weder eine Zustimmung noch einen Widerspruch, sondern sprach, als ob er meine Worte nicht gehört habe, weiter: „Dieses Wort hat bei euch nicht die volle Bedeutung des Begriffes, den es ausdrücken soll. Für das, was der Glaube ist, hat keine Erdensprache das richtige, den ganzen Sinn umfassende Wort. Das Wort Glaube bezeichnet bei euch eine Zuversicht ohne den tatsächlichen Beweis; aber bei denen, die nicht in irdischen Leibern wohnen, bedeutet der Glaube eine jeden Irrtum ausschließende Überzeugung, welche auf der innigsten Vereinigung des Glaubenden mit dem Gegenstand des Glaubens beruht und darum nicht das Ergebnis eines auch nur eine Erdensekunde langen oder gar Jahrhunderte in Anspruch nehmenden Forschens ist. Darum steht der Glaube so unendlich hoch über der Wissenschaft. Könnte ich euch ein Beispiel geben, euch dies zu erklären! Hier sitzest du, Hadschi Halef Omar, vor mir. Die Geliebte deines Herzens, Hanneh, ist dein Weib. Glaubst du das?“

Der kleine Hadschi war so ganz Ohr, daß er sich zusammenraffen mußte, um zu antworten:

„Natürlich ist sie es!"

„Sie wohnt bei dir; sie ißt und trinkt mit dir; sie sorgt für dich; sie reitet jetzt mit dir durch die Wüste. Ist sie wirklich dein Weib?"

„Alla l'Allah! Wehe dem, der mir das nicht glauben wollte, wenn ich es ihm sagte!"

„Du glaubst es; das heißt, du weißt es. Keine Wirklichkeit steht für dich so sicher, so untrüglich bewiesen da wie diese. Da aber kommt der Kadi – Richter – und fordert von dir Beweise. Du mußt ihm nachweisen, wann und wo ihr geboren seid, wer eure Eltern waren, welchem Glauben ihr angehört, wessen Untertanen ihr euch nennt und an welchem Ort, zu welcher Zeit und vor welchen Zeugen ihr euch zu diesem Bund vereinigt habt."

„Er soll nur wagen, zu kommen! Er muß glauben, daß ..."

„Sprich nicht vom Glauben bei ihm!" unterbrach ihn der Münedschi. „Das Überzeugtsein nach solchen Beweisen ist nicht Glaube zu nennen und hat vor dir keinen Wert. Deine Hanneh war das Beispiel, welches ich euch zeigen wollte. Du bist der Glaube; der Kadi ist die Wissenschaft. Der Gläubige ist in inniger Liebe mit Gott verbunden; er kennt ihn; er lebt in ihm; er wirkt durch ihn und mit ihm. Die Wissenschaft verlangt von Gott einen ausführlichen Urkundenbeweis; sie sieht ihn nicht; sie hört ihn nicht, sie fühlt ihn nicht, weil sie über das Irdische nicht hinüber kann, und dringt über die Mauer ja einmal ein Hauch des Himmels herein, dessen Ursprung der Gelehrte nicht zu erkennen vermag, so spricht er in seiner Verlegenheit von einer Wissenschaft des Verborgenen – Okkultismus –. Aber was ihm verborgen ist, das ist dem Gläubigen offenbar, denn mag die Wissenschaft behaupten, sie allein könne sehen, es gibt noch ganz andere Augen als die ihrigen, klare, helle, scharfe Augen, die nie und nimmer altern, die ohne Brille im kleinen Sonnenstäubchen und ohne Fernrohr in den unmeßbaren Welten das beglückende Wort der Offenbarung Gottes lesen. Wie viel solcher Augen aber gibt es unter den Millionen Menschen, welche auf Erden wandeln? Es sind seit dem Dasein eures Geschlechtes tausend Generationen gekommen und wieder gegangen; der Glaube war für sie das Wort, welches er noch heut bei euch ist. Verschwindend nur ist die Zahl derer, für die er das ist, was er sein soll. Er wurde nicht geübt. Das Organ aber, welches man nicht übt, wird schwächer und immer schwächer; in dieser Schwachheit vererbt und dann noch weniger beachtet, verschwindet es mehr und mehr, und endlich kommt ein Geschlecht, dem es gänzlich mangelt und fehlt. Die Wissenschaft, die Erkenntnis des Irdischen, wurde bevorzugt seit uralten Zeiten. Darum entwickelte sie sich mehr und mehr. Unzählig sind die, welche ihr dienten, welche sie nährten und pflegten in unausgesetzter Arbeit bei Tag und bei Nacht. So wuchs sie empor zur Riesin, welche hinaufgreift sogar nach den Sternen. Nun wird sie, die trotz dieser Größe von Mauern Umgebene, von ihren Jüngern noch höher gehalten als Gott! Die Erkenntnis des Himmlischen fand nicht dieselbe Pflege, denn zu üben, was sie verlangte, das hielt man für zu schwer. Ja, Kinder Gottes gab es in Scharen; aber die sich so nannten, die waren es nicht. Zuweilen wohl tauchte, hier oder dort, der lebendige Glaube auf; dann ging auch sogleich eine Kraft von ihm aus, welche Ströme von Segen spendete. Doch kaum war er mächtig geworden, so machte man ihn wieder zum Wort, zum Wahlspruch für irdische Zwecke, zur blutigen Fahnendevise, die man von Schlacht zu Schlacht schleppte, bis er zusammenbrach. Der Wissenschaft gönnte man Frieden, obwohl sie dem Menschen die Werkzeuge des Kampfes verfertigte; den Glauben aber, den friedlichen Sohn des Himmels, der die Liebe, die Versöhnung predigte, verwandelte man in das Zerrbild seiner selbst, kleidete ihn in das Gewand des Hasses und nahm ihn zum Vorwand des Kampfes bis auf den heutigen Tag. So hat man aus dem Worte ‚Glaube', allerdings nicht aus ihm selbst, das Gegenteil gemacht von dem, was er ist und für die Menschheit sein soll, und schüttelt höhnisch lächelnd den Kopf, wenn jemand sich unterfängt, zu behaupten, er führe zur höchsten Erkenntnis und sei der einzige Weg zur Wahrheit. Aber der Allweise gab ewige Gesetze, die stetig bestehen und wirken, die nimmer aufhören, auch eure verehrten Kräfte und Stoffe zu lenken und zu beherrschen, und diese Gesetze verbürgen dem Glauben den einstigen Sieg. Nehmt euch nur seiner an, wie ihr euch der Wissenschaft angenommen habt! Widmet ihm denselben Fleiß, dieselbe Arbeit und Tatkraft, die von jeher auf sie verwendet wurden, und ihr werdet sehr bald erkennen, daß er stärker und mächtiger ist als sie. Denn die Wissenschaft ist das Ergebnis nur menschlichen Strebens, der Glaube aber ist göttlichen Geschlechtes; sie belehrt euch über das Wesen und die Wechselwirkungen der Stoffe; er aber läßt euch Gott schauen und führt euch zur Gemeinschaft mit ihm. Denkt ja nicht, sie beherrscht mehr Gebiete als er! Im unendlichen Reich des Glaubens gibt es mehr Provinzen als in ihrem vergänglichen Bezirk; nur liegen die ihrigen dem irdischen Sinn näher als die seinigen; die ihrigen stehen in euern Büchern schon verzeichnet; die seinigen sind noch zu entdecken. Wenn ihr an der Erforschung dieser himmlischen Gebiete in treuer Begeisterung arbeitet, so schärft ihr die seelischen Augen, welche bisher geschlossen waren; es wächst ihr Übung im Erkennen, und bald werden sie dann schauen, was jetzt für sie noch im Verborgenen liegt. Die Menschheit ist wohlgeübt in irdischen Dingen, aber in himmlischen nicht. Bindet einen eurer Füße herauf, fest an den Körper, und bewegt euch hinfort auf dem andern; der gefesselte wird nach und nach steif, wird verdorren und euch schließlich seinen Dienst, wenn ihr ihn braucht, versagen. So humpelt und springt der Mensch jetzt einbeinig durchs Leben; nur für den irdischen Wandel gerüstet, fehlt ihm für den Pfad zum Jenseits der Fuß. Darum übt euch im Gehen auf diesem himmlischen Weg; er ist nicht so schwierig und eintönig, wie ihr meint! Führt er auch anfangs über rauhe, steinige Strecken, so kommt ihr doch bald durch Gefilde, wie sie euch so herrlich der andere niemals kann bieten, und aufgehen wird euch dann weiter und mehr die erhabene, strahlende Pracht, die jenseits des Zweifels dem gläubigen Blick sich erschließt. Ihr sollt euch ja freuen über das auf der Erde für die Erde Errungene, denn der Kampf mit dem Leben und der Erfolg geistigen Forschens stählen auch die seelische Kraft. Doch bietet der Weg nach dem Jenseits euch noch höhere Freuden, die sich dann am Ziel vergrößern zur seligen, ewigen Wonne. Zwei Pflichten also sind es, zu deren Erfüllung euch der Herr berufen hat: Ihr sollt mit allen euch gegebenen Kräften für das Diesseits *und* für das Jenseits wirken. Doch sind diese Pflichten eigentlich nicht zwei, sondern nur eine: Ihr sollt im Diesseits für das Jenseits wirken. Und wie wenig ist das doch bisher geschehen! Das Diesseits nahm die Tätigkeit des Menschen so für sich gefangen, daß er jetzt, nach einer Reihe von Jahrtausenden, noch am Beginn des Himmelspfades steht und nicht einmal Es Setschme, den Ort der Sichtung, kennt, der zwischen dem Augenblick des Sterbens und dem Tor der Himmel sich befindet. Ich schaue in eure Herzen und sehe in ihnen das Verlangen nach dem Licht jener Welt. Zwar darf ich euch nicht jene Sphären zeigen, in denen Gott mit seinen Seligen wohnt, denn vor dem Glanz der Herrlichkeit dort oben würde euer Auge gleich bei dem ersten Blick erblinden; aber nach diesem Ort der Sichtung, nach diesem Vorhof kann ich eure Seelen führen. Ihr sollt euch meiner Führung anvertrauen und eine kleine Erdenstunde lang am offenen Jenseits stehen. Was ihr dort seht, merkt's euch fürs ganze Leben! Ich tue es, um euch eine Ahnung dessen zu geben, was der Glaube, den ich meine und für den ihr nicht das rechte Wort besitzt, zu sehen und zu erreichen vermag, während selbst eurer höchsten Gelehrsamkeit dort der Zutritt streng und für ewig verboten ist. Denn, sage ich euch, am Tag des Gerichtes, welcher für die Verstorbenen eher beginnt und länger währt, als ihr hier unten denkt, wird niemand über den Reichtum seines Geistes, sondern ein jeder nur über die Schätze seines Herzens Rechenschaft abzulegen haben. Es wird nicht zwischen gebildet oder ungebildet, sondern nur zwischen gut oder bös, zwischen Liebe und Lieblosigkeit unterschieden. Ich werde jetzt meinem Freund, durch den ich zu euch spreche, zeigen, was ihr wissen sollt; er sagt es euch, und wenn ihr etwas nicht versteht, so dürft ihr fragen; doch Erkundigungen irdischer Neugierde werden unbeantwortet bleiben."

Es ist unmöglich, die Stimmung zu beschreiben, in welcher ich mich jetzt befand. Über uns der mit einem nicht eigentlich sicht- aber doch wahrnehmbaren Schleier bedeckte Himmel, an welchem nur die Sterne bis mit vierter Größe zu sehen waren, um uns die im unzureichenden Schein dieser Sterne liegende Wüste mit ihrer geheimnisvollen Verschwiegenheit, vor uns der rätselhafte Mann, der für das Diesseits blind war, aber für das Jenseits sehend zu sein behauptete, und in uns die Ahnung der Enthüllung und Beleuchtung einer bisher unerforschten Dunkelheit! Aber wo lag dieser „Ort der Sichtung", von welchem wir gehört hatten? Wirklich und wahrhaftig im Jenseits, oder in der Einbildung eines phantastischen, vielleicht gar geisteskranken Menschen? Worauf würden wir die versprochene Aufklärung zu beziehen haben? Auf einen der höchsten und wichtigsten unserer Glaubenssätze oder auf die Träumereien und Truggebilde eines hirn- und nervenleidenden Mohammedaners? Ich war im höchsten Grad gespannt, und Halef und der Perser waren dies nicht weniger als ich, denn ihnen als Orientalen war für solche Situationen wohl mehr Empfänglichkeit gegeben als mir, dem weniger glühend fühlenden und kälter denkenden Europäer.

„So komm! Ich führe dich!" hörten wir jetzt den Münedschi mit der bisherigen, fremdartigen Stimme sagen und mit seiner eigenen, ganz anders klingenden, antwortete er hierauf: „Ich folge dir, Ben Nur, der du ein Engel Allahs und der Lehrer meiner Seele bist!"

Es sei mir, um das nun Folgende leichter verständlich zu machen, erlaubt, diesen von mir nur in der Einbildung existierend gehaltenen Ben Nur von dem Münedschi zu unterscheiden. Zwar war es natürlich nur der Blinde, welcher sprach, aber das, was wir hörten, war ein Gespräch zwischen zwei Personen, deren Stimmen so verschieden klangen, daß wir bei geschlossenen Augen auf die Anwesenheit zweier Menschen außer uns geschworen hätten, wenn die Gewißheit nicht dagewesen wäre, daß es nur allein der Münedschi sei.

Es verging eine Zeit, während welcher wir, um das sich vor uns Entwickelnde ja durch keinen Hauch zu stören, nur leise zu atmen wagten. Einmal hörten wir den Blinden mit seiner eigenen, ängstlich klingenden Stimme „Halte mich, o halte mich!" sagen; dann war es wieder still. Er stand, wie von Anfang an, hoch aufgerichtet da, die eine Hand nach der Seite erhoben, als ob er an ihr geleitet werde. Da ließ er sie sinken, als ob niemand mehr sie halte, strich sich mit der andern über das Gesicht und bewegte den Kopf, wie jemand, der staunend um sich blickt.

„Wir sind angekommen. Nun bleib an meiner Seite stehen, und sag, was du erblickst! Fürchte dich vor nichts, denn ich bin bei dir, und niemand darf sich uns nahen!"

Das sagte der Blinde mit Ben Nurs Stimme, worauf er mit seiner eigenen erwiderte:

„Ich fürchte mich nicht, denn du hast mir schon oft Furchtbares gezeigt, ohne daß es mir schadete. Ich weiß also, daß ich bei dir sicher bin."

Er schaute wieder, mit zwar geschlossenen Augen aber sehr lebhaften Kopfbewegungen, um sich und sagte dann:

„Welch ein Wunder! Wohin hast du mich geführt! Ich sehe Gegenstände und Menschen, die doch keine Gegenstände und Menschen sind. Es ist alles so gestaltet, und es bewegt sich alles so, wie auf der Erde, und doch bin ich der vollen Überzeugung, daß nichts hier irdisch ist!"

„Sag nur, was du siehst, dann werde ich es dir erklären!" gebot die andere Stimme, also der sogenannte Ben Nur.

Hierauf erhob der Münedschi die Arme, um alles, was wir nun hörten, mit verdeutlichenden Bewegungen derselben zu begleiten, und fuhr fort:

„Ich stehe auf einem hohen, breiten Stein, ganz allein mit dir", sagte er. „Hinter uns dehnt sich eine Mauer, deren Höhe und deren Enden ich nicht erkennen kann. Sie hat viele, viele enge, niedrige Öffnungen, durch welche immerfort Menschen erscheinen und auf uns zukommen, um sich vor uns zu einem breiten Heereszug zu vereinen."

„Das ist El Widah – Der Abschied –, die Mauer, an deren andern Seite das Erdenleben endet, indem es zu einer dieser Türen führt, vor denen kein Sterblicher stehenbleiben oder gar umkehren kann, außer Gott erlaubt es ihm. Sprich weiter!"

„Es liegt ein weites, ebenes, ödes Land vor mir", folgte der Blinde dieser Aufforderung, „von einem tief und schwarz gähnenden Abgrund begrenzt, über den eine Brücke hinüberführt, deren Breite kaum die Schärfe eines Rasiermessers beträgt."

„Das ist Es Ssiret, die Brücke des Todes", erklärte Ben Nur. „Sie geht über El Halahk, den Abgrund des Unterganges, des Verderbens. Erkennst du, wo sie endet?"

„Ja, ich sehe es, doch nicht so deutlich, wie ich möchte. Es ist ein Tor, welches ich wohl bestimmter sehen würde, wenn nicht darüber die Flammeninschrift leuchtete ‚Zur Seligkeit!' Auch die Fortsetzungen seiner Seiten, welche sich aus dem Abgrund erheben, sind mir dunkel; darüber aber leuchtet eine Klarheit, welche von keinem irdischen und von keinem Sonnenlicht stammen kann. Indem ich sie erblicke, steigt eine unbeschreibliche Wonne und Sehnsucht in mir auf, die mich emporheben und hinübertragen will; aber mein Fuß klebt fest an diesem Stein; ich kann nicht fort; ich bin zu schwer!"

„Du bist so schwer, weil du noch zur Erde gehörst, auf der das Gesetz der Schwere gilt, welches ich für dich für diese kurze Stunde überwand. Ich sage Stunde, denn hier, wo wir uns befinden, gibt es noch Zeit. Die Ewigkeit beginnt dort an der Brücke. Du stehst hier *am* Jenseits, nicht *in* demselben; das ist der äußerste Punkt, wohin ich deine unsterbliche Seele führen durfte, weil sie noch das irdische Gewand zu tragen hat. Du siehst dich hier also zwischen Zeit und Ewigkeit, nicht vor dem Tode und nicht nach dem Tode, sondern mitten in demselben, und alles, was du hier erblickst, geschieht mit der Seele während der Zeit des Sterbens. Was siehst du noch?"

„Ich sehe die Scharen der Seelen, welche durch die stille, unheimlich lautlose Öde des Todes nach der Brücke wollen. Allah, Allah, beschütze und bewahre mich!"

Diesen letzten Satz schrie er laut auf, als ob eine plötzliche, große Gefahr über ihn hereingebrochen sei. Dabei breitete er, wie nach einem Halt suchend, ängstlich beide Arme aus. Hierauf ließ er sie beruhigt wieder sinken und antwortete dann sich selbst mit der Stimme Ben Nurs:

„Sei getrost; ich halte dich! Du nanntest die Zeit des Sterbens, in welcher du dich befindest, still und lautlos. Jetzt erfährst du, daß es auch ein anderes als still ergebenes Scheiden gibt. Sprich!"

„Es erhob sich ein Sturm, in welchem mein Felsen zitterte; finstere Wolkenschwaden wurden über mich hingepeitscht; Donner rollte; Blitze zuckten. Ich hörte Schlachtengeschrei und das Krachen der Schüsse. Jetzt ist das vorüber; aber ein Nebel breitet sich um mich her. Ich sehe nichts mehr; aber ich höre die Stimmen der Sterbenden. Mütter jammern um ihre Kinder; Frauen winseln nach ihren Männern; Geizige schreien nach den Reichtümern, die sie verlassen müssen, Herrscher nach ihren Thronen, Ehrsüchtige nach ihrem Ruhm. Es ist ein Brüllen, Zetern, Klagen und Weinen um mich her, welches mich selbst zum Sterben bringen wird, wenn ich es noch länger hören muß! ... Allah sei Dank! ‚Vater, in deine Hände befehle ich meinen Geist!' rief die Stimme eines gläubig sich Ergebenden, und sofort ward alles still. Die Nebel weichen, und ich sehe die Scharen wieder ohne Laut und ruhig wallen. Auf der Mitte des Weges sehe ich einen Steg, zu dessen Seiten lichte Engel stehen. Er ist beweglich und so schmal, daß man ihn nur einzeln betreten kann; aber keiner darf ihm ausweichen; alle müssen darüber!"

„Das ist El Mizan, die entscheidende Waage der Gerechtigkeit. Sie mißt jede Tat, jedes Wort und jeden einzelnen Gedanken. Lege das leiseste, kürzeste deiner Gefühle darauf, so wird sie dir sagen, wie schwer es vor dem allwissenden Erforscher deines Innern wiegt! Siehst du, was die Engel an diesem Steg, an dieser Waage tun?"

„Soeben tritt einer aus ihren Reihen hervor und nimmt die über die Waage gegangene Seele an der Hand, um sie nach der Brücke zu leiten."

„Nicht nur nach der Brücke, sondern über sie hinüber! Diese Seele ist gewogen und der Gnade Gottes wert befunden worden. Darum wird sie an der Hand ihres lichten Führers glücklich über Es Ssiret gelangen. Aber die zu leicht Gefundenen, welche hier auf Erden stolz auf ihre Vorzüge pochten oder, ihrer Trägheit frönend, sich nur auf ihre vermeintliche Sündlosigkeit verließen und darum versäumten, wirkliche Arbeit zu vollbringen, anstatt in bequemer Sorglosigkeit kommen zu lassen, was da kommen werde, diese finden hier keinen Beschützer, sondern bleiben auch hier ihrem gewohnten Selbstvertrauen überlassen. El Halahk, der Abgrund des Verderbens, steht für sie offen; denn schon hier, in der Stunde des Todes, nicht erst *im*, sondern bereits *am* Jenseits, tritt das große Gesetz der ewigen Gerechtigkeit in Kraft, daß der Mensch genau mit dem bestraft wird, womit er auf Erden sündigte. Trau ja den friedlichen, still lächelnden Zügen einer Leiche nicht! Sie ist ein abgelegtes Gewand, dem du nicht anzusehen vermagst, unter welchen Qualen die Besitzerin, die Seele, von ihm schied. Der Tod tritt nicht mit dem letzten Wort ein, welches der Sterbende spricht, auch nicht mit der letzten Bewegung, die man an ihm bemerkt, und kein Irdischer vermag zu ergründen, was zwischen diesem Wort oder dieser Bewegung und dem wirklichen Schritt hinüber für eine Folterpein zu überstehen ist! Nun richte deine Augen auf die vorübergehenden Scharen selbst! Du siehst, wie sie sich zusammenfinden und sich ordnen, um, zueinander passend, in Gruppen den Entscheidungsweg zurückzulegen. Sag mir, was du erblickst! Was du nicht weißt, das werde ich dir erklären."

Der Münedschi berichtete:

„Es versammelt sich soeben eine große, große Menge von Leuten, welche fromm die Hände falten und still ergeben ihre Köpfe senken. Ihre Lippen bewegen sich im Gebet. Ihnen vorangetragen wird eine Standarte, auf welcher das Wort ‚Dijanet' – Frömmigkeit, Gottesfurcht – zu lesen ist. Das sind gute Menschen, welche gewiß glücklich über die Brücke hinüberkommen!"

„Du irrst. Du läßt dich von ihrer zur Schau getragenen Frömmigkeit ebenso täuschen, wie die Genossen ihres Erdenlebens von ihnen betrogen worden sind. Das sind die Gewohnheitsbesucher der Kirchen und Moscheen. Sie versäumten keinen Gottesdienst und saßen da auf ihren mit Geld bezahlten, wohlnummerierten Plätzen, auf welche sich ja kein anderer setzen durfte, wenn er nicht zu seiner öffentlichen Beschämung von ihnen hinweggestoßen werden wollte. Sie gingen zur bestimmten Zeit und in dem dazu bestimmten Rock nach dem Gotteshaus, gesenkten Blickes, wie auch jetzt, und die Fathha oder das Gesangbuch von den Händen innig umschlungen. Dabei aber blickten sie verstohlen nach rechts und links, ob man sie denn auch gehen sehe. Sie sprachen ihre Gebete oder sangen die vorgeschriebenen Lieder; sie hörten die Worte des Predigers, und wurde ihnen das zu langweilig, so ließen sie sich andachtsvoll in das süße Schläfchen des Bewußtseins fallen, daß sie das alles wohl schon tausendmal gehört hätten und es also ebensogut wüßten wie der Mann dort auf der Kanzel. Dann gingen sie erhobenen Hauptes heim, denn sie hatten jetzt für diese Woche ihre Pflicht getan und dadurch Gott gezwungen, ihnen nun auch eine Woche lang dafür dankbar zu sein. Sie forderten von diesem Gott, daß die Nummer des Platzes, den sie für sich gelöst und nur höchst selten leer gelassen hatten, in das Buch des Lebens eingetragen werde, weil nur ihnen, und ja keinem andern, das wohlerworbene Recht zustehe, auf ganz derselben Nummer der Seligkeit auch im Himmel zu sitzen. Dieser Himmel aber ist unnummeriert und hat also nicht den auf der Erde bezahlten Platz für sie; sie werden alle, alle von der Brücke in den Abgrund stürzen. Weiter!"

„Ich sehe freundliche Menschen sich um ein Banner scharen, welches das Wort ‚Kerem' – Güte – trägt. Auf ihren Gesichtern glänzt das Lächeln der Sanftmut, der Milde, der Güte, der Weichherzigkeit. Sie sind in Liebe vereint; sie drücken sich die Hände und scheinen so froh darüber zu sein, daß sie sich hier zusammengefunden haben. Die leitet ein Engel hinüber, ganz gewiß!"

„Nein! Das sind die sogenannten ‚guten Menschen', die Sanften, die Angenehmen, die stets Friedlichen, die Wohltäter, die Barmherzigen, die wegen ihrer Menschenfreundlichkeit so oft und viel Gepriesenen. Du nennst ihr Lächeln sanft und mild; aber die Waage dort wird es als Selbstgefälligkeit bezeichnen. Diese edlen Menschen waren nur freundlich, um gerühmt zu werden. Ihre Nächstenliebe, ihre Sanftmut besaß einen verborgenen Skorpionstachel. Es war ihnen eine Lust, bei dem freundlichsten Gesicht und während der gütigsten Rede ein tief und schwer verletzendes Wort in die Seele ihres Nächsten zu bohren und dadurch sein Leben zu vergiften. Sie wußten, daß der Glanz ihrer Wohltaten auf sie selbst zurückfallen werde; sie erwiesen sie also nicht andern, sondern sich selbst. Ihre stete, rücksichtsvolle Höflichkeit war nur Schein, war berechnet, denn sie wußten, daß man einer solchen Liebenswürdigkeit nicht leicht einen Wunsch abschlagen könne. Diese stets nach außen strahlende Huld und Leutseligkeit war innerlich ein Vampyr, welcher die von dieser Huld Getäuschten möglichst auszusaugen wußte. Siehst du, wie ihre Schar sich mehr und mehr vergrößert? Wundere dich ja nicht darüber, denn zu ihnen gehören alle jene guten Freunde und Freundinnen, deren gleißende Anhänglichkeit nichts als Selbstsucht war. Sie benutzten dich selbst und deinen Einfluß, deine Güter; sie forschten mit Begierde nach allen deinen Schwächen und Fehlern, um sie sich dienstbar zu machen oder sie mit ihresgleichen zu belachen. Sie nisteten sich bei dir ein wie Flöhe der Wüste – Sarcopsylla penetrans, Sandfloh –, deren Stich erst ein wohltuendes Jucken, dann aber schmerzende und gefährliche Geschwüre erzeugt. Sie freuten sich lauter als du, wenn du dich freutest, barsten dabei aber heimlich fast vor Neid; sie nahmen scheinbar tief betrübt an deiner Trauer teil, fühlten sich aber im Herzen glücklich darüber. Sie gaben dir in inniger Teilnahme und scheinbar gut meinend, einen schlechten Rat, und kamst du durch die Befolgung desselben zu Schaden, so wußten sie die Schuld auf dich zu schieben und höhnten dich innerlich aus. Schau jetzt hinunter zu ihnen! Ja, sie drücken sich innig die Hände, und ihre Gesichter glänzen in Freundschaftswonne; aber dabei denkt ein jeder in seinem Innern, daß er hinüberkomme, die andern aber nicht. Denen, welche unter dem Zeichen ‚Kerem' stehen, ist der Himmel verschlossen! Sprich weiter!"

„Es naht eine unabsehbare Menge, welcher ein Panier mit dem Wort ‚Hakk' – Recht – vorangetragen wird. In ihr scheinen alle Stände vertreten zu sein, denn ich sehe unter ihnen Hoch und Niedrig, Reich und Arm, Gelehrt und Ungelehrt, Fürsten, Beamte, Krieger, Kaufleute, Bauern, Handwerker und sogar auch Bettler. Sie kommen getrost und wohlgemut heran, mit festen, sicheren Schritten und unbeirrten Blicken. Die Gewißheit, daß sie die Brücke in kräftigem Marsch überschreiten werden, ist ihnen allen anzusehen."

„Warte, bis sie an die Waage kommen, wie sie da so ganz anders blicken und angstvoll weiterschleichen werden", sagte die Stimme Ben Nurs. „Sie folgen dem Banner ihrer vermeidlichen Rechte; aber sie meinen damit nicht die Menschenrechte, die ihnen von Gott für die Erde verliehen waren, sondern die von ihnen selbst erfundenen. Sie sind nicht das, wofür sie sich ausgeben, sondern das genaue Gegenteil davon, nämlich Aufrührer und Empörer. Mit diesem Wort Aufruhr meine ich nicht die Verschwörung gegen irdische Herrscherthrone, sondern die Auflehnung gegen göttliche und von Gott geheiligte menschliche Gesetze. Es geht über die Erde eine ununterbrochene Revolution gegen diese Gebote, hier in still wühlender Verborgenheit, da in sichtbarer, immer weiter greifender Gärung und dort in offener, gewalttätiger Angriffsweise. Die Menschen haben verlernt, zu gehorchen; sie wollen alle befehlen. Der Reiche verlangt von Goldes Gnaden und der Bettler auf Befehl der Mildtätigkeit Gehorsam. Der Arbeitgeber stützt sich auf das Recht seines Unternehmungsgeistes, seines kaufmännischen Talentes und der Arbeiter auf den Wert seiner Geschicktheit und seiner Fäuste. Die Großen der Erde betonen die Vorrechte der Geburt, und die andern heben dagegen ihre persönlichen Errungenschaften hoch empor. Hier dieser fordert in seinem eigenen Interesse Gehorsam für im Laufe von Jahrhunderten bewährte Einrichtungen und dort jener verlangt aus demselben Grund, daß man den Anforderungen der Neuzeit folgsam sei. Es werden neue Rechte und neue Pflichten angefertigt, denen man wohlklingende Namen gibt. Da wird von einem Recht auf Gleichheit in den verschiedensten Beziehungen gesprochen, von einem Recht des freien Denkens, der Arbeit, des Lohnes, der Verbindung und Verbrüderung. Jeder stellt sich kampfbereit, um grad das Recht, welches er für das seinige hält, zu verteidigen, und erkennt dabei nicht, daß in dieser Verteidigung schon der Angriff gegen andere Rechte liegt. So wirkt einer gegen den andern, und die eigentliche, wirkliche Wahrheit ist doch, daß sie alle unrecht haben. Denn nach Gottes Ratschluß besitzt der Mensch nur ein einziges Recht und nur eine einzige Pflicht, nämlich *das Recht und die Pflicht der Liebe*. Wie aber steht es bei euch damit im Erdenleben? Gibt es einen einzigen Menschen, welcher auf dieses Recht der Liebe verzichtet? Und wie viele aber sind es, welche, wie Gott es doch gebietet, ihr ganzes Leben der Pflicht der Liebe weihen? Schau sie an, die da vorüberziehen. Sie alle haben nach Gerechtigkeit geschrien, aber keine Gerechtigkeit gegeben, weil sie keine Liebe besaßen. Sie haben gesprochen und geschrieben, gestritten und gebrüllt für ihre einander widerstreitenden, einander aufhebenden Rechte; sie haben gehadert gegen die Menschen und gegen Gott, von welchem sie mit erhöhter Stimme Gerechtigkeit verlangten, wobei sie ihm aber *sein* Recht, den Glauben an ihn und die Liebe zu ihm, verweigerten. Und nun kommen sie sogar hier mit derselben Forderung herangeschritten: Sie verlangen die Seligkeit als ihr Recht; sie bringen das große Ausrufungszeichen nach Gottes Gerechtigkeit getragen und ahnen nicht, daß sie dort an der Waage nach der ihrigen gewogen werden. Sie haben sich gegen sein großes Gesetz der Liebe empört, ihm den Gehorsam verweigert, ihm den Glauben versagt, ihn verleugnet und aus ihrem Leben gestrichen, und nun übt er dasselbe Recht wie bisher sie, nämlich sie ebenso nicht zu kennen, wie sie ihn nicht gekannt haben. Sie sind vorüber. Wer kommt jetzt?"

„Ich sehe die schöne Inschrift ‚Muhabba' – Liebe –. Die, welche hinter ihr schreiten, sind sicher für die Seligkeit bestimmt, denn du hast ja soeben Liebe gefordert. Ich unterscheide . . ."

„Schweig! Schweig von ihnen!" unterbrach ihn Ben Nur

streng. „Die, welche jetzt an dir vorüberziehen, sind entweder Abgötter oder Götzendiener gewesen, eins von beiden, weiter nichts! Das sind die Väter, die Mütter, welche nur einen einzigen Gegenstand für ihre Liebe, ihren Sohn oder ihre Tochter kannten. Das sind die Männer, welche ihre Frauen vergötterten, und die Frauen, welche ihre Männer anbeteten. Die Liebe, welche nur auf eine einzige Person gerichtet ist, ist keine Liebe, sondern das häßliche, abstoßende Narrbild derselben. Schau die Mütter, welche als Sklavinnen vor den Füßen ihrer Töchter knien, und die Gatten, welche sich von den heißgeliebten, angebeteten Füßen in den Staub treten lassen! Der nichtigste Wunsch der vergötterten Lippen setzt sie in Galopp, während sie zur Erfüllung göttlicher Gebote oder für das Wohl ihres Nächsten kaum einen langsamen Schritt übrig haben. Wie sie auf jedes Wörtchen lauschen und sich bei der geringsten Trennung sehnen! Wie sie arbeiten und sich sorgen, sich ganz hingeben, sich aufopfern, bis sie am Charakter vollständig zum Schatten geworden sind! Für den aber, dem sie alles, alles verdanken, was ihnen gegeben worden ist, und dem sie dafür gehören für Zeit und Ewigkeit, für den haben sie keine Handreichung! Und wenn er dann in seinem heiligen Zorn, um diesem Götzendienst ein Ende zu machen, den Gegenstand dieser Narretei aus dem Leben nimmt, welch ein Stöhnen und Jammern ist da zu hören und welche Verzweiflung, die sich selbst Vernichtung wünscht, zu sehen! Wer in dieser Weise einen Menschen höher setzt als Gott, der wird sich dort an der Waage und dann an der Brücke auch nur auf diesen Menschen, nicht aber auf Gott zu verlassen haben; das ist die unerschütterliche Gerechtigkeit, welche den Gegenstand der Sünde zum Mittel der Bestrafung macht! Nun schau hinab auch zu den so heiß angebeteten Idolen. Sie wurden so lange verehrt und bedient, bis ihnen das als ganz selbstverständlich vorkam, und so ließen sie sich in dem Bewußtsein, ganz erstaunliche Vorzüge zu besitzen, weiter bedienen und weiter bewundern. So wurden sie zum Hochmut und zur Selbstüberhebung geführt. Da sie nichts zu tun hatten, als sich lieben und anbeten zu lassen, wurden sie körperlich und geistig träge, und waren je länger desto weniger imstande, ihre irdischen Pflichten zu erfüllen und sich gar noch mit Gedanken über das Jenseits zu befassen. Sie wurden geistig totgeliebt und geistig totgepflegt; ihre Kräfte schwanden immer mehr und mehr, bis von ihnen nichts übrigblieb als nur auch ein Schatten ihrer selbst, der aber immer noch angebetet sein wollte und jetzt in der stolzen Überzeugung hier vorüberschreitet, daß ihm ein Sitz ersten Ranges im Himmel sicher sei. Sie haben aber ihr Gutes schon auf Erden genossen, und Götzenbilder kennt das Jenseits nicht! Weiter!"

Der Blinde fuhr fort:

„Es kommt ein stolzer Zug daher, dem die Inschrift ‚Hanahhn – „Wir da!" „Wir sind es!"' –, hoch und weithin sichtbar vorangetragen wird. Diese Leute gehen stolz, mit majestätischen Schritten und sieghaften Mienen. Über ihre Gesichter breitet sich das Bewußtsein der Würde und Erhabenheit. Auch sie scheinen verschiedenen Ständen anzugehören, und obwohl sie langsam schreiten, sehe ich doch, daß jeder von ihnen bemüht ist, den andern voranzukommen. Das müssen hohe Herren sein, die sicher nicht erwarten, zu leicht befunden zu werden."

„Ja, sie waren Herrscher auf Erden, Herrscher auf verschiedenen Gebieten, haben sich aber auf dem Weg zur Waage der Gerechtigkeit zusammenfinden müssen. Da sind Fürsten, welche über Länder und Völker regierten, aber nicht einmal sich selbst beherrschen konnten. Da sind allerlei Würdenträger, welche der ihnen von Gott anvertrauten Würde nicht würdig waren. Da sind hohe Gelehrte, Koryphäen der Wissenschaft, welche sich für Erb- und Gerichtsherren der Weisheit hielten und sich gegen die Einsicht sträubten, daß alles irdische Wissen und Erkennen Stückwerk ist und nur der Glaube zur Wahrheit und Vollkommenheit führt. Da sind die Paschas und Sultane des Mammons, welche von ihren protzenden Thronen aus die Unbemittelten knechteten und in Fesseln schlugen, ohne zu ahnen, daß sie selbst die Fesseln der niedrigsten Knechtschaft trugen, die es auf Erden gibt: die aus Goldbarren geschmiedeten Handschellen, die erwürgenden Zugstricke des Geldsackes. Da sind die Genies, welche ihre herrlichen Geistesgaben nur brauchten, um gegen den zu kämpfen, der sie ihnen lieh, auch die Künstler, denen die Mahnung, daß die wahre, echte Kunst himmelan zu streben hat, nur lächerlich war. Da sind die Herren der Feder, der Literatur, die Zeitungsmonarchen, welche unter ihrer sechsten Weltmacht die Macht ihres eigenen Einflusses, die Wirkungskraft nur ihrer Zwecke verstanden. Da sind die Helden der Phrase, die Redner des Volkes, die Sprecher der Parlamente, die ihre Schlagworte wie platzende Bomben, das Göttliche verneinend, zerstörend in die Versammlungen warfen, unbekümmert darum, daß sie dafür dereinst das zermalmende Richterwort treffen werde, von welchem geschrieben steht: ‚Denn das Wort Gottes ist wie ein

Hammer, der Felsen zerschmettert!' Sie alle, alle, die ich dir jetzt bezeichnete, haben ihre eigene, zufällige oder angemaßte Macht an die Stelle der Macht der Liebe gesetzt und werden nun dort an der Waage zu ihrem Schrecken erfahren, daß alle diese von ihnen mißbrauchte Gewalt nicht imstande ist, die ewige Gerechtigkeit auch nur um das Tausendstel eines Haares breit zu ihren Gunsten zu neigen. Fahre fort in deinem Bericht!"

„Die jetzt kommen, folgen einem Banner, auf welchem ‚Schatahra' – Klugheit –, zu lesen ist."

„Sprich nicht weiter von ihnen; ich sehe sie! Das sind die irdisch Klugen, welche sich hüteten, mit ihrem Glauben offen hervorzutreten, ihr Vorteil verbot ihnen dies. Auch sind die Schamvollen dabei, welche befürchteten, sich lächerlich zu machen. Ich sage dir, es gibt sogar Menschen, welche wohl beten möchten, aber dies nicht fertigbringen, weil sie sich dabei nicht nur vor sich selbst, sondern sogar vor Gott genieren. Sie sahen den Sämann der göttlichen Liebe über die Felder schreiten, und sie sahen, daß die Krähen des Unglaubens hinter ihm den Samen wegfraßen; sie sind untätig nebenhergegangen; sie ließen ihn ungestört säen, und sie hinderten die Vögel nicht, diese Arbeit der Liebe um den Erfolg zu bringen. Die einen haben sich vor Gott versteckt; die andern sind weder für noch gegen ihn gewesen; nur werden die ersteren ihn jetzt auch nicht sehen, und die letzteren erwartet ganz dieselbe Gleichgültigkeit. Sie mögen sehen, wie sie hinüberkommen. Weiter!"

„Es kommen jetzt weißgekleidete, fleckenlose Gestalten, an deren Spitze ich den Wahlspruch ‚Nadahfa!' – Reinheit –, lese. Ihr Gang ist sehr vorsichtig, damit ihr Fuß nichts Unsauberes berühre, und ihre Hände sind unausgesetzt bemüht, die Stäubchen zu entfernen, welche ihren Gewändern angeflogen sind."

„Ja, das sind die Reinen, die Unbefleckten, deren einziges Bestreben war, auch nicht die allergeringste Unsauberkeit an sich sehen zu lassen. Sie gingen in Beziehung auf ihren äußerlich moralischen Lebenswandel auf den Zehenspitzen, um ihre Füße ja nicht zu beschmutzen; sie taten die lächerlichsten Schritte und Sprünge, um sich die sittlich trockenen Stellen auszusuchen; sie hielten sich stets allein, und setzte sich ja einmal ein anderer neben sie, so rückten sie erschrocken von ihm ab. Sie kamen niemals mit der Polizei, niemals mit einem Paragraphen des Strafgesetzes in Berührung; sie hüteten sich auch vor jeder andern Sünde, die nicht von diesem Gesetz getroffen wird. Schon der Gedanke, daß etwas von ihnen falsch gedeutet werden könne, versetzte sie in Schrecken, denn der gute Leumund war ihr allerhöchstes Gut im Leben und im Sterben. So war ihr ganzes Bestreben nur auf ein gutes Aussehen nach außen, auf ihren Ruf bei den Mitmenschen gerichtet; an ihrer innern Reinheit aber arbeiteten sie nicht. So ein Fleckenloser war gewiß keines Diebstahls fähig, aber dem Herrgott hat er den größten Teil seines Lebens abgestohlen! Eines strafbaren Betruges machte er sich niemals schuldig, aber sein Weib hat er um das Lebensglück und seine Kinder um den frohen, schönen Glanz ihrer Jugend gebracht! Ein Mörder, ein Totschläger, ein Unmensch war er nie, aber für seine Wissenschaft konnte er Tausenden von Pferden, Hunden, Katzen und andern armen, tief beklagenswerten Tieren die entsetzlichsten Martern und den qualvollsten Tod bereiten! Ein Hochverrat, eine Majestätsbeleidigung wäre ihm unmöglich gewesen, aber die himmliche Majestät Gottes hat er in seinem Innern unzähligemal geschändet! Meineid und Fahnenflucht verachtete er, aber vom Militär hat er sich lossimuliert! Raub und Erpressung hielt er für die schändlichsten der Taten, aber Bücher hat er unter anderm Titel und unter vorsichtiger Veränderung der Namen nachgedruckt und seine Arbeiter gezwungen, sich für ihn für geringeren Lohn zu schinden, weil sie nur von ihm abhängig waren! Falschmünzerei oder falsches Gewicht waren bei ihm nicht zu finden, aber die Geschäftsgeheimnisse seines Mitbewerbers hat er ausgespürt, und seinen Kunden verkaufte er Wasser in der Milch und das Fleisch verendeter oder krank gewesener Tiere! Bestechung gab es nicht in seinem Amt, doch die Stelle, welche er zu vergeben hatte, bekam der Schützling seines Freundes, aber nicht der ihrer Würdige! So waren diese alle äußerlich rein, aber innerlich voll Schmutz. Nun mißt die Waage dort nicht den äußern, sondern den innern Menschen. Denkst du auch jetzt noch, daß diese Reinen glücklich über die Brücke kommen werden?"

Der Münedschi antwortete:

„Mir ist das Herz zum Brechen schwer! So viele, viele, viele ich bisher gesehen habe, es war kein einziger unter ihnen, den du der Gnade Allahs für wert gehalten hast. Soll denn der Abgrund alle, alle verschlingen? Soll ich mich denn nicht wenigstens über einen, nur einen einzigen freuen, der drüben an das Tor der Seligkeit gelangt?"

„Sie waren der Gnade Gottes nicht würdig, weil sie nicht nach ihr gestrebt haben. Wer auf seine vermeintlichen Verdienste pocht und dafür den verdienten Lohn, aber keine Gnade fordert, der wird auch keine finden. Aber ich bemerke, daß dein Wunsch in Erfüllung geht. Sag mir, was du jetzt siehst!"

„Es kommen zwei Frauen, ganz allein, nebeneinander; die eine ist sehr schön, die andere sehr einfach gekleidet. Dann eine Strecke hinter ihnen folgt eine unabsehbare Schar von Männern und Frauen, denen aber kein Panier vorangetragen wird. Es sind auch viele, viele Kinder dabei. Und nun flammt es plötzlich dort drüben über dem Tor der Seligkeit helleuchtend auf, so daß hier bei uns die bisherige Düsterkeit wie ein heller, schöner Tag erscheint. Ich sehe, daß die Engel diesem Zug in freudiger Erwartung entgegenblicken. Sollte er aus Glücklichen bestehen, denen es beschieden ist, den Himmel zu erreichen?"

„Ja; ihnen ist er bestimmt! Du hast gehört, daß du dich hier mitten in der Zeit des Sterbens befindest. Das helle Licht des Jenseits dringt plötzlich zu uns herüber; die Todesstunde derer, die jetzt kommen, ist eine glückverheißende; sie wird von der Morgenröte des ewigen Himmelstages überflutet. Die, welche sich Standarten vorantragen ließen, stellten Forderungen an Gott; sie verlangten hier den himmlischen Lohn für ihre eingebildeten irdischen Vorzüge und Tugenden. Die aber jetzt erscheinen, sind solcher Selbsttäuschung und Überhebung fern. In der Erkenntnis ihrer Mangelhaftigkeit, nähern sie sich in zagender Demut der Waage der Gerechtigkeit, und den Demütigen gibt Gott Gnade. Für sie ist die ihnen entgegenleuchtende Freude der Engel schon im Sterben der Beginn der Seligkeit."

„Wer sind die beiden Frauen?" fragte der Blinde.

„Es sind Heldinnen des Herzeleides, des Duldens. Eine Fürstin und eine Arbeiterin, standen sie, die eine auf der höchsten und die andere auf der niedrigsten Stufe des Erdenlebens, einander so fern, daß keine die andere kannte; aber so verschieden die Arten und die Wege des Lebens sind, sie führen alle vor der großen Entscheidung der Todesstunde zusammen. Die Fürstin war ein liebes, heiteres Kind, welches mit frohen Augen in die verheißungsvolle Zukunft blickte; es waren ja alle Vorbedingungen irdischen Glückes vorhanden. Da aber griff die Staatskunst mit eiserner Faust in ihr bisher holdes Geschick. Man entriß sie den liebenden Eltern und Geschwistern und brachte sie, die sich vergeblich Sträubende, in ein fernes Land, zu einem fremden Volk, an die Seite eines Herrschers, dem nie ihr Herz gehören konnte. Ihr goldener Jugendtag war dahin; die Sonne des irdischen Glückes verschwand. Kalte Pflichten begannen, mit furchtbarer Last auf ihr warmes Herz, ihr weiches Gemüt zu drücken; nur schwer fand sie Atem für ihre nach Verständnis und Liebe verlangende Seele. In diesem Gefühl des Erstickens schrie sie zu Gott, und er sandte ihr den Engel des Glaubens als rettenden Boten. Aus den Höhen des Himmels floß ihr die Kraft, den Pflichten der Erde zu leben; darum strebte dieses Leben auch wieder zu ihm empor. Sie legte ihr einstiges Sehnen nach Glück in die Hände der ewigen Liebe und erhielt es als Erhörung für das ihr anvertraute, fremde Volk zurück. Sie teilte, obgleich selbst ungeliebt, diese Liebe aus vom Gletschereise ihrer Höhe herab nach allen Seiten. Für sich auf alles gleißende Erdengut verzichtend, ward sie in schlichter Anspruchslosigkeit eine Spenderin der Güte, die im verborgenen wirkt. Als Fürstin angefeindet und in frostige Einsamkeit geschoben, war heimlich sie die Barmherzigkeit und Segen spendende Mutter der Bedürftigen. Ein jeder ohne stille Wohltat vollbrachter Tag erschien ihr als verloren. So gingen ihre Jahre hin, und nun sie von der Erde scheidet, umstrahlt kein fürstlicher Pomp ihr einsames, gemiedenes Sterbelager. Nur eine einzige, treue Dienerin kniet unter herzbrechendem Schluchzen dort und betet, betet laut und erschütternd, obgleich ihr bei jedem Wort die Stimme versagen will. Sie allein hat die sterbende Fürstin verstanden und geliebt; sie war die vertraute Zeugin ihrer Leiden, die verschwiegene Botin ihrer Wohltätigkeit. Nur sie weiß es, was die geliebte Herrin ihrem Volk war, nur sie! Doch nein, nicht nur sie! Es gibt außer ihr noch Einen, der alles sieht und kennt, den allwissenden Erforscher der Herzen und Gedanken. In seinem Buch stehen all die zahllosen Bitterkeiten, die sie auf dem schweren Pfad der Entsagung hinabzukämpfen hatte, alle Angriffe, die sie in gottergebenem Verzicht auf Gegenwehr erduldete, aber auch die ganze Fülle der Liebe, welche sie über die Armen und Bedrängten ausgegossen hat, für alle Ewigkeit verzeichnet. Jetzt, im Augenblick des Abschiedes, klingt das Schluchzen der neben ihr Betenden aus immer weiterer Ferne in ihr Ohr, und so verschwindet vor ihr auch die Zeit des Duldens und des unverschuldeten Leidens. Zu ihren Seiten tauchen die schönen, goldenen Jugendtage wieder auf und vor ihr die in himmlischer Liebe lächelnden Engel, welche ihr dort an der Waage der Gerechtigkeit entgegenwinken. Ich sage dir, der irdische Thron war ihr ein Marterstuhl, wie er es so vielen um ihn Beneideten ist, aber was sind alle diese Qualen gegen die Herrlichkeit jenseits des Tores da drüben, wo aus jedem Augenblick des einstigen Herzeleides und aus einer jeden einzelnen ihrer Liebestaten ihr ein unerschöpflicher Bronn der Seligkeit entgegenfließen wird! Vom allwissenden Vater im Himmel wird keine Sekunde des Leides und keine noch so heimlich geweinte Träne seiner Kinder vergessen!"

Da rief der Münedschi freudig aus:

„Ich sehe, du hast recht! Jetzt sieht sie die Engel winken; sie breitet die Arme nach ihnen aus und beflügelt ihre Schritte. Die andere auch, die mit ihr geht!"

„Diese war eine Tochter der ärmsten Dürftigkeit", erklärte Ben Nur. „Ihre Kindheit war Hunger, Verachtung und Arbeit. Sie hat nie das Auge einer liebenden Mutter gesehen und vom harten Vater nur die unbarmherzig schlagende Hand gefühlt. Unter fremde Leute geworfen, diente sie treu und ehrlich, doch stets nur bei herzlosen Menschen, und als sie glaubte, ein Herz gefunden zu haben, dem sie sich anvertrauen dürfe, und sich ihm zu eigen gab, da war es ein roher, ein gefühlloser Mann. Er fröhnte dem Spiel, dem Trunk und andern Lastern; er haßte die Ordnung, die Arbeit und jede ihn bindende Pflicht. Sie mußte schaffen und sorgen für ihn und die zahlreichen Kinder, und tat es still und ergeben, als sei's ihr nicht anders beschieden. Doch, was sie mit eigener Entbehrung durch rastlose Arbeit errang, das floß bei ihm durch die Gurgel, fiel im Spiel andern zu. Sie sah keine Frucht ihres Fleißes und hielt doch nicht auf, sich zu mühen, denn sie glaubte, es seien die Kinder ein Segen des Himmels, dem sie durch treue, mütterliche Pflege sich würdig zu erweisen habe. Da starb der Mann. Sie begrub ihn; sie weinte an seinem Grab; sie trauerte um ihn, ohne ihm einen Vorwurf in die Grube nachzusenden. Dann aber schienen sich ihre Kräfte für die Kinder zu verdoppeln. Sie nährte sie besser als vorher; sie schickte sie in die Schule; sie gab sie in die Lehre; sie sorgte für ihr Fortkommen und hatte kein Wort der Klage über die Nächte, in denen sie bei der stillen Lampe saß, um viel, viel mehr zu tun als ihre Pflicht. Die Söhne nahmen sich Frauen, die Töchter Männer; die Mutter arbeitete weiter. Es stellten sich Enkel ein; da gab es noch viel mehr zu sorgen. Was sie da alles tat, tat sie nicht für sich selbst, doch niemand dankte ihr. Man nahm es nicht nur als selbstverständlich hin, sondern es wurde für noch viel zu wenig gehalten. Kein Kind hatte einen Platz, die Mutter zu sich zu nehmen; ein dürftiger Raum unter dem Dach, ein Tischchen, ein Stuhl und eine ärmliche Lagerstätte, das war das Schaffensfeld unendlicher Muttertreue, die keine Ruhepause kannte und sich selbst vollständig vergaß. Sie wurde auch vergessen in der Stadt. Niemand kam zu ihr, auch nicht ihre Kinder und Enkel; diese verlangten, daß sie komme, und zürnten, anstatt zu danken, wenn die zitternden Hände der Greisin nicht mehr soviel brachten wie früher. Nun liegt sie endlich im Sterben; kein Mensch, kein Kind ist bei ihr, um ihr die guten, stets so wachen Augen zur endlichen Ruhe liebend zuzudrücken! Sie lebte jenes Heldentum des Duldens, dem niemand anmerkt, daß es Dulden ist, und wie sie es lebte, so stirbt sie es jetzt. Das Erdenleben versagte ihr jedes Glück, jede Freude, jeden Sonnenstrahl. Erst jetzt, in ihrer Todesstunde, lernt sie den Glanz des Lichtes kennen. Zwar kommt er spät, nun da ihr Auge bricht, aber er ist kein irdischer und wird darum nie wieder von ihr scheiden. Das Diesseits hat sie um den Lohn ihrer Arbeit betrogen; das Jenseits wird ihr diesen Verlust tausendfach ersetzen!"

„Und ihr Mann? Wird sie den dort sehen?" fragte der Blinde.

„Frag nicht nach ihm! Er gehörte zu den Hetzern, zu den Schreiern, welche in Versammlungen mit glühender Begeisterung für ihre Menschenrechte Streiter sammeln, daheim aber ihre Gatten-, ihre Vaterpflichten verleugnen. Er ist nicht über Es Ssiret, die Brücke des Todes, hinübergekommen! Schau lieber auf die dichten Scharen, welche jetzt vorüberwallen!"

„Ja das sind liebe, stille, gottergebene Menschen, denen anzusehen ist, daß sie keine irdischen Ansprüche bei sich tragen, obwohl ich sehr vornehme Personen unter ihnen bemerke. Und der Glanz aus dem Jenseits herüber wird immer heller! Ist er es, den ich wie Glorienschein um ihre Häupter liegen und aufwärts- und hinüberstreben sehe?"

„Nein. Was du im Jenseits leuchten siehst, das ist die ewige Liebe, von welcher jedem Menschen ein Strahl mit auf die Erde gegeben wird. Pflegt er dieses himmlische Feuer, so bleibt es bei ihm, leuchtet ihm durch das Leben und strebt mit ihm in der Todesstunde nach dem Jenseits hinüber, nach seinem Urquell hin. Während der Erdentage brannte es auf den Altären der Herzen als das unverlöschliche heilige Licht des Glaubens; jetzt, wo der Glaube in das Schauen überfließt, fließt auch dieser Strahl dahin zurück, woher er kam, und legt sich als Erkennungszeichen um die Stirnen derer, denen er die Überwindung der Brücke und des Abgrundes verbürgt. Wie gern würde ich dir hier von jedem Einzelnen sagen, warum gerade er diese Aureole trägt! Aber es sind ihrer zu viele, und es ist dir hier an diesem Ort nur eine ganz bestimmte kurze Zeit gegeben, welche fast vorüber ist. Du gehörst ja noch dem Diesseits an; hier aber geht dieses in das Jenseits über; bleibst du zu lange hier, so würde die Auflösung auch dich ergreifen, und das muß ich verhindern. Ich als dein Schutzengel bin verpflichtet, dafür zu sorgen, daß dein Erdenlauf nicht um einen Augenblick gekürzt werde, denn er ist die Vorbereitung für El Mizan, die Waage der Gerechtigkeit, welche auch du zu überschreiten hast, und jede Sekunde des Diesseits ist von unersetzbarer Kostbarkeit, weil eine einzige genügen kann, eine verlorene Seele dem Himmel zurückzugewinnen! Doch einige darf ich dir noch kurz zeigen. – Ich sehe unter ihnen viele, die gegen die staatlichen Gesetze gesündigt haben und dafür bestraft worden sind. Es ist im Himmel ja mehr Freude über einen Sünder, der Buße tut, als über Neunundneunzig, welche glauben, der Buße nicht zu bedürfen, weil sie sich für gerecht halten! Es sind unter ihnen Gefallene aller Art, denen die erbarmende Liebe Kraft verlieh, wieder aufzustehen. Es sind Regenten und Feldherren dabei, die man des Massenmordes der Schlachten anklagte, an dem sie aber unschuldig waren, weil er ihnen aufgezwungen wurde. Ich sehe da berühmte Träger der Wissenschaft, die aber über ihrer Gelehrsamkeit nicht den Glauben und die Liebe vergaßen. Ihr Ruhm wird im Himmel doppelt leuchten! Ich sehe Reiche, welche die Hungrigen speisten, die Durstigen tränkten und die Nackten kleideten. Sie haben ihren Reichtum auf Erden lassen müssen, sich aber himmlische Schätze gesammelt, welche dort an der Waage bis auf das Gewicht einer Tauperle für sie eingetragen werden! Ich sehe Priester, welche nicht bloß Lehrer des Wortes, sondern Verkündiger und Täter des Geistes im Wort, wirkliche Prediger der Liebe waren. Ihnen ist es gegeben, das Lob des Herrn erklingen zu lassen in alle Ewigkeit! Ich sehe Gewaltige der Erde, welche gütige Väter, weise Erzieher und freundliche Beglücker ihrer Völker waren. Wahrlich, ich sage dir, im Jenseits werden sie über mehr gesetzt werden, als sie diesseits beherrschten! Ich sehe den Millionär, welcher der Barmherzigkeit sein Vermögen widmete, und den Bettler, der mit dem Straßenhund sein letztes Stück Brot teilte. Ich sehe die Gründer großer Armen- und Waisenhäuser und den kleinen Knaben, welcher dem dürstenden Vöglein Wasser gab. Ich sehe Fürstinnen und Prinzessinnen, welche, von der Glorie irdischer Erhabenheit umgeben, aus ihrem hohen Kreis heraustraten, um herniederzusteigen und als Huldspenderinnen der Liebe zu walten. Glaube mir, der Herr aller Himmel wird ebenso herabsteigen wie sie und ihnen diese Güte tausendfältig lohnen! Ich sehe edle Frauen, welche sich nicht schämten, die Hütten der Armen, der Kranken, der Witwen und Waisen zu besuchen und den Verachteten zu zeigen, daß auch sie Brüder und Schwestern in der großen, die ganze Menschheit umfassenden Familie des Allvaters seien. Du darfst überzeugt sein, daß sie nun dort an der Waage für würdig befunden werden, zur Familie der Seligen zu gehören! Ich sehe Seelen, deren bloße Anwesenheit die Wirkung hatte, als ob ein warmer, tröstender und beruhigender Sonnenstrahl mit ihnen hereingekommen sei. Es ist ein Himmelsglück, daß es solche Menschen gibt; sie werden im Jenseits noch viel heller strahlen, als während ihrer diesseitigen Pilgerzeit! Ich sehe Richter, welche selbst in dem ärgsten Verbrecher noch den Menschen suchten, um so mild wie möglich sein zu dürfen, Betrogene, Bestohlene, Beleidigte, welche nicht nur vergeben, sondern sogar vergessen konnten. Gott wird auch ihnen ein milder Richter sein und ganz so vergeben und vergessen, wie sie es taten! Ich sehe unter dieser Schar auch Künstler, deren Streben es war, in ihren Werken die wahre Natur, die Übermacht des Guten und Schönen über das Böse und Häßliche, also die Offenbarung Gottes im Menschen, des Himmlischen im Irdischen nachzuweisen. Sie wühlten nicht wie andere mit Wollust im Schmutz; sie machten nicht unter dem irrigen Vorgeben, wahr sein zu müssen, die Roheit und das Laster zur Staffel ihres Ruhmes, denn sie wußten, daß die Sünde nicht die Wahrheit, sondern ihre abstoßende Verneinung ist. Die Kunst ist nur dann wirkliche Kunst, wenn sie nach dem Edlen auch auf edlem Weg strebt. Wer da glaubt, er könne dem Hohen durch die Darstellung des Niedrigen dienen, der versteht die Aufgabe nicht, die ihm von Gott, dem Urquell des höchsten Könnens und also auch aller Kunst, geworden ist! Ich sehe ferner Freunde, welche wahre, ehrliche Freunde waren. Sie hielten, wenn es nötig war, nicht mit der bitteren, heilsamen Wahrheit zurück, standen aber auch mit ihrem ganzen Haben und Können für die Freundschaft ein! Ich sehe Väter, welche die Schwäche nicht mit der Liebe verwechselten, sondern ihrer Pflicht mit wohlabgewogener Gerechtigkeit walteten, obwohl dies ihrem Herzen oft nicht leicht geworden ist. So ein Vater hat seinen Sohn nicht moralisch totgelobt oder durch nachsichtige Schwachheit selbst zum Schwächling gemacht und seine Tochter nicht zu einem Weib erzogen, welches für seinen Beruf verloren ist! Und ich sehe Mütter, denen die Kinder nicht als herausgeputzte Gegenstände eitlen Stolzes und überhebender

Prahlsucht dienten, sondern denen sie das waren, was sie jeder Mutter sein sollen: Seelenblumen, von Gott dem Elternhaus anvertraut, um, von des Vaters Hand begossen und von dem Mutterauge bestrahlt, zum Himmel emporzuwachsen. Sei versichert, daß solche Eltern an solchen Kindern nicht nur im Diesseits Freude erleben, denn bei solcher aufwärts strebender Pflege steigen Vater und Mutter selbst mit himmelan!"

Nach diesen Worten trat wieder, wie schon einmal, eine Pause ein, während welcher der Münedschi leise, für uns unverständliche Worte vor sich hinmurmelte. Dann hörten wir die Stimme Ben Nurs wieder laut sagen:

„Nein, du darfst nicht länger hier verweilen; die Zeit ist abgelaufen. Komm!"

Ich behielt den Blinden aufmerksam im Auge. Er griff mit der Rechten zu, als ob er eine Hand erfasse, und ahmte mit der Linken leise die Bewegung des Schwebens nach. Dann hob er erst den einen und hierauf den andern Fuß, trat fest auf und sprach:

„Das ist die Erde wieder; ich fühle es. Nun führe mich zu dem Ort zurück, von welchem du mich holtest!"

Er begann jetzt, ohne sich um uns zu bekümmern, den Felsen wieder hinabzusteigen. Dies geschah ganz in der für uns so unerklärlichen Weise, wie er heraufgeführt worden war. Er hielt sich nicht an und kam doch, ohne zu straucheln, hinunter, während wir uns Mühe geben mußten, nicht auszugleiten und zu fallen. Es war wirklich wunderbar! Es drängte sich mir wieder der Gedanke auf, daß er trotz allem doch wohl sehend sei; aber ich mußte ihn von mir abweisen, weil ein solcher Betrug einfach unmöglich war.

Unten angekommen, gingen wir wieder still hinter ihm her. Er schritt ganz genau auf dem Weg zurück, den wir gekommen waren, ohne nur ein einziges Mal zu zögern. Auch setzte er sich, als wir unsern Platz erreicht hatten, ebenso genau auf derselben Stelle nieder, auf welcher er vorher gesessen hatte.

„Ich danke dir, Ben Nur, du treuer, lichter Begleiter meiner Seele!" sagte er mit halblauter Stimme; dann lehnte er den Oberkörper an den Felsen zurück, und nach kurzer Zeit hörten wir an seinen leisen, regelmäßigen Atemzügen, daß er schlief.

Kara Ben Halef war munter; er wagte aber nicht, zu fragen, wo wir gewesen seien. Wir verhielten uns zunächst ebenso still wie er, weil das, was wir gesehen und gehört hatten, das Denken und Fühlen jedes von uns für sich selbst in Anspruch nahm. Ich ging mein ganzes bisheriges Leben durch, um in demselben vielleicht einen Wink für die Erklärung dieser eigentümlichen nächtlichen Szene zu finden; doch vergebens!

Ich weiß ja wohl ebensogut wie mancher andere, daß den sogenannten Naturvölkern eine – ich will sagen, Hinneigung zum Geheimnisvollen innewohnt, für welche das Wort Aberglaube doch nicht ganz treffend ist. Die reizlose, oft ärmliche Kost, die der gestaltenden Phantasie so günstige Wüste oder Savanne, das magische Halblicht des lautlosen, unergründlichen Urwaldes jenseits des Missisippi, das sind Faktoren, welche in Verbindung mit ererbter psychischer Disposition gewiß imstande sind, den Menschen für das empfänglich zu machen, was der bekannte Ausspruch als „zwischen Himmel und Erde“ liegend bezeichnet. Daher der reiche Märchenschatz des Orients und die Stimmung der Steppen- und Wüstenvölker für das Übersinnliche. Man glaubt gar nicht, was für eine ausgiebige Gestaltungskraft dem Beduinen in diesem Sinne innewohnt! Je weniger Lebewesen die ungeheuren Strecken seiner Heimat bevölkern, desto schöpferischer wird seine Einbildungskraft. Sie ersetzt ihnen überreich an imaginären Bewohnern, was ihnen an wirklichen fehlt, und weiß zuletzt selbst nicht mehr, wo die Tatsache aufhört und die Erfindung beginnt. Ebenso und doch auch wieder anders ist es bei den Indianern. Auch sie sind phantastisch tätig, doch fehlt ihnen die Sonne des Südens, und die Unerbittlichkeit ihres traurigen Geschickes vertieft die Schatten, in denen ihre Bilder sich bewegen. Es ist ein ernstes, sehr ernstes Reich, welches man betritt, wenn am verglimmenden Lagerfeuer ein alter, auch am Verlöschen des Lebens stehender Indsman beginnt, zu erzählen, was längst verstorbene, berühmte Krieger auf der schlafenden Prärie, in den Schluchten des Gebirges, in den Tiefen der Cañons und zwischen den Riesenstämmen des Urwaldes gesehen haben. Das sind keine Märchen wie jene des Orients, sondern Berichte über nächtlich auferstandene Tote, welche an dem blutigen Geschick ihrer Rasse sterben mußten und doch nicht ruhen konnten, weil der Mord noch ferner rücksichtslos auf ihren Gräbern tanzt. Das sind Menschen, die wirklich gelebt haben, die man einst kannte und einst sah. Und wenn es nicht wahr ist, was man von ihnen erzählt, daß man sie nach ihrem Tode noch oft gesehen habe, so sind sie dennoch wieder lebend geworden, aus der Erde gekratzt von den Klagegeistern einer dem Untergang, dem gewaltsamen Untergang geweihten Nation. Winnetou, der nüchternste, der hell- und scharfdenkendste aller roten Männer, war gewiß kein Phantast, aber zuweilen, wenn wir miteinander im nächtlichen Dunkel lagen, rings von Gefahr umgeben, da geschah es, daß er die Hand hob, um grüßend rundum zu winken, und als ich ihn einst fragte, warum er das tue, antwortete er:

„Mein weißer Bruder frage nicht. Wir sind beschützt, das mag dir genügen!"

Und ehe ihn die tödliche Kugel traf, war er von einer ganz bestimmten Todesahnung ergriffen, die leider auch in Erfüllung ging – siehe: Karl May, „Winnetou", Band 3 –. Ahnung sage ich, denn er sprach sich nicht deutlich aus; aber später fiel mir ein Abend ein, an welchem wir ganz allein hoch oben in der Einsamkeit des Flintpasses saßen, ernste Gedanken austauschend, und dabei auch das Übersinnliche berührend. Ich hatte das Gebet erwähnt; da sagte er:

„Ja, der große, gute Manitou – Gott – verlangt, daß man mit ihm rede, denn jedes Kind soll doch mit seinem Vater sprechen. Wenn man in Gefahr ist und ihn um Hilfe bittet, so sendet er seine Krieger herab, die für uns kämpfen. Mein weißer Bruder nennt diese Freunde Engel; ich sage Krieger, denn das Leben ist ja stets nur Kampf. Du hast auch zuweilen nicht Engel, sondern Schutzengel gesagt und nur von einem gesprochen; ich aber weiß, daß mehrere bei mir sind, so oft ihr Beistand nötig ist."

„Woher weißt du das?" fragte ich.

„Wenn ich sehe, grüße ich sie; also weiß ich es, denn was man sieht, das ist gewiß! Ich werde auch wissen, wenn ich sterbe; sie sagen es mir."

„Winnetou!" fuhr ich betroffen auf, denn ich wußte, daß er im Ernst sprach. Er scherzte nur selten und in solchen Sachen nie.

„Ja, sie werden es mir sagen!" behauptete er. „Du wirst dich wohl schon oft gewundert haben, daß ich in Gefahren etwas ganz Unerwartetes tat, was keinen Grund zu haben schien und uns doch errettete. Du schriebst es meiner Klugheit zu, aber ich handelte nur nach dem Willen derer, die du Schutzengel nennst. Vielleicht kommt die Zeit, daß ich dir mehr über sie sage. Jetzt muß ich selbst noch lernen und erfahren, denn es ist nicht leicht, sie zu verstehen, und sehr oft irre ich mich noch. Es könnte jeder Mensch empfinden, was der große Manitou ihm durch die Engel sagt, wenn er mehr auf sich und ihre Stimme achtete und sich befleißigte, sie nicht dadurch zu betrüben und von sich fortzustoßen, daß er Böses tut."

An dieses Gespräch mußte ich jetzt hier am Bir Hilu denken. Hatte Winnetou sich getäuscht? Waren diese „Krieger des großen, guten Manitou" Phantasiegestalten, Gebilde seiner eigenen

Anima – Seele –? Das konnte ich bei seiner beispiellos scharfen Beobachtungsgabe doch wohl kaum annehmen! Und selbst wenn ich seinen Worten vollen Glauben schenkte, so war damit noch nichts für die Erklärung des heutigen Vorganges, des Schlafsprechens und gar der Wesenszweiheit des Münedschi getan.

Auch während der tiefsinnigen Reden meiner alten, hochehrwürdigen Marah Durimeh – siehe: Karl May, „Durchs wilde Kurdistan", Kap. VII, und „Im Reiche des silbernen Löwen" – war manches Wort gefallen, welches über das Diesseits hinüberzeigte, doch aber keines, an welches ich mich jetzt hätte halten können. Ganz selbstverständlich lag mir vor allen Dingen die Frage nahe, welche Stellung ich als gläubiger Christ zu dem, was ich gesehen und gehört hatte, einnehmen sollte. Da konnte ich denn in allem, was der angebliche Ben Nur gesagt hatte oder, anders ausgedrückt, in allen Reden, welche ihm zugeschrieben werden sollten, nichts entdecken, was ich als glaubensfeindlich zu bezeichnen hätte. Es bezog sich alles nur auf die Sterbestunde, nicht auf den Himmel selbst, denn wir hatten uns ja vorzustellen gehabt, daß der Blinde nicht im, sondern am Jenseits stehe. Bedenklich waren mir nicht seine Worte, sondern war mir nur er selbst, und wenn wir es da mit einem Nervenkranken, einem Somnambulen oder Noctambuls – Nachtwandler – zu tun hatten, so war das eine ärztliche, aber keine theologische Angelegenheit. Übrigens hatte er so manche, wenn auch nicht landläufige Idee ausgesprochen, die schon längst die meinige auch war.

Freilich war der Eindruck, den die Stunde dort auf dem Felsen auf mich gemacht hatte, kein gewöhnlicher. Das Vorhergeschehene, die Örtlichkeit, die Person des Blinden, seine tief ergreifende Ausdrucksweise, das hatte sich zur Hervorbringung einer Wirkung vereinigt, welche ebenso tief wie nachhaltig war. Was hätte ich nicht für die Berechtigung gegeben, annehmen zu dürfen, daß dieser Ben Nur, dieser „Sohn des Lichtes", kein Phantom sei!

Ich war so in Sinnen und Grübeln versunken, daß ich, um darauf eingehen zu können, mich zusammennehmen mußte, als Halef nach längerer Zeit endlich fragte:

„Sihdi, geht es dir auch so wie mir? Ich will einschlafen und kann doch nicht. Was ich gehört habe, wird zur Tat; die Worte verwandeln sich in Gestalten. Ich stehe an der Pforte des Jenseits, inmitten der Todesstunde, und sehe die Unseligen und Seligen nach El Mizan, der Waage der Gerechtigkeit, an mir vorüberziehen. Wie werde ich von jetzt an flehend beten, dereinst nicht zu denen zu gehören, welche in den Abgrund des Verderbens stürzen! Und welche Mühe werde ich mir geben, so zu leben, daß einer der Engel, welche an der Waage stehen, meine Hand fasse und mich glücklich über Es Ssiret, die Brücke des Todes, nach dem Tor der Seligkeit bringe! Wahrlich, ich sage dir, dieser Ben Nur, von dessen Dasein ich bis heut gar nichts wußte, hat einen ganz, ganz andern Menschen aus mir gemacht! Ich sage nichts, und ich verspreche nichts, aber du wirst es sehen und beobachten!"

Es war eine heilige Begeisterung, welche aus ihm sprach, und mit ganz demselben Enthusiasmus ließ auch der Basch Nazyr seine Worte folgen:

„Ja, Effendi, ich stimme Hadschi Halef vollständig bei. Was bin ich doch bisher für ein armer, sündhafter, unnützer Mensch gewesen! Wie viele, viele Worte Ben Nurs klangen so, als ob sie nur für mich gesprochen worden seien! Höre, was ich dir sagen werde! Oder errätst du es vielleicht schon?"

„Nein", antwortete ich.

„Die Liebe, die Liebe, die hat es mir angetan, die hat mich so tief ergriffen. Die Milde, die Barmherzigkeit, die Versöhnlichkeit und das Vergeben! Wer hier nicht vergibt, dem wird dort auch nicht vergeben werden! Mir ist himmelangst geworden. Es bangt mir vor El Mizan, der fürchterlichen Waage der Gerechtigkeit! Wir haben die Mekkaner zur Bastonade verurteilt; aber wenn es auf mich ankommt, so werden sie keinen Schlag erhalten, keinen einzigen Schlag. Allah behüte! Mir soll diese Bastonade nicht im Jenseits angerechnet werden! Du wirst einverstanden sein; aber was sagt Hadschi Halef Omar dazu?"

Jetzt war ich gespannt auf die Antwort meines kleinen Halef. Er, der an seiner Kurbadsch mit so großer Liebe hing und nicht gern eine Gelegenheit, sie in Bewegung zu setzen, vorübergehen ließ, sagte:

„Ich stimme bei. Ich haue sie nicht und lasse sie auch nicht hauen. Sie mögen unbestraft weiterziehen, bis nach Mekka und dann hinauf zur Brücke der Gerechtigkeit. Dort oben wird ihnen dann gewißlich werden, was sie verdienen; ich rühre keine Hand. Ihr habt gehört, was Ben Nur von den Richtern sagte: Sie werden im Jenseits so gerichtet, wie sie hier im Diesseits gerichtet haben. Ich richte nicht! Habe ich recht, Sihdi?"

„Ja und auch nein. Der Unberufene soll nicht richten. Der Richter aber hat das Gesetz zu vertreten und muß nach den

Vorschriften desselben sein Urteil fällen. Jene strenge Waage der Gerechtigkeit verlangt nicht, daß der Missetäter unbestraft bleibe; aber da wir das Gestohlene wiedererlangt haben und Khutab Agha sowohl Richter als auch Vertreter des Kanz el A'da ist, so bin auch ich der Meinung, daß wir den Dieben die allerdings verdiente Strafe erlassen, die sie wohl auch ohnedem nicht erhalten hätten, wenigstens nicht in der Weise oder in dem Maße, wie ihr es euch vorgenommen hattet."

„Was ich da höre! Du hattest also schon wieder deine Humanität im Nacken?"

„Dieses Mal war es weniger sie, als vielmehr die Klugheit. Wir werden sie höchstwahrscheinlich in Mekka wieder treffen, und so meinte ich, daß wir ihre Rache nicht bis auf den höchsten Grad steigern dürften. Darum freut es mich, daß ihr beide auf ihre Bestrafung ganz verzichtet habt. Wenn noch eine gute Ader in ihnen ist, wird diese Güte auf ihre Besserung wirken; wenn aber nicht, so habt ihr nach dem Willen der ewigen Liebe gehandelt, von welcher Ben Nur gesprochen hat, und die Genugtuung darüber wird euch willig machen, ihr auch fernerhin gehorsam zu sein."

„Das ist wahr! Ich fühle es, daß diese Kraft schon in mir rege wird. Darum habe ich eine Bitte, von welcher ich hoffe, daß du sie mir erfüllen wirst, Sihdi."

„Welche?"

„Du weißt doch, daß das Wort ‚Kutub' zwischen dir und mir verabredet worden ist?"

„Natürlich weiß ich das."

„Ich wünsche, daß noch ein Wort hinzukomme."

„Welches?"

„El Mizan, die Waage."

„Warum?"

„Kutub bezieht sich nur auf das Sprechen; ich will aber auch in Hinsicht auf das, was ich tue, gewarnt sein. Ich meine, die Tat wiegt schwerer als das Wort, und da ist die zweite Warnung nötiger als die erste. Du weißt, daß ich die Angst nicht kenne; ich gehe jedem Feind, selbst dem Löwen, ja sogar dem schwarzen Panther, ohne Furcht entgegen; heut aber habe ich noch viel mehr als die Furcht, nämlich das Entsetzen, kennengelernt. Als eine Schar der Sterbenden nach der andern kam, wohlgemut und mit vorangetragenem Panier, und Ben Nur immer und immer wieder sagte, daß ihnen allen der Abgrund beschieden sei, da packte mich ein Grauen, für welches es keine Worte gibt.

Sihdi, mir soll dereinst keine stolze Standarte vorangetragen werden, sondern ich will in Demut nach der Waage wandern; denn ich habe mir das Wort gemerkt, daß Allah den Demütigen Gnade gibt. Darum bitte ich dich: Wenn mich der Hochmut und der Stolz wieder einmal, was sie doch so oft tun, bei meinem Zorn packen, und wenn ich überhaupt im Begriff stehe, etwas zu tun, was gegen die uns heute verkündigte Liebe ist, so rufe mir ja schnell ‚El Mizan, die Waage!' zu; dann wirst du sehen, daß ich sofort in mich gehe, um meinem Zorn die Bastonade zu geben, welche die Mekkaner nun nicht bekommen werden! Willst du das tun?"

„Sehr gern!"

„Ich wollte, ich könnte so einen Warner auch stets bei mir haben!" sagte der Perser. „Ich habe bisher nur mich geliebt, keinen andern Menschen; von heute an aber soll es anders werden! Sag, Effendi, spricht euer Christentum auch von der Liebe?"

„Nur von ihr!" antwortete ich.

„Nur? Wirklich? Ich habe aber bei den Christen, welche ich bisher traf, keine gefunden!"

„So will ich dir jetzt eine Sure unseres heiligen Buches sagen. Höre!"

Ich zitierte das dreizehnte Kapitel des ersten Briefes an die Korinther. Er hörte andächtig zu und rief, als ich zu Ende war, aus:

„Das ist ja ganz so, als ob Ben Nur diese Sure auch so auswendig könnte wie du! Welch ein Wunder! Er hat immer ganz nach diesen herrlichen Worten gesprochen, und doch hat unser Koran eine solche Sure nicht! Darum also, darum dieser Haß, dieser Kampf und Streit bei uns! Darum der gegenseitige Abscheu zwischen den Schiiten und Sunniten, und bei diesen wieder die ununterbrochene Feindschaft zwischen den Schafiiten, den Hanesiten, den Hanbaliten und den Malikiten! Es fehlt die Liebe, nur allein die Liebe; Allah bessere es! Wie herrlich wäre es auf Erden, wenn die Liebe wirklich und allein die Regierung hätte! Aber, Effendi ..."

Er stockte, überlegend, ob er weitersprechen solle; dann fuhr er fort:

„... habt ihr eine große einige, eine ganze Christenheit?"

„Leider nicht!"

„Ja, ich weiß es; ich wollte nur hören, ob du es aufrichtig eingestehen werdest. Es gibt bei euch Katulikijihn, Rum, rum Katulikijihn, Ingilijihn, Mawarne, Protestanijihn – Katholiken, griechisch Orthodoxe, griechische Schismatiker, Evangelische, Maroniten, Protestanten – und noch viele andere Spaltungen, deren Namen ich nicht kenne. Ich will dich nicht betrüben; aber beim Islam ist die Zwietracht kein Wunder, weil der Koran keine solche Sure der Liebe kennt; ihr jedoch habt sie in eurem heiligen Buch stehen und kämpft trotzdem in noch mehr Heerlagern gegeneinander als wir! Ist da diese Sure in eure Herzen oder nur in euer Buch geschrieben? Seid ihr da nicht noch schärfer anzuklagen und nicht noch viel mehr zu bedauern als wir?"

Ich hätte mich wirklich in größter Verlegenheit befunden, was ich auf diese nur zu wohlbegründeten Vorwürfe antworten sollte, wenn mir nicht, dies ahnend, der wackere Hadschi schnell beigesprungen wäre:

„Was fällt dir ein, meinen Effendi so schwer zu beleidigen! Kann er dafür und trägt etwa er die Schuld daran, daß diese Sure bei so vielen Christen nicht da wohnt, wo sie wohnen soll? Ich sage dir, er schreibt Bücher, welche gedruckt und dann von vielen Tausenden gelesen werden. Er braucht nur ein einziges Mal die Bitte hineinzubringen, daß sie einig sein und sich einander lieben sollen, so tun sie es sofort und auch von ganzem Herzen gern! Ich weiß das so gewiß, wie ich überzeugt bin, daß diese Liebe ihn und mich verbindet!"

Er hielt inne, um den Eindruck seiner Verteidigung zu beobachten. Was aber dachte ich? Ich war still, sehr still!

Lieber Halef! Und wenn ich auch mit Engelzungen redete und meine Bücher mit einer Engelsfeder schriebe, meine Worte würden doch erfolglos verklingen, bis die Zeit kommt, welche kommen wird und kommen muß, weil sie die Zeit der Verheißung ist. Es wird dann nur ein Hirt und eine Herde sein! Aber wann? Sollen wir die Hände wartend in den Schoß legen und Gott allein walten lassen? Können wir denn nichts, gar nichts tun, diese Einigung herbeizuführen?!

Der Perser antwortete nichts. Er sah wohl ein, daß sein Vorwurf mich persönlich hatte treffen müssen, obwohl das nicht von ihm beabsichtigt gewesen war, darum fuhr der Hadschi in zwar milderem aber doch nachdrücklichem Ton fort:

„Was verstehst du überhaupt vom Christentum! Kennst du das Kitab el mukaddas – die Bibel – der Christen?"

„Nein", gestand der Oberaufseher.

„Hast du es gelesen und studiert?"

„Wenn ich das hätte, würde ich es doch kennen!"

„So kannst du also auch nicht über die Christen sprechen. Den

Koran kennst du; also ist es dir erlaubt, von der gegenseitigen Feindschaft seiner Bekenner zu reden, und die ist so groß, daß du dich gar nicht um die Christen zu bekümmern brauchst!"

Da klang es hinter den Vorhängen des Tachtirwan hervor: „El Mizan, el Mizan, die Waage der Gerechtigkeit!"

Hanneh schlief also auch noch nicht. Sie hatte alles gehört und rief ihrem „Gebieter" jetzt das Mahnwort zu.

„Was ist's mit El Mizan?" fragte er.

„Hast du den Effendi nicht gebeten, dich mit diesem Wort zu warnen, wenn du zornig wirst?"

„Ja, das habe ich allerdings."

„Darum habe ich es dir zugerufen, denn du bist jetzt gegen Khutab Agha, den Basch Nazyr von Meschhed Ali, unwillig gewesen!"

Da antwortete er in seinem freundlichsten Ton:

„Oh, Hanneh, du anmutigste der schönsten Lieblichkeiten, nimm meinen Dank für die Aufmerksamkeit, welche du deinem Halef erweisest! Doch bitte ich dich um die Erlaubnis, dir mitzuteilen, daß du nicht der Effendi bist. Er allein ist's, der mich warnen soll; das ist ein Recht für ihn, welches du ihm nicht nehmen darfst. Wenn zwei Personen an meinem Zorn rütteln, so wird er größer anstatt kleiner. Und außerdem war es gar kein Zorn, sondern die Liebe und Freundschaft, welche mir gebieten, mich dessen anzunehmen, dem in Gemeinschaft mit dir und unserm Sohn mein ganzes Herz gehört. Und nun versuch, zu schlafen, du Liebling meiner Seele! Das ist für dich und mich ja stets das Beste, was du tun kannst, wenn du mich für zornig hältst, Leletak mubaraka — es sei deine Nacht gesegnet. Amin — amen!"

Sie entgegnete nichts, sondern antwortete nur mit einem kurzen, lustigen Lachen, welches er so gern von ihr hörte. Dann sagte er leise zu uns:

„Horcht! Sie lacht! Wie hübsch und gut das klingt, wenn eine brave, liebende Frau fröhlich ist! Es gibt Weiber, welche stets die Gesichter des sauern Essigs machen. Genau so wie ihr Äußeres ist bei ihnen auch ihr Inneres, das einem verfinsterten Zelt gleicht, in welchem man nicht findet, was man sucht; sie verwandeln den Tag ihres Lebens für sich und andere in Nacht. Das Gemüt einer heitern Frau aber ist der Quell des lichten, warmen Sonnenscheins für ihren Mann, für ihre Kinder und auch für alle, mit denen sie in Berührung kommt. So einen Quell des Frohsinns und des Glückes habe ich in meinem Frauenzelt. Allah segne Hanneh, deren Herz der Ursprung ist, aus welchem er fließt! Sie wird nun schlafen. Wollen wir das nicht auch tun, Sihdi? Die Nacht ist kurz, und wer weiß, welche Anstrengungen uns der morgende Tag bringt!"

Er hatte recht, obgleich er ebensowenig wie wir ahnte, daß dieser Tag ein viel, viel bewegterer für uns werden sollte, als wir jetzt dachten. Wir versuchten, die durch Ben Nur in uns erweckten, lebhaften Vorstellungen zur Ruhe zu bringen, was uns schließlich auch gelang; wir schliefen ein. Aber die Sorge weckte mich schon wieder auf, als der Morgen sich im Osten durch seinen immer heller werdenden Schein verkündete. Halef, Hanneh, Kara, der Münedschi und der Perser schliefen noch. Ich weckte sie nicht, stand auf und entfernte mich mit leisen Schritten, um zunächst die Kette unserer Posten abzugehen. Da erfuhr ich, daß die Nacht ohne jedwede Störung vergangen war; es hatte sich kein Ben Khalid sehen oder hören lassen. Hierauf ging ich nach dem Brunnenplatz und erfuhr zu meiner Genugtuung, daß unsere Kamele und Pferde alle getränkt worden waren. Das Wasser war nicht schlecht, wie ja schon der Name des Brunnens sagte – Bir Hilu bedeutet „süßer Brunnen" – und so konnten wir ihnen heut einen ausgiebigen Ritt zumuten. Der Scheich der Beni Khalid und die Mekkaner hatten nicht geschlafen, was allerdings auch ganz erklärlich war. Die letzteren verhielten sich still, doch war ihnen der Grimm über ihre Lage sehr deutlich anzusehen, und aus den Augen El Ghanis blickte mir ein Haß entgegen, welcher mich sofort getötet hätte, wenn es wirkliche und nicht bloß seelische Blitze gewesen wären. Tawil Ben Schahid aber war dieser Schweigsamkeit nicht fähig. Kaum sah er mich herantreten, so herrschte er mich an:

„Binde mich augenblicklich los! Ich hoffe, du hast während der Nacht eingesehen, daß euer gewalttätiges Verhalten die schlimmsten Folgen für euch nach sich ziehen muß!"

„Nein, das habe ich nicht eingesehen", antwortete ich.

„So hat Allah, um euch zu verderben, dich so geblendet, daß du die Folgen nicht zu erkennen vermagst! Sagtst du dir denn nicht, daß meine Krieger nun kommen werden?"

„Das werden sie allerdings", lächelte ich.

„Sie werden sehen, daß ich gefangen bin!"

„Ja, vielleicht!"

„Sie werden, sie müssen es ja sehen!"

„Wenn wir ihnen erlauben, hierherzukommen, ja."

„Wenn ihr es ihnen nicht erlaubt, werden sie es erzwingen. Dann befreien sie mich und fallen über euch her!"

„So? Wirklich? Mir scheint, nicht mich, sondern dich hat Allah geblendet. Wenn nur ein einziger deiner Krieger es wagen sollte, sich feindlich gegen uns zu verhalten, so wird er an dir zum Mörder, denn ich jage dir in diesem Fall eine Kugel in den Kopf!"

„Das wagst du nicht, ganz gewiß nicht, denn mein Tod könnte euch nicht retten, sondern er würde das über euch hereinbrechende Verderben nur beschleunigen!"

„Das wollen wir ruhig abwarten. Zunächst scheinen sie noch zu schlafen, was leider kein Beweis dafür ist, daß sie mit so großer Treue an dir hangen, wie du mich glauben machen willst. Wenn sie dich wirklich liebten und nur eine Spur des gewöhnlichsten Scharfsinnes besäßen, hätten sie sich schon längst sagen müssen, daß es hier nicht ganz sicher um dich steht. Sie mögen also kommen; wir fürchten uns nicht vor ihnen!"

Er hatte in seinem Zorn so überlaut gesprochen, daß seine Stimme über den Platz hinübertönte und Halef aufweckte. Er sah mich hier bei den Gefangenen stehen, stand auf und kam herüber. Dadurch wurden die Blicke der Gefangenen auf ihn und nach der Stelle gezogen, wo wir gelegen hatten, und da es inzwischen hell genug dazu geworden war, so sahen sie den Blinden, welcher in seiner sitzenden Stellung mit dem Oberkörper noch schlafend an dem Felsen lehnte. Ich bemerkte dies und war gespannt darauf, wie sie sich nun verhalten würden.

Der „Liebling des Großscherifs" riß seine Augen so weit wie möglich auf und rief mit dem Ausdruck der größten Überraschung:

„Wer – wer – wer ist das?! Wer liegt dort an der Felsenwand?"

Sein Sohn war ebenso betroffen. Förmlich aufschreiend, antwortete er:

„Maschallah! Welch ein Wunder ist geschehen! Das ist ja der Münedschi, der gestorben ist!"

„Nicht nur gestorben ist er, sondern sogar auch begraben worden!" fügte der Vater hinzu. „Diese – diese Hunde der Haddedihn haben sein Grab geschändet und ihn herausgenommen!"

Halef hatte mich inzwischen erreicht. Als er das Wort Hunde hörte, wendete er sich schnell um; er wollte wieder fort.

„Wohin, Halef?" fragte ich.

„Wieder hinüber", antwortete er. „Ich habe meine Kurbadsch da drüben liegen lassen. Dieser Kerl hat uns Hunde genannt!"

„El Mizan, el Mizan, Halef! Denke an die Waage der Gerechtigkeit!"

Da drehte er sich mir wieder zu und sprach in gelassenem Ton:

„Ganz richtig, Sihdi! Ich dachte nicht daran. Der Schlaf hat mich um den Zusammenhang mit der gestrigen Stunde des Todes gebracht; du aber weckst in mir die Erinnerung an meine Vorsätze."

Hierauf wendete er sich an El Ghani und sagte in ironischer Weise:

„Ja, wir haben ihn ausgegraben und seine Leiche mit uns geschleppt! Diese ist dann gestern abend von dort drüben zu euch herübergelaufen und hat nicht nur die Arme und die Beine bewegt, sondern sogar zu euch und uns gesprochen! Ihr seid ja außerordentlich kluge Menschen!"

Da sah der Mekkaner seine Gedankenlosigkeit ein und rief, mit allerdings nicht weniger Erstaunen:

„So ist er gar nicht gestorben, gar nicht tot gewesen! Allah, Allah, Allah!"

„Ja! Aber ihr seid so dumm, so hirnverbrannt gewesen, ihn lebendig zu begraben. Ihr habt über einen Lebenden die heiligen Gebete des Todes gesprochen!"

„Dafür konnten wir nicht! Er war starr; wir mußten ihn für tot halten!"

„Warum haben aber wir diesen Fehler nicht gemacht? Wir bemerkten sofort, daß er noch lebte!"

„Weil er wahrscheinlich grad an dem Augenblick, als ihr zu ihm kamt, wieder erwachte; du hast mit deinen Vorwürfen zu schweigen!"

„Du willst mir verbieten, zu sagen, was mir beliebt? Mache dich doch nicht lächerlich! Ihr wußtet, daß seine Seele ihn zuweilen verläßt, und hättet also auf ihre Rückkehr warten sollen. Wir wußten das nicht und haben ihn dennoch aus dem Grab genommen. Ihr habt euch als seine Mörder zu betrachten, obgleich wir ihm das Leben gerettet haben!"

Da richtete El Ghani einen besorgt forschenden Blick auf Halef und fragte:

„Hat er mit euch gesprochen?"

„Ja."

„Gleich am Grab?"

„Ja."

„Dann später auch?"

„Auch."

„War er dabei wach oder abwesend?"

„Beides."
„Hat er von mir gesprochen?"
„Sehr viel."
„Was hat er gesagt?"
„Das hat er zu uns gesagt und nicht zu dir. Wir behalten es also für uns."
„Ich will und muß es aber wissen!"
„Und wir müssen, wollen und werden aber darüber schweigen!"
„Ich werde euch zwingen, zu reden, wenn die Beni Khalid gekommen sind!"
„Versuche das; ich habe nichts dagegen. Da ich aber grad guter Laune bin, will ich dir folgendes sagen: Viel Gutes kann kein Mensch von dir berichten, er also auch nicht!"
„So hat er euch angelogen. Er gehört zu uns. Bringt ihn zu uns herüber!"
„Das wollen wir uns doch erst überlegen. So viel wir wissen, ist er nicht dein Sklave, sondern sein eigener Herr, der tun kann, was er will."
„So weckt ihn auf, und sagt ihm, daß ich ihn hier bei mir haben will!"
„Mensch, denke ja nicht, daß du nur zu befehlen brauchst, so müsse es geschehen! Er verdankt uns das Leben und gehört nun also zu uns, aber nicht zu euch!"
Die Besorgnis des Mekkaners schien zu wachsen. Es klang, als stehe er im Begriff, ganz außer sich zu geraten, so aufgeregt rief er aus:
„Zu mir, zu mir gehört er! Ich habe ihm tausendfältige Wohltaten erwiesen, für die er mir die größte Dankbarkeit und Anhänglichkeit schuldet. Ich kann nicht dulden, daß er bei fremden Leuten ist. Er muß unbedingt herüber!"
„Wirklich unbedingt?"
„Ja, unbedingt und augenblicklich! Er darf keine Minute mehr bei euch sein!"
„Keine Minute? So! Du hast wahrscheinlich sehr große Angst vor uns?"
„Angst? Warum? Wieso?"
„Weil das, was wir von ihm hören können, vielleicht gefährlich für dich ist."
„Gefährlich?" lachte er höhnisch auf, doch klang dieses Lachen sehr gezwungen.
„Jawohl, gefährlich!" nickte Halef. „Dein Gewissen ist jedenfalls nicht rein!"

„Bekümmere dich um die Reinheit des deinigen! Schickst du ihn herüber?"

„Nein."

„So wirst du gleich sehen, was ich tue. Ich wecke ihn. Da kommt er jedenfalls!"

Er schrie mit aller Stärke seiner Stimme den Namen des Blinden über den Platz hinüber. Der Gerufene wachte auf und richtete sich horchend empor.

„Schweig augenblicklich! Kein Wort weiter!" befahl da Halef, indem er sein Messer zog und es gegen den Ghani zückte. „Rufst du noch ein einziges Mal, so schweigt dein Mund für immer!"

Diese Drohung klang so energisch und überzeugend, daß sie ihren Zweck erreichte; der Mekkaner sank in sich zurück und war nun still. Halef gab so, daß dieser es hörte, den strengen Befehl, ihn augenblicklich zu erstechen, wenn er wieder rufe. Dann wendete er sich zu mir:

„Hanneh ist wach geworden. Sie wird uns den Kaffee bereiten. Komm!"

Auch ich sah, daß die „schönste Besitzerin der Frauenzelte" ihre Sänfte verlassen hatte und sich mit dem Kochgeschirr beschäftigte. Einige kaffeedürstende Haddedihn waren schnell bereit, ihr Brennmaterial zu bringen und ein Feuer anzuzünden. Indem wir langsam zu ihr hinübergingen und uns also niemand hörte, fragte der kleine Hadschi:

„Habe ich das jetzt recht gemacht, Sihdi?"

„Hm!" machte ich.

„Brumme nicht, sondern sprich deutlich! Bist du etwa im Zweifel?"

„Ja."

„Warum?"

„Du hälst es wohl gar nicht für möglich, daß der Münedschi wieder zu seinen Gefährten will? Ich schließe das nämlich aus deinem Verhalten."

„Aus meinem Verhalten? Das verstehe ich nicht. Wie meinst du das?"

„Du hast den Ghani glauben lassen, daß der Münedschi uns von ihm Mitteilungen gemacht habe, die er nicht hätte machen sollen."

„Was schadet das? Ich wollte ihn ärgern, und das ist mir gelungen."

„Das ist ein Erfolg, dessen du dich gar nicht rühmen solltest, Halef!"

„Nicht? Aus welchem Grund?“

„Erstens ist es nicht edel, Menschen zu ärgern. Und zweitens hast du damit unserm Schützlinge, dem Münedschi, keinen guten Dienst erwiesen. Das Mißtrauen, welches du zwischen ihm und dem Ghani gestreut hast, kann diesem armen Blinden schlimme Früchte bringen, wenn er darauf besteht, sich seinen früheren Gefährten wieder zuzugesellen. Ich meine, daß du das nicht hättest tun sollen!“

„Hm – hm –! Du hörst, daß jetzt ich es bin, der brummt, und zwar brumme ich nicht über dich, sondern über mich, denn ich sehe ein, daß ich dir diesen deinen Vorwurf nicht widerlegen kann. Ich bin nicht nur unedel, sondern auch unvorsichtig gewesen. Warum hast du mich nicht mit dem vereinbarten Wort gewarnt?“

„Weil ich das gleich einen Augenblick vorher schon getan hatte.“

„Ja, das war aber nur wegen der Peitsche, nicht des Sprechens wegen!“

„So, so! Es würde dir also nicht lästig sein, von mir in einer Minute nochmal gewarnt zu werden?“

„O doch, sogar sehr! Ich sehe ein, daß ich mich noch viel, viel mehr zusammenzunehmen habe, als ich dachte. Weißt du, Sihdi, der Mensch ist doch ein außerordenlich schwaches Geschöpf, und ich, dein alter, unvorsichtiger Halef, gehöre wohl zur allerschwächsten Sorte. Nicht?“

„Diese Frage ist unnütz, denn da du es selbst einsiehst, brauchst du ja meine Antwort nicht. Komm zu Hanneh! Sie hat dir gewinkt.“

Er eilte mir voraus, um diesem Wink zu folgen. Sie hatte mit ihm zu sprechen, da sie natürlich wissen wollte, wo wir gestern noch so spät gewesen waren und was wir getan hatten. Kara gesellte sich ihnen zu; ich aber ging zu dem Perser, der auch vom Schlaf erwacht war und in der Nähe des Münedschi saß.

Als ich mich bei ihnen niedergelassen hatte und mit dem Basch Nazyr sprach, erkannte mich der Blinde an der Stimme und fragte:

„Irre ich mich, wenn ich denke, daß der Effendi aus dem Wadi Drahe bei mir ist?“

„Nein, du irrst dich nicht“, antwortete ich ihm. „Ich bin es.“

„Wer ist noch da?“

„Ein Freund von dir und mir, welcher zu unserer Schar gehört.“

„Besitzt er dein Vertrauen?"

„Ja."

„So darf er vernehmen, was ich dir zu sagen habe?"

„Ich weiß zwar noch nicht, was du mir sagen willst, habe aber ganz und gar keinen Grund, ihm mein Vertrauen zu verweigern."

„Welche Tageszeit haben wir jetzt? Es scheint hell zu sein."

„Ja; es ist frühmorgens. Die Sonne wird in kurzer Zeit erscheinen."

„Wann war es, als ihr mich fandet?"

„Gestern."

„Nicht länger? So betrifft also das, was ich dir sagen will, unser gestriges Gespräch. Ich sollte vielleicht lieber schweigen, aber es liegt ein mir wohlbekannter Trieb in mir, zu dir zu reden. Dieser Drang ist mir stets der Beweis, daß Ben Nur, der Sohn des Lichtes, es will. Dieser Name ist dir doch bekannt?"

„Ja."

„Und du weißt, daß er meine Seele oft nach Orten führt, welche nicht hier auf der Erde liegen?"

„Ich weiß es."

„So will ich dir mitteilen, daß er in der vergangenen Nacht auch wieder bei mir gewesen ist, und daß ich die Erde mit ihm verlassen habe."

„Wo warst du mit ihm?"

„In der Todesstunde."

„Das ist doch eine Zeit, aber kein Ort."

„Das habe ich bisher auch gedacht; nun aber weiß ich es besser. In dieser Nacht war sie für mich ein Ort, an welchem ich mit Ben Nur auf einem hohen Stein stand, um die Seelen der Sterbenden an mir vorüberziehen zu sehen. Ich sehe ihn noch jetzt so deutlich vor mir, daß ich ihn dir ganz genau beschreiben kann."

Er tat dies, und seine Schilderung stimmte genau mit dem überein, was wir gestern auf dem Felsen gehört hatten. Uns, seine Begleiter, erwähnte er gar nicht. Darum fragte ich:

„Warst du ganz allein an dieser sonderbaren Stelle?"

„Ich und Ben Nur."

„Niemand weiter?"

„Nein."

„Von wo hat er dich abgeholt?"

„Natürlich von hier, wo ich jetzt sitze."

„Hast du die Erde direkt von hier aus verlassen, oder bist du erst an einem andern Ort gewesen?"

„Direkt von hier aus. Willst du vielleicht hören, was und wen ich alles durch die Türen der Mauer habe kommen sehen?"

„Ja; ich bitte dich darum, es uns zu erzählen."

Er wußte also nicht, wer bei ihm gewesen war, und daß wir ihn hinaus nach dem Felsen begleitet hatten, der von ihm und uns erstiegen worden war.

Und nun begann er seinen Bericht. Er beschrieb uns die einzelnen Scharen der Seelen ganz in derselben Reihenfolge und in derselben Weise, wie Ben Nur sie ihm gestern gezeigt hatte. Nur war alles viel kürzer, nicht so ausführlich; er wußte zwar den Sinn, aber die Worte nicht, welche von dem „Sohn des Lichtes" gesprochen worden waren. Als er zu Ende gekommen war, fragte ich ihn:

„Bist du überzeugt, daß dies ein wirkliches Gesicht gewesen ist?"

„Ja, vollständig überzeugt", antwortete er.

„Kein Traum?"

„Kein Traum! Ich träume zwar manchmal auch, weiß aber meine Träume so genau von meinen Gesichtern zu unterscheiden, daß ein Irrtum gar nicht möglich ist."

„Ist die Grenze oder der Unterschied zwischen Traum und Gesicht so scharf, so bemerkbar, daß du beide wirklich nicht verwechseln kannst?"

„Ja. Ich kann sogar zwischen Traum und Traum unterscheiden. Es gibt Träume, welche einfach nur die Fortsetzung der letzten Gedanken sind, mit denen man sich vor dem wirklichen Einschlafen beschäftigt; diese haben nichts zu bedeuten. Und es gibt noch andere, welche eingegeben worden sind. Wenn Ben Nur mir etwas sagen will, was er mir in keiner andern Weise mitteilen kann, so sagt er es mir im Traum. Nach dem Erwachen weiß ich dann, daß ich nicht mit ihm fortgewesen bin, sondern nur geträumt habe, daß aber dieser Traum sein beabsichtigtes Werk und keine Folge meiner Gedanken war. Und ebenso täusche ich mich nie, wenn ich weiß, daß meine Seele den Körper verlassen hat und wo sie dann gewesen ist. Ja, in der ersten Zeit, als ich es noch nicht gewöhnt war und keine Übung in der Unterscheidung hatte, da kam zuweilen ein Irrtum vor, jetzt aber nie mehr."

„Du glaubst also an alles, was du bei solchen Führungen siehst?"

„Ja."

„Auch an alles, was du da hörst?"

„Ja, obgleich mir dieser Glaube oft schwer wird.“

„Glaubst du, was Ben Nur dir heute in der Nacht gesagt hat?“

„Auch das! Und doch ist es mir wohl noch niemals so schwer wie grad dieses Mal geworden, ihm Glauben zu schenken.“

„Warum?“

„Weil es so viele, viele waren, von denen er sagte, daß sie über den Abgrund des Verderbens gelangen würden.“

„Wie kann dich die Frage, ob es viele oder wenige waren, stören?“

„Weil ich selbst in meinem ganzen, langen Leben nur einen einzigen Menschen gefunden habe, von dem ich unbedingt überzeugt bin, daß die Pforte der Seligkeit ihm geöffnet sein wird. Was für eine große, reiche Fülle von Liebe, Güte und Barmherzigkeit muß von allen denen hier im Leben ausgeflossen sein, welche Ben Nur mir als für den Himmel Bestimmte bezeichnete! Und ich habe nie, nie Liebe gefunden, dieses eine, einzige Mal nur ausgenommen!“

„Aber du hattest doch Eltern?!“

„Sie liebten mich nicht!“

„Geschwister?“

„Sie haßten mich!“

„Freunde?“

„Sie nannten sich so, waren es aber nicht!“

„Ein Weib?“

„Sie war eine Heuchlerin“

„Kinder?“

„Die hatte ich nicht; Allah sei tausend-, tausendmal Dank dafür! Denn wenn ich auch Kinder gehabt hätte und von ihnen ebenso betrogen worden wäre wie von den andern, die mich haßten und hintergingen, so lebte ich schon längst nicht mehr und wäre infolge der Rache, die ich genommen hätte, von der Brücke des Todes in den Abgrund des Verderbens gestürzt! Glaubst du, daß ich nach allem, was ich erlebt und erduldet habe, noch der Liebe fähig sein kann?“

„Ja.“

„Allah segne deinen guten Glauben, denn während du nur an mich zu glauben meinst, glaubst du an die Menschheit! Ja, ich halte die Liebe noch im Herzen fest, dieses einen, einen wegen, bei dem ich Liebe gefunden habe. Er nahm sich in seiner selbstlosen Barmherzigkeit meiner an und hat mich dadurch von der Verzweiflung, von dem diesseitigen und dem jenseitigen Verderben gerettet! Seine Liebe ist es, die mir das bereits verlorene

Vertrauen zur Menschheit und den Glauben an sie wiedergegeben hat. Frage mich nicht, warum ich grad gegen dich so aufrichtig bin! Es liegt in mir; es treibt mich, dir das zu sagen, obwohl ich weiß, daß auch du die Welt und mein Geschick nicht anders machen kannst. Ich habe nach Liebe vergeblich gesucht, so lange ich denken kann. Ich habe sie gesucht, bei Gott, bei den Menschen, im Leben, in der Kirche ..."

„In der Kirche?" fragte ich.

„Ja, in der Kirche. Ich will es dir nicht verschweigen, daß ich Christ gewesen bin. Dir als Moslem ist es ja ganz gleich, ob ich dem Islam seit meiner Kindheit oder erst seit kurzem angehöre."

„Was hat dich veranlaßt, aus der christlichen Kirche zu treten?"

„Eben mein vergebliches Suchen nach Liebe. Lerne sie nur kennen, diese Christen! Wie sie sich getrennt haben in Sekten, Konfessionen und viele anders genannte Abteilungen, von denen jede behauptet, daß ihre Angehörigen allein selig werden! Wie sie sich hassen, sich anfeinden, sich verleumden und verfolgen! Wie sie sich gegenseitig nach den Fehlern spüren, um einander so viel wie möglich herabsetzen und in Schaden bringen zu können! Welche Freude, welchen Hohn, welche Selbstherrlichkeit gibt es da, wenn wieder einmal ein Fehler entdeckt worden ist! Dazu kam die Traurigkeit meiner persönlichen Erfahrungen, meines eigenen Schicksales. Ich mochte nichts mehr wissen von einem Glauben, welcher Liebe lehrt, während seine Bekenner die lieblosesten Menschen des ganzen Erdballes sind. Die Bibel der Christen sagt, daß man den Menschen an seinen Werken erkenne, und aber ich sagte, daß auch der Glaube an seinen Früchten, an seinen Werken zu erkennen sei, und da diese Früchte nichts als Haß, Streit, Neid und Egoismus waren, so war es kein großer, kein schwerer Entschluß von mir, in der Moschee zu suchen, was ich in der Kirche nicht fand."

„Und hast du es da gefunden?" fragte ich.

Wie gern, wie so sehr gern hätte ich ihn noch ganz anders gefragt und ihn einmal so recht fest zwischen meine Hände genommen! Aber ich mußte mich auf diese eine kurze Frage beschränken, denn zu weiten Auseinandersetzungen war jetzt keine Zeit, und da ich zu verschweigen hatte, daß ich ein Christ war, so mußte ich darauf bedacht sein, mein Herz nicht mit dem Verstand durchgehen zu lassen. Er war ein Überläufer und man weiß ja, daß der Fanatismus bei den Renegaten am größten und gefährlichsten ist. Er antwortete nicht gleich, sondern erst nach einer Weile:

„Ich habe dieses Gespräch mit dir nicht begonnen, um das Christentum mit dem Islam zu vergleichen. Du hast ja bereits gehört, daß ich nur einen einzigen Menschen gefunden habe, der mir das entgegenbrachte, was ich suchte – Liebe. Diesem Mann habe ich es zu verdanken, daß ich überhaupt noch existiere; er hat mich materiell, geistig und seelisch neu geschaffen, und so habe ich mich ihm ergeben, mit allem was ich bin und was ich habe, mit meinem Körper, meinem Herzen, meiner Seele, meinem ganzen Leben!"

„Und wer ist dieser Mann?"

„Abadilah."

„Der Scheich el Harah von Mekka, den man El Gani nennt?"

„Ja. Ich will dich etwas fragen. Darf ich?"

„Ja."

„Wirst du mir die Wahrheit sagen?"

„Ich lüge nicht."

„Versprich es mir!"

„Ich gebe dir hiermit mein Wort!"

Ich gab ihm dieses Versprechen, obwohl ich vermutete, daß er beabsichtigte, nach dem Ghani zu fragen. Wie unendlich leid tat mir dieser arme, alte, blinde Mann! Daß er vom Christentum zum Islam übergetreten war, hielt ich natürlich für die größte Sünde seines ganzen Lebens, aber ich war es nicht, der darüber zu rechten und zu richten hatte. Vor mir saß er hier und jetzt nicht als Renegat, sondern als unglücklicher Mensch, und da mußte ich ein unbeschreibliches Mitleid mit ihm fühlen. Der, dem er sich, wie er selbst sagte, mit seinem Körper, seinem Herzen, seiner Seele, seinem ganzen Leben ergeben hatte, war ein Schurke, ein Halunke, von dem er in einer Weise ausgebeutet wurde, für welche das Wort abscheulich noch viel zu mild, zu rücksichtsvoll klang! Durfte ich ihm sagen, was geschehen war und was wir von dem, den er so liebte und verehrte, wußten? Mußte ich ihn nicht schonen? Konnte ihn diese letzte, größte aller Täuschungen nicht sofort in den Abgrund werfen, den Ben Nur ihm gestern gezeigt hatte?

„Ich habe vorhin die Stimme meines Beschützers, meines Wohltäters, meines einzigen Freundes gehört", fuhr er fort. „Sag, ist er hier?"

„Ja", antwortete ich.

„Hier am Bir Hilu?"

„Ja."

„Hat er mich gesehen?"

„Erst vorhin, als er dich rief."
„Warum kommt er nicht her zu mir?"
„Er und seine Begleiter hielten dich für tot; sie haben dich begraben und sind hierhergeritten. Sie erschraken, als sie dich so plötzlich sahen; sie hielten dich für einen Geist."
Während ich mit diesen Worten hin und her lavierte, suchte ich nach einer Weise, ihm die Wahrheit so schonend wie möglich, und zwar allmählich, mitzuteilen. Der Perser rückte auf seinem Platz ungeduldig hin und her. Er dachte jetzt nicht an die Pflicht gegen den Blinden, sondern nur an den Diebstahl und an die Behandlung, die ihm geworden war. Ich bat ihn durch einen Blick, sich zu beherrschen, fand aber leider keine Erhörung.
„Ich bin kein Geist, kein Gespenst", sagte der Alte. „Ich will ihn bei mir haben, ihn, seinen Sohn und auch die andern. Ruft sie her!"
Da brach der Basch Nazyr los:
„Her zu uns? Das fällt uns gar nicht ein!"
Ich sah ihm die Entschlossenheit, ohne Beschönigung zu reden, an und hielt es für das beste, jetzt still zu sein.
„Nicht? Warum nicht?" fragte der Münedschi.
„Ehrliche Leute sitzen nicht mit Schurken zusammen!"
„Schurken? Wen meinst du mit diesem Worte?"
„Den Ghani und seine ganze Diebesbande."
„Die – bes – ban – de? Habe ich richtig gehört?"
„Du hast ganz richtig gehört."
„Ein Schurke soll er sein? Ein Dieb?! Entweder treibst du einen grausamen Scherz mit mir, oder du befindest dich in einem Irrtum, wie es größer gar keinen geben kann!"
„Ich treibe weder Scherz, noch irre ich mich. Ich spreche im Ernst, und was ich sage, das ist die volle Wahrheit!"
„Nein, die Wahrheit kann es nicht sein!"
„Sie ist es, denn wir haben die Beweise in den Händen!"
„Welche Beweise?"
„Die Sachen, welche er gestohlen hat und ihm von uns wieder abgenommen worden sind."
„Wo – und was – was soll er gestohlen haben?"
„Er hat den Kanz el A'da in Meschhed Ali beraubt. Ich, der Basch Nazir dieses Schatzes, bin euch mit meinen Soldaten bis hierher nachgeritten und habe die Diebe und die Gegenstände alle hier erwischt!"
Da war der Blinde still. Seine Finger bewegten sich krampfhaft, als ob sich zwischen ihnen etwas befinde, was bis auf die

kleinste Faser zerrissen und zerzaust werden müsse. Erst nach längerer Zeit wendete er mir das Gesicht zu, öffnete die strahlend scheinenden Augen und sagte:

„Effendi, bist du noch da?“

„Ja.“

„Ich will mit dir reden, nur mit dir, mit diesem andern nicht, kein Wort mehr! Ich beschwöre dich bei Allah, bei dem Kalifen, bei dem Koran, bei allem überhaupt, was dir heilig ist! Wirst du mir die Wahrheit sagen?“

„Ja.“

„So sprich! Befinden sich meine Begleiter wirklich als ertappte Diebe bei euch?“

„Leider, ja.“

„Erzähle mir, wie das gekommen ist! Aber füge ja nichts hinzu, und laß auch nichts weg!“

Ich folgte dieser Aufforderung in der Weise, wie es die Rücksicht auf ihn mit sich brachte. Er hörte mir zu, ohne mich mit einem Wort zu unterbrechen, und saß dann, nachdem ich geendet hatte, wieder eine ganze Weile still da. Ich sah, daß nicht nur seine Hände, sondern alle seine Glieder leise zitterten. Er war innerlich furchtbar aufgeregt. Ich wartete mit mehr als bloßer Spannung darauf, was für einen Entschluß er fassen werde. Da endlich sagte er:

„Effendi, wirst du tun, um was ich dich jetzt bitte?“

„Das kann ich doch nicht wissen!“

„Ich werde um nichts bitten, was du mir nicht erfüllen kannst. Es ist sogar sehr leicht für euch.“

„Sage es!“

„Der Ghani ist euer Gefangener?“

„Ja.“

„Erlaube, daß ich zu ihm gehe und auch gefangen bin!“

Ich hatte dies und nichts anderes erwartet. Durfte ich ihm diesen Wunsch erfüllen? Durfte ich es ihm verweigern? Als ich mit meinem Bescheid zögerte, fuhr er fort:

„Ich gebe dir mein Wort, ja meinen Schwur, daß ich tun werde, was ich will, obgleich ich blind bin und den Ghani nicht sehen kann. Ihr könnt mich nur dadurch hindern, daß ihr mir Fesseln anlegt. Tut ihr das aber nicht, so gehe ich zu ihm. Ihr braucht ihn mir nicht zu zeigen. Ich rufe, und wenn er antwortet, wird mich seine Stimme zu ihm führen. Nun sag also, was du beschlossen hast!“

Da trat Halef herbei, welcher während des letzten Teiles des

Gespräches von Hanneh zu uns gekommen war und den Wunsch des Alten gehört hatte. Er antwortete an meiner Stelle:

„Ich, Hadschi Halef, werde dir sagen, was geschehen soll. Sie sind gefangen, weil sie gestohlen haben; du aber bist ein ehrlicher Mann und also frei. Wir dürfen dich nicht hindern, zu tun, was dir beliebt. Willst du wirklich und auch jetzt noch hinüber zum Ghani?"

„Ja, ich will; unbedingt will ich!"

„So steh auf, und gib mir deine Hand! Mögest du nicht bereuen, was du jetzt tust! Ich werde dich hinüberführen."

Ich sah ihnen nicht nach, sondern stand auf und ging zu Hanneh, welche den Teppich zum Kaffeetrinken ausgebreitet hatte. Der Perser wurde natürlich eingeladen, mitzutrinken. Als Halef wiederkam, setzte er sich an meine Seite und fragte mich, wie gewöhnlich, wenn er irgend etwas aus eigenem Entschluß ausgeführt hatte:

„Habe ich es recht gemacht, Sihdi?"

„Ja", antwortete ich.

„Es freut mich, daß ich deine Zustimmung erhalte; über die Sache selbst freue ich mich nicht. Wir konnten nicht anders, denn der Blinde ist sein eigener Herr, und wir haben kein Recht, gegen seinen Willen über ihn zu verfügen. Was hätten wir mit ihm machen können, wenn er gezwungen gewesen wäre, bei uns zu bleiben?"

„Ihn mit nach Mekka nehmen."

„Und dort?"

„Ich zweifelte gar nicht daran, daß es uns dort gelingen würde, ihn besser unterzubringen, als er jetzt untergebracht ist."

„Das denke ich auch. Und hätten wir keinen geeigneten guten Platz für ihn gefunden, nun, so gibt es unter den Zelten der Haddedihn genug Raum für einen blinden Mann, dessen Anwesenheit gar keine Opfer fordert. Dieser Münedschi wird nicht lange mehr leben; er steht dem Jenseits näher als der Erde. Seine Seele war ja bereits fast an der Brücke. Und was alles hätten wir von ihm noch erfahren können!"

„Bist du neugierig geworden?"

„Nicht neu-, sondern wißbegierig."

„Und glaubst du, daß dieses Wissen dir und deinem Stamm Nutzen bringen würde?"

„Ja. Wenn das Erdenleben eine Vorbereitung für den Himmel ist, so ist es ja Pflicht, jede Gelegenheit zu ergreifen, etwas über das Jenseits zu erfahren."

„Du meinst, etwas Wahres!“
„Hältst du das, was wir gestern gehört haben, für Täuschung?“
„Ich kann mir darüber heute noch kein Urteil erlauben. Wenn der Blinde zu uns anstatt zu seinem vermeintlichen Wohltäter gehalten hätte, wäre uns wahrscheinlich mehr Stoff zu einem Urteil geboten worden, als wir jetzt besitzen. Wir wollen also den Gedanken an das Jenseits jetzt nicht weiter verfolgen und uns lieber mit dem Diesseits befassen.“
„Ja, das ist für den Augenblick wohl ebenso nötig. Was denkst du, daß zunächst geschehen soll?“
„Wir sind gewillt, die Diebe nicht zu bestrafen, werden sie also freigeben, selbstverständlich den Scheich der Beni Khalid auch. Doch darf das nicht so ohne weiteres geschehen. Wir haben uns sicherzustellen, daß wenigstens so lange wir uns hier befinden, nichts gegen uns unternommen wird. Später dann können wir anderweit für uns sorgen.“
„So schlage ich vor, daß wir den Scheich erst dann loslassen, wenn er geschworen hat, hier nichts gegen uns zu unternehmen.“
„Das werden wir allerdings tun.“
„Sag, Sihdi, gibt es für uns keine andere, keine bessere Gewähr als nur seinen Schwur?“
„Nein; wenigstens weiß ich keine. Du etwa?“
„Nein.“
„Oder Khutab Agha?“
„Auch ich weiß nichts anderes“, antwortete dieser. „Ihr habt mich zu eurem Freund gemacht, und meine Dankbarkeit gehört euch, so lange ich lebe. Darum kann es mir nicht gleichgültig sein, ob euch noch fernere Gefahren von seiten der Beni Khalid drohen. Sonst aber wäre ich mit meiner Angelegenheit hier zu Ende. Die gestohlenen Glieder habe ich hier zurückbekommen, und meine Asaker sind auch wieder frei. Wir brauchen also nur aufzusitzen und heimzukehren.“
„Wann wirst du das tun?“
„Wenn auch ihr fortreitet; eher natürlich nicht.“
„Nun, und wir, Sihdi? Wann reiten wir?“
„Wenn die Beni Khalid fort sind“, antwortete ich.
„Früher nicht?“
„Nein.“
„Warum nicht?“
„Du scheinst mich nicht mehr zu kennen, Halef!“
„Was? Wie? Ich dich nicht mehr kennen? Oh, Effendi, was

treibst du da für Allotria! Du weißt doch ganz genau, daß ich dich besser kenne als mich selbst!"

„Nach deiner letzten Frage muß ich das aber bezweifeln, denn du hast einen Brauch vergessen, der so zu mir gehört, wie der Griff zum Säbel."

„Welchen Brauch?"

„Mich stets und so viel wie möglich rückenfrei zu machen. Dieser Gewohnheit haben wir so viele Erfolge zu verdanken, lieber Halef, daß es mir gar nicht einfallen kann, grad hier, in dieser gefährlichen Wüste, von ihm abzuweichen."

„Rückenfrei? In Beziehung auf die Beni Khalid?"

„Ja. Wenn wir eher fortreiten als sie, haben wir sie im Rücken und wissen nicht, was sie hinter uns vornehmen. Sind sie aber vor uns, so können wir sie, so lange dies nötig ist, derart im Auge behalten, daß es ihnen unmöglich wird, uns ernsthaft zu belästigen. Das siehst du wohl ein?"

„Welche Frage! Wenn ich das nicht einsähe, so wäre ich ein Fluß ohne Wasser, ein Pferd ohne Beine oder eine Feder ohne Tinte und meinetwegen auch eine Hanneh ohne Halef! Nur weiß ich nicht, ob die Beni Khalid darauf eingehen werden."

„Sie müssen!"

„Wie willst du sie zwingen?"

„Dadurch, daß wir sie nicht an den Brunnen lassen. Wenn sie überzeugt sind, für ihre Kamele kein Wasser zu bekommen, müssen sie sich beeilen, nach einem anderen Brunnen zu kommen."

„Wo sie uns aber das Wasser wegnehmen, so daß wir dann, wenn wir hinkommen, keines finden!"

„Das ist meine geringste Sorge. erstens ist es doch noch gar nicht bestimmt, wohin sie sich und wir uns wenden werden. Die Gegend vor uns ist wasserreicher als die nun hinter uns liegende; wir haben es also sehr wahrscheinlich nicht nötig, grad denjenigen Weg einzuschlagen, den die Beni Khalid reiten. Und zweitens verweise ich dich auf den Bir Hilu hier. Die Beni Khalid waren ja auch vor uns da, und wir haben nicht nur trotzdem Wasser bekommen, sondern wir sind sogar jetzt in der Wüste Herren des Brunnens, daß unsere Gegner ohne unsere Erlaubnis gar nicht herankommen dürfen. Bist du nun zufriedengestellt?"

„Ja, vollständig, Sihdi! Doch, schau hin zu den Mekkanern, wie der Ghani so eifrig in den Blinden hineinspricht! Er wird ihm alles ganz anders erzählen, als es sich zugetragen hat. Wir werden da dem Münedschi in einem Licht erscheinen, auf welches wir, wenn es die Wahrheit wäre, nichts weniger als stolz sein könnten. Doch sieh, da kommt ein Posten mit einem Ben Khalid. Der Anfang des Endes wird also beginnen!"

Der Haddedihn, welcher den Boten zu uns brachte, sagte, daß die ganze Schar der Beni Khalid im Anrücken sei, um nach dem Brunnen zu gehen. Es habe Überredung gekostet, sie anzuhalten und zu bewegen, auf die Antwort ihres Scheichs zu warten.

„Was habt ihr als Grund angegeben, daß sie nicht herdürfen?" erkundigte sich Halef.

„Den Willen ihres Scheichs", lautete die Antwort. „Sie haben also diesen Boten geschickt, der mit ihm sprchen soll."

„Das war richtig. Wir werden diese Angelegenheit sofort in Ordnung bringen. Gehen wir hinüber zum Scheich?"

Diese Frage war an mich gerichtet; ich antwortete, indem ich aufstand. Der Perser tat dasselbe, und dann schritten wir, gefolgt von dem Ben Khalid, nach dem Brunnen, wo er seinen Scheich gefesselt liegen sah. Dieser rief ihm, noch ehe wir ihn erreicht hatten, zornig entgegen:

„Da kommt nun endlich einmal einer! Konntet ihr euch nicht eher um mich bekümmern?"

Der Mann war sichtlich erstaunt, den Führer seines Stammes als Gefangenen zu finden, sah sich mit unsicheren Blicken um und anwortete:

„Du hast es so gewollt!"

„Das war kein Befehl, sondern nur eine Mitteilung von mir. Diesen Unterschied müßt ihr beherzigen. Wo habt ihr diese Nacht gelagert?"

„Auf dem Platz der Fantasia."

Wir hatten keinen Grund, den Scheich in seinen Erkundigungen zu stören, und hörten mit Vergnügen zu.

„Mit den Soldaten?" fragte er weiter.

„Ja."

„Wo habt ihr sie?"

Seine Augen funkelten bei dieser Erkundigung. Der Bote schlug die Augen nieder und erwiderte höchst verlegen:

„Sie sind fort."

„Wohin?"

„Das wußten wir nicht; jetzt aber sehe ich, daß sie hier sind."

„Natürlich sind sie hier, wenn ihr sie entwischen laßt! Ich hielt sie, als ich sie in der Nacht kommen sah, für Geister verstorbener Asaker, denn daß es die unserigen seien, mit ihren Waffen und Kamelen noch dazu, das mußte ich doch für ganz unmöglich halten! Der Scheitan – Teufel – scheint euch blind und taub gemacht zu haben, denn auf eine andere Weise konnte es gar nicht geschehen, daß zwanzig Gefangene einer ihnen so vielfach überlegenen Wächterschar entrinnen. Ihr hattet sie doch gefesselt?"

„Ja."

„Aber nicht gut bewacht!"

„Sogar sehr scharf! Sie lagen in unserer Mitte. Wir haben keine Vorsicht oder Pflicht versäumt!"

„Das ist nicht wahr! Ohne große Fehler von euch hätten sie nicht entkommen können. Ich werde diesen Fall genau untersuchen und die Schuldigen heim zu den alten Weibern schicken, mit denen sie Pantoffeln machen können, denn zu weiter sind sie ja nichts nütze!"

Da begann der Ben Khalid, nun auch einen andern Ton anzuschlagen:

„Wir sind weder alte Weiber, noch gehören wir zu ihnen. Ich bin ein Ben Khalid, ein freier Beduine, und nur dem untertan, dem ich gehorchen will! An dem Entkommen der Asaker ist kein einziger von uns schuld, sondern nur die Dschinn – Geister –, welche in großen Massen kamen."

„In Massen? Was für Dschinn waren es?"

„Dunkle Gestalten, welche wie Schatten aussahen, aber, wie wir dann wohl bemerkten, keine Schatten waren; ihnen voran kam das gestrige Gespenst."

„Welches?"

„Der Geist, der hierherkam und sprach."

„Allah!" rief der Scheich, indem er seine Aufmerksamkeit verdoppelte. „Dieser, derselbe Geist war es?"

„Ja."

„Und ihr seid natürlich sofort ausgerissen!"

„Nein. Aber er hielt zwei flammende Irrlichter in Händen, aus denen lauter Köpfe lebendiger Teufel hervorsprühten. Wir sind Gläubige des Korans und fromme Bekenner des Propheten; aber mit Geistern und Teufeln zu kämpfen, das darf uns niemand zumuten!"

„Ich werde bald erfahren, was für flammende Irrlichter das gewesen sind. Hattet ihr denn ein Feuer brennen?"

„Sogar zwei. Erst als der Geist sich dem ersten so weit genähert hatte, daß wir sahen, es sei wirklich dieser Geist, entfernten wir uns, eher nicht."

„Und ließet die Asaker liegen?!"

„Allerdings. Was hätten wir sonst machen sollen? Dann sahen wir aus der Ferne viele, viele dunkle, schattenhafte Gestalten über den Platz huschen, und als sie fort waren und wir zurückkehrten, fanden wir die Asaker nicht mehr vor; auch ihre Kamele waren weg. Sie sind uns von den Geistern entführt worden!"

„Ich will dir den größten dieser Geister zeigen. Schau dorthin! Wer sitzt da bei Abadilah, unserm Gast?"

Der Bote hatte den Münedschi noch nicht bemerkt. Als er ihn nun erblickte, rief er aus:

„Allah behüte mich vor dem neunmal gesteinigten Teufel! Da sitzt er ja! Das ist er! Das ist er!"

„Schau ihn an! Ist das ein Teufel, ein Gespenst oder ein Mensch?"

„Sollte – sollte – ist – sollte – ist . . .?"

Der Mann war ganz perplex. Der Scheich schrie ihn an:

„Wenn du jetzt, am hellen Tag, noch nicht weißt, woran du bist, so brauch ich mich allerdings nicht darüber zu wundern, daß ihr in der dunkeln Nacht vor Angst fast den Verstand verloren habt! Er war es gewiß; er muß es unbedingt gewesen sein. Wer weiß, was für Flammen er in den Händen gehabt hat. Abadilah, mein Freund, ich bitte dich, ihn doch einmal zu fragen!"

Der Ghani kam diesem Wunsch nach, indem er sich bei dem neben ihm sitzenden Blinden erkundigte:

„Hast du gehört, was jetzt gesprochen wurde?"

„Ja, jedes Wort", anwortete der Gefragte, welcher vollständig wach und munter war.

„Weißt du, daß du gestern am Abend hier hüben bei uns am Brunnen gewesen bist?"

„Nein."

„Daß du da gesprochen hast?"

„Nein."

„Aber daß du an einem andern Ort warst, das weißt du wohl?"

„Ja."

„Wo?"

„Den Ort kenne ich nicht. Ich wurde geführt und bekam dann zwei brennende Fackeln in die Hände."

„Von wem?"

„Von dem Scheich der Haddedihn und dem Effendi aus dem Wadi Draha. Ich bin darauf eingegangen, weil das Weib sagte, es geschehe nur zu meinem Wohl."

„Hast du gewußt, um was es sich handelt?“
„Nein. Es wurde mir nicht mitgeteilt. Dieser Dieb deines Verzeichnisses und seine Hehler haben mich betrogen und mich schmachvoll hintergangen. Wenn sie aufrichtig gewesen wären, hätte ich es um keinen Preis getan. Allah wird sie strafen!“
„Kannst du dir vielleicht denken, was für Schatten das gewesen sind, welche bei dir gewesen sein sollen?“
„Wahrscheinlich waren es die Verbündeten der Betrüger, die Krieger der Haddedihn, denn auf dem Weg, den ich gehen mußte, hörte ich neben und hinter mir die Schritte vieler Menschen, welche mich begleiteten. Und auf dem Rückweg sagte mir mein Ohr, daß sich Kamele hinter mir befanden. Ich bin zur Ausführung einer Schlechtigkeit benützt worden, von der ich keine Ahnung hatte; aber Allah ist gerecht; er läßt keine Tat ohne Lohn oder ohne Strafe, und ich weiß, daß diese Diebe und Betrüger einst nicht über Es Ssiret, die Brücke des Todes, hinüberkommen, sondern in den Abgrund des Verderbens stürzen werden!“
„So ist also jetzt alles erklärt!“ zürnte der Scheich. „Das Licht der Fackeln hat eure Phantasie erhitzt und euch Teufelsköpfe vorgeflackert, wo gar keine waren. Die Haddedihn habt ihr für Geister gehalten und seid vor ihnen ausgerissen, anstatt sie einfach niederzuschießen. Dadurch wurde die Befreiung der Gefangenen möglich, mit denen ich mir hier den Sieg erzwingen wollte und auch erzwungen hätte. Ich werde mit euch abrechnen. Diesen alten, blinden, kindischen und unvorsichtigen Menschen werden wir unschädlich machen müssen, damit wir nicht noch Ärgeres erleben, als schon bisher geschehen ist! Der unerfahrenste Knabe muß meinen Grimm begreifen, daß ich mich dieser Fehler wegen ganz unfähig zum Widerstand in den Händen derer befinde, über die wir hätten lachen können, wenn meine Absichten ausgeführt worden wären. Aber ich schwöre zu Allah und den Propheten, daß ich ganz gewiß alles nachholen werde, was versäumt worden ist!“
Diese seine Drohung war nicht nur unschädlich für uns, sondern ein abermaliger Fehler, den er beging, denn wenn wir nicht schon entschlossen gewesen wären, uns möglichst sicherzustellen, so hätte nun sie uns zur Vorsicht mahnen müssen. Viel mehr als sie beschäftigte mich die Bemerkung, daß es El Ghani gelungen war, den Blinden von seiner Unschuld und infolgedessen von unserer Bosheit, von unsern schlechten Absichten zu überzeugen. Der Münedschi befand sich schon nach so kurzer Zeit

wieder ganz unter dem Einfluß dieses Schurken, den er nicht nur für seinen Wohltäter, sondern überhaupt für den besten Menschen hielt.

Halef hatte der letzten Ausführung des Scheichs mit wohlgefälligem Lächeln zugehört. Jetzt ergriff er das Wort und sagte zu ihm:

„Es freut mich, daß du zur Einsicht gekommen bist und so aufrichtig deine Ohnmacht eingestehst. Wir könnten sie in einer Weise ausnützen, welche dich für alle Zeit an uns denken lassen würde; aber in unserer weithin bekannten und berühmten Güte haben wir den Beschluß gefaßt, mit euch so glimpflich zu verfahren, wie uns die Liebe gebietet, die wir zu allen Menschen und sogar zu unsern Feinden haben."

„Ich mag eure Liebe nicht!" brauste Tawil Ben Schahid auf.

„Du wirst sie nehmen müssen und ihr nicht widerstehen können, ganz gleichgültig, ob du willst oder nicht!"

„Und daß ich meine Ohnmacht eingestanden habe, davon weiß ich nichts. Noch habe ich meine Krieger, die euch vielfach überlegen sind!"

„Die fürchten wir nicht! Zunächst sind wir in der Überlegenheit und werden dafür sorgen, daß wir sie auch behalten."

„Ich verlange, augenblicklich freigelassen zu werden. Wenn ihr euch weigert, dies zu tun, so schicke ich diesen meinen Ben Khalid, den sie jetzt zu mir gesandt haben, mit dem Befehl zu ihnen zurück, sofort gegen euch zu den Waffen zu greifen!"

„Versuche es doch, ihn fortzuschicken! Wenn er es wagen wollte, diesen Platz ohne unsere Erlaubnis zu verlassen, würden wir ihn durch eine Kugel für immer hier festhalten!"

„Allah zerschmetterte dich!" zischte der Scheich, der ja doch wußte, wie recht der kleine Hadschi hatte.

Dieser nahm keine Notiz von dieser Verwünschung und fuhr fort:

„Ich werde dir jetzt sagen, was unsere Nachsicht und Milde über euch beschlossen hat. Khutab Agha, unser Freund, hat die Einbrecher in den Kanz el A'da von Meschhed Ali verfolgt, um sie zu ergreifen und nach der heiligen Stadt der Schiiten zu bringen, wo sie keine andere Strafe als nur diejenige des Todes erwarten würde. Nun aber hat er sich entschlossen, davon abzusehen. Er wird sie also nicht mitnehmen, sondern laufenlassen, wie man häßliches Gewürm laufenläßt, mit dem man sich nicht besudeln mag. Wir hatten über sie die Bastonade beschlossen, sehen aber auch hiervon ab, eben weil wir gar nicht weiter mit dem Schmutz, in welchem sie starren, in Berührung kommen wollen. Hast du alles gehört, was ich jetzt sagte?"

„Sprich nur immer weiter!" forderte ihn der Scheich auf. „Ich werde dir dann, wenn du fertig bist, sagen, was ich dir zu sagen habe."

„Schön! Ich gehorche dir, du mächtiger Gebieter dieses Lagers! Die Diebe sind also abgetan für uns; nun kommt die Reihe an dich. Auch dich werden wir freilassen. Bist du damit einverstanden?"

„Weiter!"

„Ist dir das noch nicht genug?"

„Es ist nicht nur genug, sondern mehr als genug, nämlich der Arglist und Verschlagenheit, die euch ja schon von Anbeginn dieser ganzen Angelegenheit gekennzeichnet hat! Wie schön und wie ergreifend du von eurer Güte und eurer Milde doch zu sprechen weißt! Aber ich kenne den Abgrund der Verworfenheit, welcher hinter dieser angeblichen Nachsicht gähnt! Ihr seht von der Bestrafung der Diebe ab, weil ihr nur zu gut wißt, daß sie nicht gestohlen haben, sondern vollständig unschuldig sind. Erst wurde ihnen das Verzeichnis entwendet, und nun es euch gelungen ist, auch die Gegenstände selbst an euch zu raffen, wollt ihr mit ihnen verschwinden und euch mit der vorgegebenen Milde den Rückzug decken. So ist's, ihr Schurken; anders nicht!"

Ein höhnisches Lachen folgte diesen Worten, die so viel Unverschämtheiten enthielten, daß Halef rasch zu mir sich wendete und mit zornblitzenden Augen fragte:

„Sihdi, jetzt kann es doch keine Sünde sein, ihm mit der überzeugenden Entgegnung meiner Peitsche zu antworten!"

„Wir schlagen nicht, Halef!" erwiderte ich.

„Gut! So will ich meinen Grimm beherrschen!"

„Sprich nicht von Grimm!" lachte der Ben Khalid wieder. „Du weißt ganz genau, daß ihr die Diebe seid, und kannst also unmöglich zornig sein. Was du Grimm nennst, ist nur der Ärger darüber, daß ich euch durchschaue, und die versteckte Scham, der du nicht erlaubst, deine Wangen vor meinen Augen rot zu machen. Dazu kommt die Feigheit, die verächtliche Angst vor unserer bekannten, wohlbewährten Tapferkeit!"

„Feigheit? Angst?" fragte Halef in größtem Erstaunen.

„Ja, Furcht habt ihr, Furcht, vom Herzen herab bis in die Spitzen eurer Füße!"

„Vor wem?"

„Vor uns. Das sagte ich soeben!"

„Furcht? Angst? Feigheit? Allah w' Allah! Mensch, ich fordere dich auf, mir diese freche Behauptung zu beweisen!"

„Der Beweis liegt darin, daß ihr unsere Freunde, die Mekkaner, freigeben wollt."

„Das tun wir doch aus Güte, nicht aus Angst!"

„Leugne nicht! Du weißt doch nur zu gut, was ausgemacht worden war: Es sollte um sie gekämpft werden! Jetzt gebt ihr sie ohne Kampf frei. Ist das nicht Feigheit?!"

Der Hadschi konnte seinen Zorn kaum bemeistern. Er mußte sich die größte Mühe geben, möglichst ruhig zu antworten:

„Das ist eine Verdrehung der Tatsachen, welche du dir ausgesonnen hast, um prahlen zu können!"

„Ich habe nicht geprahlt, sondern die Wahrheit gesagt!"

„Nein, sondern die Lüge! Es ist nicht beschlossen worden, um die Freigebung der Diebe zu kämpfen, sondern der Kampfpreis war der Besitz ihrer Personen. Sie befanden sich bei euch, und wir wollten sie haben. Darum wurde festgestellt, daß sie dem Sieger gehören sollten. Jetzt aber handelt es sich nicht um ihre Personen, denn die haben wir ja, sondern um ihre Freilassung. Eigentlich könnten nun wir, nämlich wir, wir, auch verlangen, daß um ihre Freiheit gekämpft werde, aber sie sind unsere Gastfreunde nicht, und so haben wir nicht wie du die Pflicht, sie zu beschützen. Wenn wir sie unbestraft entkommen lassen, tun wir das also aus Barmherzigkeit, nicht aus Angst. Das ist doch so klar, daß man darüber kein Wort zu verlieren braucht."

„Du ereiferst dich ohne Erfolg! Es bleibt bei dem, was ich gesagt habe: Es sollte um sie gekämpft werden, und weil ihr Angst vor unserer Tapferkeit hattet, so versuchtet ihr, sie durch feige Hinterlist in eure Gewalt zu bringen, was euch leider auch gelungen ist. Und nun ihr euch wohl sagen müßt, daß ich sie, und sei es mit Hilfe der Gewalt, von euch zurückfordern werde, gebt ihr sie uns freiwillig wieder, aber das Eigentum des Ghani wollt ihr behalten!"

Wie ich meinen kleinen, mutigen Hadschi kannte, dem Feigheit das Allererbärmlichste auf Erden war, stand jetzt eine Übereilung von ihm zu befürchten; darum wollte ich schnell das Wort ergreifen; aber er sah das und forderte mich auf:

„Du bist jetzt still, Effendi; ich bitte dich! Einen solchen Vorwurf läßt kein Krieger der Haddedihn auf sich sitzen!"

Da klang es hinter uns:

„Auch keine Frau der Haddedihn!"

Ich drehte mich um. Da stand Hanneh mit blitzenden Augen und dunkel geröteten Wangen. Die erregte Verhandlung war so laut geführt worden, daß sie drüben an der andern Seite des Brunnenplatzes alles gehört hatte. Nun war sie eilends herübergekommen, um auch ihrerseits die beschimpfende Anschuldigung energisch zurückzuweisen, ein Vorgang, dessen Ungewöhnlichkeit eine augenblickliche Stille hervorbrachte. Tawil Ben Schahid war der erste, der sie unterbrach.

„Ein Weib, ein Weib!" höhnte er. „Das beweist die Wahrheit dessen, was ich gesagt habe, denn wir hören nun ja, daß bei den Haddedihn die Frauen mutiger als die Männer sind!"

Da ergriff Hanneh des Hadschi Arm, zog ihn mit einem kräftigen Ruck zu sich heran und sagte:

„Halef, weißt du, was ich jetzt von dir verlange?"

„Ja", antwortete er.

„Wirst du es tun?"

„Man soll mich fortan den feigsten Hund der Erde nennen, wenn ich es nicht tue!"

„Und weißt du, welche drei ich meine?"

„Natürlich uns, die wir zum Kampf bestimmt gewesen sind!"

„Ja, ich bin Hanneh, die Tochter der Atheibeh, die Frau des obersten Scheichs der Haddedihn vom Stamm der Schammar. Man hat uns den Vorwurf der Furchtsamkeit in das Gesicht geschleudert, obgleich dieser großsprecherische Scheich der Beni Khalid von meinem Knaben zur Erde geworfen und überwältigt worden ist wie ein kraftloser Greis, dessen Schwachheit die einzige Eigenschaft ist, die ihm das Leben gelassen hat. Wir werden diese Niederträchtigkeit zurückweisen und bestrafen, und ich will haben, daß außer Omar Ben Sadek mein Gatte und mein Sohn es sind, in deren Hände man diese Aufgabe legt! Wir wollen nichts, gar nichts von diesen Menschen. Wir leisten Verzicht auf alles, was wir bisher errungen haben, sogar auf die gestohlenen und wiedererlangten Glieder. Wir kämpfen um sie; aber wer uns nach unserm Sieg noch als Diebe bezeichnet, den geben wir den Hyänen und Schakalen zu fressen. Ich, das Weib, habe gesprochen; nun mögen die Männer handeln!"

Sie trat zurück, um nun nur noch zuzuhören. Die Wirkung ihres unerwarteten Auftretens und ihrer, ich möchte sagen, flammenden Worte war eine tiefe, eine durchschlagende. Es war für einige Zeit rundum so still wie in einer Moschee, welche soeben erst geöffnet wird. Auch ich konnte mich diesem Einfluß nicht entziehen. Im Grunde war ich allerdings ganz und gar nicht damit einverstanden, daß alles, was wir bis jetzt erreicht hatten, wieder aufs Spiel, oder richtiger gesagt, auf die Entscheidung der Waffe gesetzt werden sollte; aber es war für uns, die Männer, gradezu unmöglich, uns zu dieser mutigen, ehrliebenden und entschlossenen Frau in Widerspruch zu stellen, die nicht an ihre Gatten- und nicht an ihre Mutterliebe dachte, und sodann kannte ich ja die drei Personen, um welche es sich auf unserer Seite handelte, so genau, daß es mir nicht einfiel, Angst zu haben. Halef stellte seinen Mann wie selten einer, das wußte ich; Omar Ben Sadek hatte sich so oft bewährt, warum sollte dies nicht auch jetzt wieder geschehen? Seine körperliche und geistige Spannkraft war noch ganz dieselbe. Und Kara Ben Halef? Nun, er war zwar noch jung und konnte also keine so reiche Erfahrung hinter sich haben wie wir; aber er hatte in seinem Vater den besten Lehrmeister gehabt, den es für ihn geben konnte, und so oft ich bei den Haddedihn gewesen war, hatte auch ich ihn täglich und mit Fleiß vorgenommen und mich über seine Gelehrigkeit, Geschicklichkeit, Kraft und Ausdauer nicht nur stets zu freuen, sondern oft sogar zu wundern gehabt. Er hatte viele jener Griffe, Kniffe und Schlauheiten von mir gelernt, welche auch im ehrlichsten Kampf erlaubt sind und die eigentliche Übermacht über einen sonst ganz ebenbürtigen Gegner verleihen. Sein Vater war schon zu alt, als daß ich ihm diese Vorteile hätte beibringen können; ein desto geeigneterer Erbe war der Sohn geworden, und so hatte ich also auch keine Veranlassung, um Kara bange zu sein.

Niemandem konnte der Vorschlag Hannehs so willkommen sein wie dem Scheich der Beni Khalid, dem er die Hoffnung wiedergab, in den Besitz der kostbaren Gliedernachbildungen zu gelangen. Er wartete auch nicht, bis Halef, dem dies doch nun eigentlich zukam, das Wort wieder ergriff, sondern kam ihm zuvor:

„Also doch noch Kampf! Die Frau gibt den Männern den Mut! Und nicht nur um die Mekkaner soll es gehen, sondern auch um den Schatz der Glieder! Wahrscheinlich aber fehlt euch der Mut, ihn gegen uns einzusetzen!"

Es war, als ob Halef jetzt plötzlich ein ganz anderer geworden sei. Seine zornige Aufregung hatte, nun da es einen festen Entschluß und eine sichere Entscheidung für ihn gab, jener kalten Ruhe Platz gemacht, welche gegen den nicht so kalten Widersacher den Sieg verleiht. Es war ein selbstbewußtes, überlegenes Lächeln, welches um seine Lippen spielte, als er in beinahe gleichgültigem Ton antwortete:

„Ja, wir kämpfen auch um den Schatz der Glieder, und du sollst die Bedingungen vernehmen, von denen wir auf keinen Fall abgehen werden. Bist du mit ihnen einverstanden, so liegt es in euern Händen und an eurer Tapferkeit, uns wieder abzunehmen, was wir jetzt besitzen. Nimmst du sie aber nicht an, so bleibt es, wie es jetzt ist!"

„Dann heraus mit ihnen! Ich will sie hören!"

„Zuerst verlange ich, daß, die Entscheidung mag fallen wie sie will, alle Schimpf- und andere beleidigende Reden vermieden werden. Wir sind, nämlich ihr sowohl wie wir, Männer, aber keine Knaben, welche im Bewußtsein ihrer Ohnmacht Worte an die Stelle der Taten setzen."

„Ich stimme bei!"

„Sodann findet der Kampf auf der da draußen liegenden Sandebene statt, wo kein Felsen deine Beni Khalid und meine Haddedihn hindert, zuzuschauen. Beide Stämme stehen einander gegenüber; die Zweikämpfe gehen in der Mitte vor sich. Diese finden einzeln statt, zwischen drei Beni Khalid und drei Haddedihn. Gewonnen hat der Stamm, auf dessen Seite die Mehrzahl der Sieger ist. Ihm gehört der Schatz der Glieder, welcher bis dahin in unserer Verwahrung bleibt. Die Besiegten haben den Brunnen sofort zu verlassen und also ihre Reise fortzusetzen. Als Zeit stellen wir euch die nächsten drei Stunden zur Verfügung; wenn sie vorüber sind, muß auch die Sache ausgetragen sein. Ist dir das recht?"

„Ja; da setze ich aber voraus, daß ich jetzt freigelassen werde!"

„Habe keine Sorge um deinen geliebten Körper! Wir können ihn nicht brauchen und geben ihn dir zurück. Doch mußt du vorher die zwischen euch und uns getroffene Vereinbarung auf dein Hamail – aus Mekka stammender und darum besonders heilig gehaltener Koran – beschwören."

„Ich bin bereit dazu!"

„In diesem Schwur ist vor allen Dingen eingeschlossen, daß beide Parteien für den ganzen heutigen Tag auf Hintergedanken verzichten!"

„Für später aber nicht?" fragte der Scheich schnell.

„Nein. Wir fürchten uns ja nicht."

„So bin ich auch hiermit einverstanden. Aber ich hoffe, daß dieser Kampf keine Spielerei sein, sondern um das Leben gehen soll!"

„Natürlich! Macht nur ihr Ernst; dann ist es ja sehr gleichgültig, ob wir nur zu spielen brauchen oder nicht!"

„Mit welchen Waffen soll er geführt werden?"

Da antwortete mein kleiner, in solchen Dingen geradezu einziger Halef in unendlich gleichgültigem, nachsichtigem Ton:

„Das ist uns einerlei, wirklich ganz und gar einerlei! Wir überlassen also diese Bestimmung euch. Suche die drei tüchtigsten Beni Khalid heraus, und jeder von ihnen mag diejenige Kampfesart bestimmen, in welcher er am geschicktesten ist. Wir sind es nicht gewöhnt, uns über solche Nebensachen die Köpfe zu zerbrechen!"

„Stelle dich nicht so stolz und siegesgewiß! Der Schakal, welcher am ärgsten bellt, wird am ehesten von dem Geier zerrissen! Ich bin bereit, zu schwören!"

Halef zeigte sich in seiner Noblesse sofort bereit, doch ergriff nun auch ich einmal das Wort, um in Hinsicht auf die Ehrlichkeit des Kampfes und unsere Sicherheit noch einige Bedingungen zu stellen, auf welche Tawil Ben Schahid einging, um seiner Fesseln so schnell wie möglich entledigt zu sein. Als dann alles so lückenlos verabredet worden war, daß für uns auch die geringste Übervorteilung seitens der Beni Khalid ausgeschlossen erschien, banden wir ihn los. Halef setzte sich ihm gegenüber. Der Koran wurde zwischen sie gelegt, und dann schworen sie, die Hände darauf haltend, jeder für sich und die Seinen, die eingegangenen Bedingungen ehrlich und treu zu halten. Dann hing sich der Scheich sein Hamail wieder um den Hals und stand auf, um sich zu entfernen. Ehe er das aber tat, wendete er sich noch einmal nach uns um und sagte:

„Ich habe noch nie mein Wort gebrochen und werde es auch heut halten; aber wehe euch, wenn ihr dem eurigen nicht treu bleibt! Ich werde schon in kurzer Zeit einen Boten senden, um euch mitteilen zu lassen, welche Waffen gewählt worden sind. Aber daß ihr es mit den drei Siegessichersten meiner Krieger zu tun haben werdet, das kann ich euch schon jetzt sagen. Ich gebe euch den Rat, immer schon jetzt drei Gruben zu machen, in die unsere Gegner zu liegen kommen, ohne eine Kijahma, eine Auferstehung von den Toten, zu erleben wie der Münedschi gestern!"

Nun ging er und nahm den Boten seiner Leute mit.

Es versteht sich ganz von selbst, daß sich aller Haddedihn eine sehr gespannte, erwartungsvolle Stimmung bemächtigt hatte. Ein Zweikampf auf Tod oder Leben, und zwar ein dreifacher, welch ein Ereignis für jeden Beduinen! Am wenigsten einverstanden mit dieser Wendung der Sache war der Perser, und das konnte man ihm auch gar nicht übelnehmen. Er hatte sich schon vollständig am Ziel befunden und sah sich nun gezwungen, die bereits erlangten Vorteile wieder aufzugeben und von dem Erfolg der Waffen abhängig zu machen. Ich nahm mich seiner Sorge möglichst an, und es gelang mir auch, ihn soweit zu beruhigen, daß er darauf verzichtete, gegen den Kampf um den Inhalt des Gebetsteppichs zu protestieren.

VIERTES KAPITEL

El Aschdar

Der für den Kampf bestimmte Platz war die weite, sandige Strecke, über welche wir gestern abend mit dem Münedschi von Ben Nur geführt worden waren. Wir gingen hinaus und zeichneten unsere Stellung und diejenige unserer Gegner mit Strichen in den feinkörnigen Boden; Halef wollte ihr die Richtung nach Norden und nach Süden geben; ich schlug die beiden andern Himmelsgegenden vor und erklärte ihm, daß derjenige Duellant im Vorteil sei, welcher die Sonne im Rücken habe, während sie den mit dem Gesicht ihr Zugekehrten blende. Wir beschlossen also, den östlichen Teil des gezeichneten Kreises einzunehmen. Es war das einer der erwähnten „Kniffe", welche nicht als Unredlichkeiten gelten, obgleich man dabei ein Überlisten des Gegners im Auge hat. Daß wir uns darüber kein Gewissen zu machen brauchten, zeigte sich, als der Bote der Beni Khalid kam; denn aus dem, was er uns zu sagen hatte, erfuhren wir, daß sie sich einer wenigstens ebenso großen Pfiffigkeit befleißigten wie wir. Halef, als unser Scheich und Anführer, ließ ihn zu sich kommen und fragte ihn nach seinem Auftrag. Er erhielt die Antwort:

„Tawil Ben Schahid, der Scheich der tapfern Beni Khalid, läßt dir sagen, daß geschossen, gerungen und mit dem Speer geworfen wird!"

„Wird? Wird! Das klingt ja so abgerissen und befehlshaberisch, als ob wir es nur so hinzunehmen hätten, wie es ihm beliebt!"

„So meint er es auch!" betonte der Bote.

„Ah?!"

„Ja. Er sagte, nur er allein habe die Waffen zu bestimmen, und ihr hättet nicht die Erlaubnis, Einwendungen dagegen zu machen!"

„So! Die Wahrheit aber ist, daß ich ihm erlaubt habe, diese Bestimmung zu treffen, und so konnte er mir seinen Entschluß wohl in etwas höflicherer Weise mitteilen lassen. Also geschossen soll werden?"

„Ja; das ist der erste Gang."
„Womit?"
„Mit Flinten natürlich! Das ist doch selbstverständlich; warum fragst du also?"
„Mann, vergiß nicht, daß du vor Hadschi Halef stehst, dem obersten Scheich der Haddedihn! Wenn du nicht weißt, in welchem Ton du zu mir zu reden hast, kannst du unverrichteter Sache wieder gehen, und wir behalten, was wir haben! Ich habe mit Tawil Ben Schahid beschworen, daß nicht beleidigend gesprochen werden darf. Das bezieht sich nicht bloß auf die Wahl der Worte, sondern auch auf die Art und Weise, wie du mit mir redest. Merke dir das! Du hast dich mit deiner übel angebrachten Frage nur selbst blamiert, denn du scheinst noch gar nicht zu wissen, daß es außer den Flinten noch andere Waffen gibt, mit denen geschossen werden kann! Hat er die Entfernung bestimmt?"
„Sechzig Schritt und jeder drei Schüsse."
„So sehr weit? Wer soll da sicher treffen können!"
Sein Gesicht zeigte Enttäuschung und Besorgnis; im Innern aber war er höchst befriedigt, denn sein und auch Karas Gewehr waren jeder Beduinenflinte weit überlegen; ich hatte sie ihnen als Geschenke mitgebracht.
„Soll mit Harduk – Schrot – oder mit Rusahs – Flintenkugeln – geschossen werden?" fuhr er vorsichtig fort.
„Natürlich nur mit Rusahs!"
„Ich stimme bei. Doch sag deinem Scheich, daß die Kugeln vor dem Laden vorgezeigt werden müssen, damit nicht aus Versehen Hurduk genommen wird. Und sodann soll auch gerungen werden?"
„Ja, mit nacktem Oberkörper und einem Messer im Gürtel."
„Wozu das Messer? Das braucht man doch zum Ringen nicht!"
„Weil es ein Ringkampf auf Tod und Leben sein soll. Sobald einer den andern platt auf den Boden gebracht hat, besitzt er das Recht, ihn mit dem Messer zu erstechen."
„Also platt auf den Boden! Eher nicht?"
„Nein."
„Ihr scheint einen bedeutenden Ringer unter euch zu haben?"
„Ja", lächelte der Ben Khalid unbescheiden. „Unser Abu el Khuba – Vater der Kraft – wird von keinem Menschen besiegt! Das hörst du auch dem Namen an, den wir ihm deshalb gegeben haben."

„Ist die Zeit bestimmt worden, wie lange das Ringen zu dauern hat?"

„Natürlich bis der eine erstochen worden und der andere Sieger ist."

„Wieder ‚natürlich'! Bei dir scheint alles natürlich zu sein! Wahrscheinlich hältst du es auch für natürlich, daß unsere drei Krieger von den eurigen in kürzester Zeit und mit der größten Leichtigkeit abgeschlachtet werden! Und auch mit Speeren soll geworfen werden. Meinst du da die lange Lanze oder den kurzen Dscherid – Wurfspeer –?"

„Den Dscherid natürlich!"

„Schon wieder ‚natürlich'! Du bist wirklich ein vollständiger Abu el Malumat – Vater der Selbstverständlichkeit –! Es sind doch jedenfalls auch Bedingungen dabei?"

„Natür . . ." Er hielt dieses Mal mitten im Wort inne und verbesserte sich dann: „Ja, ich habe sie dir mitzuteilen. Die Entfernung ist fünfundzwanzig Schritt. Jeder bekommt drei Speere."

„Wenn nun aber diese sechs geworfen sind, ohne daß einer getroffen hat, was dann? Da wird wohl von neuem begonnen?"

„O nein!" lächelte der Bote.

„Warum nicht?"

„Weil es ganz unmöglich ist, daß keiner trifft."

„So! Ihr habt wohl auch einen sehr geschickten Speerwerfer unter euch?"

„Er trifft stets!" nickte der Gefragte.

„Du machst mich ja ganz neugierig auf ihn! Ist das alles, was du mir zu sagen hast?"

„Ich soll besonders betonen, daß keine Schonung stattfinden wird. Es soll auf den Tod gekämpft werden. Blut wenigstens muß fließen, sonst gilt der Gang nichts. Wer so verwundet ist, daß er sich nicht vom Boden erheben kann, der gilt als besiegt, und der Sieger hat das Recht, ihn vollends zu töten. Jetzt bin ich fertig!"

„Ich aber nicht! Wann werdet ihr kommen?"

„Eine halbe Stunde nach meiner Rückkehr."

„So schlagt den Weg westlich des Felsens ein! Wir bleiben hier auf dem Punkt, wo wir jetzt stehen. Welche Waffe hat euer Scheich gewählt?"

„Welche? Der Scheich?" fragte der Ben Khalid sehr erstaunt.

„Ja, euer Scheich!"

„Du denkst, der kämpft mit?"

„Allerdings!"

„O nein, das tut er nicht!“

„Nicht? Warum?“

„Schon der Gedanke, daß er sich mit beteilige, ist eine Beleidigung für ihn! Ein Scheich ist kein gewöhnlicher Krieger; er kämpft natürlich nur mit Scheichs.“

„Wie ‚natürlich‘ wieder! Wenn wir nicht ausgemacht hätten, daß nicht beleidigend gesprochen werden darf, würde ich ihm jetzt den Vorwurf der Feigheit zurückgeben, den er uns gemacht hat. Ich bin auch Scheich; aber ich kämpfe auch mit jedem Krieger, welcher meiner Tapferkeit würdig ist. Ich werde mich auch nachher beteiligen, denn ich setze meine Ehre und meinen Stolz darauf, daß ich nicht aus der sichern Ferne zusehe, wenn meine Krieger für den Ruhm ihres Stammes ihr Blut vergießen und ihr Leben wagen. Ich weiß zwar noch nicht, ob ich die Flinte, den Dscherid oder den Ringkampf wählen werde, denn ich muß mir da erst die Gegner ansehen, aber wenn ...“

„Das darfst du gar nicht!“ fiel der Bote ein.

„Was?“

„Wählen!“

„Wie? Ich darf nicht wählen?“

„Nein.“

„Wer will und kann mir das verbieten?“

„Unser Scheich.“

„Ah! Warum?“

„Er hat die Waffen zu bestimmen und also auch die Bedingungen zu stellen.“

„Von den Bedingungen ist keine Rede gewesen; aber sprich nur weiter! Ich werde ja hören, was du sagst.“

„Unser Scheich verlangt, daß eure drei Krieger zu losen haben.“

„Sie dürfen sich nicht selbst entscheiden?“

„Nein. Jeder von ihnen hat an dem Kampf teilzunehmen, für den ihn das Los bestimmt.“

„Ihr aber habt den besten Ringer gewählt?“

„Natürlich!“

„Den besten Speerwerfer?“

„Natürlich!“

„Und wahrscheinlich auch den besten Schützen?“

„Natürlich!“

„Höre, Mann, wenn ich dieses Wort ‚natürlich‘ nur noch einmal aus deinem Mund höre, so tue ich etwas, was dir zur Abwechslung einmal ganz unnatürlich vorkommt! Eure Pfiffigkeit wäre ja ganz lobenswert, wenn sie nicht ein so dummes Aussehen hätte. Ihr wählt für jede Waffe den besten Mann, und wir sollen uns von dem Zufall dahin werfen lassen, wohin es dem Los beliebt! Das ist nicht etwa klug von euch, sondern etwas ganz anderes, was ich der Höflichkeit wegen nicht näher bezeichnen will!"

Er machte eine Pause, während welcher er seine Augen von Kara auf Omar Ben Sadek und von diesem dann auf mich richtete. Ich wußte, was er dachte. Sein Sohn erriet es auch.

„Vater, tu es!" sagte er in bittendem Ton.

„Was?" fragte Halef lächelnd.

„Wir fürchten uns doch nicht vor dem Los, und wenn du nicht darauf eingehst, so denken sie, es sei bei uns so wie bei ihnen!"

„Wie denn, mein Sohn?"

„Bei ihnen weiß man wahrscheinlich wohl mit der einen Waffe umzugehen, aber mit der andern nicht. Wir wollen ihnen aber zeigen, daß die Krieger der Haddedihn gelernt haben, in jedem Sattel fest zu sitzen!"

Da ging der Ausdruck stolzer Vaterfreude über Halefs Gesicht; er wendete sich wieder zu dem Boten und sagte:

„Du hast die Worte Kara Ben Halefs, meines Sohnes, gehört und kennst also nun den Grund, der mich veranlaßt, auf das Verlangen deines Scheichs einzugehen. Er mag also ja nicht denken, daß er uns überlistet habe oder daß wir aus gewaltigem Respekt vor ihm das tun, was ihm seine Klugheit eingegeben hat! Die Ursache ist nur die, daß es uns ganz gleich ist, welche Waffe wir in die Hand bekommen. Bist du fertig?"

„Ja."

„So kannst du gehen."

Der letzte Teil des Gespräches war nicht im Stehenbleiben gesprochen worden, denn Halef hatte sich während desselben nach unserm Lagerplatz gewendet, und wir gingen nebenher, der Ben Khalid auch. Anstatt sich nun nach der Verabschiedung, welche ihm von dem Hadschi geworden war, von uns zu trennen, blieb er noch. Weshalb, das erfuhren wir, denn er erkundigte sich:

„Du sagtest, o Scheich, daß du selbst mitkämpfen würdest. Ist das wahr?"

„Ja", nickte Halef. „Ich sage nie etwas, was nicht wahr ist."

„Wer sind die beiden andern?"

„Warum fragst du?"

„Weil ich sie gern sehen möchte."

„Ihr alle werdet sie ja zu sehen bekommen."
„Ich will sie jetzt sehen!"
„Will? Du willst? Allah! Das ist ja sehr gütig von dir, daß du willst! Erlaubst du mir vielleicht einmal, auch zu wollen?"
„Was?"
„Sie dir nicht zeigen! Also, du kannst gehen!"
Wir waren jetzt bei dem Brunnen angekommen, auf dessen Rand der gefüllte Ledereimer stand. Der Ben Khalid folgte der Aufforderung nicht; er blieb zudringlich stehen und sagte:
„Ich wollte sie gern sehen, weil ich selbst es mit einem von ihnen zu tun bekommen werde."
„Du?" fragte der Hadschi, indem er einen forschenden Blick über die sehnige Gestalt des Beduinen gleiten ließ.
„Ja, ich! Ich bin einer der Kämpfenden!"
Auf seinem Gesicht war die deutliche Aufforderung zu lesen, daß wir ihn bewundern sollten.
„Bist du etwa der Ringer?"
„Nein."
„Der Schütze?"
„Nein."
„Also der Mann mit den drei Speeren, welche unbedingt treffen werden!"
Da warf der Mann den rechten Arm empor, daß der weite Ärmel von ihm zurückfiel und wir die stark entwickelte Muskulatur sehen konnten, und rief in selbstbewunderndem Ton aus:
„Ja, der bin ich! Seht diesen Arm und diese seine Muskeln! Kein Speer ist mir zu schwer und keine Entfernung zu weit! Entferne dich vierzig Schritt von mir; hebe die Hand empor und sage mir, welchen Fingernagel ich treffen soll – ich treffe ihn!"
Das war eine Prahlerei, welche dem Hadschi das Blut in die Stirn trieb. Seine Augen irrten nach dem Eimer hin, und er fragte:
„Du triffst ihn also wirklich?"
„Gewiß! Natürlich treffe ich ihn!"
„Und bist also überzeugt, nachher zu siegen?"
„Natürlich!"
„Dem Haddedihn drei Speere in den Leib zu geben?"
„Natürlich!"
„So will ich dir zur Abkühlung deiner glühenden Einbildung auch etwas geben, zwar nicht in, sondern auf den Leib; aber helfen wird es doch!"
Er griff schnell nach dem Eimer, schwang ihn hoch empor

und goß dem Ben Khalid den ganzen Inhalt mit solcher Geschicklichkeit über den Kopf, daß ihm das Wasser in regelrechten Kaskaden an allen Seiten herunterlief, worüber die Haddedihn in ein ungeheures, laut schallendes Gelächter ausbrachen. Der Stolz des Beduinen kennt außer den tödlichen Beleidigungen nichts Schlimmeres, als der Lächerlichkeit preisgegeben worden zu sein. Dieser Ben Khalid stand für einige Augenblicke bewegungslos; dann aber riß er mit einer blitzschnellen Bewegung das Messer aus dem Gürtel und stieß zu, um es in Halefs Herz zu bohren. Der Hadschi wäre bei der Raschheit dieses Angriffes unbedingt getroffen worden; aber ich hatte seinen nach dem Eimer gerichteten Blick gesehen und seine Absicht erraten; ich wußte, wie gefährlich es ist, einen Beduinen in solcher Weise zum Gegenstand der Belustigung zu machen, und hatte aufgepaßt. Ich griff sehr schnell zu, aber doch beinahe zu spät; es gelang mir einstweilen nur, dem bewaffneten Arm eine andere Richtung zu geben, so daß das Messer nur die Kleidung Halefs traf und da einen langen Schnitt verursachte. Dann aber nahm ich den Mann an den beiden Oberarmen fest, drückte ihm diese so an den Leib, daß er sich nicht bewegen konnte, und herrschte ihn an:

„Mensch, du hast gestochen! Du hast als Abgesandter eures Stammes die Waffe gegen einen von uns gebraucht! Weißt du, was das heißt? Weißt du, welche Strafe das Gesetz der Wüste auf eine solche Schändung deiner Unverletzlichkeit vorschreibt?“

Er war sofort von unsern Kriegern umringt worden. Sie zogen alle ihre Messer und ließen drohende Worte hören. Er versuchte vergeblich, sich von mir loszumachen, und stieß dabei die abgerissene Entschuldigung hervor:

„Er hat – hat – hat – mich beleidigt, – mir Wasser – Wasser über . . .“

„Er hat nichts getan, als sein Versprechen erfüllt, welches er dir vorhin gab, als er dich warnte, nicht so siegesbewußt aufzutreten und unsere Niederlage nicht für so selbstverständlich und ‚natürlich‘ zu halten. Das war eine Beleidigung für uns! Ein Abgesandter hat seinen Auftrag auszurichten und sich dabei jedes Wortes zu enthalten, was nicht zur Sache gehört. Du hast dich deiner Arme und ihrer Muskulatur gerühmt; jetzt fühlst du, was du kannst! Wenn ich will, drücke ich dir den Atem aus dem Leib! Wir haben, da du zur Waffe gegriffen hast, das Recht, dich sofort und ohne vorherige Beratung niederzuschießen; aber da wir neugierig auf dein unvergleichliches Speerwerfen sind, so wollen wir dich laufenlassen. Das Messer behalten wir zur Beweisführung hier, falls dein Scheich auf den Gedanken kommen sollte, uns darüber zur Rechenschaft zu ziehen, daß ich mich an dir, seinem Boten, vergriffen habe. Mach dich schleunigst fort, ehe es die andern reut, daß ich dich entkommen lasse!"

Ich gab ihn frei. Er ließ das Messer, welches ihm infolge meines ihn schmerzenden Druckes aus der Hand gefallen war, liegen und entfernte sich rasch, indem die Haddedihn auseinandertraten, um ihn durchzulassen. In einiger Entfernung blieb er stehen, hob drohend den Arm und rief uns zu:

„Das sollt ihr büßen! Für diese Nässe des Wassers fordere ich die Nässe eures Blutes!"

„Natürlich, natürlich! Vollständig einverstanden!" lachte Halef.

„Höhne nur jetzt! Nach unserm Sieg wird dir der Hohn vergehen! Meine sausenden Speere werden euch zum Geheul des Jammers zwingen!"

„Natürlich, des Jammers, natürlich!"

Als hierauf das Gelächter der Haddedihn wieder erscholl, zog er es vor zu schweigen und zu verschwinden.

Hanneh kam besorgt herbei und freute sich herzlich, als sie sah, daß der Messerstich kein Blut gekostet habe und mit Hilfe von Nadel und Zwirn zu heilen sei.

Wir wußten nun zwar, welche Art von Kampf uns erwartete, aber leider das Nötigste nicht: welche Waffe auf jeden von den dreien fallen werde. Es klang eigentlich rührend, als Halef, der doch so geschickt, geübt und vielerfahren war, in bescheidener Weise zu mir sagte:

„Es wäre freilich viel, viel besser, Effendi, wenn wir in dieser Beziehung nicht im unklaren wären. Wir könnten mit dir darüber sprechen, und ich weiß, wenn die Rede auf solche Dinge kommt, so kann man immer noch von dir lernen."

„Schwerlich, lieber Halef! Denn was ich kann und weiß, das ist dir alles schon bekannt."

„Noch lange nicht! Weißt du, Sihdi, bei dir ist es nämlich so: Während du über den Gebrauch dieser oder jener Waffe sprichst, fallen dir immer noch mehr und noch weitere Erlebnisse ein, bei denen du dich dieser Waffen bedient hast. Da ist jeder Fall anders, jede Anwendung und jeder Erfolg anders! Da werden Messer, Flinte und Pistole lebendig; da fühlen sie; da denken und berechnen sie; da sprechen sie förmlich mit!"

„Wie deine Peitsche!" warf ich scherzend ein.

„Lache nicht über sie! Sie ist eine vornehme Haremsdame, die ihre guten Seiten, aber auch ihre Mucken hat. Wir reden jetzt nicht von ihr. Fällt dir nichts ein? Kein guter Rat? Keine nützliche Verhaltungsmaßregel, die wir befolgen könnten?

„Ihr wißt ja alles schon! Aber auf eins will ich euch doch aufmerksam machen: Richtet eure Augen ja nur auf den Gegner; alles andere schadet, weil es zerstreut. Bei den Zuschauern kann geschehen, was nur immer will, es geht euch nichts an! Oft ist ein fester, unbeirrter Blick schon der halbe Sieg; ich habe das erlebt! Für das Gewehr habe ich keine Bemerkung, für die drei Dscheride aber doch. Ich würde es folgendermaßen machen: Ich ließe den Gegner seine Speere erst verschießen, weil ich da nur auf ihn und nicht auch auf mich aufzupassen hätte. Bei dieser ungeteilten Aufmerksamkeit ist es kinderleicht, seinen Würfen auszuweichen. Hat er dann keinen mehr und hat mich auch nicht getroffen, so weiß er sich machtlos und mich als ihm über. Das gibt ihm ein Gefühl der Unsicherheit, welches mir Vorteil bringt."

„Aber er macht es dann auch wie du: Er braucht nur auf dich aufzupassen und weicht also deinem Speerwurf leicht aus!"

„Diese Sicherheit nehme ich ihm, indem ich eine Zeit lang die Bewegung des Werfens mache, aber doch nicht werfe. Das erscheint ihm lächerlich, und er paßt weniger auf. Wenn ich merke, daß er bei diesen Finten ruhig stehen bleibt und nicht einmal mehr zuckt, dann werfe ich wirklich, und zwar die drei Speere schnell hintereinander."

„Maschallah! Alle drei? Warum das?"

„Er wird glauben, daß ich nur einen werfe und darum seine ganze Aufmerksamkeit nur auf diesen und nicht mehr auf mich richten. Während er den Bogenflug des Speeres verfolgt und aufwärts blickt, sieht er wahrscheinlich gar nicht, daß ich wieder werfe. Dieser zweite Speer wird ihn treffen, und wenn ja nicht, so doch ganz gewiß der dritte. Es ist dazu freilich notwendig, daß man erstens ein guter Dscheridwerfer ist und zweitens ein scharfes und geübtes Auge dafür hat, nach welcher Seite der Gegner ausweichen will; denn nach dieser Seite hat man den zweiten Wurf zu richten."

„Ich danke dir, Sihdi! Das ist eine Lehre, die ich in Übung nehmen werde! Ich wollte, das Los drückte mir die Speere in die Hände; ich würde es genauso machen, wie du uns jetzt geraten hast! Und wie würdest du dich bei dem Ringkampf verhalten?"

„Das käme auf den Gegner und auf die Art und Weise an, in der er vorgenommen werden soll, und da ich beides nicht kenne, ist es mir also unmöglich, einen Plan zu haben. Es gibt Ringkämpfe verschiedenster Art. Es handelt sich hier jedenfalls um den bei den Beduinen der arabischen Wüste ganz gewöhnlichen, daß man den Gegner ohne Befolgung irgendeiner Vorschrift so niederzuringen sucht, daß der Besiegte den Boden mit dem ganzen Körper, also nicht nur mit einem Teil, nur Händen und Knien, berührt."

„Da wollte ich, daß dies mir zufiele!" wünschte Omar Ben Sadek. „Mir sollte der stärkste Ben Khalid gar nicht lange aufrecht stehenbleiben!"

Omar war, wenn man ihn so wie jetzt stehen sah, scheinbar allerdings nicht geeignet, einem Gegner große Besorgnis einzuflößen; er besaß weder eine hohe, noch eine ungewöhnlich breite Gestalt; aber wer ihn unbekleidet gesehen hatte und vielleicht gar wußte, wie oft schon er seinen Mann gestellt hatte, der traute ihm gewiß mehr zu, als ihm anzusehen war. Grad im Ringen schienen seine Muskeln von Eisen und seine Sehnen und Nerven von Stahl zu sein. Wenn er sich mit auseinandergespreizten Beinen hinstellte, die Fäuste ballte und die Ellbogen fest an den Körper legte, hatten mehrere Männer sich anzustrengen, wenn sie ihn von der Stelle, auf welcher er stand, fortbringen wollten. Seine Beine glichen dann Säulen, die nicht ins Wanken zu bringen sind. Und diese Zähigkeit besaß, ich möchte sagen, jedes einzelne Glied von ihm nicht nur im Zusammenwirken, sondern auch für sich besonders.

„Ja, um dich hätte ich da keine Sorge", stimmte Halef bei. „Dich bringt keiner nieder. Und deinen Griff zum langsamen Hinlegen dessen, den du gepackt hast, macht dir sogar keiner von unseren Haddedihn nach!"

„Das ist nicht ‚mein' Griff, denn ich habe ihn ja von unserm Effendi gelernt. Er ist sehr leicht; aber die Finger, die dürfen freilich, wenn sie sich einmal eingebohrt haben, keinen Augenblick nachgeben; das ist die ganze Kunst. Wenn dieses Los mir zufiele, könntet ihr unbesorgt um unsere Ehre sein. Aber, Sihdi, wie hältst du es damit, daß der Kampf auf Tod oder Leben gehen soll? Die Beni Khalid werden uns freilich nicht im geringsten schonen. Meinst du, daß wir ebenso streng mit ihnen verfahren?"

„Eigentlich ist diese Frage überflüssig", antwortete ich, „denn meine Ansichten in dieser Beziehung sind euch ja bekannt.

Wenn ich einen Feind unschädlich machen kann, ohne ihm das Leben zu nehmen, so lasse ich es ihm. Das gebietet mir schon die einfachste Menschlichkeit, von meinem christlichen Glauben gar nicht zu sprechen. Freilich dürfen wir diese Rücksicht nicht so weit treiben, daß der Sieg in Frage gestellt wird. Es ist gesagt worden, daß wenigstens Blut fließen soll; das können wir nicht ändern; aber notwendig ist es doch nicht, daß die Verletzungen tödlich sind. Wenn die drei Beni Khalid nur verwundet werden, sind sie für uns ebenso unschädlich geworden, als ob sie nicht mehr lebten; die Hauptsache ist, daß sie sich nicht vom Boden erheben können."

„Es ist aber doch bestimmt, daß der Besiegte glatt an der Erde liegen soll!" warf Halef ein.

„Das bietet keine besondere Schwierigkeit, denn wer zum Beispiel von einer Kugel so getroffen wurde, daß er in die Knie zusammenbricht, bei dem erfordert es ja nur noch einen Stoß der Hand, um ihn vollends hinzulegen. Ich würde also nach seinem Knie, nicht nach dem Kopf oder Herzen zielen. Treffe ich gut, so ist er für das ganze Leben untauglich gemacht, und das ist für einen Beduinen schlimmer als der Tod, weil er daheim bei den Schwachen, den Greisen, Frauen und Kindern hocken muß."

„So wollte ich, der Kampf mit der Flinte wäre für mich bestimmt!" sagte Kara, welcher als Mitkämpfer das Recht fühlte, aus der stets von ihm geübten, bescheidenen Zurückhaltung herauszutreten. „Hadschi Halef, mein Vater, wird dir bestätigen, Effendi, daß ein Fehlschuß jetzt bei mir etwas höchst Seltenes ist. Doch schaut! Was will der Blinde? Er kommt grad auf uns zu!"

Der Münedschi hatte bei den Mekkanern gesessen. Jetzt war er mit einer raschen Bewegung, als ob er unter einem plötzlichen Entschluß handle, aufgestanden und kam mit großen, sichern Schritten, als ob er ganz gut sehen könne, auf die Stelle zu, an welcher wir standen. Er hielt die Linie so genau und so gerade ein, daß wir auseinandertreten mußten, um den Zusammenstoß mit ihm zu verhüten.

„Effendi, komm mit mir! Du allein!" forderte er mich auf, indem er, ohne anzuhalten, zwischen uns hindurchging.

Das war nicht nur sonderbar, sondern erstaunlich! Woher wußte er, wo wir standen, und daß ich mit dabei war? Hatten die Mekkaner es ihm gesagt? Aber auch in diesem Fall wäre die von ihm gezeigte Sicherheit nicht zu erklären gewesen! Und er hatte nicht mit seiner, sondern mit Ben Nurs Stimme gesprochen. Sein Gesicht zeigte das Aussehen der Leblosigkeit, der Todesstarre, und als es sprach, hatte er die Lippen kaum bewegt. Er schritt ganz in derselben Weise weiter, grad auf den Felsen Ben Nurs zu, und ich folgte ihm. Wollte er wieder hinauf? Es konnte gar kein Zweifel darüber sein, daß er geistes- oder, wenn dies bezeichnender sein sollte, seelisch abwesend war, jetzt, am hellen, lichten Tage! War das auch Somnambulismus?

Noch ehe er den Felsen erreicht hatte, blieb er stehen, drehte sich nach mir um und sagte, wieder nicht mit seiner eigenen Stimme:

„Effendi, ich liebe dich! Ich liebe alle Wesen Gottes und also auch alle Menschen, doch, sehe ich ein dem Gesetz der Liebe so freiwillig geöffnetes Herz, so neigt es mich ihm mit besonderer Liebe zu. Die Worte der Güte, welche du jetzt sprachst, ich habe sie gehört. Du willst das Leben eurer Feinde schonen und achtest also die ihnen gegebene Vorbereitungszeit; das wird dir für das Jenseits eingetragen und schon auch hier vergolten, denn ihr werdet Sieger sein. Doch warne ich dich vor dir selbst und vor El Aschar – dem Drachen –, der das Verderben der Menschen will und auch das deinige. Vor dir selbst, denn du bedrohst dich als dein eigener Feind."

Er nahm meine Hand in seine Linke, strich mit der Rechten leise, zärtlich darüber hin und fuhr fort:

„Sei ja nie stolz auf deine Liebe! Der Himmel hat sie dir geliehen; sie ist also nicht dein, sondern sein Eigentum, welches du ihm, nachdem du sie hier wirken ließt, mit Zins und Zinseszins zurückzugeben hast. Sie ist das höchste, größte Gut des Lebens, und darum hat der, welcher sie empfing, viel mehr Verantwortung zu tragen und viel strengere Rechenschaft abzulegen als jene Seelen, denen weniger anvertraut worden ist. Denk nicht, du seist ein besserer Mensch als sie! Vom armen Steppenstrauch wird nur bescheidenes Grünen, vom Baum an dem Wasser aber Frucht gefordert werden. Bilde dir also nichts auf die Früchte deiner Liebe ein! Deine Pflicht ist's, sie zu bringen, und wenn du sie bringst, so hast du nichts als eben nur deine Pflicht getan und darfst nicht meinen, Anspruch auf besonderen Lohn zu haben. Dies ist der Grund, daß ich dich vor dir selbst zu warnen habe. Gehorche mir! Dein Schutzgeist steht bei dir. Du siehst ihn nicht; mich aber bat er, dir zu sagen, was du jetzt vernommen hast. Er leitet dieses Blinden Hand, deren Berührung eine Liebkosung von ihm ist für dich, dem er den rechten Weg zu zeigen hat."

Hierauf ließ er meine Hand los und sprach weiter:

„Und vor El Aaschdar warne ich dich auch. Du hast mit ihm gekämpft, solange du lebst; er hat dich oft zu Fall gebracht, doch standest du immer wieder auf, gehoben von deinem eigenen Willen und gehalten von der unsichtbaren Hand, die dich beschützt. Diese Hand ist ohne diesen deinen Willen schwach; mit ihm vereint aber wird sie riesenstark. Darum leiste auf dein Wollen nie Verzicht; es wird im Schutz des Himmels zum Vollbringen! Dein Wille, der nach der Vereinigung mit Gottes Willen strebt, gewinnt durch diese Vereinigung eine Macht, welcher das Böse zwar widerstreben kann, doch endlich unterliegt. El Aschdar ist ein unermüdlicher und starker Feind, der immerwährend auf der Lauer liegt. Auch dich hat er nicht etwa freigegeben; er wartet nur, und kommt der Augenblick, an dem du eine Schwäche deiner Seele zeigst, so schlägt er seine Krallen plötzlich ein, und dann beginnt der schwere Kampf mit seiner Macht von neuem. Ich seh' ihn lauern hier an deinem Weg; schon speit er seinen Geifer dir entgegen; es kommt mit ihm bald zum Zusammenprall; darum sei darauf bedacht, daß du dich seiner wehrst!"

Als er jetzt für einen Augenblick innehielt, schwebte mir eine Erkundigung auf der Zunge. Als ob er diesen meinen Gedanken lesen könne, sagte er:

„Wer dieser Drache ist, das möchtest du gern wissen?"

„Ja", antwortete ich.

„Der Abfall ist's von Gott. Nicht nur der äußere Übertritt von einem Glaubenspfad zum andern ist gemeint; El Aschdar ist das Renegatentum vom Reich, dessen Bürger du jetzt bist, nach dem Gebiet der Lieblosigkeit. Hab acht, daß du den ersten Schritt nicht tust! Ihm folgt der andre nach, und ehe du es merkst, daß du den Pfad verlassen hast, bist du schon fern von ihm. Ich warne dich nicht nur in diesem Augenblick. Zwar werde ich dich heut verlassen müssen, doch führt mein Weg mich wieder zu dem deinen. Ich wurde jetzt gebeten, dir zu sagen, daß du dem Drachen grad entgegengehst. Es ist ein Kampf mit ihm nicht zu vermeiden, und darum soll ich dir ein Zeichen geben, wenn er die Tatzen hebt, um dich zu fassen. Du wirst mich im Moment der Gefahr das Wort ‚El Aschdar' dreimal rufen hören. Sobald du es vernimmst, weich schnell zurück vor dem Entschluß, den du vollbringen willst; er würde dich ins unvermeidliche Verderben führen!"

Er hatte die Hand erhoben und so dringend gesprochen, als

ob es sich wirklich um eine Gefahr für mich handle. Nun ließ er die Hand wieder sinken und sprach mit weniger lauter Stimme: „Der schwache Körper, welcher vor dir steht, ist durch Verführung dir zum Feind geworden; ich bitte dich, entzieh ihm dennoch nicht die Liebe, deren er so sehr bedarf, dahin zu kommen, wo er landen soll! Zusammen hab ich dich mit ihm geführt, zum Heil ihm und dir zur schönen Übung. Verzeih ihm, was er nur im Irrtum tut, und bleib ihm Freund trotz seines Widerstrebens! Ich weiß im heiligen Mekka ein Gemach, in dem drei Decken des Gebetes liegen; von roter Farbe zwei, die sind es nicht; der Grund der mittleren ist blau gefärbt, gestickt mit goldnen Sprüchen des Korans; das ist die richtige; dort findest du das Ziel schon deines jetzigen Gedanken und auch zugleich den Schlüssel für die Tat, die ihm den Glauben bringt und euch die Rettung. – Nun hab ich dir das Nötige gesagt. Geh also hin, wo man dich schon erwartet! Halt fest an dem, was dir gegeben ist, und bleib ein guter Mensch! Leb wohl, doch nicht für immer!"

Nach diesen Abschiedsworten verließ der Münedschi die Stelle, an welcher er stand. Er schritt an mir vorüber und ging zurück, geraden Weges wieder auf den Brunnen zu. Ich hatte mit dem Rücken nach dieser Gegend gestanden. Als ich mich umdrehte, sah ich die Beni Khalid kommen, im Westen des Brunnenfelsens, also so, wie es dem Boten gesagt worden war. Meine Anwesenheit war also dort geboten. Hatte das der Blinde gemeint, als er sagte, ich solle dahin gehen, wo man mich schon erwarte? Sonderbar! Ich ging also, ohne Zeit zu haben, über das nachzudenken, was mir gesagt worden war. Freilich wollte sich mir ganz besonders das einprägen, was ich über das ‚Gemach in Mekka' gehört hatte. Das war ja wie eine Prophezeiung gewesen! Drei Decken oder Teppiche des Gebetes, der mittlere blau mit goldgestickten Koransprüchen! Dieser mittlere sollte es sein. Was denn? Meine Gedanken seien schon jetzt auf dieses Ziel gerichtet! Ich hatte allerdings schon wiederholt im stillen die Idee gehabe, daß El Ghani, welcher den Blinden so auszunützen wußte, auch schuld an den großen Verlusten sei, über welche der Münedschi geklagt hatte. War etwa das gemeint? Und Rettung sollten wir durch diesen Teppich finden? Rettung kann sich nur auf eine Gefahr, eine Not, eine Bedrängnis, überhaupt auf etwas nicht Wünschenswertes beziehen. Erwartete uns dort so etwas? Denkbar war dies allerdings, zumal nach dem Zusammentreffen mit El Ghani und seinen Leuten! Und El Aschdar, der Drache! Er laure schon auf mich, und der Zusammenstoß mit ihm sei unvermeidlich!

Ich mußte dieses Sinnieren aufgeben, weil mich jetzt die Wirklichkeit mit ihren Anforderungen mehr als zur Genüge in Anspruch nahm.

Die Beni Khalid kamen nicht gegangen, sondern geritten; sie brachten ihre Kamele und die ganze Bagage mit. Daraus war zu schließen, daß sie sich des Sieges bewußt waren und dann gleich den Platz des Brunnens besetzen wollten. Einstweilen ließen sie die Tiere draußen jenseits des Felsens lagern und kamen dann herbei, um sich so aufzustellen, wie der Bote es ihnen sagte. Wenigstens sah ich, daß er sie nach der Westseite des von uns gezogenen Kreises führte und sprechend und rufend dort hin und her ging. Es schien uns also gelingen zu sollen, die Sonne hinter uns zu haben. Ihr Scheich war in stolzer Zurückhaltung einstweilen noch bei den Kamelen geblieben. Unsere Haddedihn ordneten sich auch bereits hüben auf unserer Seite. Sie hatten eine Decke ausgebreitet, auf welcher Hanneh saß, um dem Kampf zuzuschauen. So befand sich also am Brunnen jetzt niemand, denn auch die Mekkaner waren fort. Halef hatte ihnen während meiner Abwesenheit gesagt, daß sie tun könnten, was ihnen beliebe, und so sah ich sie jetzt nach der Rückkehr des Münedschi mit ihm hinüber zu den Beni Khalid ziehen. Sie hatten ihre Tiere mit. Der Schatz, um den es sich handelte, befand sich selbstverständlich in unserer Verwahrung.

Ich holte vor allen Dingen meinen fünfundzwanzigschüssigen Stutzen. Als Als Halef mich mit diesem Gewehr kommen sah, dem wir schon manche Rettung aus verwickelter Lage verdankten, sagte er:

„Recht so, Sihdi! Der Häuptling ist zwar sehr eifersüchtig auf seinen Ruf, daß er sein Wort nie breche, aber man kann diesen Beni Khalid doch nicht trauen. Wenn sie nicht Sieger werden, kann die Aufregung sie leicht zu Gewalttätigkeiten führen, welche er nicht zu verhindern vermag. Da ist dein Stutzen das beste Mittel, sie in Schach zu halten. Dein Platz ist hier neben Hanneh. Khutab Agha wird an ihrer andern Seite sitzen."

Bei uns hier hüben herrschte Ruhe, bei den Beni Khalid aber eine ungemeine Beweglichkeit und Aufregung; es dauerte lange, ehe sie sich gelegt hatte. Endlich hatten sie sich in einem großen Kreisbogen niedergesetzt, in dem es, der fliegenden Kugeln und Speere wegen, eine Lücke gab, damit kein Nichtkämpfer verletzt werden könne. Nur drei saßen nicht. Sie gingen mit stolzen

Schritten und herausfordernden Gesten hin und her. Das waren unsere Gegner; der Wassermann befand sich bei ihnen.

Nun kam endlich auch Tawil Ben Schahid. Er betrat den Kreis und ging langsam und würdevoll nach der Mitte desselben. Seine drei Helden folgten ihm. Er erwartete, daß wir zu ihm kommen würden, und wir taten es. In seinem von den gestrigen Hieben geschwollenen und gefärbten Gesicht war nichts als Haß zu lesen, aber hinter äußerlicher Ruhe versteckt.

„Es ist verboten, beleidigend zu sprechen", sagte er. „Darum werden wir so wenig wie möglich reden und euch lieber unsere Taten zeigen!"

Er schien uns imponieren zu wollen und eine Antwort zu erwarten. Als wir nichts sagten, fragte er:

„Ihr kennt die Bedingungen?"

„Ja", antwortete Halef kurz.

„Es wird nicht geschont. Tot wollen wir euch sehen oder doch wenigstens so schwer verwundet, daß ihr euch nicht vom Boden erheben könnt und nachträglich elend zugrunde gehen müßtet, wenn wir euch nicht sogleich vollends töteten!"

„Du sprichst nur davon, was ihr tun werdet. Ich sage nur, daß wir euch schonen werden. Wir trachten nicht nach Mord und Blut."

„Das kannst du wohl sagen, weil ihr gar nicht dazu kommen werdet, Schonung an uns zu üben! Wir wollen losen. Wo sind eure Kämpfer?"

„Hier wir drei."

„Dieser Knabe auch?"

„Ja."

„Ihr seid verloren! Allah hat euch schon bei der Wahl den Verstand so verfinstert, daß eure drei schwächsten Personen ausgesucht worden sind! Die Lose habe ich hier; es sind drei Hölzchen; das längste ist die Flinte, das kürzeste das Ringen und das dritte der Dscherid. Zieht."

Er hielt ihm die Hand hin, aus welcher die Enden der Lose hervorragten. Als sie gezogen hatten, sah mich Halef fröhlich lächelnd an, doch ohne ein Wort zu sagen. Unsere Wünsche waren erfüllt, denn auf ihn fiel der Speer, auf Kara das Gewehr und auf Omar der Ringkampf.

Der Scheich hatte das Lächeln doch bemerkt. Er sagte:

„Laß deine Fröhlichkeit; du solltest lieber weinen, denn ihr habt die Lose des unvermeidlichen Todes gezogen. Ich werde den Kampf selbst überwachen. Erst wird geschossen, dann der

Dscherid geworfen und zuletzt gerungen. Wir beginnen gleich, denn wir haben keine Lust zu warten; in einer Viertelstunde seid ihr alle drei über die Brücke des Todes gegangen! Dann aber erwarte ich, daß ich den Kanz el A'da bekomme! Was versprochen und gar noch mit einem Schwur bekräftigt worden ist, das muß gehalten werden. Versprecht es mir nochmals!"

„Wir halten unser Wort", erklärte Halef. „Und du?"

„Ich auch. Der Sieg ist uns zwar gewiß, aber für den Fall, daß er uns nicht wird, habe ich versprochen, diese Gegend mit meinen Kriegern sofort zu verlassen und für den heutigen Tag Frieden zu halten. Das würde ich tun, denn Tawil Ben Schahid, der berühmte Scheich der Beni Khalid, hat noch nie sein Wort gebrochen, und so wäre ihm auch der heutige Schwur heilig. Jetzt werde ich sechzig Schritt abmessen."

„Und die Kugeln vorzeigen!" erinnerte Halef.

„Das tue ich nicht. Ich gebe euch mein Wort, daß nur mit Kugeln geschossen wird, und das muß euch genügen. Wir wollen nicht verwunden, sondern töten; da kann es uns gar nicht einfallen, Schrot zu nehmen."

Das war uns auch recht, denn wie hätten wir ihm beweisen wollen, daß Karas Patronen keinen Schrot enthielten?

Die Entfernung wurde abgeschritten, und die beiden Schützen stellten sich auf. Wir hatten auf unserer Linie hinter Kara auch einen freien Raum gelassen, um von den ihr Ziel verfehlenden Kugeln nicht getroffen zu werden. Der betreffende Ben Khalid schwang sein Gewehr und warf, wie das bei den Beduinen so gebräuchlich ist, seinem Gegner eine Menge Ausrufe zu, welche sich auf seine angebliche unübertreffliche Fertigkeit im Schießen bezogen. Beleidigend aber wurde er nicht. Man schien also entschlossen zu sein, die gestellten Bedingungen auch in dieser Beziehung einzuhalten. Kara sagte nichts.

Nun setzte ich mich mit dem Perser zu Hanneh. Sie schaute unbesorgt und munter drein und sagte:

„Sihdi, es gibt in mir, vielleicht auch in jedem andern Mutterherzen, eine Stimme, welche mich zu warnen pflegt, wenn meinem Sohn Kara etwas Unerwünschtes begegnen soll. Ich habe dann eine ungewisse Angst in mir, welche mir die Ruhe raubt, bis das Ereignis vorüber ist. Da ich diese Stimme jetzt nicht vernehme, so bin ich überzeugt, daß Kara sich außer aller Gefahr befindet. Darum bin ich heiter und lasse Allah walten!"

Jetzt gab Tawil Ben Khalid das Zeichen, daß das Schießen begonnen werden könne. Wann und in welcher Reihenfolge dies zu geschehen habe, darüber war nichts gesagt worden. Es konnte sich jeder der beiden Duellanten verhalten, wie ihm gutdünkte.

Der Ben Khalid hielt seinen Körper in einer herausfordernden Stellung, als ob er erwarte, daß zunächst auf ihn geschossen werde. Dies geschah aber nicht. Da wurde ihm die Zeit zu lang, er legte sein Gewehr an und zielte. Ich richtet nun meine Augen auf Kara, ob ein Zucken seines Körpers uns sagen werde, daß er getroffen worden sei. Der Schuß krachte. Kara stand still und machte erst nach kurzer Zeit, sich zu uns umdrehend, eine Handbewegung der Geringschätzung für die Gegner und der Beruhigung für uns. Die Kugel war vorübergegangen. Halef, welcher mit Omar Ben Sadek neben uns stand, sagte, indem er in väterlichem Stolz glücklich lächelte:

„Seht ihr ihn stehen? Wie eine Mauer! Er hat nicht mit einem Finger gezuckt, als der Schuß fiel! Wenn das der beste Schütze ist, den die Beni Khalid haben, so dürfen sie sich vor uns nicht sehen lassen."

„Ob unser Sohn ihm wohl den Schuß zurückgeben wird?" fragte Hanneh gespannt.

„Ich glaube es nicht, denn er hat das Gewehr an den Fuß genommen und rührt sich nicht. Allah, Allah! Ich danke dir! Wie getrost und stolz er dasteht! Es ist eine Wonne, ihn zu sehen! Du siehst hier, Effendi, die Erfolge deiner und meiner Lehren. Wie freue ich mich über ihn! Er zeigt, daß er einem Stamm angehöre, dessen Kriegern eine pfeifende Kugel ist wie nichts. Er macht uns Ehre, wirklich Ehre! Schaut doch dagegen den andern an!"

Ich konnte die Gefühle meines Halefs und seiner Hanneh gar wohl begreifen; war es doch jetzt das erste Mal, daß ihr Liebling sich im offenen Zweikampf zu bewähren hatte! Wenn man das lebhafte Temperament des Beduinen in Rechnung zieht, so war die kalte Ruhe, welche der Jüngling zeigte, sehr anzuerkennen. Ein anderer hätte lebhaft gejubelt und seine Freude über die Vergeblichkeit des Schusses in lärmender Weise geäußert.

Diese Ruhe und Stille herrschte überhaupt auf unserer ganzen Seite. Nicht so bei den Beni Khalid, welche in ein zorniges Geschrei der Enttäuschung ausgebrochen waren. Viele von ihnen waren aufgesprungen und zeigten durch ihre lebhaften Gestikulationen, wie erregt sie waren. Das mußte doch dem Schützen die für ihn so notwendige Kaltblütigkeit und Fassung rauben. Der Scheich rief ihm laut schallende Vorwürfe zu, die er mit ärgerlichen Entgegnungen beantwortete, indem er wieder lud.

Als er das getan hatte und also wieder schußfertig war, trat drüben wieder Stille ein. Er forderte Kara auf, ihm nun auch eine Kugel zuzusenden; dieser antwortete nicht und blieb so unbeweglich stehen, als ob er auf seiner Stelle festgewachsen sei. So verging eine längere Zeit. Da rief der Scheich dem Vertreter der Ehre seines Stammes zu:

„Dieser Knabe der Haddedihn getraut sich gar nicht, zu schießen; er hat es gar nicht gelernt! Wir haben keine Zeit! Schieß du, schieß wieder! Aber mach es besser als vorhin, sonst wirst du heimgeschickt zu den kleinen Knaben, die noch nichts gelernt haben!"

Er sagte sich nicht, daß er durch solche Drohungen den Mann aufregen müsse. Dieser antwortete mit einem unwilligen Ausruf und riß sein Gewehr wieder empor. Er zielte dieses Mal länger als vorher; dann knallte der Schuß – Kara machte ganz dieselbe Bewegung der Hand; er war wieder nicht getroffen worden. Nun erhob sich drüben ein größeres Geschrei als vorher. Da drehte sich der unglückliche Schütze nach seinen Leuten um und rief ihnen so laut zu, daß wir es hören konnten:

„Haltet die Mäuler! Wer soll da ruhig zielen und schießen können, wenn euer Gebrüll die Arme zittern macht! Ich schwöre bei Allah, daß die dritte Kugel nicht vorübergehen wird! Jetzt gilt's, und darum muß und wird sie treffen!"

Er lud sehr sorgfältig und legte das Gewehr dann sogleich wieder an, ohne zu warten, ob Kara nun vielleicht schießen werde. Er zielte diesmal viel, viel länger als vorher, so lange, daß die Anlage unruhig werden mußte.

„Er trifft wieder nicht!" sagte Hanneh.

„Der Mensch ist kein Schütze!" nickte Halef vergnügt. „Er müßte wieder absetzen, um den Arm ausruhen zu lassen! Doch nein, da – da!"

Der Schuß war gefallen, und auch diese dritte Kugel hatte ihr Ziel verfehlt.

„Hamdulillah!" rief Halef auf. „Hanneh, du lieblichster Abglanz meiner Seele, siehst du ihn stehen, unsern Herzenssohn? Ungetroffen, unverletzt und ruhig, als ob er nur Luft vor sich gehabt habe, nicht aber den besten Schützen des Stammes der Beni Khalid und nicht ein auf sich gerichtetes Gewehr, aus dessen Lauf der Tod ihn treffen sollte! Ich bin stolz auf ihn, sehr stolz! Du doch auch?"

„Ja; er ist dein Ebenbild!" antwortete sie.

„Ich danke dir! In Beziehung auf die Tapferkeit ist überhaupt jeder Krieger der Haddedihn mein Ebenbild, und Kara ist ein Haddedihn; da braucht man sich gar nicht zu wundern!"

Auf der uns gegenüberliegenden Seite gab es andere Worte als hier bei uns; da herrschte ein Tumult, der gar kein Ende nehmen wollte. Kara hatte uns auch jetzt die schon zweimal erwähnte, verächtliche Handbewegung zugeworfen; nun schob er den einen Fuß von dem andern ab, und stützte sich auf sein Gewehr, um zu warten, bis bei den Beni Khalid wieder Ruhe eingetreten sei.

„Effendi", fragte mich Halef, „siehst du ihm nicht auch ganz deutlich an, daß gleich seine erste Kugel grad da sitzen wird, wo er will?"

„Er wird keinen Fehlschuß tun", antwortete ich.

„Er hat sich das zu Herzen genommen, was du in Beziehung auf den Speerkampf sagtest, nämlich, daß du warten würdest, bis der Gegner keine Lanze mehr habe. So hat auch er seine Kugeln aufgehoben, und ich bin bereit, zu wetten, daß er nur die erste braucht. Wettest du mit?"

„Nein."

„Aber so tue es doch!"

„Nein. Du weißt ja, daß ich niemals wette."

„Allerdings; aber jetzt solltest du doch gegen mich setzen!"

„Wie kann ich das, da ich doch ganz derselben Ansicht bin wie du?"

„Ja, richtig! Also wetten wir nicht! Paßt auf, ihr Leute! Er hat uns gesagt, daß er nun zeigen will, was er, den man einen Knaben nannte, gelernt hat."

Kara hatte sich umgedreht und uns zugenickt. Drüben war es endlich wieder still geworden. Der Beni Khalid stand auf seinem Platz, und es war ihm anzumerken, daß er sich da doch nicht ganz behaglich fühle. Doch machte er mit dem Arm eine auffordernde Geste durch die Luft und rief:

„So schieß doch nur! Getraust du dich denn gar nicht, ein Gewehr in die Höhe zu nehmen? Dir zittern wohl alle Glieder vor Angst, den Knall des Pulvers zu hören? Fürchte dich nicht, mein Knabe! Deine Kugel gilt ja nicht dir, sondern mir, und die Luft da um mich her hat Platz genug für sie!"

Da sagte Kara sein erstes Wort, und zwar in so gelassener Weise, daß wir uns alle darüber freuen mußten:

„Diese Luft hat keinen Raum für sie, denn die Stelle, wo meine erste Kugel sitzen wird, liegt nicht in der Luft, sondern in deinem Körper. Ihr trachtet nach unserm Leben, wir aber nicht nach dem eurigen. Ich werde dir also das deinige schenken!"

„Ich brauche nicht geschenkt zu nehmen, was mir überhaupt gehört und nicht von dir genommen werden kann. Prahle also nicht, sondern schieß!"

„Ich werde dir beweisen, daß ich es dir nehmen könnte, wenn ich wollte. Ich sage dir vorher, daß ich dich in das Knie schießen werde. Ebensogut aber würde ich dich in den Kopf oder in das Herz treffen!"

„Schieß, schieß, sage ich! Ich warte mit Ungeduld darauf, um dich dann auszulachen!"

Das war natürlich nur Redensart, denn daß er Angst hatte, getroffen zu werden, zeigte er dadurch, daß er jetzt eine Stellung einnahm, welche zur Folge hatte, daß er seinem Gegner so wenig wie möglich Körperfläche zum Zielen bot. Er kehrte ihm nämlich nicht den Vorderkörper, sondern die Seite zu.

Als ich das sah, mußte ich an meinen dann so vielbesprochenen Schuß denken, mit welchem ich Tangua, dem Häuptling der Kiowa-Indianer, beide Knie zerschmetterte – siehe: Karl May, „Winnetou", Bd. 1, Seite 305 – und infolgedessen Mitglied des Apachenstammes wurde. Tangua hatte damals dieselbe Stellung gewählt, um nicht getroffen zu werden, und sie trotz meiner Warnung beibehalten; die Strafe war für diese Unredlichkeit gewesen, daß ihm meine Kugel nicht bloß durch eines, sondern durch beide Knie gegangen war. Genau denselben Schuß konnte Kara jetzt auch tun, und ich traute ihm allerdings zu, denselben Erfolg zu haben.

„Warum stellst du dich anders, als ich gestanden habe?" fragte er.

„Ich tue, was ich will!"

„Du fürchtest dich!"

„Laß dich nicht auslachen, unerfahrener Junge! Ich werde sogar selbst zählen! Also: Eins – zwei . . .".

Da nahm Kara sein Gewehr nicht langsam und bedächtig auf, um nach Beduinen- oder überhaupt gewöhnlicher Weise zu schießen, sondern er bediente sich der schnellen Tempi der amerikanischen Westmänner, die er nach meiner Anleitung eingeübt hatte. Das Schießen auf diese Art scheint schwerer zu sein, ist es aber nicht; es erfordert allerdings eine nur durch lange Ausdauer zu erreichende Fertigkeit, bietet dafür aber eine um so größere Treffsicherheit. Er warf, als der Ben Khalid „eins" sagte, das Gewehr empor, hatte es bei „zwei" im Anschlag, und bei „drei" krachte, ganz genau nach dem höhnischen Kommando, der Schuß, so daß das Wort gar nicht zu hören war. Fast in demselben Augenblick warf der Ben Khalid beide Arme hoch in die Luft, taumelte einmal hin und einmal her und stürzte dann zur Erde, von welcher er sich nicht mehr erheben konnte. Kara hatte ihn wirklich durch beide Knie getroffen; es war ein Meisterschuß gewesen! Für einige Augenblicke war alles still; darum hörte man die lauten, stolzen Worte des Siegers:

„Der unerfahrene Junge hat sein Wort gehalten. Es fließt das Blut; folglich ist dieser Kampf zu Ende. Der Besiegte gehört nun mir; aber ich schenke ihm die zweite und die dritte Kugel und mit ihnen das Leben. Kara Ben Halef ist ein Krieger, aber kein Mörder!"

Hierauf drehte er sich um und kam mit ernstem und doch freudestrahlendem Gesicht auf uns zugegangen. Drüben waren alle Beni Khalid aufgesprungen; sie rannten zu dem Verwundeten. Diese Hunderte von Stimmen vollführten einen wahren Höllenlärm, um den wir uns aber nicht kümmerten. Halef drückte seinen Sohn an das Herz und küßte ihn wohl zehnmal auf die Wangen. Als er sich vor der Mutter niederbeugte, legte diese ihm die Hand wie segnend auf das junge Haupt und sagte in überquellender Zärtlichkeit:

„Ich wußte, daß du siegen und auch nicht verwundet würdest. Mein Sohn, du hast alle, alle unsere Hoffnungen so schön erfüllt. Deine Eltern und der ganze Stamm der Haddedihn sind stolz auf dich! Allah behüte und beschirme deine Wege!"

Ich drückte ihm nur still die Hand und nickte ihm anerkennend zu. Da sah er mir so ernst in die Augen und sagte:

„Sihdi, weißt du, was ich dachte, als ich dort stand und auf seine erste Kugel wartete?"

„Nun?" fragte ich.

„Ich hatte keine Sorge um mich, nicht die geringste; aber ich wußte, daß nicht ich es war, der dort stand, sondern der ganze Stamm meiner lieben, lieben Haddedihn. Und als ich dreimal nicht getroffen worden war und ihn in meine Hand gegeben wußte, da hatte ich die feste Überzeugung, daß von meinen drei Kugeln zwei überflüssig seien, weil gleich die erste ihre Schuldigkeit tun werde. Mein Schuß hat diesen Beni Khalid die Frage entgegengekracht: Wenn bei den Haddedihn schon die Knaben so sicher treffen, wie erst müssen da wohl die Männer schießen?"

„Du bist von dieser Stunde kein Knabe mehr, mein braver Kara Ben Halef. Ich will es jetzt sein, der auf den ‚unerfahrenen Jungen‘ die richtige Antwort gibt: Du hast von jetzt an das Recht, an allen unsern Beratungen teilzunehmen. Ich gebe es dir als dein Lehrer und als der treuste Freund des Stammes, der stets bereit ist, sein Leben für euch einzusetzen!“

Er trat in freudigem Schreck einen Schritt zurück und fragte fast stammelnd:

„Ist das wahr, Effendi, wirklich wahr?“

„Ja. Und ich hoffe, daß die Dschemma, die Versammlung der Ältesten, es bestätigen wird!“

Da ergriff er meine beiden Hände, drückte sie an sein Herz und küßte sie dann. Sein Vater nahm sie ihm und sagte dann, die Augen voll schneller Tränen, zu mir:

„Natürlich wird die Dschemma jedes deiner Worte bestätigen, Sihdi! Du bist nicht nur unser Freund, sondern du gehörst unserm Stamm und er gehört dir! Du bist der Herr und Besitzer aller unserer Herzen. Ich bin der Scheich, und doch bist auch du unser Scheich, wenn auch in anderer Weise. Für den Rang, den du bei uns einnimmst, ist das rechte Wort noch nicht erfunden worden; aber du darfst auch ohne dieses Wort sicher sein, daß die Ehrenstelle, die es bezeichnen würde, dir für die ganze Zeit des Lebens Anspruch auf unsern Gehorsam und auf unsere Liebe gibt. Du hast diese Stunde zu einer Stunde der Freude, des größten Stolzes für mich gemacht. Ich werde von ihr noch sprechen und erzählen, wenn mir die Zunge des Alters zu andern Erzählungen zu schwer geworden ist!“

Hanneh dankte mir auch, und zwar in echter Frauenweise: „Ich bitte dich, Effendi, sag deiner Emmeh, der Bewohnerin deines Zeltes, von mir, daß sie dich stets recht herzlich, recht wahr und innig lieben soll! Du bist ein unerschöpflicher Spender der Liebe; ihr Quell, der in dir liegt, kann zwar nie versiegen, aber trotz seiner Fülle soll er doch auch nehmen dürfen und empfangen, was er gibt. Sage ihr also das, und füg hinzu, daß Hanneh auch dich liebt!“

„Ja, vergiß das nicht, und teile ihr mit, daß ich das gern erlaube!“ bekräftigte der kleine Hadschi. „Nun wird der Kampf mit den Speeren gleich beginnen. Ich sage euch: Ich hätte meinen Mann auch schon so gestellt, aber das Bewußtsein, der Nachfolger meines siegreichen Sohnes zu sein, dem von unserm Effendi die höchste Kriegerehre zuteil geworden ist, wird mir Unüberwindlichkeit verleihen. Ich fühle, daß ich nicht in den Kampf gehe, sondern nur zum Spiel, und ich werde es gewinnen, wie Kara es gewonnen hat!“

Diese freudige Zuversichtlichkeit war von nicht geringem Wert. Sie machte auch auf den Perser einen wohltätigen Eindruck; das ersah ich aus den Worten, mit denen er sich an mich wendete:

„Du kannst gar nicht glauben, wie besorgt ich war! Es geht ja um das Eigentum der heiligen Stätte, welches schon in meinen Händen lag und wieder auf die Spitze des Wagnisses gelegt worden ist. Jetzt aber bin ich fast wieder ganz ruhig geworden. Wir haben zwar erst nur einen Sieg errungen und müssen wenigstens zwei haben, doch wenn ich Halef so sehe und so sprechen höre, ist es mir, als hätte er seinen Gegner schon in den Sand gestreckt. Wie denkst du darüber?"

„Ich wünsche dir bloß, so ruhig zu sein, wie ich es bin. Halef ist ein ausgezeichneter Dscheridwerfer. Er hat mir so oft Gelegenheit gegeben, ihn zu bewundern, daß mich sein Gegner, zumal wir ihn gesehen haben, gar nicht bange machen kann."

„Aber denke an die Muskeln seines Armes!"

„Die hat der Hadschi auch, und sie sind es ja nicht allein, worauf es ankommt. Horch! Es soll losgehen!"

Es war dem Scheich Tawil Ben Schahid gelungen, die Ruhe wiederherzustellen; er hatte den Schwerverwundeten hinter die Linie schaffen lassen und schritt nun die Entfernung ab, welche zwischen den Speerwerfern zu liegen hatte. Der „Vater der Selbstverständlichkeit" stand auch schon bereit.

Einen Wurfspeer hat jeder Haddedihn, auch wenn er mit dem Gewehr bewaffnet ist, stets bei sich, und zwar meist zu Jagdzwecken. Gazellen zum Beispiel werden meist nur mit dem Dscherid und nur höchst selten durch die Kugel erlegt. Die Spitze dieser Speere besteht in einem scharf und lang zugespitzten Eisen, der Schaft aus Palmenholz; Halef hatte sich die drei ihm handlichsten und dem jetzigen Zweck entsprechendsten ausgesucht. Den Haik trug er gar nicht; nun warf er auch die Jacke ab, und als hierauf die nackten Arme zu sehen waren und ich den Perser durch einen Wink auf sie aufmerksam machte, sagte er mir leise:

„Das ist allerdings beruhigend für mich. Solche Muskeln hätte ich diesem kleinen Mann freilich nicht zugetraut!"

„Und ich wiederhole, daß es auf sie nicht allein ankommt. Sieh, wie er über seinen Gegner lächelt!"

Dieser sprang nämlich, Probewürfe machend, hin und her. Halef schenkte ihm nur kurze Aufmerksamkeit und fällte dann sein Urteil über ihn:

„Er weiß nichts von der Dschewirma – dem Drehen, dem Effetgeben –, Effendi! Und indem er tut, als habe er nur die Absicht, mich bange zu machen, indem er mir seine Geschicklichkeit zeigt, will er seinen Arm für die Entscheidung vorbereiten. Das habe ich nicht nötig. Ich werde deinen Rat befolgen und ebenso wie Kara warten, bis er keinen Speer mehr hat."

„Und dann die deinigen rasch nacheinander?"

„Ja."

„So paß auf seine Füße auf! Aus ihrer Stellung und der Neigung seines Körpers kannst du schließen, wohin er ausweichen will; dorthin wirfst du die beiden andern!"

Jetzt erscholl die Stimme des Scheichs, und Halef schritt langsam seinem Platz zu. Ich warf unwillkürlich einen Blick auf Hanneh. Sie lächelte, und als sie bemerkte, daß ich sie ansah, nickte sie mir zu und sagte:

„Es ist mein Hadschi Halef!"

Sie ahnte wahrscheinlich gar nicht, welches Lob sie in solcher Kürze ausgesprochen hatte und welche Summe von Vertrauen in diesem einfachen Ausspruch lag!

Tawil Ben Schahid empfing unsern Scheich mit den Worten:

„Der Scheitan – Teufel – hat gewollt, daß der erste Gang zu euern Gunsten ausgefallen ist; er hat unserm besten Schützen die Ruhe des Armes und die Festigkeit des Blickes genommen; aber bildet euch ja nicht ein, daß ihr gewinnen werdet! Ich sehe die drei Lanzen schon in deinem Leib!"

„Was hast denn du hier herumzureden?" fragte ihn Halef. „Du hast dich vom Kampf ausgeschlossen, obwohl du als Scheich die erste Person desselben sein solltest. Was wirfst du also mit Worten um dich herum? Du gehörst gar nicht hierher!"

Da stieß der Zurechtgewiesene einen zornigen Fluch aus, zog sich aber zurück, ohne noch etwas zu sagen.

Nun standen sich die beiden Hauptpersonen in einer Entfernung von fünfundzwanzig Schritt gegenüber. Der Ben Khalid hatte zwei seiner Speere vor sich in den Sand gesteckt; den dritten hielt er in der Hand, fuhr mit ihm demonstrierend durch die Luft und rief:

„Schau her! Hier steht der berühmteste Mann des Speeres, vor dessen Kraft und Geschicklichkeit du dich verkriechen mußt!"

„Natürlich!" antwortete Halef lachend.

„Du wirst jetzt erfahren, was es zu bedeuten hat, wenn jemand das Wagnis unternimmt, sich mit mir messen zu wollen!"

„Natürlich!"

„Mein Dscherid wir dir mitten durch den Leib fahren!"
„Natürlich!"
Erst jetzt, beim drittenmal, erkannte der Prahler die ironische Bedeutung dieses Wortes. Er wurde darüber zornig und schrie den Hadschi an:
„Du willst mich höhnen? Meine Antwort darauf wird deinen augenblicklichen Tod bedeuten!"
„Natürlich!" lachte Halef nun zum viertenmal.
„Das, das soll dein letztes, dein allerletztes Lachen sein! Paß auf, er kommt – er kommt!"
Während er das sagte, holte er aus und ließ den Speer bei dem letzten Wort fliegen. Die Waffe ging sehr nahe an Halef vorbei und fuhr hinter ihm mit ihrer Spitze in den Sand. Dieser Mann war ein sehr beachtenswerter Gegner!
Es hatte genau so ausgesehen, als ob der Dscherid den Hadschi treffen müsse. Der Wurf war gut gezielt, und so ließ keiner der Beni Khalid ein Wort des Tadels hören, vielmehr erklangen die aufmunternden Rufe:
„Das war gut, recht gut! Schnell noch einmal – noch einmal, eher er selbst wirft!"
Der Mann folgte dieser Aufforderung. Er zog den zweiten Dscherid aus dem Sand und wog ihn vor dem Wurf weit länger als den ersten in der Hand. Er sauste zwei Hände hoch über Halefs Kopf hinweg in den Sand.
Das war nicht schlechter als das erste Mal; aber nun wurde doch gezürnt, denn die Siegessicherheit war von drei Dritteln auf eines, und zwar auf das letzte gefallen!
Es wurden dem Ben Khalid eine solche Menge von Ratschlägen zugerufen und so kräftige, moralische Rippenstöße versetzt, daß er sich zornig umdrehte und seinen Leuten zurief:
„Ich brauch euer Besserwissen nicht! Wenn ihr mehr könnt als ich, warum habt ihr euch nicht gemeldet. Kommt her, und macht es anders! Ich lasse mich von . . ."
Er wurde in seiner Rede durch einen scharfen Pfiff Halefs unterbrochen, dem er sich jetzt wieder zuwendete.
„Was fällt dir ein, dich umzudrehen!" tadelte ihn der Hadschi. „Wenn ich das benutzt und geworfen hätte, wärst du jetzt eine Leiche!"
„Warum hast du es denn nicht getan?!" hohnlachte der andere.
„Weil der Scheich der Haddedihn keinen Feind heimlich angreift. Diese meine Ehrlichkeit hat dich gerettet!"

„Bilde dir das nicht ein! Wer weiß, wohin dein Speer geflogen wäre! So nahe wie ich dir, kommst du mir nicht!“

„Natürlich!“

„Laß deinen Spott! Bis jetzt habe ich nur probiert; nun aber werde ich dich so gewiß durchbohren, wie ich den Dscherid schon hier in der Hand halte!“

„Natürlich!“

Es war klar, daß Halef durch die immerwährende Wiederholung dieses lächerlich gewordenen Wortes seinen Feind in Aufregung setzen und dadurch veranlassen wollte, auch noch den dritten Wurf zu tun. Diese Absicht erreichte ihren Zweck, denn der Ben Khalid schrie jetzt wütend:

„Ja, natürlich, natürlich und zum drittenmal natürlich, ganz natürlich! Ich werde dir beweisen, daß es so ist!“

Er tat, um mehr Wucht geben zu können, einige Schritte zurück, holte aus und schleuderte, wieder vorwärtsspringend, den Speer mit solcher Kraft, daß wir sein summendes Zischen hörten. Dann stand er bewegungslos, um mit weit vorgelegtem Oberkörper und stieren Augen den Flug der Waffe zu verfolgen, denn sie mußte, mußte und mußte treffen, weil sie die letzte war!

Halef hatte zwei Speere in der linken und den dritten in der rechten Hand. Er sah, daß der Speer richtig gezielt war und ganz genau auf ihn zugeflogen kam; es schien, als könne er sich nur durch einen Seitensprung retten. Aber der Hadschi war zu ehrliebend, als daß er hätte von sich sagen lassen mögen, daß er auch nur einen Finger breit von seinem Platz gewichen sei. Die rechte Faust bereithaltend, sah er der feindlichen Lanze scharf entgegen; die beabsichtigte, lebensgefährliche Parade gelang: Wir hörten die Speere zusammenschlagen – der feindliche flog, seitwärts abgelenkt, vorüber!

Da erschollen nicht etwa hundert Schreie, sondern es war nur ein einziger Schrei, der aus mehreren hundert Kehlen kam. Der Wurf war ausgezeichnet gewesen; er hatte treffen sollen und hätte auch absolut treffen müssen, unbedingt getroffen, wenn diese gewagte und so außerordentliche Parade nicht gewesen wäre! Dazu kam, daß dies die letzte Waffe des zweiten Ganges war. Man kann sich also die Enttäuschung, die Empörung der Beni Khalid über dieses Mißlingen denken! So viele Männer sie zählten, so viele Stimmen schallten durcheinander, bis diejenige des Scheichs, sie alle übertönend, Ruhe gebot.

„Seid still!“ rief er. „Der Gang ist ja noch nicht vorüber! Wenn der Haddedihn auch nichts trifft, so ist noch gar nichts verloren! Er mag nun auch zeigen, was er kann, oder vielmehr, was er gar nicht kann!“

Dieser Scheich sagte sich nicht, daß eine so meisterhafte Art der Abwehr auch in Beziehung auf den Angriff auf ein ungewöhnliches Können schließen ließ! Es trat wieder Ruhe ein, und der frühere Besitzer von drei Speeren ließ seine vor Wut heiser klingende Stimme erschallen, um dem Hadschi allerhand zu sagen, was alles, aber nur nicht höflich war, doch auch nicht direkt beleidigend. Es war so, wie der Scheich gesagt hatte: der jetzige Augenblick lag auf dem Mittelpunkt der Waage. Wenn Halef dasselbe Unglück hatte und der dritte Gang von den Feinden gewonnen wurde, so gab es keine Entscheidung, und es mußte wahrscheinlich beschlossen werden, noch einmal von vorn anzufangen. Darum war, wenigstens bei den Beni Khalid, die Spannung jetzt auf das höchste gestiegen.

Halef sah die Augen aller auf sich gerichtet. Ich nahm an, daß er seinen Gegner nun für einige Zeit mit Finten beschäftigen werde; er tat dies aber nicht. Später erklärte er mir auf meine darauf bezügliche Frage, daß er es als der Würde eines Scheichs der Haddedihn nicht für angemessen gehalten habe, wie ein Gaukler unausgeführte Bewegungen vorzutäuschen. Er hatte recht!

Er stand lange still und unbeweglich, wie aus Marmor gemeißelt, und ließ alle Zurufe von sich abprallen. Aber dann fuhr auch ganz plötzlich, gradezu gedankenschnell, sein Arm mit dem Speer empor; der so lange erwartete Wurf geschah, und der Dscherid flog in einem hohen Bogen so genau auf sein Ziel zu, daß der Ben Khalid verloren war, wenn er auf seinem Platz blieb. Aller Augen, außer den unserigen, waren auf die fliegende Waffe gerichtet, und niemand achtete in diesem Augenblick auf Halef. Dieser sah, daß sein Gegner den Fuß hob, um sich durch einen Sprung nach rechts zu retten, und ließ darum schnell hintereinander auch die beiden übrigen Speere fliegen, sie um ein weniges nach dieser Richtung dirigierend. Die erste Lanze kam; und der Ben Khalid machte die vorausgesehene Bewegung des Ausweichens, doch kaum hatte er das getan, so fuhr ihm die zweite, ihn mit sich niederreißend, in den seitlich obern Teil der Brust, und der dritte nagelte ihm den Arm fest in den Sand.

Der Aufruhr, den dies bei den Beni Khalid hervorbrachte, ist nicht zu beschreiben. Der Sieger kümmerte sich nicht um diesen mehr als hörbaren Erfolg seiner Überlegenheit. Er kehrte so ruhig, wie er gegangen war, zu uns zurück und sprach da nur die Frage aus:

„Hätte ich es besser machen können, Sihdi?"

„Nein", antwortete ich. „Du hast alle Erwartungen so vollständig erfüllt, daß ich dir danken muß. Komm, gib mir deine Hand!"

Während ich sie ihm schüttelte, richtete er sein Auge auf Hanneh. Sie sah lächelnd zu ihm auf und sagte nichts als:

„Ich wußte es!"

Doch reichte sie ihm beide Hände hin, die er, sich zu ihr neigend, an seine Lippen zog. Dabei flüsterte er ihr zu:

„Ich zeige auch sonst meinen Rücken keinem Feind; aber wenn ich dich bei mir weiß, dann wird aus deinem alten, tapfern Löwen eine ganze Löwenschar!"

Auch der Basch Nazyr richtete das Wort an ihn:

„Hadschi Halef, du hast mir den Schatz gerettet, denn nach dieser ihrer zweiten Niederlage haben die Beni Khalid keinen Anspruch darauf. Wahrscheinlich werden sie nun auf den dritten Gang verzichten."

Da entgegnete ihm Omar Ben Sadek, der sich schon bereit gemacht und seinen Oberkörper entkleidet hatte:

„Das darfst du ja nicht denken. Du siehst, daß ich schon kampffertig bin. Dieser Gang wird ihnen zwar auf keinen Fall den Schatz der Glieder bringen, aber sie meinen, sich rächen zu können, darum darfst du sicher sein, daß sie nicht auf ihn verzichten werden."

Der Perser betrachtete den jetzt nicht mehr verhüllten Bau des Oberkörpers dessen, der dies sagte. Er schüttelte den Kopf und sprach:

„Eure kriegerische Befähigung entdeckt man erst, wenn man euch ohne Hülle sieht. Du bist ja fast zweimal so breit wie ich!"

„Das hast du noch nicht bemerkt?" lachte Omar vergnügt.

„Nein!"

„So paß nachher auf, wenn ich den Ben Khalid aus den Angeln hebe! Wir haben von unserm Effendi einen wunderbaren Griff unter das Schlüsselbein gelernt. Dazu gebe ich einen Stoß in die andere Achselhöhle, fasse an der Seite herunter in das Fleisch und lege, wenn dies sehr schnell und mit voller Körperkraft geschieht, den stärksten Mann dann nieder in den Sand."

„Also das ist auch vom Effendi?"

„Nein", fiel ich da ein. „Nur den Griff unter das Schlüsselbein habe ich gezeigt; das andere hat Omar Ben Sadek hinzuprobiert und mir erst kurz vor unserer Reise gezeigt. Er ist also in Beziehung auf dieses Kunst- und Kraftstück mein Lehrer, und ich bin neugierig, ob ich es ihm nachmachen kann. Heut werde ich es zum erstenmal im Ernst ausgeführt sehen."

Da ertönte die donnernde Stimme des Scheichs Tawil:

„Der Ringer her!"

Ich stand sofort auf und ging hinüber zu ihm. Diese Art und Weise, uns anzuschreien, verdiente eine Lektion.

„Bist du es denn, der ringen wird?" fragte er mich, indem er mich mit seinen Augen durchbohren zu wollen schien.

„Nein", antwortete ich.

„So packe dich dort! Hier haben nur die Ringer Platz."

„Bist du einer?"

„Welche Frage! Ich doch nicht!"

„So packe auch du dich fort!"

„Ich befehlige den Kampf!"

„Ich auch!"

„Wer hat dir das erlaubt?"

„Wer dir?"

„Ich!"

„Ich sage ebenso ‚Ich!' Du hast dir dieses Recht angemaßt, und wir sind dazu still gewesen, weil es dem Stärkeren geziemt, daß er nachgibt; aber den Ton, in welchem du jetzt zu uns zu sprechen wagst, den werden wir uns verbitten! Du hättest vielmehr alle Veranlassung, höflich und bescheiden zu sein, denn wir sind nicht nur bisher Sieger, sondern werden euch beweisen, daß wir es auch bleiben! Der Kanz el A'da gehört uns schon; die Fortsetzung des Kampfes ist also vollständig überflüssig."

„Ihr fürchtet euch?!"

„Diese Frage ist nach dem bisher Geschehenen so kindisch lächerlich, daß ich sie gar nicht beantworte. Ich will dir nur das Verständnis dafür geben, daß wir, wenn wir auch den dritten Gang beenden, dies nur freiwillig tun."

„Freiwillig? Ich würde euch zwingen!"

„Allah mahlak – gemach! Pah! –"

„Sieh dort meine Leute!"

„Alah mahlak!"

„Und sieh hier mich!"

Er warf sich in die Brust, als ob er ein Halbgott und ich ein reiner Garnichts sei. Darum ließ ich meine Augen vom Kopf bis zu den Füßen herab langsam und höchst geringschätzig über ihn gleiten und antwortete wieder nur:

„Alah mahlak!"
Dies brachte ihn so in Wut, daß er mich beim Arm faßte und mir grad in das Gesicht brüllte:
„Leiste sofort Abbitte, sonst zermalme ich dich mit meinen Fäusten!"
„Ich habe nichts abzubitten", antwortete ich sehr ruhig. „Es ist ausgemacht, daß jede Beleidigung zu vermeiden sei; du aber hast uns angebrüllt, als ob wir räudige Hunde seien; du beleidigst jetzt auch mich; ja, du wagst es sogar, die Hand an mich zu legen. Du brichst also den Frieden! Paß auf, was ich dir jetzt sage! Achtest du nicht sofort auf meine Worte, so zeige ich dir, ob du es bist, der mich zermalmen kann! Also: Weg mit deiner Hand von meinem Arm!"
„Hund!" antwortete er, indem er auch den andern faßte. „Ihr habt euch darüber aufgehalten, daß ich mich nicht mit am Kampf beteiligt habe. Jetzt will ich dir zeigen, ob . . ."
Er sprach nicht weiter, denn was jetzt geschah, raubte ihm die Sprache. Er hatte während seiner überlaut gebrüllten Worte versucht, mich niederzuwerfen; da aber bekam er den vorhin erwähnten Griff unter das Schlüsselbein, was ihn zwang, mit der entgegengesetzten Hand mich loszulassen und herüberzulangen. Dadurch gab er die Achselgrube frei, in welcher sofort von unten herauf mein Hieb zu sitzen kam, der ihn mit unwiderstehlicher Gewalt auf die Seite warf, indem er ihm den Fuß aushob, und nun fuhr ich mit derselben Hand schnell herunter und faßte ihn so rücksichtslos fest in die Weiche, daß er sogar das Schreien vergaß. So hob ich ihn auf und warf ihn nieder auf die Erde.
Das war in der Zeit von kaum zehn Sekunden geschehen, so schnell, daß seine Leute ihn liegen sahen, ohne eigentlich zu wissen, wie das zugegangen war. Er wollte zwar wieder aufspringen, um mich zu fassen, konnte aber nicht. Es gelang ihm nur, sich unter schmerzlichem Ächzen und fast atemlos sehr langsam zu erheben. Als er dann gebeugt vor mir stand, denn den Oberkörper grad zu halten, das brachte er noch nicht gleich fertig, sprach ich in demselben ruhigen Ton wie vorher:
„Nun, wie steht es mit dem Zermalmen? Daß du mich einen Hund genannt hast, das verzeihe ich dir; aber du hast dich an mir vergriffen, und das bringt Schande über dich und deinen ganzen Stamm! Von nun an wird es heißen: Tawil Ben Schahid, der Scheich der Beni Khalid, der so stolz auf die Unverbrüchlichkeit und Heiligkeit seines Wortes ist, hat nicht nur dieses

sein Wort, sondern sogar seinen Schwur, höre!, seinen auf den Koran geleisteten Schwur, gebrochen! Wenn du diese Schande tragen kannst, so trage sie; ich aber würde mir eine Kugel durch den Kopf jagen!"

Nach diesen Worten ließ ich ihn stehen und ging an meinen Platz zurück. Von da aus sah ich ihn langsam forthinken, zu seinen Leuten hin.

„Das hast du recht gemacht!" sagte Halef. „Nun ist auch er besiegt, körperlich und moralisch! Wie wird er seinen Zorn verwünschen, der ihn zu diesem Fehler verführt hat!"

„Und ich habe da gleich Gelegenheit gefunden, den Kraftstreich auszuführen, den ich von Omar gelernt habe. Er ist ausgezeichnet. Nur schonen darf man nicht dabei; dann nimmt er dem Betreffenden den Atem und die ganze Kraft zum Widerstand."

„Das scheint der Fall zu sein", bemerkte Halef; „denn Tawil Ben Schahid geht gebückt wie ein alter Greis, der den Stock zu Hilfe nehmen muß. Nun bin ich wirklich neugierig, was geschehen wird. Vielleicht hetzt er seine Krieger zum offenen und sofortigen Angriff gegen uns!"

„Das befürchte ich nicht", war meine Meinung. „Ich halte den Stolz, welchen er auf die Unverletzlichkeit seines Wortes legt, für echt. Er wird die jetzige Niederlage schwer empfinden, so schwer, daß er gegen seine Leute darüber schweigt. Wenn mich meine Vermutung nicht täuscht, so tritt etwas ganz Unerwartetes ein."

„Was?"

„Das kann Verschiedenerlei sein, wahrscheinlich ein Rückzug ohne Beendigung des Kampfes."

„Das würde mir sehr unlieb sein", bemerkte Omar Ben Sadek. „Ich will doch auch meinen Gegner haben!"

„Sei nicht unwirsch darüber! Du wirst später mehr als nur diesen einen finden. Unser Übereinkommen bezieht sich ja nur auf den heutigen Tag; von morgen an ist ihre Feindschaft doppelt unversöhnlich. Ich bin vollständig überzeugt, daß wir nach unserer Entfernung von hier nicht lange auf einen neuen, und zwar viel gefährlicheren Angriff von ihnen zu warten haben. Sie werden überhaupt nach Rache dürsten, und der Scheich wird im besonderen darnach trachten, denjenigen den Mund sprachlos zu machen, welche erzählen können, daß er seinen Schwur gebrochen hat."

Die Vermutung, von welcher ich gesprochen hatte, ging wirklich in Erfüllung. Wir sahen, daß der Scheich die ansehnlichsten seiner Krieger um sich versammelt hatte und mit ihnen beriet. Das dauerte eine geraume Zeit; dann kam er allein wieder über den Platz herüber und blieb, uns winkend, dort stehen. Er konnte sich schon besser aufrichten als vorhin. Ich ging mit Halef hin. Als wir ihn erreichten, versuchte er, seinem Gesicht nur einen Ausdruck des Ernstes zu geben; aber er konnte doch nicht ganz verleugnen, daß ein Vulkan des Hasses und der Rache in ihm lag.

„Hadschi Halef Omar und Akil Schatir Effendi", begann er, „ich will euch mit dem Freimut eines berühmten Kriegers gestehen, daß ich eine Übereilung begangen habe, die ich hätte unterlassen sollen. Ich bitte euch, sie zu vergessen und gegen niemanden davon zu sprechen! Für die Erfüllung dieses Wunsches biete ich euch Entschädigung."

„Welche?" fragte ich.

„Wir verzichten zunächst auf die Fortsetzung des Kampfes."

„Das heißt, wir sollen auf den dritten Sieg verzichten; so ist es. Doch weiter!"

„Wir nehmen sofort unsern Aufbruch und ziehen fort!"

„Das müßtet ihr sowieso, denn der Besiegte ist dazu gezwungen. Weiter!"

„Wir lassen euch den Kanz el A'da."

„Den könnt ihr uns nicht nehmen; er ist dem Sieger zuerkannt, und wir haben ja gesiegt. Noch etwas?"

„Ihr macht keine Ansprüche auf die Mekkaner."

„Behaltet sie in Allahs Namen, denn wir sind herzlich froh, daß wir uns nicht mehr mit ihnen zu befassen brauchen!"

„So seid ihr also einverstanden?"

„Das habe ich nicht gesagt. Du verlangst von uns das Geschenk der Verschwiegenheit und bietest uns dafür nur Dinge, die schon unser Eigentum sind. Das ist für dich freilich ein vorteilhafter Handel, bei dem du alles bekommst und nichts zu geben hast. Da wir nun keine geistig blinden Menschen sind, so wollen wir uns, ehe wir dir unser Wort geben, die Angelegenheit doch erst einmal näher betrachten. Wohin reitet ihr von hier?"

„Nach der Ain Bahrid" – Kalten Quelle –.

„Wirklich?"

„Ja."

„Irre ich mich nicht, so liegt sie eine volle Tagesreise im Südwesten von hier?"

„Ja."

„Und dorthin wollt ihr reiten? So, so! Ich habe bisher angenommen, daß der Pfad des Krieges, auf dem ihr euch befindet, euch nach Westen und Nordwesten führt! Doch geht uns das nichts an, denn eure Wege sind nicht unsere Wege; aber weil wir darum wünschen, daß sie nicht wieder zusammenführen, so hoffen wir, daß ihr auch wirklich und direkt nach der Ain Bahrid reitet. Es war ausgemacht, daß nach der Beendigung des Zweikampfes für heute Friede zwischen uns sein solle. Wie steht es damit?"

„Es bleibt dabei."

„Für heute nur?"

„Ja."

„Und später?"

„Wieder Kampf."

„Und da sollen wir dir Verschwiegenheit versprechen, für die du nichts weiter als nur Fortsetzung der Feindschaft bieten kannst!"

„Ich habe euch doch viel, viel mehr versprochen!"

„Das haben wir ja alles schon! Dieser dein Vorschlag ist so kindisch, daß wir uns sogar schämen müssen, darüber zu lachen! Wir sind keine Kinder, die man mit nichtssagenden Worten oder mit leblosen Puppen beruhigen kann, sondern Männer, denen die Stürme der Wüste und des Lebens noch öfter und drohender als euch um die Nase gepfiffen sind, und als solche durchschauen wir dich nur zu wohl. Du sollst also auf deine Anfrage nicht eine kindische Zusage, sondern eine Männerantwort zu hören bekommen, und diese lautet folgendermaßen: Ihr verlaßt den Bir Hilu sofort und gebt uns für heute den ausbedungenen Frieden. Wenn ihr das tut, so versprechen wir dir die gewünschte Verschwiegenheit für uns so lange, als uns nichts Feindliches von euch widerfährt. Das ist unser Entschluß, zu welchem nichts getan und von welchem auch nichts genommen wird."

„Hast du nichts hinzuzufügen?"

„Nein; ich sage es ja; kein Wort!"

„Also ihr werdet schweigen, solange euch von uns nichts geschieht?"

„Ja."

„Gut, ich bin zufrieden!"

„Dieser jetzige Handel gilt?"

„Ja."

„Du gibst dein Wort?"

„Ich gebe es!“

„Reiche Hadschi Halef Omar, dem Scheich der Haddedihn, deine Hand darauf, dann sind wir fertig!“

Er tat es, hielt die Hand Halefs fest, sah ihm und dann auch mir ebensofest in die Augen und wiederholte, jedes Wort einzeln und schwer betonend:

„Ihr schweigt, solange euch von uns nichts geschieht! Abgemacht! Wir reiten fort!“

Hierauf drehte er sich um und ging hinüber zu seinen Leuten. Halef sah mich fragend an und schüttelte den Kopf.

„Dir ist etwas nicht klar?“ fragte ich ihn.“

„Allerdings!“

„Was?“

„Warum wiederholte er diesen Satz und betonte ihn in solcher Weise, Effendi?“

„Weil er ein höchst unvorsichtiger Mann ist, der gar nicht ahnt, daß er uns seine Absichten damit verraten hat.“

„Wieso?“

„Du glaubst doch, daß die Beni Khalid darauf brennen, sich an uns zu rächen?“

„Das ist doch so sicher, daß wir gar kein Wort darüber zu verlieren brauchen!“

„So dauert unsere Verschwiegenheit von heut an bis zum nächsten Angriff ihrerseits; da der Scheich aber unserer Schweigsamkeit nicht traut, wird er diese Zeit möglichst abzukürzen, zu verringern suchen. Verstehst du mich?“

„Sehr gut, sehr gut! Du meinst, daß wir es baldigst wieder mit ihnen zu tun haben werden.“

„Ja. Heut zwar nicht, denn Wort wird er halten, aber sehr wahrscheinlich morgen schon, und wenn das nicht, dann sicher übermorgen, damit wir nicht etwa Gelegenheit bekommen, mit Leuten zusammenzutreffen, denen wir von seinem Schwuresbruch erzählen können. Wir haben uns also so in acht zu nehmen, wie noch selten in unserm Leben. Das hat er uns verraten, ohne es zu wissen. Er wollte uns unsere Verpflichtung so tief und fest wie möglich einprägen und dachte dabei aber nicht, daß grad in dieser Wiederholung für einen vorsichtigen und scharfsinnigen Mann die Aufforderung lag, zwischen seinen Worten die verborgenen Gedanken herauszulesen.“

Omar Ben Sadek sah sich also zu seinem wirklichen Leidwesen gezwungen, auf eine der Ehre seines Stammes geltende Heldentat zu verzichten. Er versicherte, sich darauf gefreut zu haben, und wir alle glaubten ihm das gern. Eigentlich trug ich die Schuld an dieser Entsagung, denn wenn ich nicht auf den Gedanken gekommen wäre, dem Scheich der Beni Khalid die erteilte Lektion zu geben, so hätte der dritte Gang wohl noch ausgekämpft werden müssen; aber dann wäre uns nicht durch den Wortbruch Tawils eine Waffe in die Hand gegeben worden, die nicht nur für heut, sondern auch für später geeignet war, uns gute Dienste zu leisten.

Wir sahen zu unserer Genugtuung, daß sich die Beni Khalid zum schnellen Aufbruch rüsteten. Daß sie nicht direkt nach der Ain Bahrid reiten würden, stand für mich außer Zweifel. Ich hatte diese Quelle und ihre Lage, als er von ihr sprach, gekannt, weil sie auch unser nächstes Ziel war, nach welchem wir uns zu wenden hatten, gleichviel, ob die Beni Khalid auch hingingen oder nicht. Sie war die nächste Wasserstation auf unserer Route.

Eigentlich konnten wir mit unserm Erfolg sehr zufrieden sein. Wir hatten die gestohlenen Sachen bekommen und den Perser mit seinen Soldaten befreit, wir fünfzig gegen eine uns so vielfach überlegene Schar! Ja, sogar den Kampfplatz hatten wir behauptet, während die Überlisteten und Besiegten gezwungen waren abzuziehen!

Als ihre Vorbereitungen ziemlich vollendet waren, sahen wir den Scheich noch einmal herüberkommen. Hinter ihm ging zu unserem Erstaunen der Ghani, welcher den Münedschi an der Hand führte. Daß dem ersteren noch etwas eingefallen war, was er uns nachträglich zu sagen hatte, das war ja leicht denkbar; was aber wollten die beiden andern noch hier bei uns?

Sie kamen zunächst nicht ganz heran, sondern blieben in einiger Entfernung von uns stehen. Der Scheich sagte:

„Ich komme nicht um meinetwillen, sondern nur um dieser beiden Männer wegen. Sie wollen von euch etwas holen und fürchten, von euch feindlich behandelt zu werden. Da sie als Gastfreunde unter meinem Schutz stehen, habe ich dafür zu sorgen, daß dies nicht geschehe, und sie also begleitet. Dürfen sie hinkommen zu euch?"

„Ja", antwortete Halef.

„Ihr vergreift euch nicht an ihnen und haltet sie fest?"

„Das kann uns gar nicht in den Sinn kommen!"

„So habe ich meine Pflicht getan und werde hier stehenbleiben, um auf sie zu warten. Geht!"

Diese letzte Aufforderung war an den Ghani gerichtet, welcher ihr folgte, indem er mit dem Blinden vollends zu uns kam.

Er deutete auf das Paket, welches neben dem Perser lag und sagte:

„Ihr habt mir dieses mein Eigentum gestohlen, welches ihr als Kanz el A'da bezeichnet, um euern Diebstahl . . ."

„Halt!" unterbrach ich ihn da. „Wir haben euch erlaubt, mit uns zu sprechen, und unser Wort gegeben, daß euch nichts geschehen soll. Wenn du es aber wagst, uns solche schamlosen, frechen Beschuldigungen, deren Grundlosigkeit du am allerbesten kennst, in das Gesicht zu werfen, so stehe ich für nichts. Sag also kurz, was du willst, und nimm dich zusammen, kein unnützes Wort zu sprechen!"

Er schien sich gar nicht sehr eingeschüchtert zu fühlen, fuhr aber nun ohne weitere Beleidigungen fort:

„Die Sachen sind in meinen Gebetsteppich gewickelt. Ich muß sie euch lassen, weil der Scheich der Beni Khalid sie euch zugesprochen hat; aber den Teppich verlange ich zurück!"

„Du irrst. Es hat uns niemand diese Gegenstände zugesprochen, sondern das Wüstengericht der Haddedihn hat erkannt, daß sie Eigentum des Kanz el A'da in Meschhed Ali sind, wo sie gestohlen wurden. Daß ein Teppich des Gebetes zur Umhüllung gestohlener Sachen benutzt wird, könnte man vielleicht einem ungläubigen Abd el Asnahm – Heiden, Götzendiener –, nie aber dem ‚Liebling des Großscherifs' von Mekka zutrauen. Ihr habt da eben ganz Unglaubliches geleistet. Daß ein so entweihter Teppich wieder seine fromme Benutzung finden werde, halte zwar ich für ganz ausgeschlossen, euch aber ist das allerdings wohl zuzutrauen . . ."

„Ibn Harahm! Cha'in!" – Schurke! Schuft! – rief der Blinde laut dazwischen, indem er mit der Gebärde tiefsten Abscheus seine Hände emporwarf.

Ich wußte in diesem Augenblick nicht, wem das gelten sollte, und fuhr also fort:

„Es fällt uns gar nicht ein, uns an diesem Stück zu bereichern; es wird dir gleich zurückgegeben werden."

„Ja, sofort!" stimmte der Basch Nazyr bei. „Es kann mir bloß lieb sein, wenn ich nichts mehr zu berühren brauche, was Eigentum von Dieben ist."

Er wickelte das Paket auf, legte die Beutel einstweilen neben sich und warf dem Ghani den Teppich samt der Schnur zu. Dieser hob beides auf.

„Seid ihr nun fertig?" fragte ich.

„Nein. Der Münedschi ist auch da", antwortete der „Liebling".

„Was will er?"

Da trat der Blinde, dem Klang meiner Stimme folgend, nahe zu mir heran und sagte:

„Damit ich mich ja nicht irre, muß ich wissen, ob du der Effendi aus dem Wadi Draha bist. Du hast seine Stimme, ich könnte mich trotzdem täuschen und einen großen Fehler begehen. Was ich dir zu sagen habe, ist für keinen andern. Also du bist es?"

„Ja."

„Neige dein Gesicht ganz nahe her zu mir! Du weißt, daß ich dich dann erkennen kann, weil die Sonne scheint."

Ich hatte keinen Grund, ihm diese Bitte abzuschlagen, und hielt ihm das Gesicht hin. Er hob die Hände, faßte hüben und drüben meinen Kopf, hielt ihn fest und – spie mir ein-, zwei-, dreimal in das Gesicht. Auf so einen Angriff gar nicht gefaßt und von ihm mit allen seinen Kräften festgehalten, gelang mir die Befreiung meines Kopfes nicht schnell genug, der dreimaligen Mißhandlung zu entgehen. Ein fünfzigfacher Schrei der Haddedihn ertönte rundum, und Halef packte mit beiden Fäusten den Blinden an der Brust.

„Mensch! Wahnsinniger!" schrie er ihn, ganz außer sich, an. „Was hast du getan! Du bist ein Greis und blind dazu, aber das soll mich nicht abhalten, dich zu Brei zu malmen!"

Er hatte ihn schon fast nieder; ich griff also, ohne mich abwischen zu können, schnell zu, riß ihn von dem Münedschi weg und befahl mit lauter Stimme:

„Daß keiner den Blinden anrührt! Diese Beleidigung geht nur mich an, keinen andern Menschen!"

„Aber, Sihdi, er hat es gewollt; er hat es beabsichtigt!" rief Halef, noch immer höchst aufgeregt. „Er befindet sich nicht in seinem Zustand des Traumes, sondern er ist wach und vollständig im Besitz seiner Sinne! Er hat also nicht unbewußt gehandelt, sondern mit klarer Überlegung, und da ist es eine so freche und infame Besudelung deiner Person, daß die Strafe gar nicht hart und schnell genug erfolgen kann!"

„Das ändert gar nichts daran, daß nur ich allein darauf zu antworten habe! Er will sprechen, seid still!"

Hanneh war auch erschrocken aufgesprungen. Sie kam heran zu mir, wischte mir den Geifer aus dem Gesicht und liebkoste mir dann, ohne dabei zu sprechen, mit ihrer Hand die nach Ansicht ihres Mannes so fürchterlich gekränkten Wangen. Während sie das tat, sprach der Münedschi:

„Das, das wollte ich dir sagen, ja, sagen, denn das Anspeien ist ja die deutlichste der Sprachen! Du bist der elendeste, der armseligste Mensch, der mir jemals vorgekommen ist! Mit Worten der Liebe hast du dich in mein Herz gestohlen, während in dem deinigen nur der Haß regiert! Du gabst dir den Anschein der Seelenreinheit, der Gedankenhöhe und wälzt dich doch in dem tiefsten, niedrigsten Schmutz des Verbrechens! Du hast das Kleid der Güte, der Barmherzigkeit um dich geschlagen und hetzt doch die Menschen wie Hunde, die sich zerreißen sollen, aufeinander! Du heuchelst Wahrheit, Ehrlichkeit, Gerechtigkeit und Treue und bist doch voller Falschheit, Lug und Trug! Ja, deine Gelehrsamkeit ist groß, wohl größer als das Wissen, welches ich mir mühsam erworben habe, aber du hast sie in den Pfuhl der sittlichen Verdorbenheit geworfen, aus dem heraus sie nur verderbend anstatt segenbringend wirken kann! Du gibst vor, himmelan zu streben und stehst doch nicht nur auf dem Weg zur Hölle, sondern bist schon jetzt und selbst ein Abgrund schlimmster Teufelei! Du tust, als liege dir der Menschen Seligkeit am Herzen und bist doch ein Verführer zum Verbrechen und trägst die Schuld an all der Schlechtigkeit, die hier geschehen ist! Ihr sprecht von einem Kanz el A'da, der eine unverschämte Lüge ist, du aber hast einen Raub an mir begangen, hast meine Seele betrogen und bestohlen und mir einen innern Verlust zugefügt, für den es keinen Ersatz gibt! Das mußte ich dir sagen; nur darum ließ ich mich jetzt zu dir führen, um dich des Seelenraubes, ja, des Seelenmordes anzuklagen und dir in das Gesicht zu speien, damit du erfährst, wie der von dir denkt, dem du das Herz nur öffnetest, um es noch ärmer und elender zu machen, als es vorher war! Das erblindete Auge meines Körpers ist trocken, aber mein inneres Auge weint. Ich gebe dich der Strafe Allahs heim und fordere von ihm, für dich nicht Gnade, nicht Barmherzigkeit zu haben, sondern nur den Untergang, das ewige Verderben!"

Die Wucht dieser gegen mich geschleuderten Anklagen wurden durch den Eindruck seiner Persönlichkeit überhaupt und dann auch durch die Art und Weise verstärkt, wie er sie vorbrachte. Das waren ja wahre Keulenschläge, die mich aber nicht treffen konnten, und also in die Luft geführt. Die Haddedihn waren so betroffen, daß sie nur erstaunte Blicke hatten. Halef schaute mich erwartungsvoll an, was ich nun sagen werde. Ich öffnete auch schon den Mund, um zu antworten, da trat der Ghani auch zu mir heran und warf mir die Worte zu:

„Mein Schützling, der von meiner Barmherzigkeit lebt und unsere Unschuld kennt, hat mir aus dem Herzen gesprochen. Ich bestätige alles, was er gesagt hat, und zeige dir meine Verachtung in ganz derselben Weise wie er, indem ich dich ansp . . .!"

Wahrhaftig, dieser Mensch war so frechverwegen, auch speien und spucken zu wollen! Vielleicht machte ihn meine Selbstbeherrschung, welche ich dem Münedschi gegenüber zeigte, so vermessen! Aber er hatte das Wort noch nicht ganz ausgesprochen, so bekam er von mir eine so gewaltige Maulschelle, nicht etwa bloß Ohrfeige, daß er, wie von Pulverkraft getrieben, zur Seite und unter die Haddedihn hineinflog. Fast hätte er einige von ihnen mit in seinen Sturz gerissen. Sie waren sofort über ihn her, um das von meiner Hand begonnene Werk so tatkräftig fortzusetzen, daß seine heulende Stimme über den ganzen Platz schallte. Da sprang der Scheich herbei. Er schlug, um ihn zu befreien, auf sie ein und schrie:

„Weg von ihm, weg! Er steht unter meinem Schutz! Indem ihr euch an ihm vergreift, brecht ihr die für heut getroffene, friedliche Vereinbarung!"

Da drängte ihn Halef von ihnen ab und antwortete drohend:

„Zurück mit dir, augenblicklich zurück! Wer hat sie zuerst gebrochen, wir oder ihr? Das weiche Herz unsers Effendi hat den Münedschi geschont, weil der alte Mann blind und auch sonst unzurechnungsfähig ist, dem Ghani aber, diesem Ausbund der maßlosesten Unverschämtheit, muß gezeigt werden, daß wir ihn mit demjenigen Eifer zu behandeln wissen, den wir seinem Verhalten schuldig sind. Ich an deiner Stelle würde mich schämen, hier noch von Schutz zu sprechen! Eure Dreistigkeit ist geradezu empörend!"

Er nahm sich aber doch des Gezüchtigten an, indem er ihn aus den Händen der Haddedihn befreite, was allerdings nicht allzuschnell vonstatten ging. Die „eifrige Behandlung" hatte zur Folge, daß er fast des Gebrauches seiner Glieder beraubt war. Er hinkte zu dem Münedschi hin und ergriff seine Hand, um ihn fortzuführen; dies geschah aber nicht, ohne daß er uns noch drohend zuzischte:

„Wartet bis Mekka, bis Mekka! Oder vielleicht noch viel, viel eher, ihr Hunde!"

Der Scheich entfernte sich mit schnellen Schritten. Sein „Schützling" krümmte sich, so gut oder übel er konnte, mit dem Blinden hinter ihm her.

„Ich habe schon viel, sehr viel erlebt", meinte Halef, „und so manchen von Gott verlassenen Menschen kennengelernt, aber so etwas hätte ich doch nicht für möglich gehalten! Doch er hat für einstweilen seinen Lohn, und wahrscheinlich wird er uns in dieser Beziehung noch besser kennenlernen! Aber, Effendi, du warst ganz still! Warum hast du zu dem Münedschi kein einziges Wort der Verteidigung gesagt? Nun ist er überzeugt, daß er recht habe!"

„Erstens ging alles so schnell, daß es für mich keine Zeit zum Sprechen gab, und zweitens war es wohl genug von mir, daß ich überhaupt schwieg. Und wenn ich ihm eine stundenlange Rede gehalten hätte, so wäre sie doch ohne Erfolg geblieben. Ich habe ihm verziehen und denke, daß für jetzt nicht mehr erforderlich war. Betrachten wir diesen so ganz unerwarteten Angriff als ungeschehen!"

„Gut! Es ist wohl auch am richtigsten so! Wir haben jetzt an Dinge zu denken, welche für uns wichtiger sind als diese grundlosen Beschuldigungen aus dem Mund eines armen, mißgeleiteten, blinden Mannes. Ich hätte ihn in der ersten Hitze umbringen können; nun aber freue ich mich, daß du mich davon abgehalten hast, ihn zu züchtigen. – Was tun wir jetzt? Wann setzen wir unsere Reise fort?"

„Morgen früh."

„Erst? Warum nicht schon heut?"

„Weil wir erst an der Ain Bahrid Wasser finden und sie heut nicht erreichen würden, denn die Beni Khalid sind zwischen uns und ihr. Ich vermute überhaupt, daß wir nicht so schnell, wie wir es wünschen, an diese Quelle kommen werden; die Rache Ben Schahids hält uns auf. Darum haben wir uns vor allen Dingen mit Wasser zu versehen und werden den heutigen Tag zur Füllung unserer Schläuche benutzen, doch nicht eher, als bis Khutab Agha dies mit den seinigen getan hat."

„Warum ich?" fragte der Perser.

„Weil du natürlich so bald wie möglich fortreitest."

„So bald wie möglich? Nein, Effendi! Ich habe gesagt, daß wir diesen Ort nicht eher als ihr verlassen werden, und von diesem Vorhaben bringt mich niemand ab, auch du nicht. Soll Dschafar, unser gemeinschaftlicher Freund, wenn ich ihn treffe, mir den erstaunten Vorwurf machen, daß ich mit Kara Ben Nemsi zusammengewesen bin und dieses Glück, diesen Vorzug nicht bis zum letzten Augenblick ausgenützt habe? Und wenn du mir alles zumuten darfst, alles andere, aber nur das nicht!"

„So ist es meine Pflicht, dich zu warnen! Der Scheich der Beni

Khalid ist ohne Zweifel gewillt, dir den Kanz el A'da wieder abzunehmen. Jetzt, wenn du dich so bald wie möglich von hier entfernst, muß er darauf verzichten; bleibst du aber bis morgen hier, so gibst du ihm Zeit, diese seine Absicht auf irgendeine Weise auszuführen. Das mußt du bedenken!"

„Ich bedenke es und bleibe dennoch da. Auf mein gestriges Zusammentreffen mit ihm war ich nicht vorbereitet; nun ich aber weiß, woran ich bin, kann es ihm unmöglich gelingen, mich zum zweitenmal festzunehmen. Also, ich bitte dich, rede mir nicht darein; ich bleibe!"

Er sagte das in einem so bestimmten Ton, daß ich die Vergeblichkeit jedes weiteren Einspruches einsehen mußte und also schwieg, obgleich ich es viel, viel lieber gesehen hätte, wenn er von diesem seinem Vorhaben abgewichen wäre, welches gefährlicher für ihn war, als er in seiner Unerfahrenheit jetzt dachte.

Bald hierauf sahen wir die Beni Khalid mit ihren „Gastfreunden" abziehen, und einige Zeit später schickten wir ihnen zwei Haddedihn zur Beobachtung nach. Das war eine Vorsichtsmaßregel, deren Ausführung wir nicht versäumen durften.

Nun waren wir allein und für den heutigen Tag wahrscheinlich sicher. Da machten unsere Leute es sich bequem. Der Platz und seine Umgebung wurden auf das genaueste durchforscht und die hiesigen Verhältnisse ebenso genau und ausgiebig im Gespräch durchgenommen. Der Vormittag verlief vollends, ohne daß etwas Erwähnenswertes geschah und ein großer Teil des Nachmittages auch. Dann aber bekamen wir am Brunnen Besuch, nämlich zwei Beduinen, welche auf Eilkamelen aus westlicher Richtung kamen und, als sie den Brunnen besetzt sahen, von weitem haltenblieben. Sie beobachteten uns eine Weile und kamen dann näher. Der Umstand, daß Soldaten bei uns waren, mochte ihr Mißtrauen zerstreut haben. Als sie uns erreicht hatten, stiegen sie aber nicht sogleich ab.

„Hadschahdsch!" sagte der eine von ihnen, weiter nichts.

Dieses Wort ist der Plural von Hadschi und sollte soviel heißen wie: „Wir sind Mekkapilger!" Es gibt nämlich eine Vorschrift, nach welcher man gegen jeden Pilger Frieden zu halten hat, während er unterwegs ist, selbst wenn er einem feindlichen Stamm angehört. Doch aber sind es grad die Pilgerzüge, welche sich vor den räuberischen Beduinen am meisten in acht zu nehmen haben. Daß diese beiden Männer hier Hadschahdsch seien, das glaubten wir nicht; sie legten sich diese Eigenschaft nur bei, um von uns nicht feindlich aufgenommen zu werden. Halef antwortete:

„Seid uns willkommen und steigt getrost ab! Wir haben Platz und auch Wasser für euch!"

„Wer seid Ihr?"

„Ich bin Hadschi Halef Omar, der oberste Scheich der Haddedihn vom Stamm der Schammar."

„Und diese Asaker?"

„Sie sind in der hiesigen Gegend gewesen, um einen Flüchtling einzufangen, und kehren nun nach Meschhed Ali zurück. Und welchem Stamme gehört ihr an?"

„Wir sind Scherarat von der Ferkah – Unterabteilung – Fawwahl und haben nicht die Absicht, lange hierzubleiben. Erlaubt uns nur, unsere Kamele zu tränken; dann reiten wir wieder fort."

Das mußte auffallen. Wenn sie friedliche Pilger waren, so blieben sie hier, denn der nächste Brunnen war eine Tagesreise entfernt, und als Wallfahrer treibt man sich doch nicht des Nachts in einem unbekannten Teil der Wüste herum. Ich machte also Halef die leise Aufforderung, seinen Leuten und auch den Soldaten den Befehl zu geben, sich ja nicht etwa ausfragen zu lassen. Er tat dies so, daß die Fremden es nicht bemerkten.

Diese letzteren hatten ganz besondere Blicke für unsere Pferde und für das getüpfelte Hedjihn des Persers. Die Art und Weise, wie sie diese Tiere nur ganz verstohlen aber mit gieriger Bewunderung betrachteten und einander dann ansahen, fiel nicht mir, sondern auch Hadschi Halef auf.

„Effendi, das sind Pferdediebe!" flüsterte er mir zu.

„Vom Stamm der Beni Lam", ergänzte ich seine Worte.

„Maschallah! Das ist möglich!"

„Ich habe zwar keine Beweise dafür, möchte aber behaupten, daß ich mich nicht irre. Daß sie zu den Fawwahl der Scherarat gehören, ist eine Lüge, denn wären sie das wirklich, so führte sie der Weg nach Mekka immer den Tebuk-, Madschihn- und Medina-Karawanenpfad entlang, aber nicht so weit in die südöstliche Nedschd-Wüste herüber. Der Scheich der Beni Khalid hat uns ja gesagt, daß sein Kriegszug den Beni Lam gelte, und so ist es klar, wenigstens für mich, daß diese zwei Beduinen Kundschafter dieses Stammes sind, welche nach dem Beni Khalid suchen."

Bald darauf wurde uns der Beweis geliefert, daß ich mit dieser Vermutung nicht fehlgegangen war, denn als ihre Kamele getrunken hatten, fragte uns der eine:

„Wohin geht von hier aus euer Weg?"
„Nach der Ain Bahrid", antwortete ich.
„Dahin reiten wir jetzt und ruhen uns dann dort aus. Ihr werdet uns also morgen abend dort wiedersehen."
Wie schlau! Er wollte nur wissen, wann wir von hier aufzubrechen beabsichtigten. Darum führte ich ihn irre:
„Die Freude, euch dort zu treffen, ist uns versagt, denn wir sind so ermüdet, daß wir diesen Brunnen hier erst übermorgen verlassen werden."
Da fragte er unvorsichtig schnell: „So seid ihr morgen den ganzen Tag noch hier?"
„Ja."
„Habt ihr vielleicht Begegnungen gehabt? Wir wurden vor den Beni Khalid gewarnt, welche sich auf einem Kriegszug gegen die Beni Lam in der Gegend des Bir Hilu herumtreiben sollen."
Jetzt hätten wir die beste Gelegenheit gehabt, uns dadurch an den Beni Khalid zu rächen, daß wir die Beni Lam auf sie hetzten. Eine schnelle Bewegung Halefs sagte mir, daß er auch wirklich in diesem Sinn an meiner Stelle antworten wolle; ich kam ihm aber zuvor:
„Wir sind Hadschahdsch, grad so wie ihr und bekümmern uns nicht um die Streitigkeiten fremder Leute."
„Aber Auskunft könnte ihr uns doch geben, ob ihr eine Spur der Beni Khalid oder gar sie selbst gesehen habt!"
„Nein, denn ihr seid Beni Lam und keine Scherarat! Wir Haddedihn lassen uns nicht täuschen, und es fällt uns nicht ein, die Schuld am Blut anderer auf uns zu laden!"
Da wollte er heftig werden, besann sich aber eines anderen und war still. Nach kurzer Zeit stiegen sie auf, grüßten ganz kurz und ritten fort, und zwar in westlicher Richtung, während der Weg nach der Ain Bahrid sie doch nach Süden geführt hätte. Sie hielten es also für überflüssig, noch einen Versuch zu machen, unsere Ansicht über sie zu ändern.
„Warum sagtest du ihnen die Wahrheit über die Beni Khalid nicht?" fragte mich der Hadschi, als sie fort waren.
„Habe ich ihnen die Unwahrheit gesagt?"
„Nein. Du hast nichts als nur geschwiegen. Aber wie schön hätten wir uns der Rache Tawil Ben Schahids entziehen können, wenn wir ihnen die Beni Lam nachgeschickt hätten, von denen ich jetzt überzeugt bin, daß sie da im Westen von uns irgendwo stecken!"

„Wir hätten dadurch einen blutigen Zusammenstoß zwischen ihnen verursacht!"

„Der aber doch auch ohne uns ganz sicher geschehen wird!"

„Da sind wir ohne Schuld; meine Mitteilung aber wäre eine so direkte Ursache gewesen, daß ich mir später die bittersten Vorwürfe gemacht hätte. Denke doch an El Mizan, lieber Halef, an El Mizan!"

„Ja, ja, an die Waage der Gerechtigkeit! Du hast recht, Effendi! Es wird Liebe von uns verlangt, immer nur Liebe; hättest du aber die Frage dieses Kundschafters beantwortet, so würde es uns dereinst als Haß, als Rache angerechnet werden, und diese schwere Last wollen wir ja nicht auf unsere Seelen laden. Ich fürchte mich in meinem Leben zum allerersten mal, und zwar vor dieser fürchterlichen Waage, welche nichts verschweigt, sondern alles Verborgene an das helle Licht des Tages zieht!"

Wollte doch jedermann die Augen stets immer zu der Beobachtung offenhalten, daß das Gute die Belohnung und das Böse die Bestrafung ohne alles Zutun des Menschen schon in sich trägt! Leider üben die meisten Menschen diese Aufmerksamkeit fast nie, und nur in ganz in die Augen springenden Fällen läßt man sich zu einer Art von Erstaunen herbei, denkt einen kurzen Moment darüber nach und hält dann die Sache mit dem geistreichen Endurteil ‚Sonderbarer Zufall!' für abgetan! Und doch gibt es keinen Zufall! Wenigstens für den gläubigen Christen ist durch dieses Wort ein starker, dicker Strich gemacht. Der Erfinder desselben wußte von Gottes Weisheit und Gerechtigkeit nichts, und alle, die es nach ihm in den Mund nahmen, hatten, grad wie er, ihr Augenmerk zwar auf die irdische, nicht aber auf die himmlische Erkenntnis gerichtet. Man spricht so schön gelehrt vom Makrokosmos und vom Mikrokosmos; der erstere bedeutet die ganze Welt, der letztere ist der Mensch. Nun ist man wohl bereit, jene sogenannte ‚große Weltordnung' zu bewundern, nach welcher alles zum Makrokosmos Gehörige sich auf streng vorgeschriebenen Gesetzesbahnen bewegt und keine einzige der Welterscheinungen absolut für sich selbst bestehen kann, sondern sich in der innigsten Beziehung zum Ganzen befindet, weil sich das eine aus dem andern mit lückenloser Folgerichtigkeit entwickeln muß und bisher auch entwickelt hat. Das hat man wohl erkannt, und das gibt auch der Gottesleugner zu. Er gibt sogar auch zu, daß Gesetze von ähnlicher Unverbrüchlichkeit ebenso im Mikrokosmos, also im Menschen, walten, meint aber damit nur den für die Erde existierenden Menschen;

der für den Himmel bestimmte, den ich hier ‚Seele' nennen will, existiert ja für ihn nicht. Und doch gibt es eine – bitte, ja nicht zu lächeln! – eine Seelenweltordnung, welche wenigstens ebenso große Bewunderung verdient wie jene angestaunte Ordnung der makrokosmischen Welt!

Wie das Leben der Einzelseele eine gottgewollte Entwicklung eng zusammenhängender Folgerichtigkeiten zeigt, so werden auch die Beziehungen der Seelen zueinander von Gesetzen regiert, von welchen es keine Abwege und gegen die es kein Widerstreben gibt. Schau nur hinein in deine Seele, lieber Leser! Beobachte sie und ihre Regungen mit nachdenkender Aufmerksamkeit! Du wirst bald wunderbare Entdeckungen machen und vor allen Dingen zu der Erkenntnis gelangen, daß dir diese deine eigene Seele bisher eine vollständig unbekannte Welt gewesen ist! Es ist mir ja ganz ebenso gegangen! Aber als ich erst einmal mit Ernst angefangen hatte, da wuchs mein Interesse für diese meine innere Welt von Tag zu Tag, und es taten sich mir Ausblicke auf, die mich zum Weiterforschen förmlich begeisterten. Es begann zunächst eine große, leider so unendlich schwierige Reinigung, daß ich gar wohl einsehe, mit ihr in diesem kurzen Erdenleben nicht fertigwerden zu können; aber es wurde doch wenigstens so viel Erdenschmutz überwunden, daß mir jetzt, wo ich fast sechzig Jahre zähle, das Weiterlernen und Weiterüben als die schönste Aufgabe der mir noch beschiedenen, abendroten Tage erscheint. Wie herzlich, aber wie so von ganzem Herzen wünsche ich, daß jeder meiner Mitmenschen ein so beseligendes Abendrot haben möge!

Könntest du, meine Freundin oder mein Freund, deine Seele in die Hand nehmen und beobachten wie eine Uhr, welch ein wunderbares, wohlgeordnetes Ineinandergreifen sämtlicher Regungen würdest du da bemerken! Du würdest sehen, wie reingehalten sie werden muß, wieviel hinderlicher Erdenstaub stets zu entfernen ist. Du würdest erkennen, daß jedes einzelne ‚Ticktack' darauf berechnet ist, den Zeiger nach der mitternächtlichen, letzten Zwölf zu leiten, nach welcher dir die Eins des Jenseits schlägt. Das hängt alles, alles so innig zusammen, das kommt wie ganz von selbst; da kannst du dir nicht eine einzige Sekunde ohne die vorhergehende denken; da kann nicht eine einzige Minute als überflüssig weggelassen und zur zeitleeren Lücke werden. Genauso steht die leiseste Seelenvibration im Zusammenhang mit dem Ganzen, und ob dein Leben ein Streben nach dem Himmel oder ein Sträuben gegen den Himmel sei, es ist nicht das kleinste seelische Stäubchen in dir zu finden, welches unbeteiligt an diesem Streben oder Sträuben ist. Und wie in deinem Seelenmikrokosmos die treibenden Kräfte nur nach ganz bestimmten Regeln und Geboten tätig sind, so herrschen auch im Seelenmakrokosmos, also auf dem Gebiet der Zusammen-, der Aufeinanderwirkung menschlicher Seelen, Vorschriften und Gesetze, welche selbst die geringste Ordnungslosigkeit, also auch den Zufall, vollständig ausschließen. Es können zwei Seelen nicht, wenn auch noch so kurz, aneinander vorüberstreifen, ohne aufeinander zu wirken. Und wenn eine Seele die deinige nur einen Augenblick berührt, so wird diese Berührung einen Punkt in deinem innern Leben schaffen, der sich zur für dich vielleicht nicht bemerkbaren Linie weiterbildet. So entstehen Beziehungen, für dich einstweilen geheimnisvolle Fäden, welche dich mit andern unsichtbar, aber doch für immer vereinen und als einen nicht zu missenden, sondern notwendigen Teil des Ganzen mit der großen, unendlichen Welt der Seelen verbinden. Du gehörst notwendig zu ihr, wie die einzelne Minute zur Stunde, zum Tag, zum Jahr, zur Ewigkeit; sie würde ohne dich nicht vollständig sein. Und wie sie auf dich und deinen Einfluß, mag er auch noch so winzig und unbedeutend sein, nicht verzichten kann, so stehst auch du und so steht auch jede andere Seele in fortwährender, unabweisbarer Beziehung zu ihr und ihren Gesetzen, welche weit, weit entfernt liegende Ursachen an dir oder durch dich zur Tätigkeit bringen, so daß scheinbar plötzliche Handlungen entstehen oder vermeintlich zusammenhanglose Ereignisse eintreten, welche man sich nicht erklären kann. Dieses Herüberwirken der Seelenwelt in die Welt der Seele, diese Folgen, deren Gründe und diese Schlüsse, deren Voraussetzungen im verborgenen liegen, sind nicht etwa Unbegreiflichkeiten, sondern ganz das gerade Gegenteil, nämlich Beweise eines von der göttlichen Weisheit vorgeschriebenen und unendlich logischen Zusammenhanges der unsichtbaren mit der sichtbaren Welt. Wer diese unsichtbare freilich leugnet, weil er unter dem Pantoffel seines gelehrten und geliebten Materialismus steht oder nicht gewohnt ist, nachzudenken, der weiß sich beim Eintritt solcher, für ihn zusammenhangsloser Ereignisse nicht anders zu helfen, als daß er sie auf die Rechnung des ‚großen Unbekannten‘ und doch so Wohlbekannten schreibt, den man so wie jenen berüchtigten kriminellen Unbekannten an den Haaren herbeizieht, wenn man sich nicht mehr zu helfen weiß, auf die Rechnung des Zufalls nämlich.

Wenn ich mich des Wortes Materialismus bediene, so meine ich nicht nur die ungläubigen Materialisten. Es gibt auch gläubige Christen, und zwar sind es leider Millionen, welche ich so nenne. Sie halten sich für das Material der Erlösung, des Heils, der Seligkeit. Unser Herrgott hat sie geschaffen; er wird sie auch erhalten. Er hat sie für den Himmel berufen und muß sie also nun auch hinaufführen. Sie beten, sie singen, sie sind fleißige Kirchenbesucher und fühlen sich unendlich behaglich dabei. Der himmlische Vater hat es nun einmal grad auf sie abgesehen. Die Überzeugung, seine Lieblinge zu sein, verleiht ihnen einen Komfort, der ihnen über die irdischen Freuden geht, und das halten sie für ein Verdienst, welches er ihnen hoch anzurechnen hat. Sie sind geladene Hochzeitsgäste, und da sie damit einverstanden sind und ganz gern kommen wollen, so wird man sie per Equipage abholen. Da sie das Material der Seligkeit sind, so ist diese Seligkeit ohne sie gar nicht möglich; welche Freude muß also im Himmel über sie sein! Alle Mühen und Beschwerden des Himmelsweges legen sie in Gottes Hand; er wird ihnen schon darüber hinweghelfen, und seine Diener müssen Vorspann leisten! Für ihn und sie bestehen diese Leute nur aus dem äußern Menschen, dem die Auferstehung von den Toten und das ewige Leben verheißen ist. Ihre Seele aber? Gibt es denn eine Seele? Wenn ja, nun, so gehört sie zum Körper und muß doch mit ihm selig werden. Über diesen Punkt viel nachzudenken oder gar an dieser Seele zu arbeiten, das würde die ganze Behaglichkeit zunichte machen. Für diese Materialisten, diese Liebhaber des religiösen Komforts gibt es keinen Zufall, denn daß sie so fromm sind und so selig werden, das ist doch wahrlich kein Zufall, sondern die unbedingte Folge ihres hohen geistlichen und auch sonstigen Wertes; das ist doch leicht erklärlich! Und was sie nicht erklären können, das nennen sie nicht Zufall, denn dieses Wort paßt für einen guten Christen nicht, sondern Gottes Schickung. Aber wie das Wort Schickung hier gemeint ist, bedeutet es eben auch nur Zufall, und zwar nicht nur ein blindes, sondern ein gewolltes Ungefähr, und das ist noch schlimmer. Das Wort Schickung in diesem Sinn bringt das allgerechte und allweise Walten der göttlichen Liebe um die ihr auf den Knien zu zollenden Ehre. Geistliche Güter sind in gewissem Sinn auch als materielle Gaben zu bezeichnen, und die Liebe Gottes teilt diese Geschenke nicht nach Willkür aus, sondern nach Gesetzen, die ihre eigenen sind; sie handelt nicht regellos. Ist doch grad sie es, die jene geheimen Fäden in den Händen hält, welche Seele mit Seele vereinen und Ursache mit Ursache verbinden, so daß die Wirkung dann als eine Schickung im wirklichen Sinn, nämlich als eine Fügung des allgütigen Ratschlusses Gottes erscheint. Wer gelernt hat, zu sehen, der kann in seinem Leben Beweis um Beweis finden, daß das, was andere Zufall nennen, ein von der belohnenden, warnenden oder wohl auch strafenden Liebe herübergeleitetes Ergebnis seelischer Zusammenwirkung ist. Und wenn er eifrig sucht, wird er dann gewiß in seiner eigenen Seele den Berührungspunkt entdecken, der ihm erklärt, warum grad ihn und keinen andern diese Fügung traf, die dann für ihn nichts weniger als ein Zufall ist!

Warum aber hier diese Darlegung meiner Ansicht über den Zufall? Zunächst, weil es mir so sehr am Herzen liegt, so viele Menschen wie möglich an dem sonnigen Glück teilnehmen zu lassen, welches ich meinem Glauben verdanke. Und sodann bin ich jetzt beim Bir Hilu überzeugt, daß viele meiner Leser unser Zusammentreffen mit den beiden Beni Lam und unser Gespräch mit ihnen für Zufall halten werden, aber es stand mit dem, was geschehen war und noch geschehen sollte, in so engem Zusammenhang, und grad der Umstand, daß ich die Beni Khalid nicht verraten hatte, obgleich sie unsere Feinde waren und ihre Ablenkung von uns auf die Beni Lam vom größten Vorteil für uns zu sein versprach, lieferte uns dann später den augenfälligsten Beweis, daß eine jede Tat ihre guten oder bösen Folgen schon in sich trägt. Hätte ich nicht den seelischen Einflüssen in mir, sondern meiner kalten Berechnung und Klugheit gefolgt, so wären wir schon am nächsten Tag alle verloren gewesen!

Am Abend dieses Tages saßen wir beisammen, zum letztenmal mit dem Basch Nazyr, wie wir alle meinten. Wir hatten einige Wachen ausgestellt und unterhielten uns, wie das ja begreiflich ist, fast ausschließlich über das, was wir seit unserem Zusammentreffen mit ihm gemeinschaftlich erlebt hatten. Später, als die Zeit zum Schlafen gekommen war, richtete er die Frage an mich:

„Sihdi, ich habe eine Bitte an dich. Wirst du sie mir erfüllen?“

„Recht gern, wenn ich kann“, antwortete ich.

„Ich möchte gern eines meiner Kamele mit einem von euch vertauschen.“

„Warum?“

„Um ein Andenken zu haben.“

„So! Ich habe kein Kamel, bezweifle es aber nicht im geringsten, daß Halef auf deinen Wunsch eingeht.“

„Das wird er gewiß tun; nur möchte ich gern wissen, ob du gewillt bist, das Kamel von mir anzunehmen."

„Ich?"

„Ja; denn du bist es, der es reiten soll."

„Warum ich?"

„Weil es ein Andenken von mir an dich sein soll. Ich gebe dir meine Hedjihnstute, und weil ich dann ein Kamel zu wenig haben würde, bitte ich mir dafür ein anderes aus."

Ich sah ihn an, ohne zunächst zu antworten. Diese herrliche, unbezahlbare Stute wollte er mir schenken! Als Scherz konnte ich dieses Anerbieten unmöglich auffassen und behandeln, und da es also Ernst war, so handelte es sich um eine gradezu fürstliche Freigebigkeit, von der ich nicht wußte, wie ich mich zu ihr verhalten sollte. Ja zu sagen, widerstrebte meinem ganzen Wesen, und ein Nein hätte ihn nicht nur kränken, sondern sogar schwer beleidigen müssen. Da fuhr er fort:

„Ich begreife, daß dir mein Wunsch überraschend kommt, hoffe aber, daß du ihn nicht für zudringlich halten wirst. Es würde mir eine stolze Freude sein, zu wissen, daß Kara Ben Nemsi Effendi auf meinem Hedjihn sitzt. Den Wert des Tieres darfst du nicht berücksichtigen, denn ich habe es ja nicht zu bezahlen gehabt und kann mir von Tscharbagh zu jeder Zeit ein ähnliches erbitten. Dazu kommt, daß du mir das Leben gerettet hast und . . ."

„Ich nicht!" warf ich ein.

„Ja, doch du! Dabei will ich aber die Verdienste Halefs um mich gar nicht schmälern. Auch hast du den Kanz el A'da entdeckt; ohne dich würde ich ihn nicht wiederbekommen haben. Du wirst also einsehen, daß das Geschenk dieses Kameles gar nichts ist gegen das, was ich dir zu verdanken habe. Ich will jetzt nicht in dich dringen; du hast ja eine ganze Nacht Zeit dazu, es dir zu überlegen. Aber ich gebe mich der Hoffnung hin, daß du mir morgen früh nicht den Schmerz bereitest, mir diese Bitte abzuschlagen, die mir so aus dem Herzen kommt!"

Er wendete sich ab und schien also die Sache als für einstweilen erledigt zu betrachten; darum sagte auch ich nichts mehr; aber Halef, der dabeigesessen hatte, raunte mir dringlichst zu:

„Effendi, du wirst es annehmen; ja, du mußt sogar! Einen Freund darf man doch nicht durch die Verweigerung der Annahme eines Geschenkes beleidigen!"

„Aber eines solchen!" antwortete ich.

„Es ist freilich wertvoll, höchst wertvoll, ja; aber du mußt bedenken, daß du es zwar jetzt für dich, dann aber auch für uns bekommst!"

„Ah! Du schaust aus diesem verborgenen Loch heraus?"

„Ja. In deiner Heimat ist dir dieses Hedjihn nutzlos, und so wirst du es mit ihm wohl ebenso machen, wie du es damals mit deinem herrlichen Rih gemacht hast, nämlich du wirst es nicht mitnehmen, sondern bei uns lassen. Und nun denke dir unsere Freude, wenn wir für unsere Zucht eine fünfjährige, tadellose Stute von dieser Vortrefflichkeit erhalten! Wenn du es annimmst, erweist du unserm Stamm einen Dienst, der uns dir zur größten Dankbarkeit verpflichtet. Ich hoffe, daß du das einsiehst! Oder etwa nicht?"

„Doch! Es wäre eine vortreffliche Erwerbung für euch!"

„Schön, Effendi! Es freut mich, daß du diese Einsicht besitzt. Sie ist aber nur die Nebeneinsicht, und ich hoffe, daß dir nun auch noch die Haupteinsicht kommt!"

„Welche?"

„Daß du es annehmen mußt. Willst du?"

„Hm!"

Da wendete er sich rasch zum Perser:

„Mein Freund Khutab Agha. Es liegt mir sehr am Herzen, daß mein Sihdi deinen Wunsch erfüllt. Ich habe ihn jetzt in diesem Sinne bearbeitet und kann dir mitteilen, daß ich zufrieden bin, denn er hat soeben schon ‚gehmt'! Da ich ihn sehr genau kenne, so weiß ich, daß man bei ihm von diesem unschlüssigen Hm bis zum schließlichen Ja nicht weit zu reiten hat. Es ist mir gelungen, ihn schon halb und halb, ja schon vielleicht dreiviertel für deinen Vorschlag einzunehmen, und so darfst du der angenehmen Hoffnung sein, daß das vierte Viertel sich bis morgen früh auch noch einstellen wird. Du wirst also einsehen, daß das Kismet dir und deinem Kamel nicht ungünstig gestimmt ist. Ihr werdet voneinander befreit werden!"

Dieser liebe, kleine Pfiffikus! So schwer es ihm stets wurde, sich in die Verhältnisse und Anschauungen meines Vaterlandes zu versetzen, in welches er den Orient fast stets zu übertragen pflegte, jetzt, wo es sich um die Aneignung des Hedjihns handelte, hatte er sich sofort daran erinnert, daß mir ein Kamel in der Heimat nichts nützen könne! Und dann die rasche sonderbare Ausbeutung meines Hm. So etwas brachte eben nur mein Hadschi Halef fertig!

Früh gestand er mir, daß er wegen des Hedjihns fast die ganze Nacht nicht habe schlafen können und daß ich es unbedingt annehmen müsse, wenn ich ihn nicht für seine ganze Lebenszeit um den Schlaf bringen wolle, was doch unbedingt seinen schließlichen Tod zur Folge haben müsse. Dann zog er den Basch Nazyr heran, und ich wurde von ihnen – nach Halefs gestrigem Ausdruck – in der Weise „bearbeitet“, daß ich schließlich wohl oder übel meine Einwilligung erteilte. Das gab einen Jubel bei den Haddedihn! Ebenso kann ich von dem Perser sagen, daß er sich wirklich und aufrichtig freute. Er hatte mir das Geschenk nicht in chinesischer Weise, auf welche man mit der Nichtannahme zu antworten hat, angeboten, und diese seine Freude war mir ebenso lieb wie der Gegenstand seiner Freigebigkeit. Während die andern das Kamel umringten und alle seine Vorzüge aufzählten, wobei es von ihnen als „unser“ Hedjihn bezeichnet wurde, nahm er mich auf die Seite und sagte:

„Effendi, da du mich mit der Annahme meines Geschenkes beglückt hast, muß ich dir etwas sagen, was jetzt noch niemand außer dir zu wissen braucht. Es ist dir wohl bekannt, daß man den Kamelen nicht wie den Pferden reinsten Blutes ein ‚Geheimnis‘ geben kann, denn sie sind zu dumm dazu; bei diesem Hedjihn aber ist es mir gelungen, und zwar vortrefflich. Es besitzt eine Intelligenz, welche man bei seinesgleichen sonst vergeblich sucht, und ist so treu, anhänglich und willig wie ein Pferd. Da es nun dein Eigentum ist, will ich dir sein Geheimnis mitteilen, damit du es anwenden kannst. Das Tier heißt Maschurah – Die Berühmte. Um es vorher aufmerksam zu machen, mußt du diesen Namen zweimal nennen, worauf du dreimal hintereinander das Wort „Bubuna“ – Kamille – sagt. Hast du das getan, so entwickelt es eine Eile, welche dir die stille Luft als Wind erscheinen läßt, und hört nicht eher auf, als bis du ihm das Wort „Yawahsch!“ – langsam, sachte – auch dreimal sagst. Da das Kamel das Pferd an Ausdauer überhaupt übertrifft, so hält meine Maschurah, die nun die deinige ist, auch unter dem Geheimnis viel länger aus als ein Pferd, was dich aus großer Gefahr erretten kann und jede Verfolgung nutzlos machen wird. Hast du dir das alles gut gemerkt?“

„Ja; ich danke dir! Aber sag, warum hast du grad dieses Wort Bubuna gewählt?“

„Weil dieses Hedjihn eine große und ganz sonderbare Vorliebe für Kamille hat. Ich habe darum, so oft ich es reite, stets einige von diesen Pflanzen in der Tasche. Ich reibe sie in der Hand, so daß sie nach ihnen riecht und liebkose dann das Maul und die Nase Maschurahs mit dieser Hand. Wenn du das tust, wirst du seine Freundschaft und Liebe schnell erwerben. Nur darfst du es keinem andern verraten, dem es dann durch Anwendung dieses Mittels gelänge, die Anhänglichkeit des Tieres auf sich zu lenken. Ich habe auch jetzt Kamillen mit und werde sie dir geben. Sie sind trocken geworden, duften aber noch stark genug.

Ein Kamel mit einem „Geheimnis“! Das hatte auch ich bisher für unmöglich gehalten. Wenn es sich bewährte, so war diese Stute allerdings unbezahlbar zu nennen! Er gab mit die Pflanzen, welche ich einsteckte, und erteilte dann seinen Asakern den Befehl, sich zum Aufbruch zu rüsten.

Als dies geschehen war, verabschiedete er sich von uns. Es geschah das in der herzlichsten Weise. Man sah ihm an, daß er uns liebgewonnen hatte; die Tränen standen ihm in den Augen, und er griff immer und immmer wieder nach unsern Händen. Es war wirklich als ob er sich gar nicht von uns trennen könne.

Ich forderte ihn zur größten Vorsicht auf und bat ihn, wenigstens für heut ja den Weg zu meiden, den er, und wir nach ihm, hierhergeritten waren. Er versprach das auch, doch leider nicht in der bestimmten Weise, wie ich es wünschte, und ich merkte gar wohl, daß er die ihm von den Beni Khalid drohende Gefahr nicht für so bedeutend hielt wie ich. Er glaubte, seinen Kanz el A'da sicher zu haben, denn sie waren ja nach Süden gezogen, während er nach Norden ritt. Als er sich schon in Bewegung gesetzt hatte, rief ich ihm meine Warnung noch einmal dringend nach. Er drehte sich nach uns um und nickte mir lächelnd zu, doch grad dieses Lächeln wollte mir nicht gefallen!

Es verstand sich ganz von selbst, daß Halef ihm eines unserer besten Hudjuhn gegeben hatte, welches zwar nicht den Wert von Maschurah besaß, aber doch verläßlich war. Als sich die Reiter so weit entfernt hatten, daß wir sie nicht mehr sehen konnten, beschäftigte ich mich mit der Stute. Sie hatte ihrem bisherigen Herrn sehr lange nachgesehen, eine Anhänglichkeit, die von uns allen noch bei keinem Kamel beobachtet worden war. Als ich ihr mit meiner nach den Kamillen duftenden Hand über die Nase strich, sog sie den Geruch mit sichtbarer Wonne ein, streckte die Lippen wie Fangschalen so außerordentlich weit, daß ich darüber lachen mußte, aus und ließ die Hand vollständig im Maule verschwinden, wo sie, das Gebiß nur ganz sanft auflegend, an ihr zu saugen begann wie ein Kind an einem Zukkerstück. Ich sah, daß es mir nicht schwerfallen werde, ihre Zuneigung zu gewinnen, und ließ ihr meinen Sattel auflegen, denn es verstand sich ganz von selbst, daß ich sie nun ritt.

Nun konnten auch wir den Bir Hilu verlassen, den wir wohl nicht wiedersehen würden; so dachten wir, weil wir uns für die Heimkehr von Mekka einen andern Weg vorgenommen hatten, doch es steht geschrieben: „Denn meine Gedanken sind nicht eure Gedanken, noch meine Wege eure Wege, spricht der Herr!" Unsere Schläuche waren voll. In dieser Beziehung waren wir darauf vorbereitet, die Ain Bahrid heute abend schon besetzt zu finden. Wir hatten Wasser für mehrere Tage.

Als wir den Brunnenplatz verlassen hatten, waren die Spuren der Beni Khalid so deutlich zu sehen, daß wir ihnen mühelos folgen konnten, denn es verstand sich ganz von selbst, daß wir dies taten. Wir mußten wissen, woran wir mit ihnen waren. Nach vielleicht einer Stunde kamen wir aus der Wüste der zerstreuten Felsengruppen heraus auf den offenen, ebenen Sand. Die Fährte führte genau in der Richtung der „Kalten Quelle".

Halef und Kara ritten neben mir. Unsere Unterhaltung hatte fast nur den Perser zum Gegenstand, der in dem gestern abend geführten Gespräch wiederholt den tiefen Eindruck verraten hatte, der ihm von der vorgestrigen Szene mit Ben Nur hinterlassen woren war. Das Wort von der Liebe hatte sich seinem Herzen so tief eingeprägt, daß er wiederholt und mit großem Eifer darauf zurückgekommen war. Darum hegten wir die Überzeugung, daß sie von jetzt an wohltätig auf sein Tun und Leben einwirken werde.

Nach einer zweiten Stunde bog die Spur nach Westen ab. Das war ein Umstand, der uns auffallen mußte. Es kam uns nicht bei, unsere bisherige Richtung innezuhalten, sondern wir blieben der Fährte der Beni Khalid treu. So ritten wir vielleicht zwei Stunden lang nach Sonnenuntergang und sahen dann an dem Horizont vor uns eine dunkle Linie auftauchen, von welcher der Ben Harb, unser Führer, vermutete, daß sie ein langgestreckter Höhenzug sei, von dem er wohl gehört hatte, dessen Namen er aber nicht kannte. Wenn er sich nicht irre, müsse die Wüste nun wieder steinig werden.

Dies war auch wirklich der Fall. Je näher wir dieser Höhe kamen, desto gerölliger wurde der Sand; dann trat der nackte, unbedeckte Felsen zutage, auf welchem wir nur noch mit Mühe die Spuren entdecken konnten.

„Warum mögen die Beni Khalid wohl von ihrem Weg abgewichen und hierhergeritten sein?" fragte Halef. „Ob das mit uns zusammenhängt, Sihdi?"

„Zunächst wohl mit dem Perser und dann auch mit uns", antwortete ich. „Mir wird jetzt angst um ihn, und ich wünsche von Herzen, daß meine Vermutung sich nicht bestätigen möge! Die Beni Khalid haben diese ihre neue Richtung in so auffälliger Weise eingeschlagen, daß die Absicht, wir möchten ihnen folgen, für mich bewiesen ist. Wahrscheinlich stecken sie dort an einer verborgenen Stelle dieser Höhe, um uns zu überfallen, wenn wir kommen. Aber es gibt auch wieder einen Grund, grad dies nicht anzunehmen. Ich bin überzeugt, daß es Tawil Ben Schahid nicht eingefallen ist, auf den Kanz el A'da zu verzichten. Er weiß, daß ihn der Perser hat, von dem er ihn nur dadurch erlangen kann, daß er ihm unterwegs auflauert. Wenn er diese Absicht verfolgt, kann er nicht hier stecken, sondern ist in einem weiten Bogen um den Bir Hilu zurückgeritten, um sich jenseits desselben dem Basch Nazyr in den Weg zu legen. Wir haben es also mit zwei verschiedenen Annahmen zu tun: Entweder sind die Beni Khalid hier, um uns aufzulauern, oder sie sind jetzt nördlich vom Bir Hilu zu suchen."

„Aus welchem Grund wären sie da aber hierhergeritten?"

„Des felsigen Bodens wegen, auf welchem die Spuren schwer zu lesen sind. Sie halten unsere Augen nicht für besser als die ihrigen und sind darum überzeugt, daß wir ihre Fährte hier verlieren werden. Zugleich haben sie wohl an den Vorteil gedacht, den sie über uns erringen, wenn sie sich zuerst den Perser holen, denn dadurch kommen sie uns in den Rücken, während wir glauben, sie vor uns zu haben. Es ist auch ein dritter Fall möglich, nämlich der, daß der Scheich seine Leute geteilt hat. Wenn dies geschehen sein sollte, so werden wir von der einen, wahrscheinlich größeren Abteilung hier erwartet, während er selbst mit der andern nach Khutab Agha sucht. Ich werde mir sogleich darüber Klarheit verschaffen. Wir halten, um ihnen nicht zu nahe zu kommen, jetzt hier an, und ich suche, ob es eine Spur gibt, welche zurück nach Norden führt."

„Das wird hier auf diesem harten Felsen lange dauern!"

„Nein, denn ich gehe bis zur Grenze des Sandes hinüber. Reite ich dieser entlang, so muß ich die Eindrücke, wenn es überhaupt welche gibt, unbedingt finden. Auch lange dauert das nicht, weil ich ja weiß, nach welcher Seite sich Tawil gewendet hat; ich habe also nicht die ganze Höhe zu umreiten."

„Darf ich mit?"

„Ja. Wir nehmen aber unsere Pferde. Die Kamele sind mir zum Spurensuchen zu hoch. Komm!"

Halef bestieg seinen Barkh, ich meinen Assil Ben Rih. Wir ritten seitwärts ab, bis wir den Sand erreichten, und bogen dann links um, wodurch wir auf die Spur einer etwa nach Norden gerittenen Ben Khalid-Schar treffen mußten. Mich zur Seite des Pferdes möglichst tief herunterneigend, um die Augen dem Boden nahe zu bringen, ließ ich meinen Rappen schlank vorwärts fliegen und hatte sehr bald die Genugtuung, ihn anhalten zu müssen, denn wir trafen auf eine sehr deutliche Fährte, welche von der Höhe hierher- und dann in nördlicher Richtung weiterführte. Wir stiegen ab, um sie zu betrachten. Diese Beni Khalid waren so eng zusammengeritten, daß die Einzelspuren nicht auseinandergehalten werden konnten; es gelang uns also nicht, sie zu zählen, doch glaubte ich, der Wahrheit nahezukommen, wenn ich über dreißig und höchstens vierzig Reiter schätzte. Diese Zahl war ja auch vollständig ausreichend, den Perser mit seinen zwanzig Soldaten zu überwältigen, zumal Scheich Tawil gewiß annahm, daß der Khutab Agha auf so einen Überfall gar nicht vorbereitet sei.

Jetzt wurde es auch dem Hadschi angst.

„Effendi, deine Befürchtung ist eingetroffen!“ sagte er. „Ich wette, daß unser Freund jetzt, in diesem Augenblick schon tot ist! Was tun wir? Sage es schnell, sehr schnell!“

„Es kommt alles darauf an, ob er meine Warnung beachtet hat, den Herweg zu meiden. In diesem Fall kann er den Beni Khalid entgangen sein.“

„Ich befürchte, daß er sie nicht befolgt hat, denn er nahm sie nicht so ernst auf, wie du sie meintest. Denkst du, daß er noch zu retten ist?“

„Vielleicht. Wir dürfen keinen Augenblick versäumen. Steig schnell auf! Wir müssen alle umkehren!“

Während wir zu unseren Leuten zurückjagten, teilte ich ihm meinen Entschluß mit:

„Wir reiten so schnell wie möglich nach dem Bir Hilu zurück, nicht auf dem Weg, den wir gekommen sind, denn er bildet einen rechten Winkel, sondern auf der geraden Schnur von hier nach hin. Von dort aus halten wir uns auf der Spur des Persers und werden dann wohl bald erfahren, wie es mit ihm steht. Da ich das Schlimmste befürchte, so reite ich voraus, denn wenn es notwendig ist, halte ich mit meinem Henrystutzen die ganze Beni Khalid-Schar in Schach, und ihr habt hinter mir nur meiner Spur zu folgen.“

„Warum wir hinterher und nicht gleich mit?“

„Weil eure Kamele nicht schnell genug sind; sie müssen ja zurückbleiben!"

„Aber unsere Pferde doch!"

„Ich nehme Maschurah, die Hedjihnstute. Selbst wenn ihr den Pferden das Geheimnis sagt, könnt ihr nicht mit mir fort, denn sie hält länger aus als jedes Pferd. Das ist abgemacht. Sprich also nicht dagegen! Auch bitte ich dich sehr ernstlich, ja keine Fehler zu begehen! Ihr kommt, so schnell ihr könnt, mir immer nach und habt euch dabei stets vor einem plötzlichen Zusammentreffen mit den Beni Khalid zu hüten, den sie nehmen ihren Rückweg auf alle Fälle über den Bir Hilu, und so ist es möglich, daß ihr schon auf sie stoßt, während ich dem Perser nacheile. Dieses letztere kann allerdings nur dann der Fall sein, wenn sie ihn nicht gefunden haben, weil er meine Warnung befolgt und einen andern Weg gewählt hat. Also, Halef, Schnelligkeit und Vorsicht! Weiter habe ich jetzt nichts zu sagen!"

Wir hatten nun unsere Leute erreicht. Ich schwang mich vom Pferd und sofort in den Sattel des Kamels. Ein kurzer Gruß und ich ritt fort, dem Hadschi die Erklärung dieser meiner Eile überlassend.

Ich ließ Maschurah einige hundert Schritte langsam gehen; dann trieb ich sie an; sie gehorchte; es ging ja zum Brunnen zurück! Wir waren vom Bir Hilu aus erst in gerader Linie zwei Stunden lang, und dann in einem rechten Winkel von ihr aus über zwei Stunden wieder geradeaus geritten. Das machte zusammen einen Weg von ungefähr vier Stunden und einer halben. Dieser Weg bildete die zwei Katheten eines rechtwinkeligen Dreiecks, auf dessen Hypotenuse ich nun zurückkehrte. Sie war also nach der von uns bis jetzt innegehaltenen Schnelligkeit ungefähr drei Stunden lang. Aber Maschurah griff so erstaunlich aus, daß ich den Bir Hilu schon nach drei Viertelstunden erreichte.

Die Beni Khalid konnten freilich schon hier sein; ich hatte aber keine Zeit, mich von diesem Gedanken aufhalten zu lassen, denn wenn sie sich am Brunnen befanden, so lag grad in der Schnelligkeit für mich der beste Schutz vor ihnen; ich kam an ihnen vorüber, ehe sie nur daran denken konnten, etwas gegen mich zu unternehmen. Der Platz war aber leer, kein Mensch zu sehen!

Maschurah hatte einen wunderbar leichten, elastischen Gang. Ich saß, obwohl ich balancierte, wie in einem unbeweglichen Stuhl. Sie besaß im höchsten Grade die hochgeschätzte Eigenschaft, welche der Beduine mit dem Worte „raumverzehrend" bezeichnet, und dabei ließ sie auch nicht die Spur von Anstrengung bemerken!

Als ich den Brunnen hinter mir hatte, war ich außerordentlich gespannt darauf, ob der Basch Nazyr einen andern Weg eingeschlagen hatte oder nicht. Im ersteren Fall durfte ich hoffen, daß er von den Beni Khalid verfehlt worden sei; im letzteren aber war fast mit Sicherheit anzunehmen, daß sie ihren Zweck erreicht hatten.

Bekanntlich waren wir bei unserm Weg nach dem Brunnen östlich ausgewichen. Ich konnte also erst, nachdem ich diesen Bogen abgeschnitten hatte, auf unsere alte Fährte treffen. Dies geschah sehr bald, und da bemerkte ich denn, daß der Perser meine Warnung nicht befolgt hatte; seine Spur führte auf der früheren zurück!

Nun gab es nur noch eine, wenn auch sehr kleine Hoffnung: Wenn er langsam geritten war und der Hinterhalt der Beni Khalid in bedeutender Entfernung von dem Brunnen lag, so war es möglich, daß er sie noch nicht erreicht hatte. Freilich waren seit seinem Fortritte schon über fünf Stunden vergangen, die ich nun einzuholen hatte. Welch ein Glück also, daß der Perser so aufrichtig gewesen war, mir das Geheimnis der Stute mitzuteilen! Denn nur durch die Anwendung desselben konnte ich es ermöglichen, meine Absicht auszuführen.

Ich beobachtete das Hedjihn also sehr aufmerksam, ob es eine Spur von Ermüdung oder Atemmangel zeige. Es ging aber so leicht und frisch, als ob es soeben erst das Nachtlager und die Tränke verlassen habe. Darum gab ich ihm nun das Zeichen. Ich rief zweimal seinen Namen und dann, als es aufhorchte, dreimal das Wort Bubuna. Der Erfolg war, daß es mit den Ohren spielte und in seinem bisherigen Schritt verblieb. Ich wartete eine Weile und wiederholte es dann – ganz mit demselben Mißerfolg. Ich hatte ganz genau getan, was mir von Khutab Agha gesagt worden war! Hatte er vielleicht bei seiner Mitteilung etwas vergessen?

Es wurde mir heißer und heißer, nicht etwa bloß von der über mir brennenden Sonne, sondern auch weil meine Angst um den Perser in stetem, schnellem Wachsen war. Wie konnte ich ihn retten, wenn mir das Kamel nicht gehorchte! Ich wiederholte den Versuch noch zweimal, doch vergeblich; ich bekam ganz dasselbe Ohrenspiel zur Antwort, weiter nichts! Da dachte ich denn nun endlich an den Umstand, daß mich das Hedjihn ja noch gar nicht kannte. Vielleicht war das schuld an seiner Weigerung! Ich hielt also an, stieg ab, rieb mir die Hand mit den Kamillen ein und hielt sie ihm dann hin. Sie wurde mit Begierde in das Maul genommen und dort festgehalten. Ich hatte nur acht oder zehn Pflanzen bekommen, die schon ganz abgebraucht waren, beschloß aber dennoch, einige davon zu opfern. Maschurah schnappte mit wahrer Wonne zu; ich bekam die Hand frei und stieg wieder auf. Zunächst ließ ich sie eine kleine Strecke langsam gehen; dann trieb ich sie an, und als sie gehorcht hatte, wartete ich nicht länger, den letzten Versuch zu machen:

„Maschurah, Maschurah! Bubuna, bubuna, bubuna!"

Da bekam ich einen Ruck, der mich fast aus dem Sattel warf, und dann – ja, dann ging es los, und aber wie! Ja, es war genauso, wie der Perser gesagt hatte: Die stehende Luft, die wir durchschnitten, wurde für mich zum Wind. Ich war früher einigemale gezwungen gewesen, bei meinem Rapphengst Rih auch das Geheimnis anzuwenden, und muß der Wahrheit nach gestehen, daß es mir jetzt war, als ob Rih damals schneller gewesen sei als das Hedjihn jetzt; ich bin auch jetzt noch überzeugt, daß dies kein Irrtum war; aber es kam nun darauf an, auf wessen Seite die größte Ausdauer war, ob auf der Seite des Pferdes oder des Kameles! Der Basch Nazyr hatte, wie man weiß, dem letzteren den Vorzug gegeben.

Es war jetzt kein Ritt, kein Jagen mehr, sondern ein Fliegen zu nennen. Die Felsengruppen, die es noch gab, schossen förmlich an uns vorüber. Dann kamen wir hinaus auf die steinige Serir, wo ich, um mich eines vaterländischen Ausdruckes zu bedienen, „aufzupassen hatte wie ein Heftelmacher", um die Fährte, welcher ich folgte, micht zu verlieren. Doch gehorchte Maschurah trotz der ungeheuern Schnelligkeit jedem meiner Worte und auch der leisesten Berührung mit dem dünnen Metrek – Lenkstab. Auf dieser Ebene brauchte das Hedjihn zehn Minuten, um eine Strecke zurückzulegen, für welche auf dem Herweg im Schritt eine ganze Stunde notwendig gewesen war. Und diese unbeschreibliche Hast wurde nicht geringer, sondern blieb sich stetig gleich, auch als wir die Serir hinter uns hatten und in den Sand kamen, bei dessen Beschreibung ich vom „Mahlen" der Hufe sprach. Aber er strengte unbedingt mehr an als der Felsenboden. Maschurah begann zu schwitzen.

Dann wuchsen die schon beschriebenen Dünenreihen aus dem Sand empor. An der ersten hatte, wie ich aus den Spuren sah, der Perser aus irgendeinem Grund längere Zeit gehalten. Es war mir der Gedanke gekommen, das Hedjihn hier verschnaufen zu lassen; aber bei dem Anblick dieses Halteplatzes unterließ ich es, das Zeichen dazu zu geben, denn durch die hier entstandene Verzögerung war das Zusammentreffen des Basch Nazyr mit den Beni Khalid verzögert worden, und dadurch vergrößerte sich für mich die Möglichkeit, ihn doch noch vorher einzuholen und von ihnen abzulenken.

Es war eine böse Anstrengung, welche das brave Tier zu überwinden hatte! Auf der einen Seite sich an den steilen Sandbergen in fast rasenden Sätzen emporschnellend, schoß es an der andern mehr rutschend, gleitend und oft dem für uns beide gleich gefährlichen Sturz nahe, wieder hinab, um die nächste Düne in eben dieser Weise zu überwinden. Der Schweiß zeigte sich stärker; schon bildete sich ein weißer Schaumrand an den Lefzen, und – ja, da hörte ich den ersten, hastigen, lauten Atemstoß. Es war Zeit, innezuhalten!

„Yawahsch, yawahsch, yawahsch!" rief ich.

Maschurah fiel sofort in ein langsameres Tempo, in welchem ich sie aus Vorsicht noch eine ziemliche Strecke gehen ließ, bis sich wieder ruhiger Atem zeigte und der Schaum verschwunden war. Dann hielt ich an, stieg ab, liebkoste sie mit wirklicher Dankbarkeit, denn sie hatte mehr, weit mehr als ihre Pflicht getan, und gab ihr die Datteln, welche ich für Assil Ben Rih eingesteckt hatte. Die Art, wie sie mich dabei ansah, war geradezu rührend. Ein solches Kamelauge hatte ich noch nicht gesehen! Das war nicht die rote Farbe desselben, sondern der Inhalt des Blickes! Es schien, als ob sie mich fragen wolle, ob ich mit ihr zufrieden sei. Wahrlich, der Mensch sollte doch stets beherzigen, daß das Tier auch eine denkende und fühlende Seele besitzt, welche Liebe und Härte vielleicht tiefer empfindet und besser zu unterscheiden weiß, als wir alle denken! Ich habe zum Beispiel Beobachtungen gemacht, welche mir bewiesen, daß der Hund ein schärferer Menschenkenner ist als der Mensch selbst, und wenn das Tier in dieser Beziehung eine anerkennenswerte Tätigkeit der Seele zeigt, so widerstrebt es mir auch in anderer Beziehung, es für unfähig zu halten. Und doch, wie gefühllos verfährt der Mensch gegen seine Mitgeschöpfe, die ebenso wie er ihr Dasein der Güte des Alliebenden verdanken! Ich glaube nicht, daß er sie dazu geschaffen hat, versengt, verbrüht, verhungernd und verdürstend, an das Marterbrett geschnallt, qualgekrümmt und schmerzheulend auf dem Feld des Tierversuches, der heiligen Vivisektion, zu verenden oder vielmehr, noch lebend schon als Aas behandelt, zu verrecken! Man verzeihe mir diesen unästhetischen, doch wahren Ausdruck! Ich bin ein Menschenfreund und darum auch ein Tierfreund, und beides muß und muß und muß ich sein, weil ich als Christ nicht anders kann! Wer als Tierquäler über diesem Christentum erhaben steht, der mag immerhin mein schwaches, lächerlich gefühlvolles Herz aburteilen; ich aber bin ganz froh, daß ich grad dieses und keine anderes, auch nicht das seinige, habe! Halef würde sagen: „El Mizan, el Mizan, die Waage der Gerechtigkeit! Sie mißt auch das kleinste unserer Gefühle!" Und ich gestehe aufrichtig, daß ich, wenn ich ein Jünger der so inbrünstig festgehaltenen, inevitabeln Vivisektion wäre, mich vor dieser Waage fürchten würde! Doch weg von dieser Abschweifung, welche vielleicht Entschuldigung findet, weil sie aus dem Herzen kam!

Ich gab dem Hedjihn noch einige der Bubunapflanzen und stieg dann wieder auf, denn nach dieser höchst notwendigen Schonung des braven Tieres durfte keine weitere Minute versäumt werden. Wir begannen wieder im Schritt, gingen dann in schnelleres Tempo über, worauf ich das Geheimnis wieder wirken ließ. Maschurah gehorchte dieses Mal sofort.

Es tat mir leid, sie zum zweitenmal in dieser Weise anstrengen zu müssen; aber es handelte sich um viele Menschenleben, und so außerordentlich ihre Leistung war, das, was man „Schinden" nennt, das war es denn doch nicht. Sie ging freiwillig; sie trug keine Kandare, kein schmerzendes Gebiß, und sie wurde von keinem Peitschenschlag getrieben.

So flogen wir wieder bergan und bergab wie vorher. Wie oft wich der Sand unter ihren Füßen; wie häufig war sie dem Sturz, dem Überschlagen nahe, ohne daß ich sie, wie bei einem Pferd, mit Hilfen unterstützen konnte! Und doch kam sie wohl zum Straucheln, zum Stolpern, Gleiten, doch aber nicht zu Fall. Sie hielt aus; sie war ein wirklich unbezahlbares Tier!

Da kam ein Augenblick, an welchem eine ungewöhnlich hohe, aber auf dieser Seite nicht steile Düne zu nehmen war. Sie stieg langsam empor, allmählich, und Majurah fegte im rasenden Lauf hinauf; hätte ich auf dem Herweg gewußt, daß und in welcher Weise ich wiederkommen würde, so wäre ich wohl aufmerksam gewesen, mir die gefährlichen Stellen gut zu merken. Es schwebte mir jetzt eine vor, wo die nördliche Kante einer Düne oben eingefallen war; es gab da einen steilen Sandsturz, den wir, um auf die Höhe zu gelangen, hatten umreiten müssen. Jenseits war es dann um so weniger schroff, fast bequem, hinabgegangen. Sollte das die jetzt vor uns liegende Höhe gewesen sein?! Es ging ja hier auf der südlichen Seite leicht hinan! Herrgott! Dann stand uns ein schwerer Fall bevor!

„Yawahsch, yawahsch, yawahsch!“ schrie, nein brüllte ich.

Aber das Hedschihn war schon hinauf; es wollte auch gehorchen, konnte es aber nicht so schnell, wie es erforderlich war. Ja, ein Pferd, welches man an den Zügeln hat, daß reißt man auf die Seite, was allerdings auch nicht ungefährlich ist! Aber hier saß ich im hohen Kamelsattel und besaß weder im Metrek noch in der Maulleine ein Mittel, das Tier so rasch von der gefährlichen Richtung abzubringen. Mein Ruf bewirkte zwar sofort eine Verringerung der vorwärtstteibenden Energie, aber doch schon zu spät. Ich sah nicht hinüber nach der nächsten Höhe und auch nicht hinunter in das zwischen ihr und uns liegende Dünental; ich hatte keine Zeit dazu, denn das, was jetzt geschah, vollzog sich in einem einzigen Augenblick. Ich bemerkte in dem Moment, als wir die Kante oben erreichten, nur den vor uns gähnenden Sandsturz, weiter nichts, zog das linke Bein auf die rechte Seite und warf mich vorwärts, vom Kamel herab und in das Loch hinunter. Das war das einzige, was ich zu meiner Rettung tun konnte, während das im Schuß befindliche Tier hinaus in die Luft sprang. Nur die Weichheit des hinunterrollenden Sandes, auf den mein Sturz gerichtet war, konnte mich retten!

Ich fiel - ich fiel und fiel, fiel tiefer und immer tiefer! Das war kein Fallen mehr, sondern langsames, gemächliches Niedersinken, welches gar kein Ende nahm! Ich hatte die Augen zu und fühlte keinen andern Schmerz als nur einen scharfen Druck in den Hand- und Fußgelenken. Es war ein ganz eigenartiger Zustand. Hörte denn dieses Sinken gar nicht auf? Welche Tiefe war es denn eigentlich, in welche ich mich hinunterbewegte? Ich öffnete die Augen, um es zu sehen. Die Lider gehorchten dem seelischen Impuls ohne Widerstreben. Da sah ich . . .

Ja, was ich da sah, das brachte mich augenblicklich zu der Überzeugung, daß dieses Gefühl der unaufhörlichen Abwärtsbewegung nicht Wahrheit sondern Täuschung, daß ich betäubt gewesen war! Nur eines hatte mich nicht betrogen, nämlich der Schmerz an den Händen und den Füßen. Sie waren gebunden, und zwar so fest, daß man jedenfalls alle Gewalt angewendet hatte, um diese Arbeit so gut wie möglich zu machen. Vor mir saß Scheich Tawil Ben Schahid, zu seiner Rechten der Ghani und zu seiner Linken dessen Sohn. Neben dem Vater sah ich den Münedschi, der wach und munter war. Die drei andern Mekkaner saßen mehr auf der Seite.

Indem ich weiter um mich blickte, sah ich oben den Sandrutsch, in den ich mich hatte werfen wollen. Der Schwung aber, den ich mir gegeben hatte, war im Verein mit der Beharrungskraft des ungestümen Rittes zu groß gewesen, und so war ich darüber hinausgefallen und den steilen Abhang hinunter in das Tal gerollt. Da lagen die Soldaten zerstreut umher, alle tot, fast jeder in einer Lache von Blut. Der Überfall war den Beni Khalid geglückt, und ich hatte den Ritt zur Rettung des Persers und seiner Leute nicht nur vergeblich, sondern zu meinem eigenen Unheil unternommen. Die Kamele der Soldaten standen nicht weit von uns, und etwas weiter davon lag – mein Hedjihn, ganz gemächlich wiederkäuend und mit den roten Augen hell um sich blickend. Es hatte also den Sturz ebenso überstanden wie ich, und zwar wohl nur infolge des tiefen, weichen Sandes, welcher sich grad an und unter der betreffenden Stelle aufgehäuft hatte. Wo aber war der Basch Nazyr?

Als ich den Kopf wendete, um mich nach ihm umzuschauen, sah ich ihn, oder vielmehr nur seine Beine, welche hinter einer niedrigen Sandwehe hervorragten. War auch er tot? Ich nahm an, daß er noch lebte, denn seine Füße waren zusammengebunden wie die meinigen, was bei einem Leblosen doch nicht notwendig ist. Auch saßen fünf Beni Khalid bei ihm, wahrscheinlich um ihn zu beaufsichtigen. Auch das ließ darauf schließen, daß er noch am Leben war. Hinter ihnen lagen Kamele, vielleicht ein Dutzend, welche den Beni Khalid gehörten. Wo aber waren die andern Menschen und Tiere? Die von uns untersuchte Fährte hatte doch auf wenigstens dreißig schließen lassen! Später wurde es mir klar, daß der Scheich sie fortgeschickt hatte, um möglichst wenig Zeugen für das zu haben, was hier an dieser Stelle geschehen sollte. Auch wollte er den Kanz el A'da nur für sich allein oder, falls dies nicht zu erreichen war, mit möglichst wenigen Personen zu teilen haben. Warum aber hatte er da die Mekkaner, welche doch den ersten Anspruch darauf erhoben, mit hierhergenommen?

Jedenfalls war die ganze Abteilung der Beni Khalid hier beisammen gewesen, um dem Perser aufzulauern. Oben hatten wahrscheinlich Posten gestanden, um seine Ankunft zu melden. Sie waren mit einer Salve von über dreißig Schüssen empfangen worden, und wer dann noch lebte, war, den Basch Nazyr ausgenommen, durch weitere, schnelle Schüsse abgetan worden. Der seinen Soldaten voranreitende Perser hatte ebensowenig wie ich an den Sandrutsch gedacht; er war, wenn auch in weniger gefährlicher Weise, herabgestürzt und den Beni Khalid in die Hände gefallen und sogleich von ihnen in Fesseln gelegt worden.

Man kann sich meine Stimmung denken! Nicht etwa, daß ich mich verloren gab; o nein! Selbst wenn ich nicht meine Haddedihn hinter mir gewußt hätte, wäre es mir nicht eingefallen, der Hoffnung auf Rettung zu entsagen. Aber der Anblick der zwanzig hingemordeten Asaker erfüllte mich mit Grauen. An diesem Scheich der Ben Khalid schien nur das eine Gute zu sein, daß er sein Wort heilig hielt. Weiter aber nichts!

Als er bemerkte, daß ich die Augen geöffnet hatte und mich bewegte, ging ein höhnisch grausames Lächeln über sein von Halefs Peitsche gekennzeichnetes Gesicht. Er deutete mit der Hand auf mich und sagte zu El Ghani:

„Schau! Er lebt; er hat also den Hals nicht gebrochen! Allah hat mir ihn für meine Kugel aufgehoben. Jetzt muß er sagen, warum er hierhergekommen ist. Wenn er es nicht gesteht, werden wir ihn schon zu zwingen wissen, die Wahrheit zu sagen! Du hast meine Worte gehört. Nun sprich, Hund!"

Diese Aufforderung galt mir. Ich antwortete, ohne auf den ‚Hund' zu achten:

„Ich habe keinen Grund, zu schweigen. Es fiel mir ein, daß ihr auf den Gedanken gekommen sein könntet, den Basch Nazyr zu überfallen und ihm den Kanz el A'da wieder abzunehmen; da bin ich ihm auf seinem Hedjihn, welches er mir geschenkt hat, nachgeritten, um ihn zu warnen."

„Allein?"

„Ja."

„Wo sind die Haddedihn?"

„Auf dem Wege, welcher von hier nach der Ain Bahrid führt."

„Sie werden dich nicht wiedersehen, aber uns, denn wir holen sie ein, um sie zu vernichten. Also, das Hedjihn, das kostbare, hat er dir geschenkt? Wohl weil du ihm das Leben und den Schatz gerettet haben willst?"

„Ja."

„So ist es liebreich von dir, daß du es mitgebracht hast. Ich werde es behalten, und eure Pferde, von denen ich gestehe, daß sie ihresgleichen suchen, kommen auch in den Besitz meines Stammes; ihr aber lauft alle in die Krallen des Teufels. Daß dies geschieht, dafür werde ich jetzt sorgen!"

Während er sprach, waren seine Augen und auch die Blicke der Mekkaner in einer Weise auf mich gerichtet, daß ich einsehen mußte, bei ihnen keine Spur von Erbarmen zu finden. Der

Münedschi horchte aufmerksam auf jedes Wort. Jetzt, als der Scheich schwieg, wendete er sich mit der Frage an ihn:

„Das ist der Effendi aus dem Wadi Draha, der hier gefangen vor uns liegt?"

„Ja", antwortete Tawil.

„Was werdet ihr mit ihm tun?"

„Er wird erschossen, und zwar gleich hier! Hast du etwas dagegen einzuwenden?"

„Nein, gar nichts. Ich stimme vollständig bei. Ich hätte ihm noch einige Bemerkungen zu machen, unterlasse es aber, weil so ein Mensch nicht wert ist, daß ich mit ihm spreche. Ich habe ihm in das Gesicht gespuckt; das ist für ihn genug, um zu wissen, was ich von ihm denke und wie unendlich ich ihn verachte. Während er vorgibt, ein frommes, unschuldiges Lamm zu sein, ist er ein Raubtier, und zwar ein so gefährliches, daß man sich mit seiner Tötung Allahs Lohn verdient. Ihn zu schonen, würde die größte Sünde sein, die ihr auf euch laden könnt. Er gehe also dahin, wohin er gehört: in die Hölle!"

Da ließ sich auch El Ghani hören:

„Das ist ganz so, als ob ich es gesagt hätte! Ich gebe also auch meine Zustimmung und fordere von dir, oh Scheich, daß er erschossen wird!"

„So? Ihr stimmt also bei!" fragte der Scheich in einem so ironisch wegwerfenden Ton, daß ich vermutete, das Verhältnis zwischen ihm und seinen „Gastfreunden" sei nicht mehr das frühere. „Es ist prahlerisch und lächerlich, mir eure Einwilligung anzubieten. Ich tue hier, was mir beliebt, und frage nicht, ob es euch paßt oder nicht. Ihr wißt ja, wie wir jetzt zusammen stehen! Bildet euch also nicht ein, daß ich mich nach euren Wünschen richte!"

„Ich wünsche nichts, sondern ich fordere mein Recht! Vor allem verlange ich den Perser für mich! Er hat mir, dem Liebling des Großscherifs, die Schande des Diebstahls frech in das Gesicht geworfen; er ist mir mit Soldaten nachgeritten, wie man einen ehrlosen Verbrecher verfolgt; er trägt die Schuld an der Behandlung und an allen Beleidigungen, die wir am Bir Hilu erduldet haben, er, der von Allah verdammte Schiit, der nicht wert ist, daß ich ihn auch nur mit dem Fuß berühre, um ihn fortzustoßen. Darum verlange ich, der Vollstrecker des Urteils zu sein. Es darf ihn keine andere Kugel treffen als nur die meinige!"

„Dagegen habe ich nichts", lachte der Scheich in einer jeden Gefühls baren Weise. „Wenn es dir Spaß macht, ihm mit deiner eigenen Hand in die Hölle zu schleudern, so werde ich dich nicht hindern, es zu tun. Hast du geladen? Du kannst es sofort tun, denn unsre Zeit für hier ist abgelaufen."

Er stand auf, der Ghani auch. Sollte das im Ernst gemeint gewesen sein? Das wäre ja fürchterlich! Ich erhob meine Stimme, um gegen diesen Mord zu protestieren, erhielt als Antwort aber nur ein höhnisches Gelächter. Da hörte ich, jetzt und hier zum erstenmal, die Stimme des Basch Nazyr

„Ich bitte dich, gib dir keine Mühe, Effendi! Ich habe schon selbst erfahren, daß jedes Wort umsonst ist. Mein Tod ist beschlossen, und davon gehen diese Leute um keinen Preis ab. Ich bin selbst schuld daran, denn ich habe deine Worte in den Wind geschlagen und werde nun dafür bestraft. Aber ich will nicht wie ein armseliges Paket, sondern wie ein Mann sterben. Bindet mir die Füße los! Ich will die Kugel stehend empfangen. Tut mir wenigstens diesen Gefallen! Ich fliehe nicht; ich gehe keinen Schritt von der Stelle, von welcher aus ich durch die Pforte des Todes treten soll!"

Da lachte der Scheich wieder in der schon beschriebenen Weise auf und antwortete:

„Diesen Wunsch werde ich dir gern erfüllen, denn ich bin ein menschenfreundlicher Mann, und es wird ja doch dein letzter sein in diesem Leben!"

Er ging zu ihm hin und gab ihm die Füße frei. Der Perser stand auf, kam langsam auf mich zu und sah mir in das Gesicht. Er mochte auf demselben lesen, was in mir vorging, denn er schüttelte den Kopf und sagte:

„Denk nicht darüber nach, wie mir vielleicht zu helfen wäre! Wir sind nicht zu retten und können nichts tun, als mit Würde sterben. Ich bin nicht nur schuld an meinem, sondern auch an deinem Tod. Hier bitte ich dich nicht um Verzeihung, denn alle Ohren, welche es hier gibt, sind es unwert, solche Worte anzuhören. Aber du wirst nur wenige Minuten nach mir durch die große Mauer, welche Ben Nur uns zeigte, nach Es Setschme, den Ort der Sichtung, kommen, und da erwarte ich dich, um dich auf meinen Knien und mit der Hand zu bitten, mir meine Unbedachtsamkeit zu verzeihen. Wie ich dich kenne, weiß ich, daß ich nicht umsonst bitten werde. Ja?"

„Ich verzeihe dir schon jetzt", antwortete ich. „Das Leben der Menschen steht in einer höheren Hand, die uns noch im letzten Augenblick retten und sogar die Kugeln lenken kann. Ihr wollen wir uns anvertrauen!"

„Tut das, wenn es euch beliebt!“ lachte der Scheich abermals. „Ich habe aber auch eine Hand, und der entkommt ihr nicht, so wahr euer Es Setschme, der Ort der Sichtung, nichts als Schwindel ist! Aber da ihr glaubt, dort drüben so schön vereinigt zu sein, will ich euch zu Liebe dafür sorgen, daß ihr es schon hier sein werdet. Wir graben jetzt ein Grab, in welches wir euch nebeneinander legen. Die Leichen der Asaker mögen die Geier fressen, sie bleiben liegen; euch aber sollen nur die Würmer bekommen. Das ist der einzige Unterschied, den wir zwischen zwei Arten von Halunken machen. In der Hölle trefft ihr doch mit ihnen zusammen!“

Seine Beni Khalid machten sich auf seinen Befehl daran, ein Loch in den Sand zu wühlen, nicht weit von uns und grad vor unsern Augen, so daß wir zusehen konnten. Das gab doch einen Aufschub, wenn auch nur einen kurzen; aber jede Minute war jetzt kostbar, denn es stand außer allem Zweifel, daß Halef sich der allergrößten Eile befleißigen werde. Ich wußte zwar nicht, wie lange Zeit ich betäubt gelegen hatte, aber da mein Hedjihn sich während derselben so ruhig niedergelegt hatte und von den Beduinen trotz der Erregung, welche unser Erscheinen hatte hervorbringen müssen, gar nicht mehr beachtet worden war, so durfte ich annehmen, daß dieser Zustand der Besinnungslosigkeit von längerer Dauer gewesen sei. Die Hoffnung, daß die Haddedihn noch rechtzeitig zu unserer Rettung eintreffen würden, war also gar nicht ausgeschlossen.

Das hätte ich dem Perser gerne gesagt; aber der Scheich und auch der Ghani hielten uns so scharf unter ihren Augen, daß mir kein leises Wort ermöglicht war. Sie hinderten aber den Basch Nazyr nicht, laut zu sprechen:

„Effendi, da unser Geschick sich in dieser Weise geändert hat, will ich dir eine Mitteilung machen, welche dich interessieren wird. Ich habe darüber geschwiegen, weil ich glaubte, daß du Dschafar Mirza zürnen würdest.“

„Warum?“

„Er hat mir ein Geschenk gemacht, welches er erst von dir erhalten hat.“

„Darüber kann ich doch nicht zornig sein! Das Geschenk gehörte dann ihm, und er konne also darüber verfügen, wie es ihm beliebte. Wir haben uns gegenseitig wiederholt mit Gaben erfreut. Welches Geschenk meinst du?“

„Das kleine Buch in persischer Sprache ‚El Beschaïr el arba‘ – Die vier Evangelien –. Ich habe mit ihm in innigerer Beziehung gestanden, als ich dir bisher gesagt habe und jetzt in der Todesstunde sagen kann. Du weißt, sein Leben war geheimnisvoll, und darum schwieg ich gegen dich. Er hat das Buch gelesen und jede Zeile desselben in sein Herz gegraben. Dann schenkte er es mir, damit auch ich erleuchtet werde. Du hast mir verziehen, was ich über die Spaltung eures Glaubens sagte; nur die Bekenner sind uneinig; die Lehre selbst aber kennt und will diese Teilung nicht. Sie ist auch mir in das Herz gedrungen, obgleich ich zu dir kein Wort davon gesprochen habe, denn du solltest ja nicht wissen, daß ich das, was ich jetzt denke und fühle, aus deinem Geschenk gezogen habe. Ich las täglich darin, auch heut früh wieder, als ihr es nicht merktet. Da schlug ich die Stelle nach, welche lautet: ‚Ich aber sage euch: Liebet eure Feinde; tut Gutes denen, die euch hassen, und betet für die, welche euch verfolgen und verleumden, auf daß ihr Kinder seid eures Vaters, der im Himmel ist, der seine Sonne aufgehen läßt über die Guten und die Bösen und läßt regnen über die Gerechten und die Ungerechten!‘ Es lebte jedes Wort in mir, welches wir von Ben Nur gehört hatten, als der Quell und die Summe seiner ganzen Rede nur das eine, nur die Liebe, war. Ich dachte an unser Verhalten gegen diese unsere Feinde hier, denen wir für den Haß die Liebe gaben. Es schien mir der Güte allzuviel gewesen zu sein, und darum schlug ich diese Stelle auf, um meiner Schwachheit Kraft zu geben. Nun scheint es aber doch, als hätten wir besser gehandelt, wenn wir schwach geblieben wären, denn wir werden, du und ich, unsern Gehorsam gegen die Liebe mit dem Leben bezahlen!“

„Nein, das glaube ich nicht!“ antwortete ich, tief ergriffen von diesem so unerwarteten Glaubensbekenntnis des dem Tode Geweihten. „Das Leben hat dieselbe Ewigkeit wie die Liebe. Wir sterben nicht, vielleicht nicht einmal leiblich. Der, welcher, als du heut die Stelle lasest, von dir forderte, deine Feinde zu lieben, hat wohl die Macht, dich grad durch diese Liebe zu erretten! Sein Evangelium ist ein fester Schutz und Schirm im Leben und auch in der größten Todesgefahr. Wenn du auf ihn vertraust, ist seine Hilfe vielleicht näher, als du denkst!“

„So wollen wir uns ja beeilen, dieser Hilfe schnell zuvorzukommen!“ lachte der Scheich. „Das Loch ist fertig.“

„Ja, es ist fertig, und meine Kugel ist bereit!“ fügte El Ghani entschlossen hinzu. „Wir müssen fort. Nun wird nicht länger gezaudert!“

„Stelle dich hierher!“

Bei diesem an den Perser gerichteten Befehl deutete der

Scheich neben das Grab; Khutab Agha gehorchte. Als er dort stand, rief er mir zu:

„Effendi, ich sage kein Lebewohl zu dir, denn wir trennen uns doch nur für einige Augenblicke. Du kannst deine Hände nicht falten, weil du auch gefesselt bist; aber sprich in deiner Seele ein Gebet für mich, daß ich an El Mizan, der Waage der Gerechtigkeit, die Hand des Engels fassen darf, der mich hinüberführt!"

Bei dieser Bitte kam ein Grimm über mich, den ich, wenigstens für mich und mein ganzes Leben, wohl beispiellos nennen kann. Es erhob sich eine, fast möchte ich sagen, bisher unbekannte, dämonische Kraft in mir, welche, keinen Widerstand achtend, zum rücksichtslosen Ausbruch trieb. Da, vor mir, stand der Freund, mitten unter den Mördern, in einer roten Lache des vergossenen Soldatenblutes! Mußte es geschehen? Durfte es geschehen? Konnte ich denn nicht helfen? War ich armseliger Kerl denn wirklich zu schwach für meine Fesseln?

„Du sollst noch nicht nach dieser Hand fassen!" schrie ich auf. „Ich befreie mich; ich komme, ich komme! Steh nur nicht still, sondern wehre dich! Du hast ja die Füße frei! Stoß zu; tritt sie nieder, immer nieder!"

Ich zog und drehte an meinen Fesseln, obgleich ich fühlte, daß sie mir in das Fleisch schnitten; ich bäumte und schnellte mich auf, stürzte aber sofort wieder hin, doch nicht, ohne daß der um die Fußgelenke geschlungene Strick zerriß. Er hatte der Kraft, mehr derjenigen des Falls als meiner eigenen, doch nicht widerstehen können!

„Drauf! Drauf auf ihn! Der Hund macht sich wirklich frei!" rief der Scheich.

Er, die Beni Khalid und die drei Mekkaner warfen sich auf mich. Ich stieß mit den noch gefesselten Händen und den frei gewordenen Füßen nach ihnen, schnellte mich hin und her – vergeblich! Es war ein zu ungleicher Kampf, und da – da fiel der Pistolenschuß des Ghani; ich sah aus der Umschlingung, in der ich mich befand, heraus, daß der Perser mit ausgebreiteten Armen hintenüberstürzte; da war mein Widerstand dahin; ich streckte mich aus und ließ mir auch ruhig die Füße wieder zusammenbinden und gestehe, daß ich dabei laut und bitterlich weinte. Ich wollte nicht; ich wußte nur zu gut, welch eine Schande mir dieser Weinkrampf machte; aber es war eben ein Krampf, der sich nicht unterdrücken ließ. Es war mir das noch nie passiert, doch da die beispiellose Aufregung, welche sich meiner bemächtigt hatte, nicht auf anderem Wege hatte explodieren können, tat sie es eben in diesem Schluchzen, welches bei denen, die es hörten, ein schallendes Gelächter hervorrief.

Auf den Hohn, mit dem ich nun beworfen und überschüttet wurde, achtete ich gar nicht. Sie mußten ja von selbst aufhören, und das taten sie sehr bald, weil der Ghani die Aufmerksamkeit der andern von mir auf sich ablenkte. Er kniete nämlich bei dem Basch Nazyr nieder und begann, dessen Taschen zu durchsuchen.

„Halt! Was fällt dir ein!“ störte ihn der Scheich.

„Nichts fällt mir ein, als nur das, was ich darf!“ antwortete der andere. „Soll das, was er bei sich hat, etwa mit ihm begraben werden?“

„Nein; aber dir gehört es nicht!“

„Dieser Schiit ist mein Eigentum! Mir ist er nachgeritten; mich hat er beschuldigt und beleidigt; von meiner Kugel ist er gefallen. Sein Eigentum, sein ganzes, ganzes Eigentum, gehört also nur mir!“

Ich sah da einen Streit kommen, der sich vielleicht in die Länge ziehen und mir dadurch Rettung bringen konnte. Dieser Gedanke wirkte wohltätig auf mich; ich wurde innerlich wieder ruhig.

„Sollen wir dich vielleicht ebenso auslachen, wie wir jetzt über diesen weinenden Hund gelacht haben?“ fragte Tawil Ben Schahid. „Wer hat den Angriff hier geleitet, wer die Soldaten besiegt, du oder ich? Wer ist also Besitzer alles dessen, was sich hier befindet?“

Er stand hochaufgerichtet und drohend vor dem Ghani, und seine Beni Khalid näherten sich, ihre Gewehre in den Händen, den Mekkanern in einer Weise, welche zwar diesen nicht, aber mir auffiel. Das sah ja ganz so aus, als ob jetzt etwas geschehen solle, was der Scheich vorher mit seinen Leuten heimlich verabredet hatte! In dieser Vermutung wurde ich durch die Beobachtung bestärkt, daß sie ihre Augen nur auf ihn gerichtet hielten, als ob sie auf ein mit ihm vereinbartes Zeichen warteten.

„Etwa du?“ rief der Liebling des Großscherifs. „Warum hast du den Kanz el A’da dort neben dein Kamel gelegt? Willst du mich um ihn betrügen? Ich habe schon gestern während des ganzen Tages gemerkt, daß du etwas gegen uns im Schilde führst. Ist’s ein Betrug, eine Verräterei, so denke nicht, daß ich sie dulden werde! Meine Macht reicht weiter als die deinige!“

Seine Augen funkelten; der Scheich antwortete um so ruhiger und kälter:

„Wie weit deine Macht und dagegen die meinige reicht, wirst du sofort erfahren! – Jetzt!“

Dieses Wort, welches den erwarteten Befehl enthielt, galt seinen Leuten. Wie von nur einer einzigen Hand gehoben, flogen die Kolben ihrer Gewehre empor und krachten auf die Köpfe der Mekkaner nieder, die auf eine solche Überrumpelung nicht vorbereitet waren und, vor Schreck sich gar nicht wehrend, durch weitere Hiebe niedergeschlagen wurden. Daß diese Tat vorher besprochen worden war, bestätigte sich gleich auch dadurch, daß die zum Binden der Mekkaner nötigen Stricke sofort bei der Hand waren. Es war für mich ein unendlich häßlicher, widerlicher Vorgang, der mich empören mußte, obwohl die so verräterisch Behandelten meine Feinde waren. Nur für wenige Augenblicke bestürzt oder betäubt gewesen, wandten und krümmten sie sich nun schreiend, fluchend und heulend hin und her. Der Scheich stand eine ganze Weile stumm dabei, um ihre erste Wut vorübergehen zu lassen; aber als ihm das zu lange dauerte, zog er seine Pistole und gab sein Wort als Schwur, daß er jeden, der nicht sofort ruhig sei, erschießen werde. Das wirkte augenblicklich, denn sie wußten ja, wie stolz er darauf war, daß er sein Wort oder gar seinen Schwur niemals breche.

Hatte ich mich vorhin in einer beinahe beispiellosen Aufregung befunden, so fühlte ich mich jetzt von einer fast ebenso großen Spannung ergriffen. Indem die Ereignisse der letzten Tage an mir vorüberflogen, wurde es für mich gewiß, daß der Tod der Mekkaner für den Scheich eine beschlossene Sache sei. Er wollte den Kanz el A'da haben und mußte sich auch aller Zeugen dessen, was geschehen war, entledigen. Aber seine Leute! Wie stand es da mit diesen? Durften sie alles wissen?

Es zeigte sich, daß dies eine Frage war, die er schon vorher im stillen beantwortet hatte: Er gab ihnen den Befehl:

„Jetzt könnt auch ihr nun fort; ich komme nach! Ich habe diesen früheren Freunden und jetzigen Feinden einige gute Lehren zu erteilen, ehe ich sie wieder freigebe. Nach dem Bir Hilu dürfen sie auf keinen Fall wieder. Der Effendi bekommt von mir selbst eine Kugel.“

Sie gehorchten, wenn auch sichtlich widerstrebend. Sie schienen, wenigstens in Beziehung auf den Kanz el A'da, auch ihre Absichten und Wünsche zu haben. Wahrscheinlich durchschauten sie den Scheich und hielten es aber für klug, ihm einstweilen alles zu überlassen und erst später dann mit ihren Forderungen hervorzutreten. Sie gingen zu ihren Kamelen, stiegen auf und ritten fort, und zwar nicht auf dem Weg, den ich gekommen war, sondern auf demjenigen, der sie hierhergeführt hatte, denn sie waren einen weiten Bogen um den Bir Hilu geritten und so vorsichtig gewesen, erst hier auf die Linie zu treffen, auf welcher ihrer Ansicht nach die Rückkehr des Persers erfolgen werde. Das war ein für mich sehr günstiger Umstand, da ich nun nicht zu befürchten brauchte, daß sie mit Halef zusammentreffen oder gar ihn vorzeitig sehen und schnell zurückkehren würden, um den Scheich zu warnen.

Dieser hatte für mich einstweilen keine Beachtung mehr, womit ich allerdings sehr gern einverstanden war. Jetzt, da seine Leute sich entfernt hatten, war meine Lage so ganz unerwartet hoffnungsvoll geworden. Ich hatte es mit ihm allein zu tun und hielt es für gar nicht unmöglich, mit ihm fertigzuwerden, ohne Halefs Hilfe abzuwarten. Die Hauptsache dabei war, ihn nahe an meine Hände zu bekommen.

Auf seine Flinte gelehnt, hatte er dagestanden, bis seine Beni Khalid verschwunden waren. Nun wendete er sich dem Ghani zu:

„Ich wiederhole es: Es spricht keiner von euch eher, als bis ich es erlaube, sonst ist ihm eine Kugel sicher! Ich gebe noch einmal mein Wort darauf."

Er sah sie einzeln, einen nach dem andern, finster an und fuhr dann fort:

„Ihr seid ganz unbeschreiblich dumme und dabei ebenso unbeschreiblich freche Menschen! Es ist eine Unverschämtheit sondergleichen, mir zuzumuten, euch für unschuldig zu halten! Allah weiß es, und ich weiß es auch, daß der Schiit dort in seinem Recht war. Ich sage euch das in Gegenwart dieses Effendi, den ich dem Perser nicht nachschicken will, ohne ihn vorher zu überzeugen, daß ich euch gar wohl durchschaut habe. Das tue ich, weil ich mich bisher vor ihm zu schämen hatte, denn er mußte ja annehmen, daß ich verbrannte Dattelkörner anstatt des Gehirns im Kopf habe!"

„Wir sind . . .!" wollte der Ghani beginnen.

„Schweig!" wurde er unterbrochen. „Ich werde dir sagen, wenn du zu sprechen hast."

„Aber ich muß . . .!"

Er hielt sofort wieder inne, denn der Scheich richtete den Lauf der Pistole auf ihn.

„Du scheinst gern reden zu wollen. Gut, du sollst es dürfen, aber ja nicht mehr, als ein einziges Wort!"

Er trat hart an ihn heran, näherte die Waffe seinem Herzen und fuhr fort:

„Wenn du eine Lüge antwortest oder mehr als nur ein einziges Wort, auch wenn du auf den Gedanken kommen solltest, nicht zu antworten, also in jedem von diesen drei Fällen trifft dich meine Kugel augenblicklich und ebenso sicher, wie die deinige dort den Unschuldigen getroffen hat! Also jetzt! Habt ihr den Kanz el A'da gestohlen? Ja oder nein!"

„Ja", würgte der Ghani, als ob er am Ersticken sei, hervor.

„Daran habe ich natürlich keine Sekunde lang gezweifelt, und darum verdient es die härteste aller Strafen, daß ihr mich für einen Geisteskranken gehalten und von mir gefordert habt, euch nicht nur als Unschuldige gegen die Haddedihn und die Asaker zu verteidigen, sondern, was noch tausendmal schlimmer ist, euch auch wirklich für unschuldig zu halten. Ich kannte dich, Ghani, schon früher, und ihr kamt zu uns an den Brunnen. Ihr wart also meine Gäste, und wir haben mehr als unsere Pflicht gegen euch getan. Sogar das Leben wagten wir wiederholt, zuletzt im Zweikampf, den wir um euretwillen forderten. Dann aber war euch genug von uns geschehen. Als wir vom Brunnen reiten mußten, erklärte ich euch, daß wir uns von euch trennen müßten. Ihr weigertet euch zu gehen! Ich sagte euch, daß ich euch nicht mehr als Gäste betrachten dürfe. Ihr bliebt dennoch bei uns! Als wir hierherritten, befahl ich euch zurückzubleiben. Ihr gehorchtet nicht, sondern kamt uns nachgeritten! Wir mußten euch dulden, weil ihr sonst zu den Feinden geritten wärt, um zu verraten, daß wir dem Perser auflauern wollen. Ihr seid also nicht als meine Gäste und Freunde mitgeritten, sondern als zudringliches Ungeziefer, dessen man sich entledigt, wenn es zu frech geworden ist. Und das tue ich jetzt. Was den Kanz el A'da betrifft, so ist diese Angelegenheit durch den Zweikampf vollständig für euch erledigt worden. Er gehörte euch nicht, denn ihr hattet ihn gestohlen, und er wurde dem rechtmäßigen Besitzer zugesprochen. Wolltet ihr ihn wiederhaben, so konntet ihr ihn ja zum zweitenmal stehlen; dagegen hatte ich nichts, und es war allein eure Sache; ihr hättet euch also von uns trennen sollen! Ebenso hatte ich das Recht, ihn mir zu holen, denn euer Recht ist nicht größer als das meinige, nämlich gar keins! Ich habe das unternommen, und der Fang ist mir gelungen; nun seid ihr an der Reihe, nichts dagegen zu haben! Anstatt dessen aber sehe und höre ich, daß ihr es wagt, mich um den wohlerworbenen Lohn zu bringen. Ihr seid trotz eurer Schwäche und Erbärmlichkeit so dreist, ihn mir streitig zu machen. Ihr bezahlt meine Güte mit Feindschaft, meine Gastfreundlichkeit mit Undank, und es ist für mich also Pflicht der Selbsterhaltung, daß ich mich gegen euch sicherstelle. Da ich euch weder durch Güte noch durch ernste Vorstellungen loswerden konnte, muß ich zu einem andern Mittel greifen, mich eurer zu entledigen. Bis vorhin war ich gewillt, kein Blut zu vergießen. Ich wollte euch gefesselt hier liegenlassen, bin aber anderer Meinung geworden. Ihr würdet langsam verschmachtet sein, ohne daß ich mir die Schuld zu geben hätte, weil ihr gegen meinen Willen mit hierhergeritten seid. Doch seit ich vorhin gesehen habe, welche Freude es dir macht, mit eigener Hand das Blut eines Unschuldigen zu vergießen, kann ich euch denselben Dienst erweisen, ohne mir den geringsten Vorwurf machen zu müssen. Ja, eine Kugel ist nur die wohlverdiente Strafe für euch, und indem ich euch den Weg von der Erde zeige, befreie ich die Menschheit von einer Anzahl von Schurken, welche der allerärgsten Verbrechen fähig sind!"

Es war gewiß eine sonderbare Logik, welche dieser langen Rede zugrunde lag! Machte es die Plötzlichkeit, mit welcher der Scheich jetzt seine Feindseligkeit enthüllte, oder die Angst vor der angedrohten Kugel, kurz, es ließ keiner ein Wort der Entgegnung hören. Auch der Münedschi war still. Ich kann die Art und Weise, in der er dem Ben Khalid zugehört hatte, wohl nicht besser bezeichnen, als indem ich sage, daß er ihm mit den Ohren die Worte von den Lippen las. Seine blaustrahlenden Augen standen weit auf, und sein Mund war geöffnet; sein Gesicht schien plötzlich versteinert zu sein, denn kein Zug desselben, kein einziges Haar seines Bartes wollte sich bewegen. Es war mir mehr, weit mehr als interessant, ihn zu beobachten. Er hatte das Geständnis des Ghani gehört, ebenso alles, was von dem Scheich gesagt worden war, und mußte nun also wissen, was es mit dem Kanz el A'da für eine Bewandtnis hatte. Obgleich es wohl eigentlich nicht nötig ist, will ich doch erwähnen, daß er weder einen Kolbenschlag empfangen hatte, noch gefesselt worden war. Dieser Gewaltmaßregeln bedurfte es bei ihm, dem Blinden, nicht.

Während ich den Blick beobachtend auf ihn gerichtet hatte, sah ich, daß die Starrheit aus seinen Zügen wich. Er stand auf, langsam, sehr langsam, wie jemand, der aus einem tiefen Schlaf mit süßem Traum zur ganz entgegengesetzten, harten Wirklichkeit erwacht.

„Darf ich reden?“ fragte er.

„Du? – Ja“, antwortete der Scheich.

„Ich hörte alles, was du sprachst. Ich bitte dich bei Allah und allem, was dir heilig ist, mir die Wahrheit zu sagen! Haben meine Gefährten wirklich den Kanz el A'da in Meschhed Ali bestohlen?“

„Ja.“

„Es ist ihnen wirklich nachgewiesen? Sie sind wirklich überführt worden?“

„Ja. Der Ghani hat es doch jetzt sogar gestanden!“

„Und sie haben die Gegenstände des Raubes bei sich gehabt?“

„Gewiß! Du hast es ja gehört! Im Zweikampf handelte es sich doch nur um sie!“

„So hatte der erschossene Perser recht?“

„Vollständig recht!“

„Bedenke, was du damit sagst! Du wühlst damit in mir das größte Unglück auf, welches es im Leben der Bewohner dieser Erde geben kann!!“

„Es ist so, wie ich sage. Der Basch Nazyr hat nichts als seine Pflicht getan und wurde dafür von der ruchlosen Hand des Hauptdiebes umgebracht.“

„So ist der Ghani also nicht nur Dieb, sondern auch Mörder?“

„Beides. Überhaupt, wenn du diesen deinen ‚Beschützer‘, welcher so oft und sehr mit seinen dir erwiesenen Wohltaten prahlt, für einen guten Menschen gehalten hast, so ist dieser dein Irrtum nur mit deiner Blindheit zu entschuldigen. Auf ihn, nicht auf den Effendi paßt das Wort, welches du diesem in das Gesicht warfst, nämlich daß er ein höchst gefährliches Raubtier sei, von welchem man die Menschheit zu erlösen habe.“

„So hat also dieser Effendi aus dem Wadi Draha nicht gelogen und betrogen, sondern es ist von ihm die Unschuld, das Gesetz verteidigt worden?“

„Ja. Er ist mit euch ganz unbegreiflich gütig verfahren. Ein anderer an seiner Stelle hätte euch alle ohne Gnade und Rücksicht umgebracht!“

„Oh Allah, Allah, Allah! Er hat mich vom Grab errettet! Er hat mir solche Liebe und Barmherzigkeit geschenkt! Und ich, ich – ich – ich habe ihm in das Gesicht gespien! Welch eine Sünde, welche Undankbarkeit!“

Er schlug die Hände zusammen und sah dabei grad so aus, als ob er vor Scham und Reue in die Erde sinken wolle. Tahil Ben Schahid antwortete:

„Wäre ich er gewesen, als du ihn anspucktest, so hätte ich dich zerrissen!"

„Welch eine Selbstbeherrschung, welch ein Edelmut von ihm! Und er ist hier?"

„Ja. Da liegt er, nur fünf Schritt von dir."

„Er hat alles, was hier geschehen ist, gesehen? Er hört auch, was ich jetzt sage?"

„Natürlich sieht und hört er alles! Er hält seinen Blick auf dich gerichtet."

„So erbarme sich Allah meiner! Was habe ich getan; was habe ich getan!"

Nach diesem Ausruf sank er wieder nieder, legte die Arme auf die angezogenen Knie und verbarg das Gesicht in die Hände. Jetzt durfte ich mich über meine ihm gegenüber geübte Schonung freuen. Er hatte die einzig richtige Antwort auf seinen wörtlichen und tätlichen Angriff ohne mein Zutun nun erhalten. Es gibt eben eine Gerechtigkeit, welche hoch über der menschlichen steht und mit ebenso unerschütterlicher wie unnachsichtlicher Strenge darüber wacht, daß sich nach dem großen, ethischen Weltgesetz des Allgerechten die Strafe aus der Sünde zu entwickeln hat. Nicht ein einziges menschliches Gesetz ist fähig, eine solche Kongruenz zwischen Schuld und Sühne, eine solche innere „Einerleiheit" von Tat und Folge zu erreichen!

Der Scheich hatte seine Antworten in der sehr bemerkbaren Absicht gegeben, die Schlechtigkeit des Ghani zu beleuchten. Vielleicht war es ihm dabei gleichgültig, oder dachte er gar nicht daran, daß er damit auch über sich selbst ein nicht weniger treffendes Urteil sprach.

Er setzte nun seine Rede an den Ghani fort, doch hörte ich nicht, was er sagte, denn meine Aufmerksamkeit war jetzt von ihm ab und auf die Höhe der Düne gelenkt worden. Ich sah nämlich zwei Reiter oben erscheinen, dann einen dritten – Halef, Kara und Omar Ben Sadek. Sie rissen, als sie uns sahen, ihre Pferde zurück, wodurch sie auch aus der gefährlichen Nähe des Sandsturzes kamen. Ein schneller Blick unterrichtete sie über die Lage, in welcher ich mich befand; dann verschwanden sie wieder. Hatte ich schon seit dem Fortritt der Beni Khalid nichts mehr für mich befürchtet, so war ich nun erst recht meiner Sache gewiß. Das Blatt sollte sich für den Scheich gefährlich wenden!

Jedenfalls waren die drei unsern Haddedihn eine Strecke vorausgeritten; sie saßen auf unsern Pferden, welche schneller als die Kamele waren. Es war auch gut, daß sie den jähen Abfall auf dieser Seite der Höhe gesehen hatten, denn nun konnten sie sich vor ihm hüten. Jetzt berieten sie wohl, ob sie auf das Herankommen unserer Krieger warten sollten oder nicht. Wie ich meinen ungeduldigen, gern rasch handelnden Halef kannte, stimmte er gegen den Verzug. Sie hatten es ja nur mit einem einzelnen Gegner, dem Scheich zu tun! Und wie ich gedacht hatte, so geschah es: Ich sah sie wieder erscheinen, seitwärts von der gefährlichen Stelle. Sie kamen, um dem Ben Khalid keine Zeit zum Besinnen zu geben, trotz der Steilheit des Terrains in einer Weise heruntergejagt, daß es mir um sie und auch die Pferde hätte angst und bange werden mögen.

„Allah, Allah!" rief der Ghani, der sie zuerst erblickte.

Seine Augen waren mit einem Ausdruck auf die Höhe gerichtet, der den Scheich aufmerksam machen mußte. Er drehte sich rasch um und sah sie kommen.

„Die Haddedihn!" schrie er auf. „Die führt der Teufel her! Aber sie haben sich getäuscht!"

Er hatte seine Pistole noch in der Rechten und das Gewehr in der Linken. Die erstere auf mich richtend, drückte er ab. Ich schnellte mich sofort zur Seite und wurde nicht getroffen. Ohne dies in seinem Eifer zu bemerken, legte er das Gewehr auf Halef, welcher der vorderste war, an und schoß. Auch diese Kugel ging fehl. Nun sprang er zu den Gewehren der Mekkaner, welche in meiner Nähe lagen. Ich mußte annehmen, daß sie geladen seien, und es lag noch so viel Raum zwischen ihm und meinen Helfern, daß es für ihn, ehe sie ihn erreichen konnten, genug Zeit zu mehreren Schüssen gab, denn das, was er tat, geschah so schnell, daß es in dem winzigen Zeitraum einiger Sekunden lag.

Jetzt war es an mir, ihm den Gebrauch dieser Waffen unmöglich zu machen! Das war nicht allzuschwer, denn indem er sich zu ihnen niederbückte, kehrte er mir den Rücken zu. Ich stemmte die Hände und die Füße ein und arbeitete mich mit einigen kräftigen Stößen zu ihm hin. Als ich ihn erreichte, hatte er sich schon wieder aufgerichtet und das ergriffene Gewehr im Anschlag. Ich konnte trotz der Fesseln den Fuß packen, auf welchen er den Schwerpunkt legte. Ein Ruck, und er stürzte nieder, wobei er das Gewehr fallen ließ. Im Begriff, sich augenblicklich wieder emporzuraffen, sah er, wer ihn zu Fall gebracht hatte, und machte den Fehler, den ihm noch zustehenden Augenblick mit mir zu versäumen. Er schleuderte sich herum, faßte mich mit der Linken an der Brust und griff mit der andern Hand nach dem Messer.

„Du lebst noch, Hund!“ schrie er. „Also zuerst noch dich!“

Es kam mir darauf an, ihm beim Hals nehmen zu können; darum gab ich ihm in die Ellbogenbeuge einen Stoß, welcher seinen Arm zusammenklappte und seinen Oberkörper zu mir niederbrachte. Sofort hatte ich ihn bei der Kehle und preßte sie ihm so zusammen, daß es ihm alle Kraft benahm. Das Messer blieb stecken; sein Körper fiel vollends nieder, und seine Arme und Beine bewegten sich krampfhaft in der Todesangst.

„Halte ihn fest, Sihdi! Ich bin schon da!“ rief da der kleine Hadschi.

Er hatte mich erreicht, parierte sein Pferd, sprang ab und griff auch mit zu.

„Ich halte ihn schon fest. Bindet ihn!“ sagte ich.

„Mit Wonne und mit Stricken!“ lachte er. „Den lassen wir ja nicht wieder laufen; er weiß nichts, als nur Unheil anzurichten!“

Nun standen auch Kara und Omar da. Sie banden mir die Fesseln los, welche zu den Händen und Füßen des Scheichs hinüberwanderten, auch eine unmittelbare Gerechtigkeit! Erst jetzt, als ich mich aufgerichtet hatte und die Arme streckte, fühlte ich den ganzen Schmerz meiner verletzten Handgelenke.

„Allah, erbarme sich!“ klagte Halef nun, indem er rund umherblickte. „Alle Soldaten tot, alle!“

„Und dort der Basch Nazyr auch!“ machte ich ihn aufmerksam, indem ich auf die in der schon erwähnten Blutlache liegende Leiche zeigte.

Sie lag mit dem Rücken nach oben. Der Hadschi ging hin, zog sie auf das Trockene, drehte sie um und untersuchte sie.

„Mich schaudert, Sihdi!“ sagte er, fast stöhnend. „Warum hat er dir nicht gefolgt! Der Ärmste ist ganz vom Blut durchtränkt! Hier sehe ich das Loch im Gewand. Die Kugel ging ihm in die Brust, grad in das Herz! Und dieses Gesicht, so todesstarr und bleich! Ich kann es nicht länger ansehen!“

Er wendete sich ab.

„Und nicht etwa im Kampf erschossen, sondern als gefesselter Gefangener von dem Ghani mit Bedacht ermordet!“ erklärte ich.

Da sah mich Halef stumm an; dann trat er zu dem Mekkaner hin und sprach:

„Ungeheuer! So also dankst du es ihm und uns, daß wir euch eine Nachsicht zeigten, die man fast für unmöglich halten sollte! Mit dieser deiner Kugel hast du nicht nur ihn, sondern auch dich selbst erschossen! Du wirst in kurzer Zeit eine Leiche sein wie er!“

Er kehrte sich mit der Gebärde des Abscheues wieder von ihm ab, betrachtete die umherliegenden Leichen, schüttelte traurig den Kopf und fuhr dann fort:

„Es ist mir, als ob ich gar nicht daran glauben könne! Wie ist das nur gekommen. Zwanzig, zwanzig Asaker tot, und doch nur der Scheich mit den Mekkanern hier, die noch dazu gefesselt sind. Das ist mir unerklärlich, vollständig unerklärlich! Und wie bist du in die Hand dieses Teufels gefallen, welcher im Körper des Scheichs der Beni Khalid steckt? Erzähle es doch, Effendi!“

„Wann kommen unsere Krieger?“ fragte ich.

„Sie werden gleich hier sein. Unser Vorsprung vor ihnen war nicht groß.“

„So will ich mit meiner Erzählung warten, bis sie da sind, sonst müßte ich sie dann wiederholen. Kara mag auf die Höhe steigen und sie auf die eingesunkene Stelle aufmerksam machen, sonst geht es, wenigstens den Vorderen von ihnen, so wie mir. Ich bin nämlich mit dem Hedjihn abgestürzt, von oben herunter bis hierher.“

„Oh! Und darum konnten sie dich erwischen, nur darum?“

„Ja. Ich hatte dem Kamel das Geheimnis gegeben, und so entwickelte es eine Schnelligkeit, welche es mir unmöglich machte, mitten im Lauf vor dem Loch anzuhalten.“

„Und da mußten diese Halunken auch grad hier unten sein!“

„Wahrscheinlich hatten sie nur dieser Stelle wegen sich für hier entschieden. Freilich weiß ich nicht, ob sie sie vorher kannten.“

„Sie werden auch stürzen, und zwar nicht von da oben herunter in den weichen Sand, sondern von der Brücke des Todes hinab in El Halahk, den Abgrund des Verderbens! Denn das versteht sich doch nun ganz von selbst, daß wir von jetzt an nur die größte Strenge walten lassen. Blut um Blut, Leben um Leben! So, wie die Kerle hier liegen, werden sie erschossen, und dann suchen wir die Beni Khalid auf. Wir sind zwar nur fünfzig Mann; aber auch wenn sie tausend zählten, würde ich nicht eher ruhen, als bis für jeden ermordeten Soldaten wenigstens zwei oder drei von ihnen tot am Boden liegen!“

Jetzt kamen unsere Haddedihn, deren Kamelen man es ansah, daß sie zur größten Eile angetrieben worden waren. Am meisten schwitzten und außer Atem waren die beiden, welche den Tachtirwan zu tragen hatten. Dieser Ritt, immer auf und nieder, war eine große Anstrengung für Hanneh gewesen, die ihr aber nicht hatte erspart werden können, weil auch schon nur der Gedanke, sie einstweilen irgendwo zurückzulassen, sich unter den gegenwärtigen Verhältnissen ganz von selbst verbot.

Auf sie, die Frau, machte der Anblick der Leichen natürlich noch einen ganz anderen Eindruck als auf die rauheren Männer, und doch gab es auch unter diesen wohl keinen, der jetzt das Verlangen nach Rache nicht empfunden hätte!

Als alle abgestiegen waren, lagerten sie sich, um meine Erzählung zu hören, in einem Kreis, der die Gefangenen umschloß. Diese wagten kaum, eine Bewegung zu machen, und gar vom Sprechen war erst recht keine Rede. Auch der Münedschi war still. Er saß aufrecht und mit geschlossenen Augen da wie ein lebloses Bild; er war nach der Aufregung von vorhin wieder in seinen Zustand der In-sich-selbst-Versunkenheit gefallen.

Ehe ich meinen Bericht begann, schickte ich einen Haddedihn auf die Höhe, um dort Wache zu stehen. Da sie die andern Dünen überragte, hatte er einen weiten Fernblick und mußte also jede Annäherung so rechtzeitig bemerken, daß wir nicht überrascht werden konnten. Es war zwar, wenigstens für jetzt, kein Grund vorhanden, unsere Sicherheit für gefährdet zu halten, aber wir hatten annehmen müssen, daß die Hauptabteilung der Beni Khalid sich an dem westlichen Bergeszug befand, in dessen Nähe wir umgekehrt waren. Da war es denn leicht möglich, daß sie uns gesehen und beobachtet hatten. Ihr Scheich war mit einer kleinen Schar wieder nordwärts geritten, und da auch wir in dieser Richtung zurückgingen, konnten sie sich denken, daß wir dies in der Absicht taten, ihm zu folgen. Sie wußten ihn also von uns bedroht, und so wäre es eine unverzeihliche Nachlässigkeit von ihnen gewesen, wenn sie unterlassen hätten, uns nachzukommen oder uns wenigstens eine hinreichend starke Rotte nachzuschicken. Hatten sie aber dies getan, so war die von mir getroffene Vorsichtsmaßregel gar nicht überflüssig, zumal wir nicht wußten, wohin die Begleiter des Scheichs geritten waren, deren größter Teil sich schon vor meinem Eintreffen von hier entfernt hatte, während der Rest dann nach dem Angriff auf die Mekkaner von ihm fortgeschickt worden war.

Meine Erzählung fand einen Zuhörerkreis, der so bei der Sache war, daß ich sie sehr oft unterbrechen mußte, um den vielfältigen Ausrufungen des Beifalls, des Staunens, des Zorns und des Abscheus Raum zu lassen. Die Empörung gegen die Mörder wuchs immer mehr, und als ich geendet hatte, waren die braven

Haddedihn kaum vor sofortigen Gewalttätigkeiten zurückzuhalten.

Während die Stimmen der aufgeregten Leute wirr durcheinander klangen und die Interjektionen hin und her flogen, wobei niemand auf die Umgebung achtete, geschah etwas, was so unerwartet und so außerordentlich war, daß ich es noch heut, nach Jahren, so deutlich vor mir sehe, als ob es erst vor einigen Minuten geschehen wäre. Das Stimmengewirr wurde nämlich von einem lauten, ja überlauten, schrillen Schrei unterbrochen. Hanneh hatte ihn ausgestoßen. Sie saß mit blutleeren Wangen und weit aufgerissenen Augen da und deutete mit der Hand nach der Gegend, nach welcher auch ihr vor Schreck starrer Blick gerichtet war. Wir sahen hin. Es erklangen mehrere Schreie, nicht Hannehs sondern der Haddedihn; dann aber trat die tiefste, allertiefste Stille ein.

Das, was wir sahen, wäre uns vorher so undenkbar gewesen, daß unser jetziges Erstaunen, welches nahe an Schreck grenzte, allerdings keiner Erklärung bedurfte. Khutab Agha nämlich, der Totgeglaubte, lag nicht mehr an seiner Stelle; er war aufgestanden und kam mit sehr langsamen, taumelnden Schritten auf uns zu! Wir mußten uns ja wohl sagen, daß dies auf ganz natürliche Weise zugehe, daß sein Tod eine Täuschung gewesen sei, und doch gab es wohl wenige unter uns, die sich nicht einer Art von Grauen zu erwehren hatten! Wir dachten gar nicht daran aufzustehen; wir blieben alle, alle sitzen, so groß war der Einfluß, den das Wiederaufleben des Erschossenen auf unsere Bewegungsnerven ausübte.

Mit blutleerem Gesicht, aber bluttriefendem Gewand kam er uns Schritt um Schritt näher, zuweilen den Kopf hebend, den Mund öffnend und mit der Hand nach dem Herzen greifend, als ob ihm das Atmen schwer werde. Dabei wankte er bei jedem Schritt wie ein Kind, welches noch nicht die Fertigkeit des Gehens besitzt. Da sprang ich denn doch auf, um ihn zu unterstützen. Er aber hob die Hand, winkte mir ab und sagte:

„Bleib! Ich – komme – hin – zu – dir! Ich will – neben – neben – dir sitzen!“

Das klang so dumpf, so hohl, und doch so mit Gewalt herausgepreßt! Ich blieb stehen, bis er da war, bis er bei mir stand und sich bückte, um sich niederzusetzen. Er verlor dabei das Gleichgewicht und wäre vornüber gestürzt, wenn ich ihn nicht gehalten hätte. Dann kam er mit meiner Hilfe zum Sitzen, und ich setzte mich an seine Seite. Niemand hatte ein Wort gesagt, und auch jetzt schwiegen alle. Ich hatte eine ganze Menge von Worten und Fragen auf der Zunge, behielt sie aber zurück, denn ich sah ihm an, daß er nicht wünschte, jetzt angeredet zu werden. Woran ich das merkte, das weiß ich nicht mehr oder hätte es vielleicht auch schon damals nicht sagen können. Er hatte, auch ganz abgesehen von seiner blutigen Kleidung, etwas Fremdes, Geisterhaftes an sich, was keine Neugierde aufkommen ließ, sondern zum Schweigen mahnte. Wenn er sprach, bewegte er bloß die Lippen; das Mienenspiel schien erstarrt zu sein. Auch seine Augen waren nicht dieselben wie vorher; sie hatten das Aussehen, als ob ihr Blick vor Angst, vor Entsetzen gestorben sei.

Ich suchte die Stelle, wo die Kugel eingedrungen war. Das Loch befand sich genau in der Gegend des Herzens. Da mußte er doch tot sein! Und doch war zwar die Kleidung blutig, aber es schien kein Tropfen mehr zu fließen! Jetzt wendete er mir das Gesicht zu und sagte mit tonloser Stimme:

„Effendi, ich war dort!“

„Wo?“ fragte ich, indem ich eine Art von Grauen fühlte.

„Dort!“

Er senkte den Kopf, hob ihn nach einer Weile wieder und fügte hinzu:

„Wo der Münedschi mit Ben Nur war!“

„In der Phantasie?“

„Nein, wirklich!“

„Das kann doch nicht sein!“

„Es ist so, Effendi! Ich bin soeben erst von dort zurückgekommen! Da wachte ich auf und sah mich im Blut liegen. Es fiel mir ein, daß ich erschossen worden bin, und ich fragte mich, ob ich gestorben oder lebend sei. Ich dachte nach, und da kam ich zu der Überzeugung, daß ich nicht mehr tot sei, denn ich bin ja nur wieder ich allein und nicht mehr ich und mein Leib.“

„Ich verstehe dich nicht.“

„Vielleicht lernst du mich erst dann verstehen, wenn du gestorben bist. Ich weiß nicht, wie ich es deutlich machen soll. Mein Sterben war folgendermaßen ...“

Er legte wieder beide Hände auf das Herz, holte tief und schmerzlich seufzend Atem und fuhr dann in der Weise fort, wie er auch bis zu Ende sprach, nämlich als ob ein schwerer Druck auf ihm, auf seinem ganzen Innern und auch auf seiner Stimme liege:

„Ich sah dich mit den Beni Khalid ringen; ich sah, daß der

Ghani seine Pistole auf mich richtete und schoß; ich hörte den Schuß und fühlte die Kugel in mein Herz dringen. Doch schnell war dieser Schmerz vorüber, denn nur der Körper fühlt diese Art von Schmerz; ich aber war nicht mehr in ihm, sondern ich stand als Seele bei ihm. Ich sah ihn liegen; ich sah euch alle, dieses Tal, die beiden Höhen, den Himmel darüber, die Mekkaner, die Beni Khalid, ihre Kamele, dein Kamel und auch dich selbst, der seine Füße befreit hatte und den sie nun wieder banden."

„Das, das hast du gesehen?" fragte ich betroffen.

„Ja."

Was sollte ich da denken? Der Schuß, der ihn niederwarf, war ja schon längst gefallen, als ich wieder gefesselt wurde. Wie also konnte er davon wissen? Totgestellt hatte er sich doch jedenfalls nicht! Man denke, mit der Kugel im Herzen! Und nur erraten konnte er es auch nicht, denn ich war ja nicht mehr gebunden. Überhaupt war es mir, wenn ich ihn so neben mir sitzen sah und in dieser Weise sprechen hörte, ganz und gar unmöglich, anzunehmen, daß er uns auch nur mit dem geringsten Wort täuschen wolle.

„Ja", fuhr er fort, „ich stand mitten unter euch und sah meinen Körper, meine Leiche liegen. Ich war also Seele, als Mensch gestorben, als Seele aber weiterlebend."

„Konntest du diese deine Seele, also dich selbst, sehen?"

„Ja, denn ich besaß alle meine Sinne noch und mein Seelenkörper glich ganz genau dem irdischen, ganz genau, bis auf das einzelne Haar meines Bartes und den Nagel meines kleinen Fingers. Vor dem Tod fürchtete ich mich nicht vor ihm; ich war voller Wut und bot der Waffe des Ghani ruhig meine Brust. Kaum aber war mein Körper tot, so erfüllte mich der Gedanke, gestorben zu sein, mit Entsetzen. Ich dachte an die Mauer mit den vielen Todespforten . . . Allah w' Allah, kaum hatte ich an sie gedacht, so war ich schon dort! Während der Mensch auf Erden nur langsam zur Einsicht kommt, gelangte ich, da ich nun Seele war, nicht nach und nach, sondern sofort zu der Erkenntnis, zu der Überzeugung, daß Gedanke und Tat, Wunsch und Wirklichkeit in jenem Leben nur eins, nicht zweierlei ist. Kaum dachte ich an Es Setschme, den Ort der Sichtung hinter jener Mauer, so war ich auch schon da. Und als mir El Mizan, die Waage der Gerechtigkeit, einfiel, stand ich auch schon vor derselben. Was Ben Nur dem Münedschi zeigte, muß ein Gesicht, eine Übertragung gewesen sein, denn in Wirklichkeit vollzieht sich alles viel, viel schneller, ja mit Gedankenschnelligkeit! Nur die Zeit vor der Waage dünkte mir eine Ewigkeit, eine ganze, ganze Ewigkeit zu sein. Mich schauert noch in diesem Augenblick vor ihr!"

Er schüttelte sich, und das war nicht bloß ein Schütteln des Körpers, sondern nach innen hinein, wobei die Blässe seines Gesichtes ganz erschrecklich wurde. Was sollte ich von ihm und von dem, was er sagte, denken? War er nur betäubt gewesen, wie ich nach meinem Sturz von der Höhe? Ich hatte da das Gefühl eines unaufhörlichen Fallens gehabt. Hatte da vielleicht ein ähnliches Gefühl in ihm ihm die jenseitigen Orte vorgegaukelt, deren Namen ihm seit unserer Szene mit Ben Nur im Gedächtnis standen? Aber nur betäubt, das konnte ich mir gar nicht denken. Es war kein Zweifel daran zu setzen, daß ihn die Kugel getroffen hatte, und zwar in das Herz. Ich selbst sah ja das Loch in seinem Gewand! Um mir Klarheit zu verschaffen, sprach ich jetzt die Bitte aus:

„Du hast viel geblutet und blutest wohl jetzt noch. Erlaube mir, daß ich vor allen Dingen einmal nach deiner Wunde sehe!"

„Warte jetzt noch!" antwortete er. „Das Bluten hat aufgehört. Ich habe keinen Schmerz. Was ich fühle, ist nichts als ein Druck, der mir das Atmen erschwert. Wahrscheinlich verblute ich mich, sobald die Wunde wieder berührt wird; aber doch ist mir auch gesagt worden, daß ich noch länger leben muß! Mag es nun das eine oder das andere sein, so will ich zunächst meine Seele von der Last erleichtern, welche sich an der Waage der Gerechtigkeit mit zermalmender Schwere auf sie gelegt hat!"

Er bat um Wasser, trank, als es ihm gegeben wurde, einen Schluck und sprach dann weiter:

„Der Münedschi scheint eine wirkliche Waage gesehen zu haben. Vielleicht haben bei ihm an jenem Abend die seelisch gemeinten Gegenstände eine körperliche Gestalt angenommen. Ich habe keine wirkliche Waage, kein Werkzeug zum Wiegen gesehen, aber dennoch und dennoch war diese Waage da. Hast du, Effendi, schon einmal gehört, daß in der Todesstunde das ganze, ganze Leben des Sterbenden, sogar mit allem, was er längst vergessen hat, an ihm vorüberziehe?"

„Ja. Das hat man mir schon öfters behauptet."

„Diese Behauptung ist wahr, ganz entsetzlich wahr! Als ich an die Waage der Gerechtigkeit dachte, stand ich sofort vor ihr. Ich wußte, daß sie es war, sah sie aber nicht. Ich wußte auch, daß viele, viele Seelen sich bei mir befanden, konnte sie aber weder sehen noch hören, denn meine Seele hatte nur mit sich selbst zu tun. Ihr Denken, Fühlen und Tun war mit ihr eins, war sie selbst. Außer ihr gab es nichts, als sie selbst und ihr vergangenes Leben. Und dieses Leben war doch auch wieder nur sie selbst. Es lag nicht außerhalb von ihr, nicht in der Vergangenheit, sondern sie war das Produkt und zugleich der Inbegriff alles dessen, was sie getan, gedacht und empfunden hatte, so wie zum Beispiel das Meer das Ergebnis und zugleich die Summe all der unzähligen Tropfen ist, welche hineingeflossen sind. Ebenso war meine Seele. Die Quellen, Rinnsale, Bäche, Flüßchen, Flüsse und Ströme, das waren die Stunden, Tage, Wochen und Jahre meines Lebens. Das Wasser in ihnen, das waren die der Prüfung entgegenfließenden, zahllosen Tropfen meiner Regungen, Entschlüsse und Ausführungen, und das große Meer selbst war meine Seele, in welcher jeder einzelne dieser Tropfen lebte und sich geltend machte. Es fehlte nichts, kein einziger von ihnen allen. So war ich selbst dieses Meer, diese Seele; ich selbst bestand aus allen diesen Tropfen, für welche es kein Maß und keine Ziffer gibt, und doch erkannte ich sie alle, alle, alle! Dieses Erkennen geschah nicht mit dem Auge, dem Ohr, dem Gefühl, nicht mit irgendeinem Sinn, denn ich stand ja nicht außerhalb mir selbst, und doch wußte ich alles, und doch begriff ich alles, denn ich war ja dieses alles selbst. Ich kann euch das nicht sagen, nicht beschreiben; der Ausdruck mangelt mir, und indem ich vergeblich darnach suche, stelle ich das jetzt Gesagte mit dem früheren in Widerspruch. Diese Unklarheit gab es vor der Waage nicht, sondern es herrschte da eine Deutlichkeit, für welche der Ausdruck „zum Erschrecken" viel, ja viel zu wenig sagt. Ich kannte jedes, aber auch jedes Wort, welches ich in meinem Leben gesprochen habe, mochte es nun nützlich, schädlich oder gleichgültig sein. Aber diese Bezeichnung „gleichgültig" ist eine irdische; vor der Waage der Gerechtigkeit gibt es nichts Gleichgültiges, denn nichts, keine Silbe, kein Laut kann ohne Wirkung bleiben, weil er in einem Zusammenhang steht, welcher unzerreißbar ist. Ich kannte auch jede noch so leise Regung meines Innern, und das war fürchterlich! Ich kannte alles, was ich getan hatte, denn nichts, gar nichts war vergessen, weil es überhaupt kein Vergessen gibt. Das, was wir vergessen nennen, ist nur das einstweilige Verschwinden des Einzelnen im Ganzen, in der Summe; aber dann, wenn dieses Ganze im Augenblick der Prüfung durchsichtig, klar und offenbar wird, muß das Verschwundene im Zusammenhang wieder erscheinen. Gäbe es doch eine Sprache, die wir aber alle auch sprechen und verstehen müßten, in welcher ich euch das alles begreiflich machen könnte, was zwischen dem Schuß und meinem Erwachen in mir und mit mir vorgegangen ist! Es beginnt ja schon jetzt sich in mir selbst zu verwischen! Darum eben soll vorher gar nichts geschehen, und darum sollst du, Effendi, nicht einmal nach meiner Wunde sehen, bis ich nicht, so gut ich kann, davon gesprochen habe! Ich will es euch direkt und ohne Aufschub von dem ‚Ort der Sichtung' herüberbringen. Jeder Augenblick löscht mehr davon aus!"

Er hatte sehr langsam und in wiederholten Pausen gesprochen. Jetzt ruhte er sich länger aus. Wir waren still, denn jeder von uns hatte das Gefühl, daß laute Worte auf seinen Gedankengang störend wirken müßten. Als er sich erholte und gesammelt hatte, begann er wieder:

„Es ist mir unmöglich, euch das nun Folgende in der gewünschten, richtigen Weise zu sagen: Es gab keine sichtbare Waage, denn auch diese Waage war ich selbst. Der Gewogene, die Waage und der Wägende, das war in mir vereint. Ich stand vor Gericht und war zugleich der Ankläger und der Richter. Es wurde jeder, aber auch jeder meiner Gedanken in mir laut. Über einige wenige durfte ich mich freuen; die unendliche Zahl der andern aber machte mich erzittern! Es zeigte sich, daß jeder Ton, der über meine Zunge gegangen war, von ewiger Dauer sei. Der irdische Klang ist nur die Wirkung der Luftbewegung; ist sie vorüber, so ist er nicht mehr vorhanden. Aber der seelische Teil des Menschen, der in diesen Ton gekleidet wurde, um zu wirken, der ist unvergänglich und bleibt ihm angehörig für die Ewigkeit. Was alles hatte ich da gesprochen! Die entsetzliche Erkenntnis, daß auch nicht eine einzige Silbe vernichtet sei, hätte mich zum glühenden Wunsch der Selbstvernichtung bringen können, wenn es überhaupt Vernichtung gäbe! Gegen die brausende Sintflut all dieser wieder erklingenden Worte gibt es keine andere Hilfe als den sie übertönenden Schrei nach Gnade, Gnade, Gnade! Und so wachten auch all meine Taten auf. Es war keine von ihnen verschwunden, denn auch sie waren Teile meines Lebens, also Teile meiner selbst. Ich bestand aus ihnen; sie bildeten mein seelisches Gerippe, meine Muskeln; jeder Tropfen meines Blutes war eine Tat oder eine Folgerung meiner Taten. Ich konnte also jede von ihnen, selbst die geringste, in mir nach ihrem Wert oder Unwert empfinden. Und da war ich denn so voller Aussatz und voller Schwären, daß ich, der ich doch berufen war, ein Ebenbild Gottes zu sein, in fürchterlichster Angst mir sagen mußte, daß es besser für mich gewesen wäre, gar nicht gelebt zu haben. So sprach die Waage. Sie mußte so sprechen, weil meine Seele, also ich selbst, zwar ein Dasein, aber kein Leben gelebt hatte. Das einzige Licht der Seele ist die Liebe; die einzige Nahrung der Seele ist die Liebe; die einzige Luft, welche sie zu atmen vermag, ist die Liebe. In Liebe soll sie sich kleiden, sich mit Liebe schmücken, und wenn sie in Liebe tätig gewesen ist, soll sie auch in Liebe ruhen. Mein Dasein aber hatte nur mir gegolten; ich war liebeleer gewesen und hatte also nicht gelebt. Und was ich als Leben bezeichnet hatte, das war eine Aufeinanderfolge von Gedanken, Worten und Taten gewesen, die mich jetzt hinab in den Abgrund des Verderbens ziehen mußten. Ich brach zusammen und stöhnte in meiner Angst und Not: ‚Oh, hätte ich Liebe gehabt, mehr Liebe, mehr Liebe! Könnte ich noch einmal zurück, wie wollte ich lieben und leben, wie wollte ich leben und lieben!‘ Und kaum hatte ich das gesagt, so wurde es licht um mich her; eine helle Gestalt stand neben mir; sie faßte mich an der Hand und gab mir den himmlischen Trost: ‚Dein Gebet sei erhört, denn der letzte Tag deines Erdenlebens ist Liebe gewesen, Liebe selbst für den Feind! Lebe sie weiter, diese Liebe, damit, wenn du hier wieder erscheinst, die Waage dann anders spreche, als sie jetzt gesprochen hat!‘ Beseligt von dieser Barmherzigkeit, fragte ich ihn: ‚Bist du vielleicht Ben Nur, der am letzten Tag meines Lebens bei uns war?‘ Er lächelte gütig und sprach: ‚Hier gibt es nur Liebe, die namenlos ist, und darum für ihre Boten auch keine Namen. Wenn einer ihrer Strahlen sich einen Namen gab, so tat er das nur für euch. Nenne mich immerhin auch Ben Nur, denn ich bringe dir das Licht, um welches du hier flehtest!‘ Während er so sprach, wurden wir von einer mir unbekannten Kraft empor- und über die Mauer der Trennung hinübergetragen. Ich befand mich also an seiner Hand wieder diesseits der Sterbestunde.“

Da er eine Pause machte, fragte ich ihn:

„Das war wohl nun der Augenblick, an welchem du erwachtest?“

„Nein. Ich kehrte noch nicht in meinen Körper zurück, sondern ich wurde mit ihm durch eine Unermeßlichkeit getragen, in welcher es keine Schranken gab. Ich sah die Welten, die Sonnen und die Sterne; aber ich sah sie anders, als ich sie von der Erde aus gesehen hatte, denn mein Auge war ja dasjenige meiner Seele, nicht das irdische, welchem die Herrlichkeit, durch die wir schwebten, verborgen ist. Wir befanden uns in einem Ozean des Lichtes, welches so rein und so klar war, daß mein Blick die fernste aller Fernen schauen konnte. Ich sah, daß alle diese Welten bewohnt waren, so wie die Erde das Geschlecht der Menschen trägt. Das kam mir so leichtbegreiflich, so ganz selbstverständlich vor, daß ich mich wunderte, früher darnach gefragt und gar daran gezweifelt zu haben. Ich sah, daß alle diese Kinder des Lichtes herrlich gestaltet waren und aber doch auch wieder keine Gestalt hatten, denn sie besaßen keine sich durch den Stoffwechsel immer erneuernde und dem Tod verfallende Form, sondern sie waren – sie selbst! Der Mensch aber ist, so lange er seinen sich stetig verwandelnden Körper trägt, in keinem Augenblick er selbst; er ist niemals wahr; diese aber waren es; sie wohnten in Wahrheit und Klarheit, ja, sie bestanden aus ihr! Warum und auf welche Weise ich das sah und auch so mühelos begriff, das kann ich nun nicht sagen, da ich wieder in den Leib zurückgekehrt bin; mein Unsterbliches ist wieder eingehüllt in ihn und darum der Klarheit beraubt, in welcher ich mich befand. Die Augen meiner Seele sind trübe geworden und mit ihnen die Gedanken; darum ist das Licht, welches ich euch mitbringen möchte, nun nichts als ein Nebelschein, den auch ich selbst nicht mehr durchdringen kann. Dort aber gab es eine wunderbare, ununterbrochene Helligkeit, die auch mich selbst durchdrang und mir ein Gefühl des Glücks, der Seligkeit verlieh, welches ich nicht beschreiben kann. Darum sprach die Engelsgestalt an meiner Seite: ‚Ich halte dich an meiner Hand, und darum dringt die Wonne, welche dich durchflutet, zu mir herüber. Was dich jetzt durchdringt, was dich umleuchtet, hält und trägt, es ist nicht Licht, es ist nicht Wärme, nicht Äther und nicht Luft, denn diese Bezeichnungen gehören nur der Erde an; es ist die Liebe! Ihr kennt einstweilen fast nicht mehr als nur das Wort, noch aber nicht sie selbst in ihrer ganzen Fülle und Unendlichkeit. Ihr sprecht von Liebe und sprecht auch vom Leben, doch beides ist dasselbe; nur eure Worte sind verschieden. Und weil sie das Leben ist, wird jede Lebensform und jede neuentstehende Welt aus ihr geboren. Hat diese Welt ihren Zweck erfüllt, dir ihre anvertrauten Wesen zur Liebe zu erziehen, so übergibt sie sie der Seligkeit und löst sich auf, um für dieselbe Aufgabe dann wiederzuerstehen. Dies ist der Zweck auch eurer Erdenwelt. Das Dasein auf ihr soll zum Leben, soll zur Liebe werden. Und dieses Ziel wird unbedingt erreicht, denn was ist euer Sträuben gegen die Allmacht dessen, der es will! Ob ihr es leugnet oder eingesteht, es ist doch wahr, daß ihr in Liebe atmet und in Liebe lebt. Die größte Selbstsucht ist mit allen Regungen, die ihr entspringen, doch nichts und nichts als Liebe, wenn auch nur Liebe zu dem eigenen Ich. Daß dieses Ich ohne die andern Ichs unmöglich wäre, das ist der große, unwiderstehlich zwingende Grund, der im Verlauf dessen, was ihr als Zeit bezeichnet, die Liebe zu sich selbst zur Bruder- und zur Menschenliebe macht. Dieser Mangel an Erkenntnis, dieses Sträuben des »Ichs« gegen das »Wir«, umhüllt die Erde mit dem Dunkel, welches das auf ihr ruhende Auge der Seligen betrübt, obgleich wir wissen, daß es sich in Licht verwandeln wird und muß. Sobald wir diesem Dunkel nahen, scheide ich von dir, doch höre vorher meine Bitte: Laß es wenigstens in dir und auch um dich hell werden! Streu Liebe aus! Je mehr die Zahl der Menschen wächst, die dieses tun, desto mächtiger wirkt das Licht auch auf die andern, und desto eher erreicht das Geschlecht der Sterblichen das Ziel – die Seligkeit!' – Nachdem er das gesprochen hatte, war es, als vermindere sich die Helle um mich her; wir kamen durch ein immer mehr sich dämpfendes Licht; die unermeßliche Ferne, in welche ich vorher zu schauen vermochte, trat mir immer näher und näher, und in demselben Maße ging mir auch die Gabe verloren, die Worte des Engels und alles, was ich gesehen hatte, ohne Mühe zu verstehn und zu begreifen. ‚Das ist die Erdennähe!' lächelte er wehmütig. ‚Du hast die Furchtbarkeit der »Waage« empfunden; vergiß sie nicht! Laß alle die wiedergeschenkten Tage so sein, wie dein letzter war, dem du die Rückkehr zu verdanken hast, weil er der Liebe zu dem Feind gewidmet war! Du wirst erfahren, daß es die Liebe war, die dich beschützte; sei ihr dankbar dadurch, daß du in ihr die einzige Regentin deines weiteren Lebens anerkennst!' – Ich weiß nicht, sah ich ihn schwinden oder war ich es, der sich von ihm entfernte. Es wurde dunkler, immer dunkler um mich her und auch in mir selbst; ich sah nichts mehr; ich hörte nichts mehr und fühlte einen drückenden Schmerz auf meinem Herzen. Dann, als ich angstvoll lauschte, hörte ich eure Stimmen und öffnete die Augen. Ich lag neben einer Blutlache und besann mich auf alles wieder, an was ich nicht mehr gedacht hatte. Ich versuchte aufzustehen, und es gelang mir trotz des Druckes auf meiner Brust, der mich nicht emporlassen wollte. Jetzt hat er sich vermindert; es ist mir wohler geworden. Und nun ich euch erzählt habe, was ich nicht aufschieben wollte, weil ich es zu vergessen befürchtete, bitte ich dich, Effendi, nach meiner Wunde zu sehen!"

Ich hatte ihm mit so gespannter Aufmerksamkeit zugehört, daß ich mich erst besinnen mußte, um seiner Aufforderung nachzukommen. Er mußte sich legen; dann knöpfte ich ihm die Nimtaneh – Jacke, Taille – und das Qämihs – Hemd – auf und – konnte mich eines lauten Ausrufes des Staunens nicht erwehren. Es gab keine Wunde; seine Brust war unverletzt. Ich sah nur eine dunkelgefärbte, unregelmäßig verlaufende Stelle, welche auf einen vorhanden gewesenen Druck schließen ließ. Welch ein Wunder! Es war gar nicht anders möglich, als daß sich auf der Brust ein Gegenstand befunden hatte, von welchem die Kugel aufgehalten worden war! Ich griff an die geöffnete Nimtaneh und fühlte in der Tasche einen viereckigen Gegenstand. Ich nahm ihn heraus.

„Was suchst du da?" fragte er verwundert. „Das ist mein Beschaïr el arba, welches stets in der Satteltasche steckte. Heute aber, als ich die Stelle von der Liebe zu den Feinden gelesen hatte, tat ich es in die Brusttasche der Nimtaneh. Warum ich das tat, das weiß ich nicht; es fiel mir grad so ein."

„Aber ich weiß es! Dein Schutzengel war es, der dir diesen Gedanken eingegeben hat. Das Buch hat dir das Leben gerettet!"

„Wie? – Das Leben gerettet?"

„Ja; steh auf und betrachte es! Du brauchst nicht liegen zu bleiben, denn du bist gar nicht verwundet. Der Schmerz, den du auf der Brust fühlst, ist alles, was der Schuß dir hinterlassen hat."

Das gab nun eine allgemeine Verwunderung und eine noch viel, viel größere Freude. Dschafar Mirza, dem das kleine Evangelienbuch von mir geschenkt worden war, hatte es in Metall binden und ein silbernes Lesezeichen dazu fertigen lassen. Es hatte verkehrt, ich meine, mit der Anfangsseite nach innen, nach dem Körper zu, in der Tasche des Basch Nazyr gesteckt und war von dem Geschoß also auf die hintere Platte des Einbandes getroffen worden. Da diese Platte dünn war, hatte sie der Kugel nicht genug Widerstand geleistet; diese war hindurchgeschlagen und auch so weit durch die Blätter gegangen, bis das Lesezeichen sie aufgehalten hatte. Dort steckte sie noch jetzt, nicht breitgeschlagen, sondern ein wenig abgeplattet. Der Schuß hatte also keine große Kraft gehabt. Es war ja, wie sich dann herausstellte, eine Pistole alter Konstruktion, und wahrscheinlich hatte auch das Pulver nicht viel getaugt. So war der durch das Buch verminderte Prall nicht einmal stark genug gewesen, eine Rippe zu verletzen. Schmerzhaft freilich war die Quetschung; der Perser laborierte längere Zeit daran.

Das Buch ging natürlich aus einer Hand in die andere, denn jeder wollte es nicht nur sehen, sondern auch genau betrachten.

Als dies geschehen war, ließ ich es mir wiedergeben und sah nach der Seite, in welcher das Zeichen gesteckt hatte. Welch eine Fügung! Ja, eine Fügung war es, denn Zufall gibt es nicht für mich! Die Kugel war fast durch das ganze Buch gedrungen, denn das Lesezeichen hatte fast ganz vorn, nämlich in der Bergpredigt, im fünften Kapitel des Matthäus, gesteckt, wo durch den verbogenen Rand des Zeichens ein kleiner Einschnitt entstanden war, welcher die letzte, im Buch sichtbare Wirkung des Schusses bildete. Und wo befand sich diese Stelle? Ich hielt sie dem Perser hin und bat ihn:

„Lies!"

„Warum?" fragte er.

„Das nachher! Jetzt aber lies!"

„Es ist dasselbe, was ich heute früh gelesen habe: ‚Ich aber sage euch: Liebet eure Feinde; tut Gutes denen, die euch hassen, und betet für die, welche euch verfolgen und verleumden, auf daß ihr Kinder seid eures Vaters, der im Himmel ist, der seine Sonne aufgehen läßt über die Guten und die Bösen und läßt regnen über die Gerechten und die Ungerechten!' Hierher habe ich das Zeichen gelegt."

„Und was siehst du hier, grad neben diesen beiden Versen?"

„Ein kleines Loch, wahrscheinlich von dem verbogenen Zeichen!"

„Ja, aber für mich ist es noch mehr, und auch für dich soll und muß es noch mehr sein!"

„Was?"

„Du hast mir gesagt, dir sei heut früh der Gedanke gekommen, daß wir viel zu gütig gegen unsere Feinde gewesen seien; um dieser deiner Schwachheit Kraft zu verleihen, habest du hier diese Stelle aufgeschlagen und gelesen. Das ist doch so?"

„Ja, so ist es."

„Nun, hier steht der Befehl: Liebet eure Feinde! Vorhin erzähltest du, der Engel wünsche, daß dein ganzes, noch folgendes Leben so sei wie der letzte, hier vergangene Tag. Und hat er nicht auch ausdrücklich gesagt, daß es die Liebe sei, welche dich beschützt habe?"

„Ja; das war eines seiner Abschiedsworte!"

„Nun, der Drang nach dem Gebot der Feindesliebe gab dir dieses Buch in die Hand. Aus Gehorsam für dieses Gebot schlugst du diese Stelle auf und legtest das Zeichen hinein. Grad bis hierher ist die Kugel gedrungen. Hier an dem Worte der Liebe hat sie ihre Macht verloren. Ist das ein Zufall?"

„Allah, Allah! Nein, gewiß nicht!"

„Ich denke das auch! Und jetzt fallen mir meine Worte ein, welche ich dir über das Evangelium sagte, kurz, ehe du erschossen werden solltest. Kannst du dich besinnen?"

„Nein."

„Ich versicherte dir, daß Gott, welcher von dir die Liebe zu den Feinden fordere, auch die Macht habe, dich grad durch diese Liebe zu retten. Ich sagte, sein Evangelium sei ein starker Schutz und Schirm selbst in der größten Todesgefahr, und vielleicht stehe dir die Hilfe näher, als du denkst!"

„Ja, das ist sonderbar, Effendi!"

„Nicht nur sonderbar! Ich sprach von dem Schutz des Evangeliums, ohne eine Ahnung davon zu haben, daß dieses Buch der vier Evangelien in deiner Brusttasche steckte! Und dazu kommt noch mehr. Besinne dich nur! Als du davon sprachst, daß du mich im Jenseits um Verzeihung bitten werdest, sagte ich dir, daß ich dir schon verziehen habe, und fügte hinzu, daß Gottes Hand dich noch im letzten Augenblick retten und sogar die Kugeln lenken könne!"

„Ich besinne mich. Ja, so sagtest du wirklich!"

„Und noch etwas! Der Scheich sagte: ‚Meiner Hand entkommt ihr nicht, so wahr euer Es Setschme, der Ort der Sichtung, nichts als Schwindel ist!' Du behauptest, auf Es Setschme und an der Waage der Gerechtigkeit gewesen zu sein; dieser Ort ist also für dich kein Schwindel. Und schau: Wir sind ihm entkommen, wir sind frei, während aber nun er unser Gefangener ist und uns ohne unsern Willen sicher und wahrlich nicht entkommen wird. Ist dieses wiederholte und erstaunliche Zusammenstimmen der gesprochenen Worte mit den späteren Ereignissen Zufall?"

„Nein, nein!" sagte der Perser.

Und „Nein, nein!" riefen auch Halef, Hanneh, Kara und alle, alle Haddedihn.

„Entweder müssen wir uns für Propheten halten", fuhr ich fort, „oder wir sind der Überzeugung, daß wir unter einer alliebenden und allweisen Führung stehen, welche für uns das Unheil in Heil, das Unglück in Glück verwandelt. Da wir aber nicht den Wahnsinn haben, zu behaupten, daß wir mit der Gabe der Weissagung ausgerüstet seien, so ist für uns nur die zweite Annahme möglich. Ich habe stets an Gottes Führung geglaubt; ich werde an sie glauben und mich ihr mit herzlicher Zuversicht anvertrauen, so lange ich lebe, und ich bitte euch alle, dies auch zu tun! Wir stehen hier an einem Ort, den wir wohl nie vergessen werden, an der Stelle eines Ereignisses, welches nicht bloß für Khutab Agha, unsern Freund, sondern auch für uns alle von der größten Wichtigkeit ist. Wir haben hier abermals eine Kijahma, eine Auferstehung von den Toten, erlebt. Sie mag uns nicht nur auf unsere einstige Auferstehung von dem leiblichen Tode hinweisen, sondern uns zu einer Auferstehung schon jetzt erwecken, zu einem Erwachen alles dessen, was noch tot und fruchtlos in uns liegt, zu einem Lebendigwerden besonders der Liebe, die uns gegeben ist, nicht, daß wir sie in uns vergraben, sondern daß wir sie von uns hinausstrahlen lassen auf jedermann, auf Freund und Feind, der mit uns in Berührung kommt. Ihr habt durch den Mund des Basch Nazyr die Worte seines Engels gehört, welcher sagte, daß dies der Weg sei zum klaren Licht, zum wirklichen Leben und zur Seligkeit. Und in diesem Sinne wollen wir uns jetzt zusammensetzen, um Gericht zu halten, über die, welche sich so schwer gegen uns vergangen haben, daß sie nach dem Gesetz der Wüste nur den Tod erwarten dürfen!“

Es antwortete hierauf niemand. Selbst mein kleiner, sonst so sprechfertiger Halef war still. Die allgemeine Stimmung zeigte überhaupt einen Ernst, ich möchte sagen, eine Feierlichkeit, welche in diesem Grade und bei diesen Menschen nur bei höchst seltenen Gelegenheiten zu bemerken war. Mochte die Quelle, aus welcher die Reden und Darstellungen des Persers geflossen waren, sein, welche sie wolle, der Eindruck war ein ebenso tiefer wie nachhaltiger. Der Orientale ist für ein solches Hereinragen des Übersinnlichen in das Sinnliche ganz besonders empfänglich, und ich bin überzeugt, daß ein Abendländer, der dem Basch Nazyr zugehört hätte, wohl schwerlich so unverständig gewesen wäre, über ihn und seine Erzählung zu lächeln. Ich bin ja auch kein Orientale, und das Leben hat mich gelehrt, allem, was mir unbekannt erscheint, zunächst kühl und forschend gegenüberzutreten; aber das, was wir erst von Ben Nur und nun von dem Perser gehört hatten, kam mir denn doch nicht wie das ausschließliche Produkt eines kranken Gehirns oder wie die innere Folge eines äußerlichen Druckes auf die Herzgegend vor. Der Gelehrte wird zwar da gleich von Krankheit sprechen. Ja, krank war der Münedschi; das ist nicht zu leugnen, und den Basch Nazyr hatte gar eine Kugel hingestreckt: aber der letztere war nach seinem Erwachen aus der Ohnmacht geistig völlig gesund und klar, und was den ersteren betrifft, so gibt es mehr als genug Gelehrte, sogar echte, richtige Zunftgelehrte, welche behaupten, es sei nicht durchgängig wahr, daß eine kräftige Seele nur in einem kräftigen Körper wohnen kann, sondern es habe sich umgekehrt sehr häufig erwiesen, daß die Seele erst und grad dann ihre Kräfte und Tätigkeiten entfalten könne, wenn die körperlichen Bande, in denen sie gefesselt ist, schwach und darum weniger hinderlich geworden sind.

Was unsere Gefangenen betrifft, so hatten auch sie alles gesehen und alles gehört. Das Erwachen des Persers hatte bei ihnen gewiß dasselbe Erstaunen hervorgebracht wie bei uns. Höchstwahrscheinlich freuten sie sich nun desselben, denn sie glaubten wohl, der Umstand, daß die Kugel unschädlich gewesen sei, müsse uns zur Milde stimmen. Gesagt aber hatte keiner von ihnen etwas, kein einziges Wort. Der Münedschi saß mit geschlossenen Augen bei ihnen; er rührte sich nicht, und wenn er ja einmal eine Bewegung machte, so war es diejenige des Rauchens, obgleich er seine Pfeife nicht in den Händen hatte. Was mit ihm geschehen werde, das hing ganz von dem Schicksal seiner Mekkanischen Gefährten ab.

Dem Perser konnte ich in unserer gegenwärtigen Lage nur eine kalte Kompresse raten, welche von Zeit zu Zeit erneuert wurde. Er war schon sonst ein ernst angelegter Mann; jetzt nun schien sich dieser Ernst verdoppelt zu haben, und ich will gleich bei dieser Gelegenheit bemerken, daß während unsers ganzen, spätern Beisammenseins nur sehr selten ein Lächeln auf seine Lippen kam. Die Wirkung der „Waage der Gerechtigkeit", welche er, so oft er von ihr sprach, eine entsetzliche nannte, war keine vorübergehende bei ihm.

An der Beratung über die Strafe, welche die Schuldigen treffen sollte, hatten folgende Personen teilzunehmen: Halef, Kara, der Perser, Omar Ben Sadek und ich. Es galt vor allen Dingen festzustellen, wer sich an dem Kampf gegen die Soldaten beteiligt hatte. Khutab Agha behauptete, gesehen zu haben, daß nicht bloß die Beni Khalid, sondern auch die Mekkaner geschossen hätten. Um sich Gewißheit zu verschaffen, ging Halef hin zu ihnen und fragte den Ghani:

„Hast du auf die Soldaten geschossen?"

„Nein", antwortete er.

„Dein Sohn?"

„Nein."

„Einer deiner andern Gefährten?"

„Auch nicht. Warum hätten wir uns an dem Kampf beteiligen sollen? Es waren ja genug Beni Khalid da!"

„Glaubt ihm nicht!“ rief da der Scheich dazwischen. „Er hat gar wohl geschossen, und zwar mehrere Male!“

„So!“ meinte Halef. „Sein Sohn etwa auch?“

„Ja.“

„Und die andern?“

„Diese ebenso! Sie haben alle geschossen, alle. Nun aber sind sie so feig, es zu leugnen.“

„Und du sagst diese dir vom Teufel eingegebene Lüge, um nicht der einzige zu sein, den die Strafe trifft. Du willst uns mit dir ins Verderben ziehen!“ rief der Ghani.

Der Scheich antwortete ihm wieder, und so entspann sich ein Hin und Her von Schimpfworten, dem ich dadurch ein Ende machte, daß ich ihnen befahl:

„Seid still! Ich werde gleich sehen, wer die Wahrheit sagt!“

Ich untersuchte ihre Flinten. Sie waren alle geladen, aber auch ebenso alle vor kurzem abgeschossen worden. Um aber doch ganz sicher zu gehen, richtete ich die Frage an den Ghani:

„Eure Flinten sind noch geladen; das spricht für euch, denn der Kampf ist sehr kurz gewesen, und wenn ihr euch an ihm beteiligt hättet, so wären die Läufe leer. Ist es so?“

„Ja, ja, so ist es. Du hast das richtige getroffen, Effendi“, antwortete er.

„Was hättet ihr auch jetzt oder in den letzten Tagen zu schießen gehabt! Ich wüßte nichts.“

Er ließ sich wirklich durch den beistimmenden Ton, in welchem ich dies sagte, irremachen und antwortete:

„Nichts, gar nichts, Effendi! Wir haben weder gejagt, noch sonst eine Gelegenheit zum Schießen gehabt.“

„Wirklich nicht?“

„Nein.“

„Auch nicht auf eurem gestrigen Weg, vom Brunnen weg nach Südwest und dann hierher?“

„Nein! Du siehst also, daß wir unschuldig sind!“

„Ich sehe vielmehr, daß ihr schuldig seid. Es sind alle eure Flinten erst vor kurzem abgeschossen worden, und da du mir jetzt soeben bewiesen hast, daß dies nirgends anderswo geschehen ist, so ist es hier geschehen.“

Da lachte der Scheich höhnisch auf und rief ihm zu:

„Dummkopf! Hörtest du es denn diesem Effendi aus dem fernen Westen nicht an, daß er von vorn ganz ungefährlich tat, weil er dich von hinten packen wollte? Das ist ein schlauer Teufel, an den du nicht reichtest, auch wenn du das Gehirn von hundert solchen Kerlen, wie du bist, unter deinem Schädel hättest! Nun hat er dich gefangen, und ich habe recht behalten. Ich wiederhole, und ich mache keine Lüge: ihr habt vier oder fünf von den Soldaten erschossen! Ich gebe mein Wort darauf, und da ist es wahr!"

Der Ghani war nun still, und das genügte! Wir setzten uns zusammen. Die Haddedihn lauschten, damit ihnen kein Wort entgehen möge. Auch Hanneh hatte sich aus demselben Grund ganz in unserer Nähe niedergelassen. Ihr liebes, gütiges und dabei doch so kluges Gesicht strahlte vor Stolz, ihren Sohn zum erstenmal in der Dschemma, der Versammlung der Ältesten, nicht nur zu wissen, sondern sogar zu sehen und sprechen zu hören. Sein Vater war nicht weniger von Genugtuung erfüllt. Er selbst gab sich sehr ernst und würdevoll, was ihm, dem Jüngling, gar nicht übel stand.

Halef ergriff zuerst das Wort. Die Anwesenheit seiner Frau und seines Sohnes war für ihn eine sehr zwingende Ursache, eine seiner berühmten Reden zu halten. Ich kann sie hier übergehen und bringe nur den Schluß:

„Ihr wißt, wie gerne ich meine Peitsche sprechen lasse; aber nach dem, was wir von Ben Nur vernommen haben, bin ich gewillt, ihr von jetzt an weniger als früher das Wort zu geben, und hier, wo es sich um den Tod von soviel Menschen und auch außerdem um eine ganze Anzahl von Sünden und Verbrechen handelt, hat sie überhaupt zu schweigen. Eine Untersuchung ist nicht notwendig, denn die Taten liegen offen und deutlich vor unsern Augen. Es kann sich nur um den Tod handeln. Den haben sie mehr als verdient. Stimmen wir schnell ab! Das ist zwar nur eine Förmlichkeit, die aber doch erfüllt werden muß. Dein Urteil, Sihdi?"

„Ich will der Letzte sein", antwortete ich.

„So mag es nach der Reihe gehen. Khutab Agha, du sitzt neben mir. Also sag! Nicht wahr, den Tod?"

Der Perser sah in die Weite hinaus, als ob er von dorther einen Rat erwarte. Dann antwortete er:

„Nein!"

„Was – wie –? Nicht den Tod?" rief Halef erstaunt.

„Nein!"

„Was sonst?"

„Ich begnadige sie. Sie mögen laufen! Ich weiß, daß sie der Strafe nicht entgehen werden, nicht entgehen können; aber ich will nicht derjenige sein, der das Tuch über ihnen zerreißt!"

„Das soll ich für Ernst nehmen?"

„Es ist mein Ernst. Und nun bitte ich dich, mich nicht weiter zu drängen! Ich habe die ‚Waage' kennengelernt und will erst selbst besser werden, ehe ich über andere richte!"

„Ich kann dich nicht zwingen und wünsche nur, daß du es nicht bereuen magst. Jetzt du, Omar Ben Sadek!"

„Ich stimme für den Tod!"

Das sagte er fest und streng und weiter kein einziges Wort.

„Jetzt du, Kara Ben Halef, mein Sohn!" fuhr der Hadschi fort.

Es war ein jugendlich helles, gutes, freundliches Auge, welches Kara jetzt auf mich richtete. Daß er grad mich ansah, das war mir erklärlich, denn ich wußte ja, daß er schon als Knabe stets gesagt hatte, er werde sich alle Mühe geben, so zu sein wie Kara Ben Nemsi Effendi. Ich war selbst auch neugierig auf das Wort, welches wir aus seinem Mund hören würden.

„Ich begnadige sie auch!" klang es mild und doch so fest.

„Allah! Du auch, mein Sohn?" fragte Halef. „Wahrscheinlich hast du es dir nicht recht überlegt?"

„Ich habe es überlegt. Allah verlangt Liebe, und ich gebe sie; ich werde sie geben, solange ich lebe!"

Da konnte ich nicht anders. Ich langte zu ihm hinüber und drückte ihm die Hand. Und von dem Platz her, wo seine Mutter saß, erklang der anerkennende Ruf:

„Kara, mein Sohn, säßest du jetzt nicht in der Versammlung der Ältesten, ich würde jetzt kommen und dich küssen!"

Er errötete, denn geküßt zu werden, wenn auch von der Mutter, ist etwas, wovon in der würdevollen Dschemma nicht gesprochen werden darf.

„Nun habe ich mein Wort zu sagen", erklärte Hadschi Halef. „Ich stimme natürlich für den Tod und füge hinzu, daß das Urteil sofort zu vollstrecken ist, denn wir haben keine Zeit zum langen, nutzlosen Verweilen hier. Jetzt bist noch du als der letzte übrig, Effendi. Es sind zwei Stimmen für und zwei Stimmen gegen den Tod. Bei dir liegt also die Entscheidung. Darf ich vorher noch ein Wort sagen?"

„Ja, doch kurz!"

„Ich sehe nämlich ein, daß wir uns in Gefahr befinden, Taten, welche gradezu zum Himmel schreien, unbestraft zu lassen. Das hat Ben Nur nicht gesagt und auch nicht gewollt! Er hat von Richtern gesprochen, welche selbst in dem ärgsten Verbrecher noch den Menschen suchten, um ihrem Urteil Milde verleihen zu dürfen; aber daß ein zwanzigfacher Mord keine Strafe finden soll, daß wir diese Menschen nach all den schweren Plänen und Anschlägen, die sie gegen uns hegten und nur deshalb nicht zur Vollendung bringen konnten, weil wir klüger, erfahrener und vorsichtiger sind als sie, freizulassen haben, das will selbst El Mizan nicht, die Waage der Gerechtigkeit. Was wird geschehen, wenn wir ihnen nicht die verdienten Kugeln geben? Sie reiten fort und lauern uns wieder auf. Und können sie uns nichts anhaben, so leben sie in ihrer Weise weiter, und alle schlechten Taten, welche sie dann begehen, haben wir zu verantworten und zu tragen, wenn wir dereinst durch die Pforte des Todes gehen. Wenn ich mir Mühe gebe, ein guter Mensch zu sein, so will ich mich ja hüten, nicht etwa durch meine eigenen, sondern durch die Taten anderer doch noch hinabgerissen zu werden in den Abgrund des Verderbens! Das habe ich geglaubt, noch sagen zu müssen, und das gebe ich besonders dir zu bedenken, Effendi. Überlege es dir wohl, ehe du das letzte, entscheidende Wort auf die Lippen nimmst!"

Der Hadschi hatte in seinem Leben wohl viel Überflüssiges gesprochen; das jetzt aber war, wie mir schien, ein Wort zur rechten Zeit! Ich gestehe, daß auch ich beabsichtigt hatte, Gnade walten zu lassen, nicht etwa aus falscher Liebesduselei oder um meinen Standpunkt als Christ besonders hervortreten zu lassen, sondern aus dem Grund, welcher für mich in dem Namen lag: Ben Nur. Ich sage aufrichtig, daß ich noch unter dem Eindruck seiner Reden stand, und grad hier, nicht fern dem Ort, an welchem er gesprochen hatte, widerstrebte es mir, das Blut von sechs Menschen zu vergießen, welche, mochten sie auch noch so schlecht gehandelt haben, doch die Entschuldigung für sich hatten, Angehörige einer Bevölkerung zu sein, welche den Raub als eine Art ritterliches Handwerk betrachtet. Aber die ernste und sehr begründete Vorstellung Halefs war zu beherzigen. Ich überlegte. Leider sollte nur eine Strafe geltend sein, die Todesstrafe. Wäre diese Bedingung nicht gemacht worden, so hätte sich wohl ein Weg oder ein Mittel finden lassen, die Sühne ohne Blutvergießen mit der Schuld in das möglichste Gleichgewicht zu bringen. Die Hauptschuldigen waren unbedingt der Scheich und der Ghani; wenn diese . . . ja, das war es! Auf diese Weise konnte ich hier der Strenge und dort der Milde gerecht werden: diese beiden sollten bestraft, die andern aber begnadigt werden! Als Halef, dem mein Nachsinnen zu lange dauerte, mit einem: „Nun, Effendi?" drängte, beschloß ich, demgemäß zu sprechen.

Ich achtete dabei kaum darauf, daß der alte Münedschi aufgestanden war und sein Gesicht, doch mit geschlossenen Augen, nach uns gerichtet hatte.

„Mein Entschluß ist folgender“, sagte ich: „der Scheich der Beni Khalid und Abadilah el Waraka, den man El Ghani nennt, sollen miteinander ...“

„El Aschdar –! El Aschdar –! El Aschdar –!“ schrie da, mich unterbrechend, der Münedschi mit aller Kraft seiner Stimme herüber.

Trotz der hohen Tageshitze überlief es mich eiskalt! Niemand sah auf mich; aller Augen waren auf den Blinden gerichtet, welcher mit hocherhobenen Händen dastand, als ob er uns vor einer großen Gefahr zu warnen habe. Halef, Kara, Hanneh und der Perser kannten die Bedeutung dieses Wortes, denn Halef war neugierig gewesen und mit seinen Fragen so lange in mich gedrungen, bis ich ihm gesagt und erzählt hatte, warum ich kurz vor dem Zweikampf von dem Münedschi fortgeführt und was mir da gesagt worden war.

„El Aschdar! Der Drache!“ sagte Halef, indem er mich ganz betroffen anschaute. „Er hat es dreimal gesagt; hörst du, Effendi, dreimal! Weißt du noch, was das zu bedeuten hat?“

„Ja, wohl weiß ich es“, antwortete ich.

„Wenn dir der Drache droht, will Ben Nur im Moment der Gefahr dreimal das Wort El Aschdar rufen! Welche Gefahr aber soll das jetzt sein? Ich sehe keine!“

„Aber ich!“

„Wo?“

„Hier, in unserer Dschemma. Ich stand im Begriff, eine Entscheidung zu treffen, welche nicht in und nach dem Sinn der Liebe ist. Es scheint, wir sollen uns vor Blutvergießen hüten.“

„Höre Effendi, werde nicht bedenklich! Was kann es uns persönlich schaden, wenn wir der Gerechtigkeit Genüge tun?“

„Vielleicht ist eine persönliche Gefahr dabei, vielleicht auch nicht; das ist jetzt Nebensache. Die Hauptsache besteht darin, daß ich vor dem Drachen der Lieblosigkeit gewarnt worden bin.“

„Vielleicht bezieht sich diese Warnung gar nicht auf das Urteil, welches wir hier zu fällen haben!“

„Ich beziehe es darauf. Horch!“

Der Blinde begann wieder zu sprechen. Es war ganz unmöglich, daß ein Wort von uns zu ihm gedrungen war, denn ich hatte, und Halef ebenso, in gedämpftem Ton gesprochen. Dennoch rief der Münedschi jetzt zu uns herüber:

„Ja, es ist das Urteil gemeint; streitet euch also nicht! Es gibt ein großes Gesetz der Gerechtigkeit, dessen Walten euch verborgen ist. Dasselbe Gesetz stellt neben die Gerechtigkeit die Gnade. Wenn die Gnade spricht, ist die Gerechtigkeit erfüllt! Ihr habt euch zu Richtern gesetzt des vergossenen Blutes wegen, dessen Lachen ich hier starren sehe. Wer unter euch besitzt das Recht dazu? Nur einer, denn den andern haben diese Toten fern gestanden. Und dieser eine hat sich für das Wort der Gnade entschieden. Woraus schöpft ihr andern nun die Pflicht, die Ausführung seines dem Himmel wohlgefälligen Entschlusses unmöglich zu machen? Ruft das, was euch getan wurde, eine blutige Rache heraus? Es ist El Aschdar, dessen Stimme ich in eurem Urteil höre! Vermeßt euch nicht, in den Gang der höheren Gerechtigkeit einzugreifen! Sie hat die Faust schon hoch erhoben zum wohlverdienten Schlag. Wenn ihr sie stört, trifft dieser Schlag euch; darum weicht zurück; jetzt ist noch Zeit dazu! Der Mund, der die Berechtigung dazu besitzt, hat Gnade ausgesprochen; nun laßt sie walten. Ich fordere es von euch!"

Das war mit der Stimme Ben Nurs, nicht mit der gewöhnlichen des Münedschi gesprochen worden. Nun setzte sich der Blinde wieder nieder und war ganz so teilnahmslos wie vorher, ein Werkzeug, welches nicht weiß, was es getan hat.

Halef holte tief Atem und sah mich bedenklich an.

„Effendi, du hast es gehört?" fragte er.

Ich nickte.

„Und auch verstanden?"

„Wahrscheinlich! Sag, Halef, wer war wohl mit dem gemeint, welcher allein zum Urteil berechtigt ist?"

„Hier Khutab Agha."

„Ja. Und es ist richtig! Gehen wohl uns die Soldaten etwas an? Sind wir ihre Vorgesetzten, ihre Offiziere gewesen?"

„Allerdings, nein!"

„Sie gehörten zu Khutab Agha, nicht zu uns."

„Aber sie sind mit uns zusammengetroffen, sie waren unsere Gefährten, und so haben wir sie zu rächen. So lautet das Gesetz der Wüste, nach welchem wir uns hier richten müssen, Effendi."

„Ja, sie waren unsere Gefährten! Khutab Agha aber war ihr Gebieter; darum steht seine Bestimmung über der unserigen. Ich weiß jetzt genau, was ich zu tun und was ich zu sagen habe."

„Nun, was?"

„Ich stimme für Gnade."

Er senkte den Kopf; die andern waren alle still. Dann, als er ihn wieder hob, war in seinem Gesicht keine Spur von Enttäuschung zu sehen; er lächelte vielmehr zustimmend, indem er sagte:

„Wahrscheinlich hätte ich es auch grad so gemacht wie du. Ich war für die größte Strenge, denn ich glaubte, daß ich verpflichtet dazu sei; da dies aber nicht der Fall ist, so soll Khutab Agha seinen Willen haben. Jetzt sag mir, ob du an den Hieb glaubst, Sihdi?"

„An welchen Hieb?"

„Er sprach doch von der Faust, die bereits zum Schlag erhoben sei. Wenn wir sie stören, soll er uns treffen. Das scheint eine Prophezeiung zu sein. Ob sie sich wohl in Erfüllung setzt?"

„Halef, bin ich allwissend? Wir haben mehr zu tun, als uns mit solchen ungewissen Dingen zu beschäftigen. du weißt nun, wofür ich meine Stimme abgegeben habe. Ich denke, wir haben nichts weiter zu beraten."

„Ja. Ich erkläre die Dschemma für beendet und geschlossen. Die Mörder sind begnadigt, weil nicht wir es sind, welche den Tod der Soldaten zu rächen haben. Und was die Halunken gegen uns gesündigt haben, das wollen wir aus dem Buch der Vergeltung streichen; sie sind ja arme, machtlose Würmer gegen uns!"

Die Haddedihn hörten das. Es war keiner unter ihnen, der durch ein Wort oder auch nur durch irgendein Zeichen zu verstehen gegeben hätte, daß er mit diesem so unerwarteten Ausgang der Beratung nicht einverstanden sei. Erstens verbot ihnen das die Achtung, die sie uns ja nie versagten, und zweitens standen sie unter dem Einfluß der Rede, welche der Münedschi gehalten hatte. Er galt bei ihnen für das, was auch sein Name bedeutete, für einen Wahrsager, und die Drohung mit der schon erhobenen Faust hatte einen ganz besonderen Eindruck auf sie gemacht.

Unsere Herren Verbrecher aber hatten von unserem Entschluß nichts gehört. Als sie sahen, daß wir aufstanden, ruhten ihre Blicke mit ängstlicher Erwartung auf uns. Halef ließ es sich natürlich nicht nehmen, ihnen die betreffende Mitteilung selbst zu machen. Er trat zunächst vor den Ghani hin, nahm seine allerfreundlichste Miene an und fragte ihn:

„Mein heißgeliebter Milch- und Waffenbruder, was denkst du wohl, was über dich, den Liebling des Großscherifes, beschlossen worden ist?"

Der Gefragte sah ihn forschend an. Er wußte nicht, was er

aus dieser plötzlichen und so strahlend freundlichen Brüderschaft zu machen hatte. Wahrscheinlich war sie Hohn, und darum zog er vor, keine Antwort zu geben. Halef fuhr fort:

„Warum willst du mich denn nicht mit dem ersehnten Ton deiner Stimme beglücken? Ich schmachte nach ihm. Also sei so gut und sprich!"

„Spotte nicht!" würgte der Mekkaner doch hervor.

„Spotten? Ich deiner? Was denkst du von mir! Ich kenne jedes einzelne Gesetz der Höflichkeit und trachte stets mit Eifer darnach, sie zu erfüllen. Du bist als Scheich el Harah der berühmte Gebieter eines ganzen Stadtviertels von Mekka, und so weiß ich, was ich dir schuldig bin. Dein Fuß wandelt täglich in dem größten Heiligtum Mohammeds, des Propheten, und die Blicke von tausend frommen Pilgern sehen auf deine erhabene Gestalt, wenn sie über den Suq el Lehl – Nachtmarkt in Mekka – oder durch den Schi'b el Maulid – die Straße mit dem Geburtshaus Mohammeds – spaziert. Genau so bin auch ich erfüllt von Ehrfurcht und Bewunderung für dich, das unerreichbare Vorbild aller derer, welche das Glück haben, dich in den Strahlen deiner unzählbaren Tugenden kennenzulernen. Und da meinst du, daß ich deiner spotte? Ich bin im Gegenteil ganz von Seligkeit erfüllt, dir mitteilen zu können, daß du dich über das Ergebnis unserer Beratung freuen darfst."

Das Gesicht des Mekkaners wurde – es gibt keinen andern Ausdruck dafür, und ich muß es also sagen – immer dümmer.

„Freuen? Wieso?" fragte er.

„Wir haben alles, was für dich und was gegen dich sprach, sehr genau miteinander verglichen und wohl erwogen, und sind zu dem Ergebnis gelangt, daß du unschuldig bist."

„Ich?!" rief der Mekkaner.

„Ja, du!"

„Unschuldig?!"

„Gewiß! Vollständig unschuldig!"

„Hadschi Halef, das ist Schlechtigkeit von dir, die allergrößte Schlechtigkeit, denn was du sagst, das ist ja wirklich nichts als Spott!"

„Mein Freund, wie wenig kennst du mich! Es tut meinem Herzen bitter weh, daß ich grad von dir so falsch beurteilt werde!"

„Aber un – unschuldig?!"

„So unschuldig, wie der Frosch daran unschuldig ist, daß er im Wasser naß wird. Du bist rein, unendlich rein von allen deinen Fehlern!"

Der Ghani stieß, ohne auf die Doppelzüngigkeit dieser letzten Worte zu achten, sondern nur an das, was er getan hatte, denkend, den Einwand hervor:

„Ich habe aber doch auf den Perser geschossen!"

„Ja, das hast du allerdings. Nun sag, in welcher Absicht du das tatest!"

„Ich wollte ihn töten!"

„Schön! Aber ist er tot?"

„Nein; er lebt!"

„Bist du daran schuld, daß er lebt?"

„Nein!"

„So liegt die Sache doch so klar, wie sie klarer gar nicht liegen kann! Sei so herablassend, mir noch zu sagen: Bist du schuld an seinem Tode?"

„Nein! Er ist ja gar nicht tot!"

„Nun so denke doch nach! Du bist nicht schuld an seinem Tode, und du bist nicht schuld daran, daß er noch lebt, also bist du nicht nur überhaupt unschuldig, sondern sogar doppelt unschuldig!"

Die Verblüfftheit des Ghani hatte jetzt ihren höchsten Grad erreicht. Er wußte nicht, was er sagen könne, ohne sich lächerlich zu machen, und zog es darum vor, zu schweigen und zu warten.

Halefs Gesicht strahlte vor Vergnügen. Er fuhr freundlich fort:

„Da also erwiesen ist, daß nicht die geringste Schuld auf dich fällt, so haben wir kein Recht, dich länger festzuhalten, und ich bitte dich um dein gütiges Einverständnis, daß ich dich befreie!"

„Allah, Allah!"

Ein weiteres Wort als diesen Ausruf fand er nicht. Halef bückte sich nieder und band die Fesseln los. Da sprang der alte Sünder freilich augenblicklich auf und rief in frohestem Ton:

„Also frei, frei! Wirklich frei!"

„Ja. Du siehst und fühlst es doch!"

„Und keine Strafe?"

„Nein, denn Unschuldige bestrafen wir nicht."

„Und mein Sohn?"

„Wird auch frei."

„Wann?"

„Sofort."

„Und meine andern Gefährten?"

„Ebenso! Wenn du mir eine Liebe erweisen willst, so befreie sie selbst von ihren Banden! Du wirst dir dadurch ihre Dankbarkeit erwerben."

Das ließ sich der Ghani freilich nicht zweimal sagen. Er kniete sofort nieder und machte sich mit vor freudiger Aufregung zitternden Händen an die ihm so willkommene Arbeit. Als sie beendet war und seine Leute den freien Gebrauch ihrer Glieder wieder erhalten hatten, holte er tief, tief Atem und fragte:

„Dürfen wir aber auch fort?"

„Jawohl", nickte Halef.

„Wann?"

„So bald wie möglich, am liebsten gleich jetzt."

„Mit allem, was uns gehört?"

„Ja. Wir sind keine Räuber."

„Und wie steht es mit dem Kanz el A'da?"

Da bekam das Gesicht Halefs plötzlich einen ganz andern Ausdruck. Er riß die Peitsche aus dem Gürtel und antwortete in drohendem Ton:

„Mensch! Kerl! Halunke! Sag dieses Wort nur noch ein einziges Mal, so zerhaue ich dir das Gesicht, daß die Fetzen bis nach Mekka fliegen! Eine solche Frechheit ist noch nie auf Erden vorgekommen!"

„Verzeih, verzeih! Ich glaubte, ich müsse doch wenigstens eine Erwähnung davon tun."

„Und ich glaube, oder ich bin vielmehr davon überzeugt, daß unsere Nachsicht nur bis hierher, aber keinen Schritt weiter geht. Schlägst du dir den Kanz el A'da nicht vollständig aus dem Kopf, so wird er dir trotz aller unserer Barmherzigkeit doch noch zum Verderben!"

„Ich verzichte, ich verzichte! Wir dürfen uns also unsere Waffen nehmen?"

„Ja. Aber unsere Gewehre werden auf euch gerichtet sein, bis ihr aus unsern Augen verschwindet. Und schlagt euch ja auch alle weiteren Pläne gegen uns aus den Köpfen! Von diesem Augenblick an bringt euch die kleinste Bewegung eines Fingers, die ihr gegen uns wagt, den Tod. Weiter habe ich euch nichts zu sagen."

Wir hatten den Kanz el A'da natürlich schon längst an uns genommen und uns auch überzeugt, daß nichts davon fehlte. Die Mekkaner nahmen den Blinden auf und gingen mit ihm zu ihren Kameraden. Er war geistesabwesend und ließ sich führen, ohne zu wissen, was geschah. Sie beeilten sich außerordentlich, in die Sättel zu kommen, denn sie mochten dem Landfrieden doch nicht recht trauen. Ihrem Anführer aber fiel, ehe er aufstieg, noch etwas ein. Er kam eilfertig zu Halef gelaufen und richtete an ihn die Frage:

„Wie steht es aber nun mit dem Scheich der Beni Khalid?"

„Warum fragst du?" antwortete der Hadschi.

„Weil ich wissen möchte, was ihr über ihn beschlossen habt."

„Geht dich das etwas an?"

„Sehr viel sogar! Er hat den Tod verdient. Was er gegen euch unternommen hat, das wißt ihr ja ebenso genau wie ich. Schon das muß ihn um das Leben bringen! Aber außerdem wollte er auch uns hier ermorden, um sich in den Besitz des Schatzes zu setzen. Ich brauche das nicht zu beweisen, denn der Effendi aus Wadi Draha hat alles mit angehört. Darum muß ich unbedingt von euch verlangen, daß er ohne Gnade erschossen wird!"

„Ah! Also unbedingt?"

„Ja!"

„Und ohne Gnade?"

„Ja!"

„Du bist also nicht bereit, dich zur Milde, zur Nachsicht bewegen zu lassen?"

„Nein, auf keinen Fall! Er ist der größte Halunke, den es gibt. Er hat uns, seine Freunde, betrügen und umbringen wollen. Ihr habt ihn zu erschießen!"

„So? Wir?"

„Ja!"

Da brauste der Hadschi zornig auf:

„So wagst du also, uns zuzumuten, die Henker zu sein, welche deine Befehle auszuführen haben? Kerl, nicht er ist es, sondern du, du selbst bist der größte Halunke, den es gibt! Ja, du bist noch mehr als das, nämlich eine Bestie in menschlicher Gestalt! Wir haben dich mit Gnade und Erbarmen förmlich überschüttet; ein anderer hätte dafür Allah und uns auf seinen Knien gedankt und in seinem Herzen den Schwur getan, von nun an ein besserer Mensch zu werden. Du aber hast als Antwort auf all diese große Liebe nur den Haß und forderst das Blut dessen, der dein Helfer war und für dich mehr, ja viel mehr wagte, als er durfte! Eigentlich sollten wir nun unsern Gnadenspruch zurücknehmen; aber es graut uns allen so vor dir, daß wir nur den einen Wunsch haben, dich nicht mehr zu sehen! Mach dich rasch fort!"

Der Ghani hatte ihm mit seinem gespannten Blick jedes einzelne Wort sozusagen aus dem Mund gezogen; nun, da er erfahren hatte, was er wissen wollte, machte er seinem Grimm rücksichtslos Luft:

„Es scheint also, ihr wollt ihn auch begnadigen! Dieser räudige Hund, dieser Verräter, dieser Mörder seiner Gastfreunde soll entkommen! Und warum? Ich weiß es wohl und will es euch sagen: Aus Liebe, Liebe, Liebe!"

Er lachte höhnisch auf, warf die Arme mit einer verächtlichen Bewegung hoch empor, ließ das Gelächter zum zweitenmal hören und fuhr dann fort:

„Ich muß sprechen, muß reden, und wenn es mir das Leben kosten sollte! Ich saß bei euch und habe eure verrückten Reden über diese Liebe anhören müssen! Ich habe alles gesehen was ihr tatet; ich habe alles beobachtet und weiß also nur zu gut, daß dieses Nebel- und Jammerbild, welches ihr Liebe nennt, von euch erfunden wurde, um eure Albernheit und Schwäche zu entschuldigen oder gar zu beschönigen. In dieser eurer Liebe begeht ihr jetzt wieder die hirnlose Einfältigkeit, eurem größten und unerbittlichsten Feind das Leben zu schenken und ihn wieder gegen euch loszulassen! In dieser eurer Liebe bildet ihr euch ein, etwas Höheres und Besseres zu sein als andere Menschen! Wegen dieser eurer Liebe sollen die Bewohner dieses Landes, sollen ihre Sitten und Gebräuche, sollen ihre Gedanken und Taten, ja, soll sogar die Wüste sich plötzlich verändern! In dieser eurer Liebe dünkt ihr euch weiße, reine, heilige Schwäne zu sein, welche sich den freien Adlern und Geiern dieses Gebietes zugesellen und von ihnen verlangen dürfen, ihren Gewohnheiten und Instinkten gänzlich zu entsagen! In dieser Liebe glaubt ihr, Wunder zu tun, und wenn man diese Wunder näher betrachtet, so sind sie erbärmliche Knabenstreiche, über welche man nur lachen kann! In dieser eurer Liebe scheint ihr sogar zu glauben, daß wir euch für diese Streiche loben, preisen und danken sollen, denn eure Lippen fließen von salbungsvollen Ermahnungen und Warnungen über, die ihr uns am liebsten nach hinten auf den Rücken heften möchtet! Es wird dem, der das anzusehen und anzuhören hat, so schlimm, daß es ihm scheint, sein Inneres wolle sich nach außen wenden! Ich fordere euch um Allahs willen auf, ja dem Gedanken zu entsagen, daß ihr mich damit anders macht, als ich gewesen bin und auch für immer bleiben werde! Ihr habt in mir nur Ekel erregt, weiter nichts! Hier seht mich an, ob ich nicht ein ganz anderer Mann bin, als ihr alle seid! Hier stehe ich! Ich habe euch, ohne mich vor euch zu fürchten, den ganzen Inhalt meines Herzens ausgeschüttet. Nun schießt mich augenblicklich nieder! Denn soviel Gerippe wird euer Charakter und eure Ehre doch vielleicht noch haben, daß ihr nicht sogar auch noch jetzt euch hinter dieses schwache, vor Angst zitternde Weib, die Liebe, steckt, um euer schönes, weißes Gefieder ja nicht durch den Vorwurf einer Tat der Rache zu beschmutzen! Ich wiederhole: Hier stehe ich; nun schießt mich nieder!"

Der Grimm, mit dem er seine Rede begonnen hatte, war von Satz zu Satz gewachsen. Sein Gesicht hatte sich verzerrt, und seine Lippen geiferten. Dieser Mensch hatte uns alle Veranlassung gegeben, ihn für einen Feigling zu halten, und er war es auch. Die treibende Kraft seines jetzigen Auftretens war nicht etwa das Selbstbewußtsein, der Mannesmut, sondern die zügellose unbezähmbare Wut darüber, daß wir ihn nicht an dem Scheich rächen wollten. Grad daß er diese Wut nicht beherrschen konnte, war ein Beweis seiner Schwachheit, denn wer für das Leben der Psyche ein aufmerksames Auge besitzt, wird die Erfahrung gemacht haben, daß Leute, welche eine so plötzliche Eruption, einen in dieser Weise ausbrechenden Todesmut zeigen, eigentlich feig und zaghaft sind. Der wahre Mut ist ruhig und weiß sich in jeder Lage zu beherrschen!

Darum konnte mich der Anblick dieses so ganz und gar aus dem Gleichgewicht gebrachten Mannes nur mit Mitleid erfüllen, mir aber ja nicht imponieren. Die Haddedihn drängten sich drohend zu ihm hin. Der Perser blieb ruhig stehen; aber er schaute außerordentlich finster drein. Halef war dunkler im Gesicht geworden; ich sah, daß er Mühe hatte, sich zu beherrschen. Darum übernahm ich die Antwort, indem ich mich dem Wütenden näherte und zu ihm sagte:

„Du willst wirklich, daß wir dich erschießen?"

„Ja, ich will; ich will!" donnerte er mir zu.

„Mach uns doch nichts weiß! Wir kennen dich da besser! Du bist ein so mutloser, feiger Kerl, wie ich fast noch niemals einen gefunden habe. Es ist dir ja nicht einmal in den Sinn gekommen, dich an dem Zweikampf um den Kanz el A'da zu beteiligen, obwohl du ihn für dich haben wolltest und also eigentlich der erste unter den Kämpfern hättest sein sollen! Das hast du nicht getan; ja, du hast es nicht einmal gewußt, daß du es tun solltest, und wer so wenig weiß, was ein mutiger Mann zu tun hat, der darf uns getrost schwach und furchtsam nennen, denn er versteht ja nichts davon! Was du jetzt zeigst, ist nicht Mut, sondern das Gefäß, in dem du Rache gegen den Scheich kochst, ist umgestürzt, und nun zischt und brodelt und dampft und stinkt sie auf und macht einen

Lärm, der gar nichts weiter ist als eben bloß nur Lärm! Was du von unserer Liebe denkst, das kann uns ebenso gleichgültig sein, wie überhaupt alles, was du denkst. An dieser Liebe kannst du so wenig rühren, daß sie selbst zu deinem jetzigen Angriff, so viel Getöse er auch verursacht hat, nur lächelt. Er war noch törichter als ein Knabenstreich; der unerfahrenste Junge hätte ihn unterlassen. Wir erlauben dir, zu gehen, und geben dir unser Mitleid mit. Entferne dich!"

Das Feuer seiner Wut war schon fast niedergebrannt; seine Haltung hatte schon nicht mehr das Herausfordernde wie vorhin. Jedoch bei meinem Wort Mitleid brauste er rasch wieder auf: „Euer Mitleid brauche ich nicht; behaltet es für euch! Ihr wollt euch also alles, was ich gesagt habe, ruhig gefallen lassen?"

„Ja."

„Und schämt euch nicht vor euch selbst?"

„Nein, nicht einmal vor dir!"

„So wiederhole ich: Behaltet ja euer Mitleid für euch selbst! Und da ihr davon so sehr viel braucht, so lasse ich euch noch dazu das meinige zurück. Eure ‚Liebe' macht mir so unendlichen Spaß, daß ich, so oft ich an sie denke, die Tränen des Gelächters über sie vergießen werde!"

„Lach' immerhin! Doch will ich dir auch etwas Ernstes mitgeben: Sei ja darauf bedacht, daß aus diesen Lachtränen nicht etwa Tränen der Reue und des Schmerzes werden! Die Liebe, welche dir jetzt so spaßhaft vorkommt, lächelt nicht immerwährend. Sie wohnt in jedem Menschen, auch in dir. Halte sie ja fest, und lache nicht zu lange über sie, sonst könnte sie sich von dir wenden, und dann, das sage ich dir, ist es mit dem Gelächter aus!"

Er hielt mir seine Hand entgegen, mit der innern Fläche nach oben, als ob etwas darauf liege, und drehte sie schnell um, als ob er es fallen lasse, wie man zu tun pflegt, wenn es etwas abstoßend Häßliches ist. Diese Gebärde bedeutet in der Zeichensprache der Beduinen noch mehr als Nichtbeachtung oder Gleichgültigkeit. Man will damit sagen, daß einem das, was man gehört hat, im höchsten Grade widerwärtig ist. Dazu rief er lachend aus:

„Ich mag nichts von ihr wissen; sie mag sich von mir wenden; ich hasse sie! Desto fester halte ich die Rache! Da mir die Beni Khalid nicht mehr helfen werden, so bin ich jetzt zu schwach gegen euch; aber wehe euch, wenn ihr nach Mekka kommt! Kehrt lieber jetzt noch um! Denn sobald ihr mit dem Fuß das Gebiet der heiligen Stadt betretet, habt ihr den ersten Schritt in euer Verderben getan. Ich schwöre es bei Allah und dem Propheten!"

Er erhob die Hand zum Schwur, drehte sich um und ging. Niemand hinderte ihn daran, obgleich es wohl den meisten Haddedihn in den Händen zuckte, ihm eine derbe Erinnerung mitzugeben.

Wir sahen, daß der Münedschi im Sattel festgebunden wurde, eine Vorsichtsmaßregel, welche bei seinem eigenartigen Zustand sehr geboten war. Er schien das gar nicht zu bemerken, doch als sein Kamel sich in Bewegung setzte, wendete er uns sein Gesicht zu, in welchem die Augen geschlossen waren, und rief:

„Lebt wohl für kurze Zeit! El Aschdar hungerte vergeblich nach euch. Nun wird er seine eigenen Kinder verzehren! Das Lächeln der Liebe ist verschwunden; nun wird sie streng und . . ."

Mehr hörten wir nicht, denn der Ghani versetzte dem Blinden mit dem Metrek einen Hieb, daß er schwieg. Es war auch dieses Mal wieder nicht seine Stimme, sondern diejenige Ben Nurs gewesen.

Ich hatte vorhin gesagt, daß unsere Gewehre auf die Abziehenden gerichtet sein würden, denn es war ja doch möglich, daß einer von ihnen auf den Gedanken kommen könne, uns aus der Entfernung einen Schuß zuzusenden. Sie waren aber doch so klug, keinen Versuch dazu, ja nicht einmal eine drohende Bewegung zu machen. Wohin sie ritten, das war uns zunächst gleichgültig, doch wenn die Worte Ben Nurs eintrafen, so wie sie bisher eingetroffen waren, so war uns ein Wiedersehen mit ihnen gewiß, und zwar voraussichtlich ein sehr baldiges.

Nun wendete Halef sich dem Scheich Tawil Ben Schahid zu. Sein Gesicht wurde wieder freundlich, und seine Stimme klang wie diejenige eines besorgten, aufmerksamen Freundes, als er zu ihm sagte:

„Du hast vielleicht geglaubt, daß ich dich ganz vergessen habe. Entschuldige mich! Ich fühlte mich verpflichtet, zunächst meinen lieben, alten Ghani mit der Wonne meiner Freundschaft zu beleuchten. Du hast wohl gehört, was ich zu ihm sagte? Bitte, sprich dich doch aus!"

Der Scheich gab sich Mühe, weder Hoffnung noch Befürchtung in seinem Gesicht sehen zu lassen. Er antwortete möglichst gleichgültig:

„Ich habe alles gehört."

„Auch daß wir dich erschießen sollen?"

„Ja."
„Was sich dieser ‚Liebling des Großscherifs' nicht alles einbildet. Wir sollten für ihn die Henker sein! Was sagst denn du dazu?"
„Daß es ganz recht war, daß ihr euch nicht dazu hergegeben habt."
„Ja, richtig! Es ist zwar wahr, daß du erschossen wirst, doch davon braucht der Ghani nichts zu wissen. Wir tun das bloß für uns!"
„Erschossen? – Ich?"
„Ja, du. Wer anders?"
„Ich dachte – dachte – dachte . . .!"
„Du dachtest? Ich bitte dich, gewöhne dir das unnötige Denken ab! Es fällt schon schwer genug, wenn es nötig ist. Warum soll man sich da auch noch in überflüssiger Weise damit beschäftigen!"
„Aber ich meinte . . .!"
„Sei still! Das unnütze Meinen ist ebenso zeitraubend wie das vergebliche Denken; es kommt nichts dabei heraus! Da habe ich doch recht?"
„Aber du willst doch mit mir sprechen?!"
„Allerdings!"
„So muß ich auch antworten?!"
„Das wünsche ich sogar!"
„Du lässest mich aber doch nicht dazu kommen!"
„Nicht? Tröste dich! Weißt du, wenn es auch nicht gleich auf der Stelle sein muß, im Verlauf des heutigen Tages oder spätestens morgen kommst du schon noch dazu!"
„So lange soll ich gefesselt sein?"
„Oh, noch viel, viel länger!"
„Warum?"
„Weil du uns sonst fortlaufen würdest. Das siehst du doch wohl ein!"
„So sag doch, was ihr eigentlich mit mir vorhabt!"
„Wir nehmen dich mit nach Mekka."
„Allah! Warum?"
„Um dich dort dem Pascha auszuliefern."
Der Scheich erschrak, schwieg eine Weile und sagte dann: „Das wäre teuflisch von euch!"
„Warum?"
„Ich würde elend aufgehenkt werden!"
„Ja, das würdest du, und das freut mich um deinetwillen, denn

es ist ja viel ehrenvoller, so hoch da oben, als bloß ganz unten am Erdboden zu sterben. Als Scheich kannst du dir das bieten, und wir werden dir dabei behilflich sein, soviel wir nur können!"

„Und sodann würde er einen Rachezug gegen meinen Stamm unternehmen!"

„Ja, das würde er! Denke nur, wie gut das für die Beni Khalid ist! Wie sie da zeigen und beweisen können, daß sie tapfer sind! Denn, unter uns gesagt, bisher hat man davon noch fast gar nichts gesehen."

„Hadschi Halef, du treibst dein Spiel mit mir!"

„Wie der Löwe mit der Maus, meinst du?"

„Ja."

„So wissen wir ja gleich, wer du bist und wer ich bin! Aber da der Löwe großmütig sein soll, will ich es auch sein, indem ich dir verrate, daß wir dich nicht mit nach Mekka nehmen wollen."

„Ja, so sprich doch endlich! Was wollt ihr mit mir tun?"

„Dich erschießen."

„Wann?"

„Sofort."

„Das ist ein Mord!"

„O nein! Es ist nur eine gerechte Strafe. Das Morden überlassen wir euch."

„Ich bin nicht schuldiger, als die Mekkaner es waren, und die habt ihr entkommen lassen. Meßt ihr mit zweierlei Maß?"

„Nein; aber wenn wir gemessen haben, tun wir dann, was wir wollen. Sag mir doch einmal aufrichtig: Hast du den Tod verdient?"

„Nach den Gesetzen der Wüste, ja."

„Schau, das ist schön von dir! Das gefällt mir außerordentlich!"

„Aber denke auch an meine Beni Khalid, welche jetzt wieder am Bir Hilu liegen!"

„Du hast ja gehört, daß man nicht überflüssig denken soll!"

„Das ist nicht überflüssig. Wenn ihr mich erschießt, so rächen sie mich!"

„Damit hast du uns schon öfters gedroht, ohne daß es ein einziges Mal eingetroffen ist. Woher weißt du übrigens, daß sie dort sind? Sie sind doch, diejenigen abgerechnet, mit denen du hierher geritten bist, vier Stunden hinter dem Brunnen an der Höhe zurückgeblieben."

„Um euch dort zu erwarten. Da ihr, wie ich jetzt höre, dort gewesen und wieder umgekehrt seid, so sind sie euch gefolgt. Ich meinte aber nicht einmal diese große Abteilung, sondern die kleine, welche ich von hier weg nach dem Brunnen geschickt habe."

„Ja, du wolltest den Kanz el A'da nicht mit so vielen teilen!"

„Und da nun also mein Haupttrupp wieder zurückgekehrt ist, hat er den kleineren am Brunnen getroffen. Es sind also alle beisammen. Ich mache dich auf diese Gefahr für euch aufmerksam!"

„Das ist sehr freundlich von dir! Ich danke dir, mein Freund!"

„Spotte nicht!"

„Wenn du meinst, daß ich spotte, so mußt du annehmen, daß wir uns nicht fürchten. Was sagst du zu dem Einfall, den ich jetzt habe: Wir erschießen dich und reiten dann gar nicht nach dem Brunnen, wo deine Leute sind! Es ist ja gar nicht notwendig, daß wir sie wieder mit unserer Gegenwart belästigen!"

Da konnte der Scheich seinen bisher niedergehaltenen Zorn doch nicht mehr bemeistern. Er schrie Halef zornig an:

„Ihr seid Schurken!"

„Oh! Warum?"

„Weil ihr die Mekkaner, diese Hunde, freigegeben habt, mich aber erschießen wollt! Ihr habt wahrscheinlich schon vergessen, was der alte Münedschi von der Gnade sagte!"

„Hm! Gnade! Ja, denkst du denn, da wärest auch du gemeint?"

„Natürlich!"

„Das ist freilich etwas anderes, etwas ganz, ganz anderes! Du bittest also auch um Gnade?"

„Bitten? Nein! Ich verlange sie!"

Da zeigte Halef schnell wieder sein ernstes Gesicht und warnte:

„Scheich Tawil Ben Schahid, der Ton, in welchem du sprichst, gefällt mir nicht! Höre, was ich dir jetzt sage! Und das gilt!"

Er winkte einen Haddedihn herbei und befahl ihm:

„Du zielst jetzt auf das Herz dieses Mörders, welcher glaubt, die Gnade müsse ihm gehorchen. Sobald ich die Hand hebe, gibst du ihm eine Kugel in den Kopf, genau in die Stirn. Paß auf!"

Der Krieger hielt den Lauf auf den Scheich, zielte und legte den Finger an den Drücker. Hierauf richtete der Hadschi sein Wort wieder an Tawil:

„Du siehst die Folgen deines Verhaltens. Ich gebe dir zwei Minuten Zeit. Hast du bis dahin noch nicht gesprochen, so hebe ich die Hand."

Es trat eine tiefe Stille der Erwartung ein. Die Hälfte der Frist verlief; dann aber wirkte die Drohung.

„Nehmt die Flinte weg!" bat der Scheich.

„Du willst Gnade?" fragte Halef.

„Ja."

„Du willst?"

„Ja."

„Das Wollen ist noch kein Bitten!"

„Allah zerschmettere euch mitsamt dieser Flinte! So sei es denn: Ich bitte um Gnade!"

Da senkte der Haddedihn das Gewehr, und der Hadschi lachte:

„So war es recht, o Scheich der Beni Khalid! Aber ich will dir trotzdem mitteilen, daß ich das Zeichen auf keinen Fall gegeben hätte. Es war ja beschlossene Sache, auch dich laufen zu lassen. Ich wollte nur hören, wie es klingt, wenn ein Scheich um Gnade bittet."

Tawil antwortete hierauf kein Wort und schenkte von jetzt an keinem einzigen von uns einen Blick. Als er losgebunden worden war, stand er auf, ging nach der Stelle, wo sein Gewehr lag, hob es auf, schritt zu seinem Kamel hin, setzte sich in den Sattel, gab ihm das Zeichen, sich zu erheben, und ritt fort. Wir sahen ihm ebenso still nach. Fast war er so weit gekommen, daß er um den Fuß der Düne biegen und dann verschwinden mußte, da lenkte er um, kam im schnellen Lauf wieder hergeritten, hielt vor uns an, maß uns mit stolzen, grausam kaltblickenden Augen und sagte, indem er seine Hand zum Schwur hoch erhob:

„Auch ich habe über eure Liebe gelacht und lache jetzt noch über sie. Zwischen mir und euch gibt es nichts als nur die Rache! Ich schwöre bei Allah, beim Propheten, bei den Kalifen und bei der heiligen Kaaba: Die Wüste, welche hier um uns liegt, richtet zwischen mir und euch. Entweder verlaßt ihr oder verlasse ich sie nicht! Ihr seid fünfzig und ich bin nur einer; aber in den Augen der Rache zähle ich ebensoviel wie ihr. Ich rufe die Wüste auf, sich entweder für euch oder für mich zu öffnen! Von diesem Augenblick an gähnt zwischen uns ein Grab. Wen es aufnehmen soll, ob mich oder euch, das mögen die entscheiden, bei denen ich geschworen habe!"

Schon stand er im Begriff, sein Kamel zu wenden, da stieß er noch ein spöttisches Lachen aus und fügte hinzu:

„Oder mag das auch die Liebe entscheiden, die eure angebetete Götzin ist; ich habe nichts dagegen!"

Hierauf ritt er fort, ohne sich noch einmal umzusehen.

Wir blickten ebenso wortlos wie vorhin hinter ihm drein. So ein Schwur ist eine eigene Sache! Es wäre einem jeden von uns jetzt unmöglich gewesen, die eingetretene Stille durch ein alltägliches Wort zu unterbrechen. Man hatte da eine so unbeschreibliche, andachtsähnliche Empfindung, daß ich, wenn ich Mohammedaner gewesen wäre, gesagt hätte:

„Die angerufenen Geister von Mohammed und seinen Nachfolgern stehen unsichtbar um uns her, um zwischen uns und ihm zu entscheiden!"

So war es nicht nur mir, sondern den andern auch. Einige der Haddedihn nahmen sich der verwundeten Militärkamele an, und die andern taten, was an den Leichen der Soldaten zu tun war, und das alles geschah, ohne daß man ein lautes Wort hörte. Diese Heiligkeit der Situation, möchte ich es nennen, hatte ihren obersten Grund natürlich in dem Umstand, daß überall, wo der Tod einzieht, sich mit ihm auch jene fromme Scheu, jenes andächtige Grauen einfindet, über dessen Ursache sich so wenige Menschen klarwerden. Und doch ist es etwas so sehr Einfaches! Der Mensch scheint, so lange er lebt, sein eigener Herr zu sein. Er kann tun und lassen, was ihm beliebt; er kann glauben oder bezweifeln, was er will; er kann gut oder böse handeln, ganz, wie er sich entschließt; er ist ja überhaupt derjenige, auf den alles ankommt. Da plötzlich streckt sich die Hand des Todes nach ihm aus, und der Tod ist das Gericht. Der „Herr und Gebieter" liegt im Staub vor Gott, dem einzigen Herrn, außer dem es keinen andern gibt. Er hat nun plötzlich Rechenschaft abzulegen über sein ganzes Leben. Er besitzt nicht die Spur eines Willens mehr; er muß sich fügen. Jede Sekunde seines Lebens tritt als Zeugin für oder gegen ihn auf, und er muß das ruhig geschehen lassen. Der Herrgott hält Gericht; zu seinen Seiten sitzen die Gerechtigkeit und die Gnade. Tief vor ihm hingestreckt liegt auf seinem Gesicht der zu Richtende, am ganzen Leib zitternd im Gefühl seiner Ohnmächtigkeit. Er kann nichts, nichts mehr für sich tun. Wer wird nun das entscheidende Wort sprechen, die Gnade oder die Gerechtigkeit? Gehe während der Verhandlung in einen Gerichtssaal! Du wirst unwillkürlich leise auftreten und auch leise sprechen. Warum? Du kannst nicht anders; die Ehrfurcht vor dem Gesetz, vor dem Gericht dämpft deine Schritte und deine Stimme. So trittst du auch in das Sterbezimmer. Ob du es ahnst oder nicht, du hast den Ort des ewigen Gerichtes betreten, welches mit dem Augenblick des Todes seinen Anfang nimmt. Es ist der unsichtbare Richter, welcher hier waltet; du siehst ihn nicht und trittst aber doch so unhörbar wie möglich auf. Es ist die Ehrfurcht vor dem Gesetz des Ewigen, nach welchem hier über dem Dahingeschiedenen das Urteil gesprochen wird; es ist diese Ehrerbietung, welche dich zwingt, dein Haupt zu entblößen, das mehr oder weniger deutliche Bewußtsein, daß auch du selbst über kurz oder lang so ohnmächtig daliegen wirst, um auf der Waage der Gerechtigkeit gewogen zu werden. Das, das ist die Ursache des Grauens, welches jeder nicht ganz verdorbene Mensch in der Nähe einer Leiche empfindet und nicht von sich abzuwehren vermag!

Und wir hatten zwanzig Tote hier, und diese Toten waren ermordet worden, was noch viel, viel mehr sagen will! Es wurde ihnen ein möglichst tiefes und großes, gemeinsames Grab bereitet. Dahinein legten wir sie, einen neben den andern, in ihren Uniformen und mit den Seitengewehren, die Flinten neben sich. Als wir die Sterbegebete über sie gesprochen hatten, gaben wir eine dreimalige Salve ab, legten einem jeden seinen kleinen Gebetsteppich auf das Gesicht und warfen das Grab zu. Während dieser ganzen Handlung weinte Khutab Agha, der Ernste, immerfort still vor sich hin. Da tauchte wohl in manchem von uns die Frage auf, ob wir nicht mit den Mördern denn doch wohl zu mild verfahren seien, und es gesellte sich der feste Vorsatz hinzu, nun aber streng zu sein, wenn wir wieder in Konflikt mit ihnen kommen sollten. Und daß dies geschehen werde, das hatte uns der Scheich der Beni Khalid ja schon angedroht.

Darüber waren wieder mehrere Stunden vergangen, und als wir nun diesen für uns unvergeßlichen Ort verlassen konnten, war die größte Hälfte des Nachmittages vorüber. Aber wohin jetzt? Weit konnten wir für heute nicht. Zum Glück waren wir mit Wasser versehen, und so beschlossen wir, den Weg der Sanddünen, den wir nun schon einmal hin und einmal her geritten waren, zum drittenmal zurückzulegen und dann im Tal zwischen der letzten und vorletzten Düne zu übernachten. So ein Tal war mit wenigen Posten am leichtesten zu bewachen und gewährte uns den besten Schutz. Morgen früh wollten wir uns dann nach den Umständen richten.

Dies wurde ausgeführt. Der Weg wurde sehr langsam und vorsichtig, indem eine Vorhut voranritt, zurückgelegt, und wir erreichten die betreffende Stelle, als es eben dunkel werden wollte.

Wenn ich von der letzten und vorletzen Düne sprach, so

meinte ich die letzten bedeutenden Höhen, nicht die kleineren, die dann, nach und nach immer niedriger werdend, in die flache Sandwüste übergingen, in welcher unsere Kamele „gemahlen" hatten. Das Tal war außerordentlich passend zum Lagerplatz. Die Höhen, zwischen denen es lag, vereinigten sich auf der einen Seite, während sie auf der andern so nahe nebeneinander herliefen, daß ein Einzelposten genügte, diesen Zugang zu bewachen. Eine vortrefflichere Stelle konnten wir gar nicht finden.

Heut mußten die Militärkamele von den Haddedihn mit bedient werden, welche also mehr als bisher zu tun hatten. Was den Perser betraf, so konnte er natürlich nicht daran denken, den Rückweg nach Meschhed Ali allein anzutreten. Er mußte bei uns bleiben und einstweilen mit uns weiterreiten, bis wir auf einem der Hauptwege eine Karawane treffen würden, der er sich heimwärts anschließen konnte. Er war außergewöhnlich still und beteiligte sich nicht an unserm Gespräch. Wenn ja einmal eine Frage an ihn gerichtet wurde, so beantwortete er sie so kurz wie möglich, oft nur mit einem einzigen Wort. Das war so auffällig, daß ich ihn nach dem Grund dieser Einsilbigkeit fragte.

„Meine Asaker!" seufzte er. „Ich muß nur immer an sie denken!"

„Ich tue das auch; aber kannst du es vielleicht dadurch anders machen?"

„Nein. Ja, du Effendi! Dich braucht das nicht zu bedrücken!"

„Etwa dich mehr als mich?"

„Ja, denn ich bin schuld an ihrem Tode. Zwanzig, zwanzig Seelen, die nun durch meine Schuld ganz unvorbereitet an die Waage der Gerechtigkeit treten! Dieser Gedanke ist unerträglich schwer!"

„Wieso trägst du die Schuld?"

„Weil ich deine heutige Warnung ebensowenig beachtet habe wie deinen gestrigen Rat. Du sagtest, ich solle sofort heimkehren; ich blieb aber trotzdem. Wenn wir gestern gleich nach dem Zweikampf fortgeritten wären, so hätten die Beni Khalid keine Zeit gehabt, mir einen solchen Hinterhalt zu legen. Ich habe also die Schuld zu tragen, ich ganz allein! Denn ich bin nicht nur einmal, sondern wiederholt gewarnt worden und habe nicht darauf geachtet. Wie schwer, wie unendlich schwer wird mich das dereinst belasten, wenn für mich die Zeit da ist, Rechenschaft abzulegen!"

Die Vorwürfe, welche er sich machte, waren leider nicht unbegründet, doch tat und sagte ich alles, was ich tun und sagen konnte, ihm das Herz leichter zu machen; es gelang mir aber nicht so, wie ich wollte.

Wir hatten die Kamele nach dem Hintergrund geschafft, dahin, wo die beiden Höhen zusammenstießen. Dort war nicht ein besonderer Wächter für sie nötig. Wir lagerten so vor ihnen, daß sie eingeschlossen waren. Zu unserer Sicherheit waren drei Posten erforderlich, welche wir ausstellten, nämlich auf die vor uns und auf die hinter uns liegende Höhe und den dritten rechts in die schon erwähnte Enge unsers Tales. Es schien also eine Überrumpelung ganz unmöglich zu sein, und in diesem Gefühl legten wir uns sehr zeitig schlafen, um früh gut ausgeruht zu haben, denn infolge der Drohung des Scheichs hatten wir anzunehmen, daß der morgende Tag ein anstrengender und gefährlicher für uns sein werde. Dieser Mann tat jedenfalls alles mögliche, seinen Schwur ganz und baldigst in Erfüllung gehen zu lassen!

Während uns dies natürlich Sorgen machen mußte, waren wir heut in Beziehung auf die Sicherheit unseres Lagerplatzes vollständig beruhigt. Wir hatten einen wunderbaren Sternenhimmel; es war bedeutend heller als gestern und vorgestern abend, und so hätten unsere Wächter blind oder sehr nachlässig sein müssen, um den Beni Khalid einen Überfall zu ermöglichen. Überhaupt war diesen letzteren die Stelle, an welcher wir lagen, höchst wahrscheinlich nicht bekannt.

Ich schlief sehr tief und traumlos, bis ein Ruf erscholl, der mich weckte. Noch aber hatte ich die Augen nicht geöffnet, so vervielfältigte sich dieser Ruf zu einem vielstimmigen Geschrei, welches von den Lippen sämtlicher Haddedihn kam. Ich wollte aufspringen, konnte aber nicht, denn es hatten sich zwei, drei, vier Gestalten auf mich gestürzt, welche alle ihre Kräfte anwendeten, mich niederzuhalten.

Der Schlaf war mir da so vollständig aus den Augen vertrieben, daß er sie nicht mehr trübte. Ich schnellte mich empor, um um mich blicken zu können, wurde zwar sofort wieder niedergerissen, hatte aber doch genug gesehen. Es wimmelte von Beduinen rund um uns her; es waren ihrer so viele, daß jetzt, da sie uns einmal hatten, der Widerstand gradezu Wahnsinn gewesen wäre und uns nur zum Untergang hätte führen müssen. Darum schrie ich so laut wie möglich:

„Ergebt euch, ihr Haddedihn! Ich, Akil Schatir Effendi, sage es euch. Ich ergebe mich auch!“

„Ich auch!“ erschallte hierauf Halefs Stimme. „Wehrt euch nicht! Ich befehle es euch!“

Hierauf streckte ich mich aus und ließ mich binden. Es gab noch ein kurzes Durcheinander rund umher, dann war es still. Diejenigen Haddedihn, welche der Widerstand von ihren Plätzen getrieben hatte, wurden wiedergebracht. Wir lagen alle, alle beisammen, und unsere Sieger setzten sich so, daß sie uns in ihrer Mitte hatten. Nun, da ich ungehindert Umschau halten konnte, sah ich, daß bei dem Tachtirwan, welcher sich natürlich an einer von uns abseits liegenden Stelle befand, drei Beduinen standen, welche ihn in Schutz genommen hatten. Das war eine Rücksicht, welche man den Beni Khalid, besonders aber ihrem Scheich, gar nicht hätte zutrauen sollen! Ich bemerkte ihn. Er bewegte sich die Reihe seiner Leute entlang hin nach der Sänfte, um sich dort nach irgend etwas zu erkundigen. Dann kam er auch zu uns.

„Welcher von euch ist der Scheich der Haddedihn?“ fragte er.

„Ich bin es“, antwortete Halef.

„Welcher ist der fremde Effendi?“

„Ich“, sagte ich.

Seine Stimme klang ganz anders als die Stimme Tawil Ben Schahids! Er fuhr fort:

„Welcher ist der Basch Nazyr aus Meschhed Ali?“

„Hier liege ich“, rief der Perser.

„Hört, was ich euch sage: Wenn ihr drei mir euer Ehrenwort gebt, nichts ohne meine Erlaubnis zu unternehmen, so lasse ich euch wieder losbinden. Antwortet mir!“

Das war ja wunderbar! Dieser Mann hatte nicht Tawils Stimme und – das bemerkte ich erst jetzt – auch nicht ganz seine Gestalt. Wer war er? Ich dachte bei dieser Frage an die Kundschafter, welche kurze Zeit bei uns am Brunnen gewesen waren.

„Sprich du zuerst, Sihdi!“ forderte mich Halef auf. Ich antwortete:

„Ich gebe mein Ehrenwort, doch einstweilen nur für so lange, wie wir uns an diesem Ort befinden. Für länger können wir uns nicht verpflichten, weil wir nicht wissen, wer diese Leute sind, warum sie uns überfallen haben und was sie mit uns beabsichtigen. Verhalte dich also wie ich!“

„Gut! Auch ich gebe mein Ehrenwort, aber auch nur für die Zeit, welche der Effendi jetzt angedeutet hat!“ erklärte Halef.

Und der Perser folgte diesem Beispiel:

„Ich ebenso!“
„Das genügt mir vollständig“, sprach der Anführer. „Bindet also diese drei Männer wieder los!“
Er tat es nicht selbst; sein Befehl wurde von dreien seiner Leute ausgeführt, während er unbeweglich vor uns stand. Als es geschehen war und wir uns zum Sitzen aufgerichtet hatten, setzte er sich uns gegenüber nieder und machte uns die Mitteilung:
„Ich bin Abd el Idrak – Diener der Einsicht, des Verständnisses, der Intelligenz –, der Scheich der Beni Lam.“
Er machte das, was man eine Kunstpause nennt, um seinen Worten Zeit zu lassen, die beabsichtigte Wirkung auf uns auszuüben. Diese Wirkung blieb auch gar nicht aus. Also mit den Beni Khalid hatten wir es nicht zu tun! Aber konnten wir nicht dadurch aus dem Regen in die Traufe gekommen sein? Die Beni Khalid hatten wir kennengelernt, die Beni Lam aber noch nicht! Aber daß grad uns dreien, den Anführern, die Fesseln gleich wieder abgenommen worden waren, das gab uns doch wohl die Berechtigung, unsere jetzige Lage für keine allzu schlimme zu halten. Diese Beni Lam befanden sich in einer so bedeutenden Anzahl hier, daß wir uns bei ihnen, den Feinden der Beni Khalid, gegen diese im vortrefflichsten Schutz befanden, den wir uns nur wünschen konnten. Das war auch sehr viel wert! Übrigens hatte Abd el Idrak die Absicht, jetzt mit uns zu sprechen, und da mußte es sich ja zeigen, welchen Zweck er mit dem ihm so wohlgelungenen Überfall verfolgte.
„Ihr werdet keine Ahnung davon gehabt haben, daß sich eine so große Schar der Beni Lam in der Nähe des Brunnens Hilu befand“, begann er.
„O, doch“, antwortete ich.
„Also ist es trotzdem so, wie ich dachte! Dieser Tawil Ben Schahid hat euch gesagt, daß er es auf uns abgesehen hatte?“
„Ja.“
„Jch sandte zwei Kundschafter nach dem Brunnen; sie haben mit euch gesprochen. Für wen oder was habt ihr sie gehalten?“
„Für das, was sie waren, für deine Späher.“
„Warum gabt ihr ihnen keine Auskunft über die Beni Khalid, an denen ihr euch dadurch nicht nur hättet so schön rächen, sondern von denen ihr euch dadurch auch hättet befreien können?“
„Wir sind ehrliche Krieger, also keine Verräter! Wir handeln schon überhaupt nach dem Grundsatz, daß Allah den Frieden,

nicht aber den Krieg zwischen seinen Kindern will, und jetzt befinden wir uns als Pilger auf dem Weg nach der heiligen Stadt und sind als solche verpflichtet, uns bei keiner Gelegenheit von der Hand der Unfriedfertigkeit leiten zu lassen."

„Ja", nickte er nachdenklich, „du überhaupt bist ein Abd el Musalaha – Diener der Versöhnlichkeit –!"

„Wie kommst du dazu, mich so zu nennen?" fragte ich verwundert.

„Du hast bewiesen, daß du es bist!"

„Weißt du das?"

„Ja. Ich weiß mehr von euch, als ihr denkt. Es gibt mehrere Personen, welche mir von euch erzählt haben."

„Darf ich fragen, wer diese Personen sind?"

„Zunächst meine beiden Kundschafter. Es hat mich sehr von euch gefreut, daß ihr eure Feinde nicht verraten habt! Ich sage euch, wenn ihr das getan hättet, wäre euch dasselbe Los wie ihnen beschieden gewesen, denn der Verräter ist ein stinkender Dib – Wolf –, den man nicht schonen darf, sondern vernichten muß!"

Da stieß mich Halef mit dem Ellbogen an. Ich wußte, was er meinte. Er hatte mir Vorwürfe darüber gemacht, daß ich gegen die beiden Späher so verschwiegen gewesen war. Nun sah er ein, wie richtig dieses Verhalten von mir gewesen war. Dieser Abd el Idrak war ein ganz, ganz anderer Mann als der Scheich der Beni Khalid, ein bei aller Barschheit des hiesigen Lebens edel angelegter und edel handelnder Charakter; das sollten wir später noch deutlicher erkennen als jetzt. Er trug seinen Namen Abd el Idrak, Diener der Einsicht, mit vollem Recht! Er fuhr fort:

„Der Scheich der Beni Khalid glaubte, uns ganz unvorbereitet zu finden; aber Allah schützt die Guten und verdunkelt die Augen der Bösen. Er fügte es, daß ich das Unternehmen unserer Feinde zur rechten Zeit erfuhr. Ich rüstete meine Krieger und zog den Beni Khalid entgegen, um die Entscheidung zwischen uns und ihnen in die Wüste zu legen, damit nicht die Wohnungen friedlicher Leute dabei verwüstet würden. Meine Späher standen von ferne und lauschten. Ich hörte, daß sie nach Süden gezogen seien, und folgte ihnen. Sie waren von dort zurückgekehrt, hatten aber einen Mann zur Beobachtung zurückgelassen, den wir festnahmen. Er mußte uns alles erzählen, was am Brunnen geschehen war. So erfuhren wir von euch, von dem Kanz el A'da, von seinen Dieben und von dem Kampf um ihn. Der Schatz hat einen großen, großen Wert; ich beschloß, ihn in meine Hände zu bringen und euch zu überfallen. Darum ließ ich euch genau beobachten, ohne daß ihr eine Ahnung davon hattet. Auch die Beni Khalid merkten nichts davon."

„Bi Khatir-i-Khudah – um Gottes willen", rief da der Perser aus. „Nun soll ich den Kanz el A'da schon wieder hergeben!"

„Das sollst du nicht", lachte der Scheich, doch es war ein freundlich klingendes Lachen. „Wir haben ihn doch schon!"

„Ja, das Paket ist fort!"

„Dort liegt es bei dem Tachtirwan und wird mit dem Harem des Scheichs der Haddedihn sehr gut bewacht, wie du siehst!"

„Ihr werdet es behalten?"

Der Scheich tat, als ob er diese Frage gar nicht gehört habe und sprach weiter:

„Abadilah el Waraka, den man El Ghani nennt, trat vor einigen Monaten eine Reise an, welche von Mekka nach Meschhed Ali gehen sollte. Auf dieser Reise kam er auch nach Oneizeh, der großen Stadt. Er hatte seinen Sohn mit, drei andere Begleiter und auch einen alten Mann, den man El Münedschi nennt, weil er die Gabe der Weissagung besitzt. Dieser Münedschi verkehrt mit einem Engel des Himmels, welcher Ben Nur heißt und ihm alle Geheimnisse des Lebens entdeckt. Darum ist alles, alles wahr, was der Münedschi sagt, und wenn er etwas verkündet, so geht es in Erfüllung. Er muß sehr, sehr reich sein, denn es kommen Tausende von Pilgern zu ihm, welche ihn sehen und hören wollen und dann nicht gehen, ohne eine Gabe der Dankbarkeit zurückzulassen. Zu derselben Zeit war auch ein junger Krieger unsers Stammes in Oneizeh, um Blei und Pulver für uns einzukaufen. Er hieß Ibn Kurban – Sohn des Opfers – und war der einzige Sohn von Abu Kurban – Vater des Opfers –, des reichsten Mannes unsers Stammes. Er hatte diamantene Ringe an den Fingern, und seine Waffen waren mit edlen Steinen besetzt, deren Wert ein Vermögen betrug. Als er mit seinen drei Begleitern die Stadt verließ, schloß er sich dem Ghani an, weil er eine Zeitlang den gleichen Weg mit diesem hatte; aber er ist nicht heimgekehrt, und auch seine Gefährten hat man nicht wieder gesehen. Er erfuhr, daß die Verschwundenen mit dem Ghani fortgeritten seien. Der Weg war gegen El Kasah gegangen. Er ritt dorthin und erfuhr, daß weder sein Sohn noch der Ghani hier gewesen sei; aber es war ein junger Mann mit drei älteren Männern gekommen, welche folgendes verkauft hatten: drei Reit- und vier Lastkamele, viel Pulver und auch Waffen, denen man ansah, daß sie mit Steinen verziert gewesen waren, die man aber ausgebrochen hatte. Diese Waffen besaß der Händler noch; auch zwei von den Kamelen waren noch vorhanden, und Abu Kurban überzeugte sich, daß sie seinem Sohn gehört hatten. Wer die vier Fremden gewesen seien, das wußte man nicht. Der jüngere Mann hatte zwar einen Namen nennen müssen, doch war anzunehmen, daß er sich eines falschen bedient habe. Der Händler konnte sich nur noch erinnern, daß dieser Mann eine gewöhnliche und eine stärkere, buschige Hadschib – Augenbraue – gehabt habe. Weiter konnte er nichts sagen. Es stand fest, daß die vier Beni Lam ermordet worden seien; aber wer die Mörder seien, das konnte man zwar vermuten, doch nicht eher beweisen, als bis es möglich war, sie den Personen zu zeigen, von denen sie in El Kasab gesehen worden waren."

„O nein, nein!" rief da Halef aus. „Ihr braucht nicht so lange zu warten. Ich weiß schon jetzt, wer sie waren!"

„Nun, wer?" fragte der Scheich.

„Der Sohn des Ghani hat zwei solche Brauen. Ihr Unterschied ist so groß, daß er mir sogleich aufgefallen ist. Diese Kerle haben den Kanz el A'da beraubt, und so ist es ihnen auch zuzutrauen, daß sie diesen Raubmord begangen haben! Sie sind allein nach El Kasab gegangen; der Ghani hat mit dem Münedschi einstweilen gewartet, denn wenn diese beiden auch mitgegangen wären, hätten sie dadurch die Entdeckung sehr erleichtert. Diese Mekkaner sind gestern nach Mittag von uns fort. Sie können sich noch nicht weit von hier entfernt haben, und wenn du dich beeilst, so kannst du sie wahrscheinlich noch einholen!"

Da rief der Scheich einem seiner Leute einige Worte zu, worauf dieser sich entfernte, und zwar nach rechts hin, wo in der Enge unser Posten gestanden hatte. Als dieser Ben Lam fort war, sprach der Scheich:

„Ich werde euch etwas zeigen, doch müßt ihr eine kleine Weile warten. Inzwischen will ich euch eine Frage beantworten, welche euch wahrscheinlich auf den Lippen liegt, nämlich die Frage, wie es uns möglich gewesen ist, euch zu überraschen, obgleich ihr drei Wachen ausgestellt hattet."

„Ja", stimmte Halef bei, „wir bitten dich, uns das zu sagen!"

„Wir haben in unserem Stamm einige vorzügliche Läufer, welche ich dann, wenn es der größten Vorsicht bedarf, als Späher verwende. Sie laufen ebenso schnell wie die Kamele und sind aber nicht so leicht und so weit zu sehen wie diese. Diese Läufer sind dem Scheich Tawil gefolgt, als er mit vierzig seiner Leute wieder nach Norden ritt, um euch einen Hinterhalt zu legen. Sie haben die nördliche Grenzhöhe des Tales erstiegen und sich dort so in den Sand eingegraben, daß sie nicht bemerkt werden aber selbst alles beobachten konnten. Sie sind Zeugen alles dessen gewesen, was dort geschehen ist; auch haben sie das meiste von dem verstanden, was gesprochen wurde. Zuerst waren die Beni Khalid allein da; sie sprachen davon, daß sie auf den Perser und seine Soldaten warteten, um ihm den Kanz el A'da abzunehmen. Da ich aber diesen Schatz auch haben wollte, so machte sich einer der Läufer sofort auf, um mich zu benachrichtigen. Der Weg zu mir war sehr weit, und so bekam ich diese Kunde so spät, daß es mir unmöglich war, zur rechten Zeit zu kommen. So sehr ich mich auch beeilte, ich kam doch erst dann dort an, als ihr euch schon entfernt hattet. Aber ein zweiter Läufer war euch gefolgt, und der dritte und letzte hatte gewartet, bis ich eintraf. Er erzählte mir alles und nannte mir auch die Zeit und den Ort, wann und wo der zweite wieder zu uns stoßen wollte, um mir zu sagen, wo wir euch während der Nacht finden würden. Dorthin ritten wir natürlich und trafen dabei auf die Fährte von sechs Kamelen, welche genau in unserer Richtung lief."

„Maschallah!" rief Halef aus. „Gewiß die Spur des Ghani!"

„Ja, sie war es."

„Habt ihr diese Halunken eingeholt?"

„Davon später. Als es dunkel geworden war, stieß der zweite Läufer zu uns und beschrieb mir euern Lagerplatz, den also, auf welchem wir uns jetzt befinden. Ihr seid sehr vorsichtig gewesen, er aber auch. Er ist stets hinter euch her und hat sich so eingerichtet, daß er stets erst dann eine Höhe erklommen hat, wenn ihr euch im übernächsten Tal befandet. Darum wäre er unentdeckt geblieben, selbst wenn ihr euch noch so oft umgeschaut hättet."

„Das war ungeheuer klug von ihm!" lobte Halef. „Dieser Krieger wäre wirklich wert, ein Haddedihn zu sein!"

„Ich kann ihn auch brauchen!" lachte der Scheich in gütiger Weise. „Dieser Läufer führte uns später bis in die Nähe eures Lagers hier, und ich gab meinen zwei gewandtesten Kundschaftern, nämlich denen, welche bei euch am Bir Hilu waren, den Auftrag, sich das Lager anzusehen."

„Aber unsere Posten?" fragte Halef.

„Es handelt sich bloß um den von ihnen, bei welchem sie vorüberkamen, und der hat nichts gesehen."

„Welcher war es? Ich werde ihn so bestrafen, daß . . .!"

„Sei still!“ unterbrach ihn der Scheich. „Grad weil du ihn bestrafen willst, werde ich dir nicht sagen, welcher es gewesen ist. Du selbst würdest auch nichts bemerkt haben!“

„Ich?“ fragte der Hadschi, sich gekränkt fühlend.

„Ja, du! Wenn du des Abends oder Nachts kundschaften gehst, so kommt es auf die Farbe des Sandes an. Leg also möglichst viele Haiks ausgebreitet in den Sand. Denjenigen, den du am schwersten vom Sand unterscheiden kannst, weil seine Farbe am meisten mit derjenigen des Sandes stimmt, den nimmst du um, in den hüllst du dich ein. Wenn du dann recht leise, so daß man dich nicht hört, am Boden hinkriechst und dabei den Haik so weit wie möglich ausbreitest, kann man dich nur sehr schwer oder wohl auch gar nicht bemerken. Begreifst du das?“

„Gewiß begreife ich es, denn ich muß dir sagen, daß mein Verstand kein Haik ist, den man nicht entdecken kann!“

„Auf diese Weise erfuhr ich“, erklärte der Scheich weiter, „daß auf der hinter dem Tachtirwan aufsteigenden Steilung, wo die beiden Talwände zusammenstoßen, keine Wache stehe, und entschloß mich also, auf dieser Stelle herunterzukommen.“

„Aber die fällt ja zu jäh ab!“

„Wo man nicht klettern kann, da rutscht man; der Sand eignet sich dazu ganz vortrefflich, und das geht auch so schnell, daß wir unten waren, ehe das Geräusch des mit abstürzenden Sandes euch aufgeweckt hatte.“

„Erlaube mir, dir in der aufrichtigsten Höflichkeit mitzuteilen, daß es mir, wenn nicht ihr es gewesen wäret, unendlich lieb sein würde, wenn ihr alle die Hälse gebrochen hättet!“

Da aber reichte ich dem Scheich die Hand hin und bat:

„Gib mir deine Hand; ich muß sie drücken! Das ist eine Kühnheit gewesen, welche mich zur Hochachtung zwingt!“

Ich mußte diesen Mann wirklich achten, daß er den Kampf in die Wüste verlegt hatte, um die Bewohner der bebauten Gegend zu schonen, und daß er den nachlässigen Posten nicht verraten hatte, das war zwei Züge von ihm, die ihm meine Zuneigung gewannen, obwohl er nach dem Kanz el A'da trachtete.

„Ich danke dir, Effendi!“ antwortete er. „Du wirst noch weiter hören, daß ich nicht so schlimm bin, wie ich euch erscheine. Doch still! Da kommen sie. Schaut hin, denn das ist etwas für euch!“

Es nahte nämlich von der Talenge her ein kleiner Zug. Voran gingen zwei Beni Lam, hinterher auch zwei. Zwischen ihnen sahen wir zwei Kamele. Auf dem ersten saß ein einzelner Mann;

das zweite aber schien zwei Personen zu tragen. Man konnte das noch nicht deutlich erkennen, weil sie noch nicht nahe genug waren. Der erste Reiter saß zusammengedrückt im Sattel. Da aber richtete er seinen Oberkörper gerade auf, breitete die Arme aus und rief:

„Seid mir gegrüßt, ihr Folgsamen der Liebe! Hier bring ich euch den Mann, den sie gerichtet hat, die höhnisch er verlachte! Ihr habt das gute Teil erwählt und er für sich die Strafe!"

Welche Überraschung für uns! Ja, er war es, der alte Münedschi, der auch jetzt wieder mit der Stimme Ben Nurs gesprochen hatte! Die Kamele knieten nieder; er wurde abgebunden und auf eine ausgebreitete Decke gesetzt. Der andere, oder die andern, denn es waren wirklich zwei, waren auch angebunden. Auch sie wurden losgemacht, und da sahen wir, daß nur einer von ihnen sich bewegte; er andere hin unbeweglich auf seinem Rücken.

„Wer sind diese zwei?" fragte Halef.

„Geh hin, und schau sie an!" antwortete der Scheich.

Der Hadschi tat es. Kaum war er dort, so rief er aus:

„Der Ghani, der Ghani! Und der andere ist sein Sohn! Er trieft von Blut und ist an ihm festgebunden! Oh, Sihdi, Sihdi, ich glaube, er ist tot!"

Es war mir, als ob jemand mir mit einer in kaltes Wasser getauchten Hand über den Rücken streiche! Das war ja entsetzlich, entsetzlich! Das war ihm wahrsten und zugleich im überzeugendsten Sinne ein Gottesgericht. Wer da noch von Zufall sprechen kann, an den ist jedes weitere Wort Verschwendung!

Der „Liebling des Großscherifs" mußte sich auch setzen, und zwar zwischen zwei Beni Lam, welche seine Wächter waren. Und das tat er mit der hinter ihm festgebundenen Leiche seines Sohnes! Es war so grauenhaft anzusehen, daß ich mich abwendete. Er sagte kein Wort; keinen Laut ließ er hören! Sein Gesicht konnte ich der Dunkelheit wegen von meinem Platz aus nicht sehen oder doch nicht erkennen. Halef kam wieder her und sagte in bewegtem Ton:

„Wie mich das gepackt hat, Effendi, das kann ich dir gar nicht sagen! Es ist mir, als ob ich an der Waage der Gerechtigkeit stände und selbst gewogen werden sollte! Nichts Böses tun, nur nichts Böses tun! Ich wollte, tausend Menschen, Millionen Menschen, alle Menschen, die ganze Menschheit ständen hier, um diesen niederschmetternden Beweis zu sehen, daß Allah sich nicht spotten läßt! Horch! Was war das? Hast du es gehört?"

„Ja!"

Es war vom Tachtirwan her ein Schluchzen geklungen, dem man anhörte, daß es zurückgehalten werden sollte, aber doch nicht unterdrückt werden konnte.

„Das ist Hanneh, die weichherzigste aller gütigen Frauen! Sie fühlt sich auch ergriffen, tief ergriffen. Oh, Effendi, und früher habe ich mich oft mit ihr gestritten, weil ich als Moslem behauptete, daß die Frauen keine Seelen haben! Und jetzt geht mir nicht nur die meinige, sondern noch viel, viel mehr die ihrige über alle irdischen Vorzüge und alle Reichtümer dieser Welt! Wenn ich mir den Mann dort vorstelle, wie er geifernd vor uns stand, um unsere Liebe zu schmähen und zu verlachen, wie er lästernd sie herausforderte, ihn zu strafen, und ihn nun zusammengebrochen unter der fürchterlichen Last der Leiche seines Sohnes dort hocken sehe, so habe ich das Gefühl, als ob mir alle meine Nerven einzeln aus dem Leib gezogen werden sollen! Ich möchte es hinausschreien über die Wüste, die Städte und Dörfer, über die Flüsse und Ströme, über alle Länder und alle Meere, daß es außer dem Glauben für die Seele keine andere Luft zum Atmen gibt, und daß die Liebe das einzige Licht, die einzige Wärme im Himmel und auf Erden ist!"

Scheich Abd el Idrak saß noch neben uns. Er hörte Halefs Worte, und machte eine Bewegung der Hände, um unsere Aufmerksamkeit wieder auf sich zu ziehen, und sagte dann:

„Es hat auch für mich stille und einsame Stunden gegeben, in denen ich hinabgetaucht bin in die Fluten meines Innern, um zu sehen, was ich da unten finden werde, ob Perlen oder häßliches Getier. Meist war es das letztere. Und es hat wieder Stunden gegeben, in denen ich hinausgeschaut habe auf die Fluten des Lebens, auf die Segel, welche den heimatlichen Hafen verlassen, um nach der fremden Stätte getrieben zu werden. Ich sah die Güter, die sie trugen, vor Allah wertlose Lasten, und wunderte mich nicht, daß sie im Sturm dann sanken oder an Riffen zerschellten. Ich bin ein Bewohner der Wüste, und diese scheinbar so öde Wüste ist voller Gedanken. Ich erhielt meinen Teil davon, doch machten sie mich nicht glücklich. Es wohnte ein Verlangen in mir, eine oft laut aufschreiende Sehnsucht, die keine Erhörung fand, so weit die einsame Wüste, so weit das bewohnte Land und so weit mein Leben reicht. Ich wußte nicht, was das war; es machte mich elend und krank. Da, da hörte ich es heut, heut zum erstenmale, das große, das herrliche Wort von der Liebe! Nicht von der Liebe, wie ich sie bisher gekannt habe, sondern von einer höheren, reineren, edleren Liebe, von der Liebe, die Himmel und Erde verbindet und die Menschen zu Brüdern, zu Kindern Gottes macht. Das ist es, wonach ich suchte, ohne es zu kennen; das ist es, wonach sich meine Seele sehnt; das ist es, dem sich mein leeres Innere schon längst öffnen wollte, um von ihm ganz, ja ganz erfüllt zu werden! Ich will es haben; ich muß es haben; darum bin ich hierhergekommen, denn ihr habt es; ihr habt diese Liebe; ihr übt diese Liebe, und nur von euch, von euch kann ich sie bekommen. Darum, nur darum habe ich euch überrumpelt und überfallen! Nicht den Kanz el A'da will ich nun. Erst, ja erst wollte ich ihn, und ich hätte ihn mir geholt, und wenn ich alle Beni Khalid und alle Haddedihn hätte erschießen müssen. Nun ich aber von eurer Liebe gehört habe, verzichte ich auf diesen armseligen ‚Schatz der Glieder' und will nur sie, nur sie! Sagt, kann ich sie bekommen? Wollt ihr sie mir geben?"

Er war aufgesprungen und hatte nach und nach immer lauter und lauter gesprochen, als ob er seine Sehnsucht über alle Höhen und über alle Berge und Täler, über die ganze Wüste hinausschreien wolle. Das war jener Schrei, von welchem die heilige Schrift sagt: „Wie der Hirsch schreiet nach frischem Wasser, so verlangt meine Seele, o Gott, nach dir!" Diese Sehnsucht geht durch die ganze Schöpfung, durch die ganze Erdenwelt, durch die ganze Menschheit. Grad in der heutigen Zeit ist es kein stilles, heimlich klagendes Verlangen, sondern ein lautes Schreien nach Liebe; aber die, denen es gilt, die wollen es nicht hören! Nicht nur aus menschlichem Mund, sondern auch von den Lippen des unter dem unbarmherzigen Messer gemarterten Tieres ertönt dieser Jammerschrei. Nicht nur der Mensch, sondern auch die fälschlicherweise „leblos" genannte Kreatur wartet auf die Erlösung. Gebt sie ihr; o gebt sie ihr! Gebt ihr Liebe, Liebe, Liebe! Lacht um Gotteswillen nicht, wie der Ghani, über diese Liebe, denn was ihm gesagt wurde, das sage ich auch hier: Die Liebe lächelt nicht immer! Sie bittet, und was man ihr versagt, was man ihr von ihren Rechten vorenthält, das holt und nimmt sie sich mit unwiderstehlicher Gewalt, nachdem sich ihre linde, milde Hand in die strafende Faust des Zorns verwandelt hat! Gebt also Liebe aus Liebe, und wartet nicht, bis ihr aus Zwang geben müßt, was mit eiserner Strenge von euch gefordert wird!

Die Worte des Scheichs Abd el Idrak hatten uns so ergriffen, daß keiner von uns sogleich die doch so leichte Antwort gab. Da wiederholte er mit derselben lauten Stimme seine Frage:

„Sagt, kann ich sie bekommen? Wollt ihr sie mir geben?"
„Ja, von Herzen gern!" antwortete ich nun.
Da drehte er sich um und warf seinen Leuten den Befehl zu: „Macht sie frei! Bindet sie alle los, sofort, augenblicklich!"
Es war gewiß nicht vorher besprochen worden, aber ganz so schnell und einmütig, als ob es so verabredet worden sei, beeilten sich die Beni Lam, dieser Weisung nachzukommen. Im Handumwenden, wie man zu sagen pflegt, waren alle unsere Haddedihn ihre Fesseln wieder los. Dann rief der Scheich:
„Diese tapferen und ehrlichen Krieger der Haddedihn sind von diesem Augenblick an die Brüder und Gäste unseres ganzen Stammes! Ihre Freunde gelten als unsere Freunde, und ihre Feinde werden als die unsrigen behandelt. Ich habe es gesagt, Abd el Idrak, der Scheich der Beni Lam!"
Er reichte uns seine Hand, die wir ihm recht herzlich, aber auch ganz und gar herzlich schüttelten! Wer solche Szenen nicht erlebt hat, der ahnt gar nicht, welche Reichtümer ein Menschenherz in sich trägt! Und seine Leute taten mit. Das war ein Drücken und Schütteln der Hände, welches kein Ende nehmen zu wollen schien. Als sich die frühere Ruhe einigermaßen, wenn auch nicht ganz, wieder eingestellt hatte, ergriff unser Gastfreund, der Scheich, von neuem das Wort:
„Ihr werdet die Ursachen meines Verhaltens jetzt nur halb verstehen; ich will es euch nun aber ganz erklären! Ihr wißt, daß wir die Spur des Ghani fanden und ihr folgten. Dort sitzt er und hört alles, was ich sage; das mag eine Verschärfung seiner Strafe sein, und Allah gebe, daß die Härte seines Herzens unter ihr nun endlich einmal zu schmelzen beginne! Nach längerer Zeit führte diese Fährte zwar von unserer Richtung ab, aber so wenig, daß wir auf ihr blieben. Schaut hinüber zu dem ‚Liebling' des Großscherifs! Der alte Mann, der eng an seiner Seite sitzt, ist Abu Kurban, der Vater des Ermordeten, und der fast ebenso alte Krieger an der andern Seite ist der Oheim der drei Brüder, welche mit ermordet wurden. Es ist dunkel; darum könnt ihr nicht sehen, wie tief der Gram um den Verlust des einzigen Kindes sich in das Gesicht Abu Kurbans eingefressen hat, und wie sehr ihn der Gedanke quälte, daß diese Missetat von ihm im Buch der Rache noch durchzustreichen sei. Als beide hörten, wen wir vor uns hatten, taten sie den Schwur, sich Blut für Blut zu nehmen, falls es ihnen gelingen sollte, sich von der Schuld zu überzeugen. Sie haben diesen Schwur gehalten, denn sie mußten es. Der Ghani hatte sich mit seinen Begleitern zwischen zwei

niedrigen Ausläufern der Dünenwüste gelagert. Sie erschraken, als sie uns erblickten, denn wir waren über sie gekommen, ehe sie die Anwesenheit einer solchen großen Schar nur ahnen konnten. Wir umringten sie. Wir sahen den Sohn des Ghani; er besaß die Verschiedenheit der Brauen, und so stand es fest, daß er und die drei andern es gewesen sind. Ich zögerte nicht, ihnen das Verbrechen sofort in die Gesichter zu werfen. Sie erbleichten vor Angst, leugneten aber. Da sahen wir einen Ring am Finger des Sohnes. Abu Kurban betrachtete ihn und tat einen Eid, daß er Ibn Kurbans Eigentum gewesen sei. Wir durchsuchten die Mörder und fanden die andern Ringe und Steine. Da glaubte einer der drei, er könne sich durch den Verrat der andern retten. Er erzählte, wie die Tat sich zugetragen hatte. Die vier Mörder hatten zunächst ohne das Wissen des Ghani gehandelt, ihm aber nach dem Mord gleich alles mitgeteilt. Auf seinen Rat waren sie dann nach El Kasab geritten, in dessen Nähe der Alte mit dem Münedschi auf sie wartete. Was hatten die Mörder verdient? Sag es mir, Scheich Hadschi Halef!"

„Den Tod", antwortete Halef.

„Hättest du sie begnadigt?"

„Nein."

„Trotz der Liebe, deren Kinder und Söhne ihr seid?"

„Nicht nur trotz, sondern sogar infolge dieser Liebe. Du darfst ja nicht glauben, daß sie eine Beschützerin der Sünde sei. Kann sie nicht durch Güte wirken, so greift sie zur Rettung durch die Strenge. Sie ist nachsichtig und barmherzig, so lange sie glauben darf, daß dies zum Ziel führt; zwingst du sie aber zum Gegenteil, so wird sie zur Mutter, welche ihr Kind straft, nicht obgleich, sondern weil sie es liebt!"

Das hatte der Hadschi vortrefflich gesagt; aber weil er weggelassen hatte, was hier für diesen Fall die Hauptsache war, fügte ich hinzu:

„Und hat sie ein Kind, welches auch der Strenge nicht gehorcht, so trennt sie es von den andern, damit diese nicht auch verderben. Das ist die Strafe des Todes, die hart erscheint, aber als Folge einer gebieterischen Ursache entspringt."

„Also auch du hättest für den Tod dieser Mörder gestimmt", fragte mich der Scheich.

„Ja."

„Aber ihr habt doch heute Mörder begnadigt!"

„Sie standen uns nicht so nahe, daß die Rache unsere Pflicht gewesen wäre. Und, was wichtiger ist, es wurde uns der Befehl, Liebe walten zu lassen."

„Ja, ich weiß es, denn meine Späher haben es gehört und mir dann erzählt. Ben Nur sprach zu euch. Er hat dann auch zu mir, zu uns gesprochen."

„Vor dem Urteil?"

„Nein, sondern nach der Vollstreckung desselben. Bis dahin war der Münedschi still, ganz so in sich versunken, wie er jetzt dort sitzt, als ob er schlafe. Desto mehr aber sprach der Ghani. Er schwor alle Himmel auf die Erde herab; er wollte Allah zwingen, die Lüge zu beglaubigen; er zog alles, was heilig ist, herbei auf seinen falschen Eid, und als er sah, daß diese Lästerungen keinen Erfolg hatten, wurde er zum Rasenden. Dieser verlorene Mensch hat nur sich selbst und seinen Sohn geliebt, aber nie ein anderes Wesen. Wir hörten das aus seinen verzweiflungsvollen Reden. Er hielt ihn fest; er umklammerte ihn, und als wir beide auseinanderrissen, heulte er auf wie ein Tier, verfluchte sich, verfluchte die Menschheit, verfluchte die Himmel und schwor, wenn sein Sohn schuldig sei, so wolle er die Schuld desselben auf sich nehmen und tragen in alle Ewigkeit. Das war so schrecklich, daß ein heiliger Grimm über mich, über uns alle kam. In diesem Zorn verurteilte ich ihn, den Sohn diese Nacht tragen zu müssen, um nur eine Ahnung davon zu bekommen, was es heiße, ihn und seine Schuld durch die endlose Nacht der Ewigkeit zu schleppen. Die Mörder sind erschossen worden, kurz, schnell, ohne sie zu quälen. Drei von ihnen haben wir begraben; den vierten seht ihr dort, wie ich euch sagte. Der Alte hat alle seine Sünden nur für den Sohn begangen; nun liegen sie, und nun liegt auch der Sohn auf ihm. So will es die Gerechtigkeit. Vielleicht hätte ich ihm das nicht angetan, denn Grausamkeit wohnt nicht in meinem Herzen; aber meine Kundschafter, welche heimlich Zeugen seiner letzten Tat waren, haben ihn auf die Asaker schießen sehen und dann gehört, wie er gegen euch und gegen eure Liebe wütete. Das hat mich gegen ihn unerbittlich gemacht. Es war heut überhaupt ein Tag der Abrechnung, ein Tag, an welchem wir Gericht gehalten haben. Ihr sollt jetzt noch nichts wissen, doch wenn es Tag geworden ist, so werdet ihr es sehen."

„Bist du etwa mit den Beni Khalid zusammengestoßen?" fragte Halef.

„Ja", antwortete der Scheich.

„Ihr habt mit ihnen gekämpft?"

„Nur kurze Zeit. In wenigen Minuten war es aus!“ klang es in verächtlichem Ton.

„Allah ’w Allah! Ihr habt gesiegt?“

„Mein Freund, säßen wir hier, wenn wir nicht Sieger wären? Es währt nicht lange mehr, so wird es Tag. Dann werdet ihr die Spuren des Kampfes an uns sehen. Den Platz des Sieges zeige ich euch.“

„Wo liegt er?“

„Da, wo ihr gelegen habt, am Bir Hilu. Diese Beni Khalid haben seit dem Tag, an welchem Tawil Ben Schahid ihr Gebieter wurde, niemals Ruhe gehalten. Der Stamm der Beni Lam litt unter ihren Raubzügen so, daß ihm die Armut drohte. Da faßte ich endlich den Entschluß, daß es mit einemmale, mit einem großen Schlage zwischen uns und ihnen zur Entscheidung kommen solle. Ich bereitete mich vor und wartete nur auf den nächsten Angriff ihrerseits. Da wurde mir vor kurzer Zeit die Kunde, daß sie sich wieder zu einem Überfall rüsteten; sie wollten ihren Weg über den Bir Hilu nehmen, um, wenn wir ja etwas erfahren sollten, uns glauben zu machen, daß dieser Zug nicht uns gelte. Es wurde mir auch die Anzahl ihrer Krieger gesagt. Um es kurz mit ihnen machen zu können, zog ich ihnen mit einer bedeutend größern Schar entgegen, die ich des Wassers wegen teilen mußte. Drei Brunnen waren es, westlich vom Bir Hilu, die wir besetzten. Ich schickte dem Feind meine Läufer entgegen, die nicht leicht zu entdecken sind. Als diese mir das Nahen der Beni Khalid meldeten, zog ich die drei Scharen zusammen. Dann lagen die Läufer in der Nähe des Brunnens, tief im Sand eingewühlt und beobachteten euch alle. Nach dem Zweikampf schickte ich zwei Kundschafter zu euch, nicht etwa, um zu erfahren, ob ihr euch noch am Brunnen befändet, sondern ich wollte wissen, wie ich euch zu behandeln hätte. Euer Kanz el A’da sollte unser werden; ich fragte mich, ob ich euch dabei schonen solle oder nicht. Da hörte ich, daß ihr eure Feinde nicht verraten hättet. Ich traute meinen Ohren nicht, denn ein solcher Edelmut war mir noch nicht vorgekommen. Als ihr dann nach Süden rittet, wurdet ihr von den Beni Khalid erwartet. Ich wollte dies benutzen, um sie und euch zugleich zu fassen. Sie sollten geschlagen, ihr aber mit Zurücklassung des Schatzes wieder freigelassen werden. Ich wußte nicht, daß die Soldaten mit ihm nach Norden reiten sollten. Da kehrte Scheich Tawil mit einer kleinen Schar zurück. Ich schickte ihm meine Läufer nach, und so entging es mir, daß sich der Perser von euch trennte.

Dann rittet ihr auch nach Süden, kehrtet aber ebenso wieder um; die Beni Khalid folgten euch. Was nun geschah, wißt ihr zum kleinen Teil; das andere sollt ihr erst dann erfahren, nachdem ihr es gesehen habt. Der Osten scheint sich schon lichten zu wollen. Sobald es hell wird, brechen wir auf von hier."

„Wohin?" fragte Halef.

„Zum Bir Hilu."

„Nehmt ihr den Ghani mit?"

„Ja."

„Und was geschieht dann mit ihm?"

„Wir jagen ihn fort."

„Allah! Ihr werdet ihn auch nicht erschießen?"

„Nein. Er ist an dem Mord, den wir zu rächen hatten, nicht beteiligt, sondern nur später der Verhehler gewesen, hat also nicht das Blut eines Ben Lam vergossen; wir dürfen ihm also auch nicht das seinige nehmen. Was er gegen euch und die Asaker getan hat, das ist nicht unsere, sondern eure Sache. Auch ist ein einsames Alter ohne seinen Sohn für ihn ein größere Strafe, als es ein rascher Tod sein würde."

„Das ist wahr. Er hat die Liebe von sich gestoßen; sie ist von ihm gegangen; nun muß er ohne Liebe dem Grab entgegenwanken. Er hat es grad so und nicht anders gewollt."

„Um so fester werden wir sie, und besonders werde ich sie halten", sagte Abd el Idrak sehr ernst. „Schon aus den Beobachtungen, welche ich am Bir Hilu an euch machen ließ, ergab sich ein Verhalten, welches mich zunächst befremdete. Ihr wenigen Leute fürchtetet euch nicht vor einer großen Übermacht von Feinden, die ihr sogar noch schontet! Dann hattet ihr für die Mörder der Soldaten Gnade anstatt Rache. Eure Reden wurden mir berichtet, auch wie ihr die Toten bestattet und über ihrem Grab geschossen habt. Das tut kein Ibn Arab – Araber – und ist so tief ergreifend! Dazu kommt etwas, was ich euch doch sagen will, obgleich ich mir vorgenommen hatte, darüber zu schweigen. Als einer meiner Läufer beim Brunnen tief im Sand steckte, um euch zu beobachten, entfernten sich von dort vier Männer, die nahe an ihm vorübergingen. Er schlich ihnen nach. Sie stiegen auf einen Felsen. Der Münedschi ist bei ihnen gewesen. Er sprach lange Zeit mit lauter Stimme. Mein Späher hat zugehört und mir alles berichtet, auch das, was ihm zu schwer gewesen ist, es zu begreifen. Sein Bericht ist unvollständig und wohl auch in vielem falsch gewesen; aber ich habe doch so manches davon tief in mein Herz geschlossen, wo es mir die Ahnung dessen brachte, was ich im Leben besitzen muß, um den Tod in Leben zu verwandeln. Wißt ihr, wer die andern drei gewesen sind?"

„Der Effendi, Khutab Agha und ich", antwortete Halef.

„Könnte ich diese Reden von euch ausführlicher erfahren?"

„Ja. Wir sind sehr gern bereit dazu."

„Ich danke dir schon jetzt!"

Er gab dem Hadschi die Hand und sprach dann weiter:

„Ich habe euch schon gesagt, daß der Münedschi still war, bis das Urteil an den vier Mördern vollzogen worden war. Gleich nach dem letzten Schuß aber stand er auf und sprach mit geschlossenen Augen längere Zeit so ernste und tiefsinnige Worte von dem Leben und dem Tode, von der Liebe und der Gerechtigkeit, daß wir alle so andächtig lauschten, wie ich in meinem ganzen Leben noch keinem Khatib – mohammedanischer Prediger – zugehört habe. Es war, als ob der Engel, der durch ihn sprach, die Absicht hätte, alles aus meinem Herzen zu treiben, was sich gegen euch noch darinnen befand. Ich beschloß, auf den Kanz el A'da zu verzichten, auch auf eure Pferde und auf das Hedjihn, auf welche ich es noch mehr als auf den ‚Schatz der Glieder' abgesehen hatte. Ich kann das, was in mir vorging, nicht beschreiben; ich weiß, daß dies kein Mensch zuwege gebracht hätte, und bin überzeugt, daß es der Einfluß dieses unsichtbaren Ben Nur gewesen ist. Es wuchs und wuchs, es wallte und wallte ein Gefühl, doch nein, kein Gefühl bloß, sondern eine Überzeugung in mir auf, daß ich euch bitten müsse, mich mit meinen Armen an euch festhalten zu dürfen, daß über mich und mein Leben von euch eine Kraft ausgehen werde, die mir segensreicher sei als der Schatz und die Tiere, welche ich euch hatte nehmen wollen. Und, ganz sonderbarerweise, gab es eine Stimme in mir, welche mir riet, euch zu zeigen, daß wir Krieger sind, welche eure Achtung verdienen. Darum nahm ich mir vor, euch zum Schein zu überfallen, und zwar so, daß ich euch überwältigte, ohne daß einem von euch ein Leid geschehen durfte. Das war freilich nur dadurch möglich, daß wir den gefährlichen Abstieg dort von der Sandwand herunter wagten. Es ist niemand von uns dabei verunglückt, und ihr werdet zugeben, daß auch das übrige gelungen ist. Den Ghani und den Münedschi ließen wir mit ihren Wächtern natürlich einstweilen in der Nähe zurück, und dort stehen auch unsere Kamele, auf denen wir hergeritten sind. Nun wird es hell. Wir werden aufbrechen können. Ihr reitet doch mit?"

„Das brauchst du gar nicht erst zu fragen", antwortete Halef.

„Du hast sehr recht daran getan, dir zunächst unsere Achtung zu erwerben. Sie ist euch geworden, und die Liebe ist auch schon unterwegs!"

„Das wünsche ist. Es gibt ein reiches Feld für sie wohl überall, vor allen Dingen aber hier in diesem vom Haß zerrissenen Land. Allah will das Glück der Menschen; er bietet es ihnen an, schon seit es Menschen gibt; sie greifen aber nicht zu, es von ihm zu nehmen. Sie suchen es an Orten, die fern von seinen Wegen liegen!"

Ich verwunderte mich im stillen immer mehr über diesen seltenen Mann. Er war ein Suchender, und wer sucht, der findet; so lautet die Verheißung. Ich sah, da es nun heller wurde, sein Gesicht, nicht plötzlich, sondern nach und nach, um so deutlicher, je heller der Morgen wurde. „Das ist Petrus!" sagte ich mir. Und es war so! Je mehr es tagte, desto bestimmter trat seine Ähnlichkeit mit diesem Jünger, wie es auf dem bekannten Abendmahlsbild von Leonardo da Vinci zu sehen ist, hervor. Ich hätte es ihm am liebsten sagen mögen, aber ich durfte dieses Bild ja gar nicht kennen!

Welch ein anderes, geradezu fürchterliches Gesicht war dagegen jetzt dasjenige des Ghani! Der „Liebling des Großscherifs"! Er sah nichts weniger als wie ein Liebling aus. Seine aufgedunsene Physiognomie wirkte mehr als abstoßend; seine Augen waren mit Blut unterlaufen, seine Lippen blau. Er bot einen mehr tierischen als menschlichen Anblick dar. Sein Gewand war mit Blut getränkt. Und die Leiche auf seinem Rücken – es war schrecklich!

Halef betrachtete ihn auch. Er sah es, und da brach er nach so langem Schweigen brüllend los:

„Hund, schau nicht her! Euch, euch habe ich dieses Elend zu verdanken, nur euch, euch allein! Ich verfluche euch, verfluche euch beim Himmel und der Hölle! Seid alle, alle verflucht, und . . ."

Doch still! Denn was nun noch folgte, kann unmöglich wiedergegeben werden. Als Halef annahm, daß er sich ausgetobt hatte, sagte er ihm:

„Schieb ja die Schuld nicht auf uns; du trägst sie ganz allein, wie du die Leiche deines Sohnes trägst. Der Effendi hat dir vorher gesagt, daß dein Gelächter sehr bald enden und sich in das Gegenteil verkehren wird. Nun ist es so eingetroffen. Die Last, welche auf dir liegt, hast du dir . . ."

Weiter konnte er nicht sprechen, denn er wurde von einem

neuen Ausbruch des Ghani unterbrochen. Ich bat ihn, doch lieber zu schweigen, und er gab mir recht. Wir überließen diesen Auswurf den Beni Lam und nahmen uns des Münedschi an, welcher von dem immerwährenden Hin- und Herreiten so geschwächt war, daß er gar nicht mehr recht zu sich kam. Wir richteten ihm den Sitz im Sattel so bequem wie möglich her, banden ihn fest und ließen ihn dann, als wir aufgebrochen waren, zwischen uns reiten.

Es ging zu der schon öfters erwähnten Enge hinaus und nach der Stelle, wo sich die Kamele der Beni Lam befanden, hierauf setzte sich der Scheich derselben an die Spitze und führte den Zug hinaus auf die offene Sandwüste, wo wir nach der von uns schon zweimal gerittenen Linie einlenkten. Später ging es über den Serir, die Wüste des glatten Steines, bis wir die Wüste der Felseninseln durchritten, in welcher der Bir Hilu lag.

Noch ehe wir diesen ganz erreicht hatten, trafen wir auf einen aufgestellten Beni Lam-Posten, welcher seinem Scheich meldete, daß sich nichts Neues ereignet habe und die Grube bereit zur Aufnahme der Leichen sei. Was für eine Grube und was für Leichen gemeint seien, das sahen wir zu unserem Grausen, als wir den Platz erreichten, auf welchem der Zweikampf zwischen uns und den Beni Khalid stattgefunden hatte.

Dieser Platz war von über dreihundert Beni Lam belebt, von denen, wie wir sahen, eine ziemliche Anzahl verwundet war. Sie empfingen uns still, was wohl eine Folge der Tätigkeit war, welche sie hier zu verrichten gehabt hatten. Nämlich der Felsen, welcher den Platz im Norden begrenzte, derselbe, den wir mit dem Münedschi erstiegen hatten, besaß eine nicht sehr breite, aber tief einschneidende Bucht, welche von dem Wind fast bis oben mit den leichtesten Teilen des Sandes, also mit Flugsand, vollgeweht worden war. Das hatten wir früher wohl gesehen, aber nicht zu beachten gehabt. Dieser Sand nun war herausgeschafft und vor dem Felsen für einstweilen aufgehäuft worden. Man hatte auch noch den Boden möglichst tief ausgeworfen, so daß eine ganz bedeutende Grube entstanden war, welche an drei Seiten von den aufragenden Felswänden eingeschlossen wurde. Vor dieser Spalte, dieser Grube, lagen die aus dem ganzen Umkreis, soweit der Kampf gewütet hatte, zusammengetragenen Leichen der Gefallenen. Die erschreckend große Zahl dieser Toten bewies, daß das Wort „gewütet“ keine Übertreibung war. Nun erst erfuhren wir, wie es sich zugetragen hatte.

Als wir, vom Süden zurückkehrend, um dem Perser nachzureiten und ihn zu retten, am Brunnen vorüber gewesen waren, hatten die Beni Lam den Platz besetzt und, hinter den Felsen Stellung nehmend, auf die Beni Khalid gewartet. Diese waren zwar ziemlich vorsichtig herangekommen, weil es doch in der Möglichkeit gelegen hatte, daß wir hier geblieben waren, doch daß auch andere Feinde, und zwar in solcher Zahl, hier stecken könnten, dieser Gedanke war ihnen gar nicht in den Sinn gekommen. Sie hatten auf dem Brunnenplatz einen kurzen Halt gemacht, und da war es gewesen, wo von allen Seiten her die Schüsse ganz unerwartet gekracht hatten und die Beni Lam auf sie eingedrungen waren. Scheich Abd el Idrak hatte zu uns ganz richtig gesagt: „Nur kurze Zeit; in wenigen Minuten war es aus!" Ja, es war aus gewesen, und wie mochte es dann auch ausgesehen haben! Der Boden war noch jetzt so rot vom Blut, daß es fast keine anders gefärbte Stelle gab. Jetzt lagen die erbeuteten Kamele da. Auch sahen wir einen ganzen Haufen ebenso erbeuteter Waffen und allerlei Gegenstände liegen, welche den Toten aus den Taschen genommen worden waren. Dic nicht oder nur leicht verwundeten Beni Khalid waren schon nach kurzer, aber um so blutigerer Gegenwehr in wilder Flucht davongejagt; viele hatten sich nur zu Fuß retten können! Voraussichtlich hatten nun lange, lange Jahre zu vergehen, ehe sie daran denken konnten, für diese Niederlage Rache zu nehmen.

Die Leichen zu zählen, das unternahmen wir gar nicht, denn schon der bloße Anblick tat ja weh! Sie lagen in einem großen, weiten Halbkreis um die Felsengrube. Da, wo wir standen, sahen wir auch einen nur zu bekannten liegen, nämlich den speerwerfenden „Vater der Selbstverständlichkeit". Er war „natürlich" auch mit gefallen; seine Armmuskeln hatten ihn nicht retten können.

Da zeigte Abd el Idrak nach der andern Seite.

„Kennt ihr den?" fragte er.

Da sahen wir, sitzend aufgerichtet und mit dem Rücken an den Felsen gelehnt, den Scheich Tawil Ben Schahid! Er hatte mitten in sein schon von Halefs Peitsche gezeichnetes Gesicht einen Kolbenhieb bekommen, der ihn fast unkenntlich machte; den Tod aber hatte ihm eine Brustwunde gebracht. Er war während des Hauptkampfes nicht zugegen gewesen, sondern dann später ebenso abgefangen worden wie die vierzig Mann, die er in zwei Abteilungen zurückgeschickt hatte, um den Kanz el A'da für sich allein zu haben. Ohne diese Selbstsucht hätte er sich mit seinem Trupp vielleicht retten können.

„Das Grab, das Grab zwischen uns und ihm!“ sagte Halef, indem er erst auf ihn und dann auf die Grube deutete. „Sind dir die Worte, welche er sagte, noch gegenwärtig, Effendi?“

„Ja“, antwortete ich.

„Wie lauteten sie doch?“

„Von diesem Augenblick an gähnt zwischen uns ein Grab. Wen es aufzunehmen hat, mich oder euch, das mögen die entscheiden, bei denen ich geschworen habe – oder mag es auch die Liebe entscheiden, die eure angebetete Götzin ist. Ich habe nichts dagegen!“

„Ja, sie hat entschieden, und er kann nun freilich nichts dagegen haben! Ist es nicht sonderbar, daß uns jetzt solche Reden schon wiederholt ganz genau, fast wörtlich, in Erfüllung gegangen sind?!“

„Es ist das mehr als sonderbar. Es ist mir das einigemale mit meinen eigenen Worten passiert; es möchte mir fast vor mir selber grauen. Ich sage nichts mehr derartiges! Komm, wir wollen gehen. Dieser Anblick tut mir sogar körperlich weh!“

Wir gingen nach dem Brunnen, wo man den Münedschi hingesetzt hatte. Er war nicht allein. Der Ghani befand sich bei ihm. Dieser war damit beschäftigt, drei Kamele zu tränken, nämlich das seinige, das des Blinden und auch dasjenige, welches die Leiche seines Sohnes hierhergetragen hatte; er war nur für die Nacht mit ihr zusammengebunden und dann früh, kurz bevor wir aufbrachen, von ihr befreit worden.

„Es scheint ganz so, als ob er den Toten mit sich nehmen will“, sagte Halef zu mir.

„Und den Münedschi wohl auch!“

„Dulden wir das?“

„Hm! Eigentlich gehört der Blinde nicht zu uns, sondern zu ihm.“

„Jetzt nicht mehr, denn der Ghani hat sich als ein Mensch erwiesen, dem so ein armer Mann unmöglich anvertraut bleiben darf. Bist du einverstanden, daß wir uns seiner annehmen?“

„Sehr gern sogar!“

„Gut; ich werde sofort mit dem Blinden sprechen!“

Dieser war grad jetzt bei voller Besinnung. Wir traten zu ihm und Halef fragte:

„Weißt du, o Münedschi, wo du bist?“

„Ja; mein Beschützer hat es mir gesagt.“

„Dein Beschützer? Hältst du ihn auch jetzt noch dafür?“

„Er wird es bleiben, so lange ich lebe. Ich weiß, daß unsere Gefährten erschossen worden sind; aber ich bleibe bei ihm und reite mit ihm heim nach Mekka."

„Das ist dein Ernst?"

„Ja!"

„Bist du vollständig wach und munter?"

„Ich bin im Besitz meiner vollsten Selbständigkeit. Deiner Stimme nach bist du der Scheich Hadschi Halef?"

„Ja, der bin ich."

„Wo ist der Effendi aus dem Wadi Draha?"

„Er steht hier neben mir."

„So muß ich ihm ein Wort sagen! Effendi, ich weiß, daß ich dich verkannt habe, und bitte dich um Verzeihung. Wirst du sie einem alten, blinden Mann versagen?"

„Nein. Ich habe dir überhaupt nicht gezürnt", antwortete ich. „Das kann ich dir durch die Mitteilung beweisen, daß wir uns entschlossen haben, dich mit uns nach Mekka zu nehmen."

„Ich danke euch für diese Güte, kann sie aber nicht annehmen."

„Warum?"

„Weil ich bei dem Ghani, meinem Beschützer, bleibe."

„Bei diesem . . ."

„Sag nichts weiter!" unterbrach er mich. „Wenn du wüßtest, wie wehe du mir damit tust, würdest du ganz gewiß gern schweigen. Mein Herz hängt an ihm. Sei gut mit mir, und dränge nicht in mich, ihn zu verlassen!"

„Du bist also überzeugt, dich ihm auch ferner anvertrauen zu dürfen?"

„Vollständig! Wenn ihr mich mit Gewalt von ihm nehmen wolltet, müßte ich mich so nach ihm grämen, daß ich mein Unglück mehr als doppelt fühlen würde!"

„Wenn du so sprichst, dürfen wir nicht weiter in dich dringen. Wann will er fort?"

„Wenn die Kamele getrunken haben. Laßt uns nicht hungern; gebt uns Essen mit, und auch Tabak für mich!"

„Das sollst du haben. Wir reiten hinter euch drein, und ich denke, daß wir uns sehr bald wiedersehen. Wehe dann ihm, wenn wir erfahren, daß er dich leiden läßt!"

Während dieses Gespräches hatte der Ghani getan, als ob er sich gar nicht um uns bekümmere. Jetzt drehte er sich nach uns um und rief uns mit einer Stimme, welche vor innerm Ingrimm heiser klang, zu:

„Ich rufe auch ein Wehe über euch, schon jetzt! Ja, du hast recht; wir sehen uns wieder. Aber dann – dann – dann!"

Er fletschte die Zähne und schüttelte drohend die Fäuste. Wir erwiderten hierauf nichts und entfernten uns. Er rief uns noch nach:

„Drei Kamele kann ich bloß mitnehmen. Bezahlt mir die andern drei, ihr Hunde!"

Abd el Idrak stand in der Nähe. Er hörte das, zuckte die Achsel und meinte:

„Abu Kurban könnte ihm alle sechs nehmen, als Ersatz für die geraubten, die in El Kasab verkauft worden sind. Hört nicht mehr auf diesen Menschen!"

Wir befolgten diesen Rat; doch als ich nach einiger Zeit sah, daß der Blinde von seinem „Beschützer" auf das Kamel gesetzt und dort festgebunden wurde, ging ich doch noch einmal zu ihm, um ihm für voraussichtlich kurze Zeit Lebewohl zu sagen. Tabak und Proviant hatte ich ihm vorher geschickt. Sie ritten miteinander und mit der Leiche auf dem dritten Kamel fort, ohne daß sich jemand um sie kümmerte, ausgenommen Halef, Hanneh, Kara und der Perser. Diese sahen ihnen noch nach, bis sie hinter dem nächsten Felsen verschwunden waren. Im stillen war mir um den Münedschi angst.

Die Toten wurden in die Grube, und dann, als diese voll war, noch immer weiter übereinandergelegt, bis sie alle an dieser Stelle waren und sich die Einbuchtung des Felsens von ihnen fast gefüllt hatte. Obenauf kamen die wenigen Gefallenen der Beni Lam zu liegen. Dann wurde der ausgeworfene Sand auf sie geschüttet, bis er eine hinreichende Decke über ihnen und an der offenen Seite herunter bildete. Dadurch wurde der Riß im Gestein so vollständig geschlossen, daß niemand außer dem Eingeweihten wissen konnte, was er enthielt. Der Scheich hatte vorher die Gebete des Todes gesprochen, und jetzt befahl er, daß fünfzig Krieger dreimal schießen sollten, ganz so, wie wir es über das Grab der Soldaten getan hatten. Dieser militärische Brauch hatte ihm imponiert.

Diese Bestattung hatte längere Zeit in Anspruch genommen, und dann gab es noch soviel zu verrichten, daß die Beni Lam gar nicht daran denken konnten, den Bir Hilu heut schon alle zu verlassen. Die Mehrzahl von ihnen mußte des Wassers wegen allerdings fort. Aus demselben Grund hatten sie den Heimweg in verschiedenen Abteilungen über verschiedene Brunnen zu nehmen, um nicht Mangel leiden zu müssen. Der Scheich blieb bis zuletzt da, und da es bis zu unserm nächsten Ziel, der Ain Bahrid, eine ganze Tagesreise war und wir, auch schon der Spur des Ghani wegen, nicht des Nachts unterwegs sein wollten, so hatten wir uns entschlossen, diesen Weg erst morgen früh anzutreten.

Aber es kam anders, als wir uns vorgenommen hatten.

Da Abd el Idrak die Beschäftigungen seiner Leute nur überwachte und sich nicht auch daran beteiligte, so hatte er Zeit, bei uns zu sein, und das nützte er so reichlich aus, daß er sich fast keinen Augenblick von uns entfernte. Gesprächsstoffe waren überreich vorhanden. Am meisten natürlich wurde über sein und unser Zusammentreffen mit den Beni Khalid gesprochen, und das brachte uns wieder und immer wieder auf den Münedschi, auf Ben Nur und auf die von ihm oder, um ausführlicher zu sein, von ihnen erhaltenen Lehren zurück. Der Scheich gehörte zu den nicht sehr zahlreichen Menschen, denen die Religion Herzenssache, ja die wichtigste Sache ihres Lebens ist. Auch davon abgesehen, daß er sich zum Islam bekannte, war er noch nicht auf den eigentlichen Grund davon gekommen, warum es grad so sein muß und nicht anders sein soll oder doch sein sollte, und nun hatte er hier von Ben Nur einen so wichtigen Fingerzeig bekommen, der ihn auf diesen Grund aller Gründe, die Liebe, aufmerksam machte. Er hatte sogleich und mit Feuereifer zugegriffen und fühlte sich von der entdeckten Neuheit, die doch so uralt ist, weil sie von Anfang an war, so begeistert, daß er Hunderte von Fragen hatte, deren Beantwortung selbst für einen, der diesen Stoff beherrschte, eine Kunst zu nennen war. Diese feine Entzückung riß auch uns mit sich fort, und so fragten und antworteten wir uns immer mehr ineinander hinein, bis wir, als wir am späten Abend endlich doch aufhören mußten, bemerkten, daß wir uns herzlich liebgewonnen hatten. Nicht nur seine innern Vorzüge, auch sein Äußeres, sein Petrusgesicht, hatten es mir angetan. Er fühlte diesen Zug der Herzen ebenso wie wir und sagte, indem er glücklich lächelte:

„Es scheint ganz so zu sein, wie Hadschi Halef heut früh verkündigt hat: ‚Die Achtung ist euch geworden, und die Liebe ist auch schon unterwegs!‘ Ja, die Liebe, sie hat sich wirklich eingefunden, wenigstens was mich betrifft! Ich möchte so gern weiter fortschreiten in ihr und bin so unbeholfen. Ich möchte sie gern so fest haben, daß sie mich nimmer wieder verlassen kann; ich möchte sie meinem ganzen Stamm verleihen und weiß doch nicht, wie ich das anzufangen habe; ich bin noch zu unerfahren und zu ungeschickt dazu. Ich brauche euch; ja, ja, ich brauche euch; ich muß euch noch haben, wenn auch nur für noch kurze Zeit! Und darum spreche ich die Bitte aus: Kommt für einige Tage mit uns! Seid unsere lieben, hochwillkommenen Gäste! Ich weiß, daß euch ein schnelles Nein auf den Lippen liegt; aber ich flehe euch an, es ja nicht auszusprechen! Ihr bringt Glück in unsere Zelte, und wer Glück spenden kann, der darf ja nicht unterlassen, es zu tun. Sagt also ja statt nein; ich bitte euch von Herzen!"

Wir sahen einander an, und während wir uns so anschauten, ließ jeder ein vergnügtes Lachen hören. Und in dieses Lachen hinein ertönte Hannehs Stimme:

„Wir nehmen die Einladung an; wir gehen mit; ich will die Frauenzelte der Beni Lam kennenlernen!"

Da war das große Wort ja schon gesprochen! Wir waren nicht abgeneigt, die Bitte des Scheichs zu erfüllen, und hätten es wahrscheinlich nach einigen Wiederholungen derselben getan, aber da es eine solche Fürsprache gab, lachte Halef noch lauter als vorher, sprang auf und rief:

„O Hanneh, du Retterin aus der schwersten Not der Unentschlossenheit, gesegnet sei dein Wort! Nie schlage ich dir eine Bitte ab, auch diese nicht. Du sollst die Zelte kennenlernen, nach denen du dich sehnst!"

Da bat Abd el Idrak den Hadschi um die Erlaubnis, zu Hanneh gehen und ihre Hand küssen zu dürfen.

„Ja, küsse sie; sie hat's um dich verdient!" antwortete Halef. „Küsse ihr auch die andere! Und wenn du dann noch weiterküssen willst, so habe auch ich zwei Hände, und auch die andern haben jeder deren zwei! Dann legen wir uns schlafen, denn wenn wir mit dir ziehen, ist der Weg des morgenden Tages sehr weit, und wir müssen sehr früh zum Aufbruch fertig sein!"

So wendet sich der Weg des Menschen oft anders, als er denkt! Wir sollten später erfahren, daß dieser so rasch beschlossene Besuch bei den Beni Lam ein für uns nicht nur wichtiges, sondern, wie sich herausstellte, fast unvermeidliches Ereignis war. Und es kam noch etwas ganz Überraschendes dazu.

Nämlich, als wir am andern Morgen aufbrachen, schlugen wir natürlich nicht den Weg nach der Ain Bahrid ein, sondern den kürzesten, den es nach dem Gebiet der Beni Lam gab. Das war eine äußerst selten von einem Wanderer benützte Richtung, wie uns der Scheich sagte, und darum wunderten wir uns, als wir um die Mittagszeit auf eine Spur trafen, welche quer über die unsrige ging und nach einer Gegend lief, wo es mehrere Tagereisen weit keinen Brunnen gab. Die Stapfen deuteten auf drei Kamele und auf die Zeit von gestern. Als wir eine Viertelstunde geritten waren, kehrte diese Spur zurück. Da blieb Abd el Idrak halten und sagte:

„Das ist auffällig! Wer so in die trockene Wüste reitet und so straks wieder umkehrt, den kann nur ein ganz bestimmter Grund geführt haben. Und dieser Grund ist, daß es in der Einöde da einen verborgenen Brunnen gibt, den der, welcher ihn braucht, mit einem Fell und mit Sand bedeckt, damit ihn weiter niemand finde. So ein Wasser ist von größter Wichtigkeit, und ich schlage vor, wir reiten hin, um uns zu überzeugen. Weit fort von hier geht es ja nicht; das sieht man an den Spuren."

Halef zeigte ein bedenkliches Gesicht; nach der Ursache gefragt, antwortete er:

„Mir will es nicht gefallen, daß es grad drei Kamele sind. Ich muß an den Ghani denken. Die Spur kommt aus der Gegend seines Weges. Was sagst du dazu, Effendi?"

„Ich bin deiner Ansicht", stimmte ich bei. „Wir folgen der Fährte und zwar schnell! Wer weiß, was er vorgehabt hat, wenn er es gewesen ist. Etwas Gutes jedenfalls nicht!"

Es ging nun also quer vom Weg ab, in die Wüste hinein, und zwar in viel schnellerem Tempo als bisher. Unsere Spannung wuchs, je weiter wir kamen. Es vergingen zwei Viertelstunden und auch fast noch die dritte; da sahen wir endlich einen Gegenstand, welcher mitten in der tiefsten Einsamkeit im Sand lag. Näher kommend sahen wir, daß er sich bewegte, und als wir ihn erreichten, erscholl ein Schrei der Empörung aus aller Munde; es war ein Mensch; es war – der Blinde!

Er lag abseits von dem Ende der Fährte. Er war gebunden, und wir sahen, daß er sich in seiner Todesangst von ihr fortgewälzt und immer weitergewunden hatte bis hierher, wo er nun lag. Er hatte die Augen geschlossen, ein Zeichen, daß er in diesem Augenblick geistesabwesend war. Seine Bewegungen, welche wir gesehen hatten, schienen unwillkürliche gewesen zu sein. Jetzt lag er still.

Das war eine Tat von höchster Grausamkeit! Später erfuhren wir von ihm das Nähere. Der Ghani hatte ihn ausgefragt, wen er für den Dieb des Kanz el A'da halte.

„Dich", hatte er geantwortet. „Auch die Soldaten hast du mit gemordet. Aber ich bleibe trotzdem bei dir, denn du bist mein Wohltäter, den ich nicht verlassen darf."

Das war am Brunnen geschehen, ehe ich mit Halef hinkam. Der Ghani sah also in dem Münedschi einen Zeugen seiner Verbrechen, der ihn in Mekka verraten konnte und den er darum unschädlich zu machen beschloß. Für einen direkten Mord zu feig, beschloß er, ihn in der Wüste auszusetzen, und führte diesen gräßlichen Vorsatz, wie wir nun sahen, aus.

Wer hatte uns zu seiner Rettung hergeführt? Der Zufall? O nein! Oder der Weg, den wir ja doch zu reiten hatten? Auch nicht, denn der Scheich hatte über den Bir Nasad gewollt und erst gestern, als wir beschlossen, mit ihm zu gehen, sich für den heutigen, den kürzeren, wenn auch wasserlosen, entschlossen. Ich bin überzeugt, daß wir geführt worden waren.

Wir flößten dem beklagenswerten Mann Wasser ein, welches ihn sichtlich erquickte, doch wachte er nicht dabei auf. Als wir ihn auf irgendwelche Verletzung untersuchten, fanden wir keine; er hatte einfach verschmachten sollen.

„In Mekka, in Mekka!" knirschte Halef. „Ghani, Ghani, für dich wäre es besser, du selbst wärest hier verhungert und verdürstet, als daß wir kommen, um dich in der heiligen Stadt in deinem Ruhm zu stören!"

In ganz derselben Weise sprachen sich auch die andern aus. Ich aber sagte nichts, gar nichts. Ich fühlte keinen solchen Zorn, keinen Grimm wie sie; ich fühlte nichts als eine tiefe, tiefe Traurigkeit. Auswurf der Menschheit und Gottes Ebenbild, welche Stufen gibt es zwischen dieser Tiefe und dieser Höhe! Welche von ihnen ist's, auf der wir selber stehen?

Der Blinde bekam das ruhigste Kamel und den besten Platz, den wir ihm schaffen konnten. Dann ritten wir zurück. Er bewegte sich nicht. Sein tief eingefallenes Gesicht war dasjenige eines Toten. Aber als wir die Stelle, an welcher wir abgebogen waren, erreichten und uns unserer ursprünglichen Richtung zukehrten, da hob er den Arm, deutete nach dort, wo wir ihn gefunden hatten, und sagte in dem tiefen Ton Ben Nurs:

„Schaut noch einmal zurück, und merkt euch diese Stelle, denn ihr kommt wieder her, wenn abgerechnet wird!"